羅馬
色雷斯
馬其頓
奧林帕斯山
色薩利
愛琴海
伊奧科斯
科孚島
俄塔山
德爾菲神諭
維奧蒂亞
底比斯
卡呂東
阿提卡
艾留西斯
雅典
邁席尼
克羅米翁
西西里島
伯羅奔尼薩
阿卡狄亞
科林斯
阿戈斯
特洛森
提林斯
塞里福斯島
克里特島
高加索山脈
大西洋
黑海
科爾奇斯
伊比利亞半島
亞得里亞海
羅馬
安納托利亞
愛琴海
阿特拉斯山脈
突尼西亞
地中海
昔蘭尼
利比亞
埃及
N
W
E
S
昔蘭尼
利比亞

# Percy Jackson
# 波西傑克森
## 希臘英雄報告

阿爾戈號通過撞岩。

# Percy Jackson
# 波西傑克森

## 希臘英雄報告

Rick Riordan
雷克·萊爾頓◎著
約翰・洛可 John Rocco◎圖　王心瑩◎譯

柏修斯舉起梅杜莎的頭解決掉海怪，救了安朵美達。

阿芙蘿黛蒂刁難賽姬，要她前往瀑布頂端裝滿一罐神聖泉水，這時宙斯的黃金老鷹前來相助。

法厄同企圖駕馭赫利歐斯的太陽馬車。他抓住鞭子用力揮舞，火舌竄出燒上了馬背。

奧翠拉建造了阿瑞斯的神廟。阿瑞斯派了一群羽毛會射出飛箭的殺人鳥前往守護神廟。

代達羅斯驚駭萬分地看著孩子伊卡魯斯的翅膀崩壞，並從空中墜落。

鐵修斯揮出鐵鍊，扯斷彌諾陶的牛角。

亞特蘭妲舉箭瞄準卡呂東野豬，準備給牠致命一擊。

柏勒羅豐騎著飛馬沛加索斯，從空中對戰怪物凱迷拉。

昔蘭尼赤手空拳與猛獅搏鬥。

船夫卡戎無法抗拒奧菲斯的悲傷音樂，願意載他渡過冥河。

海克力士蹲低身子等待機會。某個蛇頭甩出發動攻擊，海克力士立刻揮劍砍斷。

傑生駕著阿提斯國王的青銅牛犁田，準備種下龍牙。

讀完這本後，如果你還是決定當英雄，祝福你囉。

Percy Jackson

獻給貝琪（Becky），你永遠是我的英雄。

——雷克．萊爾頓

獻給亦師亦友的薩爾．卡塔拉諾（Sal Catalano）。

——約翰．洛可

# 波西傑克森 希臘英雄報告

【目錄】

# 序章

你知道嗎？我跳進來寫這本書，只是爲了吃披薩。

出版社有點像是這樣說：「喔，你去年寫希臘天神的故事寫得很棒啊！我們希望你再寫一本關於古希臘英雄的書！一定會很酷！」

而我就像這樣說：「各位，我有閱讀障礙耶。叫我『閱讀』書本很困難好不好？」

於是，他們答應免費提供我一整年份的義式辣香腸披薩，再加上無限量吃到飽的藍色雷根糖。

我就把自己賣掉了。

我想這會很酷吧。假如你正想要自己去打怪物，這些故事也許可以幫你避開一些大家常犯的錯，像是盯著梅杜莎（Medusa）的臉看啦，或者向某個叫酷拉斯❶的老兄購買二手床墊等等。

不過呢，閱讀這些古代希臘英雄故事還有個最棒的理由，就是讓你的心情好一點。不管你覺得自己過的生活有多悲慘，這些傢伙和姑娘過的生活又更悲慘。他們完全就是吃了神界

❶ 酷拉斯（Crusty）指的是希臘神話中的殘暴巨人普羅克拉斯特斯（Procrustes）。他與波西的故事請參《神火之賊》第十七章。

的大虧。

順便提一下，免得你不認識我。我叫波西．傑克森，是現代的半神半人，海神波塞頓（Poseidon）的兒子。我自己的人生曾有一些很不好的經驗，不過我現在要告訴你的這些英雄的故事，才眞的是老派倒霉故事的祖師爺。他們在以前從來沒人搞砸事情的地方，把事情徹徹底底底搞砸了。

我們挑選了其中十二個人，這樣應該很多了。等到你讀完這些故事，就會了解他們的生活有多悲慘，像是被下毒、背叛、傷害、謀殺、有精神不正常的家人，還有會吃人肉的農家動物等。如果這樣還沒有讓你覺得自己的生活比他們好太多，那我就不知道怎樣才會覺得比較好了。

所以，拿好你的噴火長矛，披上你的獅皮披肩，擦亮你的盾牌，而且確定你的箭筒裡裝滿了箭。我們要回到大約四千年前，去砍掉幾隻怪物的頭，拯救一些王國，朝幾位天神的屁股射上幾箭，以迅雷不及掩耳之勢進攻冥界，再從邪惡的人手中偷摸走一些戰利品。

最後，就當作是吃點心吧，我們會痛苦而悲慘地死去。

準備好了嗎？眞開心。咱們出發吧！

# 1 柏修斯想要來個抱抱

我得從這傢伙開始講起。

畢竟，我和他同名❷。我們的天神父親不一樣，但是我媽很喜歡柏修斯（Perseus）的故事，只有一個簡單的原因：他活了下來。柏修斯沒有被砍劈得碎屍萬段，也沒有遭懲罰下地獄接受永恆的酷刑。從英雄們的遭遇來看，這傢伙的故事算是有個快樂的結局。

這並不表示他的人生過得不悲慘，而且他真的殺過一大堆人，不過你還能怎麼辦呢？

柏修斯的倒霉厄運甚至從他出生之前就開始了。

首先你得了解，回顧他出生那時候，希臘並不是一整個國家，而是劃分成數不盡的一個個小王國。那時沒有人到處嚷嚷：「嗨，我是希臘人！」人們會問你來自哪一個「城邦」，像是雅典、底比斯、斯巴達、宙斯村或之類的。希臘本土是一片非常廣大的不動產，每個城邦都有各自的國王，而周圍的地中海散布著數百個島嶼，每個島嶼也都是各自獨立的王國。

想像一下今天的生活也像那樣吧。也許你住在曼哈頓，你們當地的國王擁有自己的軍隊、自己的稅制、自己的法規，如果你觸犯曼哈頓的法律，可以趕快逃到紐澤西州的哈肯薩克，而哈肯薩克國王同意提供政治庇護，於是曼哈頓就不能拿你怎麼樣了（當然啦，除非兩

---

❷ 波西（Percy）的本名是柏修斯（Perseus），「波西」則是暱稱。參《神火之賊》八十五頁註⓯。

位國王彼此結盟，要是這樣你就完蛋了）。

各個城邦一天到晚彼此打來打去，例如布魯克林國王可能決定向史坦頓島宣戰，或者布朗克斯、格林威治和康乃狄克會組成軍事聯盟，共同入侵哈林。你也看得出來，這樣會讓生活變得多麼有趣啊。

總之，希臘本土有個城邦叫作阿戈斯（Argos），它不是最大的城邦，勢力也不是最強大，但國土大小算是相當可觀。住在那裡的人們自稱「阿戈人」（Argives），可能因爲「阿戈斯人」（Argosites）聽起來像某種細菌的名稱吧。這裡的國王名叫阿克里西俄斯（Acrisius），他是個討人厭的傢伙，如果他是你的國王，你絕對會想要逃去哈肯薩克。

阿克里西俄斯有個漂亮女兒名叫達那埃（Danaë），不過這對他來說還不夠好。那個時代有兒子才是王道，你得有個小男孩，才能把家族姓氏傳遞下去，等你去世後由他繼承王國，吧啦吧啦之類的。爲什麼女孩就不能接管王國呢？我也不知。很蠢吧，但當時就是那樣。

阿克里西俄斯不斷對老婆大吼大叫說：「生兒子！我要兒子！」不過這樣一點用也沒有。等他老婆去世後（可能是因爲壓力太大），國王開始眞正緊張起來了，如果他去世時沒有男性子嗣，他的弟弟普羅透斯（Proteus）就會接管這個王國。問題是，他們兩人憎恨著彼此。

阿克里西俄斯滿心絕望，於是前往德爾菲聆聽神諭，卜算他的命運。

現在，要是有人想去聽取神諭，我們通常會說那是個「餿主意」。你必須千里跋涉才到得了德爾菲那個城鎭，然後前往城鎭邊緣的黑暗洞穴，那裡有個蒙著面紗的女士坐在一張三腳椅凳上，整天吸入火山噴出的蒸氣，還會看見一些異象。你要拿出昂貴的祭品交給守在門口的祭司，接著你可以問神諭一個問題。她很可能會回答某種不清不楚的謎語，於是你離開的時候既困惑、害怕，又很窮。

不過就像我剛才說的，阿克里西俄斯滿心絕望。他問：「喔，神諭啊，我沒有生兒子該怎麼辦？以後誰會繼任王位，將我的家族姓氏傳遞下去？」

這一次，神諭沒有用謎語來回答。

「很簡單，」她用粗啞的聲音說：「你永遠生不出兒子。有一天，你女兒達那埃會生一個兒子，那個男孩會殺了你，成為下一任阿戈斯國王。謝謝你的祭品。祝你有順心的一天。」

阿克里西俄斯非常震驚，忿忿地回到家中。

他抵達宮殿時，女兒來看他。「父親，有什麼不對勁嗎？神諭怎麼說？」

他怒視著達那埃。他的美麗女兒有著一頭烏黑長髮和可愛的棕色眼睛，很多男子都來向她求婚，然而現在，阿克里西俄斯滿腦子都是那則預言，他絕對不能讓達那埃結婚，她絕對不能生兒子。她再也不是他的女兒了。她是他的死刑。

「神諭說，問題就出在你身上。」他咆哮著說：「你會背叛我！你會眼睜睜地看著我遭人殺害！」

「什麼？」達那埃震驚得直往後退。「父親，絕對不可能！」

「來人啊！」阿克里西俄斯大喊：「把這邪惡的傢伙帶走！」

達那埃不了解自己到底做了什麼。她總是盡力表現得寬容和體貼。她也很愛自己的爸爸，即使他很可怕、脾氣差，而且老愛帶著一支長矛和一群瘋狗去獵殺樹林裡的農人。

達那埃總是對眾神獻上合宜的祭品。她頌唸祈禱文，常年茹素，而且所有的功課都有做完，爸爸為什麼會突然堅信她是個叛徒呢？

她完全想不出答案。衛兵把她帶走，將她鎖在地下牢房裡，國王派了人以最高規格嚴密看守。那個牢房像清潔工具間一樣小，附有廁所，只有一塊石板當作床鋪，四周的銅牆鐵壁足足有三十公分厚；天花板有個通風口，裝著粗格柵欄，讓達那埃可以呼吸空氣，並得到一點點光線，可是天氣一旦熱起來，整間青銅牢房簡直像煮沸的茶壺一樣滾燙。上了三道鎖的牢房門沒有窗戶，只有底部開了一條小縫，用來推送食物托盤。阿克里西俄斯國王收著唯一一把鑰匙，因爲他無法信任衛兵。每一天，達那埃會得到兩片餅乾和一杯水。不准有放風時間，不准有訪客，不准有上網的特權。什麼都沒有。

也許你很疑惑，假如阿克里西俄斯這麼擔心她會生小孩，爲什麼不乾脆殺了她？

嗯，這位心思邪惡的朋友，天神可是把家庭謀殺案看得很嚴重喔（這點很詭異，畢竟家族謀殺案根本就是眾神「發明」的）。如果你殺了自己的小孩，黑帝斯（Hades）肯定會對你宣判冥界的特殊酷刑，復仇三女神（The Furies）也會找上你，命運三女神（The Fates）更會喀嚓一聲剪斷你的生命線。有些超級可怕的因果報應會毀了你美好的一天。可是呢，如果你的小孩只是「意外」死在地底下的銅牆牢房……嚴格來說，那不算「謀殺」，比較像是：「唉唷，怎麼會這樣呢？」

就這樣過了好幾個月，達那埃在她的地下牢房裡奄奄一息。實在沒什麼事可做，她只能用餅乾和飲水捏捏麵團娃娃，或是和「廁所先生」聊聊天，因此她幾乎所有的時間都在向天神祈求協助。

也許是因爲她心腸太好，或者因爲她以前總是會在神廟裡獻上祭品，也可能是她的美貌令人印象深刻吧，總之她得到天神的注意了。

有一天，宙斯（Zeus），天空之神，聽見達那埃呼喚他的名字。（天神老是這樣。只要叫他們的名字，他們會立刻豎起耳朵。我敢打賭，他們也會花一大堆時間古狗自己的名字。）

宙斯用他那超犀利的X光視線，從天空向下窺看。他看到那位漂亮的公主被囚禁在她的銅牆牢房裡，悲嘆著自己殘酷的命運。

「老兄，這樣是不對的。」宙斯自言自語。「什麼樣的父親會把自己的女兒囚禁起來，讓她不能墜入愛河或生小孩？」

（說老實話，宙斯自己根本就會做這種事，不過隨便啦。）

「而且她長得實在很正，」宙斯喃喃說著：「我想，我應該去拜訪這位小姐。」

宙斯老是這樣。他看到某個凡人女孩的第一眼就愛上人家，然後像一顆浪漫氫彈轟炸她的生活，把她的整個人生搞得一團亂，接著頭也不回就飛上奧林帕斯山，留下他的女朋友獨自撫養小孩長大。不過呢，說真的……我相信得到他的青睞是很榮幸的事。（咳咳。是啦，沒錯。咳咳。）

說到達那埃，宙斯唯一的挑戰是要想個好方法，進入那間防禦超嚴密的銅牆鐵壁牢房。當然啦，他是天神，所以有各種法寶。他大可炸開房門，但那樣可能會嚇到那可憐的女孩。此外，他還得殺死一狗票的衛兵，那也會搞得一團亂。引發大爆炸，後面會留下一長串的破碎屍體，這絕對無法營造第一次約會的好心情吧。

他決定乾脆變成某種小東西，從通風口偷偷溜進去，這樣應該簡單多了，還可以讓他與夢想中的女孩擁有充裕的私人相處時間。

可是，他該變成什麼呢？一隻螞蟻可能不錯。宙斯曾對另一個女孩用過同一招。不過他想要營造美好的第一印象，而螞蟻實在沒辦法引發太多「哇」的反應。

他決定讓自己變成完全不一樣的東西：一陣黃金雨！他幻化成一團二十四K金打造的漩渦雲，從奧林帕斯山一路閃亮亮地直衝而下。他從通風口傾瀉而入，讓達那埃的牢房裡滿是閃閃發亮的溫暖亮光，令她爲之屏息。

「不要怕，」有個聲音從燦爛亮光中傳來，「我是宙斯，天空之神。女孩，你看起來很棒。想不想約個會啊？」

達那埃從來沒有交過男朋友，更別提能變成超亮閃光的天神男友了。在極短時間內（大概過了五或六分鐘吧），她就瘋狂陷入愛河。

幾個星期過去了。達那埃在她的牢房裡非常安靜，外面的衛兵都覺得好無聊。接著有一天，大約是閃光事件的九個月後，有個衛兵像平常一樣把食物托盤從門縫推進去，這時他聽見一個奇怪的聲音：有個小嬰兒在牢房裡大哭。

他趕緊跑去找阿克里西俄斯國王，因爲這會是老闆想要知道的事。國王來到牢房前，打開門鎖，如旋風一般衝進牢房，這時他發現達那埃的懷裡有個用毯子包住的新生兒。

「什麼……」阿克里西俄斯環顧牢房四周，裡面沒有其他人。不可能有人進得來，因爲阿克里西俄斯擁有唯一一把鑰匙，也沒有人可以經由「廁所先生」進入這裡。「怎麼會……是誰……」

「國王陛下，」達那埃眼裡閃著憤恨的目光說：「天神宙斯來探望我。這是我們的兒子。我幫他取名叫柏修斯。」

阿克里西俄斯試著不要被自己的舌頭噎到。「柏修斯」這個名字的意思是「復仇者」或

「毀滅者」，就看你怎麼解釋了。國王一點都不想讓這小孩長大，然後和鋼鐵人與綠巨人浩克一起出去閒晃。看著達那埃凝視他的眼神，國王心裡冒出一個很合理的推測，他知道達那埃想要毀滅的人是誰。

國王最害怕的預言果然成眞……這還滿蠢的，因爲要不是他的腦袋裝滿大便，把自己的女兒鎖起來，就絕對不會發生這種事。不過預言總是要成眞的嘛，你努力避免掉進陷阱，而這樣做的結果卻是幫自己挖了陷阱，還義無反顧地跳下去。

阿克里西俄斯很想殺了達那埃和小男孩，這是最安全的對策。可是關於殺死自己的家人又有一整套禁忌，那些細節眞是煩死人！還有，假如達那埃說的是實話，柏修斯眞的是宙斯的兒子……嗯，萬一觸怒宇宙之王，那對阿克里西俄斯的人生期望可是一點幫助也沒有。

阿克里西俄斯決定嘗試其他招數。他命令手下的衛兵找來一只大木箱，附帶一個有鉸鏈的蓋子。他在頂蓋鑽出一些通氣孔，只是要表示他是個好人，然後他把達那埃和她的小男嬰塞進箱子裡，將蓋子釘牢，接著把箱子拋入大海。

他心想，這樣不算直接殺了他們，說不定他們會因爲又餓又渴而死；說不定會來一場很棒的暴風雨把他們擊成碎片然後淹死。無論結果如何，那都不是他的錯！

國王回到宮殿裡，好幾年來頭一次睡得很香甜。把自己的女兒和外孫推向可怕的慢性死亡，這比其他所有的事更讓他全心放鬆。如果你是像阿克里西俄斯這樣的壞蛋，可能會覺得這麼做很正常吧。

在此同時，達那埃在木箱子裡向宙斯祈禱。「嗨，嗯，是我，達那埃。我不是有意要打擾你，不過我爸把我踢出來了。我在一個箱子裡，在大海中央。而柏修斯和我在一起。也就是說……對啦，如果你可以回電或傳個簡訊之類的，那樣會很好。」

宙斯做得比那更好。他送來一陣涼爽溫和的雨，讓雨水慢慢滴進通氣孔，於是達那埃和小嬰兒有淡水可以喝。他也說服他的兄弟，海神波塞頓，讓海浪變得平緩，並改變海流的流向，於是箱子可以平穩漂動。波塞頓甚至叫小小的沙丁魚跳到箱子上，然後從通氣孔鑽進箱子裡，所以達那埃有新鮮的沙西米可以吃。（我老爸波塞頓在這方面眞是超讚的。）

因此，達那埃和柏修斯非但沒有淹死或渴死，反而活得好好的。過了幾天後，「木箱號」漂到一個小島的岸邊，那裡叫作塞里福斯島，位於阿戈斯東方約一百六十公里遠。

達那埃和小嬰兒還是有可能死掉，因爲箱蓋用釘子封得很緊。幸虧有個名叫狄克提斯（Dictys）的漁夫剛好坐在海灘上，他經過一整天辛苦捕魚後，正在修補他的漁網。

狄克提斯看見那個巨大的木箱在潮水中載浮載沉，心想，哇，那可眞奇怪。

他帶著漁網和魚鉤涉水走過去，把箱子拖到岸上。

「眞不知道裡面有什麼？」他自言自語地說：「可能是葡萄酒，或者橄欖……或是金子！」

「救命！」一個女子的聲音從箱子裡傳出來。

「哇哇哇哇哇！」又有另一陣哭聲，小小的聲音也從箱子裡傳來。

「或者是人，」狄克提斯說：「裡面可能滿滿都是人！」

他拿出手邊的魚刀，小心翼翼地撬開箱蓋。箱子裡坐著達那埃和小嬰兒柏修斯，全身又髒又疲憊，聞起來像是放了一整天已經發臭的沙西米，不過都活得好好的。

狄克提斯協助他們爬出來，也給他們一點麵包和飲水。（哇，太棒了，達那埃心想，再多來一點麵包和水吧！）漁夫詢問達那埃究竟發生什麼事。

她決定對細節輕描淡寫就好，畢竟她不曉得自己身在何處，萬一此地的國王是她爸爸的朋友就糟了。就她所知，她有可能會在哈肯薩克登陸。於是她只對狄克提斯說，她父親把她踢出家門，因爲她沒有得到父親的允許就談戀愛，還生了一個小孩。

「小男生的父親是誰？」狄克提斯疑惑地問。

「喔……嗯，是宙斯。」

漁夫瞪大雙眼。他立刻就相信達那埃說的話，儘管達那埃的外表髒兮兮的，他也看得出她的美貌足以吸引天神。而且從她說話的方式和一直以來的沉著態度看來，他猜測這位女子是一位公主。狄克提斯很想幫助她和小嬰兒，不過他充滿了矛盾的心情。

「我可以帶你去見我哥哥，」他心不甘情不願地說：「他名叫波呂得克忒斯（Polydectes），是這個島的國王。」

「他會歡迎我們嗎？」達那埃問：「他會爲我們提供庇護嗎？」

「我確定他會。」狄克提斯努力讓自己的聲音聽起來不緊張，但他哥哥可是個惡名昭彰的把妹高手，他歡迎達那埃的方式可能會太熱情了一點。

達那埃皺起眉頭。「如果你哥哥是國王，爲什麼你只是個漁夫呢？我沒有冒犯的意思，漁夫也很酷。」

「我寧可不要花太多時間待在宮殿，」狄克提斯說：「家庭因素啦。」

達那埃太了解家庭因素了。對於要去尋求波呂得克忒斯國王協助的提議，她感到很不安，可是又看不出有其他選項，除非她想要待在海灘上，用她的木箱蓋成一間小屋住進去。

「我應該先去梳洗一番嗎？」她問狄克提斯。

「不用，」漁夫說：「要去見我哥哥，看起來愈不吸引人愈好。說老實話，也許應該多抹一點沙子在你臉上，再塞一些海草到頭髮裡。」

狄克提斯帶著達那埃和小嬰兒去塞里福斯島的主要城鎮。國王的宮殿浮現在所有房子上方，有大量的白色大理石柱和砂岩牆壁，一座座塔樓飄揚著旗幟，大門前鎮守著一批凶神惡煞般的衛兵。達那埃不禁覺得，住在沙灘上的箱子裡也許不是什麼餿主意，不過她還是跟著漁夫朋友走進王座廳。

波呂得克忒斯國王坐在堅固的青銅王座上，那王座對於腰背顯然沒有良好的支撐效果。在他背後，牆上裝飾了各式各樣的戰利品，包括武器、盾牌、旗幟，還有幾個敵人的頭顱標本。你也知道，就是一般用來讓國王的覲見廳爲之生色的裝飾品。

「哎呀，哎呀！」波呂得克忒斯說：「弟弟，你帶了什麼來給我？看來你終於用魚網捕到眞正有價值的東西了！」

「嗯……」狄克提斯努力想要表達「拜託對她好一點，而且不要殺我」的意思。

「你可以退下了。」國王說。

衛兵們簇擁著可憐的漁夫離開。

波呂得克忒斯傾身向前看著達那埃。他咧嘴而笑，但這副表情並沒有讓他看起來比較友善，畢竟他滿嘴都是歪七扭八的超噁牙齒。

達那埃身上的破爛衣服、臉上的沙子、頭髮裡面的海草和小隻沙丁魚，甚至她手上抱的那捆破布，都沒有騙倒波呂得克忒斯。（她爲什麼抱著那捆破布？那是她的隨身包嗎？）波呂得克忒斯看得出這女孩有多麼漂亮，那雙眼睛美麗絕倫，而那張臉……完美無瑕！只要讓她洗個澡、穿上一些適當的衣服，她就會變身成公主。

「親愛的，別害怕，」他說：「我可以幫你什麼忙？」

達那埃決定扮演受害者的角色，心想國王一定會有所回應。她跪倒在地，哭得一把眼淚一把鼻涕。「國王陛下，我是達那埃，阿戈斯的公主。我的父親，阿克里西俄斯國王把我逐出家門。我懇求您的保護！」

波呂得克忒斯並沒有眞的被打動，不過他的心思肯定開始盤算了起來。阿戈斯啊，那是個好地方。他聽說過阿克里西俄斯，那個老國王沒有兒子。喔，這眞是太棒了！如果波呂得克忒斯能夠與達那埃結婚，他就可以同時成爲兩個城邦的統治者。他終於能夠擁有兩個王座室，這樣就會有夠多的牆壁空間展示他收藏的所有頭顱標本！

「達那埃公主，我當然可以爲你提供庇護！」他說，聲音宏亮到所有的隨從都聽得見。「我對眾神發誓，你和我在一起絕對安全！」

他從王座上站起來，走下高台的階梯。他打算把達那埃擁入懷中，表示他是多麼親切、深情的男人，可是才走到距離達那埃兩公尺的範圍內，公主手上的那捆破布突然開始哭叫。

波呂得克忒斯嚇得往後跳。哭叫聲停止了。

「這是什麼巫術？」波呂得克忒斯質問：「你有一捆會哭叫的破布？」

「國王陛下，這是個小嬰兒。」達那埃看著國王的驚駭表情，努力忍住不笑出來。「這是我兒子柏修斯，他父親是宙斯。我希望你承諾的保護也能延伸到我可憐的小嬰兒身上。」

波呂得克忒斯的右眼皮跳了一下。他討厭小嬰兒，這皺巴巴、矮肥短的小東西，愛亂哭又會亂大便。他好後悔剛才沒有先注意到那小子，都是達那埃的美貌讓他分心了。

這下子他不能收回自己的承諾了，剛才所有的隨從都聽見他說的話。況且，假如嬰兒是宙斯的孩子，情況就變得更複雜。如果你把半神半人嬰兒扔進垃圾桶，絕對會觸怒天神……大部分時候都會。

「當然啦，」國王終於說：「眞是好可愛的小……東西。他也會得到我的保護。我來告訴你，怎樣……」

國王靠近了一點，不過柏修斯又開始哭叫。這小孩內建了「邪惡國王偵測雷達」。

「哈，哈。」波呂得克忒斯虛弱地說：「這小子的肺活量還眞是驚人。他可以在雅典娜（Athena）的神廟托養長大，那裡位於城邦另一端的最遠處……我的意思是說，位於整個城邦最好的區域，地點很方便。那裡的祭司會把他照顧得無微不至。在此同時，親愛的公主，你和我，我們彼此可以更進一步認識。」

波呂得克忒斯很習慣來這招。根據他的估算，只要花十五分鐘，也許最多十六分鐘吧，達那埃就會願意嫁給他。

然而事與願違，接下來的十七年是波呂得克忒斯這輩子最挫折的一段時光。他想盡辦法要與達那埃「更進一步認識」，公主和她的兒子卻處處阻撓波呂得克忒斯。國王在宮殿裡爲達那埃準備了自己的一間套房，也給她別緻的衣服、美麗的珠寶、女僕，以及王室自助餐的吃到飽優惠券小冊子。但達那埃沒有受騙，她很清楚自己在這裡只是囚犯，與她待在銅牆牢房裡的處境差不多。她不准離開宮殿，而且除了身邊的僕人以外，唯一的訪客是從雅典娜神廟來看她的兒子和他的保母。

達那埃很珍惜柏修斯來探望她的時光。他還是小嬰兒的時候，每次只要國王一靠近達那埃，他就尖叫個不停；國王實在無法忍受那種聲音，於是很快就會離開，跑去吞幾顆阿斯匹靈。柏修斯不在身邊時，達那埃也找到其他方法回絕國王的求愛。只要國王來到她的門前，她就會發出嘔吐的聲音，然後爲了自己身體不舒服而拚命道歉。她會躲在宮殿的洗衣房內，也會當著女僕的面哭到無法遏抑，直到國王覺得很難爲情而溜之大吉爲止。

年復一年，國王努力想要贏得她的芳心，她也年復一年不斷抵抗。說實在的，他們雙方的頑固眞是令人萬分欽佩啊。

等到柏修斯長大一點，達那埃就變得輕鬆一點，而波呂得克忒斯則更加辛苦了。畢竟柏修斯是半神半人。這傢伙眞是超天才的，他七歲時就能對成年男子來個過肩摔；到了十歲，他射的箭可以飛越整座島，而且劍術比國王軍隊的所有士兵更厲害。此外，柏修斯在雅典娜神廟長大，因此學到戰術和智慧，包括如何挑起戰局、如何榮耀眾神……等等那些想要活著度過青春期就一定要知道的所有撇步。

他是個乖兒子，這表示他會盡可能常去探望媽媽。波呂得克忒斯出現在附近的時候，他不再尖叫了，不過假如國王想對達那埃求愛，柏修斯會站在旁邊惡狠狠瞪著他，然後雙臂交叉在胸前，腰帶上掛著好幾種致命武器，直到國王知難而退爲止。

你一定認爲波呂得克忒斯會放棄，對吧？反正還有其他那麼多女人要操心嘛。不過你也知道故事會怎樣發展；一旦有人告訴你不能擁有某種東西，你就會更想擁有。柏修斯長大到十七歲時，波呂得克忒斯氣到抓狂，他想要趕快與達那埃結婚，免得她太老而生不出更多小孩！他想要看著自己的孩子登基成爲阿戈斯和塞福里斯島的國王，而這也意味著另外一件事：柏修斯必須離開。

可是，要怎樣趕走一個半神半人又不必直接殺死他呢？

更別提十七歲的柏修斯是島上最強壯也最厲害的戰士啊。

因此，波呂得克忒斯需要的是一個好陷阱……這個陷阱能讓柏修斯走進他自己的死亡與毀滅結局，又不會讓波呂得克忒斯被怪罪而惹了一身腥。

這麼多年來，國王看過形形色色的英雄們在附近閒晃，他們殺死怪物、拯救村莊和可愛小狗狗、擄獲許多王子和公主的心，而且拿到很多熱門商品的代言合約。波呂得克忒斯很討厭那些譁眾取寵的舉動，不過他注意到，大多數的英雄都有某個致命要害，運氣好的話，攻破那樣的弱點會讓他們一命嗚呼。

柏修斯的要害是什麼呢？

這男孩是阿戈斯的王子、宙斯的兒子，但他以船難難民的身分在陌生王國長大，窮光蛋一個，唯一的家人是他母親。這一切讓他對自己的名聲有點敏感，急著想證明自己的能耐，因此無論什麼樣的挑戰他都願意接受。假如波呂得克忒斯可以利用這一點來對付他……

國王的臉上泛起一抹微笑。喔，就是這樣。他在心裡想到很棒的挑戰。

那個星期稍後，波呂得克忒斯宣布他正在收集一些結婚禮物，要送給隔壁島嶼的公主。她名叫希波達米婭（Hippodemeia），她爸爸俄諾馬俄斯（Oenomaus）國王是波呂得克忒斯的老友，但這一切其實都不是很重要。

這只是收集禮物的藉口而已。

波呂得克忒斯在宮殿舉辦一場派對，把塞里福斯島所有的有錢人和名人都找來，看他們能提供什麼樣的戰利品。每個人都想盡力討好國王，所有人彼此較勁，準備拿出最酷的禮物。

有一家人獻上一只銀質花瓶，上面裝飾著滿滿的紅寶石。另一家人贈送一輛黃金戰車和一整組拉車的純白駿馬。還有一家人提供了價值一千德拉克馬金幣的 iTunes 禮物卡。以一個不知叫什麼名字的女孩且管她要嫁給誰的婚禮來說，這些禮物未免太棒了吧！

隨著禮物愈堆愈高，波呂得克忒斯向每一個人說些恭維的話，讓所有的有錢人和名人都覺得自己是獨一無二的（一副他們還不夠特別似的）。最後，他看見柏修斯站在開胃小菜桌旁，陪在他媽媽身邊，試著不引起別人注意。

柏修斯根本不想來參加這種白痴派對，看著一大票傲慢自大的貴族拚命巴結國王，對他來說一點樂趣也沒有。不過他有義務要照顧媽媽，以免波呂得克忒斯跑來向她求愛，所以他還是來了，喝著微溫的潘趣雞尾酒，也用牙籤吃了幾條小香腸。

「哎呀，柏修斯！」國王從房間的另一頭對他大喊。「你帶來什麼禮物要送給我盟友女兒的婚禮呢？你是塞里福斯島最有力量的戰士，每個人都這麼說！你一定帶了最令人眼睛一亮的禮物吧。」

這實在太低級了。每個人都知道柏修斯是窮光蛋一個，於是其他賓客紛紛竊笑起來、嗤之以鼻，樂得看這傲慢的年輕人如何丟臉。他們一點都不喜歡有什麼英俊、強壯、有才華、來路不明的半神半人爬到他們的頭上。

柏修斯的臉紅到發亮。

達那埃在他旁邊輕聲說：「我的兒子，什麼話都別說。他只是想要惹你生氣。那算是一種陷阱。」

柏修斯聽不進去，他最討厭有人取笑他。他可是宙斯的兒子耶，但國王和他的貴族竟然把他當成沒用的流浪漢。他早就受夠了波呂得克忒斯，也受夠了他把達那埃軟禁在宮殿裡的舉動。

柏修斯走到房間正中央，貴族們紛紛讓路，圍繞在他身邊。他對國王大喊：「我也許不是在場最富有的人，但我是堅守承諾的人。波呂得克忒斯，你想要什麼？說出你要給那個不知叫什麼名字女孩的結婚禮物吧，只要說得出口，我就把它弄來。」

眾人神經兮兮地吃吃笑。（沒錯，我查過了，真的有「吃吃笑」這個詞。）波呂得克忒斯只是微笑著。他等的就是這句話。

「這個承諾很不錯。」國王說：「不過空口說白話很簡單。你能夠許下約束的誓言，像是……對冥河發誓嗎？」

（提供你做參考：千萬別對冥河發誓，沒有別的誓言比那更嚴格了。假如你沒有遵守諾言，基本上就是在邀請黑帝斯、他的復仇三女神和冥界所有惡魔把你拖到下面去接受永恆的懲罰，永世不得翻身。）

柏修斯瞥了他母親一眼。達那埃搖搖頭。柏修斯心裡很清楚，對波呂得克忒斯這樣邪惡的傢伙立下誓言是很不明智的，在雅典娜神廟撫養他長大的祭司也絕對不會贊同。接著，柏修斯環顧周圍的群眾，那些人對他輕蔑冷笑。

「我對冥河發誓！」他大喊。「波呂得克忒斯，你想要什麼？」

國王斜倚在他那張不舒適的青銅王座上，盯著四周牆壁那一個個用來裝飾的頭顱標本。

「帶給我……」

這裡插入戲劇化的管風琴音樂。

「……梅杜莎的頭顱。」

這裡插入群眾的驚呼聲。

一般人認爲，光是說出「梅杜莎」的名字就會帶來厄運，而要獵殺她，還把她的頭顱砍下來？你想像中最可怕的敵人都不會比這更可怕。

在希臘人的認知中，梅杜莎是最畸形詭異的怪物。她曾經是美麗的女子，可是自從與波塞頓在雅典娜的神廟來場浪漫約會之後（說不定就是柏修斯長大的同一間神廟），雅典娜就把這可憐的女孩變成醜陋可怕的怪物。

你以爲你早上剛醒來時的臉很醜嗎？梅杜莎則是醜到只要看她一眼，你就會立刻變成石頭。看過她的人，沒有人能活得好好的，而且根據謠言指出，她有一對黃金蝙蝠翅膀，手指長著青銅爪子，還有頭髮全是活生生的毒蛇。

她和兩位姊姊一起住在遙遠的東方某處，兩位姊姊也都變形爲長著蝙蝠翅膀的怪物……也許是因爲這樣，她們才敢與梅杜莎住在一起吧。於是她們三人組成赫赫有名的「戈耳工姊妹」（Gorgons），聽起來好像什麼正在培訓的超厲害女子偶像團體。「現在要登場的是，希臘強尼和戈耳工姊妹！」好吧，還是不要這樣想好了。

很多英雄都曾經出任務要去找梅杜莎並殺了她，因爲……呃，其實我不太知道爲什麼啦。就我所知，她並沒有惹到什麼人，也許只因爲那是很困難的任務，或者「殺死最醜的怪物」可以獲頒某種大獎。無論如何，曾經去找她的那些英雄，沒有一個人活著回來。

於是過了好一會兒，整個王座廳連一點聲音也沒有，眾人全都很害怕。達那埃看起來嚇壞了。柏修斯也滿心驚駭，嚇到感覺不到自己的腳趾頭。

波呂得克忒斯笑得開懷，一副耶誕節提早來臨的模樣。「你的確說了：『只要說得出口，我就把它弄來。』對吧？那麼……」國王伸展雙臂，「……就把它弄來吧。」

緊張氣氛打破了，群眾又笑又叫。大家看著柏修斯，一個十七歲的無名小子，想像他把梅杜莎的頭砍下來……這實在是太荒謬可笑了。

這時有人大喊：「反正都去了，幫我帶一件戈耳工T恤回來吧！」

「再幫我帶杯彩色剉冰！」另一個人大喊。

柏修斯滿心羞愧，一溜煙就跑出去。他媽媽在他背後叫著，可是他頭也不回地往前跑。

而在王座上，波呂得克忒斯滿意得直拍手。他命令派對樂團演奏音樂，並且幫每個人倒一輪微溫的潘趣雞尾酒。他心情太好，準備大肆慶祝一番。

萬一柏修斯臨陣退縮，最起碼會因為太丟臉而再也不回來。說不定天神還會因為他打破誓言而殺了他。再說，如果那孩子真的蠢到跑去找梅杜莎……嗯，柏修斯最後就會變成超巨大的半神半人「紙鎮」啦。

國王的心腹大患就此解決！

從宮殿逃出來以後，柏修斯跑到懸崖上俯瞰大海。他站在懸崖邊緣，拚命忍住眼淚。雲層遮住了夜空，活像是宙斯羞於見到他。

「爸，」柏修斯說：「我從來不曾對你要求過什麼，也從來不曾抱怨。我總是獻上適當的祭品，也努力當我媽媽的好兒子。現在我搞砸了，我說了大話，做了不可能實現的承諾。我不是要求你幫我解決問題，不過求求你，如果能給我一點指引，我眞的會很感激。我該怎麼讓自己脫離這個困境呢？」

在他身旁，有個聲音說：「好讚的祈禱文啊。」

柏修斯嚇得跳起來，差點就跌到懸崖下面了。

他旁邊站了一個看起來二十多歲的傢伙，臉上一抹淘氣的微笑，留著鬈曲的棕髮，而且戴了一頂奇怪的帽子，只有正面有帽緣。男子的服裝也很奇怪，他穿著棕色的緊身褲、很合身的棕色上衣，還穿了一雙綁帶的黑鞋，看起來介於靴子和涼鞋之間。他上衣的左邊胸口縫了一個口袋，上面繡了幾個看起來不太像希臘文的精緻文字：UPS快遞。

柏修斯猜想這傢伙應該是天神，因爲沒有哪個凡人會穿成一身笨蛋的樣子。「你是……我父親宙斯？」

這剛來的傢伙忍不住竊笑。「老弟，我沒有老到可以當你爸吧。說眞的，我看起來有一千多歲嗎？我是荷米斯（Hermes），傳訊者和旅人的守護神！宙斯派我來助你一臂之力。」

「這麼快啊。」

「我對自己的超快速服務引以爲傲。」

「你上衣的那個標誌是什麼？」

「喔。」荷米斯低頭看了一眼。「現在是幾世紀？抱歉，我有時候會搞混。」他彈了一下手指，這下子身上的衣服變得比較正常，他戴著一頂像是旅人用來擋太陽的寬邊帽，穿著白色的短袖束腰外衣，肩膀披著羊毛罩袍。「好啦，我人在哪裡？對了！宙斯聽到你的祈禱文，派我帶來一些很酷的魔法寶物，幫助你完成任務！」

荷米斯又彈彈手指。他很神氣地舉起一個背包大小的皮革袋子。

「這是裝東西的袋子。」柏修斯說。

「我知道！你把梅杜莎的頭顱砍下來以後，可以把它裝進這裡！」

「哇哦，謝謝。」

「還有……」荷米斯伸手到袋子裡，拿出一頂式樣簡單的青銅頭盔；只是一頂沒有帽緣的帽子，很像國王的步兵戴的那種。「這個小傢伙會讓你變成隱形人。」

「眞的嗎？」柏修斯接過帽子，看看內側。「爲什麼寫著『孟加拉製造』？」

「喔，別管那個啦。」荷米斯說：「這是黑帝斯的黑暗頭盔，是未經授權的重製品。不過效果很讚喔，我敢打包票。」

柏修斯戴上這頂便宜的孟加拉仿冒頭盔，一下子就看不見自己的身體。「很酷耶。」

「就說吧？好，把頭盔拿掉，因爲我還有其他東西要給你，是特別訂做的喔。」

荷米斯又從那個超厲害的皮袋裡拿出一雙綁帶涼鞋，腳踝的地方居然長出一對小小的鴿子翅膀。天神拎著鞋帶，只見那對翅膀劈啪拍打，鞋子也晃來晃去，一副想要飛走的樣子，很像用皮帶拴住的小鳥。

「我自己也穿了一雙。」荷米斯說：「穿上這雙鞋，你就可以飛了！比走路或游泳去找梅杜莎要快多了，而且既然你可以隱形，也就不用記錄什麼飛航計畫之類的！」

柏修斯的心跳速度就像鴿子的翅膀拍得一樣快。他從很小的時候就希望能夠飛行。他試穿那雙涼鞋，結果立刻射向天際。

「耶！」他開心大叫。「這眞是超、讚、的！」

「小子，好了啦！」荷米斯對著在雲端以之字形穿梭的小黑點大聲喊叫。「你現在可以下來了！」

柏修斯降落到地面，荷米斯再解釋接下來的計畫。「首先，你要找到三位老太太，她們叫『灰色三姊妹（the Gray Sisters）』。」

「她們爲什麼要叫那名字？」

「因爲她們是灰色的。還有，她們很醜，而且永生不死。對了，她們只要逮到機會就會把你剁碎，拿去烤肉。」

「那我爲什麼會想要找到她們？」

「她們知道梅杜莎祕密藏身處的地點，連我都沒有這項資訊。除此之外，她們有另外幾項東西可以幫助你完成任務。」

「什麼東西？」

荷米斯皺起眉頭。他從口袋裡拿出一張紙看了看，然後說：「我也不知道，沒有列在送貨單上面。不過這項資訊是雅典娜告訴我的，而她通常很清楚自己在說什麼。反正一開始向東方飛就對了，飛了兩天後，你會看到灰色三姊妹的島。絕對不會錯過，因爲它是……呃，灰色的。」

「荷米斯，謝謝你！」柏修斯實在太感激了，他想要給荷米斯來個抱抱。

天神躲開了。「好啦，孩子，千萬別太興奮。祝你好運，盡量不要跑進山區，好嗎？」

荷米斯化爲一團煙霧，消失了。於是，柏修斯讓自己射向天空，以腳踝內建的鴿子翅膀所能達到的最快速度，朝東方飛去。

灰色三姊妹的島嶼眞的是灰色的。

一座灰色大山聳立在一片灰色森林裡，周圍籠罩著一團灰白色的霧氣。石板峭壁直瀉而下，延伸到不斷翻騰的灰色大海裡。

一定就是這個地方，柏修斯心想，因爲他就是這麼聰明。

他戴上隱形帽，看見下方的樹林有一道煙霧裊裊升起，像是有人在燃燒營火，於是他朝那邊飛下去。

那裡有個湖泊布滿了綠色浮渣，旁邊有一塊陰沉的空地，三位老太太圍坐在火堆旁邊。她們身上穿著破爛的灰色布衣，頭髮看起來像髒兮兮的稻草。火堆上方的烤肉叉串著一大塊滋滋作響的肉塊，而柏修斯完全不想知道那塊肉是從哪裡來的。

他漸漸靠近，聽見三個女人吵成一團。

「給我眼睛！」其中一人大喊。

「給我牙齒，然後我再考慮看看！」第二個人說。

「輪到我了啦！」第三人嚎啕痛哭。「上一季的《陰屍路》影集才演到一半，你就把眼睛拿走了，你不可以那樣啦！」

柏修斯偷偷摸摸靠近。三位老太太的臉皮既乾枯又鬆垂，簡直像是融化的面具。她們的眼窩都空無一物，只有中間那位姊妹除外，這個醜女二號有一隻綠色眼睛。

右邊那位姊妹，醜女一號，則是開心地大嚼特嚼，用她嘴裡唯一一顆長了苔蘚的門牙扯咬神祕肉塊。另外兩位姊妹似乎連一顆牙也沒有，她們很不爽地各舔一杯「達能牌」的脫脂希臘優格。

醜女一號又咬了另一塊肉，嚼得像是很開胃的樣子。（我的意思是說她嚼得很開心，她沒有眞的吃過開胃小菜吧。）

「好啦。」她說：「反正我吃飽了，我會和你交換眼睛。」

「這樣不公平！」醜女三號說：「輪到我了！我什麼都沒有！」

「閉嘴，乖乖吃你的優格啦。」醜女一號說。她把牙齒從嘴巴裡猛力扯出來。

醜女二號伸手放在眼睛上，然後用力打噴嚏。眼球「噗」的一聲暴凸出來，滾進她的手心，柏修斯得拚命忍住才不至於嘔吐。

「好了嗎？」醜女一號問。「我們數到三，一起丟出去，絕對不准耍詐！」

柏修斯發現這是他的好機會，可以偷偷做點超噁心的事。他鬼鬼祟祟地往前爬。

「一，」醜女一號說：「二……」

聽著灰色女士大喊「三！」，柏修斯連忙走上前去。他在雅典娜神廟接受的所有訓練，以及他花了那麼多時間玩「決勝時刻」電玩，一定都大大增進他的手眼協調能力，因爲他從空中一把奪走眼睛和牙齒。

兩位灰色女士一直把手伸在空中，準備接住她們彼此交換的身體升級部位。

「怎麼回事？」醜女一號問。「你沒有丟出來。」

「我丟了眼球啊！」醜女二號說：「你才沒有丟牙齒！」

「我真的丟了！」醜女一號尖聲大叫。「一定有別人拿走了。」

「呃，不要看我！」醜女三號說。

「我才沒有看你！」醜女一號尖叫。「我連一顆眼珠都沒有！」

「我有。」柏修斯插嘴說。

灰色三姊妹陷入沉默。

「還有你們的牙齒。」他補了一句。

三姊妹全都從她們身上的破布衣底下猛然拔出刀子，撲向他說話的聲源。柏修斯跌跌撞撞向後退，差點變成烤肉叉上的神祕肉塊。

「提醒自己一下，」他心想：「面對盲人，隱形的把戲根本沒用。」

醜女一號和二號彼此撞到頭，摔個四腳朝天，然後開始扭打成一團。醜女三號則是失足跌入烤肉火堆，一邊尖叫一邊翻滾逃出，拚命想拍熄衣服上的火苗。

柏修斯繞著營地周圍轉圈圈。「如果你們想拿回眼睛和牙齒，最好表現得乖一點。」

「那是我們的財產！」醜女一號哭叫著說。

「那是我們的寶物！」醜女三號大叫。

「眞是胡說八道，你這白痴！」醜女二號厲聲說道。

三姊妹站起來，她們的身影在火光裡令人不寒而慄；陰影在她們空洞的眼窩裡不斷跳動，尖銳的刀刃也閃耀著紅光。

柏修斯踩到一根細樹枝，三姊妹同時轉身面對他，像貓一樣嘶嘶出聲威嚇。

柏修斯努力讓自己鎮定下來。「再攻擊我一次，」他出言警告：「我就立刻把你們的眼睛壓扁。」

他對那顆黏答答的眼球輕輕擠一下。灰色三姊妹同聲尖叫，拚命亂抓她們空蕩蕩的眼窩。

「好啦！」醜女一號哭叫著說：「你想要什麼？」

「首先，指出梅杜莎的藏身地點。」

醜女三號發出一種活像是大老鼠被踩扁的聲音。「我們不能告訴你！我們答應要好好守護戈耳工姊妹的祕密！」

「而且要守護預言的武器！」醜女二號補了一句。

「那好，」柏修斯說：「我也需要預言的那些武器。」

三姊妹又呼天搶地了一陣子，還互相掌摑彼此的頭。

「我們不能把武器給你！」醜女三號說：「戈耳工姊妹都靠我們了！她們會追殺我們到天涯海角！」

「我以為你們是永生不死呢。」柏修斯說。

「嗯……是沒錯啦。」醜女一號坦白承認。「不過你又不認識戈耳工姊妹！她們會嚴刑拷打，罵我們很難聽的話，而且……」

「如果你們不幫我，」柏修斯說：「那就沒有牙齒也沒有眼睛……再也不會有了。」

他又稍微用力擠壓眼球。

「好啦！」醜女一號心不甘情不願地說：「把牙齒和眼睛還來，我們就會幫你。」

「先幫我，」柏修斯說：「而我答應會立刻歸還你們的眼睛和牙齒。」

（答應這點還滿容易的，因為那些東西實在太噁了。）

「戈耳工姊妹的洞穴位於東方，」醜女二號說：「以直線飛過去，再飛個三天。等你到達大陸，你會看到一道高聳的懸崖從海面向上拔高，而洞穴就在正中央，高度大概是一百五十公尺，有一個小小的岩架是唯一的入口。你看到那個地方就會知道了，反正只要找到一堆雕像就行。」

「雕像啊。」柏修斯跟著唸一次。

「沒錯！」醜女三號說：「好啦，把我們的財產還來！」

「沒那麼快，」柏修斯說：「你們提到的那些武器呢？」

醜女三號沮喪地大聲哀嚎。她撲向柏修斯，柏修斯輕而易舉就躲開，結果她的頭撞上一棵樹。「哎喲喲喲！」

「武器呢？」柏修斯又問一次，同時對她們共有的眼球再多施加一點力道。

「好啦！」醜女一號大叫。「從這裡往南一點六公里，有一棵已經枯死的巨大橡樹，武器就埋在兩根最大的樹根之間。不過千萬別對梅杜莎說那是我們給你的！」

「我不會。」柏修斯向她們保證。「我光是殺她都忙不完了。」

「眼睛！」醜女二號說：「牙齒！」

「好啦。」柏修斯把眼睛和牙齒一起扔進滿是綠色浮渣的湖泊裡。「我答應會立刻歸還，可是我不能讓你們尾隨在後面來報仇。你們最好趕快潛水下去找，免得有些魚覺得眼球看起來很好吃。」

灰色三姊妹放聲尖叫，瞎著眼睛跌跌撞撞衝向湖水。她們潛入水中，活像是一群表皮粗糙的海象。

柏修斯在衣服上抹抹手。眼球好黏，超噁的。他啓動涼鞋，朝向南方飛越森林而去。

他輕而易舉就找到那棵枯死的橡樹。柏修斯挖掘最粗大的兩根樹根之間，露出某種像是人孔蓋的東西，外面用皮革毯子包裹住。他打開油膩膩的皮革，結果立刻被一塊圓形青銅盾牌的耀眼光芒閃瞎了。它的表面擦得十分光亮，宛如一面鏡子，即使在陰暗的森林裡，它所反射的光線足以造成重大車禍。

柏修斯朝他挖掘的洞裡瞥了一眼，下面還有另一件物品，看起來又長又窄，同樣也用上了油的皮革包住。他拉開皮革，露出一把看起來很漂亮的劍，有著黑色皮革的劍鞘，以及青銅和皮革打造的劍柄。他握著劍拔出劍鞘，不禁咧嘴一笑。整把劍的重量太剛好了，劍刃看起來鋒利無比。

他揮劍砍向橡樹的一根粗大樹枝，只是要確定一下可以用。結果劍刃砍斷了樹枝，接著又砍斷樹幹，把整棵橡樹攔腰砍成兩半，活像那棵樹是用小孩子玩的彩色黏土做的。假如你在「半神半人購物網」看到這樣的實物示範，絕對會二話不說就放進購物車，只要花十九點九九美元，內含運費和手續費。

「哇，讚喔。」柏修斯說：「這個派得上用場。」

「用這個要小心一點。」有個女人的聲音說。

柏修斯倏然轉身，差點就把女神雅典娜的頭砍掉。

他立刻認出雅典娜。他是在雅典娜神廟長大，那裡面有她的各種雕像、旗幟、咖啡馬克杯和杯墊。她穿了一襲白色無袖連身長裙，一頂高高的作戰頭盔戴在她的黑色長髮上，雙手各拿一支長矛和一個長方形盾牌，兩者都散發出魔法光芒；她的臉龐非常美麗，但有一點可怕，完全是戰爭女神應該要有的模樣。她那雙暴風雨般的灰色眼睛非常明亮，而且充滿狂暴的力量，一點都不像這個島嶼所有其他灰色的東西。

「雅典娜！」柏修斯跪倒在地且低下頭。「眞抱歉，差點砍斷你的頭！」

「很酷啊，」女神說：「起來吧，我的英雄。」

柏修斯站起來。他那雙涼鞋的小小鴿子翅膀在腳踝處緊張拍翅。「這些……這些武器是要給我的嗎？」

「我希望是，」雅典娜說：「我把劍和盾牌放在這裡，知道總有一天會有一位偉大的英雄來到這裡，這位英雄配得上終結梅杜莎的詛咒。我希望你就是那位英雄。我認爲梅杜莎受苦受得夠久了，你不覺得嗎？」

「所以，你的意思是說……等一下，我有點搞混了。你打算把她變回人類？」

「不是。我打算讓你砍下她的頭。」

「喔。那還滿公平的。」

「是啊，我也這麼想。條件是這樣的：你趁她們白天睡覺時偷偷溜進戈耳工姊妹的洞穴。這把劍夠銳利，可以砍斷梅杜莎的脖子，那可是和象鼻一樣粗。」

「那麼盾牌呢？」柏修斯突然眼睛一亮。「喔！我懂了！我把它當作鏡子用！我可以看著梅杜莎的鏡中映像，不必直接看到她，這樣她就不能把我變成石頭。」

雅典娜露出微笑。「非常好。你在我的神廟裡學到一些智慧。」

「而且也從電玩『戰神』學到一些，」柏修斯說：「其中有一關是……」

「不管怎麼樣，」女神說：「柏修斯，要小心哪！梅杜莎就算死了，她的臉也還是擁有力量，可以把凡人變成石頭。把它小心收在那個皮革袋子裡，而且不要拿給別人看，除非你想把那些人變成堅硬的大理石。」

柏修斯點頭，在心裡默默記住這些安全小祕訣。「梅杜莎的兩位姊妹呢？就是另外兩位戈耳工姊妹？」

「我不太擔心她們，她們超會睡的。如果運氣好，你完成任務溜走了，她們可能還不會醒來。此外，你不管怎麼嘗試都不能殺死她們，因為另外兩位戈耳工姊妹擁有永生不死之身，她們與梅杜莎不一樣。」

「為什麼會這樣？」

「見鬼了，我哪知道。你就看情形吧，重點是，假如她們醒了，立刻離開那裡。要快。」

柏修斯看起來一定嚇壞了。

雅典娜舉起雙臂賜予祝福。「柏修斯，你一定辦得到。把榮耀帶給我，帶給荷米斯，還有我們的父親，宙斯。你的名字將會永遠流傳後世！但是別搞砸了。」

「偉大的女神，謝謝你！」柏修斯實在是不知所措，他也想給雅典娜來個抱抱，不過她退開了。

「哇喔，喂，大塊頭，不能碰觸女神。」

「抱歉……我只是……」

「沒關係。好啦，快去吧！柏修斯，祝你獵殺順利！」

女神幻化成亮光，一閃而逝。

而在遠方，柏修斯聽見灰色三姊妹尖叫著說什麼謀殺之類的話，於是他知道該離開了。

梅杜莎的藏身處正在舉辦草坪專用雕像的出清大拍賣。

眞的就像灰色三姊妹所說，洞穴坐落在一片陡峭懸崖的半山腰，俯瞰著遼闊大海。洞穴入口和爬上去的狹窄山徑全都裝飾著眞人大小的大理石戰士，有些高舉著劍，其他則是嚇得躲在他們的盾牌後面。有個老兄甚至蹲著，褲子褪到腳踝處，永遠凍結在這一刻還眞慘啊。所有這些「想要成爲英雄的人」都有一個共同點：一臉徹底驚駭的表情。

隨著太陽升高到越過懸崖，雕像的影子也隨之移動，讓他們看起來好像還活著。這對柏修斯的緊張心情沒有一點紓解效果。

既然他會飛，也就不必擔心那條危險的山徑。而既然他可以隱形，更是不必擔心有人會看見他。

然而……他還是超級緊張。他看著那些滿坑滿谷的凡人，他們曾嘗試他準備要做的事。每一個人都懷著夠大的勇氣才來到這裡，每一個人都曾決心要殺死梅杜莎。

而現在，他們全都死了。或者，他們眞的死了嗎？說不定他們變成石頭之後還有意識，那樣豈不是更糟？柏修斯想像著站在那裡，永遠凍結，無論你的鼻子有多癢，都只能等到風化碎裂爲止。

「這一次會不一樣，」柏修斯對自己說：「這些傢伙又沒有兩位天神助他們一臂之力。」

可是他並沒有這麼肯定。說不定他只是天神一長串實驗品的最新一人而已？說不定荷米斯和雅典娜正舒舒服服坐在奧林帕斯山上，看著他的實況轉播，而萬一他失敗了，他們只會像這樣說：「嗯，那樣行不通耶。派下一個傢伙去吧。」

他降落在洞穴入口處，躡手躡腳走進去，舉高盾牌，同時拔劍出鞘。洞穴內部很暗，而且擠了更多大理石英雄。柏修斯繞過一個揮舞長矛全副武裝的傢伙、一個手拿碎裂石弓的弓箭手，還有一個全身毛茸茸挺著鮪魚肚的傢伙，他居然完全沒有武裝，只圍著一塊纏腰布。這傢伙的盤算顯然是一邊跑進來、一邊揮舞著手臂大吼大叫，想說只要比戈耳工姊妹更醜就可以嚇死梅杜莎。結果不管用。

柏修斯愈是深入洞穴內部，四周就變得更加昏暗。凍結的英雄們以扭曲的臉孔瞪著他，石化的劍刃不時戳得他很不舒服。

最後，他終於聽見房間後端傳來很多輕柔的嘶嘶聲……那是數百條小蛇發出的和聲。一股酸液湧進他的嘴裡。他舉起表面晶亮的盾牌，映照出一個女人睡在吊床上，距離大約十五公尺遠。她躺在那裡，兩隻手臂交疊在臉上，看起來幾乎和人類一模一樣。她穿著一件式樣簡單的白色長袍，而腹部腫腫的，看起來很不尋常。

慢著……

梅杜莎懷孕了？

突然間，柏修斯想起梅杜莎一開始是如何遭到詛咒。她和波塞頓在雅典娜神廟玩著調情的小遊戲，難道那表示……喔，天神啊。自從梅杜莎變成怪物後，她就一直懷著波塞頓的後代，不能生產，因爲……這個嘛，誰知道原因是什麼？說不定那也是詛咒的一部分。

柏修斯的勇氣消退了。殺死一隻怪物是一回事，但是殺死一位懷孕的母親？喔哦。這完全是另一回事了。

梅杜莎在睡夢中翻身，面對著他。而在她背後，她那對金色翅膀的其中一邊貼著洞穴牆壁伸展開來。她的手臂也滑落下來，顯露出手指上尖銳的黃銅爪子。她的頭髮扭動個不停，那是一窩滑溜溜的綠色毒蛇。有那麼多的小舌頭舔著頭皮，誰還睡得著啊？

而她的臉……

柏修斯差點就抬起頭，想要確定他看到的鏡中映像是正確的。野豬般的獠牙從她嘴裡伸出來，嘴唇向上捲曲成永遠的冷笑表情，而且雙眼暴凸，因此她的模樣有點像青蛙之類的兩生動物。不過讓她真正醜陋的是，所有特徵都嚴重畸形且不成比例，鼻子、眼睛、下巴、眉毛……全部湊在一起後，整張臉實在太慘了，完全沒有道理可言。

你知道「視錯覺」的圖片吧，就是盯著看太久會頭暈噁心那種？梅杜莎的臉就像那樣，只不過，悲慘程度絕對超過一千倍。

柏修斯定睛看著盾牌上的映像。他的手心狂冒汗，手上的劍幾乎握不穩。梅杜莎頭髮的爬行動物氣味充塞他的鼻孔，讓他好想吐。儘管事實上他是隱形人，但那些毒蛇肯定偵測到事有蹊蹺，隨著他愈來愈靠近，牠們嘶嘶出聲，露出小小的尖牙。

柏修斯看不到另外兩位戈耳工姊妹的身影。或許她們睡在洞穴的另一個地方，也說不定出去血拼什麼對蛇比較溫和的美髮產品。

他一步步靠近，到最後就站在梅杜莎身邊，但是不確定自己能否殺了她。

她依舊是個懷了不曉得是什麼的孕婦，而她的醜陋面貌只讓柏修斯心懷同情……而非氣憤。他反而應該砍掉波呂得克忒斯國王的頭才對，但柏修斯已經發了誓，假如他失去勇氣、現在就後退出去，他懷疑自己還能不能第二次鼓起勇氣。

然後，梅杜莎讓他終於下定決心。

她一定是感受到他的存在了，或許是她的小蛇髮型警告她，也說不定她聞到半神半人的氣味。（有人告訴我，怪物覺得我們聞起來像奶油土司的氣味，但我不敢擔保眞是這樣。）她的暴凸眼睛猛然睜開，所有的尖爪彎曲起來。她發出像是豺狼觸電的尖叫聲，然後撲過來，準備把柏修斯撕扯成碎片。

柏修斯只能盲目揮動手上的劍。

喀——碰。

梅杜莎往後倒下，摔到在她的吊床上。

咚、咚、咚。某種溫溫溼溼的東西滾過來，停在柏修斯腳邊。

好噁……

他得耗盡所有心力才不至於轉頭看，才不至於像幼稚園小朋友一樣哭著尖叫跑開。垂死的毒蛇小頭咬住他的涼鞋鞋帶又拉又扯。

柏修斯小心翼翼握著劍插回劍鞘，把盾牌揹到肩膀上，然後打開皮革袋子。他蹲下去，視線一直盯著洞穴的天花板，然後從那些死掉的蛇髮抓起梅杜莎的頭顱。他把頭顱塞進袋子裡，並確定袋口的細繩確實綁緊了。

好幾分鐘以來，柏修斯第一次呼出一口氣。

他完成任務了。他看著梅杜莎的無頭身體伸展四肢掛在吊床上。地上有一大灘深色的血泊，就在這時，血泊像漩渦一樣旋轉成奇怪的樣子。鮮血會這樣嗎？

兩個形體開始從那灘血泊長出來，它們不斷脹大、上升，而同一時間，梅杜莎的身體漸漸萎縮，最後消失了。

柏修斯呆若木雞，看著一匹實體大小的駿馬從液體裡冒出來，彷彿是從門口衝進來。那匹馬前腳躍起，高聲嘶叫，並展開老鷹般的翅膀，翅膀還滴著血。

柏修斯不了解眼前景象的意義，不過他親眼目睹了沛加索斯（Pegasus）的誕生，沛加索斯是史上第一匹飛馬。

接著，第二個形體也從鮮血裡面冒出來，那是個身披黃金盔甲的男人，手上握著金色的劍。之後他會取名爲「黃金戰士」克呂薩奧爾（Chrysaor），而他一定遺傳了母親的一些樣貌，因爲柏修斯超快就向後退開。

你可能會滿腹狐疑：梅杜莎的孩子爲什麼是一名黃金戰士和一匹飛馬？而且那麼多年來，他們怎麼能一直塞在梅杜莎的肚子裡？

見鬼了，我怎麼會知道？我只是把實情告訴你。你想讓事情合情合理，那麼你就來錯宇宙啦。

我不曉得克呂薩奧爾會不會和柏修斯打一架，還是會感謝他什麼的，總之他們還來不及交換手機號碼，柏修斯就後退撞上一座大理石雕像，它又撞翻另一座雕像，就這樣一個撞倒另一個，像骨牌一樣，結果……嗯，你也知道會怎樣，總之洞穴裡充滿了石化英雄碎裂瓦解的聲音。

「噢。」柏修斯說。

這時，有個女性的聲音從洞穴左側嘶聲說：「梅杜莎！怎麼了？」

然後第三位戈耳工姊妹的聲音從右邊嘶聲回答：「入侵者！殺人犯！」

柏修斯還戴著他的隱形帽，然而他不太敢相信帽子能夠保護他。他蹬了一腳，啟動飛行涼鞋，全速飛出洞穴。

兩位戈耳工姊妹淒厲尖叫，從他背後撲過來。她們的金色翅膀在空中振翅拍打，簡直像是兩個鐃鈸猛力互擊。聲音變得愈來愈響亮，但是柏修斯不敢回頭看，只能懇求涼鞋讓他飛得更快一點，結果腳踝的鴿子小翅膀快要燒起來。這時有東西刮過他的鞋底，他有種不祥的預感，那一定是戈耳工姊妹的爪子。

情急之下，他在空中急速旋轉，於是陽光照在他背上的盾牌反射出閃光，戈耳工姊妹尖聲大叫，一時之間眼睛被閃瞎了，於是柏修斯趕緊加速，向上飛進雲層裡。

飛了幾個小時之後，他很確定已經甩掉戈耳工姊妹，但他沒有停下來，一直飛到涼鞋開始冒煙。在這緊要關頭，美國聯邦航空總署規定你必須立刻降落，好好進行一次安全檢查。

柏修斯降落在大海中央的一塊光禿露岩上稍做休息。朝四面八方望去，看到的只有水，不過他看得出地平線上的最後一抹日落餘暉。

「嗯，」他對自己說：「至少我知道那個方向是西邊，只要往那邊飛去，最後應該就會回到家。」

錯了。這位老兄忙著逃離戈耳工姊妹的魔爪時，肯定沒有特別注意看路。要不就是用了iPhone的「地圖」App，因為他完全偏離路線了。

下一次他再度看到陸地，結果並不是塞里福斯島，而是一大片長條型的大陸本土，布滿了炎熱的紅色山丘和礫石沙漠，在月光照耀下一直延伸到他看不見的地方。

柏修斯曾在雅典娜神廟閱讀過一些地理學知識，他只能想得到一個地方符合眼前所見。

「非洲？這眞的是非洲？」

沒錯。那是非洲的海岸，這表示柏修斯一路飛向太遙遠的南方。

到了這時，他實在又累又餓，而且沒有注意到自己很渴。他以爲應該會找到某個城鎭，得到方向的指引，然後休息一會兒。他沿著海岸飛行直到天亮，這時終於看到遠方一座城市的高塔。

「好耶！」他對自己說：「有城市就有人！我喜歡人！」

等他飛得更靠近，才發現情況似乎有點奇怪。好幾千人聚集在港口的碼頭邊，所有人定睛看著水面，彷彿正在等待什麼事物。而群眾的後方設置了一頂絲質大帳篷，看起來像是這城邦的國王和王后正在觀察事態發展。

在港口的入口處，有一塊頂端尖尖的鋸齒狀岩石從海面上凸出來，而在海浪上方大約十二公尺的地方有個小小的岩架，上面有個東西以鎖鍊捆在岩石上，竟然是個青春期的少女。

這種行爲不太正常吧，柏修斯心想。他脫掉隱形帽，這樣才不會嚇到女孩（這樣說起來，好像有個穿著飛行鞋的老兄不知從哪裡飛出來就不會嚇到人），然後飛下去看她。

女孩表現得異常冷靜。她那雙美麗的黑眼睛瞪著柏修斯，一頭秀髮像黑檀木一樣烏黑，皮膚則像擦得雪亮的銅製品。她只穿著樸素的綠色連身裙，露出可愛的手臂和脖子。

柏修斯在她附近的空中盤旋飛繞。「呃。嗯……」他努力回想該怎麼說出完整的句子。他很確定好幾個月前他還會說啊。

「你不應該待在這裡。」女孩對他說：「海怪隨時會出現並殺了你。」

「海怪?」柏修斯突然從暈頭轉向中清醒。「發生什麼事?你爲什麼被拴在這塊岩石上?」

「因爲我的父母超級無能。」

「好吧……細節呢?」

「我的名字叫作安朵美達(Andromeda),我是那邊那個衣索比亞王國的公主。」

「你是說,你父母就是國王和王后?」柏修斯問:「而他們讓你被拴在外面這裡?」

安朵美達的美麗眼睛翻了個白眼。「這根本是他們的主意!說來話長。我媽,就是王后卡西歐佩亞(Kassiopeia),她超級愛炫耀。大概一年前吧,她開始亂吹牛,說她甚至比波塞頓的海精靈還要漂亮。」

「噢,哎呀。」柏修斯從沒見過半個海精靈,但早就聽說過她們是波塞頓手下一群海底女神,據說美得令人目眩神迷。他也知道,天神超討厭人類拿自己和永生不死的天神做比較。

「是啊。」安朵美達表示同意。「所以波塞頓生氣了,派了這隻蠢海怪來嚇唬我們城邦。牠把船弄沉、噴火燒港口、大嚼漁夫,而且讓人們再也不可能到海灘上做日光浴。所以,本地的蠢祭司還是什麼的,就對我爸刻甫斯(Cepheus)國王說,能讓波塞頓高興的唯一一個方法,就是把我拴在這塊岩石上,當作人類祭品。」

「眞是亂搞一通。」柏修斯說:「這又不是你的錯。」

「我拚命想對城邦的人民解釋,但是不太順利。」

「你看起來好像沒有很害怕。」

安朵美達用固定在鎖鍊裡的手臂努力聳聳肩。「因爲我實在不能怎麼辦啊。況且,與其和我那對笨蛋父母住在一起,讓海怪殺掉好像也沒什麼不好。假如他們以爲我會尖叫、懇求饒命什麼的，我可不會讓他們稱心如意。等那隻海怪一出現，我打算用最狠的話咒罵牠，罵得牠求饒喊救命。我練習很久了。」

柏修斯考慮了一會兒。「我敢說，你那些罵人的話一定很嚇人。但是如果還有其他方法呢？如果我砍斷鎖鍊，把你救走呢？」

「那會很酷，」安朵美達說：「不過那樣並沒有解決海怪的問題。我的意思是說，我還滿討厭那些城邦人民，可是我也不希望海怪把他們殺光光。更何況只要我還活著，海怪可能會一直跟蹤我。」

「不會，」柏修斯說：「因為我會殺了牠。」

安朵美達盯著他看了一會兒。「沒有惡意喔，你很可愛，而且我也確定你很勇敢，不過那隻海怪呢，有點像……嗯，事實上，牠來了。」

在岩石尖塔旁邊，水域激烈翻攪。海怪伸出頭，牠的頭足足有砂石車那麼大，臉上覆滿藍綠色鱗片，嘴裡的整排尖利牙齒就像針一樣銳利。牠彎著脖子從水裡伸出來，直到兩隻黃色的爬行類眼睛與安朵美達棲身的位置一樣高。海怪的巨大身體投影在下方海面上，簡直就像打了類固醇的尼斯湖水怪。

海怪嘶嘶出聲威嚇，亂噴口水和火焰。牠顯然吃了鯨魚當開胃菜，因為口氣超級腥臭。而在岸邊，城邦人民尖叫聲連連，柏修斯分不清楚那是因為害怕還是興奮。只不過，柏修斯才剛打敗梅杜莎，所以這隻海怪沒有讓他太驚訝。

「安朵美達，」他說：「閉上眼睛。」

「好。」

「嘿，老弟，」柏修斯問海怪：「你想看我的袋子裡面有什麼嗎？」

海怪歪著巨型腦袋想了想。牠不太習慣凡人用這麼冷靜的語氣對牠說話，不過，牠很愛來點驚喜。

柏修斯閉上眼睛，從袋子裡拿出梅杜莎的頭顱。

一陣劈里啪啦的聲音沿著海怪的長長身軀往後傳遞，很像一整個湖泊瞬間凍結的聲音。

柏修斯數到三，然後把梅杜莎的頭顱塞回袋子裡，再張開眼睛。

那怪物已經變成全世界最大的沙雕了。牠在柏修斯的注視下裂成碎片，緩緩沉入大海。

「呃，」安朵美達說：「我現在可以看了嗎？」

「可以。」

「很噁嗎？」

「不，不太會。」

安朵美達低頭看著海浪裡激烈旋轉的大量怪物碎屑。「哇。你是怎麼辦到的？」

柏修斯向她說明梅杜莎的頭顱。安朵美達看了一眼掛在他腰帶上的皮袋。「酷喔。那麼這些鎖鍊……」

柏修斯砍斷鎖鍊把她放出來。「你想要結婚還是怎樣嗎？」

「聽起來很不錯。」安朵美達說。

「我可以來個抱抱嗎？」

「你當然可以來個抱抱。」

就在這一刻，柏修斯知道這是真愛。他們抱抱又親親，接著他摟住安朵美達的腰，然後飛向城邦。

他們降落在國王和王后的帳篷前面。你也想像得到，一名希臘戰士先是把海怪變成一堆灰，然後又從空中飛下來，肯定會引發一大堆喔喔叫和啊啊叫。安朵美達向大家說明事發經過，然後宣布她已經決定與這位英俊的希臘王子結婚。

「除非有人提出反對意見。」柏修斯補上一句。

刻甫斯國王看著宙斯兒子的健壯肌肉和腳上的飛行鞋，再看看他身上那副濺滿鮮血的盔甲，以及他那把看起來極度銳利的劍。

「沒有反對意見！」國王大聲宣告。

王后則是吞了一大口口水，活像是要吞下一塊乾巴巴的司康餅。

「太好了！」柏修斯說：「我希望你們兩位感謝眾神賜予我勝利，好嗎？還有，你們也知道，要對自己的愚蠢行爲好好道歉。我希望你們在捆住女兒的尖塔岩石上建造三座祭壇，左邊的一座應該獻給荷米斯，右邊那座要獻給雅典娜，而正中央的獻給宙斯。假如波塞頓因爲他的海怪遭到殺害而抓狂，那麼……那三個祭壇應該可以說服他，這座城邦是受到另外三位天神的保護，除非他想要對那三位天神宣戰，否則他會知難而退。而且你們建造祭壇時，對這些天神獻祭幾頭母牛吧。」

「母牛。」國王說。

「沒錯，三頭母牛應該不錯。好吧，咱們來舉辦婚禮！」

而那些群眾不久前還歡呼慶祝安朵美達之死，現在則是慶賀她的婚禮。國王和王后火速在宮殿裡安排一場派對，有數不清的宴席、木屐舞、方塊舞，或是那些瘋狂的衣索比亞人興奮失控時的亂七八糟舉動。至於王后卡西歐佩亞，她大部分時間都看著自己映照在柏修斯盾牌上的倩影，不斷讚歎。（因爲有些人永遠學不乖啊。）

不幸的是，並不是每個人都歡天喜地慶賀這場婚禮。有一位本地的有錢老兄名叫菲紐斯（Phineas），他曾向安朵美達求婚，那是早在整個海怪問題之前的事。現在危機解除了，菲紐斯發現他未來的新娘竟然已經許配給某個拎著閃光劍和一袋頭顱的希臘人，簡直氣炸了。

婚宴辦桌期間，菲紐斯揪了他最凶悍的五十位朋友過來。他們喝了太多酒，講了些垃圾話，然後覺得他們絕對可以撂倒這個新來乍到的柏修斯。

他們吵吵嚷嚷地衝進宴會廳，手上揮舞著武器。

「把我老婆還來，你這個人渣！」菲紐斯對柏修斯射出一支長矛，不過菲紐斯畢竟喝醉了，長矛從柏修斯的頭頂上飛過去。

（各位同學，這是很好的教訓：喝酒不射長矛，射長矛不喝酒。）

柏修斯從桌子旁邊站起來。「這個小丑是誰？」

「那是菲紐斯。」安朵美達咕噥說道。

「菲紐斯，這是什麼名字啊？聽起來很像卡通人物。」

「他是本地的有錢笨蛋。」安朵美達說：「自以爲擁有我。」

「如果他死了，譬如說，死得很突然而且很暴力，你可以接受嗎？」

「我可以帶點悲傷地活著。」公主說。

「菲紐斯，你聽到她說的話了。」柏修斯提出警告。「你和你的朋友們最好趕快離開，趁還來得及的時候。」

「希臘人渣！」菲紐斯大喊：「咱們抓住他！」

再給一個良心建議：刻在你墓碑上的遺言如果是「咱們抓住他！」，未免也太慘了。

五十名衣索比亞戰士向前衝，柏修斯正面應戰。

我有沒有提過柏修斯是塞里福斯島最厲害的戰士？這個嘛，結果他幾乎不管到哪裡都是最厲害的戰士。他砍掉一個傢伙的頭，刺中另一個傢伙的胸口，再砍斷其他好幾個人的手臂和腳，基本上把婚宴會場變成一場大屠殺。

菲紐斯很勇敢地待在群眾的最後面，輕輕擲出長矛，也都沒有命中目標。後來柏修斯被惹毛了，他抓住其中一支長矛，把它扔回去。眼看著長矛就要刺穿菲紐斯了，但到了最後千鈞一髮之際，菲紐斯閃身躲到一座雅典娜雕像後面，只見長矛哐噹一聲，射中女神的石盾牌。

「喔，也太低級了！」柏修斯大喊：「竟敢躲在我最愛的女神後面！」

他變得更憤怒，也殺了更多傢伙。

到最後，柏修斯把菲紐斯和他剩餘的朋友們逼到牆角。

「放棄吧，」他說：「我已經很煩了，而你們把我的結婚禮服搞得全身是血。」

「我們絕對不會投降！」菲紐斯大叫。他的朋友們揮舞手上的劍，只不過臉上的表情看起來不是很確定。

「好吧，隨便你。」柏修斯說：「別說我沒警告你。」他大喊一聲，讓房間裡的每一個人都聽得到。「只要是我的朋友，請遮住你們的眼睛！我要拿出梅杜莎的頭顱！」

聰明的人全都遮住自己的眼睛。

「喔，拜託！」菲紐斯說：「他只是隨便瞎扯唬弄我們啦。那隻海怪可能也只是他變出來的巧妙幻象，要讓他自己顯得很強悍。他才不是眞的有什麼梅杜莎的腦袋在他的……」

柏修斯把梅杜莎的頭顱拿出來了，菲紐斯和他所有的朋友立刻變成石頭。

柏修斯將頭顱塞回袋子裡，然後用附近的簾幕把沾滿血跡的劍擦乾淨。他看著剛剛變成岳父岳母的國王和王后。

「很抱歉搞得一團亂。」他說。

「沒事沒事。」國王尖著嗓子說。

王后沒有回答。她太忙著查看自己投射在金杯上面的映像了。

「安朵美達，」柏修斯說：「你準備要離開這裡了嗎？」

「是啊。」公主對她父母投以最後的鄙夷眼神。「這個王國爛爆了。」

他們一起飛進夕陽裡，頭也不回地前往塞里福斯島，而且事先仔細查看過 iPhone「地圖」App 顯示的最佳路徑。

到了故事的這一段，很多古希臘和羅馬作家爲柏修斯增添一大堆附帶的冒險經歷。他們宣稱柏修斯造訪了義大利和很多個不同島嶼，不過我認爲他們只是想在「柏修斯旅遊熱潮」裡面參一腳，就像是「柏修斯投宿過這裡！」以及「在柏修斯殺了可怕馬爾他疣豬的地點打卡拍照！」之類的，這所有的東西我才不買帳。

有個故事甚至說，柏修斯曾經飛到非洲西岸，看見泰坦巨神阿特拉斯（Atlas），他還撐著天空，於是柏修斯用梅杜莎的頭顱把阿特拉斯變成石頭。他們宣稱北非的阿特拉斯山脈就是這樣來的。

我也不吃這一套，因爲：一，梅杜莎的頭顱不能把永生不死的天神變成石頭；二，阿特拉斯後來還出現在一大堆故事裡，顯然活得好好的；三，我見過阿特拉斯本人，他絕對不是一座雕像。他的腦袋超硬超頑固沒錯，但絕對不是雕像。

最後，柏修斯和安朵美達終於找到路回到塞里福斯島。他們到達時，震驚的程度遠比看到一整群戈耳工姊妹還要誇張。

整個城邦上上下下都裝飾了錦旗和花朵，看起來像是某個重要人物要結婚了。柏修斯看了心一沉，這肯定不是國王不知什麼名字老友的婚禮。

他和安朵美達越過城堡高牆飛撲而下，從王座廳的一扇窗戶直接飛進去，那裡聚集了一群人，正要舉行結婚典禮。

波呂得克忒斯國王站在他的高台上，穿著白色與金色相間的服裝，臉上掛著大大的微笑，看著兩名身材魁梧的衛兵硬是拖著柏修斯的母親達那埃走向王座。達那埃拚命掙扎尖叫，但沒有人願意幫助她，只有一個人除外，他是國王的弟弟，也就是漁夫狄克提斯，很多年前他救了漂流在大海裡的達那埃和柏修斯。柏修斯看到漁夫企圖拉開其中一名衛兵，但是衛兵打了老人一巴掌，把他打倒在地。

「住手！」柏修斯狂吼。他和安朵美達降落在房間正中央，群眾嚇得倒抽一口氣，紛紛後退跌倒。

波呂得克忒斯國王面無血色。他不敢相信柏修斯竟然回來了，而且活得好好的。這孩子不能再多等個五分鐘嗎？此外，國王不喜歡柏修斯那把新劍的模樣，也不喜歡他繫在腰間那個沾滿血跡的皮袋。不過既然有人在旁觀禮，國王又重新端出勇敢的表情。

「唉唷，看誰來啦。」波呂得克忒斯冷笑著說。「是曾做出好大承諾那個不知感激的流浪兒呢！小子，你爲什麼回來？要爲你的失敗找藉口嗎？」

「喔，我找到梅杜莎了。」柏修斯讓聲音保持冷靜平穩。他舉起手上的皮革囊袋。「這是她的頭顱，就像我承諾過的。現在到底是怎樣？」

「很簡單啊！」國王說：「你母親終於答應要嫁給我了！」

「沒有，我才沒有答應！」達那埃尖聲叫道。其中一名衛兵摀住她的嘴。群眾之中有些人神經兮兮笑起來，他們與嘲笑柏修斯去出任務的那些人是同一批。

安朵美達伸手握住柏修斯的手。「寶貝，我該摀住眼睛的時刻到了，對吧？因爲那邊的國王好像很該死。」

「同意。」柏修斯說：「波呂得克忒斯，你永遠不能與我的母親結婚。你根本配不上她，也不配當國王。放棄你的王冠吧，那樣我會把你放逐出去，否則……」

「荒謬透頂！」國王高聲說著：「衛兵，殺了他！」

十幾名士兵把手上的長矛打橫，在柏修斯和安朵美達的四周圍成一圈。

「別這樣，」柏修斯警告他們：「我會把你們變成石頭。」

「是喔，好啦！」國王大叫：「那就試試看啊！」

又來了，把這種遺言刻在你的墓碑上，同樣慘不忍睹啊。

「有誰站在我這邊的，」柏修斯喊著：「立刻閉上你們的眼睛！」

安朵美達、達那埃、狄克提斯閉上了眼睛，於是柏修斯拿出那位戈耳工姊妹的可怕頭顱。

一陣劈里啪啦的聲音響徹整個房間。接著則是全然的靜默。

柏修斯把梅杜莎的頭顱收起來。他睜開眼睛。所有的群眾（除了他的朋友們以外）全都變成石頭了，這也表示塞里福斯島的大理石雕像價格即將跌到谷底。

波呂得克忒斯坐在他的王座上，凍結於尖叫到一半的模樣。衛兵們看起來像是太過巨大的西洋旗子，而那些曾經嘲笑柏修斯的傲慢貴族們，從此以後再也不能嘲笑任何人了。

「哇，超讚的，」安朵美達親吻她的丈夫。「做得好。」

柏修斯確定他母親安然無恙。她給他愛的抱抱。接著，他拉著老漁夫狄克提斯站起來。

「我的朋友，謝謝你。」柏修斯說：「你一直對我們很好。你是好人。現在你哥哥死了，我希望你能成爲塞里福斯島的國王。」他對著整個王座廳大喊：「有沒有反對意見？」

那些凍結的貴族沒人吭聲。

「我……」漁夫看起來很爲難。「我的意思是，謝謝你，我想應該要這樣說。可是，柏修斯，那你呢？難道不應該由你來接下王位嗎？」

柏修斯笑了。「塞里福斯島從來不是我的家，阿戈斯才是我出生的地方。我要成爲那裡的國王。」

他把媽媽留在塞里福斯島，因爲她沒有意願回到童年時代的家。（你能怪她嗎？）柏修斯答應媽媽盡可能多傳簡訊和 Skype 視訊，因爲他是個好兒子。接著，他和安朵美達飛向希臘本土。

結果呢，柏修斯的祖父（你還記得那個老阿克里西俄斯，弄了什麼銅牆鐵壁牢房，又是尖叫又是鬼叫的那位嗎？）事先接獲警告，得知他孫子的計畫。我不曉得他是怎麼得知的，也許他得到預言，或者作了個惡夢之類的。於是柏修斯到達那裡的時候，阿克里西俄斯已經逃出城邦了。

沒有人反對柏修斯和安朵美達成爲阿戈斯的國王和王后。他們擁有美滿的婚姻，生了一大堆又一大堆的小孩。柏修斯把他的魔法寶物還給荷米斯（因爲像那樣的東西，你千萬不能貪心），也把梅杜莎的頭顱送給女神雅典娜，她實在太喜歡那顆頭了，於是把它鍍上青銅，固定在她的盾牌「埃癸斯」的正中央，這樣衝進戰場時可以嚇退敵人。

發展到這裡，也許你會對整個故事一開始的預言很疑惑。柏修斯不是應該殺了他祖父？他殺了，那是後來的事。而且那完全是一場意外。

柏修斯登上王位好幾年之後，有一次他去參加隔壁王國的運動比賽，就是一群貴族爭相賣弄自己的酷勁，以便漂亮贏得大獎。柏修斯登記參加擲鐵餅比賽。

而老國王阿克里西俄斯剛好也在現場。他在那個王國躲了好一陣子，假扮成乞丐，不過他擠到群眾的最前排觀看比賽，因爲這一切令他回想起往日身爲國王的美好時光，不像現在時時生活在恐懼之中。

柏修斯準備好，輪到他投擲了。假如你沒有看過鐵餅，基本上它等於是重達一點四公斤的飛盤。比賽就是盡可能投擲得愈遠愈好，以顯示你有多麼強壯。

阿克里西俄斯只看過柏修斯還是小嬰兒的樣子，此後從未見過面，因此他不認識這位運動員，直到司儀大聲喊出：「讓出空間給阿戈斯的柏修斯！」

老人睜大雙眼，喃喃地說：「噢，人渣。」或者說不定用了更強烈的字眼。

阿克里西俄斯還來不及退開，柏修斯就擲出他的鐵餅。一陣反常的風勢推送著鐵餅，只見它直接砸向阿克里西俄斯，讓他當場一命嗚呼。

「噢！」群眾同聲大喊。

柏修斯滿心驚駭，竟然像這樣殺了一個老人。不過等到古希臘的ＣＳＩ犯罪現場確認屍體身分是阿克里西俄斯，而且將他的死亡裁定爲意外事故，柏修斯就認定這是神的旨意。他回到阿戈斯家中，又與安朵美達生了更多小孩。

他們組成的家庭實在太過龐大，希臘有一半的人口都宣稱自己是柏修斯的後代。他的其中一個兒子珀耳塞斯（Perses），據說是波斯國王家系的開端。他還有一個女兒名叫戈耳戈福涅（Gorgophone）。哇，不是開玩笑吧，爲什麼？那樣聽起來豈不是很像戈耳工家的人？難道是用他的 iPhone 緊急熱線電話爲女兒取名字？「柏修斯國王，快點，你的『戈耳工福涅』打電話來！」

他最有名的後代是個名叫海克力士（Hercules）的傢伙。

我們之後會講到他。

而現在呢，咱們就讓柏修斯享受他的快樂故事結局，與安朵美達來個一大堆愛的抱抱，再生一大堆半神半人小嬰兒。

其實我是想證明安朵美達的媽媽卡西歐佩亞並不是史上最糟糕的岳母，這份榮耀當然歸屬於愛之女神阿芙蘿黛蒂（Aphrodite），因爲她讓一位名叫賽姬（Psyche）的女孩生不如死……嗯，假如你對於大戰巨龍、忍受折磨與酷刑、踏上尋找黑帝斯小旅行、面對一大群殺人綿羊很有興趣的話，那就繼續讀下去吧。

一點都不愉快喔。

# 2 賽姬偷了一盒美容軟膏

天生就是超級大美女一定爛透了。

眞的，我沒有開玩笑，不然你想想看嘛。

賽姬應該要有個快樂的童年。她的父母是某個希臘城邦的國王和王后，她有兩個姊姊，所以她在學校表現有多好、她必須和誰結婚這些方面，應該都沒有什麼壓力才對。她大可放輕鬆，好好享受當個小妹妹公主，隨心所欲過自己的日子。

說來不幸，她是個大美女。

我說的可不是那種一般人類水準的美貌。她的兩個姊姊就是一般的美女。假如賽姬的吸引力像她們一樣，或甚至只是稍微更有吸引力一點點，那倒還好。

可是賽姬一長大到青春期階段，她就從「這小朋友好可愛喔！」進階到「喔我的天神啊。喔，哇嗚。她眞是超正的！」

她一打開臥室的窗子，下方的街上往往聚集了上百個小伙子吵吵鬧鬧、鼓掌叫好，或是拚命扔花束（如果剛好打中她的臉，那眞的很痛）。每次她走過城鎮街道，身邊一定要帶四名保鏢負責把愛慕者擋開。

面對這一切，她一點都不高傲。她不覺得自己比其他人優秀，也不想引人注意。事實上，她好希望自己是個相貌平凡的普通女孩，但她根本無法對其他人抱怨這樣的煩惱。

「喔，你好可憐！」她的朋友們會一邊這樣說，一邊鐵青著臉，露出嫉妒的表情。「你長得太美了！那一定是很可怕的負擔！」

隨著年紀漸長，她愈來愈難交到朋友。學校裡的每個人開始對她很刻薄，大家排擠她、散播她的謠言，因爲人們自覺受到威脅時就會有這種反應。可是我猜想，假如你待過任何地方的任何學校，對這些事一點都不陌生吧。

最刻薄的是賽姬的兩個姊姊，她們假裝心地善良，背地裡卻編造出一些最惡毒的謠言，還鼓勵其他人與她們一樣惡毒。

「喔，得了吧，」你可能會這樣想：「身爲超級大美女，至少她想要什麼樣的男孩都能得到，不是嗎？」

大錯特錯。

賽姬實在太美了，美到令人膽怯，因此沒有半個男孩敢約她出去。他們很愛慕她，他們狂扔花束，他們嘆氣，凝視她的臉龐，自修課的時候描繪她的畫像，可是那些小伙子愛慕她的方式，就如同你愛你最喜歡的歌曲或最炫的電影，或者藝術家社交網站 DeviantArt 最棒的圖片一樣。她是那麼不眞實，因爲得不到而顯得太完美，也因爲太完美而得不到。

賽姬的父母一直等待求婚的提議滾滾而來，結果什麼也沒有。她的兩位姊姊只有普通凡人的漂亮程度，她們都與其他城邦的有錢國王結婚，賽姬卻留在父母的宮殿裡，孤孤單單，沒有朋友也沒有男朋友，什麼都沒有。

賽姬覺得很悲傷，然而這一切都無法阻止群眾對她的愛慕之情。

到了她十七歲的時候，城鎮居民在公共廣場爲她豎立一座眞人大小的大理石雕像。傳說故事開始向外散播，說她根本不是人類，而是奧林帕斯山的女神下凡，是阿芙蘿黛蒂第二，甚至比阿芙蘿黛蒂更美。人們開始從鄰近王國跑來，只希望能瞥見她的倩影一眼。她的家鄉因爲以賽姬爲核心的觀光業而致富，他們製作T恤，提供觀光解說行程，甚至開發一系列的化妝品，保證化起妝來就像賽姬一樣美！

賽姬想要勸阻這一切。她既虔誠又聰慧（這些特質似乎從來沒人注意過，畢竟她同時擁有美貌），總是在神廟裡虔誠祈禱、敬獻供品，因爲她不想讓天神不開心。

「我不是女神啊！」她會對人們說：「別再那樣說了！」

「是啦，」等她一離開，人們便碎碎唸說：「她是女神，這還用說嗎？」

賽姬受歡迎的風潮就像病毒傳播一樣，過沒多久，人們從整個地中海地區蜂擁而至，大家宛如朝聖般前來一睹她的風采，而不是去阿芙蘿黛蒂的神廟。

這件事傳到阿芙蘿黛蒂耳中會有什麼後果，恐怕你也猜到了。

有一天，女神在奧林帕斯山上，從她的私人美容沙龍往下看，預期會看到大批愛慕她的粉絲聚集在她的神聖島嶼塞瑟島的主神廟前。然而神廟一片荒涼，地板積滿灰塵，祭壇空空蕩蕩，甚至連祭司也不見了，只見門上掛了一塊牌子寫著：「跑去崇拜賽姬。掰掰囉。」

「這是怎麼回事？」阿芙蘿黛蒂猛然跳起，差點把剛做好的指甲給毀了。「所有人都跑去哪裡了？爲什麼沒有人來崇拜我？誰是賽姬？」

她的僕人不敢告訴她，因爲他們以前看過女神抓狂的樣子，但過沒多久她就搞清楚了。

她朝凡人世界觀察了一會兒，再查詢幾個主題標籤，就對這個突然爆紅的賽姬瞭若指掌。

「喔，黑帝斯啊，不會吧，」阿芙蘿黛蒂咆哮大叫：「我是全宇宙最重要也最美麗的女神，居然有個凡人女孩跑來搶戲？厄洛斯（Eros），給我過來！」

根據一些傳說故事，厄洛斯其實比阿芙蘿黛蒂還老，但其他的傳說認爲他是阿芙蘿黛蒂的兒子。我不知道哪種說法才對，不過以這個故事來說，阿芙蘿黛蒂肯定把他當作兒子。或許他眞的是兒子，也說不定阿芙蘿黛蒂只是把他當作兒子，而厄洛斯實在太害怕所以不敢糾正她。不管是哪種情形，這位老兄身爲掌管浪漫愛情的天神，算是阿芙蘿黛蒂的男性搭擋。大家更熟悉的是他的羅馬名字，丘比特（Cupid）。

這就表示他是那個胖嘟嘟的情人節小嬰兒，背上有一對小小的翅膀，帶著小小的弓，還有可愛的小箭箭嗎？不見得喔。

厄洛斯其實帥到人神共憤的程度，所有的小姐都想用他的照片當作手機的背景圖片。還想知道更多細節？抱歉，那我就不清楚了。如同阿芙蘿黛蒂，他有點像是你希望他長什麼樣子就顯現出什麼樣子。所以，小姐們，請想像你心目中最完美的男子……厄洛斯看起來就像那樣啦。

他慢慢晃進媽媽的覲見廳，穿著緊身牛仔褲和故意撕破的時髦T恤，頭髮抓得完美無瑕，閃爍著淘氣的眼神，背景播放著他的主題曲〈我太性感〉❸，身子隨之緩緩搖擺。（這是我瞎掰的，其實我沒有在現場。）

「怎樣？」他問。

「怎樣？」阿芙蘿黛蒂痛苦尖叫。「你有沒有聽過賽姬那個女孩？你到底有沒有注意凡人世界的動態？」

「呃……」厄洛斯摸摸他的帥氣下巴。「賽姬？沒有，聽都沒聽過。」

阿芙蘿黛蒂解釋賽姬如何偷走她的所有仰慕者和他們獻上的祭品，外加八卦雜誌的頭條新聞版面。

厄洛斯緊張得坐立難安，他不喜歡阿芙蘿黛蒂生氣的時候，她一生氣就引發粉紅色大爆炸，把所有東西都弄成粉紅色，讓一切都毀了。「所以，你要我怎麼做？」

阿芙蘿黛蒂盯著他。「我要你怎麼做？這是你的工作吧！你射的箭會讓凡人墜入愛河，對吧？找到那女孩，給她一點教訓，讓她與世界上最噁心、最可怕的男人墜入愛河，也許是某個臭兮兮的老乞丐，或者凶惡的殺人犯，細節我一點都不在乎。讓我刮目相看吧！當個好兒子！讓她對自己的美貌感到後悔！」

其實呢，賽姬早就對自己的美貌感到後悔了；可是阿芙蘿黛蒂對此一無所知。她那顆永生不死的腦袋根本算計不到這種事。

厄洛斯拍拍他的白色羽毛翅膀。（喔，是啊，他有一對巨大的翅膀。我剛才有沒有提過？）「我瞭解了……呃，媽，別擔心。」

厄洛斯從阿芙蘿黛蒂的美容沙龍飛出去。他盤旋降落到凡人世界，急著想完成自己的任務。他很渴望找到那個女孩，瞧瞧是在大驚小怪個什麼勁兒。他超愛把非常不搭嘎的人們湊成一對，說不定讓她與某個二手戰車銷售員墜入愛河，或者與某個感染皮膚病的怪咖在一起。那樣一定很歡樂。

「喔，好耶，」厄洛斯兀自傻笑，「賽姬一定很希望從沒見過我！」

---

❸〈我太性感〉（I'm Too Sexy）是英國樂團「佛瑞德語錄」（Right Said Fred）的歌曲。

結果他說得完全正確，但事情的發展與他的想像不一樣……

同一時候，在下面的宮殿裡，賽姬恨透了自己的人生。她的姊姊們都因結婚離家了。她沒有朋友，算是孤單一人，身邊只有她的父母親和一大群保鏢。她絕大多數的時間都躺在床上，將房間窗簾拉緊，拿棉被蒙住頭，心碎地不斷哭泣。

她的父母自然是憂心忡忡。他們也一直希望爲賽姬找到好姻緣，因爲那樣可以帶來很多好處，像是軍事聯盟和媒體正面報導之類。他們實在不懂，像這樣一位既美麗又出名的女兒，根本是阿芙蘿黛蒂第二，怎麼可能過得如此悲慘？

國王來看她。「親愛的，怎麼了？我可以幫點忙嗎？」

賽姬吸吸鼻子。「就讓我去死吧。」

「我想的是再多拿一杯熱可可給你。還是要一隻新的泰迪熊？」

「爸，我十七歲了！」

「聽我說。我去德爾菲找神諭商量看看好嗎？天神阿波羅應該能給我們一點建議！」

我之前有沒有提過，去德爾菲通常是個餿主意？

無論如何，國王還是去了。他問神諭要怎麼樣才能幫他的女兒找個好丈夫。

神諭女士吸進一點火山蒸氣，然後用低沉的男性聲音說話，那是阿波羅的聲音。

「國王，絕望吧！」她大聲說，這絕對不是你想聽到的開場白。「你的女兒不會與凡人結婚。她注定要嫁給怪物，一隻凶猛又野蠻的野獸，連神都敬畏三分！你爲她舉行婚禮時，就把她打扮成像是爲她舉行葬禮。將她帶去你的王國裡最高聳的岩石尖頂上，她會在那裡遇見她的命定之人！」

「命定之人！命定之人！命定之人！……」這聲音在洞穴內反覆迴盪。

神諭的聲音又恢復正常。「謝謝你的祭品，祝你有順心的一天。」

國王回到家中後，立刻去見他女兒。「親愛的……我帶來一些好消息，也帶來一些壞消息。好消息是，你會得到一位丈夫。」

賽姬聽到預言時，心情變得平靜又鎮定，這比哭泣更令她父母驚慌失措。她接受了自己的命運。她本來一心求死，不是嗎？顯然天神批准了她的願望。她即將與怪物結婚，而她認定這個「結婚」是一種婉轉的說法，事實則是「成爲怪物均衡早餐的一部分，被牠撕扯得四分五裂，再狼吞虎嚥吃下去」。

她的父母哭了起來，不過賽姬握住他們的手。「別爲我哭泣，只要凡人對天神造成威脅，就會有這種後果。我應該早一點阻止那種『阿芙蘿黛蒂第二』的胡說八道才對。我早該知道那會造成惡果。我不是女神，只是個凡人女孩啊！假如我的死可以讓情況步上正軌，而且讓這個城邦免於遭受眾神的天譴，那麼我完全可以接受。這還是我這輩子所做的第一件好事。」

她的父母簡直嚇壞了，然而他們是接獲天神阿波羅的直接命令，你不可能無視於阿波羅的存在，除非你想看到一陣猛烈的死亡之箭宛如雨點般落下，把你蒸發掉。

消息傳出去之後，整個城邦陷入愁雲慘霧。他們神聖而美麗的公主、讓愛重生的女神，即將在王國裡最高聳的岩石尖頂上獻祭給怪物。這對於本地的賽姬化妝品（有註冊商標）產業的前景實在很不妙。

賽姬的父母爲她穿上一襲黑色絲綢縫製的壽衣，用黑色新娘頭紗蓋住她的臉龐，並拿了一把黑色花束放在她手裡。他們護送賽姬到王國的邊境，那裡有一座一百五十公尺高的岩石尖頂伸向天際。好幾個世紀前，有人在岩塔周圍鑿刻了一道狹窄的階梯，於是這裡可以用來當作瞭望塔。賽姬獨自沿著階梯攀爬上去，最後到達尖頂。

豁出去了，她心裡這樣想，同時俯瞰著下方遠處的岩石地面。我希望下輩子能有一張平凡面孔，或者長得醜也沒關係。我很樂意有機會長得醜一點。

她一點也不害怕，連她自己都有點驚訝。事實上，這是好幾年來她頭一次覺得心情平靜。她等了一會兒，不曉得怪物是否會從某處突然冒出來，把她咬成兩半。由於一點動靜也沒有，她決定把命運掌握在自己手中。

她縱身跳下。

她的父母遠在岩塔後面的有利位置，就這樣眼睜睜看著賽姬筆直落向她的死亡結局。他們從未找到賽姬的屍體，但這不代表任何意義。那天的風勢相當大，而且她的父母實在太傷心，也就沒有發動大規模的搜索行動。更何況如果賽姬真的沒死，表示預言中的怪物把她帶走了，而那種結果又更糟。國王和王后回到家，兩人都心碎了，深深相信再也見不到心愛的女兒和最受歡迎的觀光資源。

故事結束。

不見得喔。

從長遠來看，如果賽姬死了，她受到的苦難會比較少，但她沒死。她從岩石跳下來時，一陣狂風席捲她全身，到了距離山谷底部約十多公尺的地方，風勢減慢她的墜落之勢，而且一路托著她的身子。

「嗨，」有個很超現實的聲音說：「我是澤佛羅斯（Zephyrus），西風之神。你今天過得如何？」

「呃……糟透了？」賽姬說。

「很好，」澤佛羅斯說：「所以我們今天早上會有一段短程飛行，前往我主人的宮殿。天氣狀況看起來很好，也許我們剛爬升的時候會有一點亂流。」

「你主人的宮殿？」

「請記得繫緊你的安全帶，而且在洗手間不要觸動煙霧偵測器。」

「你說的是哪一國話啊？」賽姬疑惑地問。「你到底在說什……啊啊啊！」

西風以每小時一千六百公里的速度把她刮起，讓賽姬的胃緊貼著背，後面拖曳了一長條黑色花瓣。

他們降落在一個綠草如茵的山谷裡，四周滿地是野花，蝴蝶在陽光下翩翩飛舞。遠處聳立著一座宮殿，美麗的程度是賽姬此生僅見。

「感謝你今天與我們一起飛行，」澤佛羅斯說：「我們知道你有很多種風向可以選擇，因此很感謝你的惠顧。好了，你最好趕快上路，他正在等你。」

「誰……？」

可是空氣變得靜止不動。賽姬感受到風神已經離開了。

她懷著緊張心情，走向占地遼闊的白色大莊園。這片產業的周圍有許多花園和果園，一條清澈的小溪流過花圃之間，遮蔭的棚架上爬滿了忍冬植物。

賽姬穿過大門，走進一間客廳，天花板鑲嵌著松木和象牙，牆壁蝕刻著銀色的幾何圖案，地板則是以許多貴重寶石拼貼而成。舒適的白色沙發面對一張矮桌，桌上擺滿了好幾碗美味多汁的水果、冒著蒸氣的新鮮麵包，還有好幾罐沁涼的檸檬水。

而這只是第一個房間而已。

賽姬滿心驚奇，遊逛了整座宮殿。她發現很多個天井都有玫瑰花園和光彩奪目的噴泉，每一間臥房都鋪著質料最好的亞麻布床單和蓬鬆的羽絨枕頭，圖書室裡滿是卷軸，一座室內游泳池甚至有滑水道，還有充滿美食的廚房、一座保齡球館、一間家庭劇院設有座墊又厚又軟的斜躺座椅，甚至有爆米花機……這個地方眞是應有盡有。她家的王室宮殿與這裡比起來，簡直就像那種髒兮兮的臨時組合屋教室建築。

她隨意打開一個櫃子，裡面居然有堆積如山的閃亮金條。她又打開另一個櫃子，一個個特百惠保鮮盒整整齊齊標示著鑽石、綠寶石、紅寶石、蝴蝶領結、土耳其氈帽和藍寶石。貴重物品這麼多，宮殿裡隨便一個置物櫃裡的東西，價値都足以購買一個私人島嶼，外加鎮守島嶼的一支私人軍隊。

「誰住在這裡呢？」賽姬大聲問：「誰擁有這所有的東西？」

就在她身旁，有個女性的聲音說：「就是您啊，女主人。」

賽姬嚇得跳起來，不小心撞倒大花瓶而摔碎了，裡面的鑽石撒得滿地都是。「是誰？」

「女主人，很抱歉嚇到您了。」那個隱形的女士說：「我是您的僕人之一，只有您問問題的時候我才會說話。這是您的宮殿，這裡的一切都歸您所有。」

「可是……可是我……」

「女主人，東西弄亂了別擔心。」僕人說。

一陣風捲起那些鑽石和花瓶碎片，把它們掃走了。

「無論您需要什麼，我們都會提供。」僕人說：「我已經爲您準備了舒服的熱水澡，在那之後，如果您餓了，您的私人吃到飽自助餐全天供應。假如您想聽音樂，只管開口問，隱形的音樂家知道您喜歡的所有歌曲。天黑之後，我會帶您去您的臥房，您的丈夫也會抵達。」

賽姬的喉嚨扭緊得像麻花捲一樣。「我的丈夫？」

「是的，女主人。」

「誰是我的丈夫？」

「這間屋子的主人。」

「不過誰是這間屋子的主人？」

「當然是您的丈夫。」

賽姬緊張得吸了一口氣。「我們可以像這樣兜圈子兜到天荒地老，是嗎？」

「女士人，您想要的話就可以。我在這裡任您吩咐。」

賽姬覺得泡個熱水澡應該不錯，因爲她很需要冷靜下來。

她浸到澡盆裡之後（有十幾種不同香氣的沐浴精油可以選，還搭配漂浮蠟燭、一千支噴嘴的按摩浴缸產生的漩渦模式，以及令人放鬆的音樂），隱形僕人送來她這輩子從沒穿過的最美麗、最舒適的衣服。

她吃了這輩子吃過最棒的晚餐，旁邊有看不見的音樂家演奏她的十大金曲，並看著夕陽從果園裡開滿花朵的蘋果樹後方沒入地平線。

但是她的胃糾結得更緊了。

日落之後，她的丈夫就會抵達。

神諭警告過她的父母：她注定要嫁給一個怪物，一隻野蠻的野獸，連眾神都對牠敬畏三分。但是怪物怎麼可能住在這樣的宮殿？如果牠要賽姬死掉，為什麼她還沒有死？

（附帶一提，假如這整件事開始聽起來很像《美女與野獸》，就是有神祕的怪物老兄住在很酷的宮殿裡，還有魔法僕人等等，這可不是偶然撞戲喔。《美女與野獸》完全就是根據賽姬的故事改編而成，只不過你別期待會有愛唱歌的茶壺，因為那不會出現啦。）

最後，夜幕終於降臨。賽姬其實可以拒絕上床睡覺。她大可想辦法逃跑，不過她覺得那樣做只會延遲她的命運而已。經過好幾個小時的疑惑和憂心之後，看到天色暗去，她幾乎鬆了一口氣。更何況，她必須承認自己有點小小的好奇。她從未交過男朋友，更別提丈夫了，萬一……萬一他其實沒有那麼糟呢？

隱形僕人帶賽姬去她的臥房，並給她一套舒適又溫暖的「我的小飛馬」圖案睡衣，而且是那種包腳的連身睡衣。她爬上巨大的床鋪，床墊好柔軟，感覺像是飄浮在空中。（之所以知道那樣的感覺，都要感謝澤佛羅斯曾送她一程。）

一陣微風席捲整個房間，將蠟燭和燈火都吹熄了。在全然的黑暗中，賽姬聽見房門打開，然後是光腳踩過大理石的聲音。有某個沉重的東西陷入床墊的邊緣。

「哈囉。」一個男子的聲音說。

他聽起來不像怪物，反倒像是電台播音員的聲音。他的語調既溫和又帶著些許幽默感，彷彿很了解這第一次的會面有多麼荒謬滑稽。

「搞得這麼戲劇化，我要向你道歉，」他說：「只有用這種方法，我才能安排與你見面，而不會讓……某些人注意到。」

賽姬發現自己幾乎說不出話，因爲她的心臟好像堵住氣管了。「你是……你是誰？」

男子輕笑起來。「我恐怕不能告訴你名字。我不該出現在這裡，甚至不該與你結婚。所以，如果你可以只叫我『丈夫』，那就再好不過了……假設你答應嫁給我的話。」

「我有選擇的機會？」

「我要跟你說……我愛上你了。我知道這很瘋狂，畢竟我們才剛見面，但我默默看著你很久了。並不是像，嗯，跟蹤狂那樣。」他嘆口氣。「抱歉。我眞的搞砸了。」

賽姬的心情既絕望又混亂。她很習慣活在人們的目光之下，可以說這一輩子都在拚命忍耐。「你認爲你愛上我，是因爲我很漂亮？」

「不，」男子說：「嗯，也是啦。你當然很漂亮，但我愛上你是因爲你的待人處事。你從來不會讓那一切影響你，使你變得太自負。你努力對人們說『不』。你也對天神保持信仰。我很欽佩你忍受悲傷和孤獨的努力。」

她不想哭，可是眼睛因爲淚水而刺痛。以前從來沒有人對她說過這麼善意的話。她在全然的黑暗之中鬆懈下來，因爲在黑暗中，外表一點都不重要。

男子碰觸她的手指。賽姬驚訝極了，他的手感覺好溫暖、強壯，而且完全是人類的手。

「我甚至不能讓你看見我的樣貌。」他的聲音聽起來很悲傷。「如果你知道我的身分，我們的婚姻就會破裂。你會深受其苦，而且會毀掉一切。」

「爲什麼？」

「我……我很抱歉。如果可以的話，你一定要相信我。我對你發誓，我會是好丈夫。無論你需要什麼，儘管開口問。不過最基本的規則沒得商量：我們只能在這裡見面，在夜晚，在徹底的黑暗中。每天早上，我會在天亮之前就離開。你永遠不可以知道我的真實名字，也永遠不可以看到我。連想都別想。」

賽姬握著他的手，明顯感覺到自己的心跳速度愈來愈快。「萬一我不小心看到你呢？萬一哪天有滿月還是什麼的……」

「那不用擔心，」他說：「我還是隱形的，黑暗只是額外的預防措施。你唯一可能看到我的機會是我睡著的時候，我只要睡著，就不能讓自己隱形。不過，我想你不會愚蠢到在大半夜起來點亮蠟燭，刻意想要看到我，所以我們很安全。賽姬，我是很認眞的，你千萬別想看到我，那會毀了我們兩人的關係。」

他說「我們」耶。他說這個詞的語氣彷彿那是千眞萬確的事，彷彿他們已是一對伴侶。

「我不想催促你，」他說：「我們可以只是聊聊天。我知道這樣眞的很尷尬。」

「吻我。」她說。她的心怦怦跳。

他很猶豫。「你確定嗎？」

「你有嘴唇，對吧？你該不會像，嗯，什麼鳥嘴怪物，或者殭屍之類的吧？」

他壓低聲音笑出來。「不是啦。我有嘴唇。」

他吻了她，包裹在「我的小飛馬」包腳睡衣裡的賽姬融化了。

等他終於移開，她必須努力回想該怎麼說話。「這眞是……哇喔。這……哇喔。」

「是啊。」他也同意。「那麼……」

「丈夫，再吻我一次。」

她幾乎感覺到他笑了。

「都聽你的。」他說。

接下來的幾個星期非常美好。每一天，賽姬在宮殿裡隨處閒晃，享受著她的花園、她的室內游泳池和她的保齡球館。每到晚上，她恨不得丈夫趕快回到家。他是賽姬此生所見最溫柔、最風趣也最令人驚奇的男生。

他絕對不可能是怪物。她觸摸他的臉，感覺像是完美的正常人類臉龐，事實上很英俊。非常英俊。他的手臂平滑而健壯，他的……嗯，你知道嗎？我覺得這樣夠好了。我已經盡力了，可是我實在不習慣從女生的角度來描述男生，抱歉啦。

賽姬的婚姻幸福美滿。這樣一句話就很夠了。

唯一的問題是，她很想念家人。

爲什麼？這眞是好問題。她的兩位姊姊對她總是很刻薄，或者，至少也只是假裝對她好而已。她的爸媽老是昏庸無知，他們讓她穿上壽衣去結婚，還讓她從高聳的岩石跳下去。然而家庭的牽絆眞是很奇怪，即使你的親戚對你沒有特別好，他們依舊與你有血緣關係，你就是無法完全切斷這樣的連結。（而且相信我，我眞的超想和我爸那邊的幾個親戚切斷關係。）

有時候，賽姬靜靜坐在她的花園裡，覺得自己聽見家人呼喚她的聲音，從很遠很遠的地方傳來。有一次她甚至聽見父親的聲音，然後是母親的聲音。大多數時候，她聽見的是姊姊們的聲音，而且聽起來很痛苦，很不像她們平常的作風。

正因如此，賽姬實在很難全心享受自己的游泳池或吃到飽午餐，或者她的隱形芳療師為她做的隱形肩膀按摩。

一天晚上，賽姬詢問丈夫知不知道那些聲音，因為她很怕自己其實瘋了。

在黑暗中，他與賽姬十指交握。「我的愛，你沒有發瘋。自從你消失後，你的父母過得很不好，因為太傷心而生病了。他們始終沒有找到你的屍體，因此要求你的兩位姊姊答應去找你。你不是從那個岩石尖頂跳進風裡嗎？每一天，你的兩位姊姊都會去那裡，不斷呼喚你的名字。」

賽姬的心變成一團大理石。她一直專注在自己身上，沒有考慮到她家人的感受。

「我得回家一趟，」她說：「我得見見我父母。」

「不行，」她的丈夫說：「假如離開這個山谷，你就再也不能回來了。」

「為什麼？難道澤佛羅斯不能……」

「沒那麼簡單。」她丈夫的聲音充滿痛苦，甚至有一點害怕。「賽姬，我拚命想要保護你。你被眾神宣判了死刑啊。嗯，特別是一位女神……」

這段時間過得超級幸福，賽姬幾乎忘了之前惹上的麻煩。「你是指阿芙蘿……」

「別說出她的名字，」她的丈夫警告她，「那樣太容易引起她的注意。假如你在凡人世界現身，一定又會激起所有的愛慕之情，人們會宣稱你是女神，那麼我們兩個都會惹上麻煩。那將會危及我們在這裡擁有的一切……還有我們的祕密天地。求求你，就讓你的家人相信你已經死去。」

賽姬不曾體會這種撕扯般的痛苦。這輩子她頭一次覺得開心。儘管賽姬和丈夫的關係受到奇怪的約束和限制，她對丈夫的愛意還是快速滋長。她不想搞砸這一切，更何況吃到飽自助餐實在很美味。

但另一方面，她的父母因爲太傷心而生病了，兩位姊姊也每天都去尋找她，呼喊她的名字。賽姬不是自私的人，她不喜歡冷漠對人。一旦知道別人傷心痛苦，她不可能自顧自地享受幸福。

「有沒有折衷的方法？」她問。「我不會離開，但是讓我的兩位姊姊來這裡。」

「賽姬……」

「我會要求她們發誓保守祕密！她們只會停留到確定我還活得好好的，而且只會將這件事告訴我父母，讓他們不再擔心。這樣就好了！」

「這眞是非常糟糕的餿主意。」她的丈夫說：「你的兩位姊姊向來非常忌妒你，假如你帶她們來我們家，肯定對你的想法有害。如果你愛我，求求你聽我的話。那樣做會毀了現有的一切。」

她親吻他的手。「你知道我愛你。我保證會很小心。不過你確實說過，只要有需要，我都可以開口問。我需要做這件事。」

雖然很不情願，但她的丈夫答應了。

隔天早上，賽姬走到她第一次降落的那片野花原野上。她聽得見姊姊們呼喚她的叫聲從遠方傳來。

「澤佛羅斯，」她說：「把她們帶到這裡來，拜託你了。」

說時遲那時快，她的姊姊們從空中筆直落下，兩人一邊尖叫、一邊揮舞手臂，臉朝下掉進野花叢裡。我猜澤佛羅斯根本沒有把她們放在眼裡，也或許因為她們坐的是經濟艙。

「姊姊！」賽姬說：「嗯，好高興看到你們！我扶你們站起來！」

你可能也曾經像這樣，本來急著想做某件事，像是覺得：「喔，天神啊，這是有史以來最棒的點子！」可是一旦做了，你又會覺得：「我到底在想什麼啊？」

賽姬看到她兩位姊姊的第一眼，心裡就浮現這種感覺。突然間，她回想起姊姊以前對待她有多麼刻薄。她開始後悔做了這樣的選擇，把她們帶到這裡，但現在這樣想已經太遲了，只好盡量不要搞砸。

賽姬為她們導覽整座宮殿。她解釋風勢如何帶她來到這裡，然後遇見她的新丈夫。她也很抱歉一直沒有打電話或寫信回家，不過主要是因為那整個「眾神判她死刑」的狀況，因此讓凡人世界以為她已經死了還滿重要的。

剛開始，姊姊們實在震驚到說不出話來。經過幾個小時的參觀行程後，她們從原本的萬分困惑，漸漸因為確知妹妹還活著而稍微放心，到後來發現妹妹的新家竟然這麼酷而暗中憤慨不已。賽姬帶她們參觀保齡球館、室內游泳池、吃到飽自助餐、無限多間的臥房和花園和客廳，還有附設爆米花機的家庭劇院。

「這裡面有什麼？」大姊拉開一個櫥櫃門，結果有大批金條、鑽石、紅寶石和蝴蝶領結像山崩一般滑落下來，差點壓扁大姊。

「喔，那只是儲藏櫃。」賽姬很難為情地說。

二姊瞪著那些金銀財寶，全部加起來的價值絕對超過她自己丈夫整個王國的財富。「你有很多像這樣的儲藏櫃？」

「呃……我沒算過。可能有幾十個？但那不重要啦。」

她帶兩位姊姊各去一間套房，趁著吃午餐之前讓她們梳洗一番。隱形僕人服侍她們洗熱水澡、按摩、修剪頭髮和腳趾甲。此外，她們也換上新衣裳，時髦程度是原本舊衣的五十倍以上，佩戴的珠寶也比她們父親的全部資產還要值錢。

隨後，她們在陽台上一起吃花生醬和果醬三明治，因爲賽姬最愛吃的就是花生醬和果醬三明治。

「你的丈夫是誰？」大姊問：「他怎麼有能力負擔這一切？」

「喔，呃……他是生意人。」賽姬很討厭說謊，可是她答應丈夫絕不透露太多細節，尤其不能提起他是隱形人，而且只能在全然的黑暗中出現。他很怕那會讓姊姊們瘋掉，但我實在想不出爲什麼這樣會瘋掉。

「生意人。」二姊跟著她說一次。「一個生意人可以控制風勢，而且有隱形僕人。」

「這個嘛，他是非常成功的生意人。」賽姬含糊說著。

「我們可以見見他嗎？」大姊問道。

「他不在……去出差了。」賽姬突然站起來。「嗯，能夠見到你們眞是太好了！我眞的得回去……做點事！」

她在姊姊們手裡塞滿昂貴的禮物，然後護送她們回到山谷邊緣。

「可是，賽姬，」二姊說：「至少讓我們再來看你一次嘛。我們會帶來家裡的消息，而且……我們很想你，對吧，大姊？」

大姊點點頭，努力不讓握緊拳頭的指甲掐進掌心。「噢，超想你的！拜託，讓我們再來一次吧！」

「我不確定……」賽姬說：「我答應我丈夫……」

「他不會禁止你親愛的家人來拜訪吧！」二姊笑著說：「他又不是怪物，對吧？」

「呃……這個嘛，不是……」

「那就好！」大姊說：「那麼，我們下星期同一時間再見！」

澤佛羅斯捲走姊姊們，然而賽姬覺得自己才是真正捲入風暴中心的人。

那天晚上，她把見面經過告訴丈夫。他一聽說姊姊們想要再來一次，既沒有歡呼叫好，也沒有在房間裡樂得團團轉。

「我警告過你，她們會玩弄你的感情，」他說：「別讓她們回來，別讓她們毀掉我們的幸福。況且……」他伸手輕輕放在賽姬的肚子上，「你有寶寶，要好好考慮了。」

賽姬的心猛然一跳。「我……我快要……」

「是啊。」

「你確定？」

「是啊。」

「你怎麼知道？」

「我就是知道。拜託，不要再讓家人來這裡了，忘掉你姊姊吧。」

賽姬希望自己辦得到，可是如果她要生小孩了，至少應該通知家人……不是嗎？此外，姊姊們的問句一直在她心裡反覆播放：「他又不是怪物，對吧？」

「我……我鄭重答應，」賽姬說：「我保證不會讓姊姊們毀了我們的幸福，只要讓她們再來一次就好。」

丈夫的手從她肚子上抽回去。「我不會阻止你。」他的聲音聽起來沉重且帶著遺憾。

那天晚上，賽姬躺在這張舒適的新床上，第一次失眠了。

同樣那一晚，西風才剛把賽姬的姊姊們送回岩石尖頂，她們就開始對彼此哭喊哀嚎。

「噢我的天神哪！」二姊尖叫著說：「你有沒有看到那間豪宅？」

「你有沒有看見那些花園？」大姊質問著：「保齡球館？可以走進去的櫥櫃？那是什麼黑帝斯啊？我卻得嫁給一個頂上無毛又有口臭的老國王，而他的房子連那間豪宅的一半好都達不到！」

「別再抱怨了，」二姊說：「我丈夫背痛嚴重，而且個人衛生習慣很差。他超惹人厭的！而且他絕對不會給我那些珠寶和隱形僕人，更別提什麼爆米花機了……」

「喔，天神哪，爆米花機！」

兩位姊姊同聲嘆氣。她們羨慕成那樣，你幾乎可以看到她們整張臉都綠到發光。

「我們不能把妹妹留在那座宮殿裡，」大姊說：「那顯然是某種戲法或魔法。她的丈夫可能眞的是怪物。」

「絕對是怪物，」二姊說：「我們得找出眞相，這都是爲她好。」

「都是爲她好。」大姊表示同意。「天神哪，我現在超恨她的。」

「我懂，就是說嘛。」

她們回到父母親的宮殿。由於兩位姊姊正在氣頭上，心懷恨意，於是沒有對她們爸媽說出實情，而是說賽姬已經死了。

「我們看見屍體了，」二姊說：「沒有留下太多部分，不過那絕對是她。實在很噁心。」

「噁心極了，」大姊附和說：「我們親手埋了她。眞的很噁。」

這個消息讓她們父母徹底心碎。不到三個晚上，國王和王后相繼去世。

姊姊們都哭了，但沒有很傷心，因爲現在她們可以瓜分整個王國了。況且，她們父母的全副精神都放在小搗蛋妹妹賽姬身上，只爲了幫她找到最棒的婚姻，所以也算咎由自取。

是啊……那些姊姊，她們是監護人了。

一個星期過去了，她們再一次跋涉到岩石尖頂上，西風把她們載送到賽姬那座有爆米花和鑽石的祕密宮殿裡。這一次，西風沒有把她們臉朝下扔到草地上，因爲賽姬要他答應不再那樣亂搞，不過他還是暗中狠狠報復，沒有按照規定播放飛航安全廣播。

總之，等她們與賽姬一起坐下來共進午餐，兩位姊姊已經準備就緒。

「那麼，」大姊率先發言：「你的好丈夫怎麼樣啊？」

「喔，他……很好。」賽姬說。

二姊帶著慫恿的笑容。「你說你的丈夫以什麼爲業？」

賽姬的腦袋一片空白。她本來就不擅長說謊，現在根本不記得之前對姊姊們說了什麼。

「嗯，他是個牧羊人……」

「牧羊人。」

「沒錯，」賽姬溫順地說：「很富有的牧羊人。」

她的大姊傾身向前，握住她的雙手，露出一副最完美的「我好關心你」表情，事實上她超想掐死這位不配得到這一切且令人憤慨的幸運大美女。「賽姬，你到底有什麼事情沒有告訴我們？上個星期，你說你丈夫是生意人，現在又說他是牧羊人。我們是你的姊姊啊，讓我們幫你的忙吧！」

「可是……一切都很好啊。」

兩位姊姊交換心照不宣的眼神。

「一切都很不好的時候，大家就會這樣說。」二姊說：「賽姬，我們認為你身處險境。你還沒有忘了德爾菲神諭說的預言，對吧？你注定要嫁給怪物，是連天神都畏懼三分的野獸。預言總是會實現的啊。爸爸一直很擔心，他直到去世之前都不停碎碎唸著這件事。」

賽姬喝著檸檬水差點嗆到。「等等，爸爸去世了？」

「是啊，他傷心過度去世了，因為你再也不會去看他。不過，現在那件事不重要。你得告訴我們：你的丈夫到底是誰？」

賽姬覺得好像有人把她脖子以下的身體全部埋在沙土裡。她的父親已經死了。她的兩位姊姊想要幫助她。預言絕對不會出錯。可是她丈夫的體貼聲音、他的溫文儒雅……

「我不知道他究竟是誰，」賽姬坦承說：「他不准我看到他的樣子。」

「什麼？」二姊說：「哇，哇，哇。從頭講起，把所有的一切都告訴我們。」

賽姬實在不應該說，但她終究坦白說出她丈夫是隱形人，他到了夜晚才會來訪，拒絕對她透露自己的名字。她對姊姊們說出她未出世的孩子，還有「我的小飛馬」圖案包腳睡衣，以及所有的一切。

「比我原本想的還糟，」大姊說：「你很清楚實情是什麼，對吧？」

「我不清楚。」賽姬說。

「你丈夫是一隻巨龍，」大姊說：「龍可以變成人形，可以隱形，也可以施展各式各樣的幻術。我敢打賭，他之所以留你活口只是爲了把你養胖，等你的肚子眞正大起來……」

「大姊！」賽姬出言抗議。「那根本不可能！而且好噁心！」

「可是她說得對，」二姊說：「巨龍一天到晚這樣做。」

「眞……眞的嗎？」賽姬說。

大姊很嚴肅地點頭。「你得救救你自己！今天晚上你丈夫睡著時，點亮一盞燈或什麼的，查看他的眞面目。我希望是我說錯了。眞的，我希望是這樣！可是我沒有。你要記得手邊藏好某種刀子還是剃刀之類的，等你看到他那可怕的怪物臉孔，動作一定要快，割下他的頭！然後把我們叫回山谷，我們會幫助你離開這裡。」

「我們會分配所有這些超棒的金銀財寶。」二姊說。

「雖然那不是很重要啦。」大姊說。

「完全不重要。」二姊表示同意。「賽姬，我們只關心你的安全和幸福。我們會帶你回家，幫你找個適合的凡人丈夫，就像我們的丈夫一樣。」

「對啊。」大姊嘴上表示同意，心裡卻想著：「找個更老、更臭的丈夫。」

「我……我不知道，」賽姬說：「我不能……」

「你就考慮看看我們的提議嘛，」大姊慫恿她。「而且看在眾神的份上，你要小心！」

兩位姊姊就像這樣，非常仔細地建議賽姬毀掉自己的人生，然後搭乘「澤佛羅斯航空」

回到凡人世界。

那天晚上，賽姬準備要做有史以來最蠢的事。她在浴室的櫥櫃裡找到一把平直的剃刀，就是電影《瘋狂理髮師》拿的那種老式剃刀，看起來會是很棒的武器，如果你準備要攻擊一隻，呃，巨型野豬的話（我對那種事實在不太了解啦）。她將剃刀藏在床頭櫃的抽屜裡，裡面還放進一盞橄欖油燈和一盒火柴，或者管他什麼當時用來點燈的東西。見鬼了，我怎麼會知道那是什麼？

一如往常，她的丈夫等待夜幕降臨就抵達。所有燈火都熄滅後，他坐到床上，兩人聊了一會兒。「你今天過得如何？」「喔，很好啊。我的姊姊們沒有說什麼話讓我變成殺人偏執狂。」「很好，很好。愛你喔。晚安。」或者像這樣延伸下去的對話。

到了大約凌晨三點，賽姬從丈夫的深沉呼吸聲判斷他睡著了，於是她從自己這一側的床邊溜下去，從床頭櫃的抽屜裡取出剃刀和油燈。她點亮燈芯，一點昏暗的紅色火光蔓延到床單上。

她的丈夫側躺在床上，背對著她，羽絨被堆在他的背後。

慢著……那不是羽絨被吧？賽姬滿心驚訝，看著一對巨大的白色羽絨翅膀疊合在她丈夫的肩胛骨上。

那怎麼可能？她從來沒有感覺到丈夫的背上有翅膀啊。

還有……如果她實在沒有注意到丈夫的翅膀，到底她還有哪些方面沒注意到？萬一他的臉孔不是那麼英俊……或者不像人類，總之不像她的手指在黑暗中觸摸的感覺呢？

「你的丈夫是一隻巨龍。」她姊姊的聲音在她內心低語。連眾神都畏懼三分的野獸。

賽姬的心臟重重擊打她的胸骨。她慢慢繞過床邊，最後直挺挺站在丈夫面前。影子逐漸從他臉上退去。

賽姬死命克制自己大聲喘氣。

她的丈夫眞是……不可思議的帥啊。

（又來了，各位偷窺狂，我讓大家自行想像細節啦。）

他實在帥得很驚人！事實上是太驚人了，於是賽姬一時手軟，油燈在她手上不住地抖動，剃刀突然之間變得好重。

賽姬無法理解，丈夫爲何擔心她看見他的模樣呢？他到底有哪方面需要隱藏？

接著她注意到其他東西……那是一把弓和一個箭筒，懸掛在他那側床頭櫃的掛鉤上。

他的翅膀……他的武器……還有他那太帥氣而不可能是凡人的臉龐。賽姬突然明白了。

「厄洛斯，」她輕聲地自言自語：「我的丈夫是厄洛斯。」

專業小叮嚀：如果你不想引起天神的注意，說出天神的名字恐怕不是好主意。更何況你拿著剃刀和油燈，站在某位天神的面前，還說出他的名字？這絕對是禁忌中的禁忌。

厄洛斯一定是感覺到她很靠近。他咕噥幾聲，在睡夢中翻了個身，而這動作嚇到賽姬。一滴滾燙的熱油從她的油燈濺出來，滴在天神的裸露肩膀上滋滋作響。

「哎唷！」厄洛斯突然坐起來，雙眼倏然睜開。

夫妻兩人彼此大眼瞪小眼，一切瞬間凍結在油燈的紅光照耀下。在這極短暫的片刻間，厄洛斯的表情從震驚變成懊悔又變成痛苦。他拎起弓與箭筒，伸展翅膀，然後推開賽姬。

「不！」賽姬手上的剃刀和油燈掉在地上。天神起飛時，她撲向前，只能拚命抓住他的左腳踝。「求求你！我很抱歉！」

厄洛斯拖著賽姬，直直飛出窗外。他們飛越花園時，賽姬再也抓不住而掉下去。就算再怎麼不情願，厄洛斯還是猶豫了一下。他停在一棵柏樹的樹梢上，低頭看著下方，確定賽姬沒事。但是這已經不重要了，他們的關係就此結束。

賽姬癱倒在地上，一邊哭泣，一邊叫喚他的名字，不過厄洛斯已經鐵了心。那滴熱油讓他的肩膀燙傷得很厲害，痛得他幾乎無法思考。

「愚蠢的賽姬，」他站在樹梢上說：「我警告過你了。眾神為證，我警告過你了！」

「厄洛斯！求求你，我什麼都不知道，我很抱歉！」

「抱歉？」他大喊。「我為了你反抗我母親啊！我冒盡一切風險！阿芙蘿黛蒂命令我盡力找到最卑鄙、最低劣的人類，讓你愛上他，可是我反而愛上你。我創造出這整個山谷，包括宮殿、僕人和所有的一切，於是我可以把你藏起來，不讓我母親看見。我們本來可以安安靜靜住在這裡，可是你看到我的那一刻，你叫出我名字的那一刻……魔法就破解了。你看！」

在他們背後，整座宮殿粉碎成一片塵土，花園也全數枯萎，整座山谷變成一片荒蕪的不毛之地，在月光下顯得既淒涼又陰鬱。

「你聽了你姊姊的話，」厄洛斯說：「她們想要的就是這種結果，她們要你變得很悲慘。我警告過你，你卻選擇相信她們而不相信我。這下子，我母親一定會發現你的事，那只是時間早晚的問題。她會看出實情，而我們兩人都逃不出她的神譴。賽姬，你能逃就逃吧，她絕對不會停手，直到抓住你為止。你使她蒙羞，而現在你也讓我蒙羞。」

「我愛你！」賽姬哭叫著說：「求求你，我們可以讓婚姻很幸福，我們可以……」

厄洛斯伸展雙翼，振翅飛入夜空，留下懷孕的賽姬獨自心碎。

好振奮人心的故事，對吧？現在你沒有覺得這故事超讚嗎？

但是別急，故事還會更悲慘。

厄洛斯飛走之後，賽姬六神無主，四處遊蕩。到了山谷邊緣後，她走到河岸邊，決定投河自盡。

哎呀，同學們，跳進一條河讓自己淹死，絕對不是解決問題的好答案，特別是假如河流的深度差不多只有六十公分，就更不是好主意。賽姬就像這樣，她只是跌跌撞撞摔進去，坐在六十公分深的河裡大哭大叫，看起來蠢斃了。

恰好在這時候，野地裡的羊男天神潘（Pan）剛參加完歷時三天的派對，正在附近打盹，而水花四濺和呼天搶地的哭聲吵醒了他。他踏著蹣跚的步伐走向河邊，看見一位美麗絕倫的女孩在水裡掙扎，他很疑惑自己是不是產生幻覺。

「嘿，美女。嗝！」潘倚靠著一棵樹免得跌倒。「你看起來……嗝！……很傷心。我來猜猜。別告訴我喔。愛情問題，對吧？」

賽姬心煩意亂到極點，實在不想理會一個醉醺醺的羊男對她說的話。她痛苦地點頭。

「嗯，淹不死自己啊！」天神說：「那不是解決方法啦。你知道應該怎麼做嗎？向愛之神厄洛斯祈禱！他是唯一能幫助你的人！」

賽姬開始放聲大哭。

潘跌跌撞撞往後退。「嗯……很高興我們這樣小聊一下。我這就……告退了。」他趕快離開。他的頭已經夠痛了，不需要更多尖叫聲和戲劇化場面。

天色漸漸變亮，賽姬也開始冷靜下來。她的悲痛絲毫沒有平息，但是悲痛感變得沉重和冷酷，慢慢轉爲篤定。

「也許羊男說得對，」她說：「厄洛斯是唯一能幫助我的人，我需要找到他，請求他原諒我。我不會接受『不』這個答案。可是首先……」

她顯露出鋼鐵般的堅定眼神。周圍沒有半個人可能是好事，因爲他們可能會撥打自殺防治專線。「首先，我得感謝姊姊們的『幫忙』。」

原來賽姬變得有殘酷傾向了。要讓她生氣很不容易，可是摧毀她的婚姻？那絕對會令她大抓狂。

她在鄉野間跋涉多日，最後終於找到她大姊的丈夫擔任國王的城邦。一開始，衛兵想把她趕走，因爲她看起來像是無家可歸的流浪婦人，最後他們終於搞清楚她的身分（他們是從最近刊出的文章〈五位值得崇拜的超正新女神！〉認出她）。衛兵們帶賽姬進去見她姊姊。

「喔，親愛的，瞧瞧你的樣子！」大姊嘴上這樣說，心裡則是暗暗竊喜。「我可憐的賽姬，到底怎麼了？」

「說來話長。」賽姬說著，同時抹掉臉上的一滴淚。「我聽從你的建議，結果卻和我的預期不一樣。」

「你的丈夫嗎？他……他是怪物嗎？他死了？」

「都不是。」賽姬嘆口氣。「我看到他的眞面目。你一定不相信，但他是天神厄洛斯。」

她描述他有多麼令人驚奇，而且描述得巨細靡遺。她的心痛一點都不需要假裝。她把事實的眞相告訴大姊……從故事的開頭講到結尾。

「厄洛斯飛走之前，」賽姬說：「他告訴我，他要拋棄我。他說，他還寧可與我的姊姊結婚。他直呼你的名字。」

大姊的眼睛睜得像一枚德拉克馬金幣那麼大。假如她本來對賽姬講的故事有所懷疑，現在對每一個字都深信不疑了。這完全說得通！還有誰能像愛之神一樣擁有那樣的超級億萬富翁豪宅，再加上隱形僕人、家庭劇院系統和滑水道？而且厄洛斯直呼她的名字耶！他對女性的品味顯然很好，也早就看膩賽姬愚蠢的美貌了。大姊終於能夠擁有她値得擁有的一切！

「喔，賽姬，」她說：「我很抱歉。你可以等我一下下嗎？」

大姊跑出房間，一路跑到她丈夫的覲見廳停下來，只爲了對他大喊：「我要離婚！」接著她跑到馬廄，牽了一匹跑得最快的馬，頭也不回地騎馬跑出王國。

她一路都沒有停，最後跑到她第一次讓澤佛羅斯載走的那座岩石尖頂。她爬到尖頂上，大聲喊叫：「厄洛斯，我在這裡！我心愛的人，帶我走！」

她跳出去，筆直落下而死。

啊哈，澤佛羅斯見狀笑到不行。除非廣播到你的登機組別，否則你絕對不該登上某班飛機。這一點每個人都知道吧。

同一時候，賽姬繼續踏上她的旅程。她找到二姊居住的王國，告訴她同樣的故事情節。「最奇怪的事情是什麼呢？」賽姬做出最後總結。「厄洛斯說，他馬上要與我姊姊結婚。他提到了你的名字。」

受到慾望的煽風點火，二姊衝出宮殿，隨便抓了一匹馬，狂奔到岩石尖頂，然後懷著滿心的期盼，跳向自己的死亡。

賽姬很冷酷嗎？我想是吧。不過呢，假如有誰值得從一百五十公尺高的岩石以頭朝下的方式跳下去，應該就是那兩位女士吧。

毀掉兩位姊姊的事情辦完之後，賽姬在整個希臘到處流浪，從一個城邦遊蕩到另一個城邦，決心要找到厄洛斯。她查看他的每一座神廟，查看路邊的每一個祭壇，查看每一間「洛城健身中心」、夜店、單身兩性聖經閱讀團體等，總之就是愛神可能出沒的所有地方。她的運氣並不好。

這是因爲厄洛斯正在面對他自己的問題。

他離開賽姬時，唯一的念頭是要逃離他的破碎婚姻，也許找個洞穴躲過接下來的好幾個世紀，直到阿芙蘿黛蒂把她的神譴發洩完畢。不過，他肩膀的疼痛很快就變得難以忍受。光是一滴熱油不應該會這麼痛啊，它燒進他的中樞神經系統，侵蝕了他的天神本質。這比他以前體驗過的所有疼痛都要更嚴重……也許除了他第一眼看到賽姬時的心痛除外吧。

感覺這兩件事似乎彼此相關，厄洛斯心想，這簡直像是某種「隱喻」！

（我放進這個詞，這樣學校老師才有理由叫你寫一篇論說文討論一下。對不起啦，我之前提過，我要寫點東西才能換到披薩和雷根糖，對吧？）

總之，厄洛斯實在太虛弱了，沒辦法飛很遠。他飛往最近的阿芙蘿黛蒂度假別墅，那是位在亞得里亞海岸的一棟莊園；他跌跌撞撞飛進他的房間，才剛摔到床單上就不省人事。

你一定會想，他那麼想躲開他媽媽，所以跑去他媽媽的房子？也太聰明了吧。

不過我猜想，他飛的時候一定是仰賴自動駕駛。不然就是想念他自己的床，你生病的時候也會像他這樣。也說不定他認爲最好直接面對他媽，該面對的就面對吧。

無論如何，八卦傳得很快，大家都知道某個凡人女孩讓厄洛斯心碎了。可能是風精靈澤佛羅斯管不住自己的大嘴巴，因爲那些風精靈是一群腦袋只有空氣的大傻蛋。

阿芙蘿黛蒂正在她的神聖島嶼塞瑟島度假，這時她聽說了她兒子變成全宇宙的笑柄。她連忙跑去找他，一方面是關心他，但最主要還是因爲這件事對她造成奇恥大辱。

她抵達亞得里亞海的豪宅，衝進厄洛斯的房間。「她是誰？」

「媽，」他躲在被褥底下咕噥著說：「你從來不敲門的嗎？」

「哪個蕩婦敢讓你心碎？」她質問著。「自從幾個月前那個賽姬小妞之後，還沒有哪個凡人敢讓我這麼丟臉！」

「這個嘛，說實在的，關於那件事……」

厄洛斯把實情一五一十告訴她。

阿芙蘿黛蒂氣得撞擊天花板。這句話絕不誇張，她眞的引發一場相當厲害的粉紅色大爆炸，把天花板炸成一堆碎石，於是厄洛斯終於得到夢寐以求的天窗。

「你這個不知感激的傢伙！」她尖叫著說：「你老是惹麻煩！你從來不肯聽我的話！你把每個人的心情都搞得一團亂，連我都不放過！我眞該和你斷絕母子關係，應該取消你的永生不死資格、沒收你的弓箭，把那些東西轉交給我的某個男僕，隨便哪個凡人奴隸都可以做你的工作，又沒那麼困難！你從來不努力工作，從來不肯遵照指示，你……」吧啦吧啦吧啦。

就這樣連續不停，飆罵了大概六個小時。

到最後，她終於注意到厄洛斯滿臉是汗、臉色蒼白，你通常不會看到永生不死的天神顯現這副模樣。他在被褥裡不斷發抖，眼神渙散。

「你到底怎麼了？」阿芙蘿黛蒂移到他床邊，把被褥拉下來，這才看到他肩膀上那個潰爛且冒出蒸氣的傷口。「噢，不！我可憐的小寶貝！」

一個女人的心情轉變得這麼快，真是太有趣了。她本來想掐死你，接著「轟」的一聲！出現一個可能致命的小傷口，於是她又開始柔聲哄著她可憐的小寶貝。

她幫厄洛斯拿來一條冰涼毛巾，擦一點外用酒精，包上彈性繃帶，再拿來一點雞湯口味的神食。她召來醫療之神阿波羅（Apollo），他看了傷口後顯得一頭霧水。

「一般來說，一滴熱油不會搞成這樣。」他說。

「謝謝你喔，神醫。」阿芙蘿黛蒂咕噥著說。

「不客氣！」阿波羅說：「好啦，我得回去找我那群追星族……我是說，我在奧林帕斯山舉辦了個人簽唱會。」

似乎所有方法都對厄洛斯的傷勢沒有幫助，就連阿芙蘿黛蒂的魔法美容軟膏也無效，那軟膏通常可以立即消除身上的所有傷疤和瑕疵。

阿芙蘿黛蒂只能盡量讓厄洛斯舒服一點。接著，她又把注意力轉向她可以消除的「瑕疵」，也就是那個凡人女巫賽姬，所有的煩惱都是因她而起。

阿芙蘿黛蒂準備離開時，大門的門鈴突然響起。女神狄蜜特（Demeter）和希拉（Hera）帶著花束、氣球和慰問卡前來拜訪。

「喔，阿芙蘿黛蒂！」希拉說：「關於厄洛斯的事，我們全都聽說了。」

「是啊，我想也是。」阿芙蘿黛蒂咕噥說著。她用膝蓋想也知道，其他所有女神一聽說她家的新醜聞，肯定都樂翻了。

「我們覺得好遺憾，」狄蜜特說：「能不能幫上什麼忙？」

阿芙蘿黛蒂的心裡冒出幾個粗鄙的提議，但她把那些想法藏在心底。「不用了，謝謝。」她勉強回答。「我正打算去找那個凡人女孩賽姬，然後殺了她。」

「你眞的很生氣耶。」希拉說，因爲她就是這麼敏銳。「但是你有沒有想過，那個女孩說不定眞的很適合厄洛斯？」

阿芙蘿黛蒂變得很安靜。「抱歉，你能再說一次嗎？」

「這個嘛，厄洛斯是大人了，」希拉繼續說：「眞命天女說不定可以讓他安頓下來。」

狄蜜特點點頭。「他的幸福說不定也可以治好他肩膀的傷勢喔。阿波羅對我們說，那個燒傷對神界的醫療沒有反應。」

阿芙蘿黛蒂爆出憤怒的粉紅目光。

另外兩位女神明明知道這樣很冒險，那麼，她們爲何要登上「阿芙蘿黛蒂的搗蛋鬼黑名單」呢？答案很簡單，因爲她們更怕厄洛斯。她們看出這是討好厄洛斯的好機會。

厄洛斯很隨心所欲，他眞的是危險人物。他大可拔出一支箭射中你，讓你愛上某個醜八怪凡人或某件喇叭褲之類的東西，把你的整個人生搞得亂七八糟。你說那個預言提到賽姬會與某個怪物結婚？這很適用於厄洛斯啊，每個人都怕他，就連眾神也對他畏懼三分。

阿芙蘿黛蒂盯著狄蜜特和希拉。「我打算殺了賽姬，沒有人可以攔住我。沒有人可以。懂了嗎？」

她宛如暴風般離開豪宅，開始尋人計畫。

賽姬實在很幸運，因爲阿芙蘿黛蒂的搜尋功夫眞是超爛的。如果她是要找自己的梳子或最喜歡的包鞋，那還算簡單。不過要在滿是凡人的世界裡尋找一個凡人女孩？那就很困難了，而且很無聊。

她徹底搜查希臘的所有城邦，駕著她那輛由巨大白鴿拉著的黃金戰車，在城市上方來回飛行。（我覺得這想起來還滿毛骨悚然的。你覺得這樣很浪漫嗎？就是由大小像福特貨卡車的巨型白鳥拉著戰車到處跑？而且一定有鳥大便之類的東西掉下來……好啦，我閉嘴就是了。）

阿芙蘿黛蒂不時會分心，一下子注意購物中心的打折廣告，一下子偷瞄可愛的小伙子，或者閃亮亮的珠寶，以及凡人女孩這一季的流行服飾。

在此同時，賽姬繼續到處跋涉，找遍所有最遙遠的祭壇、神廟和「洛城健身中心」分店，尋找她丈夫的下落。

這時，她懷孕的肚子已經開始大起來了。她身上的衣服破破爛爛又滿是泥巴，鞋子快要解體，而且總是又餓又渴，但她絕不輕言放棄。

有一天，她步行穿越希臘北部的山區，這時看到一座古老神廟的遺址。嘿，她心想，說不定那是厄洛斯的神廟！

她費盡千辛萬苦爬上陡峭的懸崖，最後終於抵達廢棄的建築。可惜那並不是厄洛斯的神廟。從祭壇上雕刻的小麥束圖案和地板上滿是泥土看來，這是狄蜜特的神廟，似乎有好幾十年沒有使用了。

在這樣荒蕪偏僻的山區中央，蓋一座神廟給穀物女神要做什麼呢？我也不曉得，但賽姬看著骯髒的祭壇、傾倒在地上的破損雕像和牆壁上的胡亂塗鴉，她心想，我不能任憑這地方荒蕪下去，這樣是不對的。

儘管自己有那麼多的問題，賽姬依舊崇敬天神。她發現守門人的櫥櫃裡有一些用品，於是花了一整個星期打掃古老神廟。她把塗鴉全部刷掉，擦亮祭壇，並用刻意擺放在那裡的萬用膠帶把雕像修補好。

她才剛完成所有工作，有個聲音突然在她背後響起。「做得好。」

賽姬連忙轉身。女神狄蜜特站在祭壇上，她身穿綠褐色相間的長袍，頭上戴著小麥編成的頭冠，手中握著一把黃金鐮刀。賽姬滿心敬畏，跪倒在地；當你面對一位手拿鐮刀的女神時，這樣的舉動眞是好主意。

「喔，偉大的狄蜜特！」她哭喊著：「也許您可以幫幫我！我需要找到我丈夫厄洛斯！」

狄蜜特皺起眉頭。「是喔……關於這件事，女孩，阿芙蘿黛蒂急著要你的鮮血。除非你死，否則她絕不罷休，而我沒辦法攔阻她。說實在話，我眞的很想助你一臂之力，假如我有機會做點什麼，呃，像是不會留下紀錄的事，我很樂意。不過呢，你得靠自己的力量找到厄洛斯。」

有些人聽到這樣的話可能會抓狂，不過賽姬只是低著頭。「我了解。我會繼續找。」

在內心深處，賽姬很清楚她必須靠自己的力量解決問題。她搞砸事情了，所有的女神都無法幫她收拾那樣的殘局。賽姬把狄蜜特的神廟打掃乾淨，但並沒有期待因此得到獎賞。她之所以動手打掃，只因爲這是該做的事。

我知道啦，這種觀念超怪的，對吧？可是賽姬在這方面眞的有點神勇。

女神消失了，於是賽姬繼續跋涉。過了幾天後，她步行穿越一座森林，在空地上遇到一座廢棄的祭壇。根據褪色的銘文和表面蔓生著常春藤的雕像看來，賽姬猜測這曾經是獻給希拉的祭壇。

我不能任憑它這樣荒廢，賽姬心想。（要是我，我應該會幫所有雕像畫上眼鏡和鬍子，然後溜之大吉。不過那是因爲我和希拉有點過節啦。）

賽姬把神龕打掃乾淨，將雕像上的藤蔓全部拔除，然後盡可能讓祭壇恢復完好。

她完成的時候，希拉身穿耀眼的白色長袍出現在她面前，肩膀披著以孔雀羽毛織成的斗篷，手上的權杖頂端有一朵蓮花。「賽姬，做得好。你連角落都打掃得好乾淨，再也沒有人做這種事了。」

賽姬跪倒在地。「希拉王后！我不求回報，但是我孤單一人，身懷六甲，而且遭到阿芙蘿黛蒂全力追捕。您能保護我嗎？只要一陣子就好，直到我的孩子出生爲止？我知道您是保護所有母親的女神。」

希拉皺起眉頭。「唉呀，做不到啊，我的孩子。阿芙蘿黛蒂徹底瘋狂地想要殺你，她如果不再因爲那些清倉大拍賣而分心，就會把你大卸八塊。也許有一天，我會以某些微妙的祕密方式幫助你，但我現在無法保護你。你的問題只有一種解決方法，我想你自己知道。」

賽姬站起來。她太疲倦了，幾乎無法有條理地思考，不過她聽得懂希拉說的這番話。

「我必須直接面對阿芙蘿黛蒂，」賽姬說：「女人與女人面對面。」

「正確。祝你好運。」希拉說，然後果決地離開了。

賽姬繼續踏上旅程，但現在她的目標改變了。她開始尋找阿芙蘿黛蒂的宮殿。

最後，賽姬找到正確的地點，也就是位於亞得里亞海岸邊的巨大白色莊園。這個地方到處都有絕佳的景觀和漂亮的花園，讓她回想起與丈夫同住的宮殿，想到這點就讓她好心痛。

她在擦得雪亮的巨型青銅大門上敲門。

有個僕人來應門，一看到她是誰，他驚訝得下巴都掉下來了。

「你是刻意來到這裡嗎？」他問。「好吧，我會帶你去見女主人。先讓我戴上我的美式足球頭盔，以免她開始亂丟東西……像是家具啦，或是我，或你。」

他帶賽姬走向阿芙蘿黛蒂的王座廳，女神正在那裡休息，她剛才又尋找賽姬一輪而一無所獲。阿芙蘿黛蒂看到她找得要死的女孩走進來，覺得再也沒有其他事比這更令人火大，那就像你花了一整個早上找眼鏡，卻發現眼鏡根本戴在你臉上。（我沒有戴眼鏡，不過我的好兄弟傑生有眼鏡。他像那樣找不到眼鏡的時候，看起來還滿好笑的。）

「你！」阿芙蘿黛蒂衝向賽姬，對那可憐女孩拳打腳踢、拉扯頭髮，還用指甲狠狠抓她。女神本來有可能殺了她，但一看到賽姬懷孕了，實在下不了手。

賽姬沒有還手，只是讓全身縮得像一顆球，等待阿芙蘿黛蒂的怒氣發洩完畢。

女神停下來查看自己的指甲，因爲要把一個凡人撕扯成碎片，絕對會毀了她的美甲。於是賽姬開口說話。

「婆婆，」她說：「我來面對懲罰，罪名是我沒有信任我的丈夫，或者您所認爲的其他適當罪名。只要能夠證明我愛他，能夠求得他的原諒，不管要我做什麼我都願意。」

「原諒？」女神尖聲說：「我不承認你們的婚姻，我根本不承認你是我的媳婦！可是我一定會安排懲罰。衛兵！把這個凡人女孩帶去我的地牢！我確實有個地牢，對吧？鞭打她，折磨她，然後帶她來見我。到了那之後，咱們再來看看我對『原諒』有什麼想法。」

衛兵奉命行事。那眞是慘不忍睹。他們沒有弄死賽姬，不過送她回來時，她遭到很淒慘的毒打，幾乎快認不出是她。就這方面來說，阿芙蘿黛蒂還眞是個很好客的主人呢。

「女孩，怎麼樣啊？」女神質問：「你還想要證明什麼嗎？」

賽姬眞是令人吃驚，她掙扎著站起來。「是的，婆婆，每一件事我都想證明。」

阿芙蘿黛蒂忍不住有一點點感動。她決定給賽姬一連串的挑戰，全都是不可能完成的挑戰，她依舊會失敗而死，但至少以後沒有人會說阿芙蘿黛蒂沒給她機會。

（只有我除外，我現在就可以告訴你：阿芙蘿黛蒂根本沒有給她半點機會。）

「我會讓你歷經試煉，」女神向她宣布：「看看你是否值得我的原諒，是否值得我兒子愛你。你長得這麼醜，如果要當個好妻子，唯一的途徑就是做好家事。來看看你能把儲藏室整理得多好。」

這麼徹底強調性別的刻板印象？沒錯。徹底的阿芙蘿黛蒂風格？絕對是。

她把賽姬拖到她的天神廚房，命令僕人把儲藏室裡的每一袋穀類都倒出來，包括大麥、小麥、燕麥、有機藜麥等。過沒多久，整個廚房就埋在大量的植物纖維裡。

「把這些穀物全部分類好，」阿芙蘿黛蒂命令著：「吃晚餐之前，把所有穀物分別放入適當的袋子裡。如果你失敗了，我會殺了你。或者你也可以現在就承認失敗，那麼我會放你一馬，把你流放出去。你永遠不准再見我兒子，但至少你還能活著度過悲慘的一生。」

「我接受這項挑戰。」賽姬說。只不過看著眼前堆積如山的穀類，她實在不曉得該怎麼完成任務。

阿芙蘿黛蒂氣呼呼地離開，準備去重做指甲。

賽姬開始分類。她剛做了幾分鐘，分類出藜麥、大麥、灰塵毛球、燕麥等等之後，有一隻螞蟻爬過廚房流理台，匆匆來到她面前。

「如何？」螞蟻說。

賽姬瞪著牠。「你會說話？」

「是啊，狄蜜特派我來。你這裡需要幫忙嗎？」

賽姬不太確定單獨一隻螞蟻可以幫什麼忙，不過她說：「嗯，當然，謝謝。」

「好的，但假如有人問起，我們從沒來過這裡喔。」

「我們？」

螞蟻發出叫計程車的口哨聲。「好啦，兄弟們，上工！」

數以百萬計的螞蟻從壁板後面湧出來開始工作，將各種穀物區分到不同袋子裡。大約一個小時後，整個廚房已經清潔溜溜、井然有序，櫥櫃也都整理妥當。螞蟻大軍甚至多整理出滿滿一袋東西，整齊標示著「灰塵毛球和其他東西」。

「真是太感謝你們了。」賽姬說。

「噓，」螞蟻說：「你從來沒看過我們喔。」

「從來沒看過誰？」

「乖女孩。」螞蟻說。整群螞蟻排著蜿蜒的隊形回到壁板內，消失得無影無蹤。

等阿芙蘿黛蒂回來，她驚訝得目瞪口呆，接著轉而生氣。「女孩，我不是笨蛋。你顯然不是靠自己的能力做完這件事。某個女神幫了你，啊？某個想要看我出糗的女神！到底是誰？」

「呃……」

「反正不重要！」阿芙蘿黛蒂大喊。「你作弊，所以這項試煉不公平。你幫自己爭取到在廚房地板上休息一晚，有一點乾麵包皮當晚餐。到了早上，我們會幫你找個更困難的挑戰！」

那天晚上，賽姬躺在地板上。她根本不知道在同一棟豪宅裡，在相隔只有幾個房間的地方，厄洛斯極度痛苦地扭動身子，因爲他的肩膀受了傷，也因爲（隱喻警報！！！）他的心受了傷。阿芙蘿黛蒂還沒有告訴他賽姬來到這裡，但是厄洛斯可以感受到她的存在，而這讓他的痛苦更加劇烈。

到了早上，又吃了一些很營養的乾麵包皮當早餐，賽姬接到她的第二項任務。

「我需要羊毛。」阿芙蘿黛蒂宣布。「所有的妻子都必須能夠縫製和修補衣服，而那需要好的布料。在這個山谷的西邊，你會在河岸邊找到一群綿羊，幫我拿些牠們的羊毛回來。傍晚之前要回來，否則我會殺了你！除非你現在就想放棄，如果是這樣……」

「我了解規矩。」賽姬全身骨頭痠痛，也因爲飢餓而視線模糊，不過她向女神鞠躬。「我會幫你拿到羊毛。」

阿芙蘿黛蒂忘了提及那群綿羊的一些細節。（可能一恍神就忘了吧。）舉例來說，牠們身上是純金的羊毛。此外，綿羊有銳利的羊角，尖利的牙齒咬到會中毒，還有像攻城槌一樣致命的鋼鐵羊蹄。（有聽懂嗎？攻城槌和公羊❹？）

---

❹ 波西的意思是，攻城槌（battering ram）的原文中含有 ram（公羊）這個字。

賽姬在早晨的陽光下站了一會兒，從遠處看著那群綿羊把靠近牠們的動物全部殺死，還狼吞虎嚥吃個精光，包括豪豬、兔子、鹿、小象。牧場用各種骨頭和人類頭骨裝飾得喜氣洋洋。賽姬終於明白，她就連靠近那群羊都不可能辦到。

「嗯……」她看了河流一眼。「不曉得河水的深度夠不夠淹死我。」

「喔，別那樣啦。」有個聲音說，似乎是從河岸邊的一叢蘆葦後面傳來。

「你是誰？」賽姬問。「從那些蘆葦後面出來！」

「我不行，」蘆葦說：「我就是蘆葦。」

「喔，」賽姬說：「你要針對投河自盡對我說教嗎？」

「投河自盡絕對不是問題的解答，」蘆葦說：「不過，我主要是想給你一些收集羊毛的小祕訣，因為希拉要我幫你的忙。」

賽姬鬆了一口氣。和蘆葦聊起收集羊毛的訣竅，這是她最近所碰到最不離奇的事了。「謝謝你，請說。」

「你也猜得到，假如你現在靠近那群綿羊，牠們會把你撕個稀巴爛。不過到了傍晚，天氣太好又炎熱，牠們就會昏昏欲睡，動作也變慢。牠們會聚集在左邊那些懸鈴木大樹的樹蔭下，你有看到那些樹嗎？」

「那些樹看起來沒有懸掛鈴鐺啊？」

「就是那些樹啦。等牠們去那裡，你就偷偷溜去草原對面的有刺灌叢那邊，看到了嗎？」

「我沒有看到刺，是因為太遠了嗎？」

「你學得很快。用力搖晃那些有刺灌叢，你的問題就解決了。」

「親愛的聰明沼澤草，沒有不敬喔，可是搖晃有刺灌叢爲什麼能解決我的問題？」

蘆葦什麼話都沒說，它們變回原本不說教的普通植物了。

賽姬認爲她應該嘗試執行這個計畫。假如希拉嘗試幫助她，那麼沒有照著做實在很不禮貌。她一直等到下午，結果還眞的呢，那些殺人金綿羊全都聚集在懸鈴木的樹蔭下打盹。

賽姬匍匐前進，爬到草原對面。她搖晃最靠近的有刺灌叢，結果有一小撮金羊毛從樹枝上掉下來。那些綿羊顯然是用這些有刺灌叢刮搔背部的癢處。賽姬盡可能安靜進行，把金羊毛從灌叢上搖晃下來，直到搖下來的羊毛再也搬不動爲止。接著，她趕緊回到阿芙蘿黛蒂的宮殿。

賽姬抵達時，愛之女神正在吃她平常吃的晚餐：三根芹菜，還有一杯卡布奇諾口味的蛋白質飲品（這就能解釋她爲什麼老是心情不好）。她看著金羊毛，不太確定自己到底是憤怒還是震驚。她努力表現得很冷酷和漠不關心，每次遇到其他女性，她就會表現出這種預設反應。

「羊毛不夠多，」女神說：「而且，我無法想像你眞的那麼聰明，能夠想出收集羊毛的方法，一定是有某個天神幫你的忙。這次又是誰？」

「嗯，有一叢蘆葦……」

「反正不重要！」阿芙蘿黛蒂大叫。「你太卑鄙、太汙穢了。光是和你講話，我就想趕快去洗個澡。」

她拿起一個大水罐，把裡面的東西倒出來。「爲了丈夫洗澡所需，好妻子應該能夠供應新鮮的水。你的第三個任務：從這裡往北一點六公里的地方有一座高山，那裡有一道瀑布從懸崖傾瀉而下。瀑布的最頂端是一道神聖的泉水，那是冥河的源頭之一，最後會流進冥界。用這個大水罐裝滿瀑布上的泉水。不能撈瀑布底下的喔！假如你騙我，我會知道。趁水還冰涼的時候帶回來給我，否則……」

「你會殺了我。」賽姬疲倦地說：「而且，不會，我不會放棄。我還是愛你兒子，我願意付出一切來求得他的原諒。我會帶著你要的冥河河水回來。」

其實厄洛斯已經在旁邊偷聽了，但是兩位女性都不知道。即使臥房遠在走廊另一端，他仍然聽到餐廳裡的聲音，而不知爲什麼，他就是知道其中一個人是賽姬。儘管肩膀的傷口極度疼痛，他還是拖著身子從床鋪爬下來，費盡力氣穿過走廊，接著從門後面偷窺餐廳裡的動靜。看見賽姬立刻讓他精神一振，肩膀的傷勢似乎覺得好一點了。這讓厄洛斯非常苦惱，但他實在忍不住。他依舊愛著她。

聽到他母親把瀑布任務交給賽姬，他心裡非常恐慌。瀑布任務根本不可能達成！阿芙蘿黛蒂眞是個……嗯，眞是個好多圈圈叉叉，身爲兒子實在不應該那樣說自己的母親。

此外，聽到賽姬那麼堅決想要求回他的愛，厄洛斯也覺得很感動。

他好想走進餐廳，要求他母親停止這種愚蠢的「鋼鐵人妻」任務，可是他不能進去，因爲：一，他依舊很虛弱，很可能會臉朝下摔倒而失去知覺；二，他看起來狀況很差，因此不想讓賽姬看到他這副模樣。

（其實賽姬看起來也很慘，但厄洛斯並沒有這樣想。愛情的力量眞是很有趣。如果看到我自己的女朋友頂著很像老鼠窩的超可愛髮型，而且……抱歉，我離題了。）

厄洛斯跌跌撞撞回到自己的臥房。他走到窗邊，對著天上大喊：「宙斯陛下，請聽我說！這麼多年來，我幫了你好幾個忙，現在我需要你幫我一個忙！」

在此同時，賽姬想盡辦法抵達山腳下。她抬頭看著滑溜的陡峭懸崖，這才體會到親愛的婆婆再次交給她沒有凡人能夠達成的任務。萬歲！

從瀑布的最高點，大約八百公尺高處，一段又一段的水流層層疊疊奔騰而下，發出怒吼的水聲，聽起來宛如人類高吼著：「回頭吧！連想都別想！你根本不會想知道這裡的水有多麼冰冷！」

阿芙蘿黛蒂沒有說謊，這個地方確實是冥河的源頭之一，因此會致凡人於死地，賽姬光是靠近瀑布就覺得滿心絕望了。也許她可以強迫自己從瀑布底部把水罐裝滿……但是要到達瀑布頂端？絕對不可能。

阿芙蘿黛蒂特別要求從瀑布頂端取水，而賽姬並不想欺騙她。並不是因爲可能遭到揭穿，而是因爲那並非她的本性。（又來了，我知道……好奇怪的觀念。不過對各位來說，英雄就該是這樣子吧。那些英雄啊，眞是一群瘋子。）

她站著仰望瀑布時，一隻巨大的鳥從雲層中盤旋飛出。賽姬發現那是一隻黃金老鷹，是宙斯的神聖動物。

黃金老鷹降落在附近一塊岩石上。「如何？」牠說。

「呃，嗨，」賽姬說：「你是宙斯派來的嗎？我最近沒有修復他的哪個祭壇，我還滿確定的喔。」

「放輕鬆，」老鷹說：「你有個影響力很大的朋友，才能請得動老大出馬幫忙。我很敬佩你的精神，但是除非你有翅膀，否則絕對不可能靠自己的能力取到水。把水罐給我。」

老鷹抓起水罐，翱翔到瀑布頂端。他讓水罐裝滿冰冷得不可思議的冥河河水（從源頭新鮮取得！），然後帶著水罐飛回賽姬身邊。

「來啦，」老鷹說：「我是可以讓你搭便車回到宮殿，但是不讓阿芙蘿黛蒂看見我會比較好。一切平安。」

老鷹飛走了。

賽姬帶著一罐超冰凍的新鮮死水回到阿芙蘿黛蒂的餐桌旁，女神完全驚呆了。

「不可能。」阿芙蘿黛蒂說。她用水罐的水洗手，這種事只有天神能做，不會造成一拖拉庫的痛苦。（關於這件事請相信我。）阿芙蘿黛蒂拚命想找出這罐水有什麼問題，但是實在找不到。她感覺到這罐水確實來自瀑布頂端，完全符合她的要求。

「這是什麼巫術？」女神瞇起眼睛。「賽姬，你到底用什麼方法通過我所有的試煉？」

「喔……你也知道囉，堅持不懈，生活嚴謹。現在可以讓我的丈夫回來嗎？」

賽姬認爲三項試煉已經很夠了。我的意思是說，一般的交易條件就是這樣，對吧？做這三件事，回答這三個問題，打敗這三位戈耳工姊妹，吃掉這三隻小豬。重要的任務就是要完成三項嘛。

然而，阿芙蘿黛蒂不曉得有這種規矩。也說不定，她只是想讓未來的半神半人想辦法講這個故事的時候覺得超難講。（多謝你喔，這位女士。）

「第四項任務！」她尖叫著說。

「什麼？」賽姬問。「拜託！」

「最後再爲我做這件事，」女神說：「那麼你就證明自己有資格當我兒子的妻子。或者，如果你想放棄……」

「你眞的超煩的耶。」賽姬喃喃說著。

「你說什麼?」

「我說，我最好趕快行動。」賽姬說：「什麼任務?」

「這還用說，身爲妻子，最重要的特質就是美貌，」阿芙蘿黛蒂說著，又顯露出她那蠢到不行的樣子。「我一直忙著照顧我受傷的兒子……」

「厄洛斯嗎?」賽姬插嘴說道，因爲她完全不曉得厄洛斯也在宮殿裡。「他受傷了?他有危險嗎?」

女神皺起眉頭。「多虧了你，你灑到他肩膀上的那滴油燒穿了他的本質，那就像是你的背叛對他造成的傷害!這好像五行打油詩喔。」

賽姬瞇起眼睛。「我想，你是要說『隱喻』吧。」

「隨便啦。」

「我得見他!」賽姬很堅持。「我得照顧他!」

「哦，現在你又想照顧他了。我是他的母親，一切都在我的掌握中，多謝你的關心。就像我說的，身爲女性，最重要的特質是美貌。我一直忙著照顧兒子，所以我最有名的魔法美容軟膏用完了。我所有的軟膏都用完了，還需要多一些軟膏。」

「慢著……你用美容軟膏治療厄洛斯?」

「有問題嗎?」阿芙蘿黛蒂翻了個白眼。「總之，我需要更多軟膏，但沒有存貨了，呃，每一間店都找不到，所以我需要適當的代用品。只有一位女神擁有我可以用的化妝品，不會讓我的臉爛掉。她是泊瑟芬（Persephone）。」

「冥界的王后？」賽姬的膝蓋開始發抖。「你……你要我……」

「沒錯。」阿芙蘿黛蒂品味著賽姬眼裡的恐懼。「立刻衝去冥界，幫我問泊瑟芬可不可以向她借一點點美容軟膏。你可以把它放進這裡。」

女神彈彈手指，於是賽姬的手裡冒出一個擦得晶亮、裝飾著金邊的黑檀木盒。「這是決定放棄並流放出去的最後一次機會。」

賽姬盡全力隱藏內心的痛苦。「不，我寧願盡力求回厄洛斯的愛而死，也不願意放棄。我會拿到你的美容軟膏。」

「要確定拿到無香精的款式，」阿芙蘿黛蒂說：「適合敏感性肌膚使用的。而且要快，今天晚上奧林帕斯山有新戲首演，我得準備得充分一點。」

賽姬疲憊地走出宮殿，踏上最後一次任務。

在此同時，厄洛斯又躲在門後聽見所有的對話。他還是太過虛弱，幫不上什麼忙，但他不敢相信自己的母親竟然這麼惡劣。他非幫忙賽姬不可，畢竟她歷經了千辛萬苦，只爲了向他道歉，求他回心轉意……他眞是個大笨蛋。他眞應該一開始就勇敢面對母親，請求母親准許他與凡人公主結婚。他不能任憑賽姬獨自一人面對這最後一項挑戰。

他實在沒體力，便派自己的靈魂出去，希望至少能找到某種方法與他的摯愛取得聯繫。

賽姬到處漂泊，對於眞正的目的地毫無頭緒，因爲冥界入口又不是說能顯示在GPS上面。最後，她來到一片黑暗平原的邊界，找到一座即將崩毀的老舊瞭望塔，決定爬上去看看。說不定從頂上可以看見某種線索。

站在矮牆邊緣，她回想起最早的那座岩石尖頂，當時澤佛羅斯接住她，偷偷把她帶走。

那似乎是好久以前的事了。（這女孩又說對了，那大概是，呃，三十頁之前的事了吧。）

賽姬心想，要踏出去掉進半空中，結束自己的苦難，實在太容易了。那會是前往冥界的一種方法，恐怕也是她想得到的唯一方法。不過她要考慮的還有未出世的寶寶，而且她努力了這麼久，並不是爲了要放棄。更何況，她之前的六次企圖自殺行動都不是很順利啊。

「別那樣做，」有個聲音說，似乎從她腳邊的石頭隆隆傳來。「從岩石塔上跳出去絕對不是問題的解答。」

賽姬從邊緣後退一步。「哈囉？是……是岩塔在說話嗎？」

「是的。」岩塔說道，聲音的共振方式很像一支巨大的岩石音叉。「我是岩塔。」

那聲音聽起來有某種熟悉感，雖然……

賽姬的心快樂地怦怦跳。「厄洛斯？是你嗎？」

聲音沉寂了一會兒。

「不是。」聲音又出現了，這次以男性的假音說話。「我不認識什麼厄洛斯。仔細聽我說……」岩塔清清喉嚨（或者岩塔有什麼取代喉嚨的構造。是樓梯間嗎？）

它用稍微低沉的音調繼續說：「前往斯巴達城，找到泰納魯斯山。在山腳下，你會看見一道火山裂隙，那是冥界的通風口。你可以從那裡爬下去，到達黑帝斯的地盤，雖然不是很容易。」

「喔……好。」

「你爬下去之前，要記得帶兩塊蜂蜜口味的米糕，還有兩枚德拉克馬金幣。你可以在斯巴達拿到米糕，或者我想，從高速公路的四十三號出口匝道下去有便利商店。」

「呃，好。我要用那些東西做什麼？」

「等時機到了你就知道。不過聽好了，直到碰見泊瑟芬之前，別讓任何事情阻止你。我媽會安排各式各樣的事情讓你分心。」

「你媽？」

又是一陣遲疑。聲音再度變成假音。「這還用說嗎？岩塔又沒有媽媽。我是說你的婆婆，阿芙蘿黛蒂。」

賽姬現在很確定了，她的分居丈夫正在想辦法幫助她。這讓賽姬更愛他了，就連他的假音都顯得好可愛。不過她決定跟著演下去。「我正在聽喔，親愛的大岩塔，你的聲音和我的超棒丈夫一點都不像。」

「好吧，那麼，」那聲音說：「正如我剛才說的，阿芙蘿黛蒂會製造很多事情讓你分心，也測試你的決心。她知道你有一副好心腸，很樂意幫助別人，所以她會試著利用這一點來對付你。在這一路上，無論誰開口要求你幫忙，千萬別聽他們的話！不要停下來！」

「岩塔，謝謝你。如果你是我的丈夫厄洛斯，你當然不是啦，總之我會告訴你，我深深愛著你，而且我非常抱歉。對了，你的肩膀怎麼樣？」

「真的非常痛，」岩塔說：「不過我想……」換成假音說：「岩塔沒有肩膀啦，笨蛋。」

岩塔不再說話了。賽姬親吻矮牆，接著踏上她的超有趣旅程，前往泰納魯斯山和冥界。

說到這裡，我們可以先聊一下嗎？

曾經有一大票英雄遠征到冥界，等一下我會把其中一些人的故事告訴你們。大多數的老兄是帶著劍和高昂的士氣去那裡。見鬼了，我遠征冥界時也是帶著一把劍和高昂的士氣啊。

然而賽姬的遠征之行只帶了兩塊米糕和兩枚德拉克馬金幣，其他什麼也沒帶。更何況她去冥界的時候還懷著七個月的身孕。

眞令人肅然起敬。

她沿著狹窄的岩架，在火山裂隙裡面一路往下爬，碰巧遇到一位跛腳的屁夫❺。

（別用那種怪表情看我，那些老故事就是叫他「跛腳的屁夫」啊。那位老兄跛著腳，看來行動不便，而且領著一個屁股，不，是一頭驢子往前走。不然你以為我的意思是什麼？）

總之，賽姬在火山裂隙裡看到這樣跛腳的老兄覺得很詭異，他竟然和他的屁股（其實是驢子）來這裡閒晃。（我沒有想要笑喔。眞的沒有。連一點點都沒有。）

那傢伙出聲叫她。「哈囉，喂，女孩！你看起來很好心又樂於助人。我的屁股（驢子）裝的一些東西掉出來了……喔，當然啦，我的意思是，我的驢子本來載了一些木柴，結果掉了。你可不可以幫我把那些枝條撿起來，塞回我的屁股（驢子）上？」

我猜阿芙蘿黛蒂是要測試賽姬，看她會不會因爲幫助這位老兄而分心。假如不是這樣，也可能是想要害賽姬笑翻，害她摔進火山裂隙裡。

但是賽姬沒有搭理那傢伙，她還記得厄洛斯的警告，於是繼續往下爬。

那位屁夫（驢夫）像海市蜃樓一般消失了，這讓賽姬和閱讀這本書的所有家長都鬆了一

---

❺ 這裡的原文 ass-driver 指的是驢夫。Ass 的原意是驢子，但在美國俚語中慣指「屁股」，因此有雙關語的諧趣意涵。

口氣，因為故事寫到這裡實在有點兒童不宜。

繼續前進……

賽姬抵達裂隙的底部，跋涉穿越冥界的黑暗溼地，最後到達冥河岸邊，那是一片陰沉又黑暗的廣袤區域，四周籠罩著凍人心脾的霧氣。

在岸邊，惡魔船夫卡戎（Charon）正讓死去的亡靈登上他的渡輪。他看了賽姬一眼。「活人，啊？抱歉，親愛的，需要太多的繁雜手續，所以不能讓你通行。」

「我有金幣。」賽姬拿出她的其中一枚德拉克馬金幣。

「唔。」卡戎超愛閃亮亮的金幣。人們死後埋葬時，親人通常會在死者的舌頭底下放幾枚金幣，等卡戎收到時，金幣都很黏膩又噁心，沾滿了死人的口水。「那好吧。只要搭船的時候保持安靜，好嗎？」

渡輪開到冥河中央時，賽姬犯了大錯。她從船的側邊望出去，看到有個老人從河流深處浮上來，不斷揮舞雙臂。「救救我！」他哭叫著說：「我不會游泳！」賽姬的好心腸讓她很想把老人從水裡拉上來，但她猜想這是另一項測試。

專心想著目標，她對自己說，厄洛斯需要我。

那個老人發出幾陣咕嚕咕嚕的溺水聲，然後消失在水面下，那是他必須承受的後果。每個人應該都知道，如果沒有帶游泳圈，最好別跳進冥河想要游過去。

河流的對岸隱約聳立著厄瑞玻斯（Erebos）的黑牆。賽姬從渡輪下了船，立刻注意到岸上有個老太太正以織布機織著掛毯。

這實在是很亂來，賽姬心想。一定又是另一項測試。

「喔，親愛的，求求你，」老太太說：「幫我織一下，只要一下子就好，我的手指好痠痛啊，眼睛也累了。你一定可以花一點點時間幫助老太太吧？」

這讓賽姬覺得好心痛，因爲老太太的聲音令她回想起自己的母親，但是她繼續往前走。

「哼，很好！」老太太大叫。「你愛怎樣就怎樣！」

她化爲一團煙，消失了。

最後，賽姬終於抵達冥界的鐵門前，眾多死者亡靈川流不息地湧入那裡，很像列隊開上澤西收費高速公路的眾多車輛。門口的正中央坐鎮著黑帝斯的寵物，就是有三個頭的怪物洛威拿犬，名叫色柏洛斯（Cerberus）。

色柏洛斯對著賽姬咆哮怒吼，牠知道她是人類，會是美味的一餐。

美味的一餐啊，賽姬心想。她還是小女孩的時候，那時住在宮殿裡，她總是偷拿剩菜給狗狗吃，因此狗狗都好愛她。

「嘿，小子，」她說著，努力掩飾內心的恐懼，「想要吃甜甜嗎？」

色柏洛斯的三個頭全部歪向一邊。牠喜歡吃甜甜。

賽姬扔出她帶的其中一塊蜂蜜米糕，然後趁著三個頭搶成一團，趕緊溜進大門內。

她花了一番工夫才穿越日光蘭之境，那裡有很多碎碎唸的死者幽靈，還有復仇三女神，以及殭屍組成的邊界巡邏隊……但最後，賽姬終於抵達黑帝斯的宮殿，發現女神泊瑟芬在花園裡，她在銀色骷髏樹林的涼亭裡喝茶。

這位掌管春天的女神正處於「冬季模式」。她的連身裙是淺灰色與綠色，正是草上冰霜的色彩。她的雙眼呈現淡金色，宛如十二月的陽光。泊瑟芬看到一位懷孕七個月的凡人女子拖著蹣跚的腳步走進她的花園，似乎沒有顯得很驚訝。

「請坐。」泊瑟芬說：「來點茶和司康餅吧。」

對賽姬來說，茶和司康餅聽起來實在太棒了，畢竟她一直靠著阿芙蘿黛蒂的不新鮮麵包皮勉強果腹。然而她聽過太多的故事，都是講述在冥界吃東西的陷阱。

「謝謝你，不用了，」她說：「親愛的泊瑟芬女士，我有一個不尋常的請求，希望你能幫助我。阿芙蘿黛蒂想知道，你能不能借她一點美容軟膏？」

泊瑟芬的背後有一叢紫色花朵凋謝了。「抱歉，請再說一次？」女神說。

賽姬仔細說明她與厄洛斯碰到的問題。她盡力忍耐不哭出來，卻無法掩藏語氣中的痛苦。

泊瑟芬打量著眼前這位凡人女子，冥界王后對這故事深深著迷。泊瑟芬自己的婚姻有很多狀況，她也與阿芙蘿黛蒂吵得不可開交，她猜想愛之女神之所以把賽姬派來這裡，是希望泊瑟芬會氣得抓狂殺了她。

這個嘛……泊瑟芬才不會幫阿芙蘿黛蒂做這種骯髒事。假如愛之女神想要借一點魔法，那麼泊瑟芬就如她所願吧。

「打開盒子。」泊瑟芬說。

女神朝她自己手中吹了一口氣，於是她的掌心聚集了一團亮光，很像水銀。泊瑟芬把它倒進黑檀木盒裡，然後蓋上盒蓋。

「好了。」泊瑟芬說：「但是，孩子，這點很重要：千萬不要打開盒子。裡面的東西只給阿芙蘿黛蒂。你了解嗎？」

「我了解，」賽姬說：「謝謝你，親愛的女士。」

賽姬滿心歡喜。終於完成了！她沿著來時路穿越冥界，用第二塊蜂蜜米糕分散色柏洛斯的注意力，再用第二枚德拉克馬金幣向卡戎支付渡河的費用。她攀爬回到凡人世界，開始長途跋涉走向阿芙蘿黛蒂的宮殿。

走到半路上，她猛然冒出一個想法。

「我到底在做什麼？」賽姬對自己說：「假如這樣行得通，厄洛斯就會回到我身邊，但是他眞的還要我嗎？我看起來醜斃了。我累得筋疲力竭，一直靠麵包屑果腹，身上的衣服破破爛爛，而且大概有七個月沒洗澡了。而我有一整盒天神的美容軟膏，正要全部交給阿芙蘿黛蒂，她根本不需要這種東西。我應該幫自己留一點起來。」

很蠢嗎？也許是吧。不過別對她那麼嚴苛嘛，賽姬已經馬不停蹄地奔走了好幾個月，睡眠遭到剝奪，食物也遭到剝奪，很可能無法理性清楚地思考。況且，你愈是接近某件事物的最終目標，愈有可能不顧後果而犯下錯誤，因爲你太希望與那些事再也沒有瓜葛。（喔哦。我就是那個意思。）

除此之外（我這樣說可能有點冒險），我認爲賽姬的致命要害是缺乏信心。她有莫大的勇氣，也有很多其他很棒的優點，但她就是對自己沒信心。她不相信像厄洛斯這樣的人可以愛上原原本本的她。她的兩位姊姊就是利用這點操控她，她也因爲這樣而打開美容軟膏之盒。

不幸的是，泊瑟芬並沒有在盒子裡放進什麼美容軟膏。她在盒子裡灌滿了很純的「冥河睡眠」，那是冥界的要素。泊瑟芬的本意是要小小感謝阿芙蘿黛蒂一下，感謝她讓泊瑟芬捲進她的麻煩裡。

我不太知道那種東西對於阿芙蘿黛蒂那樣的女神有什麼作用，也許讓她陷入昏迷，或者讓她的臉變得痲痹，於是有好幾個星期講起話來會變得很好笑。可是賽姬打開了盒子，於是她的整個肺部吸滿了冥河睡眠，讓她立刻昏過去。

她的生命力漸漸消逝了。

回頭講阿芙蘿黛蒂的宮殿，厄洛斯的肩膀開始陣陣抽痛，像是有人用一把火燙的刀子挖進去。他知道自己的妻子一定出事了。儘管疼痛難耐，他依舊從病床上爬起來，發現原本的力氣稍微恢復了一點。自從與賽姬在岩塔用高亢的假音交談一會兒之後，他的靈魂也漸漸痊癒。他伸展翅膀，從窗戶飛出去，飛到賽姬身邊。

他將失去意識的賽姬抱在懷裡。「不，不，不。喔，我的愛，你到底怎麼了？」

他抱起賽姬，直接飛向奧林帕斯山。他闖進宙斯的王座廳，眾神都聚集在那裡，觀賞阿波羅編寫的新戲，戲名是《關於我的二十件偉大事蹟》（不必去百老匯找這齣戲啦，它首演之後就封箱不演了）。

「宙斯陛下！」厄洛斯大喊：「我請求您主持正義！」

大多數天神都很清楚，像這樣旋風式地衝進來向宙斯要東要西的，實在非常不明智，特別是針對不正義的事情。宙斯實在沒有什麼正義感啊。

然而，即使是奧林帕斯之王也對厄洛斯忌憚三分，因此宙斯召喚他向前。

「你為何帶這個凡人女孩來我們這裡？」宙斯問。「她還滿正的，我向你保證，但是她也大腹便便，看起來快要死了。」

就在這一刻，阿芙蘿黛蒂到場要來看戲。她大搖大擺走進王座廳，自以為所有人都會讚美她身上的新行頭，卻發現眾神全都盯著厄洛斯和賽姬。

喔我的天神啊，阿芙蘿黛蒂心想。我眞不敢相信，那個女孩就算這麼臭而且不省人事，卻還是得到所有人的注意！

「到底怎樣啦？」女神質問道。「那女孩是我的，我愛怎麼折磨是我家的事。」

「好恐怖喔，阿芙蘿黛蒂。」宙斯對厄洛斯點點頭。「說啊，愛之神，有什麼獨家內幕消息嗎？」

厄洛斯把整個故事原原本本說給眾神聽。賽姬的勇敢無畏就連奧林帕斯眾神也深深感動。對啦，她犯了一些錯，她偷看厄洛斯的眞面目，她打開了原本要給阿芙蘿黛蒂的盒子。可是她也展現出忠誠和決心。最重要的是，她非常崇敬眾神。

「太荒謬了！」阿芙蘿黛蒂尖叫著說。「她根本沒有完成最後一項任務！那個盒子沒有裝滿適合敏感性肌膚使用的美容軟膏！」

厄洛斯滿臉怒容。「她是我妻子，母親，你得接受這件事。我愛她，我不會讓她死。」

宙斯搔搔鬍子。「厄洛斯，我想要幫忙，可是她已經陷入相當深的冥河睡眠了。我不確定能不能讓她恢復原本的樣子。」

希拉向前走出。「那麼讓她成爲女神吧，這是賽姬自己爭取到的。如果她要成爲厄洛斯的妻子，這樣會更速配。」

「沒錯，」狄蜜特表示同意。「讓她成爲女神。而我不會向厄洛斯討什麼人情的，雖然這完全是我的主意。」

「也是我的主意。」希拉補上一句。

阿芙蘿黛蒂大力反對，不過她看得出來，整個奧林帕斯議會都沒有站在她這邊。她心不甘情不願地批准了。奧林帕斯全體一致無異議通過。

等到賽姬睜開眼睛，她的身體泳動著新產生的力量，神界的神血在她的血管內流動。她發現自己身穿著亮麗翻飛的薄紗長袍，而且有一對像蝴蝶一樣的翅膀（這有點詭異，不過隨便啦）。她投入丈夫厄洛斯的懷抱，厄洛斯現在完全痊癒了，而且從來不曾如此快樂過。

「我的愛，」他說：「我永恆的妻子！」

「你還是都聽我的嗎？」她問。

厄洛斯笑了。「我絕對都聽你的。」

他們親吻彼此，也原諒了對方，而賽姬成為掌管人類靈魂的女神，我們需要一點點勇氣和理解的時候，她都會為我們著想，因為她比其他天神更了解人類所受的苦。

賽姬生下女兒赫多奈（Hedone），她成為掌管愉悅的女神。你一定也承認，賽姬經歷了那麼多事情，值得享受一點點的愉悅。

就這樣啦，故事結束。

哇……我本來誇口說有一大堆死人和苦難，卻一連給了兩個幸福快樂的故事結局。這樣對嗎？

不然來去看看一位半神半人把車子撞得稀巴爛吧；這孩子把大半個世界都撞爛、燒光、破壞殆盡。咱們去拜訪法厄同（Phaethon）吧，他會恢復你對這本書的信心！

# 3 法厄同沒通過駕駛訓練課程

這位老兄在爸媽幫他取名字的那一刻就遭到詛咒了。

我的意思是說，法厄同？這名字的古希臘文意思是「光亮」（The Shining）。他爸爸是太陽神，所以我想這樣算是有道理。但竟然有小孩子以老電影《鬼店》（*The Shining*）來命名，傑克．尼柯遜在片中飾演的是精神分裂的斧頭殺人狂耶，所以這小孩不會有快樂的人生吧。

他媽媽名叫克呂墨涅（Clymene），是與人類生活在一起的水精靈。她在埃及的尼羅河畔有一棟房子。她一定長得超漂亮，因爲掌管太陽的泰坦巨神赫利歐斯（Helios）愛上她，而赫利歐斯看女生的眼光還滿挑的。

赫利歐斯每天都飛越天空，駕著他那輛太陽戰車「把妹神器」，搜尋所有的辣妹。日落之後，他會換上跑趴的裝扮，流連於各大夜店。女孩們往往無法抵擋他那泰坦巨神的帥氣容貌、他的力量和他的名氣。

「你看起來好眼熟喔，」女生會這樣說：「你上過電視嗎？」

「我駕駛太陽，」赫利歐斯會這樣告訴她們，「你知道吧？就是空中那顆大火球。」

「噢我的天神啊！我就是在那裡看過你！」

等他遇到克呂墨涅，赫利歐斯終於安頓下來，成爲專屬於一個水精靈的男人。（至少持續了一段時間啦。天神才不做那種「至死不分離」的承諾。）他們一起生了七個女兒，我不曉得她們是七胞胎或不同年紀還是怎樣，但是見鬼了，竟然生了那麼多女兒。沒有人記得她們個別的名字，所以大家只叫她們「赫利阿黛絲」（Heliades），意思是「赫利歐斯的女兒們」。她們穿著一模一樣的亮片外套，簡直像一整隊體操選手還是什麼的。

最後，赫利歐斯和克呂墨涅終於生了一個兒子，就是法厄同。結果不意外，因爲他是小嬰兒，又是唯一的男孩，因此得到所有人的關注。

到了法厄同有記憶的年齡，赫利歐斯已經是不相干的人了。情況大概像這樣：嗯，克呂墨涅，和你生了八個小孩還滿好的。與他們玩得開心啊！我要回去駕駛我那輛把妹神器了。

天神老是這樣。

不過，法厄同還是很喜歡聽媽媽講赫利歐斯的故事。克呂墨涅總是對法厄同說，他比其他所有的男孩更特別，因爲他父親是永生不死的天神。

「法厄同，你看！」有一天早上她這樣說，那個時候法厄同三歲。「你父親在那裡，他是太陽神！」

「好樣神？」

「太陽神啦，親愛的。他駕著他的戰車飛越天空喔！不，不要直接看著他，那會把你的視網膜燒壞。」

他的姊姊們或許會很忌妒這個小嬰兒弟弟，但是她們忍不住都很喜歡他，因爲他實在太可愛了，像是他會蹦蹦跳跳繞著屋子大喊：「偶素好樣神！偶素好樣神！」他喜歡做些危險的事，例如拿著刀子亂跑、把錢幣塞進插座裡，而且騎著他的三輪車超過行車速限。

七位赫利阿黛絲很快就學會要緊盯著他。事實上，鎮上的人們開始稱呼她們爲七位「赫利直升機」，因為她們老是在法厄同的四周團團轉。這孩子在八位女士的溺愛下長大，絕對會讓這年輕人產生大頭病。

再長大一點後，法厄同逐漸對戰車競賽非常痴迷。為什麼呢？喂，這還用說嗎？他爸爸可是擁有現存最精良的戰車啊。可惜他媽媽不准他玩賽車，她對於運動的危險性簡直是徹底執迷，法厄同只不過是去看一場戰車競賽，她就要他戴上安全帽，因為你永遠不曉得什麼時候會有哪個駕駛行車失控，衝進觀眾席裡。

到了十六歲的時候，法厄同實在無法忍受他那保護過頭的媽媽和七位直升機姊姊了。他決定要擁有自己的戰車。

有一天放學之後，他跑去賽車場。一位當地的王子名叫艾帕佛斯（Epaphos），這位老兄正在炫耀他的新座駕，那是一輛「賽佛五型」戰車，配備了青銅輪輻、低底盤液壓元件，而且馬匹的車軛上面有程序燈號，總之就是裝了全套配備。一大群人圍繞在他四周，所有的男人全都大叫：「哇！」而所有的女孩則是叫著：「你好帥喔！」

「沒什麼大不了啦，」艾帕佛斯對他的仰慕者說：「國王陛下，也就是我爸，差不多我想要什麼就會給我什麼。」

也許你已經認識幾個王子，或者自以為是王子的老兄。他們有的根本是蠢蛋。

法厄同的內心則是燃起滾滾的忌妒和憤怒，因為他知道艾帕佛斯那輛戰車的價值遠超過大多數人一輩子的總收入。而且過不了幾星期，這位王子就會玩膩他的新玩具，戰車最後的結局是閒置在王室車庫裡堆積灰塵。

艾帕佛斯讓他的粉絲輪流握握韁繩、餵馬兒吃紅蘿蔔，或者啓動輪子上的可伸縮槳葉。

「這是世界上最棒的戰車，」他一臉毫不在意地說：「沒有人擁有更好的戰車，不過隨便啦。」

法厄同再也受不了，他站在群眾後面大喊：「那是垃圾！」

群眾變得很安靜。

「誰在說話？」王子質問道。

所有人一起轉身指著法厄同，意思像是：「認識你眞好，夥伴。」

法厄同走向前，他的頭抬得很高，儘管頭戴安全帽，上面還有反光貼條。「你說那是全世界最棒的戰車？和我父親的戰車比起來，那根本只是一大團破銅爛鐵。」

艾帕佛斯挑了挑眉毛。「你是法厄同，對吧？有七個可愛保母的小子……我是說，姊姊啦。你住在那間，呃，河邊的簡陋房子裡。」

旁觀者忍不住竊笑。法厄同長得俊俏，也算相當聰明，但不是很受歡迎。他最出名的就是傲慢自大，而且他在學校沒有很多朋友，因爲他媽媽不讓他參加體育活動，至少如果沒有戴安全帽、套上全副護墊、穿上救生衣、帶著急救包和水壺，就不能參加。

法厄同直視著王子。「艾帕佛斯，你爸也許是國王，但我父親是赫利歐斯，他是太陽神。他的戰車會把你的戰車熔化成一堆廢礦渣。」

他說起話來帶著滿滿的自信，群眾聞言紛紛向後退。法厄同看起來確實很像有神的血統，他長得高大又健壯，有著駕馭戰車的直挺體態。他的青銅色皮膚，他的鬈曲黑髮，還有他的莊嚴臉孔，在在顯示他說的很可能是實話……他的憤怒甚至讓雙眼散發出內在的火焰；難道那光芒只是戲法花招？

艾帕佛斯只是笑了笑。「你……赫利歐斯之子，告訴我，你父親在哪裡？」

法厄同指著天空。「當然在上面，駕著他的戰車。」

「而他每天晚上回到你們家在河邊的小屋，啊？」

「這個嘛，沒有……」

「你多久看到他一次？」

「我從來沒有真正看過他，不過……」

「那你怎麼知道他是你父親？」

「我媽告訴我的！」

群眾又開始訕笑起來。

「喔，我的天神啊。」其中一個女孩說。

「眞是站不住腳哪。」另一個人說。

艾帕佛斯伸手撫摸著他戰車上的客製化青銅裝飾物。「你的母親……就是要你不管走到哪裡都戴著蠢安全帽的同一位女士嗎？」

法厄同的臉感到刺痛。「腦震盪的話會很嚴重。」他咕噥地說，不過他的自信心有點動搖。

「你覺得有沒有可能，」王子說：「就是你母親說謊？由於你是來歷不明的無名小卒，她那樣講只是要讓你感覺好一點？」

「才不是那樣！」

「假如你父親是赫利歐斯，那就證明看看啊，叫他來下面這裡。」

法厄同抬頭看著太陽（如果沒有適當的護目裝備，你絕對不該這樣看，就像法厄同的母親對他說過一百萬次了）。他默默在心裡向父親祈禱，希望他能顯現某種徵兆。

「快點，」艾帕佛斯催促他：「叫太陽在我們面前以之字形前進啊，叫它轉圈圈！我的戰車可以用時速九十幾公里翹孤輪，喇叭的聲音更是〈蟑螂之歌〉！當然啦，太陽一定比我的戰車更厲害！」

群眾歡呼吼叫。

「拜託，老爸，」法厄同懇求著，「來幫幫我吧。」

有那麼一會兒，他以爲太陽可能會變得稍微亮一點……但是沒有。什麼都沒有。

法厄同紅著臉跑開了。

「陽光男孩，這樣才對嘛！」王子朝著他的背影大喊。「跑回家找你的媽咪和姊姊們，她們可能把你的圍兜兜和嬰兒食品都準備好了！」

法厄同回到家，用力甩上房門。他把音樂開到最大聲，一次又一次將教科書扔到牆上。（好啦，這只是我猜的，不過我如果心情很差，把《趣味學習代數方程》教科書拿來玩「極限飛盤遊戲」是最棒的了。）

法厄同的七位姊姊聚集在他的房門口，急著問他到底怎麼了。他不肯回答，於是她們連忙跑去找母親。

最後，克呂墨涅終於把法厄同哄出來。他對母親說起艾帕佛斯王子的事。

「噢，甜心，」克呂墨涅說：「你去賽車場的時候，我希望你能擦好防曬油。」

「媽，你搞錯重點了！」

「抱歉，親愛的。你要不要吃塊烤乳酪三明治？那總是會讓你心情好一點。」

「我不要烤乳酪三明治！我要一些證據，證明我父親是赫利歐斯！」

克呂墨涅痛苦地扭著雙手。她一直擔心這一天終究會來。她已經盡力保護兒子的安全，但嚴格的警告和保護措施總是有極限。麻煩事遲早會找上這些混血英雄。（這點請相信我。）

她決定嘗試最後一件事來安撫他。

「跟我來。」她說。

她帶著法厄同走到屋外。在街道正中央，克呂墨涅朝向太陽伸展雙臂，午後的太陽已經西沉到棕櫚樹後面了。

「噢，天神哪，請聽我說！」她大喊：「法厄同，我的孩子，他是太陽神赫利歐斯之子！」

「媽，」法厄同咕噥地說：「你這樣害我好丟臉。」

「假如我說謊，」克呂墨涅繼續大喊：「就讓赫利歐斯對我天打雷劈！」

什麼事都沒發生。假如赫利歐斯有某種反應還是什麼的，應該會很酷吧，然而眾神不喜歡受到使喚，即使像是對人們天打雷劈這麼好玩的事也一樣。

克呂墨涅露出微笑。「我的兒子，你看吧！我還活著。」

「這樣的證明還不夠。」法厄同咕噥地說：「我想見我爸。我想聽他親口說出實情！」

克呂墨涅聽了幾乎心碎。她很明白該讓兒子選擇自己的人生道路了，但她很不情願。她想用毛毯裹住兒子，永遠安全收藏在塞滿保麗龍填充物的盒子裡。「喔，法厄同……求求你，不要這樣。前往赫利歐斯宮殿的路途很危險的。」

「所以你知道怎麼去！告訴我！」

克呂墨涅嘆口氣。「如果你一定要去，往東方走，向地平線走去。走到第三天晚上的最後，你會到達太陽的宮殿。只能在晚上走，白天不能前進。」

「因爲白天期間，我爸駕著他的戰車橫越天空。他只有晚上才會在家。」

「沒錯，」克呂墨涅說：「而且，白天眞的很熱，你會脫水渴死。」

「媽！」

「親愛的，一定要小心啊。千萬別魯莽行事！」

像這樣的警告，法厄同已經聽過不下一百萬次了，所以那些話從他的安全帽左邊進去又從右邊跑掉。

「母親，謝謝你！」他向媽媽親吻道別。接著他與七位姊姊分別擁抱，她們哭著看他獨自離開，沒有先打旅行疫苗、沒有帶淨水藥片，甚至連腳踏車的輔助輪都沒帶。

一走到看不見家人的地方，法厄同立刻丟掉安全帽。接著他大膽出發，前去尋找太陽的宮殿，他很確定自己能在那裡得到名氣和榮耀。

名氣，是啦。榮耀？想太多了。

他從尼羅河出發，向東方走了三個晚上。現代人如果這樣走，大多數會走到紅海海邊，看見一大堆美侖美奐的度假村。而身爲太陽神之子的法厄同，在地平線的邊緣努力尋找他父親的魔法宮殿，赫利歐斯每一天都是從那裡出發，去找辣妹……喔我是說，展開他的壯麗日出，進入天空。

法厄同抵達時大約是凌晨三點。就算身處於天亮之前的黑暗中，他也得戴上太陽眼鏡，才能擋住宮殿的燦爛亮光。宮殿的矮牆像熔化的黃金般耀眼奪目，宮殿正面有一整排神界青銅列柱，全都包圍著熊熊火焰，而銀色大門上蝕刻著圖案，由赫菲斯托斯（Hephaestus）親自設計，描繪著凡人生活的一幕幕景象，而且像錄影畫面般動來動去。

法厄同一到門口，大門就打開了。裡面是像運動場一樣巨大的覲見廳，各種小神亂七八糟擠成一團，他們都是赫利歐斯的宮廷隨從，等著要開始執行一天的勤務。季節女神荷萊三姊妹（Horae）一邊啜飲咖啡，一邊吃著早餐的墨西哥玉米捲餅。有位女士身穿閃亮的藍金色長袍，她是白晝女神赫墨拉（Hemera），正與一位有翅膀的美麗女孩閒聊。那女孩穿著玫瑰色的長禮服，法厄同猜想她一定是伊爾絲（Eos），負責顯現玫瑰色手指般曙光的黎明女神，因爲法厄同從沒看過雙手這麼紅的人。要不然，她的手指就是用鮮血塗成紅色，法厄同可不想知道那雙手是怎麼來的。

有一整群傢伙站在大廳的另一個角落，他們全部穿著同樣的藍色工作服，而每個人的背部都寫著不同的時間字樣，像是下午十二點、早上一點、下午四點等等，另外還寫著「刷車員」。法厄同猜測他們是掌管鐘點的天神。

是啊，一天的每一個鐘點都有一個次要天神。你能想像自己身爲掌管下午兩點的天神嗎？所有學生一定恨死你，他們可能會這樣想：「拜託可不可以是三點半？我想回家！」

而在大廳的正中央，泰坦巨神赫利歐斯坐在王座上，那張王座完全由綠寶石組合而成。（沒有，他一點都沒有炫耀。這老兄可能也有一間廁所是用鑽石搭建而成，你每次沖水都會被閃到瞎。）

他的紫色長袍使得古銅色肌膚更加顯眼，一頂黃金桂冠戴在黑髮上。他的笑容十分溫暖

（嗯，他是太陽嘛，不管做什麼都很溫暖），有助於抵銷掉他那令人不寒而慄的眼神。他的瞳孔燃燒著炙熱的光芒，很像工業用烤箱裡的照明小燈。

「法厄同！」他叫道：「我的兒子，歡迎！」

「我的兒子」這幾個字讓法厄同的整個人生有了意義。自豪和溫暖一起充塞他的心頭，也說不定他只是在王座室裡發燒了，畢竟大廳裡的恆溫器設定在大概，呃，攝氏五十度吧。

「所以是眞的囉？」他小小聲地問：「我是你的兒子？」

「你當然是啊！」赫利歐斯說：「到這裡來，讓我看看你！」

法厄同走向王座。其他天神聚集在周圍，低聲議論著，像是「他的鼻子很像他爸」、「姿態不錯」、「帥氣的年輕人」，還有「他沒有燃燒的眼睛眞是太可惜了」。

法厄同覺得頭昏腦脹，很懷疑自己來這裡到底是不是好主意。接著，他想起艾帕佛斯曾經嘲笑他，質疑他的出身。哼，那個蠢王子和他那輛低底盤蠢戰車。

法厄同的憤怒讓他重新鼓起勇氣。他有神的血統啊，他當然有權來這裡。他站得直挺挺的，迎向父親的熾烈目光。

赫利歐斯注視著他的兒子。「你已經成長爲優秀的年輕人，配得上『光亮』這個名字。喔，我的意思是你很年輕、強壯又英俊，不是指你和那部精神分裂斧頭殺人狂電影有關係。」

「呃，謝謝……」

「那麼，我的兒子，」天神說：「你爲什麼來見我？」

一串汗珠沿著法厄同的臉頰往下流。他很想回答「因爲你從沒來看過我啊，你這個混蛋」，不過他猜想那樣的後果恐怕不妙。

「父親，我以身爲您的兒子爲傲，」法厄同說：「但是在家鄉那裡，沒有人相信我說的話。他們都嘲笑我，還說我騙人。」

赫利歐斯沉下臉。「他們爲什麼不相信你說的話？他們難道沒有注意到，你母親那樣發誓的時候，我拚命忍耐沒把她燒成灰？」

「我覺得那沒什麼說服力。」

「他們不曉得你名字的意思是『光亮』嗎？」

「他們根本不管這個。」

「那些凡人！眞是討人厭。」

赫利歐斯陷入沉思。他很氣自己的小孩在賽車場遭人嘲笑。他很想幫助法厄同，可是不確定怎麼做比較好。其實他大可用些簡單的招數，像是寫張簽名紙條，或者在社群網站上貼張父子合照等。說不定也可以在他的太陽戰車後面拉一條廣告旗幟，上面寫著：「法厄同是我兒子，承認吧。」

結果，赫利歐斯反倒做了很魯莽的事。

「爲了證明我是你的父親，」天神說：「你就請我幫你一個忙，隨便什麼都可以，而我會同意。」

法厄同眼睛一亮（沒有像他爸一樣眞的亮起來啦，但差不多就像那麼亮）。「眞的？你是認眞的嗎？」

赫利歐斯咯咯發笑。現在的小孩喔……他猜想，法厄同會向他要一把神劍，或者「全美改裝房車大賽」入場券之類的。「我對冥河發誓。」

又來了，你永遠不該發這種誓，但眾神和英雄們似乎老是在最不應該的時候脫口說出這句誓言。

不過，我可以了解赫利歐斯爲什麼這樣發誓。他就像很多天神爸爸一樣（其實很多凡人爸爸也是），由於陪伴孩子的時間不夠多，心裡很有罪惡感，於是想用某種昂貴的禮物作爲補償；以這個例子來說，這昂貴的禮物就是一個愚蠢的誓言。

法厄同一點都沒有猶豫。自從還是小男孩的時候，他就只想要唯一一樣東西。他一輩子都夢想著那樣東西。

「我明天想要駕駛太陽戰車！」他大聲宣告。「只要一天就好，完全讓我自己駕駛！」

一陣唱針狠刮唱盤的聲音響徹了整個王座廳，所有天神突然間都伸長脖子，像是要問：「他說什麼？」

赫利歐斯嚇得天神下巴都掉了。他的天神屁股在他的綠寶石王座上坐立難安。

「哇，哇，哇。」他努力擠出笑聲，但是聽起來比較像某人快要嗆死的聲音。「孩子，咱們還是不要做瘋狂的事吧，挑個其他東西。說眞的，那是我唯一不能給你的東西。」

「你答應過，隨便什麼都可以，」法厄同說：「你又沒有在旁邊加註星號。」

「當然包括星號！拜託，孩子，太陽戰車？太危險了！一輛很棒的火柴盒小戰車如何？」

「爸，我十六歲了。」

「那就一輛眞正的戰車！我給你的戰車會比所有其他孩子的戰車都棒！『賽佛五型』，配備了青銅輪輻和……」

「爸！」法厄同說：「你到底要不要兌現你的承諾？」

赫利歐斯覺得自己陷入困境，比起有一次他在下午四點車輪爆掉得在天空中苦等道路救援還糟。「法厄同，好吧，我答應。我不能撤回承諾，不過我可以想辦法跟你講道理。這絕對是個餿主意，假如眞的有掌管餿主意的天神，他一定會把『讓凡人駕駛太陽戰車』寫在他的盾牌上，因爲這眞的是徹徹底底的餿主意。」

法厄同的興奮之情並未動搖。整整十六年來，他的母親和姊姊們不斷告訴他，他想做的每一件事都是餿主意，不是太危險就是太冒險。他現在根本不想聽這種勸告。

「讓我駕駛太陽戰車，」他說：「這是我唯一想做的事。這是我的夢想！」

「可是，兒子……」赫利歐斯環顧四周，向他的宮廷隨從們尋求協助，可是他們全都突然對自己早餐的墨西哥玉米捲餅非常感興趣。「除了我以外，沒有人受得了戰車的高熱。就連宙斯都不行，而他是最有力量的天神啊。此外，我的四匹馬也幾乎不可能駕馭。再來是路線，剛開始你要垂直爬升，像是有史以來最瘋狂的雲霄飛車；到達頂部之後，你位於那麼高的地方，都可以擦到天空了，於是所有的星座怪物都可能會攻擊你！再來則是下降，這時候會產生最可怕、超級可怕的腎上腺素飆升……我沒有說服你，對吧？」

「聽起來超讚的！」法厄同說：「我什麼時候可以出發？」

「讓我代替你駕駛吧，你可以坐在乘客座，一邊揮手、一邊丟糖果。」

「不要，爸。」

「讓我先訓練你幾個月，你再接手韁繩。或者幾個世紀好了。明天就去……眞是瘋了。」

「不要。」

赫利歐斯重重嘆了一口氣。「孩子，你讓我好傷心。好啦，來吧。」

太陽車庫不像一般那種塞滿了儲物紙箱、故障家具和過時耶誕節裝飾品的車庫。大理石地板純淨無瑕，馬廄刷洗得清潔溜溜。那群貌似賽車維修人員的鐘點天神衝來衝去，他們全都穿著「刷車員」的制服，努力擦亮戰車的邊飾、用吸塵器將車內吸乾淨，並把宛如大象那麼巨大的燃燒火馬套到車軛的拉車桿上。

戰車的輪子幾乎是法厄同身高的兩倍高，輪軸和輪框都是用實心黃金打造而成，配備了銀質輪輻和義大利瑪莎拉蒂跑車的剎車片。四輪馬車的兩側都鑲嵌了赫菲斯托斯的金屬加工製品，是用各種不同色澤的金、銀、青銅材質打造的奧林帕斯山活動影像。內裝鋪設的是黑色皮革，配備了豪華立體聲系統、二十四K金的飲料架，後視鏡上面還掛著松樹形狀的除臭芳香器。

法厄同滿心渴望地爬上戰車，但他一抓住扶手，金屬部分就像瓦斯爐頭一樣發燙。

「手抬起來。」他父親拿出一瓶看似防曬油的東西。「我幫你塗上這個，你才不會在火焰裡燒焦。」

赫利歐斯在法厄同的臉上和兩隻手臂塗上魔法乳液時，法厄同很不耐煩地扭來扭去。他從很小的時候就得經歷這些事，每次所有的小朋友都在尼羅河邊玩耍了，他媽媽卻會在他身上塗抹厚厚一層，而且講一堆什麼中暑、鱷魚有多危險之類的愚蠢說教。超煩的！

「好了，」赫利歐斯說：「這樣應該可以避免立刻死掉。一旦車輪開始轉動，戰車的溫度會飆升到大概三百度，那是戰車內部喔，而且是冷氣開到最強的狀態。」

「不可能那麼熱啦。」法厄同說，不過他的兩隻手掌已經滿是水泡。

「孩子，聽著，日出之前沒有多少時間了，我要想辦法教你一些訣竅，救你一命。」

「哇！」法厄同爬進戰車裡，衝向儀表板。「你有內建的藍牙？」

「法厄同，拜託！」赫利歐斯跳上去衝到他旁邊，正好來得及阻止他啓動火箭推進器。

「不要碰那些按鈕！而且不管你做什麼，千萬不要鞭打那些馬叫牠們跑快一點。」

「有鞭子？酷喔！」法厄同從鞭子的皮套把它抓下來。他甩動那條黃金鞭子，只見火舌在空中不斷捲動。

「不要用鞭子！」赫利歐斯拚命懇求。「這些馬的奔跑速度夠快了。另外，牠們的名字叫作閃亮、黎明、烈火和光輝。千萬不要把牠們叫作雷霆、閃電、彗星和丘比特❻，牠們超討厭那樣叫。」

「為什麼？」

「你別管了。假如你一定要讓馬慢下來，就用韁繩。要一直抓緊，否則牠們就會知道你很不熟練，於是開始亂搗蛋。」

「喔，拜託，」法厄同說：「這些馬看起來像是乖巧的小甜心。」

幾匹駿馬甩動牠們的火焰馬鬃，噴出火山灰一般的蕈狀雲，重重蹬踏馬蹄，把大理石地板都燒焦了。

「呃，是啦。」赫利歐斯說：「最重要的是，絕對要保持在天空正中央！你一飛到空中，就會看到我的跑道，有點像飛機凝結尾那樣的車痕。跟著跑道走，那些馬知道該怎麼走。千萬別飛太高，否則你會讓天空燒起來。也不要飛得太低，你會毀了大地。」

❻ 雷霆（Donner）、閃電（Blitzen）、彗星（Comet）、邱比特（Cupid）是耶誕老人其中四隻馴鹿的名字。

「知道了。」

「不要太偏向北邊或偏向南邊，要位在天空的正中央。只要能夠維持這樣，而且沒做什麼蠢事，你就有很微小的機會能夠活下來。」

對法厄同來說，這一切叮嚀都只是平常聽到的那種「吧啦吧啦吧啦」，自從開天闢地以來，他媽媽和姊姊們就一天到晚對他嘮叨。現在他滿腦子都是可愛的火焰鞭子、超讚的冒煙小馬，還有他駕著這輛黃金戰車飛進早晨天空，看起來該有多麼英勇啊。

赫利歐斯的智慧型手機響起警示聲：「太陽要出來了。」於是他爬出戰車。

黎明女神伊爾絲跑進車庫裡，按下牆壁的一個按鈕，車庫門向上捲起。一盞聚光燈打開了，照亮早晨的天空。伊爾絲把她的玫瑰色雙手放在那道光束上，開始比劃著皮影戲般的動作。法厄同從沒想過每天的日出都要上演這樣一齣詭異的表演。

「最後機會，」赫利歐斯懇求他的兒子，「拜託，別這樣。」

「爸，我不會有事啦！唉唷！我會把你的戰車開回來的，連半道刮痕都不會留下。」

「音樂不要開太大聲，而且兩隻手都要緊緊握住韁繩。還有，假如你得路邊停車……」

「爸，待會兒見！多謝啦！」法厄同甩動韁繩。「咿呵！」

四匹馬向前衝，拉著法厄同和戰車跑進空中，只聽見赫利歐斯在他背後大喊：「保險卡放在儀表板旁邊的置物箱裡！」

這趟兜風遠比法厄同所想像的更加驚人。

戰車以時速十六億公里的速度向上射出，他不禁歡呼高喊，快樂得跳起舞來。

「耶，寶貝！」他大吼：「誰是太陽？我就是太陽！」

四匹馬已經開始抓狂。閃亮、黎明、烈火和光輝並不喜歡法厄同把韁繩抓得那麼輕，也對他開心的手舞足蹈毫無興趣。牠們的奔跑速度比正常情況快了兩倍，但由於牠們正在垂直方向往上爬升，而且法厄同以前從沒駕駛過這樣的戰車，因此他完全不曉得事態嚴重。

然而，大地上的人們一定早就注意到了。他們早上起床，大概是六點吧，而二十分鐘後就到了午餐時刻。

戰車到了天空頂端開始水平飛行，法厄同的興奮之情也開始平靜下來。他注視著儀表板上所有不該按的按鈕。他留一隻手握住韁繩，另一隻手翻找他爸的CD，看看有沒有比較酷的音樂，但是實在沒什麼可以選的：披頭四的〈日安，陽光〉、桃莉巴頓的〈走進陽光〉、史提夫汪達的〈你是我生命的陽光〉……一首又一首與太陽有關的老歌。

法厄同專心看著跨越天空的煙霧狀車輪軌跡，聽從他爸剛才告訴他的駕駛方法；但是大概經過，呃，五分鐘吧，他開始覺得單調了。況且就算把冷氣開到最強，就算塗了魔法防曬油，戰車還是熱翻了。過沒多久，法厄同覺得汗流浹背、脾氣暴躁且坐立難安。

「我厭倦了，」法厄同說：「這好無聊喔。」

這聽起來可能難以置信，但我可以理解。大多數的混血英雄都有注意力不足過動症，不管經歷過多麼驚奇或可怕的事，才過沒幾分鐘，我們就想嘗試其他事了。可是……你坐在一輛溫度高達一百萬度的火熱死亡戰車上，正在高速呼嘯穿越平流層，居然說「我厭倦了」，可能有一點點魯莽啦。

法厄同低頭看著下方遠處的大地，景象可怕到令人心驚。他從沒來過這麼高的地方；不會有凡人來過吧，畢竟當時根本還沒有飛機之類的。他很確定自己能夠認出尼羅河的藍色線條，他的家鄉就在流域的正中央，現在大概到了。

「嘿，艾帕佛斯！」他朝下方大喊：「你喜不喜歡這趟兜風啊？」

但是艾帕佛斯當然聽不見他的叫喊，家鄉的每一個人都不會知道法厄同正在駕駛太陽。幾天之後，等到他這輩子最刺激的體驗結束之後，法厄同會回到家鄉自吹自擂，而沒有人會相信他說的話。他又會回到剛開始的狀態：遭受嘲弄與排擠，被逼著戴上安全帽、穿上救生衣，而且接下來的無聊餘生都會受到同樣的嚴密保護。

「除非……」他咧嘴笑了。「除非我來做點超乎尋常的事，能夠證明駕駛戰車的人眞的就是我。」

馬兒已經到達牠們路徑的最高點，頭頂上的天空一片黑暗。空氣很稀薄，但我認爲，法厄同接下來的行爲不能怪罪於空氣中缺乏氧氣。

他的致命要害是太過魯莽。這點還滿顯而易見。

沒錯，你可以歸咎於他媽媽和姊姊們保護過度，也許是她們那種太過執著的擔心，讓法厄同變得這麼魯莽且不顧後果。但也說不定她們非常了解他，很清楚如果沒有一直盯著他會有什麼後果。

無論是哪一種狀況都不重要了。總之，法厄同決定要從他的家鄉低空飛過，他覺得這主意太棒了，這樣他才能對人們大喊，讓大家清楚知道駕駛座上的人是他。

「俯衝！」他對馬兒說。

四匹馬其實已經跑得太快，牠們覺得很困惑，也很生氣今天的駕駛沒有像平常一樣穩穩抓住韁繩。但牠們對平常的路徑瞭若指掌，因此堅持按照原定路徑奔跑。

法厄同抓起鞭子，用力揮舞，讓鞭子噴出火舌，燒過馬兒的臀部。「俯衝！」四匹馬噴氣嘶叫，像是說著：「這是你說的喔，老弟。」

牠們向下俯衝。幸好法厄同的左手還抓著韁繩，否則他可能早就跟著鞭子、腳踏墊和他爸的CD收藏一起飛到戰車後面去了。

他放聲尖叫，因爲他成爲史上第一個體驗到零重力的人類，不過他內心有一部分興奮激動到極點。現在他可以看見自己的家鄉，隨著呼嘯衝向大地，家鄉的房屋、宮殿和賽車場全都映入眼簾。

「他們一定會注意到我！」他大喊。

對啦，他們注意到了。他們注意到的第一個跡象是所有棕櫚樹都著火了，接著尼羅河開始沸騰，房屋的茅草屋頂也陷入火海。法厄同滿心驚駭地看著非洲的整個北部，以前那裡總是一片翠綠繁茂，現在則是全部枯萎、燒焦，變成一片廣大的沙漠。

「不，」他喃喃說著：「不，不，不！上升！上升！快點爬升，彗星還是閃電還是隨便你們叫什麼名字！」

馬兒一點都不喜歡聽到這樣叫。他們激動跳起、轉身，把戰車先甩向右邊再甩向左邊，想要把車上的青少年蠢駕駛甩出去。

其實是出於幸運而非刻意，四匹馬向上爬升，而且飛往北方。牠們爬升到歐洲的上空，由於飛得愈來愈高，歐洲大陸的北方也開始變得冰寒刺骨，山頭上白雪皚皚，整片大地布滿一道道冰河，把所有城鎮都吞沒了。戰車內的氣溫冷到很不舒服，這可不妙，因爲本來應該是三百度啊，於是馬兒的車軛都結了霜，牠們噴出的火熱呼氣也都變成蒸氣。

正中午的天空出現了許多星星，也就出現許多怪物構成的星座，包括暴怒的公牛、盤繞的巨蟒，還有作勢準備攻擊的蠍子。

我不確定法厄同在那上面究竟看到什麼，不過他嚇到崩潰瘋狂。可是爲時已晚，他終於明白自己根本不該要求駕駛這輛戰車。他甚至希望自己根本沒有出生。

「拜託，」他祈禱著，「就讓我回到我的家人身邊吧，我再也不敢亂搗蛋了。」

而在下方的大地上，所有凡人也拚命祈禱。有史以來最短的早晨已經變成有史以來最漫長、最可怕的下午了，大地的南半部燒成一片不毛之地，北半部則是天寒地凍，滿是冰霜。人們都快死了，農作物燃燒殆盡，大家的度假計畫也都毀了，氣象學者全部縮成像胎兒一樣的姿勢，倒在電視攝影棚的地上，一邊啜泣，一邊歇斯底里地嘎嘎亂笑。

這故事有很多種版本，其中一些是說，法厄同的愉快小旅行也把非洲人燒焦了，所以他們的皮膚變得比較黑。關於這點我不是很清楚，我猜希臘人只是想解釋不同人種的膚色爲何不一樣，但是我認爲，人類比較可能是原本皮膚很黑，而某個掌管洗衣的天神不小心用高樂氏漂白水洗到歐洲人，於是他們全部漂白成白皮膚。

總之，這下子法厄同徹底失控，太陽在空中不斷繞圈圈，不然就是之字形亂跑。凡人不斷向眾神之王尖叫祈禱：「喂，宙斯！我們在下面這裡快死了！可以幫點小忙嗎？」

宙斯正坐在他的王座廳裡，聚精會神閱讀最新一期的GQ雜誌（是God Quarterly，《天神季刊》），不過聽到這麼多人類呼喚他的名字，他只好探頭瞄向窗外。

「神聖的我啊！」他看到很多城市陷入火海，人們垂死，大海沸騰，他的一間間神廟也燒成灰燼。「我的神廟！不不不不不！誰在駕駛太陽啊？」

宙斯用他的超強天神視力聚焦放大那輛戰車，很快就發現握住韁繩的那個瘦巴巴傢伙並不是赫利歐斯。「喔，我討厭學生駕駛。喂，甘尼梅德（Ganymede）！給我過來！」

天空之王的斟酒人從角落探頭進來。「老闆，什麼事？」

「幫我拿一支閃電過來，閃電放在走廊上的茶几那邊，在我的鑰匙旁邊。」

「要多大尺寸的閃電？」

「幫我拿一支十號的過來。」

甘尼梅德的眼睛爲之一亮。宙斯很少射出十號的閃電，都是爲了特殊場合，像是婚禮或世界末日。過了一會兒，甘尼梅德很費力地搬回一個神界青銅打造的圓柱體，大小差不多像是助推火箭。

宙斯把它舉起來，小心瞄準目標。他得命中駕駛，又不能摧毀戰車；他不曉得萬一炸到太陽會怎樣，不過猜想那樣的結果不會好到哪裡去。可是……那輛戰車徹底失控，把他的很多神廟和他最喜歡的一些自己的雕像都毀了。看來得採取極端嚴厲的措施。

法厄同被炸到空中時，最後一個念頭想著什麼呢？

啊啊啊啊啊啊啊啊啊！

雖然也許只有一點點可能，不過他也會想著：「感謝眾神。」

最後，他知道自己的愉快小旅行終究得結束了。他危及自己家人和整個人類種族的存亡，而且簡直嚇瘋了。沒有哪座雲霄飛車可以永遠運轉都不停歇，就算是超可怕的腎上腺素飆升也會猛然消退。

於是只見一陣燦亮的閃光，法厄同就這樣完蛋了。宙斯把那孩子炸得徹徹底底飛出戰車，他的身體像燃燒的彗星一樣掉落在大地上。

沒有了超級煩人的駕駛，四匹馬便拉著太陽戰車回到牠們的馬廄。閃亮、黎明、烈火和光輝認爲牠們努力工作了一整天，理應有燃燒紅蘿蔔和熔化的燕麥作爲獎賞。

然而經過「太陽瘋狂繞圈日」，整個世界再也不一樣了。

天神舉行一場緊急會議，重新檢視駕駛的安全規定。赫利歐斯哀嘆兒子之死，滿心悲痛。他沒有歸咎於自己讓法厄同駕駛戰車，反倒怪罪宙斯殺了他兒子。有時候天神（以及人們）就是會這樣，也太妙了。

「我再也不要駕駛太陽了！」赫利歐斯公開宣布。「就讓其他人接手這項蠢工作吧！」

也許就是從這時候開始，人們以爲阿波羅才是太陽神，因爲赫利歐斯辭職不幹了，沒有失業救濟金、沒有遣散費，什麼都沒有。或者說不定天神苦苦哀求，甚至出言威脅，於是赫利歐斯又繼續做這份工作好一段時間。無論結果是哪一種，赫利歐斯再也沒有讓自己的其他孩子借走他的車，或者弄亂他的CD收藏。

至於法厄同的燒焦屍體，他的可憐母親和七位姊姊眼睜睜看著他飛越地平線的北邊。

克呂墨涅深知兒子已經死了，沒有人可以在宙斯的閃電下僥倖活著。然而七位赫利阿黛絲決定永遠不休息，直到找回弟弟的屍體爲止。

她們跋涉了好幾個月，直到抵達義大利北部的荒野。在那裡，在靠近波河的河口沼澤處，她們找到弟弟的最後長眠之處。

不知道爲什麼，宙斯的閃電將這位混血英雄變成一種永無止盡的燃料來源。他的身體持續悶燒、冒煙，但是永遠沒有分解掉，最後向下沉陷到一個小湖裡，一直停留在湖底。他就躺在那裡，永無止盡地煮沸，讓湖水持續加熱，並產生有毒氣泡從湖面冒出，讓整個區域瀰漫著有毒氣體。飛過湖面上的所有鳥類都會落下而死。

七位赫利阿黛絲站在湖岸邊哭泣。她們無法救出法厄同的屍體，然而她們不願離開。她們不吃也不喝，到最後宙斯終於大發慈悲。雖然法厄同是那麼白痴的傢伙，眾神之王還是很感佩姊姊們對弟弟的忠誠之心。

「你們會永遠待在他身邊。」宙斯決定了。「你們會一直站著，提醒大家『太陽瘋狂繞圈日』所發生的事。」

七位姊姊改變了身形。她們的衣服變硬成樹皮，腳趾伸長變成樹根，頭髮也伸展向天空變成樹枝和樹葉。她們的眼淚變成金色的樹汁，硬化之後成爲琥珀。

也因此，希臘人稱琥珀爲「光之石」，因爲琥珀是從太陽的女兒們的眼淚變成的。

時至今日，再也沒有人知道那個湖泊位在哪裡了。也許它沉陷到海裡，或者變成沼澤。但是回到當時，也許是「太陽瘋狂繞圈日」事件的一百年後吧，另一位名叫傑生（Jason）的英雄駕著他的船「阿爾戈號」航行到波河。夜晚時分，他聽到樹木在哭泣，那是一種鬼魅般的哭聲，害他的船員嚇到發狂。湖中依舊冒出有毒的煙氣，湖底也閃耀著令人毛骨悚然的金色光芒，那裡是法厄同的屍體持續悶燒的地方。不過我們之後再繼續講傑生。

總之，現在你就知道法厄同爲什麼從來沒考到他的駕駛執照了。

這個故事的寓意是什麼呢？毀滅地球眞的會讓你很快就被叫到路邊停車受檢。

也或者是：別對你的小孩做出愚蠢的承諾。

又說不定是：如果你媽似乎過度保護你，她很可能比你所以爲的還要了解你。（我必須在這裡寫上這句。我媽一直點頭，而且咕噥說著：「謝謝你喔。」）

所以，法厄同的故事就是這樣，有個很棒的不快樂結局，而且死了超多人。

感覺有沒有好一點？

很好。

因爲我們還沒有講完。男性英雄們可沒有壟斷大屠殺和徹底毀滅這方面的事喔，接下來我們要前往亞馬遜地區，認識一位超甜美的殺人犯，名叫奧翠拉（Otrera）。

# 4 奧翠拉發明了亞馬遜（兩天到貨免運費！）

我們從那些古老故事裡沒有看到太多奧翠拉的事蹟。

那些古希臘老兄不太在意奧翠拉從哪裡來，或者她有什麼厲害之處。

爲什麼會這樣呢？

一，她是女人。

二，她是可怕的女人。

三，她是殺了古希臘老兄的可怕女人。

她原本住在黑海附近的北方大地；大致上在同一個地區，後來也出現偉大的「人道主義者」，像是匈人之王阿提拉（Attila）。奧翠拉身處的部族到底是誰？我們無從得知，可能是因爲她把自己的部族全殺掉了。我們只知道在某個關鍵時刻，她認爲自己身爲青銅器時代家庭主婦的人生眞是爛透了，因此決心採取某種對策。

也許你覺得很疑惑，究竟什麼樣的事會惹得一位平凡女子陷入瘋狂，殺了她部族的所有男性，然後建立一個由嗜殺成性的女性所組成的王國？

我有沒有提過，身爲青銅器時代家庭主婦的人生眞是爛透了？

假如你是那個時代的女性，最好的情況會是出生在斯巴達。假如無論何時斯巴達都是你最好的方案，那就表示你眞的身處於超爛的困境，顯然無計可施。女性在斯巴達至少可以擁有自己的財產，她們受尊崇爲戰士的母親。年輕女孩也可以在阿蒂蜜絲（Artemis）的神廟擔任輔祭，而且爲了取悅女神，她們協助鞭打男性人類祭品，讓他們的鮮血沾染神龕。（欲知更多細節，請見《斯巴達人：徹底的怪咖獸》一書。）

假如你在雅典生爲女性，在這個民主的搖籃裡，你差不多就像奴隸一樣慘（是啊，他們有奴隸）。你不能擁有自己的財產，集會時沒有投票權，不能做生意，甚至根本不應該去廣場（也就不能去逛公眾市場和戶外市集），不過很多女性還是會去，因爲，你也知道，市集賣的檸檬雞實在很好吃。

基本上，女性什麼事都不能做，只能待在家裡，烹煮食物，打掃房子，而且打扮得漂漂亮亮……全部兼備當然最好囉。而現在呢，我身爲超讚的現代半神半人男性，上述的每一項我都可以輕鬆搞定。但不是每個人都可以順利完成啦。

（我的女朋友安娜貝斯，她在我背後讀這一段邊讀邊笑。你爲什麼要笑啊？）

雅典的女性甚至不能選擇自己要與誰結婚。其實當時大多數的女性都是如此。你小的時候，父母是你的監護人（備註：其實你爸才是你的監護人，因爲你媽只負責教你怎麼打掃、煮飯和打扮漂亮），由你父親替你做所有的決定。

喔，你不喜歡他做的決定？嗯，你的選擇只有遭到毒打、被殺，或者賣去當奴隸。花點時間好好選擇吧。

等你到了適婚年齡（關於這點，我是指十二或十三歲），你爸會幫你挑選丈夫。這幸運的傢伙可能年紀比較大，也可能長得很醜，甚至可能很胖。但是別擔心！你爸會確定你的丈夫擁有適當的社會地位，以便好好反映出你爸的名聲。你爸會支付一筆嫁妝費用給你丈夫，也就是娶你的價格。而作爲交換，你丈夫會成爲你爸在政治和生意交易方面的夥件。於是，你爲了自己又老又醜又肥的丈夫坐在家裡、忙著煮飯和打扮漂亮時，你會很安慰地知道，這是爲了你父親的興趣所選擇的最速配婚姻。

身爲已婚婦女，你的丈夫就成爲你的監護人。由他來替你做所有的決定，就像你爸以前那樣。

喔，你不喜歡他做的決定？瞧瞧你可以選擇哪些懲罰吧，就是上述那些。

開始覺得自己是嗜殺成性的女性了沒？

那麼，也許你可以理解奧翠拉的動機了。是因爲我剛才描述的雅典和斯巴達那些狀況嗎？在北方大地，在奧翠拉出生的地方，生活更加嚴苛，女性生活條件的惡劣程度更是十倍有餘。

等到奧翠拉大抓狂，她抓狂的方式眞是滿猛的。

奧翠拉年紀還小的時候，她最喜歡的天神是阿蒂蜜絲和阿瑞斯（Ares）。阿蒂蜜絲是年輕處女的保護神，所以這很合理。阿蒂蜜絲不需要臭男生照顧她，這一點很吸引奧翠拉。假如奧翠拉家鄉的人有那麼一點像斯巴達人，我敢說，她年紀很輕的時候就會去當阿蒂蜜絲的實習女祭司。我完全可以想像她鞭打男性人類祭品的樣子，打得他們在神龕上血流成河。

她可能會這樣想，嘿，像這樣鞭打男人，讓他們血流成河？這很好玩啊！

但奧翠拉並不想永遠成爲阿蒂蜜絲的追隨者，因爲那表示要發誓永遠戒除男性。嗯，不行。奧翠拉很喜歡男生，只要他們不隨便指使她就好。後來她會交一大堆男朋友，甚至生下兩個女兒。等一下會講得更詳細……

她喜歡的另一位天神是阿瑞斯，戰神那老兄。對奧翠拉來說，喜歡像阿瑞斯這樣的天神也很合理。她住在環境嚴苛的地區，生活很殘酷，你想要某種東西，必須靠殺戮才能取得。你生氣了，就朝那人臉上一拳揮過去。簡單，直接，血腥，好玩！

而像當時大多數地方一樣，奧翠拉居住的小鎮受到男性掌控，女性連一點權利都沒有，也絕對不准女性起而抗爭，不過到了某個時刻，奧翠拉對於一直當她丈夫的洗衣女工、煮飯婆、地板刷洗工、養眼事物等感到很沮喪，於是她決定自修學習自衛的方法，以免……嗯，以免有一天需要用到。

到了晚上，她帶著丈夫的劍和弓，偷偷溜進樹林裡。她藉由砍劈樹木自學打鬥招數，並模仿她看過的年輕男性士兵的動作。她自修射箭，直到可以在黑暗中射倒兩百公尺外的野生動物。等到她對自己的能力很有信心後，她尋找鎮上與她一樣深感挫折的其他女性，大家都很厭倦自己又老又臭又肥的丈夫總是指使她們做這做那，假如她們開口抱怨，不是遭到毒打、殺害，就是把她們賣去當奴隸。

奧翠拉開始偷偷教朋友們學習打鬥。在夜晚的樹林裡，她們學習阿蒂蜜絲的獵殺技巧，不過也向阿瑞斯祈求賜予戰鬥的力量和勇氣。同時崇拜這兩位天神是滿奇特的組合，意思就像是說：「阿蒂蜜絲告訴我們，男人是愚蠢的畜生。因此，讓我們崇拜阿瑞斯吧，他是所有天神最愚蠢、最能代表男性的畜生。」但是集訓很有成效，於是奧翠拉和她的追隨者很快就變得凶狠殘暴且勇敢無畏。

有好一段時間，她們在家裡假裝一切都很正常。然後有一天發生了某件事，讓奧翠拉像核子炸彈般大爆發。我不曉得是什麼事，也許是她丈夫叫她去冰箱幫他拿啤酒叫了太多次，也說不定她正在刷地板的時候，丈夫對她大吼大叫說刷得不夠乾淨。

奧翠拉跑去衣櫃，很冷靜地取出她丈夫的劍。她將劍刃藏在裙子後面，然後走到丈夫坐著的地方。

「我想離婚。」她說。

她丈夫差點嗆到。「你不能離婚。我幫你做所有的決定，你屬於我所有。而且，還沒有人發明離婚啊！」

「我剛才發明了。」奧翠拉猛然揮劍，把丈夫的頭砍下來。他再也不能要求她拿另一罐啤酒了，不過他把奧翠拉才剛擦乾淨的地板搞得滿地是血，她覺得眞討厭。

奧翠拉手中握著劍，走出她家房子。她像渡鴉一樣發出呱呱叫聲，渡鴉是阿瑞斯的神聖鳥類。她的追隨者一聽見暗號，全都取出自己的劍、匕首和切肉刀，於是男人突然變成鎭上最危險的身分。

大多數的男性要不是遭到殺害，就是被綁上鎖鍊。少數幸運兒逃脫了，他們跑到最近的城鎭，向大家解釋發生了什麼事。

你可以想像對話會像這樣進行：

「我的妻子對我拔劍！」

「而你居然逃走？」

「她發瘋了！那些女士殺了所有人！」

「你們的家庭主婦殺了你們最好的戰士？你是什麼男人啊？走，給她們一點教訓！」

從鄰近城鎮跑來的那些傢伙大步走向奧翠拉的村莊，但他們對這次的遠征並沒有非常當眞，畢竟是要去找女人打架。他們自認只要走進去、打幾下屁股、喝幾罐啤酒，然後就可以抓到最漂亮的女人帶回家當奴隸。

事情並不像那樣發展。奧翠拉沿著道路設置了絆腳線和陷阱，也在路口堆起一座路障，而且她手下最優秀的弓箭手和劍士全部各就各位。那些傢伙一出現，奧翠拉的追隨者就把他們殺個精光。

奧翠拉挺進到隔壁城鎮。她讓女性恢復自由，徵選出願意加入她行列的人，並讓其他人自由離開。剩下的男性則遭她殺害或者俘虜；少數驚駭莫名的倖存者逃向附近村莊並散播消息，說有個瘋女人奧翠拉，還有一群歡樂的女殺人狂追隨她。

下個城鎮的男人又試圖制止她，於是她的戰士們把他們屠殺殆盡。同樣的狀況反覆發生，過沒多久，奧翠拉就發現自己掌控了數十個城鎮，而且身邊聚集了一群不太有經驗的凶狠女性，準備追隨她求取榮耀。她們的戰鬥動機超積極，因爲假如輸了，她們的男性敵人絕對不會手軟。男性絕不會把她們當成戰犯，她們會遭到毒打、賣作奴隸，然後遭到殺害。完整的三連招！

奧翠拉還在學習如何組織她的部隊，而這時，附近城邦的男人開始把她當一回事了。男人們集結了一支不是烏合之眾的眞正軍隊，包含數千名有實力的老手，攜帶眞正的武器，而且對啤酒和打屁股沒有虛幻的想像。

奧翠拉的偵察兵針對最新發展向她提出警告。

「我們需要更多的時間，」奧翠拉說：「我們還沒有對姊妹們進行適當訓練。更何況，這地區的環境既嚴苛又貧瘠，眞的是很爛，實在不値得捍衛。咱們遷移到比較豐饒的土地去，開創我們自己的女王國！」

對她的追隨者來說，比起叫她們竭盡全力打一場沒有勝算的戰爭，這番遠景聽起來好多了。於是整群女戰士，連同她們的奴隸和掠奪而來的戰利品，她們的小孩、牲畜和最喜愛的擺設小物，全部一起遷徙到黑海的對岸，到達今日土耳其的北岸。榮耀等著她們！此外，等著她們的還有一大堆鮮血和一些食肉鳥……

奧翠拉建立一個新的首都城市，稱爲錫諾普，靠近特爾莫冬河。她在那裡訓練軍隊、招募新血，漸漸擴張她的領土，也逐漸開發出最好吃的餐廳。

她建立王國的地點非常優越，位於希臘的東北方、波斯的西北方，是一塊沒有人煙的地方。（而且是沒有男人的地方！）每次她又征服一個新城鎮，她都仔細不讓男性倖存下來，於是傳言逐漸向外擴散。等到鄰國開始意識到她帶來很大的威脅時都已經太遲了，這個新王國的基礎已經非常穩固。她們高舉可怕的旗幟，畫了一個火柴男人，上面打了大大的「×」。她們變得家喻戶曉，整個世界都懼怕這群「亞馬遜人」。

她們爲何叫亞馬遜人啊？沒人確定。

這顯然與南半球巴西的亞馬遜河毫無關係。（哼，要不是安娜貝斯糾正我，我眞的有好幾年都搞錯了。我一直想像成很多女戰士和鸚鵡、猴子、食人魚一起出沒在雨林裡。）古代的亞馬遜人也與任何一個取名叫「亞馬遜」的現代公司毫無瓜葛，特別是那個偷偷掩護自己的計畫準備稱霸世界的公司。（咳咳。是啦，沒錯。咳咳。）

有些希臘人認爲，「亞馬遜」（Amazon）這名字來自「amazos」，意思是「沒有乳房」。

他們可能有種印象（嚴重警告這點超噁心！），認爲亞馬遜女性割除了右邊乳房，於是比較方便射箭或投擲長矛。

好，首先，沒這回事。眞的沒這回事。這不只是很噁，而且超白痴。亞馬遜人幹嘛要那樣做？我的意思是，沒錯，她們是很認眞又堅強的戰鬥殺手，不過你還是可以射箭或投擲長矛，而不必去……你知道我的意思啦。

此外，假如你看過亞馬遜人的古代雕像或圖片，一定找不到證據顯示亞馬遜人，呃，不對稱。

最後，我親身遇過亞馬遜人，她們非必要絕不會傷害自己。傷害其他人呢？當然會！但是不會傷害自己。

有幾位希臘作家體會到這種說法很蠢。有位老兄名叫希羅多德（Herodotus），他將奧翠拉的人民改稱爲「男人殺手」。荷馬（Homer）則稱她們是「像男人一樣的戰士」。這兩種名稱都比什麼「弄出一大個唉唷傷口於是她們比較方便射箭」精確多了。

至於我呢，我喜歡的說法是，「亞馬遜」這個名稱來自波斯文的「ha-mazan」，意思是「戰士」。我喜歡這個說法是因爲安娜貝斯喜歡這個說法，而如果我不喜歡她喜歡的，她就會叫所有的「ha-mazan」來對付我。

總之，亞馬遜人所到之處既喧嘩又自豪。她們變得愈來愈強大，人數也增加了，而且養育出下一代的女孩，她們的思想和行爲都像戰士。

你一定感到很好奇，等等，這個王國全都是女性，她們怎麼生出下一代？所有那些可愛的亞馬遜小殺手嬰兒都是從哪裡來的？

這個嘛，亞馬遜人養了男性奴隸。我之前提過了，對吧？其中有些傢伙成爲最早的家庭主夫，而他們的個人基本權利如同其他城邦的女性一樣多，意思就是沒有。眞好啊。

此外，亞馬遜也與鄰近的賈加林部族達成詭異的協議。賈加林人住在亞馬遜王國東北部高山的另一邊，整個部族全是男性，這點我完全不懂。這是眞的嗎？一個部族完全由老兄組成？你知道這樣絕不會有人洗衣服，客廳一定一團糟，而且冰箱裡的剩菜聞起來會比「法厄同湖」的毒氣還要臭。

你可能會認爲一個全部由男性組成的部族，豈不是亞馬遜人的死敵？但事實顯然不是如此。有沒有聽過一句古老諺語「保持良好距離造就好鄰居」？我也沒聽過。根據安娜貝斯的說法，這句話的意思像是「別碰我的東西，那我們就能和睦相處」。以賈加林人和亞馬遜人的例子來看，一座大山造就了超完美鄰居。這兩群人從未打擾彼此。根據雙方的協議，他們會在山頂舉辦一年一度自己帶菜餚去的大型晚餐和過夜派對，亞馬遜人和賈加林人親密參與盛會。然後你知道怎樣嗎？大概九個月後，一大票亞馬遜人全都生出可愛的小殺手嬰兒。

她們將女孩留下，養育成爲下一代的戰士。至於男孩……嗯，誰需要男孩？

亞馬遜人把最強壯和最健康的男孩送去給賈加林人撫養長大。如果奧翠拉認爲小嬰兒太會生病或太虛弱（他是小嬰兒耶，怎麼可能不虛弱？），她會把小男孩送進荒野，放在裸露的岩石上，依循大自然的法則而行。既嚴苛又殘酷？是啊。當時的生活眞是好有樂趣呀。

奧翠拉帶領她的戰士們打了無數的勝仗，不但打遍小亞細亞無敵手，還打進了希臘。她們發現土耳其的西部海岸有兩個著名城邦，士麥那和以弗所。兩個城邦爲何挑選這種名稱，我實在想不透。我還比較喜歡「踢屁村」和「擊倒市」，不過這只是我的個人意見啦。

她們攻打希臘人那麼多次，假如你今天去雅典，將會見到無數的圖像都與希臘和亞馬遜的戰爭有關。那些圖像永遠都顯示希臘人贏了，但那只是他們一廂情願的想法。事實是這樣的，亞馬遜把「起司咻」起司醬嚇得撤出希臘市場。奧翠拉的戰士們俘虜了很多男人。他們激烈抵抗，而且絕對不會幫你煮晚餐或刷洗你的地板。

過沒多久，亞馬遜的勢力迅速擴張，也分裂成很多部族，特許加盟小鎮開始從各個地方冒出來。古希臘作家們試圖描述亞馬遜人住在哪裡時，常常顯得一頭霧水：「她們住在那裡。不對，她們住在那裡。她們到處都是！」

奧翠拉依舊是「綜合烤玉米捲餅女王」（我相當確定這是她的官方頭銜）。她從位於錫諾普的首都統治整個王國，如果她引發一場戰爭，所有的亞馬遜部族都會聽命行事。你不會想惹奧翠拉不高興，然而說來不幸，一旦要對付男人，她就只會不高興。

好吧……我收回這句話。她確實曾經與一個傢伙墜入情網，她們的羅曼史遠比任何一場戰爭大屠殺還要醜惡。

有一天，奧翠拉剛結束一天的辛苦工作，殺了一些鄰居。戰事打完後，她和手下的戰士們正沿著黑海海濱散步，順便搶劫死屍身上的東西，並俘虜倖存者；這時，一道紅色閃光照亮了雲層。

「你做得很好，」一個低沉的聲音從空中隆隆傳來，「到地平線上的島嶼與我碰面，我們有一些事情要討論。」

亞馬遜人沒那麼容易受到驚嚇，不過那個聲音把她們全都嚇傻了。

女王的一名副手看著她。「你不會去吧？」

奧翠拉望著眼前的水域。還滿明顯的，地平線上眞的可以看見一小點暗色的土地。

「我會去。」她下定決心說：「一道紅色閃光和戰場上的一個奇怪聲音……要不是咱們全都吃了昨晚的大鍋菜而產生幻覺，就是戰神阿瑞斯在講話。我最好去看看他到底想幹嘛。」

奧翠拉獨自划一艘船前往島嶼。天神阿瑞斯果然站在岸上，身高有兩百一十公分，身上披著全副青銅戰鬥盔甲，手握一支燃燒的長矛。他的斗篷是血紅色，靴子濺上一點一點的泥土和血塊（因爲他很喜歡在敵人屍體上面跳踢踏舞）。他的容貌既嚴峻又帥氣，假如你喜歡那種「尼安德塔人殺手」容貌的話。他的雙眼閃耀著純然激昂的殺氣。

「奧翠拉，我們終於見面了，」他說：「該死，女孩，你好正。」

奧翠拉的膝蓋抖個不停。你不是每天都會遇見自己最喜歡的其中一位天神啊。但是她沒有鞠躬或跪下，她絕不向男人鞠躬，連阿瑞斯也不例外。此外，她認爲戰神會比較喜歡展示力量。

「你自己也不差，」她說：「我喜歡那雙靴子。」

「謝謝！」阿瑞斯笑起來。「我特地跑去斯巴達的軍用品商店買到的，他們有特價……不過那不重要。我希望你幫我在這個島上建一座神廟。你有沒有看到那塊巨大的岩石？」

「哪塊岩石？」

阿瑞斯舉起手上的長矛，只見雲層裂開，一顆巨型隕石從外太空飛馳而下，猛力撞上島嶼中央。等到終於塵埃落定，一塊校車大小的黑色厚石板直直插在地面上。

「喔，」奧翠拉說：「那塊岩石。」

「那是一塊神聖岩石。」

「好。」

「向這塊岩石祈禱，基本上等於是直接和我連線。在它的周圍建一座石砌神廟。每一年都要帶你的亞馬遜人來這裡，獻上你最重要的一些動物。」

「那就是我們的馬匹，」奧翠拉說：「我們騎馬去打仗，因此得到極大的優勢。」

「那就是馬啦！」阿瑞斯說：「獻祭給我，那麼我會一直保佑你們作戰順利，你們也會持續屠殺人們。我們會合作得很好。你有什麼話要說？」

「和我對打。」

阿瑞斯用他的核能雙眼瞪著奧翠拉。「什麼？」

「我們都很敬畏力量，咱們用一場暴力摔角來談定交易吧。」

「哇噢。我覺得我愛上你了。」

奧翠拉縱身撲向天神。她一拳打在阿瑞斯臉上，兩人跌倒在地，彼此互踢互挖，盡全力想扯碎對方。他們是一「拳」鍾情。

打了一陣子之後，他們決定結婚。從那天之後，大家都知道奧翠拉是阿瑞斯的新娘。這對她的街頭信譽產生意想不到的效果，敵人的軍隊只要看到奧翠拉騎馬衝向他們，就不禁尿溼了青銅作戰馬褲。

奧翠拉在那個島上建了一座神廟，完全符合阿瑞斯的要求。爲了保護那座神廟，阿瑞斯派去一大群殺人鳥，牠們的羽毛可以像飛箭一樣激射而出。

奧翠拉每年都會在島上舉辦盛大慶典，不但帶馬兒來獻祭，也與黑色巨岩說說話。那些殺人鳥不會打擾亞馬遜人，但如果有其他人膽敢靠近這座神廟，那些鳥就會射得他們全身插滿羽毛，並用鋒利的嘴喙把那些人撕成碎片。換句話說，並沒有很多外來客造訪那座神廟。

阿瑞斯和奧翠拉生了兩個女兒，希波勒塔（Hippolyta）和潘查西拉（Penthesileia），這兩個名字很快就衝上公元前一四三八年「二十五個最受歡迎小女嬰名字」的榜首。從那以後，一般認爲歷代亞馬遜女王、甚至所有的亞馬遜人都是阿瑞斯的女兒。其中有些人確實是阿瑞斯的女兒，其他人則盡全力表現得像是他的女兒。「噢，你瞧！她遺傳了她爸爸的微笑和殘忍暴怒，多可愛呀！」

阿瑞斯很高興。亞馬遜人很高興。可是有個重要的人被屏除在「亞馬遜神廟建設與神祇崇敬計畫」之外，那個人是阿蒂蜜絲，奧翠拉最喜歡的另一位奧林帕斯天神。身爲聰明的領袖，奧翠拉認爲，她最好趁女神開始降下如雨般的銀色飛箭之前，對狩獵女神表現一點感恩之情。

奧翠拉決定建一座神廟獻給阿蒂蜜絲，位置選在土耳其的西岸城市以弗所。她認爲那裡會讓希臘人覺得距離不遠而去參拜，畢竟希臘很多島嶼就在愛琴海的另一端。

她這一次沒有用上射箭鳥，那樣會減少來自觀光客的捐獻。奧翠拉反而把神廟建在一座很高的山丘上，於是從四面八方都看得見。她盡可能把神廟建得美侖美奐，四面牆壁都是芳香的雪松木，地板鋪設磨得光亮的大理石，天花板更是鑲嵌了黃金。聖殿正中央有一座阿蒂蜜絲的雕像，身上裹著以淚滴狀琥珀裝飾的長裙，於是光線從窗戶灑進來時，她像是全身散發著金光。

奧翠拉每一年都會在神廟主辦一場盛大慶典，亞馬遜人整天在此參加派對，跳著凶猛的戰舞，穿越以弗所的大街小巷。她們獻上珠寶給阿蒂蜜絲，掛滿了整座雕像，於是慶典結束時，阿蒂蜜絲看起來很像嘻哈風格的模特兒，剛剛去了米達斯國王（King Midas）的特價金飾批發店大肆血拼。

這座神廟風行一時，也是奧翠拉留給世人最偉大的寶藏。它延續的壽命比奧翠拉更長，也比古希臘人長。見鬼了，它幾乎延續到羅馬帝國時代。它曾經好幾次遭到摧毀，但以弗所人總是把它重建起來。到了基督教時代，它依舊屹立不搖，當時有位名叫使徒約翰的老兄造訪那裡，最終改變了當地人的信仰。

那地方如此有名，因此榮登古代世界的七大奇蹟之一……同樣入榜的還有埃及金字塔，以及，呃，其他那些。是最早的麥當勞嗎？我忘了。

這座神廟在很多方面爲奧翠拉帶來正面效益，這遠比來自觀光客的捐獻更加重要。有一次，它救了奧翠拉和整支軍隊的性命，讓她們不至於被葡萄害死。

事情是怎樣發生的呢？原來是新任酒神戴歐尼修斯（Dionysus）和他那群追隨班底，他們引發的風潮席捲了凡人世界，不僅教導大家體驗派對的驚奇有趣、喝醉酒的野蠻瘋癲，也傳授晚餐要搭配品質好的卡本內紅酒。如果你的王國歡迎戴歐尼修斯，很棒！假如你們企圖對抗他，喔哦！

當時戴歐尼修斯正在入侵印度的路上，因爲在當時，那似乎是個好主意，也因此他碰巧經過亞馬遜人的地盤。

他遇上第一個亞馬遜偵察隊時，內心大樂。

「喔，嗨！」他說：「女人國？我可以和你們合作喔。我們參加你們今天晚上的女生聚會如何？」

亞馬遜偵察兵說：「當然，有何不可？」

她們認為自己很喜歡葡萄酒，於是加入戴歐尼修斯的超級女子粉絲團「梅娜德」（the maenads）。那些女子大多數是精靈，後來變成非常熱衷派對的狂野刺客，她們會徒手將酒神的敵人撕個稀巴爛！所以，想像一下亞馬遜人變成梅娜德會怎樣。是啊，恐怕很像電影《德州電鋸殺人狂》那樣，但是根本不需要用上電鋸。

後來，其他的亞馬遜部族想要阻止戴歐尼修斯，她們並不打算追隨男人，無論是誰都不想，特別是他的軍隊包括一夥羊男和醉醺醺的老兄，身上的氣味聞起來就像是廉價的夏多內白酒。

亞馬遜人發動攻擊。戴歐尼修斯用他的天神力量驅使她們發狂，再把她們變成葡萄藤，最後用力踩扁葡萄，釀造出更多葡萄酒。

奧翠拉聽說她們很快就戰敗了，說是有某個傢伙宣稱自己是天神，不但踐踏她的王國、偷走她的追隨者，還把她們變成美味多汁的莓果。她決定用平常的外交手腕解決這個問題。

「把他們全都殺了！」她大吼道。

她召集了完整的軍隊，軍容看起來相當壯盛，數以千計的長矛和盾牌在陽光下閃閃發亮。一排排騎著馬的弓箭手（她們是世界上最強的騎兵隊）也把燃燒的飛箭準備妥當。

亞馬遜人可以在短短幾分鐘內摧毀大多數的敵人，她們令人不寒而慄的名聲實在太響亮了，其他王國甚至會雇用她們當傭兵去打仗。通常敵軍只要一看到亞馬遜人揮軍抵達，就會立刻投降。

這些年來，奧翠拉變得極爲富有，影響力大增，而且很有自信。她認爲自己可以收拾這群醉漢流氓，這點毫無疑問。

她的致命弱點是什麼？我想就是驕傲吧。

她忘了早期那些男性村民想要打敗她的經過。千萬不要低估你的敵人啊。

戴歐尼修斯是天神，因此無論奧翠拉與阿瑞斯和阿蒂蜜絲多麼友好都沒用，畢竟他們不可能幫助奧翠拉對抗奧林帕斯天神同伴。亞馬遜人發動戰鬥，結果遭受痛擊。那些梅娜德徒手撕裂她們的身體，羊男也用棍棒和舊酒瓶揮打她們。而且每次只要戴歐尼修斯彈彈手指，就有另一大隊的亞馬遜人發瘋抓狂，或是變成袋熊，甚至纏在濃密的葡萄藤內窒息而死。

奧翠拉很快就意識到她打了敗仗，於是連忙在全軍覆沒之前趕緊撤退。接著，亞馬遜人慌忙逃命。

她們逃往土耳其的海岸邊，而戴歐尼修斯和他的酒醉軍團一直追到半路。最後，奧翠拉終於抵達以弗所，跑向阿蒂蜜絲的神廟。她撲倒在女神雕像面前。

「阿蒂蜜絲女神，求求您！」她懇求著：「救救我的人民！別讓她們因爲我的愚蠢而遭到殺害！」

阿蒂蜜絲聽見她的懇求，於是插手干預。也說不定只是因爲戴歐尼修斯開始覺得無聊，決定跑去殺別人了。總之，酒神的軍隊掉頭離開，揮軍攻打印度，放以弗所一條生路。亞馬遜人得救了。最後，她們重建軍隊，並把黏在腳趾之間的所有壓扁葡萄清除殆盡。

從那之後，阿蒂蜜絲的神廟就得到「婦女庇護所」的名聲。婦女只要來到祭壇祈求保護，就會受到阿蒂蜜絲力量的庇佑，沒有人能傷害她；假如有必要，神廟的女祭司和整個以弗所鎮都會捍衛她的安全。

經過這個事件之後，奧翠拉的心境漸漸平靜下來。她引退到首都錫諾普，基本上以和平方式統治一切。她與鄰國締結盟約，爲她的人民帶來安全和保障。

她唯獨無法保護亞馬遜人避開什麼事呢？就是其他亞馬遜人。這從她那兩位嗜血成性的好女兒身上可以一窺究竟……

如同我之前說過的，阿瑞斯與奧翠拉的絕妙跆拳道婚姻生下了兩個女兒。由於父母的關係，她們都是可愛又甜美的女孩，喜歡亮晶晶的東西，喜歡小馬，以及有花邊的粉紅色物品。

是啦，其實沒那麼喜歡……

沒有人知道女王奧翠拉究竟何時決定引退，但是一段時間之後，所有的戰鬥、俘虜和瘋狂舞蹈派對都漸漸沉寂。她把亞馬遜的統治權交給大女兒希波勒塔。

剛開始，希波勒塔做得有聲有色。她爸爸阿瑞斯非常滿意，於是送她全套的魔法盔甲，讓她在特殊場合穿著，像是猶太女孩成年禮和圍城大戰的時候。阿瑞斯也給她一條魔法腰帶，讓希波勒塔的力量超級強大。

不幸的是，希波勒塔運氣不好，遇到名叫海克力士的傢伙。後面會再多講一點，現在先講到結果引發了一場大戰；自從那個「葡萄酒老兄入侵事件」之後，亞馬遜人還沒有打過這麼慘烈的敗仗。

在戰場上的混亂局勢中，希波勒塔意外遭到自己的妹妹潘查西拉殺死，亞馬遜腰帶也弄丟了（至少弄丟了一陣子）。希臘人離開之後，潘查西拉繼任女王之位，她深深哀悼姊姊之死，然後再一次重建亞馬遜軍隊。

儘管希波勒塔之死是一場意外，潘查西拉還是永遠無法原諒自己。她也永遠無法原諒希臘人。許多年後，到了特洛伊戰爭爆發時，她挺身協助特洛伊國王普萊姆（Priam），所以她能打破希臘人的頭，為她姊姊之死報一箭之仇。

然而事情發展並沒有這麼順利。潘查西拉勇敢奮戰，殺死一大批優秀戰士，但是最後，她死在有史以來最著名的希臘戰士阿基里斯（Achilles）手上。阿基里斯在戰場上抱起她的遺體，幫她清洗傷口，這樣才能舉行隆重的葬禮。他取下她的作戰頭盔，這才發現亞馬遜女王竟然如此美麗，突然覺得超級沮喪。這麼一位勇敢且超辣的女士就此死去，實在太可惜了。

阿基里斯等待下一次大規模停戰，這時特洛伊人和希臘人會聚在一起交換遺體，以便舉行葬禮。那樣的會面應該很好玩吧。「我在這裡用喬治和你交換強尼和比利喬。喔，等一下，我想這條腿應該是比利喬的。我也不是很確定。」

阿基里斯將潘查西拉的遺體獻給特洛伊人。他盛讚她的勇氣和美貌，結果惹得一個名叫瑟塞提斯（Thersites）的希臘人夥伴聽了很氣憤。

瑟塞提斯有一大群朋友都被潘查西拉殺死。他轉向阿基里斯說：「老兄，你為什麼稱讚她？她是敵人，而且是個女人耶。你是愛上了那個死掉的女孩還是怎樣？（其實他的叫法遠比「女孩」難聽多了。）

阿基里斯把潘查西拉輕輕放下。他轉身看著夥伴，然後反手打了瑟塞提斯一掌，力道極大，害那人的牙齒全部飛出去，簡直像是迷你白色鮭魚躍出一條紅色河流。瑟塞提斯倒下去，一命嗚呼。

阿基里斯面對特洛伊人。「請讓潘查西拉光榮下葬。」那些特洛伊人一點都不希望死於嚴重的牙齒創傷，於是如他所願。

奧翠拉的兩個女兒死去時，我不知道她是否還活著。為了她好，我還滿希望她那時已經去世了。就算是像奧翠拉這樣在戰場上超級堅強的女性，面對如此狀況也太殘酷了。即使如此，奧翠拉和她的兩位女兒依舊成為一代傳奇，她們名列有史以來最偉大的女戰士之林。

也許你會感到疑惑，為什麼我把奧翠拉放進這本書裡？畢竟這本書是講希臘英雄的故事，而嚴格來說，她並不是希臘人。也許你還會質疑，她是否眞的算是英雄？

我得承認她確實有缺點，像是不時殺殺人啦，還到處發動大屠殺。而且她喜歡阿瑞斯，這一點實在超噁的。

我也必須說明自己對奧翠拉的偏見。我曾經與奧翠拉起衝突，當時她死而復生，而且想要殺我。（說來話長，不要問。）

不過實情是這樣的。在古代故事裡，女性並沒有得到公平的待遇。即使是奧翠拉，她都已經是古代世界最有名、最成功也最有影響力的女性了，那些故事卻幾乎沒有提起她。

我必須稱讚她眞的很有種。她本來是青銅器時代受到壓迫的家庭主婦，後來一路成為一個王國的女王。亞馬遜人變得如此知名，我們以她們的名稱為巴西一條河流命名，再加上那個與古代亞馬遜王國絕對沒有關聯的現代公司。（咳咳，嗯哼。）

對於所有受到她援救和訓練作戰的女性來說，奧翠拉絕對是英雄。她為她們帶來生存的希望，讓她們能夠掌控自己的人生。至於我呢，我講到那整個砍掉丈夫腦袋的故事，可能太輕描淡寫了一點，而且我也絕不可能把小男嬰留在荒野裡任憑他死去，不過奧翠拉真的是活在嚴苛時代的嚴苛女性。

所以，沒錯，我認為她絕對有資格收錄在描述希臘英雄的書裡。假如她讓你作惡夢，就像她讓那些古希臘作家作惡夢，那麼……只要記得這點就好：亞馬遜人再也不存在了，她們早在好幾千年前就淡出歷史的舞台。（眨眼，眨眼。）她們沒什麼機會跟蹤你了，充其量只有百分之二十的機會吧。說不定有百分之三十……

剛才聊到我以前遇過死而復生的人，看來我最好先處理另一個棘手的議題。

我得先深呼吸一下。這個傢伙觸發了一些痛苦回憶。

好，我可以繼續了。咱們來聊聊代達羅斯（Daedalus），有史以來最偉大的發明家。

# 5 代達羅斯幾乎發明了每一樣東西

要我提筆寫這傢伙實在有點困難。

首先，我自己與他相處的經驗，其實與那些古老神話並不一致。當然啦，我沒有去過古希臘，我親身知道的一些事是來自夢境，那總是不太可靠。我會盡力向大家描述當時的代達羅斯是什麼樣的人，但如果你在我的冒險經歷裡讀到的內容似乎與這裡互相矛盾，那是因爲眞的很矛盾！

其次，要我體會這傢伙的想法實在很痛苦，因爲（我知道這會讓你很震驚）我一直都不是天才。

「什麼？波西，我們以爲你的智商高達十億！」

是啊，眞抱歉戳破了你的美夢泡泡。要了解代達羅斯這種超像愛因斯坦類型的人，對我來說並不容易。我要搞定我女朋友都有困難了，她正是天才類型裡的高手達人。

最後呢，嗯……代達羅斯的人生實在太詭異了。

我猜這沒什麼好驚訝的。這位老兄是一塊手帕的後代子孫。

也許我們應該從這裡開始講起。你知道嗎？他的曾祖父艾瑞克宗紐斯（Erikthonius）是從一塊碎布奇蹟式出生，當時赫菲斯托斯對雅典娜表現得太友善，於是雅典娜用那塊碎布擦拭她腿上遺留的赫菲斯托斯天神體液。（欲知更多資訊，請見《奧林帕斯天神：噁心故事大全》。或者，你知道啦，就是我寫的那本《希臘天神報告》。）

既然你找不到比「手帕國王」更好的頭銜，艾瑞克宗紐斯長大之後就成爲雅典國王，他的後代也是雅典娜和赫菲斯托斯的半神半人子孫，他們兩位可是最足智多謀、心靈手巧的奧林帕斯天神喔。

代達羅斯從來沒有想要繼承王位，但是他讓自己的奧林帕斯曾曾祖父母非常以他爲榮。他幾乎能夠建造或修理任何東西，因此很快就聲名遠播。

「你的戰車懸吊系統有問題嗎？代達羅斯可以幫你修好。」

「你的電腦硬碟掛掉了嗎？請打免費服務電話：○八○○—○○八八六四（撥撥羅斯）。」

「你想要蓋一棟豪宅，附設旋轉式屋頂露台、無邊際游泳池、配備滾燙熱油和機械式十字弓的最先進安全系統？『代大師』幫你輕鬆搞定！」

過沒多久，代達羅斯就成爲全雅典最有名的人。他的修繕工坊有一張新客戶登記排隊五年的清單。他設計建造所有最好的房屋、神廟和購物中心；他雕刻的雕像是那麼栩栩如生，彷彿會從它們站立的基座走下來混入人群，成爲社會上具有生產力的一員。

代達羅斯發明了那麼多新科技，每年秋天發表的最新款產品都令媒體瘋狂報導，像是代達羅斯牌鑿子、代達羅斯牌蠟質寫字板，當然還有運用青銅矛尖科技的代達羅斯牌長矛（專利申請中）。

這傢伙是貨眞價實的天才。然而，身爲天才其實滿辛苦的。

「我實在太受歡迎了，」代達羅斯對自己說：「我太忙著修理硬碟、發明驚人的東西，根本沒有自己的時間。我應該訓練一個學徒幫我分擔一些單調乏味的苦差事！」

剛好他姊姊有個兒子名叫柏底斯（Perdix）；有這樣的名字，你就知道他在遊戲場上一定被取笑得很慘。不過這小孩非常聰明，兼具雅典娜的智慧和赫菲斯托斯的巧手技藝，眞的是酷似那塊老手帕。

總之，代達羅斯雇用他的外甥。一開始，代達羅斯非常高興，柏底斯可以處理最複雜的一些修理工作。他只要看藍圖一次就能記住，甚至幫忙構思「代達羅斯牌長矛二・〇版」的改良方式，例如無滑動把手，以及各種客製化的矛尖，像是尖銳款、特尖銳款和超尖銳款等等。而且他很樂意把所有的功勞都留給代達羅斯。然而，人們還是開始竊竊私語：「那個年輕人，柏底斯，他幾乎就像他舅舅一樣聰明！」

幾個月之後，柏底斯發明了一種新奇裝置，稱爲陶輪。當時製作陶罐的傳統方式是徒手進行，那非常花時間，而且只能做出凹凸不平的醜陶罐，但改用陶輪後，你可以在這個不斷旋轉的平面上把黏土拉製成形，只花幾分鐘就能做出看起來很漂亮的陶碗。

人們開始說：「那個孩子，柏底斯，他甚至比代達羅斯更聰明！」

客戶開始指名柏底斯，希望由他來設計他們豪宅的無邊際游泳池，也希望由他來救出掛掉硬碟的資料。榮譽和名氣漸漸離代達羅斯遠去。

有一天，代達羅斯前往衛城，衛城是坐落在巨大峭壁頂上的堡壘，位於雅典的正中央。代達羅斯去那裡視察他設計的一座新神廟工地，這時柏底斯跑上來，肩膀上揹著一個大大的皮革囊袋。

「舅舅！」柏底斯說：「你一定得看看我的新發明！」

代達羅斯握緊雙拳。下星期的記者會上，他準備發表「代達羅斯牌鎚子」，徹底改革敲擊釘子的方式。他實在不需要這個聲名鵲起的外甥發表什麼討人厭的超酷大突破，把鎂光燈的焦點全部奪走。

「柏底斯，現在又是怎樣？」他問。「拜託告訴我，這不是什麼更愚蠢的胡鬧，只是把我的蠟質寫字板放大尺寸而已。」

「不是啦，舅舅，你看！」柏底斯從他的皮革囊袋拿出一種小動物的頷骨，有一排尖銳的牙齒還很完整。「這是蛇的！」

代達羅斯沉下臉來。「這又不是什麼發明。」

「不，舅舅！我拿它到處玩，滑過一塊木頭，發現它會切割表面。所以我就做了這個！」柏底斯拿出一個東西，它有一片寬大的金屬利刃，固定在木頭把手上。利刃的一側就像牙齒一樣做成鋸齒狀。「我把它叫作『鋸子』！」

代達羅斯覺得好像有一把「代達羅斯牌鎚子」擊中他兩眼之間。他立刻體會到柏底斯這項發明的潛力，用鋸子取代斧頭切割木板會更輕鬆、更快速，而且更精準。這將會徹底改變木材工業！而且認眞說來，誰不曾夢想在木材工業獲得名氣和財富？

如果鋸子眞的成爲一項工具，柏底斯會變得很有名，代達羅斯則會遭人遺忘。代達羅斯不能讓這個年輕狂妄的小子使他黯然失色。

「還不錯。」代達羅斯勉強擠出微笑。「等回到工坊後，我們再做一些測試。現在呢，我需要你先對峭壁的這個部分提出意見，我怕這裡不夠穩固，沒辦法支撐我的新神廟。」

「舅舅，沒問題！」柏底斯小跑步到矮牆邊緣。「哪裡？」

「往下看，大約一半高的地方，只要探頭出去一點就會看到。這個，我幫你拿著鋸子。」

「好。」

「謝謝。」

柏底斯探頭出去。「我沒有看到……」

代達羅斯把男孩推下衛城。

至於過程的確切細節……這個嘛，就要看你相信哪一種說法囉。有些說法指出，柏底斯沒有眞的死掉。那孩子墜下時，雅典娜很同情他，於是把他變成一隻山鶉，也因此古希臘文「perdix」的意思就是指「鶉」這類鳥。代達羅斯只因爲外甥身懷絕技就謀殺他，女神肯定非常不欣賞這種行爲。雅典娜非常致力於栽培新技能，而把聰明孩子推下懸崖，將會拉低這個城邦的平均測驗成績。自從那個事件之後，她確定讓代達羅斯的人生遭到詛咒。不再有大型記者會，也不再有媒體熱潮。

可是，如果雅典娜眞的賦予柏底斯新生命、讓他變成一隻鳥，那麼這孩子撞擊衛城山腳下的地面，造成一大團的慘狀，那又該如何解釋？

代達羅斯看到那團慘狀了。他實在應該趕緊離開原地，裝成一無所知的樣子。「什麼？柏底斯墜崖？你是開玩笑吧！那孩子老是有點笨手笨腳。」

罪惡感終究打敗了他。

他爬下懸崖，趴在柏底斯身上哭泣。他用油布裹住遺體，把他可憐的外甥搬運到城鎭邊緣。他企圖挖掘墳墓，但地面的岩石太堅硬。我猜，他當時還沒發明「代達羅斯鏟子」吧。有幾個當地人看到他，代達羅斯還來不及離開，旁邊就聚集了一堆人。

「你在埋什麼？」一個傢伙問。

代達羅斯像馬拉松選手一樣狂冒汗。「喔，呃……是一條蛇。」

那傢伙看著油布包裹的一大團東西，伸腳輕輕踢一下，結果柏底斯的右手滑出來。

「我很確定蛇沒有手喔。」那傢伙說。

代達羅斯突然爆哭，坦承他的所作所爲。

群眾差點就以私刑將他當場處死。他們會這麼生氣，你也不能太過責備，畢竟其中有一半的人都向柏底斯預約下週要修理他們的戰車。

群眾壓抑自己的情緒。他們執行公民的逮捕權，拖著代達羅斯，扭送至城邦法官面前。

「雅典新聞網」的頭條新聞有好幾個星期都是報導他的審判過程。他的姊姊，也就是柏底斯的媽媽，要求宣判他死刑。重點是這些年來，代達羅斯幫了有錢的公民很多忙，而且蓋了許多重要的建築物，也取得很多超實用發明的專利權。法官將他的死刑減輕爲永久流放。

代達羅斯永遠離開了雅典。大家都以爲他離去後死在某個山洞裡。

不過沒這麼簡單。由於他犯了謀殺罪，雅典娜的意思是要讓代達羅斯活得很久但備受折磨。這位發明家的刑罰才剛要開始而已。

代達羅斯搬到克里特島，在當時，那裡剛好是雅典最大的敵人。克里特島的米諾斯國王（King Minos）擁有地中海最強大的海軍，他老是騷擾雅典的船隻，干擾他們的貿易活動。

你可以想像得到，雅典人發現他們最頂尖的發明家和硬碟維修員竟然轉而爲米諾斯國王工作時，心裡會有什麼樣的感覺。那有點像是美國所有最棒的產品突然變成「中國製造」。

噢，不要吧……

總之，代達羅斯抵達米諾斯的宮殿，準備面試工作。米諾斯大概像這樣說：「你為什麼離開前一個職位？」

「我被控謀殺罪，」代達羅斯說：「我把我的外甥推下衛城懸崖。」

米諾斯摸摸鬍子。「那麼……與你的工作品質無關？」

「無關。我還是像以前一樣聰明和靈巧。我只是殺了人。」

「嗯，那麼，我看是沒有問題。」米諾斯說：「就錄取你了！」

米諾斯給了代達羅斯很多經費，也為他設立一間最尖端的工坊，位於首都克諾索斯。過沒多久，代達羅斯的名氣就恢復了，甚至比以前更響、更好。他很快就做出幾十件新發明，而且王國內最棒的神廟和豪宅都是他蓋的。

從此以後，他過著幸福快樂的人生……大約有六分鐘吧。

問題在於，米諾斯國王有老爸方面的問題。他是宙斯的兒子，這聽起來是好事，不過這對於擔任克里特島的國王並沒有太大的加分效果。

長話短說：米諾斯的媽媽是歐羅芭（Europa），她與宙斯之間的關係有個非常詭異的開端。宙斯變成一頭公牛，哄騙歐羅芭爬到他背上，然後載著她一起游泳離開，跨越海洋到達克里特島。宙斯和歐羅芭在一起好一段時間，生了三個小孩，米諾斯是長子。但是到最後，宙斯對這位凡人女友感到厭倦，反正天神不都是這樣嗎？總之他回到奧林帕斯山去了。

後來歐羅芭與克里特島國王結婚，那位老兄名叫阿斯特利昂（Asterion）。這段婚姻順利維持了好一段時間，阿斯特利昂真的很愛歐羅芭。他們一直沒有生下自己的小孩，於是國王領養了三位小宙斯。

阿斯特利昂去世後，米諾斯繼任王位。很多當地人對此議論紛紛。米諾斯是養子，他眞正的爸爸應該是宙斯，但他們以前也聽很多人宣稱過這種事。每次城邦裡有某個未婚女孩懷孕了，她就可能會說：「噢，嗯，對呀，都是宙斯啦！」米諾斯的媽媽甚至不是克里特人，她是搭乘公牛而來的非法移民。米諾斯憑什麼當國王？

米諾斯爲這件事勃然大怒。他出示自己的出生證明，顯示他確實在克里特島出生等等，但是人們根本不在乎。

他與當地一位公主結婚，她叫帕西法埃（Pasiphaë），是太陽神赫利歐斯的女兒。他們兩人生了一大批小孩，其中包括一位聰明又美麗的女兒，名叫亞莉阿德妮（Ariadne）。你可能會認爲有宙斯之子當你的國王，而且有赫利歐斯之女當你的王后，一切都夠好了，但是不不不不不不，克里特人覺得一點都不好。他們還是像這樣想：「米諾斯是外國人，他爸是一頭公牛。我想，米諾斯偷偷爲牛工作！」

米諾斯下定決心，他必須更加努力行銷個人品牌才行。人們喜歡八卦他的出身？好啊！他是宙斯之子，而且很引以爲榮！米諾斯採用公牛作爲他的王室圖騰，把公牛畫在他的旗幟上，並請代達羅斯設計一幅巨型的公牛馬賽克拼貼，鋪設在王座廳的地板上，而且王座的扶手也雕刻著黃金公牛頭。他有公牛圖案的銀器，花園裡的樹木修剪成公牛形狀，甚至穿上公牛圖案的拳擊短褲，而且絨毛拖鞋的形狀很像可愛的小公牛頭。每個星期三來到宮殿的所有人都可以得到免費的進場獎品，是一只公牛搖頭娃娃❼。

不知爲何，拖鞋和搖頭娃娃並沒有說服他的臣民，讓他們接受米諾斯身爲國王的神聖權力。他們繼續發牢騷，而且不肯付稅金之類有的沒的。

最後，米諾斯下定決心，非得好好展現他的國王信譽不可，他要讓克里特人喊出「哇」的大聲讚嘆，徹底讓這件事塵埃落定。他召喚代達羅斯，畢竟這位發明家是整個王國最聰明的傢伙。

「我建議做一些特效，」代達羅斯說：「閃光粉末。煙霧炸彈。我可以做一個會說話的巨大機器人，帶著你繞行整個城鎮，向每個人宣告你有多厲害。」

米諾斯皺起眉頭。「不，我需要來自天神的神蹟。」

「那我也可以假造！」代達羅斯說：「我們會用上鏡子，也許再用看不見的鋼絲把幾個傢伙吊起來，在旁邊飛來飛去。」

「不！」米諾斯厲聲說：「絕對不能造假，必須是眞的。」

代達羅斯搔搔腦袋。「你的意思是說……眞的向天神祈禱，公開祈禱，然後希望他們送你一項神蹟？我不知喔，老闆。聽起來很冒險。」

國王非常堅決。他在碼頭邊建了一座大型平台，把整個城邦的人口全都召集過來，然後他對群眾高舉雙臂，大聲說：「你們有些人不相信我是你們合法的國王！我將會證明眾神支持我！我會要求他們對我顯現神蹟！」

觀眾之中有人發出嘲弄的咂舌聲。「那不算證明！你只是要求你老爸幫個忙！」

米諾斯臉紅了。「不！」事實上，他本來眞的打算請宙斯射一支閃電，但現在那計畫已經毀了。

❼美國的職業運動比賽經常舉辦這類活動，贈送明星選手的搖頭娃娃，吸引觀眾進場看球。

「我將會，呃，向完全不一樣的天神祈禱！」他朝港口外面瞥了一眼，突然心生一計。「克里特島擁有全世界最強大的海軍，對吧？我會請求海神波塞頓對我賜予祝福！」

「波塞頓，求求您，」米諾斯在內心默默祈禱，「我知道我們沒有聊過太多話，但請在這裡幫助我。我會好好回報您。也許您可以讓某種動物奇蹟似地躍出海面，我向您鄭重承諾，等這場秀一結束，無論您派遣哪種動物前來，我都會將牠獻祭給您。」

波塞頓在海底深處聽見他的祈禱。他並不是眞的關心米諾斯的問題，不過他喜歡獻祭這部分。他也喜歡人們對他祈禱，而且如果有機會在強大海軍面前顯得他很強大，他絕對不想錯過。

「唔，」波塞頓自言自語：「米諾斯想要一種動物。他喜歡公牛，我也喜歡人們把公牛獻祭給我。嘿，我知道了！我就來送他一頭公牛！」

港口翻攪出泡沫，船隻在停泊處顚簸搖晃。不知從何處掀起一道十多公尺高的巨浪，一頭巨大的白色公牛駕馭著浪頭。他在岩石上登陸，頭抬得很高，白色牛角閃閃發亮，看起來徹底酷炫且莊嚴。

「喔喔喔！啊啊啊啊啊！」群眾大喊，因爲並不是每一天都有公牛在港口內的猛烈浪頭上衝浪。

克里特人轉向米諾斯，開始高聲歡呼。國王向大家鞠躬道謝，每個人回家時都拿到公牛形狀的紀念馬克杯。

國王的屬下用繩索套住公牛的脖子，帶著牠前往國王的牛棚。那天傍晚，米諾斯和代達羅斯去查看那隻動物，近看顯得更加壯觀，牠至少有國王牛棚裡其他公牛的兩倍巨大和強壯。

「哇，」米諾斯說：「好驚人的公牛！我想，我會把牠留下來飼養。」

代達羅斯咬著大拇指的指甲。「呃，國王陛下，您確定嗎？假如您答應要把這頭公牛獻祭給波塞頓……嗯，把牠留下來實在不太對，是吧？」

國王哼了一聲。「你把你自己的外甥推下衛城懸崖，又怎麼知道什麼是對、什麼是錯？」

代達羅斯打從心裡有不好的預感。他可以控制特效，但是奧林帕斯天神呢……嗯，就連他都發明不出什麼好機器來預測他們的反應。他試圖說服國王把白公牛拿去獻祭，米諾斯卻不肯聽。

「你想太多了，」國王對他說：「我會拿我的另一頭公牛獻祭給波塞頓，他不會在意啦！他甚至可能不會注意到有什麼差異！」

可是波塞頓很在意。他注意到差異了。

等到波塞頓發現米諾斯把漂亮的白公牛留下來，沒有按照承諾將之獻祭，他立刻像河豚一樣爆炸了。

「老兄！做出那頭公牛花了我大概足足五秒鐘耶，超辛苦的！很好，米諾斯，你以爲你那麼厲害？你那麼喜歡公牛？你會後悔的，我會確保你這輩子再也不想見到另外一頭公牛！」

波塞頓大可直接懲罰克里特島。他可以用地震毀掉首都克諾索斯，或者掀起一陣海嘯把整個克里特島艦隊掃蕩一空，但那樣做只會讓島上的人民把矛頭指向他。波塞頓想要羞辱國王一家人，讓每個人都厭惡米諾斯和帕西法埃，但他可不希望產生其他的反彈。他希望克里特人繼續去他的神廟祈禱並獻祭。

「我需要暗中復仇，」波塞頓下定決心，「我們就來瞧瞧……誰特別擅長鬼鬼祟祟和讓人難堪？」

波塞頓跑去找愛之女神阿芙蘿黛蒂，她正在奧林帕斯山的私人美容沙龍裡。

「你不會相信有這種事，」波塞頓對她說：「你知道克里特島的米諾斯國王嗎？」

「唔？」阿芙蘿黛蒂繼續翻閱她的時尚雜誌。「大概吧。」

「他冒犯了我！他答應要獻祭一頭公牛給我，可是沒有實現諾言！」

「嗯，唔？」阿芙蘿黛蒂瀏覽著紀梵希名牌包的廣告。

「還有，」波塞頓說：「他的王后，帕西法埃，你眞應該聽聽她怎麼說你。」

阿芙蘿黛蒂抬起眼睛。「你說什麼？」

「我是說，沒錯啦，帕西法埃很漂亮，」波塞頓說：「但人們老是說，和你比起來她有多麼可愛，而王后從來沒有制止他們。你能相信有這種事嗎？」

阿芙蘿黛蒂闔上雜誌。她的雙眼散發出危險的粉紅色調。「人們拿這個凡人王后和我比較？她允許這種事？」

「是啊！而且，最近一次帕西法埃在你的神廟獻祭、稱呼你是最棒的女神，是什麼時候的事了啊？」

阿芙蘿黛蒂在心裡瀏覽她的獻祭和祈禱名單，她一直密切追蹤哪一個凡人對她付出恰當的尊敬。帕西法埃的名字完全沒有出現在前二十名的名單上。

「那個不知感激的巫婆。」阿芙蘿黛蒂說。

持平說來，帕西法埃眞的是女巫。她很愛巫術和魔法藥水，甚至比她丈夫更加貪婪和自大，基本上完全不是好人。但是責怪她沒有成爲阿芙蘿黛蒂的女粉絲嘛……嗯，這就好像怪我沒有變成空中飛人一樣。宙斯和我……我們會盡量與彼此的領域保持距離。總之，波塞頓看出這是復仇的機會，而他掌握住了。我沒辦法幫我爸的選擇說好話。如果你惹到天神的黑暗面，就算是最棒的天神也會變得很凶惡。

「你絕對應該懲罰她，」波塞頓在旁慫恿，「讓那王后和國王因爲不尊敬我而變成眾人的笑柄……我的意思是，不尊敬你啦。」

「你有什麼想法？」阿芙蘿黛蒂問。

波塞頓的眼神比他身上的夏威夷衫更閃亮。「說不定應該讓那王后墜入情網。她應該要陷入有史以來最噁心、最難爲情的風流韻事。」

「對象是大衛赫索霍夫❽嗎？」

「不夠糟！」

「查理辛❾？」

「還是不夠糟！米諾斯的王室圖騰是公牛，對吧？他的牛棚裡養了一頭純白的公牛，那是他在這世上最鍾愛的事物。如果讓王后也愛上那頭公牛……？」

就連阿芙蘿黛蒂也花了一點時間才聽懂這點子。「噢，天神啊……噢，你該不是說……噢，那好變態！」

---

❽ 大衛赫索霍夫（David Hasselhoff）是美國男演員，最著名角色是影集《霹靂遊俠》（*Knight Rider*）的李麥克（Michael Knight）。他是有名的自戀狂。

❾ 查理辛（Charlie Sheen）是美國知名演員，經常因私德不佳登上新聞版面。

波塞頓咧嘴一笑。「是不是？」

阿芙蘿黛蒂實在很難相信。她跑去女神洗手間吐了一回，整理儀容，然後回來。「非常好。」她終於下定決心。「對於從來不尊敬我的王后來說，這是很合適的懲罰。」

「或是不尊敬我。」波塞頓說。

「隨便啦。」阿芙蘿黛蒂說。

女神跑去調配她的愛情巫毒魔法。到了隔天，在下面的克里特島上，帕西法埃走過國王的牛棚，她盡可能快速通過，以免聞到那裡的氣味，而就在這時，她碰巧瞥見國王鍾愛的白色公牛。

她猛然停下腳步。

這是眞愛。

好了，各位，看到這一段，請不要客氣，你大可放下書本，一邊跑步轉圈圈一邊尖叫：「太—噁—了！」我第一次聽到這故事時，差不多就像這樣的反應。希臘神話裡面有很多超噁的情節，不過這一段的噁心程度絕對是大聯盟等級。

問題是，帕西法埃並沒有做什麼事得承受這樣的懲罰。確實沒錯，她涉獵黑暗巫術，算是可怕的人，不過我們每一個人也各有缺點啊！眞正沒有獻祭公牛的人又不是她，她本人並沒有羞辱阿芙蘿黛蒂。

這有點像是命運三女神說：「好的，米諾斯，你做了壞事嗎？嗯，如果我們隨便找一個人懲罰，看你覺得怎麼樣！」

帕西法埃試圖甩掉內心的情感。她知道那是錯的，而且很噁心，但無論如何都甩不掉。

她回到自己房間，一整天都坐在床上，讀著有關公牛的各種書籍，還畫了一堆公牛的圖畫，直到白色蠟筆全部用完爲止，而且在她所有的筆記本上反覆書寫公牛的名字：公牛。

她苦苦掙扎了好幾個星期，努力說服自己並沒有眞的愛上一種優秀牲畜，但她依舊渾渾噩噩地走來走去，嘴裡喃喃哼著歌〈感情上鉤〉⑩和〈乳牛憂鬱〉⑪。

她企圖用符咒和魔法藥水治好自己，但是全部無效。

接著，滿心絕望之下，她嘗試用巫術讓公牛也喜歡她。她穿著最漂亮的衣裳、梳著最完美的髮型，找一些藉口走過牛棚旁邊，嘴裡喃喃唸著咒語，然後把愛情靈藥倒入公牛的飼料槽。沒用。

公牛絕對不會有興趣。對牠來說，帕西法埃只是另一個愚蠢人類，既沒有拿新鮮乾草給牠吃，也沒有在牠面前揮動紅色大旗，或者做其他有趣的事。

最後，帕西法埃求助於她心目中唯一比自己還聰明的人，也就是代達羅斯。

發明家在他的工坊裡，正在檢視他爲克諾索斯美式足球場和會議中心繪製的建築設計圖。這時王后走進來，說明自己碰到的難題，以及希望代達羅斯能夠幫什麼忙。

代達羅斯環顧四周，很疑惑自己是不是遭到電視實境秀節目暗中偷拍。「所以……慢著，

---

⑩〈感情上鉤〉（Hooked on a Feeling）是一九七〇年代瑞典樂團 Blue Swede 的歌曲，也是電影《星際異攻隊》（*Guardians of the Galaxy*）的插曲。

⑪〈乳牛憂鬱〉（Milk Cow Blues）是一九三〇年美國藍調傳奇歌手 Sleepy John Estes 的歌曲，後來有無數歌手翻唱過。

你到底要我做什麼？」

帕西法埃皺起眉頭。光是說明一次就已經夠難爲情了。「我需要讓那隻公牛注意我。我就是知道牠也會愛上我，只要我能說服牠……」

「牠是一頭公牛耶。」

「沒錯！」王后怒聲說：「所以我才需要讓牠認爲我是一頭母牛！」

代達羅斯努力讓自己不顯露任何表情。「嗯……」

「我不是開玩笑！用你那些超厲害的機械技術幫我做一件假的母牛裝，我會鑽進服裝裡，向公牛自我介紹，稍微調情一下，問他是從哪裡來之類的。我敢肯定，牠一定會愛上我！」

「嗯……」

「一定要超性感的假母牛裝。」

「王后陛下，我認爲我沒辦法……」

「你當然有辦法！你是天才耶！不然我們付錢給你幹嘛？」

「我很確定你丈夫沒有付錢叫我做這種事。」

帕西法埃嘆口氣。「讓我好好分析一下。假如你對米諾斯透露半個字，我會一概否認，而你會因爲散播王后的謠言而遭到處死。如果你拒絕幫我，我會對米諾斯說你向我調情，結果你也會因此遭到處死。你唯一能避免遭到處死的方法，就是幫我這個忙。」

一串汗珠沿著代達羅斯的脖子往下流。「我……我只是說……那樣不大對。」

「你把你的外甥推下衛城懸崖耶！又怎麼知道什麼是對、什麼是錯？」

代達羅斯眞的很希望別人不要再提起那件事。只是一件小小的謀殺案，人們就絕對不會讓你忘掉。

他不想幫王后這個忙。做一件可操控的母牛裝，讓她可以和公牛調情？就連代達羅斯也能力有限啊。但他也要考慮自己的職業生涯和自己的家人。來到克里特島後，他結了婚，現在有個小男孩名叫伊卡魯斯（Icarus）。萬一遭到處決，他就不能參加兒子幼稚園的返校晚會了。發明家認爲自己沒有選擇餘地，於是開始努力製作人類有史以來最性感的假母牛服裝。

這件可操控的母牛裝才剛製作完成，王后立刻鑽進去。代達羅斯賄賂警衛，於是發明家把一隻假母牛從他的工坊推到國王的牛棚時，他們沒有發現任何異狀。

那天晚上，公牛終於注意到帕西法埃。這是個好時機，我們所有人可以再次把這本書放下，一邊跑步繞圈圈一邊尖叫「太—噁—了！」，然後用樂敦眼藥水狂洗眼睛。

眼看這計畫奏效，阿芙蘿黛蒂和波塞頓有什麼感想？

我希望他們不只是坐在奧林帕斯山上，彼此擊掌說：「我們辦到了！」我比較希望他們低頭看著克里特島，驚愕地瞪著這一幕，並說：「噢，天神啊……我們做了什麼好事？」

九個月之後，大腹便便的帕西法埃王后準備要生產了。

米諾斯國王等不及了！他很期盼生個兒子，甚至名字都選好了，就是阿斯特利昂，以便紀念他的繼父、前任國王。克里特人一定很喜歡這樣！

但這計畫有個小小的阻礙：生出來的男孩是個怪物。

他的肩膀以下是個人類，肩膀以上有著粗厚的毛皮，頭部肌腱像鋼纜一樣粗，而且有一顆公牛的頭。他的牛角也立刻開始生長，因此根本不可能用嬰兒背帶揹著他走來走去，因爲一定會被角刺傷。

國王並沒有像代達羅斯那麼聰明，不過他很快就判斷這不是他的孩子。國王和王后吵了起來，兩人亂扔東西，又是尖叫又是大吼，而且把僕人全都趕出去，這一切肯定讓那可憐的嬰兒傷透了心。

其實沒有人比帕西法埃更震驚。嬰兒出生的那一刻，阿芙蘿黛蒂的愛情詛咒就破除了，王后好厭惡自己、厭惡眾神，特別是厭惡小嬰兒。她坦承事發經過，但是無法解釋自己爲何會有這種行爲。她哪有辦法解釋？總之，傷害已經造成，這可不是國王夫婦只要進行婚姻諮商就能度過的問題。

帕西法埃搬到宮殿裡的獨立房間，她的餘生都遭到軟禁。米諾斯本來想把怪物嬰兒扔進海裡，不過有某個因素阻止他……也許是有關殺死家人的古老禁忌吧，或者說不定他萌生一個念頭，覺得這孩子根本是針對他的懲罰，是來自波塞頓既變態又扭曲的訊息。假如眞是如此，殺了這孩子只會讓眾神更加憤怒。

米諾斯努力防堵孩子出生的細節流傳出去，但是已經太遲了。育嬰保母、助產士和僕人們全都看過嬰兒。正所謂壞事傳千里，特別是發生在大家都不喜歡的人身上的時候。

於是，克里特人很確定他們的國王不適合統治王國。這個突變的小孩顯然是來自神的詛咒，而小孩的名字阿斯特利昂更是羞辱大家對老國王的緬懷與回憶，因此人們不願叫他的名字。每個人都叫那男孩「彌諾陶」（Minotaur），意思是「米諾斯的公牛」。

米諾斯滿心痛苦。他怪罪每一個人，怪罪神、他的妻子、那頭公牛，還有不知感激的克里特人。他不能懲罰他們所有人，他的施政滿意度已經夠低了。不過他大可懲罰一個人，就是牽涉這項祕密計畫的那個人，那人正是最完美的怪罪對象。他命人以鎖鍊捆住代達羅斯，拖到他面前。

「你，」國王咆哮著說：「我給了你第二次機會。我給你一份工作、一個工坊，還有研發經費，而這就是你回報我的方式？發明家，你已經毀了我的名聲！除非你能發明某種東西將我的名聲導正回來，否則我會慢慢凌遲你致死！然後，我會找個方法讓你復活，而且再殺你一次！」

代達羅斯經常能想出絕妙的點子。在滿身鎖鍊、身邊環繞著衛兵且全部拿著利劍的狀況下，通常根本不必思考，但他還是拚命催促自己的腦筋動得快一點。

「我們會把這件事轉變成正面效果！」他大吼。

米諾斯的目光像乾冰一樣冷酷。「我的妻子愛上一頭公牛，她還生下一隻怪物，而你想把這件事轉變成正面效果。」

「對！」代達羅斯說：「我們要利用這件事！你瞧，你的人民一直都不喜歡你，這點相當明顯。」

「你又不能讓情況變好。」

「可是，我們可以讓他們很怕你！敵人只要聽到你的名字就會嚇到發抖，你自己的臣民也絕對不敢反抗你！」

國王瞇起眼睛。「繼續說。」

「關於彌諾陶的謠言已經開始到處散播了。」

「他的名字叫作阿斯特利昂。」

「不，陛下！我們要接受他的怪物特性，我們要叫他彌諾陶。我們絕不能讓任何人看到他，而是要讓想像力發展到失控的地步。不管他有多可怕，我們都要鼓勵人們把他想像得更加可怕。他的成長過程中，我們要把他禁錮在地牢裡好好養著……我不知道，也許用腐壞的肉塊加辣醬之類的，總之是可以徹底激怒他的食物，接著不時把其他犯人扔進他的牢房，讓彌諾陶練習殺死他們。」

「哇，」米諾斯說：「我還以為我很殘酷呢。繼續說。」

「每一次彌諾陶殺死一名犯人，我們就給他一顆糖果。他會學習變成凶惡又殘忍的野獸！等他長大成人……」代達羅斯突然眼睛一亮，就連國王看了都很緊張。

「怎樣？」米諾斯說：「他長大以後會怎樣？」

「到了那時，我會幫彌諾陶建好新家。那會是史無前例的監牢，一個巨大的迷宮，位於宮殿正後方。頭頂上是開放式的，可以看到天空，但是牆壁極高，完全不可能攀越，而且通道會移動和旋轉。整個地方會充滿陷阱，而且在正中央……那裡就是彌諾陶生活的地方。」

米諾斯光憑想像就打了個寒顫。「那麼……我們要怎麼餵他？」

代達羅斯笑了。他現在真的變成徹底邪惡的天才了。「每次你想要懲罰某人，就把他們推進迷宮。你會答應他們，假如他們能找到出路，就讓他們活著，但我會確保絕對沒有人能找到出口。到最後，他們一定會迷路，又飢又渴而死……或者彌諾陶找到他們，把他們吃掉。他們的尖叫聲會在迷宮裡共鳴迴盪，響徹整個城邦。彌諾陶會成為每個人最可怕的惡夢，而且再也沒有人膽敢取笑你。」

米諾斯用手指輕敲下巴。「我喜歡你的計畫。那就建造這個迷宮吧，我們會稱它是……娛樂室！」

「呃，我想的名稱比較神祕和恐怖一點，」代達羅斯說：「也許就叫它『雙刃斧迷宮』（Labyrinth）⓬？」

「很好，隨便啦。那就快去幹活，免得我改變心意，決定把你殺了！」

代達羅斯花在迷宮的時間比起其他任何發明都要多，遠超過代達羅斯牌鑿子、代達羅斯牌蠟質寫字板，或甚至能做出堆積如山的炸薯絲的代達羅斯牌食物處理機。他工作得太辛苦而忽略了家人，結果妻子離開他，兒子伊卡魯斯的成長過程也幾乎不認識父親。

代達羅斯辛勤工作了十五年，在宮殿的後院創造出一片遊樂場，看起來像是要打壕溝戰。幸好那是一片超級巨大的後院，假如你把明尼蘇達州的美國購物中心、迪士尼樂園和二十座美式足球場加起來，不但可以全部放進迷宮裡，還有剩餘的空間。

放眼望去，九公尺高的磚牆曲折蜿蜒分布。裡面的通道有的狹窄、有的寬闊，像花體字一樣彎來繞去，而且一下交叉、一下分開。有些通道鑽進地底下變成地道，還有一些通道則是死路一條，或者通往一些花園，那些花園的每一種植物都有毒。牆壁會移動，地面還不時冒出陷阱和凹洞。

假如你被宣判送入迷宮，衛兵會把你推進去，接著入口就消失了，彷彿從來不曾存在過。迷宮裡面完全無法判斷方向，大概只要往前走三步就會迷路了。你確實可以看到天空，那卻也讓你的幽閉恐懼感更加嚴重，感覺這迷宮幾乎像是有生命，會不斷生長、改變，而且

---

⓬ Maze和labyrinth都是「迷宮」的意思，但希臘神話中的「Labyrinth」特指代達羅斯建造的這個迷宮，字面意思是「雙刃斧宮殿」，雙刃斧是克里特王國權力的象徵。

企圖殺死你。

這件事請絕對相信我，我曾經去過那裡面，那並不是你會想說「等我長大了，每個暑假一定都要帶自己孩子去！」的地方。

代達羅斯剛好及時完成他的工作。彌諾陶變得愈來愈強壯，所有牢房都關不住他了。他已經進入青春期，也像我們大多數的青少年一樣（我自己當然除外啦），老是生氣臭著一張臉，態度消極。但彌諾陶與大多數青少年不一樣的是，他有尖銳的牛角、血紅的雙眼，而且拳頭簡直像攻城槌一樣巨大。他從小時候就開始遭受鞭打和毒打，並接受殺戮訓練。爲了一顆糖，他很樂意徒手將一個人撕碎。

不知用什麼方法，米諾斯成功將彌諾陶哄進他的新家，也就是迷宮正中央；也許是沿路放了一整排彩虹糖吧。一旦到了那裡，彌諾陶就準備扮演他那「史上最恐怖怪物」的角色。到了晚上，他對著月亮狂吼，聲音迴盪在克諾索斯的每一條街道上。

米諾斯開始把囚犯扔進迷宮裡，結果不言可喻，他們再也沒有出來。不管他們究竟是迷了路還是渴死（這樣算很幸運了），或者最後遇上彌諾陶，總之，他們垂死的尖叫聲成爲生活在這個大城邦的優美主題曲。

克諾索斯的犯罪率降低了百分之九十七。其實米諾斯國王的施政滿意度也降到這麼低，但大家實在太害怕他和他的怪物兒子，因此沒人敢表達意見。代達羅斯的計畫眞的奏效了，他設計出人類歷史上最複雜、最危險的迷宮，也把米諾斯的恥辱轉變成權力和恐懼的來源。

爲了獎賞代達羅斯，米諾斯賜予他住在監牢裡。這麼棒！米諾斯把代達羅斯鎖在他自己設計的迷宮裡，住進一間可愛的套房囚牢，附帶一間裝備齊全的工作室，於是他能繼續爲國王製作各種厲害東西。衛兵每天會去查看他的狀況，他們運用魔法繩索以便順利進出迷宮，並確定代達羅斯沒有亂搞什麼有趣的事。

爲了鼓勵這位老人乖乖合作，米諾斯把伊卡魯斯當作俘虜留在宮殿裡。伊卡魯斯只有隔週的星期二才能去探望父親，但是對代達羅斯的悲慘新生活來說，這些僅有的探訪是他生活中最重要的事。

他眞希望自己從未聽過克里特島、米諾斯或帕西法埃。只要還活著，他再也不想見到另一頭公牛了。每天晚上，他必須聆聽彌諾陶在隔壁發出的哞哞叫聲和瘋狂撞擊聲。迷宮的牆壁移動時會隆隆作響和發出吱嘎聲，因此這位老人根本不可能入睡。

於是，身爲最厲害的天才發明家，代達羅斯大部分的時間都致力於研發逃脫計畫。穿越迷宮本身沒有什麼問題，代達羅斯很容易就能找到路出去。然而出口上了鎖，而且有重兵看守，米諾斯的軍隊是一天二十四小時、每週七天巡邏周圍區域。就算代達羅斯眞的有辦法溜出去而沒有引起注意，米諾斯也控制了港口的每一艘船，代達羅斯還來不及登上某艘船就會遭到逮捕。

更糟的是，他的兒子是國王的囚犯。假如代達羅斯逃走，伊卡魯斯一定會遭到處死。代達羅斯需要找到某種方法帶著兒子離開這座島嶼，而且不能經由陸路，也不能經由海路。於是，發明家開始研發他有史以來最偉大的餿主意。

等到迷宮發生第一次越獄事件，代達羅斯的時間表就非提前不可了。有一個名叫鐵修斯（Theseus）的傢伙獲得一點內應而完成越獄行動，不過我們等一下再來講這件事。

至於現在呢，我們先講這件事讓米諾斯的心情糟透了，而每次米諾斯的心情變得很糟，就想要把氣出在他最喜歡的「沙包」身上，也就是代達羅斯。這位發明家認為自己再也沒有用處，他剩下的時日已經很有限。於是，他加快腳步實現自己最瘋狂、最可怕的點子。

他沒有對其他人提起這個計畫，除了他的兒子以外。

伊卡魯斯已經長大成可愛又英俊的年輕人，但他沒有發明家的特質。他並不是柏底斯，而代達羅斯覺得這樣很好。伊卡魯斯很崇拜爸爸，全心全意信任父親，因此代達羅斯對他說他們準備要一起衝出迷宮時，伊卡魯斯快樂得手舞足蹈。

「太讚了！」伊卡魯斯說：「你要組裝一台推土機嗎？」

「什麼？」代達羅斯說：「不是，那樣行不通。」

「可是你說要『衝出去』。」

「那只是一種修辭。根本不可能經由陸路或海路逃出去，米諾斯把那些途徑都擋住了。不過有一條途徑他絕對守不住。」

代達羅斯指向天空。

伊卡魯斯點點頭。「把我們的鞋子裝上彈簧，跳出去就自由了！」

「不行。」

「受過訓練的鴿子！我們把數十隻鴿子綁在大型的戶外摺疊椅上……」

「不是啦！不過你快要猜中了。我們要靠自己的力量，從這裡飛出去！」

代達羅斯把計畫告訴伊卡魯斯。他警告兒子不能談論這件事，而且兩個星期後伊卡魯斯再度來到迷宮時，他們就準備要離開了。

伊卡魯斯回去之後，代達羅斯繼續工作。他的鑄鐵爐日以繼夜燃燒，把青銅熔解，再敲打成一件件新奇玩意。到了這時，他愈來愈老了，視力大不如前，雙手也不住顫抖。他的計畫需要精確的塑型與細部準確度。努力了幾天之後，他還眞的希望能以「鴿子動力摺疊椅」的方法逃出去。

時光飛逝，兩個星期過去了。

伊卡魯斯再次來訪時，發現父親看起來更加虛弱，心中不免一驚。

「爸，衛兵表現得很奇怪，」伊卡魯斯警告說：「他們說了一些話，似乎要向你告別，而且說這是我們最後一次會面。」

「我早就知道了，」代達羅斯咕噥說著：「國王打算要把我處死。我們動作得快一點！」

代達羅斯打開儲藏櫃，拿出他的最新發明……兩組青銅翅膀，是人類可用的尺寸，每一根羽毛都雕刻得完美無瑕，所有的關節也都裝好鉸鏈。

「哇，」伊卡魯斯說：「好閃亮。」

「你還記得我們的計畫嗎？」代達羅斯問。

「記得啊。來，爸，我幫你裝上翅膀。」

老人本來想反駁。他原本準備好讓兒子先飛，但他疲累到無力辯駁。他讓伊卡魯斯幫他綁緊皮革背帶的繫繩，接著用熱蠟把裝在背上和手臂上的翅膀熔接起來並固定住。這樣的設計並非最佳方案，不過在短時間內利用手邊的儲備物品，代達羅斯已經盡力做到最好。衛兵不可能讓他得到好用的黏著劑；如果有強力膠或萬用膠帶，代達羅斯根本可以征服全世界。

「兒子，快點，」代達羅斯催促著說：「衛兵很快就會送午餐來……」

或者，假如米諾斯眞的決定要殺他，他們很可能會送來一座斷頭台，而不是平常的起司三明治。

伊卡魯斯把最後一部分翼尖固定在他父親的手腕上。「好了！你可以飛了。趕快幫我弄。」老人的雙手抖個不停。他好幾次把熱蠟灑在兒子的肩膀上，但伊卡魯斯沒有抱怨。

代達羅斯正準備進行最後一次安全檢查，這時工作室的房門轟然打開。米諾斯國王親自衝進來，身邊伴隨著幾名衛兵。

國王看到代達羅斯和伊卡魯斯身上裝著嶄新的青銅翅膀。

「這到底是什麼？」米諾斯說：「青銅大雞？也許我該幫你拔毛，然後燉成湯！」

有一名衛兵笑出來。「哈。雞湯。」

「伊卡魯斯，快走！」代達羅斯朝鑄鐵爐的底部踢一腳，將通風口打開。從下面湧出的一股熱風將伊卡魯斯往上抬起，飛進空中。

「阻止他們！」米諾斯大吼。

代達羅斯撐開自己的翅膀，讓那股熱風把他往上抬升。衛兵們並沒有帶著弓箭，因此只能扔出手中的佩劍和頭盔，任憑米諾斯國王一邊大吼、一邊揮舞拳頭。發明家和他的兒子往上飛走了。

剛開始的飛行過程棒透了……有點像法厄同最初駕駛太陽戰車的時候，只不過沒有那些太陽歌曲或內建藍牙。他們飛離克里特島時，伊卡魯斯開心得高聲歡呼。

「爸，我們辦到了！我們辦到了！」

「兒子，小心！」代達羅斯大叫，拚命掙扎跟上。「要記得我對你說過的話！」

「我知道！」伊卡魯斯向下飛撲到他旁邊。「不要飛得太低，否則海水會侵蝕翅膀。也不要飛太高，免得太陽讓蠟熔化了。」

「沒錯！」代達羅斯說：「固定飛在天空的中間！」又來了，這句話聽起來很熟悉，之前在法厄同的「駕訓班課程」也出現過。希臘人很重視保持中庸，避免極端。他們才是金髮女孩歌蒂拉的祖國：不太熱，不太冷，就是剛剛好⓭。

而當然啦，嚴格遵守這樣的規矩不見得眞有好處。

「爸，我會小心，」伊卡魯斯向父親保證。「但是，你先看看這個！喔呵！」

他在空中繞圈和旋轉，俯衝轟炸海浪，然後盤旋向上想要摸到雲層。代達羅斯大喊著要他別這樣，但你很了解我們這種死小孩：給我們翅膀，結果我們滿腦子想的都是到處亂飛。

伊卡魯斯不斷說著：「再來一次就好！爸，這對翅膀眞讚！」

代達羅斯沒有太多力氣能阻止他，光是要保持在空中，這老傢伙的煩惱就夠多了。這時他們剛好飛越了海路的一半，他絕不可能停下來休息。

伊卡魯斯心想，我好想知道自己究竟能夠飛多高，老爸做的翅膀一定撐得住。老爸超讚的！他眞是超級聰明！

伊卡魯斯飆速飛入雲層。他聽見老爸在下方某處大吼大叫，但伊卡魯斯忙著享受腎上腺素飆升的快感。

---

⓭ 典故出自格林童話〈金髮女孩與三隻熊〉（Goldilocks and the Three Bears），女孩在三隻小熊的家裡看到桌上有三碗粥，一碗太熱，一碗太冷，而女孩選了不熱不冷的吃。

「我可以摸到太陽！」他對自己說：「我絕對可以摸到太陽！」

他絕對不可能摸到太陽。

封蠟的地方熔化了，青銅羽毛開始脫落。

只聽見一陣金屬材質的「劈啪」巨大聲響，很像一堆鋁罐扔進垃圾壓縮機發出的聲音。翅膀四分五裂，伊卡魯斯掉下去了。

代達羅斯尖叫到喉嚨痛，可是他一點辦法也沒有。他的兒子筆直掉落九十公尺，撞擊到水面；從那樣的高度掉下來，水面幾乎就像鋪面道路一樣硬。

海浪吞沒了伊卡魯斯。

爲了紀念伊卡魯斯，那片海域至今依然稱爲伊卡利亞海（Icarian Sea），只不過，你爲何會希望大家一直記得害死你的那件事呢？我也不知道。要是我有資格說些什麼，拜託不要讓人們題獻什麼「波西．傑克森紀念磚牆」、「波西．傑克森超尖銳長矛」，或者「波西．傑克森紀念十六輪卡車之時速可達一百六十公里」。我一點都不覺得很光榮。

心碎之餘，代達羅斯很想放棄。他大可雙手一放，掉進大海葬送生命，與兒子在冥界相聚。然而他的生存本能相當強，他的復仇本能也一樣強。米諾斯迫使他們採取這樣的逃脫計畫，所以米諾斯要爲他兒子的死負責。國王必須付出代價。

發明家在黑夜中繼續振翅。他還有更多事物要發明、還要製造更多麻煩，而且至少還有一個眞正令人滿足的死亡要安排。

代達羅斯一路飛到西西里島，位於義大利西南部尖端的外海。從克里特島飛到那裡足足有八百公里，對一個拍著金屬翅膀的老人來說眞是非常遙遠的路途。

代達羅斯落地時，肯定是有史以來第一個說這句不好笑的笑話的人：「我剛從克里特島飛來這裡，哇喔，手臂眞是超累的！」

說來幸運，西西里人並沒有因爲這句老掉牙的笑話而判他死刑。

他們帶著代達羅斯去見當地國王，那個傢伙名叫科卡洛斯（Cocalus），而國王不敢相信自己會這麼幸運。從來沒有名人來過西西里島！

「噢我的天神啊！」國王從他的王座跳起來。「代達羅斯？那個代達羅斯？」科卡洛斯開始像女粉絲一樣繞著王座廳滿場跑。「我可以和你合照嗎？你會幫我在王冠上簽名？我不敢相信！那個代達羅斯耶，居然在我的王國裡！我得趕快告訴所有鄰近的國王，他們全都會忌妒死了。」

「呃，是喔，關於那個……」代達羅斯解釋他才剛從米諾斯國王那裡逃出來，而米諾斯擁有整個地中海最強大的海軍，毫無疑問一定會尋找他的下落。「假如我在這裡的事情能夠保持低調，那就再好不過了。」

科卡洛斯睜大雙眼。「好……吧。低調。懂了！假如你能爲我工作，想要什麼就有什麼。我們會讓你的身分保密，給你一個代號，像是……『非代達羅斯』！絕對沒有人會懷疑！」

「呃……」

「或者『不達羅斯』如何？還是『吉米』？」

代達羅斯意識到，有些事必須預先準備好。他得確定這位「聰明的」國王不會因爲低於行車速限而被警察攔到路邊。然而，來到這裡還是比困坐在迷宮裡強多了。

很快地，代達羅斯成為國王最信任的顧問。他可以唸出完整句子、會拼字，甚至會算數學。說眞的，他根本是巫師。

科卡洛斯國王說話算話（只要不叫他把自己說的話拼字出來就好），他幫代達羅斯保守身分的祕密。他給這位老發明家一間宮殿裡的套房、一間新工作室，甚至從雅典買來一套全球最大五金公司「一流五金」的超棒工具組，要買到那樣的進口貨並不容易。

西西里島當然與克里特島不同，科卡洛斯不像米諾斯的權力那麼大、那麼富有，所以代達羅斯沒有那麼多資源可以運用。不過他還是滿心感激。他是這個地方有史以來最重要的人物，他也還滿高興得到這樣的關注。

科卡洛斯也許是個笨蛋，但國王的三位女兒都很聰明，帶有一點無情的特質。代達羅斯認為她們有朝一日或許會成為不錯的統治者。他開始擔任她們的家庭教師，指導她們身為君主所需的基礎知識，包括數學、閱讀、寫作、戰爭、基礎的刑罰拷打、徵稅、進階的嚴刑拷打，以及附帶進階嚴刑拷打的徵稅。公主們學得很快。

代達羅斯也為當地人做了一大堆事。他引進室內配管工程，建造美侖美奐的房子，也教導人們如何分辨自己的衣服穿反了。在南方這個科卡洛斯的王國裡，文明還處於剛剛興起的階段。如果你今天造訪西西里島，依然可以看到代達羅斯建造的一些東西，像是位在塞利農特的熱水浴室、希伯羅的蓄水庫、卡米科斯的水道橋和一些防禦工事、庫米的阿波羅神廟，而且千萬別錯過首府巴勒摩那座會跳舞的巨大青銅樹懶。（好吧，最後一項已經不存在了，那沒什麼用。不過在當年一定很讚。）代達羅斯實在太受歡迎了，感激的民眾開始送來堆積如山的禮物，而且很多西西里人都把孩子命名爲「吉米」或「非代達羅斯」以紀念他。

代達羅斯認爲克里特海軍遲早會前來叫陣，於是他幫科卡洛斯國王建造一座新城堡，位於峭壁高處。唯一的入口大門位於一條陡峭小徑的最高點，只需要四個人就能輕易防守而抵擋一整支軍隊。至於在交通尖峰時間，山下也產生很好的瓶頸效果。

有好一段時間，生活過得很順利。有些個夜晚，代達羅斯甚至可以睡得很安穩，不再作惡夢夢見帕西法埃王后穿戴假母牛裝扮、伊卡魯斯墜入大海，或者他自己的外甥柏底斯滾下衛城懸崖。

然而米諾斯國王不曾忘記這位發明家。他集合整支艦隊，慢慢沿著地中海前進，到每個城邦搜尋代達羅斯的下落。米諾斯的搜尋行動很聰明，他沒有挨家挨戶敲門或威脅人們，反而釋放出誘餌，認爲代達羅斯無法抗拒。

米諾斯說，他正在舉辦一項比賽，要尋找世界上最聰明靈巧的人。只要有人能把一條繩索穿過海螺殼而不把殼弄破，就可以贏得永久的名聲以及一屁股載滿的黃金。（我這裡指的是一隻強壯驢子載得動的黃金。哎唷，你們這些人，你們以爲我在說什麼啊？）

米諾斯爲什麼選了「海螺大挑戰」呢？也許他想要引爆超大貝殼項鍊的流行新風潮吧。假如你看過海螺殼，就會知道它的內部捲了好多圈；你的手指可以伸一部分進去，但是不可能讓繩子一路伸進螺旋殼裡，再從最上面出來……特別是以他們當時的科技絕不可能辦到。

比賽的消息傳播出去，很多人都想得到永久的名聲，而且「一屁股載滿的黃金」聽起來也不壞。

代達羅斯聽說這項挑戰時只是笑了笑。他早就料到米諾斯遲早會嘗試類似的招數。

他跑去找科卡洛斯國王。「國王陛下，關於海螺大挑戰……我準備參加並贏得比賽。」

國王皺起眉頭。「但假如你交出參賽作品，就算用假名，難道米諾斯不會懷疑是你嗎？」

「他會。」

「可是……那麼他就會來這裡，要求見見優勝者，而且……」

「沒錯。」

「等等……你眞的要他來這裡？」

代達羅斯體會到，他還需要爲國王大腦的運算速度與能力多花一些工夫。「是的，我的朋友。別擔心，我想出一個計畫。」

一想到要面對地中海最有影響力的國王，科卡洛斯實在有點緊張，不過他很愛戴代達羅斯，一點都不想失去這位最好的顧問。他乖乖聽從發明家的指示。

首先，代達羅斯解開海螺的難題。這很簡單，他在海螺的尖頂處鑽一個小孔，然後沿著小孔周圍放入一小滴蜂蜜。接著他找來一隻螞蟻，在小傢伙身上仔細綁好一條絲線。（千萬別在家嘗試，除非你有大把的時間、無窮的耐心，以及一支非常厲害的放大鏡。）

代達羅斯把螞蟻輕輕推進殼裡。螞蟻聞到頂端蜂蜜的氣味，便沿著螺旋殼往前爬，後面拖著那條絲線。螞蟻最後從小孔爬出來，於是……喔耶！串好一個海螺殼了。

代達羅斯將海螺交給科卡洛斯國王，國王把它送去給米諾斯，這時他的艦隊正沿著義大利海岸前進。

幾個星期後，米諾斯接到貝殼，同時附上一張紙條，上面寫著：

解開你的小難題了，還有其他什麼難題？
快把我的獎賞交給我。
我在西西里島科卡洛斯的宮殿裡。

愛你的，非代達羅斯

米諾斯看穿了這個巧妙的假名。

「這是代達羅斯！」他大叫：「快點，我們得航向西西里島！」

他的艦隊在西西里島的南部海岸下了錨，而他上岸的地方立刻命名爲米諾亞（Minoa），以紀念這位國王的到來。就像我剛才說的，當時的西西里島沒有發生太多大事，可是你能想像你造訪的每個地方都以你命名嗎？

那實在是有點煩。就像這樣：

媽：你昨天晚上去過新澤西州嗎？

我：呃，沒有。你爲什麼這樣問？

媽：因爲那裡現在有個小鎮命名爲「波西市」！

科卡洛斯國王派遣使者去迎接米諾斯，他們邀請這位國王到宮殿裡聊聊天。

米諾斯抬頭看看峭壁頂上的堡壘、狹窄彎曲的路徑，以及易守難攻的大門，心裡明白不可能用武力強攻。他猜想這地方一定是代達羅斯建造的。

米諾斯咬緊牙關，決定伺機而動。他帶了十幾名衛兵和僕人，跟隨使者走向科卡洛斯國王的覲見廳。

國王緊張兮兮地坐在王座上，他後面站了三位年輕的紅髮姑娘，米諾斯猜想那是國王的女兒。

「我的朋友米諾斯！」科卡洛斯說。

米諾斯沉下臉。他從未見過科卡洛斯，也不想當朋友。「我知道你的宮殿裡有人解開我的難題。」他說。

「噢，是的！」科卡洛斯笑了。「我最信任的顧問，非代達羅斯。他超讚的！」

「咱們就打開天窗說亮話，可以嗎？」米諾斯咆哮著說：「我知道你窩藏了逃犯代達羅斯。」

科卡洛斯的笑容漸漸消失：「呃，這個嘛……」

「他怎麼解開海螺殼的問題？」

「他，呃……用一隻螞蟻，看你相不相信囉。他在小傢伙身上綁了一條絲線，把牠推進殼裡，然後在另一端放一滴蜂蜜。」

「眞巧妙，」米諾斯說：「把代達羅斯交給我，那麼我們就沒問題了。如果辦不到，你就是與克里特島爲敵。相信我，你不會想要那樣做。」

科卡洛斯的臉色變得蒼白，這讓米諾斯覺得很樂。他以前曾送免費搖頭娃娃給人們，希望大家能喜歡他。他已經度過那段時期了，現在他年紀漸長，也變得比較聰明，心裡只想要嚇唬人和殺人。

科卡洛斯的一位女兒走向前一小步，附耳對父親說話。

「女孩，你說什麼？」米諾斯質問道。

公主迎上他的視線。「大人，代達羅斯是我們的教師和朋友，把他交給你會是忘恩負義的行爲。」

米諾斯咬緊牙關。這個女孩挺身爲發明家說話的樣子，令他想起自己的女兒亞莉阿德妮；那件事令人心痛，我們會在下一章看到。

「公主，你的忠誠之心用錯地方了。」米諾斯警告她。「代達羅斯也教導過我的女兒，他毒害她的心靈，最後她站在我的敵人那邊背叛了我。立刻把代達羅斯交給我！」

科卡洛斯國王清清喉嚨。「當然，當然會！但是，呃，不是提到某種獎賞，如果能解決難題的話……？」

米諾斯了解這種貪婪之心。

他拍拍雙手，於是僕人抬了好幾個沉重的箱子走上前……是一臚子的黃金，沒有屁股。

「這是你的，」米諾斯說：「把代達羅斯交給我，我就會靜靜離開。」

「成交！」科卡洛斯擦擦額頭，鬆了一口氣。「衛兵……」

「父親，等一下。」大公主伸手按住他的手臂。「您說的話，大家都不能違背。我們顯然必須遵照米諾斯國王的要求，但是難道不該先好好款待我們的貴客？他跋涉了好幾個月，一定很疲倦了。今天晚上，讓我們招待米諾斯舒舒服服洗個澡，穿上乾淨衣物，然後享受一頓大餐。接著，到了早上，我們會奉上他的囚犯和許多禮物，送他踏上歸途。」她對米諾斯國王調情似地微微一笑。「我和妹妹們很榮幸能親自服侍您入浴。」

哎呀，米諾斯國王心想，這樣不錯喔。

他認爲自己贏定了。他在科卡洛斯國王的眼裡看到貪婪和恐懼，西西里島才不敢冒險與克里特島開戰。這確實是一趟遙遠而辛苦的旅程，他也不急於回到船上揚帆回鄉。有三位漂亮的公主服侍他入浴、陪他吃大餐，聽起來感覺不壞。

「我接受，」米諾斯說：「讓我瞧瞧西西里的……待客之道。」

三位公主簇擁著他走到一間舒適的套房，一路讚美他的財富、權力和英俊相貌。她們說服他把衛兵留在房門外，畢竟他有朋友們陪伴！一位高大強壯的國王何必害怕三個女孩呢？

她們帶米諾斯進入浴室，熱氣蒸騰的浴缸已經準備好，裡面注滿了時髦的玫瑰香氣泡泡浴。這老傢伙「解放」的時候，公主們連忙避開視線，以表現她們的矜持（也因為他實在很老，全身毛茸茸的噁心死了，她們根本不想看）。

「啊啊啊啊，」米諾斯說：「這才是生活啊。」

「是的，大人，」大公主說：「這也是你的死期。」

「現在是怎樣？」

她轉動一個旋鈕。天花板出現一個開口，足足有一千加侖的滾燙熱水傾倒在米諾斯的身上，他哭喊、尖叫，在極度痛苦中死去。

在毛巾架的後面，一道祕門打開了。代達羅斯從裡面冒出來。

「我的公主們，做得好。」發明家說：「你們向來學得很快。」

公主們擁抱他。

「我們不能讓米諾斯逮捕你！」大公主說：「你現在能和我們住一起，繼續指導我們！」

「哎呀，親愛的，不行，」代達羅斯說：「女神雅典娜對我的詛咒顯然還沒結束。我必須繼續上路，以免為這個王國帶來更多悲劇。但是別擔心，你們會成為優秀的王后。而且我還有其他計畫……」

老發明家擁抱三位忠誠且殘忍的公主。接著他消失在祕密通道裡，西西里島再也沒有人看過他。

三位公主跑回王座廳，一邊哭泣一邊尖叫，報告她們的貴客米諾斯不小心滑倒，摔進裝滿熱水的滾燙浴缸內。這可憐的人就這樣當場死亡。

克里特衛兵心裡很懷疑。等他們見到國王的屍體，他看起來活像在龍蝦鍋裡煮熟了。可是他們能怎麼辦呢？他們在宮殿裡寡不敵眾，而且這座堡壘防守得太嚴密，根本不可能發動地方召來更多軍隊。而花費這麼大的工夫，只是為了他們從來都不喜歡的國王。他們決定接受三位公主的說法，國王死於一場意外。

克里特人靜靜航行離開。科卡洛斯得到一屁股（驢子）的黃金，他那三位殘忍的女兒從此以後過著幸福快樂的日子，成為嚴刑拷打和徵稅的高手。

那麼代達羅斯呢？

有些說法是他的晚年住在薩丁尼亞島，但是沒有人確定。

除非你曾讀過我的一些冒險故事，那麼你就知道這老傢伙後來怎麼了。不過既然我們必須按照原版希臘神話的說法，就只能說到這裡為止。

此外，我養的灰狗眞的很傷心。她知道我正在寫代達羅斯的故事，而代達羅斯是她的前任飼主。她每次聽見代達羅斯的名字就會叫個不停，還把我的盔甲咬出很多洞。

那麼，代達羅斯算是英雄嗎？你說呢？這傢伙肯定是聰明人，然而他的靈巧才能替他惹來很多麻煩，幾乎與救了他的次數差不多。那些描繪超級英雄的漫畫總會提出同樣的忠告：

「你的力量只能用在好的方面。」是啊……代達羅斯沒有做到這一點。他把自己的力量用在貪婪、金錢，以及避免受到傷害或懲罰。不過，他有時候也會想盡方法幫助別人。

在你拿定主意之前，也應該聽聽這故事的另一面，就是那個名叫鐵修斯的傢伙來到鎮上後，到底在迷宮裡面發生什麼事。從結果看來，代達羅斯並不是克里特島唯一聰明的人，而米諾斯也不是唯一鐵石心腸的殺人狂。亞莉阿德妮和鐵修斯……他們兩人組成相當厲害的殺手二人組。

# 6 鐵修斯殺了強大的……噢！有隻小兔兔！

想要讓鐵修斯發瘋嗎？

那就問他：「你老爸是誰？」

他會以迅雷不及掩耳之勢，猛力打你的後腦勺一下。

沒有人知道鐵修斯的父親是誰，大家甚至不確定他到底是只有一個老爸還是兩個。古希臘人針對這件事吵了好幾個世紀，他們寫文章、故事，努力想搞清楚，直到腦袋爆炸爲止。

我會盡量不害你的腦袋也爆炸，不過情況是這樣的：

雅典國王是個名叫愛琴斯（Aegeus）的老兄，他有很多敵人想要奪取他的王國，然而他沒有兒子可以繼承家族姓氏。他眞的很希望有兒子，爲了得到建議，他決心（你也猜到了）去拜訪德爾菲的神諭。

你有沒有發現，在這些故事裡，究竟有多少個國王想要有兒子啊？我不知道他們到底是有什麼問題。你會覺得所有的王室都生不出兒子，感覺好像希臘到處都有國王站在路邊，手裡拿著硬紙板招牌，上面寫著：

誠徵生子祕方

請為我說明如何生出兒子

天神保佑你

他們真應該和亞馬遜人談好條件，畢竟那些女士會把小男嬰丟出去回收，但是……噢，好吧。

愛琴斯前去諮詢神諭，並帶了一般的祭品。

「噢，偉大的算命師和吸火山氣體的人！」國王說：「我可以從這裡得到一個小男嬰嗎？還是怎樣？」

女祭司坐在她的三腳凳上激烈顫抖，因為阿波羅附身到她身上。「噢，國王，要有耐心！直到你回到雅典之前，別與女性親近。你的兒子會有一位尊貴的母親，而且帶有神的血脈，但是他必須在自己認為合適的時候來報到！」

「那是什麼意思？」

「謝謝您的奉獻，祝您今天順心如意。」

這答案讓愛琴斯聽得一頭霧水。他一路咕噥抱怨著回到自己船上，準備展開漫長的航程回到家鄉。

如果你取道陸路，德爾菲距離雅典並不是很遠。但在當時，你絕對不會取道陸路，除非你瘋了，或者想鋌而走險。絕大多數的道路都是牛走的泥濘小路或變幻莫測的山徑，少數幾條可用的道路則不時出沒一些土匪、怪物和俗不可耐的特價購物商場。也因此，希臘人寧可搭船旅行……不能說徹底安全啦，只是「比較」安全。

為了回到雅典，愛琴斯必須一路航行繞過伯羅奔尼薩，那裡掛了一大塊半島，構成希臘本土的最南部。繞行這趟路很痛苦，不過既然愛琴斯想要活著回到家鄉，就沒有太多選擇。如果他取道陸路，家鄉那些敵人會樂得在路上逮住他；他們會埋伏在路上，把他剁成碎片，而且僞裝成隨便某些怪物或瘋狂綿羊做的好事。

於是，愛琴斯國王航行繞過伯羅奔尼薩。每隔一陣子，他會停靠在某個城邦，與當地的國王共進晚餐。愛琴斯會述說他的血淚故事，並詢問主人對神諭所說的話有何建議。當地的國王總是說：「噢，你想要妻子？我就可以幫你作媒啊。我的姪女還有空！」

每個人都想以聯姻方式與雅典這樣強大的城邦締結盟約，但愛琴斯謹記神諭的交代，直到回家之前他都應該避開女性。他不斷婉拒美麗新娘的求婚，這也讓他的脾氣愈來愈暴躁。

經過好幾星期的航行後，他到達一個小鎮叫作特洛森，約在雅典南方一百公里處。接下來愛琴斯只需要穿越薩龍灣，就會回到家了。

特洛森國王是個名叫庇透斯（Pittheus）的傢伙，他的城邦與雅典很近，因此庇透斯和愛琴斯很熟，有時候會一起出去閒晃，雖然他們彼此的守護神是死對頭。雅典當然是雅典娜，而特洛森的守護神是波塞頓。（特洛森人的品味相當好。）

總之，兩位國王吱吱喳喳地討論神諭的預言。

庇透斯說：「噢，該死，你需要妻子？我有個單身女兒啊……你還記得埃特拉（Aethra），我的大女兒？」

「老兄，我很感激，」愛琴斯說：「可是我應該避開女性，直到回家爲止，所以……」

「埃特拉！」庇透斯大叫。「可以來這裡嗎？」

公主旋風式地走進餐廳。「嗨。」

愛琴斯的下巴撞到盤子。埃特拉眞是集各種美貌於一身。

「呃，」愛琴斯說：「嗯，呃……」

庇透斯笑得詭異。他很清楚自己女兒會對男人造成這種效果。「那麼，就像我說的，埃特拉還是單身，而且……」

「可……可是那個預言。」愛琴斯吞吞吐吐地說。

庇透斯抓抓他的國王鬢角。「神諭並不是說你不應該與女性『結婚』，對吧？她是說，你應該避開女性。這個嘛，你已經盡了全力，你避開女性好幾個星期了，你也沒有主動要求見我的女兒，是她自己找到你啊！所以我想這樣沒問題的。」

也許愛琴斯應該對這樣的邏輯提出辯駁，但他沒有。

於是在那個餐廳裡，他們進行一場拉斯維加斯式的快速婚禮，有希拉的女祭司、花束、模仿貓王的搞笑演員等等那整套。接著，埃特拉回到自己的房間，換上比較舒適的衣物，而同一時間，愛琴斯衝出去再塗一點止臭劑、刷刷牙，然後在蜜月套房裡等待他的可愛新娘。

埃特拉對這一切有什麼想法呢？

有好有壞啦。就像我之前說過的，當時的女性不太能選擇自己要與誰結婚。埃特拉絕對有可能和更糟的人結婚，而愛琴斯長得不難看，他和自己的爸爸是朋友，這表示他可能對她不錯。雅典是很強大的城邦，因此與其他希臘王后比起來，那應該能讓她在街頭比較有威望。

至於壞處呢，埃特拉已經有個祕密男友了，就是天神波塞頓。

波塞頓身爲特洛森的守護神，剛開始是注意到公主在海邊獻上祭品給他。他決定向埃特拉求愛，因爲她實在是超美的，而過沒多久，埃特拉也愛上他。

如今要與另一個傢伙結婚，埃特拉不曉得該怎麼辦才好。

婚禮結束後，趁著她的新婚夫婿正在刷牙時，公主偷偷溜出王宮。她一路跑到海邊，涉水走到附近的斯費里亞島，她通常是在那裡與波塞頓約會。

波塞頓在兩棵棕櫚樹之間的吊床上等她，他穿著一件休閒品牌「湯米巴哈馬」的上衣，套件百慕達短褲，用椰子殼啜飲一杯果汁飲料。

「嗨，寶貝，」他說：「有什麼新鮮事？」

「嗯……唔，我結婚了。」

「你說什麼？」

埃特拉把事發經過告訴他。「我……我想，我可以和你私奔。」她滿心期待地提議。

波塞頓露出微笑。他喜歡埃特拉，但是沒「那麼」喜歡。天神到最後總是會轉移目標，此刻似乎是不錯的時機。

「不，不行，」他說：「以雅典人來說，愛琴斯是個好人。他會當你的好丈夫。我們之間得說再見了，寶貝，不過已經很棒了，我是說眞的！」

他彈彈手指，一顆迪斯可舞廳的閃光燈球從棕櫚樹垂降下來，〈最後一支舞〉的音樂開始在背景中響起，因爲波塞頓是迪斯可女王唐娜．桑默（Donna Summer）的超級大粉絲。這件事別問我。與他一起待在王宮裡，你根本不可能聽不到他放那些老掉牙的迪斯可東西。

總之，他們又好好相聚了一晚。接著，埃特拉趕回去找她的新丈夫，他一定是刷牙刷得超仔細，因爲他根本沒注意新娘子到底離開了多久，也沒發現她身上的氣味聞起來很像「海洋微風系列」刮鬍潤膚霜。

埃特拉和愛琴斯在特洛森度過蜜月時光。愛琴斯不急著回家，畢竟在那裡等著他的只有數不盡的問題和敵人。幾個星期後，國王開始作起一些奇怪的夢，關於他的新娘泳渡薩龍灣，懷裡還抱著一個小男嬰。

最後他問埃特拉這件事。

她臉紅了。「嗯……我很確定我懷孕了。」

「那太棒了！」愛琴斯說。

「只不過……我不確定你是不是孩子的爸。」

她向丈夫坦承自己與波塞頓的關係。

愛琴斯聽到這消息的反應，其實比你預期的好太多了。天神老是與凡人公主墜入愛河；眼前出現一個永生不死的強壯性感男人，又擁有超自然的帥臉和無窮的力量，愛琴斯實在不能怪埃特拉會芳心大動。而他也不能咒罵波塞頓，以免橫遭海嘯襲擊，或者遭到地震吞沒。

「好吧，我了解，」愛琴斯說：「但如果生出來是男嬰，我會說他是我兒子，可以嗎？」

「萬一是女兒呢？」埃特拉問。

愛琴斯嘆口氣。「咱們就朝正面思考吧。小男孩會很棒！我會做一些安排。」

「安排？」

「你馬上就知道了。」

隔天，愛琴斯帶著埃特拉前往城邦外的一座山丘，山頂上有顆巨岩，差不多有停放兩輛汽車的車庫那麼大。國王的十幾名屬下正在巨岩上纏繞繩索，並把繩索固定在一群馬身上。

「哇，」埃特拉說：「你要移動那塊岩石？」

「是啊，這就是條件。」愛琴斯走向岩石旁邊的一個淺坑，然後解開佩劍。「這把劍的劍柄雕刻了雅典的王室紋飾，看見沒？」

「貓頭鷹和橄欖枝葉？」

「沒錯。而且劍柄的圓球有我的名字縮寫。這是一把很好的劍，以神界青銅等等打造而成。」他把劍輕輕拋進淺坑裡。「我也要把這個埋進去。」

他從僕人手上接過一個擦得晶亮的木製鞋盒。他打開盒子給埃特拉看，裡面有……你猜到了。一雙鞋子。

埃特拉吹了聲口哨。「這是一雙很好的綁帶涼鞋。」

「噢，是啊。皮革鞋底，品質很好的綁帶，足弓也有良好支撐。這雙鞋可以穿一輩子。」

愛琴斯也把鞋盒輕輕拋進淺坑裡。

這時你可能感到很疑惑，一雙鞋有什麼大不了的？但是回顧當時，要找到一雙好鞋眞是很難，你不可能隨意逛進鞋子專賣店，對一堆愛迪達球鞋品頭論足。假如你想成爲英雄，想要大踏步穿越怪物巢穴、毒蛇窩和殺聲震天的戰場，你絕對不會想打赤腳，也不會想穿著一雙便宜的夾腳拖在血泊裡滑倒，沾得渾身是血。一雙好鞋就像一把好劍，可以維護你的生命安全。

愛琴斯的屬下抓住繩索，線條繃緊，整隊馬匹使勁拉動。牠們以非常緩慢的速度拉動巨岩，直到蓋住淺坑爲止。

「好了，」愛琴斯說：「假如我們的孩子是男孩，等他長大到一定年紀，請告訴他，我在這岩石下面留了一些禮物要給他。如果他能拿出禮物，就配得上當我的兒子。他到時候應該可以自己去雅典。」

埃特拉皺起眉頭。「你希望由我來告訴他這件事？那時候你會在哪裡？」

「親愛的，你知道我作了那些奇怪的夢吧？夢境愈來愈糟了。如果你跟著我去雅典，我很確定我的敵人會殺了你，他們絕對不會讓你生下我的繼承人。就算孩子眞能生下來，他在雅典也不安全。最好的方法就是我自己一個人回家，我們的婚姻要保密，不能讓人知道。那樣一來，我的敵人會以爲我一直生不出兒子，他們會心滿意足地等我死掉。等我的兒子長大到能夠保護自己，他就可以來雅典，取得他應有的地位，加冕成爲王子！」

「所以，你要我留在這裡，自己一個人撫養孩子長大到差不多……十六、十七歲？」

「那樣很好。謝謝。」愛琴斯親吻她。「嗯，我的船在港口等待。愛你喔！祝你好孕！」

愛琴斯航行回到雅典，把埃特拉留在特洛森，等待她的孩子出世。

埃特拉有點希望能生個女孩，因爲那樣一來就高枕無憂了，無論是愛琴斯或波塞頓都不會介意當個……支持女權主義的開明傢伙。埃特拉可以平平靜靜地養育女兒長大，不需要煩惱什麼巨石底下的鞋子。

可是，假如孩子是男孩……這個嘛，埃特拉至少希望他長大會成爲英雄，那麼兩個老爸都會以他爲榮。

你可能猜到了，她生了男孩，因此接下來的幾千年之間，一代代的希臘說書人不停爭論孩子的爸究竟是誰。有些人說是愛琴斯，有些人說是波塞頓。有些人甚至說他有兩個父親，我相當確定這在醫學上是不可能的。但話說回來，我們談的可是天神啊，所以誰知道呢？

至於埃特拉，剛開始的十七年，她獨自養育兒子長大，這必須擁有很特別的英雄氣概才能夠辦到。

埃特拉的兒子長得既高大又健康，這你也可以料到，畢竟他有一位或兩位很有力量的老爸嘛。她爲兒子取名鐵修斯，意思是「聚集」，也許是因爲她期望兒子能讓所有希臘人團結在一起，共組一個快樂的大家庭；也可能因爲這孩子精力超旺盛，埃特拉和十幾名女僕往往一整天都得追著他跑，要把他「聚集」起來。

我遇過的大多數半神半人都有注意力不足過動症，那能讓你在戰場上有活命的機會，因爲不管發生什麼事，你都會察覺到。不過鐵修斯是最早的注意力不足過動症典型代表人物，他還包著尿布時就過度亢奮，也會在科林斯列柱之間蹦蹦跳跳。他像是嗑了超多咖啡因的小孩、少根筋的半神半人……嗯，你知道我的意思。這小孩眞是超難控制的麻煩人物。

長大過程中，他很快就嘗試過所有的事，也把壞蛋都殺光。特洛森附近的所有怪物？乾杯。土匪、殺人犯、企圖奪取古希臘的邪惡勢力？甭提了。鐵修斯睡午覺之前就把他們全部解決掉了。

到了十七歲的時候，鐵修斯的戰技已經非常熟練，而且無聊到一種地步，於是他媽媽決定把他送去父親的城邦。她需要喘口氣。

她帶鐵修斯去山丘上找那塊巨岩。

「我的兒子啊，」她說：「你眞正的父親是愛琴斯，雅典的國王。也說不定是海神波塞頓。或者可能兩人都是。」

她嘗試解釋詳情，但是鐵修斯沒興趣聽。「這岩石怎樣？」

「愛琴斯說，等你夠大了，我應該帶你來這裡。假如你能找到方法移開巨石，取得埋在下面的禮物，你就應該去雅典見你父親。」

「禮物？酷喔！」鐵修斯繞著巨石走一圈，接著用雙手推推岩石。

「別弄出疝氣喔，」他的母親警告說：「你父親找了十幾個人和一整隊馬匹來……」

轟。

巨岩整個翻倒，滾到山下去了。

鐵修斯的注意力持續時間大概像沙鼠一樣短暫，不過他對於評估對手的能耐頗有天分，即使對手是一塊巨岩也一樣。他立刻注意到巨岩向一側傾斜，而且左邊頭重腳輕。過去十七年來，那一側的土壤受到流水侵蝕，因此鐵修斯只需要從右邊用力推一下，巨石就會倒下了。然而在預見結果方面，鐵修斯當然就沒那麼厲害了。那塊巨岩高速滾過附近一個村莊，摧毀了很多棟屋子，還把一些豬嚇得四散奔逃，最後才停下來。

「抱歉！」鐵修斯對山下大喊。

巨岩原本蓋住的淺坑露出來，鐵修斯在旁邊跪下來。「眞是一把好劍！而且……喔喔喔！鞋子耶！」

鐵修斯將涼鞋繫緊。他繞著山頂跑了幾圈測試新鞋。「好合腳！」

「是啊，」他母親說：「這鞋子對足弓的支撐相當好。可是鐵修斯，關於你的命運……」

「對啊！」他像芭蕾舞者一樣跳來跳去。「我要怎麼去雅典？」

「有兩種途徑，」他母親說：「一種是簡單的路徑，經由海路直接穿越薩龍灣。」

「無聊！」鐵修斯拔出他的劍，同時繼續繞著圈子跑，彷彿揮砍著想像中的敵人，雖然他母親提醒過一千次了，手上拿劍的時候不要跑步。

「另一種途徑是經由陸路，」埃特拉說：「這種方法極度危險，而且到處都有俗不可耐的特價購物商場。這趟路要花好幾天的時間，而且你可能會被殺。」

「太棒了！」

埃特拉就知道他會這樣說。鐵修斯總是挑選最危險的途徑，於是她覺得最好把路上會碰到的狀況事先警告他。

「我知道一路上至少有六個非常可怕的敵人，」她說：「我要告訴你關於他們的事，盡量專心聽。」

鐵修斯跳來跳去，拿劍在空中揮砍。「好啊，我很認眞聽！」

埃特拉把她所知的一切都說了。看著鐵修斯擺出各種「功夫涼鞋戰士」的動作，連她都很難專心。她很懷疑鐵修斯有沒有聽進半個字。

「拜託，兒子，」她懇求說：「通往雅典路上的那六大惡棍，絕對比你平常遇到的本地土匪凶狠多了，因爲有他們，導致特洛森和雅典之間的陸上道路有好幾十年都不可能通行。」

「那我會殺了他們，讓道路變安全！」鐵修斯親吻他母親，然後一路蹦蹦跳跳跑下山，一邊揮舞手中的新劍。「媽，掰！萬分感謝！」

埃特拉呼了一口氣。沒有「颶風鐵修斯」在王宮裡衝來衝去，她也許終於可以在晚上好好睡一覺。她不太擔心兒子在路上的安危。但那些土匪和怪物呢？他們可不知道自己將要面臨什麼樣的大災難。

鐵修斯沒花多久時間就找到他的第一個敵人。這樣很好，因爲他很需要消耗一點精力。

他正唰啦唰啦踏過一條泥濘小徑，開心看著周圍滿是枯乾樹木和焚毀村莊的景緻，這時突然發現有個高大的醜男人擋在路中央。男人的肩膀扛著一根閃閃發亮的青銅棍棒，腳邊的地上則亂丟一大堆壓扁的球狀物，很像是發霉的哈密瓜。

鐵修斯走近時，這才發現那些哈密瓜其實是一顆顆人頭……全都從泥巴地上冒出來，而且還連接著身體，身體則直立著埋在土裡。這些倒霉的旅客顯然被拿來玩超邪惡的「打地鼠遊戲」。

「停！」拿棍棒的傢伙大吼，這實在很蠢，畢竟鐵修斯早已停下腳步，正在欣賞那些被敲得稀巴爛的人頭。「把你身上所有値錢的東西都交給我！然後我會殺了你！」

土匪站起來大約有二百一十公分高，體型只比裝甲卡車稍微小一點，一張臉又醜又腫，看起來很像被火蟻瘋狂咬過。他手臂的肌肉非常健壯，雙腳卻是萎縮且扭曲，從臀部到腳踝都包著青銅義肢。

「我聽說過你！」鐵修斯說：「你是珀里斐忒斯（Periphetes）！」

你看，他眞的很認眞聽他媽媽說故事喔，這也證明你絕對不該低估那些注意力不足又過動的混血英雄。我們吸收的資訊可能比你自以爲提供的還要多，跑來跑去猛揮劍只是我們集中注意力的方法。

總之，珀里斐忒斯這傢伙是赫菲斯托斯的半神半人兒子，他遺傳了爸爸的蠻力和畸形雙腳。他有嚴重的斜視，以致人們有時候以爲他只有一隻眼睛，於是錯以爲他是獨眼巨人（不是有意要冒犯我的獨眼巨人朋友和家人喔）。

珀里斐忒斯挺起他的巨大胸膛。「我的傳奇故事聲名遠播！如果知道我是誰，你就會明白，抵抗是沒用的！」

「那所有的人頭是怎麼弄的？」鐵修斯問。「你把那些人埋了，然後殺了他們，還是……」

珀里斐忒斯笑了。「我用棍棒把他們捶進土裡！就像這樣！我的外號是『舞棍高手』！」

「喔。」鐵修斯抓抓他的胳肢窩。「我以爲他們叫你『舞棍高手』，是因爲你是舞棍，一天到晚去迪斯可舞廳。」

「什麼？不是啦！我很暴力、很可怕，而且我把人們打進泥巴裡！」

「那麼……我們今天晚上不能去混一些派對，與小姐們聊聊天、扭腰擺臀跳點舞嗎？」

珀里斐忒斯怒目而視。不常有人邀他去扭腰擺臀跳舞。「臭小子，我會搶劫你再殺了你。那雙鞋很不錯，脫下來給我！」

他揮舞他的巨大棍棒，但鐵修斯沒有顯現出他預期的嚇到發抖。

「這是一根好棍，」鐵修斯說：「是用青銅包覆著木頭嗎？」

驕傲感溫暖了珀里斐忒斯的心。他是凶惡的殺人狂徒，但他也是赫菲斯托斯之子，因此很喜歡聽到有人稱讚他的工藝技術。「哇，沒錯！裡面是實心的橡木，外面包著二十層青銅。我發現這樣可以產生非常好的揮動效果。」

鐵修斯沉下臉。「二十層青銅？拜託，老兄，那樣會太重而沒人拿得動吧？」

「我很強壯！」

「你確定那不是用鋁箔紙包著泡沫塑膠？」

「當然！我很確定！」

「證明一下啊，讓我檢查看看。」

珀里斐忒斯看不出這有什麼害處。他判斷棍棒的重量會把這臭小子徹底壓垮，那一定超好笑。他把棍棒交給鐵修斯，然而鐵修斯非但沒有被壓垮，竟然還甩動它，猛敲珀里斐忒斯的後腦勺，立刻讓他一命嗚呼。

「沒錯！」鐵修斯說：「真的是用青銅包覆木頭，好吧！謝啦，老兄，我想我會留著它。」

珀里斐忒斯沒有反駁，畢竟他已經死了。鐵修斯把他最愛的新武器甩到肩膀上，繼續上路，不時衝進樹林裡看松鼠、跑到前面查看路上亮晶晶的東西，或者隨時停下來觀察小蟲。那句古老諺語的出處就是這裡：漫無目標，大棒在手⓮。

我相當確定就是這樣講。

鐵修斯一路往北走，比較聰明的怪物和土匪都刻意避開他，那些呆瓜們則是後腦勺都被轟爛了。

過了幾天，鐵修斯抵達阿提卡，這裡有一道狹窄的陸橋，將伯羅奔尼薩和北方本土連接起來。由於這裡是天然的瓶頸，因此也是一流土匪的地盤。

鐵修斯漫步穿越一座高大的松樹林，這時他看到一位老兄穿得像伐木工人：牛仔褲、法蘭絨襯衫、濃密黑鬍、滿頭鬈髮，並戴著一頂帽子。不知為何，那傢伙壓彎一棵十五公尺高的松樹，並用雙手抱著樹幹，讓樹梢指向地面。那男人看到鐵修斯的時候露出詭異微笑。

「哈囉，陌生人！我叫作辛尼斯（Sinis），而那一位是我的女兒帕里古妮（Perigune）。」

那是一位很年輕的女子，穿著法蘭絨襯衫，站在一棵樹後面偷看。她緊張地揮揮手，表情像是說：「快逃！拜託！」

鐵修斯對伐木工人笑笑。「你爲什麼抱著一棵松樹指向地面？」

「噢，這只是我的嗜好，」辛尼斯說：「大家都叫我『彎松人』！」

「這外號還滿響亮的。」

「是啊，我很喜歡向別人提出挑戰。只要有人能像我這樣壓制一棵松樹，就可以娶我的女兒。到現在爲止還沒有半個人辦到。你想試試看嗎？」

鐵修斯走近他身邊。他可以看到辛尼斯的四肢都在顫抖。壓彎一棵高大的松樹，即使對這位老兄來說都很費勁，而且很需要經驗，看來並不容易。

幸運的是，埃特拉曾對鐵修斯提過辛尼斯，所以他知道應該注意什麼。

辛尼斯是波塞頓之子。他遺傳了老爸的超大蠻力，而且不管在什麼樣的環境都能站穩腳跟而不跌倒，我猜這是因爲波塞頓是製造地震的人，甚至可以讓大地的根部爲之顫抖。（我沒有遺傳到波塞頓的這些特質，但我會盡量不要抱怨和嫉妒。）

辛尼斯年輕時，曾經爲了好玩而把大樹壓彎，然後放開，用這種方法彈射西瓜，或者把可愛的森林動物彈射到平流層去。他在這方面眞的很囂張。接著，他想到也可以用這種方法彈射人類，只要把人們騙過去玩玩看，或者強迫他們，把彎向地面的樹梢壓制住就行了。

這些年來，他把自己的嗜好發展得淋漓盡致。有時候他會把受害者的雙手綁在樹梢上，

---

⓮ 原本的英文諺語是「Walk tall and carry a big stick.」（昂首闊步，大棒在手），意思是隨時準備出擊。作者這裡改成「漫無目標前進」（walk aimlessly）以符合鐵修斯的舉動。

於是他們完全不能放手。有時候他同時壓彎兩棵樹，而既然空不出手，他就會命令帕里古妮將受害者的左手臂綁在其中一棵樹上，再把右手臂綁上另一棵樹。接著，辛尼斯會同時放開兩棵樹。哇，那眞是超好玩！你絕對猜不到受害者會有多少部分往左邊或右邊飛出去。

「這挑戰挺有趣的，」鐵修斯說：「就理論來說，如果我拒絕挑戰會怎樣？」

「喔，這樣啊，就理論來說，你等於是羞辱我女兒的容貌，所以我會堅持讓你參與更嚴酷的挑戰。我會把你一個人綁在兩棵松樹上，兩隻手腕分別綁在兩棵樹上。我會強迫你同時壓彎兩棵樹，時間愈久愈好。等到最後眞的很累了……」

「了解，」鐵修斯說：「所以我可以壓彎一棵松樹，以便有機會抱得美人歸；或者也可以壓彎兩棵松樹，最後贏得的是非死不可。」

「你學得很快嘛！」

「如果我乾脆開溜呢？」

辛尼斯笑了。「那就祝你好運啦。有沒有看見散布在松果之間那些亂七八糟的骨頭？」

「我正想問問那些是什麼。」

「那些是謝絕挑戰的傢伙。在短兵相接的戰鬥中，我從來沒有輸過喔，所以反抗我是沒用的。假如你打算落跑……這個嘛，我用這個『松樹投石器』，只要不超過五公里都超準的。我可以用一顆飛行的巨岩或一隻麋鹿把你壓得扁扁的。」

「我可沒有讓飛行麋鹿壓扁的慾望啊，」鐵修斯說：「那我願意參加一棵樹的大挑戰！」

「太棒了！來吧！」

鐵修斯把他的棍棒放在旁邊。他向「彎松人」走去，同時評估著眼前情勢。他沒有辛尼斯那麼強壯，也沒有能力把自己釘在地面上固定不動。他其實一點頭緒也沒有。不過他轉頭瞥見那女孩帕里古妮，於是他那容易分心的腦袋開始瘋狂轉動。「一個女孩在樹林裡。一個女孩。一棵樹。樹有精靈。我很餓。哇，辛尼斯聞起來好臭。一個木精靈。我敢說，那些樹一直被弄彎，裡面的木精靈眞的很煩了。嘿，有隻花栗鼠耶。」

「隨時都可以開始喔。」辛尼斯咕噥說著，汗水沿著他的脖子涔涔滴下。

鐵修斯用手指尖碰觸松樹的枝枒，心裡想著：「哈囉，裡面的。你想要除掉這個『彎松人』嗎？幫幫我吧。」

他不確定木精靈是否聽得到，但還是一把抓住樹梢。

「好了嗎？」辛尼斯問。「我想確定你抓得很牢。」

辛尼斯對他準備要殺死的人還眞是有禮貌啊。

「好了，」鐵修斯說：「我抓好了。」

「好，不過爲了安全起見……」辛尼斯把一隻手從樹上小心移開。他從背後的口袋裡拿出一條皮繩，將鐵修斯的左手腕綁在樹上，這用一隻手還眞是不容易做到，但辛尼斯有練過。

「換你囉。現在你要好好抓緊，待會兒見！」

辛尼斯往後跳。他期待松樹會像平常一樣往天空彈射而去，把鐵修斯射進地球軌道。

喔，可能要扣掉他的左手臂吧。

松樹文風不動。鐵修斯抓著它，穩穩站在地上。

也許是樹木的精靈幫助他吧。況且鐵修斯既強壯又聰明，他很清楚該怎麼施加最少的力氣而得到最大的效果……就像，比如說，讓一塊巨岩滾過一個小村莊那樣。

他的雙腳依舊穩穩釘在地上，手臂甚至沒有很緊繃。

「那麼，」他說：「我得壓制這個多久才能贏得你女兒呢？」

辛尼斯終於從震驚中回過神來。「我……我很驚訝，年輕人，你居然還撐得住。不過你只是人類，到最後一定會用盡力氣。然後你就會死掉。」

「喔，我懂了。」鐵修斯說：「既然那樣，我最好弄得舒服一點。這條安全繩眞的會磨痛手耶。」

他把一隻手從樹上移開，樹木依舊文風不動。他拔出自己的劍，開始鋸斷皮繩。

「你在幹嘛？」辛尼斯大叫。「假如你以爲可以從這項挑戰溜走……」

「不，不。我會一直壓著這棵樹。」鐵修斯將佩劍插回劍鞘內。他繼續以一隻手壓制松樹。「我可以像這樣壓一整天，你想要等多久？」

鐵修斯敢打賭，辛尼斯身爲半神半人一定像他自己一樣有注意力不足過動症。果眞沒錯，才過沒十秒鐘，辛尼斯就失去耐心。「這根本不可能！你有什麼密招？」

「完全和握法有關。」鐵修斯說：「來這裡，我示範給你看。」

辛尼斯慢慢往前走。

「好囉，」鐵修斯說：「有沒有看到我手背的位置怎麼放？」

因爲有松針的覆蓋，辛尼斯沒辦法看清楚，除非他傾身向前，直接由上方往下看。他一這樣做，鐵修斯便放開樹木，松樹往上彈起，正面打中辛尼斯的臉，把他打得不省人事。

過了好幾個小時之後，這位「彎松人」從飛行麋鹿的夢境中悠悠醒來。他昏沉無力，嘴裡好像有吃到耶誕樹的味道，接著才意識到自己四肢攤開，躺在森林地面上。

鐵修斯的笑臉從上方看著他。「很好，你醒了！」

「什、什麼……？」

「聽好了，我正在想那個兩棵樹的大挑戰。我想，你可以示範給我看看該怎麼做。」

辛尼斯掙扎了一會兒。他的兩隻手腕都緊緊固定住。「你這是怎樣？」

「這個嘛，我讓兩棵松樹彎向地面，就在你的頭後面。我現在用兩隻腳踩著，同時讓它們往下彎，而你的兩隻手腕各綁在一棵樹上，所以如果我是你，我會爬起來然後準備好。」

辛尼斯氣得大叫。他掙扎著爬起來，然而兩隻手都被綁住，實在很難站起。他得像螃蟹翻身一樣翻跟斗才能抓住兩棵樹。「你不能這樣！」

「哎呀！」鐵修斯向後退，讓辛尼斯一個人壓住兩棵樹。

辛尼斯一輩子都在壓樹，他超級強壯，而且幾乎無論什麼情況都能站得很穩。不過他現在昏沉無力又全身痠痛，而且兩棵樹像是活的，拚命對抗他，奮力想要掙脫。兩棵松樹感覺好像……生氣了。

「怎麼可能？」辛尼斯哭叫著說：「你怎麼可能把兩棵樹同時壓彎，還把我綁在樹上？」

「我有幫手。」

土匪的女兒躲在一棵樹後面偷看。「嗨，爸。」

「帕里古妮，不！把我放開！」

「爸，抱歉，這位帥哥通過你的考驗，所以我現在是他的人了。掰！」

鐵修斯撿起他的棍棒，與帕里古妮手牽著手一起走開，留下辛尼斯在他們背後尖叫。

「帕里古妮，你確定這樣眞的可以嗎？」鐵修斯問。

「嗯，是的。我爸超可怕！他把我射向天空只是遲早的問題！」

「我很想知道他壓制那兩棵樹可以撐多久。」

他們背後傳來悶悶的哭嚎聲，接著是一陣「咻」聲，兩棵樹猛力往上彈起，接下來的聲音像是一隻兩百多公斤的蟲子撞上汽車的擋風玻璃。

「沒有撐很久。」帕里古妮說：「你想吃點晚餐嗎？我好餓。」

他們走到最近的鎮上，一起度過美好的幾天。有些故事說，帕里古妮甚至與鐵修斯生了好幾個孩子，但我不在現場，所以不打算八卦這件事。過了一段時間後，鐵修斯解釋他得繼續上路，他在雅典有事情要處理。帕里古妮見識過太多路上的邪惡盜匪，所以她決定留下來，自己展開新生活。他們分開了，永遠當彼此最好的朋友。

在荒野裡又度過美好一天之後，鐵修斯來到一個叫作克羅米翁的村莊。鎮上的廣場有一群當地人正在哀嚎哭泣，鐵修斯心想，他們是不是因爲得住在「克羅米翁」這種怪名字的村莊才傷心成這樣。接著他才發現，他們是聚集在一具老人屍體周圍，那老人遭到劈砍而死。

「他怎麼了？」鐵修斯問。

一個男孩抬起頭，眼裡滿是淚水。「是那個老女人和她的豬！」

「你說什麼？」鐵修斯問。

「斐亞（Phaea）！」男孩大喊。「她和她那頭吃人母豬住在外面的荒野裡。」

「她們都是怪物！」一個女人哭叫著說：「那頭母豬把整個鄉村都毀了，牠吃光我們的農作物，殺了我們的農夫，撞爛我們的房子。然後那個老女人斐亞跟著跑來，把我們的值錢東西統統搶走了。」

「這我可以解決，」鐵修斯說：「我去殺了那個老女人和她的豬。」

這番話聽起來也許不是最有英雄氣概的承諾，但村民都嚇得倒抽一口氣，接著連忙在鐵修斯面前叩首跪拜，彷彿他是從奧林帕斯山下凡的天神。

他看起來確實有那麼一點像天神，他有巨大的青銅棍棒、昂貴的劍，還有一雙無與倫比的好鞋。

「噢，陌生人，你是誰？」有個傢伙問道。

「我是鐵修斯！雅典國王愛琴斯之子！海神波塞頓之子！也是特洛森公主埃特拉之子。」

那群鄉下人全都安靜得像在忙著算數學。

「別管那些！」鐵修斯說：「我會殺了土匪斐亞和她的寵物怪物，克羅米翁母豬！」

「噢，拜託別那樣叫牠，」有位農夫說：「我們可不希望自己的村莊因爲那頭吃人豬而留名千古。」

也因此，那頭豬就以「克羅米翁母豬」的名號流傳後世，而那個村莊唯一讓人記住的也是這件事。

鐵修斯閒晃到鄉間，尋找那頭惹事生非的豬。要找牠一點都不難，鐵修斯只要跟著散落在路邊的成排屍體、遭到踩扁的農作物和正在焚燒的農莊，一路找去就行了。那頭母豬的體型簡直像穀倉一樣大，那還滿容易比較的，因爲她就站在一間穀倉的空殼裡，到處翻找農人屍體。她的灰色毛皮布滿斑點，全身滿是像劍一樣巨大的硬毛，豬蹄凝結了飛濺的血塊，而且她的氣味……哇，即使站在田野的遠處，那臭氣差點把鐵修斯擊倒在地。他懷疑自己這輩子再也不敢吃培根了。

「嘿，豬豬！」他大喊。「吃吃，好吃，好吃！」

這些字眼果然具有神奇的魔力。

母豬轉過身，看到美味多汁的英雄，於是衝過來。

我可以根據個人經驗告訴各位，一頭全速衝刺的巨豬完全稱不上可愛或好玩。一旦看到那雙暴躁的黑眼睛和長出獠牙的口鼻朝你衝來（喔，沒錯，牠們有獠牙），你只會想要尖叫逃走，跑向最近的「防豬碉堡」。

鐵修斯則是堅持不退。到最後一刻，他躲向左邊，並舉起自己的劍朝母豬刺去。母豬憤怒地尖聲長嘯。牠轉過身，再次衝過來。這一次，鐵修斯躲向右邊。

關於巨豬的另一項訊息：牠們不是很機靈，也不能變成有價值的「豬渣」，甚至不必嘗試讓牠路邊停車，不會成功的啦。

鐵修斯扮演「鬥豬士」，直到母豬筋疲力竭，而且劍傷太多流血不止，最後倒在田野裡。鐵修斯走過去，舉起手上的青銅棍棒，然後對克羅米翁母豬說晚安。

鐵修斯擦掉棍棒上的豬血，這時他聽見一陣尖叫聲。

一個身穿粗布衣裳的肥胖女人一拐一拐地走向他，手上拿著一把巨大的戰斧。她的灰色皮膚布滿斑點，頭髮上黏了一堆深色的豬鬃。

「你和這隻豬有關嗎？」鐵修斯問。「因為你看起來……」

「你這白痴，那是我的寵物！」女人尖叫著說：「你做了什麼好事？」

「你一定是斐亞。」

「對！而且那隻豬讓我的土匪事業賺了很多錢！」

「嗯，夫人，我恐怕得檢舉你在克羅米翁村莊境內飼養牲畜，而且殺人、搶劫，總之就是沒有獲得許可就到處亂搞。」

女人高舉她的戰斧。「去死吧！」

專業小提醒：假如你遇到某位全副武裝的混血英雄，而且他才剛殺了一頭巨型母豬，那麼對他大喊「去死吧！」且高舉斧頭衝向他，實在不是明智之舉。

說時遲那時快，斐亞躺在她的母豬旁邊，死了。鐵修斯在斐亞的粗布衣裳上擦拭他的劍。他當然可以回到克羅米翁，對人們描述事發經過，但他認為大家很快就會知道。況且你殺了巨豬之後，回到克羅米翁實在沒什麼事可做，所以鐵修斯決定繼續上路。

到了這時，鐵修斯對於殺戮已經發展出一套個人哲學。他只有先遭到攻擊才會發動攻擊，而且有可能的話，他會用敵人想打敗他的同一套方式回敬敵人。想用棍棒敲鐵修斯的頭？他會拿走你的棍棒，然後用棍棒殺了你。要把鐵修斯綁在一棵松樹上？他會把你綁在兩棵松樹上。這樣的系統不只是很公平，而且很好玩。唯一可惜的是，他不能用斐亞自己的巨豬殺了她，但哲學也是有極限的啦。

一天下午，鐵修斯沿著一道三十公尺高的懸崖頂上閒晃（因為混血英雄們有時候會做這種事）。下方的大海波光粼粼，陽光照在他臉上，感覺既溫暖又愉快。

這樣好平靜、好放鬆，鐵修斯開始覺得好焦慮。

幸好在他前方大約十五公尺處，有個土匪從一塊石頭後面跳出來，大喊著說：「站住，留下買路財！」

那傢伙穿著滿是灰塵的黑衣服，腳踩一雙皮製涼鞋（不像鐵修斯的涼鞋這麼好），戴著寬邊黑帽，一塊領巾蓋住他臉的下半部。他用十字弓瞄準鐵修斯。

鐵修斯咧嘴而笑。「老兄，很高興見到你。」

那傢伙的十字弓稍微往下垂。「你是？」他問道。

「沒錯！我很無聊。」

土匪瞇起眼睛。「嗯……那好吧。這是搶劫！把你身上所有的好東西都交給我，那把劍，那根棍棒，當然還有那雙鞋。那是一雙好鞋。」

「不曉得有沒有什麼方法可以避免衝突？因爲我不打算殺人，除非別人攻擊我。」

土匪笑了起來。「你要殺我？好樣的！我告訴你，假如你幫我洗腳以示尊敬，我就不殺你。我會拿走你的貴重物品，但是你可以保住一命。這是你能夠得到的最佳交易條件。」

他提到洗腳，觸動了鐵修斯的記憶。「噢，我媽說過你。你一定是斯喀戎（Sciron）。」

土匪挺起胸膛。「當然啦！我很有名！斯喀戎，波塞頓之子！名列《富比世雜誌》十大最富有土匪的第六名！」

「嘿，我也是波塞頓的兒子，」鐵修斯說：「你不會搶劫兄弟，對吧？」

「我最喜歡的受害者就是親戚。好啦，快幫我洗腳！就在這裡，在懸崖邊緣，這裡很棒。別擔心，我不會把你踢下去。」

鐵修斯朝懸崖邊緣看了一眼。在下方三十公尺處，有個巨大的圓形在海浪底下移動。「下面那裡有一隻巨龜？」

「是啊，那是我的寵物。」

「牠不會吃人吧？比方說，如果你把受害者踢下這座懸崖，就像你說你不會那樣踢。」

「我的海龜是女生，牠叫摩莉（Molly）。當然啦，牠不會吃人，那想法太蠢了吧！」

感覺好像把一隻巨龜叫作「摩莉」就不太蠢。

斯喀戎把十字弓對準他。「好啦，幫我洗腳，否則沒命！石頭後面有水桶和破布，而且要拿抗菌噴霧劑，你一定要用那個。」

鐵修斯把自己的武器小心放到地上。斯喀戎一直拿十字弓對準鐵修斯的胸口，看著這位混血英雄拿出洗腳用品，然後跪在土匪面前。

「洗得愉快啊。」斯喀戎伸出左腳踩在石頭上，他站立的位置讓鐵修斯必須背對大海。只消一記飛踢，斯喀戎就可以把鐵修斯踢出懸崖邊緣。

所幸鐵修斯早就料到了。

他一邊吹口哨，一邊解開斯喀戎的涼鞋綁帶。這土匪的腳趾頭毛茸茸的，而且黏了一大堆不明物體。在大拇趾的縫隙裡，綠藻已經快要發展成農業社會了。

土匪的噁心雙腳讓鐵修斯分心，不過反正他一天到晚都會分心，所以也沒什麼關係。他感覺到斯喀戎的腳繃緊了。就在土匪準備出腳的那一瞬間，鐵修斯往旁邊一跳，斯喀戎一時之間失去平衡，於是鐵修斯踢了他屁股一腳，讓他飛出懸崖邊緣。

「哇哇哇哇哇哇！」斯喀戎拚命揮舞雙臂，然而悲哀的是，波塞頓的半神半人小孩並沒有得到飛行能力。巨龜的頭露出水面，張開血盆大口。

「不，摩莉！」斯喀戎尖聲大叫。「是我啊！」

咕嚕。

摩莉對於吃掉她飼主的手顯然不介意……或者吞下他的其餘部分也行。

鐵修斯用抗菌噴霧劑刷洗自己的雙手，然後繼續踏上旅程。

最後，他到達陸橋的尾端，跨入阿提卡。（安娜貝斯告訴我，像這樣連接兩個陸塊的狹窄陸地稱爲「地峽」。我唸不出這個詞，不過你們這些地理狂可以自己去查。）

鐵修斯抵達艾留西斯這個城市，這裡以狄蜜特神廟而聞名，但這裡的人既沒有販賣以狄蜜特爲主題的觀光垃圾，也沒有提供此地的觀光導覽行程，他們反而不停尖叫逃竄，拚命想找地方躲起來。

「發生什麼事？」鐵修斯問其中一個傢伙。

「國王！他發瘋了！他想要摔角！」

鐵修斯皺起眉頭。他媽媽曾警告他關於艾留西斯國王刻爾庫翁（Cercyon）的事，這傢伙顯然很暴躁、強壯，而且很喜歡殺旅客。不過她倒是沒提起摔角的事。

鐵修斯走向鎮中央的儀式爐龕，無論在哪一個希臘城邦，那裡通常是最安全的地方。旅客和使節會先到那裡，保證他們的來意是很和平的，並接受這個城鎮的款待。

而現在，這城鎮的款待等於是一個魯莽男人在爐龕附近橫衝直撞。他身披閃亮的金色斗篷，穿著金色人造彈性纖維短褲，而且戴著眼洞超大的面具，令人懷疑那根本是一件內褲。

「誰要跟我摔角？」內褲男大吼：「我是刻爾庫翁，國王是也！」

「哇，」鐵修斯說：「你的裝扮好閃！」

「嗚哇！」刻爾庫翁胡亂衝向對街的狄蜜特神廟，揮拳打斷一根大理石柱子，讓整個前廊轟然崩垮。

「嘿，喂，」鐵修斯說：「你不應該破壞神廟。而且，那樣對你的拳頭不好吧。」

「我是刻爾庫翁！」刻爾庫翁說：「用摔角打敗我，你就可以當國王！否則我會殺了你！」

這時國王突然停下動作，彷彿忘了自己正在做什麼。可能要把這麼多字組合在一起太費力了，害他的腦子過熱短路。

鐵修斯考慮著該怎麼辦。刻爾庫翁國王顯然變得太激動。也許因爲這麼多年來他殺了太多旅客，建立起邪惡的名聲，於是眾神詛咒他發瘋。鐵修斯並不想殺他這種瘋子，然而他也不能坐視刻爾庫翁驚嚇當地人、毀壞神廟，而且穿著金色的人造彈性纖維短褲橫衝直撞。

「所以，如果我用摔角打敗你，」鐵修斯說：「我就可以當國王？」

「是的！」

「我得把內褲穿在頭上嗎？」

「是的！」

鐵修斯將手上的劍和棍棒放下來。「如果我把你壓制在地，我需不需要殺了你？還是你會接受失敗？」

「絕對不會有那種事！」刻爾庫翁說：「因爲我會打斷你的脊椎！」

鐵修斯皺皺眉頭。「眞希望你沒說過這種話。你知道嗎，我的哲學是這樣的……」

「嗚哇哇哇！」刻爾庫翁衝過來。

鐵修斯躲過國王的第一次攻擊。刻爾庫翁個子高大又強壯，不過他和巨大的母豬一樣不太靈活。鐵修斯對這種狀況還滿熟悉的。

刻爾庫翁再次衝刺。這一次，鐵修斯往側邊一閃，然後伸腳踢中刻爾庫翁的背部，就像對付斯喀戎那招。摔角手跌跌撞撞衝進爐竈，只聽見一陣尖叫，他的閃亮斗篷著火了。

「去死吧！」刻爾庫翁大喊。

鐵修斯的背部抵著神廟。刻爾庫翁衝向他時，鐵修斯從大塊頭的兩腿之間鑽過去，讓摔角手快快樂樂一臉撞上大理石牆壁。

牆壁啪啦一聲裂開了，刻爾庫翁的臉也沒有好到哪裡去。他跌跌撞撞，最後倒下。鐵修斯用盡吃奶的力氣，把昏沉無力的國王抬起來，高舉到頭頂。

嚇壞的眾人紛紛從自己的藏身處走出來。一群人聚集在鐵修斯周圍，看著他高舉那個摔角手，遊行環繞廣場。

「放棄吧，刻爾庫翁，」鐵修斯說：「那麼我會放你一條生路。」

「想都別想，」瘋子喃喃說道：「打斷……你的脊椎。」

鐵修斯嘆了一口氣。「嗯，各位，你們聽到他說的了。」

他讓國王落到他的膝蓋上，完全就是「班恩打斷蝙蝠俠的背」那一招。刻爾庫翁倒在地上，死了。

鐵修斯扯下國王的面罩，把它高舉給眾人看。

「各位！」他大喊。「這種人把內褲穿戴在頭上，你們絕對不應該聽從他的指令！還有，什麼『摔角摔到死』那一整套，眞是超蠢的！」

「歡呼，我們的新國王！」有人大叫。

「喔，不，」鐵修斯說：「我有自己的事要忙。誰是鎮上最聰明的傢伙？」

群眾有點遲疑，指著一個白鬍子的老傢伙，也許是本地的哲學家。

「你現在是國王了，」鐵修斯說：「好好做，把神廟修好，這個摔角手的屍體也要丟掉，而且絕對不要戴內褲面具喔。」

「英雄，我了解。」老人說。

於是鐵修斯爲艾留西斯找到比較好的人才，也節省了很多的人造彈性纖維。

鐵修斯很靠近雅典了，感覺聞都聞得到。

我是說眞的聞得到喔。回顧當時，環境衛生不是很好，像雅典這種大小的城邦眞的是惡臭難當，你從三十幾公里外就聞得到。

其實鐵修斯很累了。太陽逐漸西下，他認爲大概得在路上多睡一晚，隔天再走去雅典。他在整條高速公路上最糟糕、最低俗的特價購物商場停下來。在最近的一間商店外，有塊大大的牌子寫著：「酷拉斯近乎全新二手床。夜晚與我們共度！」

鐵修斯看不出那地方到底是旅館還是賣床墊的商店之類，不過既然有這樣的招牌，他就忍不住想去瞧瞧。更何況停車場繫了一大堆驢子，他覺得這地方一定很熱門。

奇怪的是，他在店裡看不到半個顧客，只有一間昏暗的展示室，天花板很低，橄欖油燈搖曳不定，還有兩張噁心的舊床，一張床大概有三百公分長，另一張的長度大約只有一百二十公分。

古希臘人看到這種情景一定會瘋掉。就像我之前說過的，古希臘人是一群「金髮女孩歌蒂拉」，總是想要「剛剛好」的中庸選擇。在「酷拉斯近乎全新二手床」店裡沒有這樣的選擇，只有一張太長的床，還有一張太短的床。

「歡迎光臨！」店老闆突然從後面一塊簾幕底下冒出來。

剛開始，鐵修斯以為自己看到的是斯喀戎的海龜「摩莉」。那傢伙的頭很大，像皮革般粗糙，沒有半根頭髮。他穿著長度到腳踝的黑色皮革圍裙，很像屠夫穿的那種，而且一路走過來時，雙手在圍裙上抹一抹，一副剛把手上的血跡洗乾淨似的。

他的名牌上面寫著：「嗨！我是酷拉斯！」

「你是酷拉斯？」鐵修斯問。

「啊，是的，我就是。我真正的名字是普羅克拉斯特斯（Procrustes）……」

「意思是『拉長者』。」鐵修斯想起來了。「好吧，我聽過你的事。我沒有從『酷拉斯』認出你的名字。」

「嗯，大部分人比較容易記住『酷拉斯』，而且寫在外面的招牌上也比較好看啦。總之，歡迎來到我這間簡陋的床墊商店兼汽車旅館！我可以向你介紹一張近乎全新的二手水床嗎？」

「水床？」

酷拉斯彈彈手指。「抱歉，我忘了水床還沒有發明出來。不過我真的有兩張非常棒的標準款式喔，這些是我們最暢銷的款式。」

「你也只有提供這兩種選擇啊。」鐵修斯提出他的觀察。

酷拉斯笑了。「我看得出來，你是很精明的消費者。那麼，哪一種款式比較吸引你呢？酷拉斯特大號，還是酷拉斯奈米號？」

鐵修斯查看那張比較大的床。「那是超大號？那相當長耶。」

「沒錯，但是不用擔心！有沒有看見床頭和床尾那些皮帶？假如你沒有完全符合長度，我會把你拉長，直到剛剛好爲止。」

「所以，你會把我拉長，直到變成三公尺長爲止。而如果我沒辦法活著撐過那樣的拉長過程呢？」

「這個嘛，你就會死掉，顯然是這樣。床墊上那些汙點就是先前的顧客留下來的，因爲他們，嗯，分離了。我確實說過『近乎全新』吧。」

鐵修斯接著查看較小的床。床頭和床尾的護板都凝結著乾掉的褐色髒東西。

「你的酷拉斯奈米號看起來有點……酷。」

「如果你不符合奈米號的長度，我只要把你伸出床頭和床尾的部分砍掉就行了。」酷拉斯突然從他的圍裙口袋裡拿出一把刀子。「那麼，要選哪一個？」

「我想，沒有『只是逛一逛』這個選項吧。」

「沒有！」

「奈米號床墊的硬度怎麼樣？我不能睡太軟的床。」

「喔，它很棒喔。綜合了記憶橡膠和吸震彈簧的特質，讓你活著躺在床上的那幾秒鐘得到最佳的舒適感。」

「即使像你這樣的大塊頭也一樣？」

「絕對一樣。」

「抱歉，可是我很難相信耶。我曾經在這些俗不可耐的特價購物商場上過當。」

普羅克拉斯特斯沉下臉，他很討厭有人質疑他的商品。「我的商品絕不誇大！你看！」他坐到酷拉斯奈米號上面，在床墊上彈跳一下。「看見沒？」

「酷喔。」鐵修斯把他的棍棒從肩膀甩下來。鐵修斯對普羅克拉斯特斯用力猛敲，害他往側邊倒下，頭殼撞上床頭護板。

等到這位店老闆醒來，他已經被牢牢綁在酷拉斯奈米號上面。他的頭頂腫了一個大包，雙腳從床尾向下垂放。「這樣是什麼意思？我……我不符合長度！」

「我可以搞定。」鐵修斯猛然拔出佩劍，幫普羅克拉斯特斯修改長度，以符合他自己的床。這也是另一句古老諺語的出處：「你做的床要自己躺上去⓯，而假如長度不符，我們會砍掉你的頭和腳。」

那天晚上，鐵修斯睡在酷拉斯特大號床墊上，睡起來真的很舒適，假如你能忽略床上的汙漬。到了早上，他出發前往雅典，準備與他的國王父親見面（而不是他的天神父親）。

雅典的狀況不能說是平安無事。

第一個問題：愛琴斯國王愈來愈老邁虛弱，他的影響力只及於王宮以外六十公分遠的地方，城邦的其餘地方則操控在他的死對頭手中，由愛琴斯的許多敵人帶頭作亂。

那些厲害的敵人到底是誰啊？當然是國王的親戚啦！

你瞧，愛琴斯有個弟弟名叫帕拉斯（Pallas）。（不是女神帕拉斯．雅典娜，我知道這真的會搞混。）愛琴斯和帕拉斯一直處不好。帕拉斯想要當國王，而既然他是弟弟，也就什麼都得不到。

於是，帕拉斯一輩子都不停地抱怨和生小孩……說得精確一點，是「五十個」兒子。一個人怎麼可能生出五十個兒子？帕拉斯一定是有十幾個妻子，或者有一台超先進的複製機器吧。生這麼多小孩算是向他哥哥報仇，有點像是說：「喔，抱歉，愛琴斯，你生不出半個兒子嗎？我有『五十個』。就在你面前！」

總之，大家把他的兒子們叫作「帕拉提狄」（Pallantides），意思是帕拉斯之子，聽起來有點像影集《混亂之子》（*Sons of Anarchy*），只是沒有摩托車。他們長大之後全部變成大聯盟等級的混蛋，也都殷殷期盼他們的伯父愛琴斯早日死掉。

他們分裂成不同幫派，掌控了各個社區，而且一天到晚互搶地盤。雅典的每一位居民都被迫要繳保護費給某個幫派，假如你搞錯投靠的對象，很可能會有某輛疾駛而過的戰車扔出一支標槍射穿你的胸膛。

鐵修斯抵達雅典時，五十名帕拉提狄已經建立各自的幫派，也正在等待愛琴斯去世。等他去世後，他們打算展開一場老式的內戰，讓最強大的一位帕拉提狄登上大位。正因如此，整個城邦簡直比沒有邊欄的高速公路更危險。假如鐵修斯宣稱自己是愛琴斯之子、大剌剌走進去，可能還沒走到王宮就變成密密麻麻的箭靶。

第二個問題：愛琴斯國王已經娶了新的妻子，是個名叫梅蒂亞（Medea）的女巫，我會在以後的故事裡再講她的事。總之，她已經答應愛琴斯會用巫術給他一個男孩，而五十名帕拉

⓯ 這句英文諺語是「You have made one's bed, now lie in it.」，字面意思剛好是「你做的床要自己躺上去」，引申為「自作自受，自食惡果」。

提狄聽到這消息肯定不會太興奮。要不是王宮的防禦兵力很強大，衛兵都全副武裝，而且王宮裡還有個女巫，這五十名帕拉提狄早就猛攻進去了。因此，即使鐵修斯想要進入王宮，梅蒂亞也會殺了他，因爲他毀了她的計畫。

第三個問題：雅典不時遭到一個外來超強城邦克里特島的挑釁。鐵修斯對克里特島所知不多，只聽過一些荒謬的謠言，說那裡有個半牛半人的怪物住在一個巨大迷宮裡。但從路上偶然聽到的對話看來，鐵修斯得知早在他出生之前，雅典和克里特島就已經很不對盤了。

事情是這樣開始的：米諾斯國王有個兒子名叫安德羅久斯（Androgeus），他曾在二十年前到雅典參加本地的運動比賽，結果遭到某個帕拉提狄殺害。

盛怒之下，米諾斯召集他的海軍航向雅典。他圍攻這個城邦，焚燒港口，還請求他父親宙斯送來閃電、瘟疫、蝗蟲和臭蟲。

最後愛琴斯不得不投降。米諾斯答應停止破壞行動，但每隔七年，雅典都得把他們七名最勇敢的年輕男子和七名最美麗的年輕女子進貢給克里特島，餵給迷宮內的彌諾陶吃。

如果你認爲這聽起來很像《飢餓遊戲》小說和電影，是因爲《飢餓遊戲》本來就是受到這故事的啓發。而且，沒有，當時沒有把「迷宮」拍攝成電視節目，不過那只是因爲代達羅斯還沒有發明電視。

總之，第三個七年週期快要到了，再過幾個月就準備要挑選十四名貢品，因此整個雅典人心惶惶。

聽起來，這個城邦的麻煩事已經夠多了？

不，他們還有作爲額外紅利的更多麻煩事！

有一頭巨大的野生公牛在附近鄉間橫衝直撞，那裡靠近稱爲馬拉松的郊區。沒有人能阻止牠，因此雅典人相當確定「馬拉松公牛」（Marathon Bull）是來自眾神的旨意，意思是「你們這些人爛透了」。

「哇，」鐵修斯自言自語說：「這地方眞是一團亂。我愛死了！好多事情可以做！」

他想進入王宮，確定他爸爸沒事，不過說起來簡單，做起來卻很難。衛兵極度提防暗殺者，因此不讓任何人進入。而當然啦，鐵修斯若宣稱自己是愛琴斯之子，在抵達王座廳之前可能會以二十種方法死於非命。

他心想，我需要一種方法成爲國王的覲見民眾，而且不必透露我的眞實身分。

他朝附近的小酒館瞥了一眼，發現外牆貼滿了各種傳單，其中一張寫著：

得到覲見國王的機會！*
殺死馬拉松公牛！**
贏得名氣、財富，以及王宮晚宴的機會！***

*帕拉提狄不符合資格
**需要提出公牛已死的證據
***名氣視情況而定。財富需要扣稅。假如對某種食材過敏，請提醒你的侍者。

就是這個！鐵修斯心想。我要殺死馬拉松公牛，並贏得王宮晚宴的機會。而且，我對所有食物都不會過敏！

鐵修斯出發去找公牛，但他一離開城邦，一陣猛烈的暴風雨席捲而來。雲層看來像是沸騰的墨汁，閃電劃破天空，雨滴打在身上非常刺痛，鐵修斯覺得自己好像走進噴砂機裡面。

他看見路邊有一間小屋，連忙衝進去。

有個老太太坐在火堆旁，攪著一鍋湯。老太太看到他似乎並不驚訝。

「年輕人，歡迎，」她說：「暴風雨很大吧？」

「是啊。」鐵修斯放下他的棍棒。「你介意我在這裡躲一下嗎？」

「一點都不介意。你要去殺死馬拉松公牛嗎？」

鐵修斯瞇起眼睛。「你怎麼知道？」

「我的名字叫作赫卡勒（Hecale）。我以前是宙斯的女祭司，我知道很多事。」

「喔……」鐵修斯開始覺得，剛才匆忙跑進來之前應該擦擦鞋底。「那麼……你可以給我一點建議嗎？」

赫卡勒咯咯笑了。「那頭公牛是宙斯之子米諾斯的聖牛，所以宙斯不讓任何人殺牠。也因爲這樣，那位天神派這場暴風雨來阻止你。假如你答應抓到公牛之後把牠送回來這裡，我會將這動物獻祭給宙斯，那樣應該就能安撫天空之神。」

「成交！」鐵修斯說。

雨勢立刻停歇，雷聲也消失了。鐵修斯看看外面，竟然看到藍色的天空，也聽到鳥兒在樹上鳴唱。「哇，還眞快。」

「宙斯不喜歡拖拖拉拉，」赫卡勒說：「好了，記住你答應的話！」

鐵修斯到達馬拉松時，看到一頭白色公牛繞著廢棄的村莊橫衝直撞，一下子撞翻房屋，一下子衝破圍籬。

鐵修斯八成可以用他的棍棒打死公牛，但他必須帶著活生生的公牛回去給女祭司獻祭。他決定做個陷阱。他偷偷溜進僅剩的幾座穀倉之一，快手快腳製作一些陷阱，運用繩索、滑輪和一捆捆稻草製造槓桿效果。

他打開穀倉門，一直等到公牛進入聽力所及的範圍內。

「哇！」鐵修斯大喊。「這個穀倉裡面有一些超—辣—的母牛！」

公牛轉過來噴著鼻息。牠歪著頭，似乎是想著：「你說，超辣的母牛？」

「你得不到她們！」鐵修斯大喊：「牠們全都是我的！我想，今天晚上來做漢堡好了！哈哈哈哈！」

他跑進穀倉裡。

公牛衝過來追他，決心要從這個可惡人類手中救出那群美麗的母牛。公牛的牛蹄踩中陷阱，陷阱捆緊牠的腳，並把牠甩向空中，頭下腳上倒吊起來。牠極度憤怒，猛力掙扎狂吼，但是無法逃脫。

鐵修斯確定把公牛綁得很緊，接著讓牠緩緩降下放到馬車上，再找到兩匹馬，就這樣把野獸拖回城邦。

他遵守承諾，在赫卡勒的小屋旁停下來，但是老太太已經在晚上過世了。也許那鍋湯煮得不好，或者她的壽命本來就只能再爲宙斯完成最後一件任務。

「老太太，謝謝你，」鐵修斯說：「我不會忘記你。我會把公牛帶去雅典，由我自己獻祭給宙斯的神廟。」

離開之前，鐵修斯埋葬了赫卡勒。爲了紀念她，他建造一座圓頂紀念碑，紀念碑在那裡屹立了好幾個世紀之久，位在不知名地方的荒野中，像是提醒人們，好的建議往往來自意想不到的地方。

鐵修斯回到雅典，進城時引發不小的騷動。白色公牛重達二百二十五公斤，但是鐵修斯將牠甩上肩頭，揹著牠穿越城邦，吸引了一大群人跟著他爬上通往衛城的階梯，前往宙斯的神廟。他拔出佩劍，將公牛獻祭給宙斯，群眾在旁瘋狂歡呼、扔擲花朵。

祭司傳遞訊息給王宮：有個年輕的陌生人已經殺了馬拉松公牛。一小時後，一名國王的傳訊員送來一張請帖，邀請鐵修斯去參加晚宴。

鐵修斯超興奮的！經歷了這麼久，他終於能去見父親了。他決定等晚宴過了一半再突然宣布這個消息。「附帶一提，我是你的兒子！」接著，等他殺了父親所有的敵人之後，也許他們父子可以一起玩玩傳接球之類的遊戲。

但這計畫有個障礙：女巫梅蒂亞已經識破鐵修斯的身分了。她有魔法，也有密探。她得知鐵修斯一路來到雅典所締造的豐功偉業，也知道他是愛琴斯的兒子。

梅蒂亞不能讓鐵修斯破壞她的計畫。她希望由自己的孩子登上雅典的王位，因此搶在祝賀晚宴之前，她跑去找老國王愛琴斯。

「噢，親愛的小兔兔？」從梅蒂亞幫國王取的暱稱，就能證明她有多麼邪惡。「我好擔心那個要來吃晚餐的年輕英雄喔，我覺得他是帕拉提狄派來的刺客。」

愛琴斯皺眉。他不像以前那麼敏銳機警了，但他討厭刺客。「嗯……你有什麼建議？」

「下毒，」梅蒂亞說：「等到向英雄敬酒時，我們會給他一杯有問題的葡萄酒。」

「聽起來不是很好的待客之道。他不是我們的客人嗎？」

「最親愛的，你和我都還沒有生出自己的孩子呢，你不會希望現在被殺吧？」

愛琴斯嘆口氣。梅蒂亞答應要幫他生兒子已經好幾年了，似乎一直都沒有成功。很久以前，國王曾經認識一名真正的好女人，埃特拉。他很確定埃特拉的兒子一定會從特洛森到這裡來，可是，唉，他一直沒有出現。如今，國王受制於一名女巫妻子、一群恨不得他趕快死掉的敵人，顯然還有一位假裝是英雄的刺客。

「非常好，」愛琴斯說：「晚餐的時候把毒藥準備好。」

鐵修斯抵達時，看到自己的父親如此年邁、衰弱，內心震驚不已。他對梅蒂亞倒是沒那麼驚訝，他們吃著開胃菜，隨口聊著天氣和抓住巨大公牛的最佳方法時，她不時怒目而視，充滿敵意。

主菜是烤牛肉，搭配一大杯佐餐的葡萄酒。

葡萄酒放到鐵修斯面前時，他注意到王后變得全身緊繃。剛才聊了不少話，他真的很渴，但他決定暫時先不喝酒。

「烤牛肉看起來真棒！」他說：「不過我應該先把它切成容易入口的大小。我要用我自己的劍，如果你們不介意的話……」

在晚餐桌上拔劍通常很失禮，但鐵修斯先發制人，解開武器，把它放到桌上。他將佩劍從劍鞘裡拔出，開始切肉。

國王也許老得頭腦不清，但是他還認得自己的王室標誌，以及劍柄上的姓名縮寫。那把劍……那是他自己的劍啊。那把劍怎麼了？喔對了，他將那把劍放在特洛森郊外的一塊大岩石底下，要讓他的兒子取出來。

眼前這位強壯又英俊的年輕人擁有他的劍，這就表示……

鐵修斯伸手拿他的酒杯時，國王尖聲大叫，伸手打掉酒杯。毒藥灑了一地，在大理石地板上嘶嘶作響，冒出煙霧。

「我的兒子！」愛琴斯大叫。

「爸！」鐵修斯說。

「梅蒂亞！」國王咆哮著說。

「親親小兔兔？」梅蒂亞從椅子上跳起來，從晚餐桌旁往後退。

「你知道他是誰，」愛琴斯說：「你居然要我毒殺自己的兒子。你這個邪惡又變態的……」

「哎呀，親愛的，這件事我們要好好討論一下。」

「來人啊，逮捕她！」

梅蒂亞從房間跑出去，後面跟著一大群追捕她的衛兵。她不知道用什麼方法逃出這個王國。梅蒂亞早就想好一大堆逃出王國的策略，但至少她與愛琴斯的生活再也沒有關係了。

國王淚眼汪汪地擁抱自己的兒子。他們一直聊到深夜。鐵修斯住進王宮裡最好的客房，他睡的床鋪甚至比酷拉斯特大號床墊還舒服。到了早上，父子兩人決定去各個神廟參拜，感謝鐵修斯的到達。國王終於有繼承人了！

消息傳得非常快。國王很久沒有冒險到王宮外面去了，這是好幾年來的第一次。五十名帕拉提狄很清楚，只要有機會，他們最好趁機採取行動。

他們集合所有的幫眾，再分組成兩支軍隊。他們的計畫是靜待國王、鐵修斯和他們的衛兵走到前往神廟的半路上，接著兩支帕拉提狄軍隊從前後分別包抄，以鉗形招數把國王困住，然後殺掉他們一行人。

這是個好計畫，連我都不確定鐵修斯有沒有辦法同時對付那麼多敵人。

說來幸運，帕拉提狄有個僕人名叫里奧斯（Leos），他依舊偷偷效忠國王。里奧斯趁著天剛亮的時候跑到王宮，向愛琴斯和鐵修斯警告外面的情勢。里奧斯清楚說明那兩支軍隊會埋伏在哪裡，準備發動突襲。

鐵修斯從王宮的裝備室拿了一些防禦裝備。他繫上自己的劍，拾起他的棍棒，大踏步走出王宮。他發現帕拉提狄的第一支軍隊坐在一條暗巷裡吃著煎餅，正在等待王室隊伍經過。

「嗨！」鐵修斯興高采烈地說，接著把他們全部殺了。

他一點都沒有覺得後悔。他們原本打算把整個王室隊伍全部殺掉，因此鐵修斯認為這是他們應得的下場。這是簡單的哲學問題。

他跨步穿越城鎮，腳上那雙好鞋現在沾滿了鮮血和楓糖漿，最後他發現第二支帕拉提狄軍隊的蹤影，一夥人在星巴克咖啡店前排成一列，很不耐煩地準備領取他們的南瓜口味拿鐵。

「嗨！」鐵修斯殺了整支軍隊，讓店門口的排隊人龍短了很多。接著，他點了一杯雙份卡布奇諾並多加奶泡，然後回到王宮。

在那之後，國王帶領著他的隊伍，一路順利抵達各個神廟。

他深深感謝眾神賜給他這位極度暴力的新兒子。雅典的每一個人也都度過眞正美好的一天，幾十年來第一次再也沒有帕拉提狄那幫人爲非作歹了。

有趣的插曲：背叛帕拉斯之子的里奧斯那位老兄，他後來怎麼了？在他的家鄉帕勒涅的人們，看來到現在還無法忍受聽到「里奧」這個名字。他們絕不把孩子取名叫里奧，而且如果你生在獅子座（Leo），通常也會被認爲運氣很差。我有個朋友也叫里歐（Leo），他超喜歡這個故事。他可能會去帕勒涅，一整天自我介紹個五十次，只是想看人們有什麼反應。

總之，鐵修斯的待辦事項進行得相當順利。他殺了馬拉松公牛，他把邪惡的女巫王后趕出去，而且光是一個早上就把他爸的所有敵人殺個精光。

只有一小朵烏雲依舊籠罩在地平線上……而且那朵雲看起來還眞像彌諾陶啊。

鐵修斯成爲雅典王子安頓下來的一個月後，七年一度的「克里特島大樂透」又要開始舉行。每一位年輕男女都必須登記名字，以便贏得機會免費遊覽克諾索斯、在米諾斯的王宮裡大吃大喝，接著被扔進迷宮裡與彌諾陶合影留念，接著痛苦死去。

雅典人在街頭大肆抗議。唉，我不能怪他們，他們的國王正在慶祝兒子抵達，而其他人竟得被迫把自己的孩子交出去當貢品。

鐵修斯覺得這樣是錯的。

「爸，」他說：「我打算自願去當貢品。」

「什麼？」愛琴斯努力想從王座站起來，但他的雙腿搖晃得很厲害。「兒子，不行！我才剛得到你！我不想失去你啊！」

「別擔心！與克里特島的交易條件是，只要我們其中一人殺了彌諾陶，貢品系統就可以永遠終止，對吧？」

「是沒錯，可是……」

「所以我會殺了彌諾陶。很簡單！」

愛琴斯不確定有那麼簡單，不過鐵修斯已經下定決心。這是該做的事，更何況鐵修斯有好幾個星期沒有殺死半個怪物、摧毀半個敵人了，他覺得超級無聊。

人們聽說王子自願前去時，所有人都驚呆了。大家早就對政治人物和他們的空泛承諾感到悲觀，而現在，這位年輕人竟然挺身而出，與一般大眾一起冒著生命危險。他的民意支持度立刻攀升至大約百分之七十五。

等到大樂透的其他貢品名單全部挑定之後，所有人都沒有怨言。大家在鐵修斯背後排著整齊隊伍，鐵修斯答應要帶領他們前進克里特島，然後把他們安全帶回家鄉。

貢品男女即將出航的前一天晚上，愛琴斯國王與他的兒子共進最後一頓晚餐。

「求求你，鐵修斯，」老國王說：「幫我一個忙，船隻從克里特島返航的時候，通常會掛起黑色船帆，因為所有的貢品男女都死了。假如你真的能夠安全返航，請你要求船長掛上另一種顏色的船帆。那樣一來，只要看到船隻出現在地平線上，我就知道你們沒事。等你們靠岸，我們可以大開派對慶祝你們回來。」

鐵修斯擁抱他爸爸。「當然沒問題。你想要什麼顏色？」

「吊鐘花那種桃紅色，」國王提議。「而且滾上青綠色的邊邊。」

「嗯，白色的船帆怎麼樣？」鐵修斯說：「那樣比較簡單。」

國王同意了，雖然白色似乎有點太傳統。

十四名雅典貢品男女一起登上他們的船隻航向克里特島，他們的父母全都待在背後的碼頭上不停揮手，拚命忍住不要哭泣。航行期間，鐵修斯帶大家玩賓果和推圓盤遊戲，試圖保持高昂的士氣，但是每個人都很緊張。他們知道按照規定不准帶武器進入迷宮，而且從來沒有人能夠活著出來，因此很難在露天甲板上享受悠閒的夜晚。

在海上航行三天後，他們抵達克諾索斯的碼頭。這個首都的金色高塔、大理石神廟、花園和宮殿，全都讓雅典相形之下像是髒亂的垃圾堆。

貢品男女受到群眾的嘲弄，他們揮舞著公牛旗幟，還舉起巨大的手形泡綿，上面寫著「克里特島第一名！」。除了鐵修斯以外，其餘青少年以前從未離開自己的家鄉，他們既害怕又不知所措，而米諾斯就是喜歡這樣。

對米諾斯來說，「迷宮日」是公關方面的重大勝利，這讓克里特人有個名目得以大肆慶祝。他們可以看見最優秀、最聰明的雅典年輕人害怕得畏畏縮縮、徹底羞恥，接著被扔進彌諾陶的迷宮裡，迎向他們的死期。

鐵修斯有點毀了這樣的氣氛。貢品男女走向王宮的路上，他對群眾面露微笑，揮舞雙手打招呼。「你好嗎？我是鐵修斯。嘿，很高興來到這裡！我打算去殺了你們的彌諾陶。好啊，寶貝，打電話給我。看起來滿好的！」

一行雅典人被帶進米諾斯國王的王宮裡，準備按照慣例舉行歡迎晚宴，以及「趁你死前好好認識你」的慶祝活動。

米諾斯國王很期待來點老派的卑躬屈膝，他最愛看到賓客們好好匍匐在地。不過鐵修斯又來了，他竟然玩得很開心，把晚宴的樂趣剝奪殆盡。他樂得大笑，一直講笑話，而且講他從特洛森一路以來的英雄事蹟，把克里特王室一家人逗得樂不可支。關於巨龜摩莉的那一段特別受歡迎，鐵修斯用麵包棒做成一個小小的斯喀戎娃娃，把它扔到桌子的另一端，直直掉進國王的湯碗裡，同時嘴裡大喊：「不——！摩——莉！」

米諾斯的孩子們笑翻了。亞莉阿德妮公主剛好坐在鐵修斯的正對面，她對這位英俊、風趣、無所畏懼的雅典王子深深著迷。到了晚餐結束時，她無可救藥地愛上鐵修斯，一想到他會死在迷宮裡就無法忍受。她爸爸非常討人厭，他讓臣民重傷殘廢、刑求折磨他們，還把她的突變弟弟彌諾陶扔進迷宮，而且總是處死很多帥哥，害她都來不及認識他們。超噁的！

另一方面，米諾斯國王並沒有立刻愛上鐵修斯。

他立刻認爲，這位年輕的英雄必須在迷宮大挑戰之前就死掉，這樣才能讓其他貢品男女陷入適當的恐懼情緒，否則把他們扔進迷宮時，米諾斯得不到他們夠好的尖叫效果。他好愛聽雅典年輕人的尖叫聲，那會撫平他的脆弱神經。

「那麼，鐵修斯！」國王從桌子另一端大聲叫著：「我聽說你是波塞頓之子？」

「是的，國王陛下！」鐵修斯說：「我受到兩位偉大父親的庇佑，一位是雅典國王，另一位是海神。」

「多麼令人興奮啊，」米諾斯說：「一位是整個希臘第二有影響力的國王，一位是第二有影響力的天神。如你所知，我是最有影響力的國王，而我的父親是宙斯。」

米諾斯就是這麼惹人厭的傢伙。

國王站起來，脫下他的王室圖章戒指，那只戒指包括黃金戒環，以及用藍寶石刻成的公牛頭。「鐵修斯，我們可以測試一下你的出身嗎？」

米諾斯走向窗邊。晚宴廳剛好在最高塔的第二十層樓，向外可以俯瞰大海深處。「我把這個戒指扔進海裡，你可以潛水下去把它撿回來嗎？那麼我們就知道你確實是波塞頓之子。你有過那麼多英雄事蹟，我相信這對你來說根本不算什麼挑戰。」

那只戒指價値大約一百萬德拉克馬金幣，但米諾斯有什麼好在乎的？他的床頭櫃裡還有更多類似的一堆戒指。他猜這個新來的傢伙會嚇得發抖，或者找些站不住腳的藉口，例如他爲何不能跳出二十層樓高的窗戶之類的話。不過假如他眞的跳出去，那就好玩了。

米諾斯把戒指輕輕拋出窗外。

一如往常，鐵修斯衝動行事。移動快速的閃亮物體？追！

他跑到窗前，縱身跳入空中。

米諾斯國王笑起來。「嗯，那個雅典人也不過如此而已。」

鐵修斯跳到一半才想起，他是不是應該預先做點準備啊……像是揹個降落傘，或者也許一塊衝浪板也好。他勉強開始祈禱。

「嗨，波塞頓，」他說：「可以幫點小忙嗎？」

他撞擊水面。那本來應該會立刻殺了他，但他反而輕輕鬆鬆劃破水面，潛入深處。水流帶著他向下深入海底，他看到沙子裡有個東西發出閃閃金光，於是抓住米諾斯的戒指。

鐵修斯踢水向上游去，最後浮出水面。他連大氣都沒喘一下。「老爸，謝啦！」

海浪把鐵修斯安全推送上岸。幾分鐘之後，王室晚宴廳的一位侍者匆匆跑向國王。「呃，陛下，門口有個溼答答的傢伙，說他手上有您的戒指。」

鐵修斯猛然衝進來。「來囉！國王陛下米諾斯，我帶來『第二』有影響力天神波塞頓的祝福喔。他說：『魯蛇，你還有什麼花招？』」鐵修斯把戒指輕輕拋進國王的湯碗裡。

雅典人全都笑了，就連克里特人也面露微笑，內心竊喜。

米諾斯國王力圖保持冷靜，但是並不容易。他前額的血管看起來好像快要爆開了。

「晚餐結束！」國王猛然站起。「各位貢品，好好睡一覺，明天你們要面對彌諾陶。而我們這位衝勁十足的朋友鐵修斯將會光榮而死……呃，我是說，身先士卒。」

那天，亞莉阿德妮公主無法成眠。她爸爸非常苛刻，要將她愛的男子推向死亡。她決意不能坐視不管。她裹上一件附有兜帽的斗篷，偷偷溜出房間，去找她的導師代達羅斯，他住在迷宮裡的一間工作室，國王下令將他囚禁在那裡。

這些年來，亞莉阿德妮與這位老發明家建立朋友的情誼。代達羅斯指導她學習數學和科學，聆聽她抱怨自己的父母（你得承認，她的父母真是超爛的）。代達羅斯一手建造出迷宮，所以他教導亞莉阿德妮如何在迷宮裡安全穿梭，也就是永遠都向前走且靠右邊，而且拿著一團線球一路鬆開，就可以回頭找到走出去的路。每星期至少一次，她都會偷偷溜進迷宮拜訪老人。現在，她需要老人的建議，以便救出她的新男友。

她抵達發明家的工作室，解釋她面臨的難題。「我得幫助鐵修斯！我會把你確定方位的技巧教給他，這樣他就可以穿越迷宮。可是，他該怎麼打敗彌諾陶呢？」

代達羅斯緊張地拉拉鬍子。他很喜歡亞莉阿德妮，也希望能幫助她，但是他有種預感，這對所有人來說都不會有好結果。

亞莉阿德妮睜著像小狗一樣的大眼睛，看起來可憐兮兮。

代達羅斯嘆口氣。「好吧。你的男朋友不會獲准攜帶任何武器進入迷宮，但彌諾陶的頭頂上有兩件超完美的厲害武器。告訴你的男朋友，要借用那兩件武器的力量。還有，彌諾陶眞正的名字是阿斯特利昂。」

「哇，」亞莉阿德妮說：「我都忘了。」

「大多數人都忘了，連彌諾陶也可能忘了。不過，鐵修斯說不定可以用那個名字擾亂怪物。那樣或許能爲他爭取一點時間。」

亞莉阿德妮親吻老人的前額。「代達羅斯，你是最棒的！」

那天晚上稍晚，鐵修斯聽見房門傳來敲門聲。他認爲是衛兵來巡房，確定他沒有再次跳出窗外。然而等他打開房門，看到的卻是亞莉阿德妮公主，她的臉紅撲撲的，王室長禮服外面套著一件式樣簡單的旅行用斗篷。

「我可以幫助你進出迷宮，」她說：「我也會教你如何殺死彌諾陶。不過我有個條件，如果你成功了，離開時要帶我一起走。我恨克里特島！」

「我可以辦到。」鐵修斯說。

亞莉阿德妮解釋如何在迷宮內確定方位。她拿了一捆線球給他。「你會在迷宮正中央找到彌諾陶，假如你叫他眞正的名字阿斯特利昂，或許能擾亂他一段時間，於是可以趁機採取主動。他們不會准許你帶武器進去，不過代達羅斯說，你可以利用怪物頭上的角來對付他。」

「好，」鐵修斯說：「或者我可以利用自己的雙手，這是皮製武器，在二十七個國家註冊過喔。」

公主睜大眼睛。「真的嗎？」

「沒啦，我是開玩笑的。我會利用那對角。謝謝這個線球。」

隔天早上，衛兵們簇擁著十四名雅典貢品前往迷宮。觀眾的陣仗比以往更加龐大，每個人都想看看雅典王子鐵修斯如何應對他的死刑。

鐵修斯的態度像是前來參加派對，他揮舞雙手，面帶微笑，與克里特人握手致意，親吻小嬰兒，還停下來與仰慕者合照。

到達迷宮入口時，他叫同伴們集合起來圍成一圈。「我會先進去，」他對大家說：「我會走到中央，沿路放下某種細線，你們各位只要沿著細線慢慢走就好。跟緊那條線喔。等我殺死彌諾陶，我會沿著線走回來，把你們集合在一起，然後我們全都可以活著回家。準備好了嗎？解散！」

迷宮的巨型石造大門轆轆打開。衛兵們對貢品男女搜身檢查武器，但是沒有人發現鐵修斯帶的細線，他把那些線纏繞在腰上，像是皮帶一樣。

鐵修斯大喊：「耶，迷宮！喔呵！」

他跑進去。其他雅典人也跟在後面，但他們的態度沒有那麼熱切。大門轟然關上，外面的群眾開始等待第一陣尖叫聲劃破空氣。

鐵修斯解開他的細線。他把一端綁在出口處的火炬架上，這樣比較方便定位。他提醒其他貢品男女不要走太遠。

「只要聚在一起就好，」他對大家說：「彼此聊聊天，我很快就回來。」

他轉頭走進迷宮裡。

這地方就是要設計得讓你昏頭轉向。才不過走了四、五步，鐵修斯就覺得快要徹底迷路了，幸虧有他手上握著的可靠細線，以及亞莉阿德妮的指示：如果覺得困惑，只要向前走而且靠右邊就行了。

他一路經過用彈簧驅動的十字弓、裡面滿是有毒尖釘的坑洞、裝滿旋轉刀片的走道，還有左右兩排都是鏡子的走廊，鏡子裡的你看起來超胖或超瘦。最後，迷宮變得開闊，面前有個活像牛仔表演場的環形競技場。

彌諾陶等在那裡。

他長成二百四十公分的高壯體格，這都要感謝他平常吃的紅肉、類固醇、糖果和塔巴斯克辣椒醬。他有著公牛的肩膀、脖子、頭部、血紅色的眼睛和閃亮彎曲的牛角，那頭馬拉松公牛與他比起來，簡直就像剛出生的小牛。至於肩膀以下的部分也相當駭人，他的手臂和雙腿肌肉超級脹大，身上只圍一條纏腰布，而且這傢伙恐怕有二十年沒有洗澡或修剪指甲了。

他周圍的地上到處散落著斷掉的鎖鍊和骨頭，都來自這些年他吃掉的所有囚犯。除此之外，整個競技場空空蕩蕩，只有幾堆乾草供睡覺用、一個裝滿髒水的水槽給他喝水、地上一個坑洞充當廁所，以及幾本過期的《國家地理雜誌》當作讀物。難怪彌諾陶會這麼生氣。

鐵修斯靠近這個公牛人。他不確定自己是覺得害怕、著迷，或只是為這怪物感到難過。

「老兄，你的生活一定爛透了，你確定我們得打架嗎？我可以把你從這裡救出去，而且……」

「吼吼吼吼！」彌諾陶衝過來。自從出生之後，人們就把他訓練成只會殺戮和仇恨。他飽受拷打、咒罵，而且眾人避之唯恐不及。他現在一點都不準備信任人類。

鐵修斯低身躲過，但彌諾陶的動作更快。他的左邊牛角刮中鐵修斯胸口，傷口流血了。

鐵修斯知道一大堆徒手打鬥的招數，但他很快就意識到，彌諾陶比他以前面對過的所有對手都更強壯也更聰明。他跌跌撞撞向後退，眼見怪物轉過身，再次猛衝而來。

鐵修斯躲向左邊，而怪物猜到了。彌諾陶反手一揮，把鐵修斯打得飛過整個競技場。

鐵修斯不住呻吟，抓著乾草往前爬。情急之下，他抓到一條長鐵鍊，眼看彌諾陶要朝他猛擊下來，鐵修斯用力甩出鐵鍊，讓鐵鍊的末端纏住怪物的牛角。

彌諾陶出於本能向後退，鐵修斯也用盡全力往後拉，結果牛角從基部硬生生斷開。

「啊啊啊嗚嗚嗚嗚嗚！」彌諾陶踉蹌後退，然而比起疼痛，牛角斷掉更令他吃驚。

怪物重新站穩腳步。他握緊雙手的巨拳，惡狠狠瞪著鐵修斯。

鐵修斯這輩子第一次感到很不確定。他抓緊怪物的斷角，但一點都不確定自己有無機會用上這件武器。怪物動作實在太快也太強壯，鐵修斯若想靠得夠近，幾乎不可能全身而退。

「老兄，咱們來談談吧。」他慢慢站起來。「不必一定要這樣嘛。你不完全是怪物，你有一部分是人類啊。」

「哇啊——！」對彌諾陶來說，稱他爲人類可說是最大的羞辱。他奔向鐵修斯，決定要把他踩爛成英雄濃湯。

「阿斯特利昂！」鐵修斯大叫。

彌諾陶突然全身僵住，彷彿有人打中他的口鼻。那個名字……他知道那個名字。他最早的記憶……溫柔的聲音。一個女人，說不定是他的母親？一間舒適的育嬰房，有眞正的嬰兒食物、溫暖的毯子，壁爐還燒著溫暖的爐火。彌諾陶回想起迷宮外面的生活。他突然萌生一股身爲人類的溫暖感覺，轉瞬即逝。

就在這一刻，鐵修斯用彌諾陶自己的斷角刺入他的腹部。

公牛人疼痛掙扎、嚎啕哭叫。他的尖叫聲響徹克諾索斯的每一條街道。他企圖抓住鐵修斯，但是英雄狂奔逃開。

彌諾陶追著鐵修斯跑，然而他的兩條腿感覺像鉛塊一樣重。他腹部的疼痛愈來愈劇烈，視線也變得模糊。怪物先是跪倒在地，接著轟然倒下。他眼前最後的景象是鐵修斯站在他上方，英雄的表情看起來很悲傷，而不是歡欣勝利。

「放輕鬆休息一下，阿斯特利昂，」鐵修斯說：「好好睡一覺。」

怪物閉上雙眼。他死去的時候，像是遁入一場夢境，夢裡有溫暖的毯子和親切的聲音。

鐵修斯把斷掉的牛角從怪物肚子裡拔出來。他的衣服沾滿鮮血。他好想把迷宮的一磚一瓦徹底拆毀，他好想用阿斯特利昂的牛角刺死米諾斯國王。可是他還要考慮另外十三名雅典人，他答應要帶他們回家。

他找到線頭的末端，跟著它走回原來的地方。他沿路集合同伴們，直到全部十四個人都站在迷宮的出口處。

一般來說，這樣還是沒什麼用，因爲衛兵不會把門打開、放人出去。不過亞莉阿德妮公主正在門外等待，她聽見鐵修斯從裡面大叫：「哈——囉——？彌諾陶已經掰掰了，我們現在可以出去嗎？」

「打開大門！」亞莉阿德妮對衛兵們說：「你們的公主命令你們！」

衛兵們聽命行事。

鐵修斯走出去，後面跟著其他貢品男女。他舉起鮮血淋漓的牛角，讓所有觀眾都能看見。「再也沒有彌諾陶了！再也沒有貢品了！」

群眾一片靜默。他們有可能會攻擊他。「客隊」贏得勝利，有可能讓情況變得很難看，但事實上，克里特人很喜歡勇敢的英雄和死掉的彌諾陶，遠超過他們對米諾斯國王的喜歡程度。

群眾爆出歡呼聲。他們撕毀手上的公牛旗幟，一次又一次吟誦著「鐵修斯！」，並把英雄和亞莉阿德妮公主高舉到他們的肩膀上，一路遊行到碼頭，雅典人的船隻停泊在那裡。城邦的衛兵也加入慶祝行列。亞莉阿德妮的妹妹菲德拉（Phaedra）剛好在人群裡，她對姊姊大喊：「等等，你要離開克里特島？帶我一起走！」於是兩位公主都加入雅典人的行列。

米諾斯當然無計可施，他只能在王宮裡氣得尖叫、跺腳，看著整個克諾索斯的居民都爲鐵修斯縱情慶賀，接著護送他回到船上，讓他帶著成堆的禮物、亞莉阿德妮公主和額外附送的菲德拉公主，光榮返航。

那天晚上，船隻揚帆離開。他們回家的航程等於是歷時三天的大型派對，這一次每個人都大玩賓果遊戲，露天甲板上舉辦的「機智問答之夜」玩得超瘋狂。

如果你想要快樂的結局，讀到這裡就停下來是個不錯的時機喔。

因爲鐵修斯站上世界的巔峰後，一點都沒有浪費時間，立刻轉變成卑鄙的混蛋。

在海上的第一個夜晚，雅典人忙著開派對，竟讓船隻擱淺在納索斯島。船員們忙著維修時，亞莉阿德妮和鐵修斯因爲某些因素吵了起來。他們在一起還不到二十四小時，但鐵修斯已經覺得兩人應該走不下去。也許因爲亞莉阿德妮對這段關係比他還認真吧，也說不定是因爲她睡覺會流口水。

總之，鐵修斯對亞莉阿德妮說，他要把她留在納索斯島上，不要載她返航回家鄉。

好冷酷，對吧？

更糟的是，他宣稱是雅典娜本尊在一場夢境裡命令他這樣做。「啊，親愛的，眞抱歉，可是有個女神對我說，我得和你分手。完全不是我的錯啊。」

是啊，沒錯，兄弟。

而最糟的是什麼呢？他立刻開始和亞莉阿德妮的妹妹菲德拉約會。

唉唷。

亞莉阿德妮的心都碎了，不過最後的結果對她來說還挺好的。鐵修斯揚帆離開後，天神戴歐尼修斯在納索斯島上偶然遇見她，不但愛上她、與她結婚，還讓她成爲永生不死的天神。

反正亞莉阿德妮最後也不會想和鐵修斯結婚，各位等一下下就會看到，他結果是「一百零一種好丈夫」的失敗案例。

雅典人的船隻繼續航行，可是鐵修斯犯了注意力不足過動症的典型錯誤，讓各式各樣的派對分散了注意力。他完全忘記要改變船帆的顏色，好通知爸爸一切都很順利。

船隻是以黑色的船帆出現在港口。

雅典人悲傷痛哭。他們以爲所有的貢品男女都死了，就像平常一樣。老國王愛琴斯在城堡最高聳的高塔上睜睜看著，等他發現船帆不是吊鐘花的桃紅色（或者白色，隨便啦），他實在太傷心了，於是縱身跳向大海。

愛琴斯可不像鐵修斯，他從二十層樓高處跳下不可能活命。他死了，於是地中海的那塊區域便以老國王爲名，從此叫作愛琴海。

鐵修斯在雅典靠岸。等他發現爸爸死了，簡直傷心透頂。他們甚至從來沒有一起去看過球賽啊。

從好的一面來看，鐵修斯現在是雅典國王了，他已經殺光家族的所有敵人，找到新娘菲德拉（她確實比另一位新娘亞莉阿德妮更漂亮），而且再也不必向克里特島進貢。

有好一段時間，鐵修斯國王人氣超高。他開回家鄉的那艘船變成他的漂浮紀念館，附設不錯的咖啡店和紀念品店。那艘船在港口停泊了好幾個世紀，每次只要有木板腐朽了，雅典人就會更換木板，到最後船上幾乎每一個零件都更換過好幾次。

當地的哲學家可能是時間太多了，他們開始爭論起「鐵修斯船問題」。假如你逐漸更換一艘船的每一個零件，而且都用完全一樣的零件，到最後它還是同一艘船嗎？有些名人動了太多次整形手術，我也會有同樣的疑慮，不過安娜貝斯告訴我，我又離題了……

鐵修斯後來將阿提卡納入雅典的統治範圍。他和菲德拉生了幾個孩子，兩人度過好幾年的快樂時光。不過呢，等到老是忙個不停而且逐漸厭倦，你也知道情況會怎樣……你不可能一直過著同樣的生活。

當然啦，這也不完全是鐵修斯的錯。

他發現有個朋友帶來不好的影響……就是你媽老是警告你的那種朋友，既衝動又不守規矩。通常呢，我就是像那樣的朋友。而對鐵修斯來說，那個傢伙名叫皮里修斯（Pirithous）。

皮里修斯是拉皮斯人（Lapiths）的頭目，拉皮斯人是希臘北方的部族，他們非常狂野，經常與半人馬族混在一起。相信我，如果心臟不夠強，千萬別去參加半人馬的派對。

皮里修斯不時聽說南方有個既強壯又勇敢的雅典國王。有好一段時間，你只要瀏覽新聞，幾乎不可能沒看到關於「鐵修斯這個」和「鐵修斯那個」的新聞標題。

皮里修斯覺得很煩。「他不可能那麼厲害吧。我要去南邊，把這個無賴叫出來看看。」

他跨上馬鞍，策馬前往馬拉松，也就是很久以前鐵修斯捕捉白色公牛的地方。皮里修斯心想，鐵修斯以爲光是偷一頭公牛就很酷？我偏要偷遍城鎮的每一頭母牛。

他眞的辦到了。他把馬拉松的所有牛隻全部驅趕在一起，因爲拉皮斯人除了擁有一大堆優點，更是很厲害的偷牛賊。也由於皮里修斯是個看起來很嚇人的傢伙，當地人根本沒人敢阻止他。

「想取回你們的母牛嗎？」皮里修斯說：「何不請你們的國王來幫忙？告訴鐵修斯，我會等他來。」

皮里修斯將牛聚集在北方。

偷牛事件的消息傳到鐵修斯耳裡，他絕不允許這樣的羞辱。他單槍匹馬前往北方。皮里修斯並不難找，畢竟那麼多母牛一定會留下大量的牛糞餅。

鐵修斯找到皮里修斯時，彼此大概互丟一個小時的垃圾話，到最後把所有「你媽媽」之類的粗話都講完了。接著他們進行一場史詩般的暴力摔角比賽，拿無數的岩石敲向彼此的頭，還把對方從懸崖上扔出去。他們全力摔角、猛力揮劍、互擲手榴彈，但無論如何都殺不死對方。他們同樣強壯、迅捷和幸運。

最後，兩人筋疲力竭，一起坐倒在地，共飲一瓶葡萄酒。

「敬黑帝斯，」鐵修斯說：「如果我們殺不死對方，說不定可以當朋友。」

這是半神半人的邏輯。

不幸的是，皮里修斯讓鐵修斯惹上各式各樣的麻煩。他們每個週末都狂飲作樂，在酒吧裡喝醉酒、打架鬧事，把整個城邦都毀了。鐵修斯忘了他以前的個人哲學，也就是只有遭人攻擊時才出手反擊；他也忘了只用敵人對付他的力道還諸其人之身。他徹底放縱自己，把每個擋住去路的人都殺掉。

到了星期日晚上，鐵修斯才拖著蹣跚步伐走進王宮裡，而王后菲德拉總是說：「你去哪裡了？」

「出去。」

「你又和皮里修斯一起毀了整個城邦嗎？」

「不要管我，女人！我只是想要輕鬆一下，天神喔！」

有一次，鐵修斯和皮里修斯決定向亞馬遜人開戰，結果鐵修斯與亞馬遜女王希波勒塔有了外遇。我不確定那到底是怎麼發生的，總之他們生了一個兒子希波呂忒斯（Hippolytus）。這消息傳出去之後，菲德拉實在很不能接受。

她決定帶著孩子們搬進另一棟宮殿。鐵修斯生氣了好一段時間，接著他又用同樣的方法讓自己高興起來：跑去和拉皮斯人廝混。

鐵修斯在那裡的時候，皮里修斯決定和當地一個女孩希波達米婭（Hippodamia）結婚。我不知道你爲什麼會想把孩子取名叫「希波」[16]什麼的，不過據說她長得很正。舉行婚禮時，

[16] 希波的英文「Hippo」是河馬的簡稱。

皮里修斯邀請鄰近所有部族前來參加，包括半人馬族。糟糕的是，半人馬族喝醉後企圖綁架新娘，而即使是拉皮斯人都覺得這種行為很無禮。婚禮最後演變成一場戰爭，皮里修斯和鐵修斯帶領拉皮斯人對抗「派對小馬」，死命踢牠們的馬屁。

鐵修斯將之視為他最偉大的勝利之一。但是這對於他在家鄉的名聲沒有多大幫助，因為他帶了一群粗野的拉皮斯人回到雅典，還到衛城舉辦一場喝得爛醉的超暴力勝利派對，滿地都是亂七八糟的半人馬頭顱和派對彩帶，歷時好幾個星期。

然後，皮里修斯想到一個超級餿主意。他覺得自己和鐵修斯應該要一起娶新的妻子。

「我們是全世界最優秀的戰士！」皮里修斯伸手摟住他朋友。「我們應該……嗝！……我們絕對應該娶宙斯的女兒。」

一如以往，鐵修斯根本懶得好好思考一番。這主意聽起來很棒啊，於是他欣然答應。「好耶，酷。不過要娶誰，而且怎麼娶啊？」

「老兄，隨便誰都行！而且我們就把她們綁架過來！」

「超讚的。」

「我會幫你抓來一個妻子，然後你再幫我。你想要誰？」

鐵修斯選了他所見過最美麗的女孩，她是宙斯之女，名叫海倫（Helen），就是那個特洛伊的海倫。說要結婚，她年紀還太小，不過鐵修斯認為可以綁架她，等她長大。很噁心而且很邪惡吧？你說了算。我確實提過，皮里修斯帶來很不好的影響，對吧？

他們綁架海倫的時候沒有碰到什麼困難。鐵修斯帶她到特洛森，他媽媽埃特拉如今是那裡的王后。他要求媽媽幫忙照顧海倫幾年，直到適婚年齡為止。

我有種感覺，埃特拉不太贊成這個主意，因爲後來海倫逃離特洛森，長大之後與別人結婚，但那又是另一個故事了。

接著，皮里修斯認爲輪到他挑選妻子了。「我知道就是那位女士！泊瑟芬！」

鐵修斯沉下臉。「你是說，就是……冥界的王后？」

「是啊！我們要去冥界把她抓走。一定超讚的！」

簡直像傻瓜一樣，鐵修斯竟然說走就走。他們找到黑帝斯領域的入口，一路殺進冥界，砍死無數的怪物和駭人鬼魂。他們脅迫船夫卡戎載他們渡過冥河。

快要抵達黑帝斯的宮殿時，他們覺得很累，決定坐在兩塊石頭上休息片刻。鐵修斯的眼皮好重，沒多久就開始打瞌睡。接著他突然覺得在冥界打瞌睡恐怕不是好主意，於是試圖站起來，卻發現自己的雙腿動彈不得，兩隻手臂也文風不動。

「皮里修斯！」他大叫。「救命！」

他往旁邊看去，這才發現他的朋友已經完全變成石頭了。有三位伸展著蝙蝠翅膀的醜陋女士一邊在皮里修斯的頭頂上盤旋，一邊揮動著火鞭……就是復仇女神本尊。

「竟然想要綁架我們的王后，這樣只是剛好而已！」其中一位復仇女神嘶聲威嚇。「可惡的觀光客！」

復仇女神飛走了，留下鐵修斯動彈不得，孤立無助。他在那裡待了好幾個月，除了鬼魂以外沒有人作伴，最後終於有另一位英雄出現，他來出另一項任務，順便把鐵修斯救出去。

那個傢伙名叫海克力士，我們等一下會再講到他，等我吞完維他命、吃點披薩補充體力再來講，因爲那位老兄簡直是，呃，每一件事都做了。

鐵修斯最後回到雅典家鄉，不過他徹底變了一個人。

雅典人再也不愛戴他了，他們受夠了他的飲酒作樂，以及表現得像個混蛋。而他的分居妻子菲德拉，這時愛上了鐵修斯自己的兒子希波呂忒斯，他已經長大成人，準備登基爲國王。這讓我們的故事完全進入電視連續劇的詭異層次。

鐵修斯發現這件事時，再也無法保持冷靜。他殺了自己的兒子，這絕對是天神所不容的超級大禁忌啊。到了這時，他認爲自己最好永遠離開雅典，免得當地人以私刑將他處死。

在眾人的奚落與辱罵之下，他前往附近的斯基羅斯島，但是那裡的人也不歡迎他。當地的國王呂科墨得斯（Lycomedes）將鐵修斯監禁起來，而當地人發動公投要把他逐出島嶼。他們把鐵修斯拖到懸崖上，將他推下去。這一次，他撞到懸崖底下的水面時，波塞頓沒有救他。

鐵修斯死後，他的臭名流傳了好幾世代之久。後來的人們漸漸遺忘他做過的爛事，又開始傳述他年輕時的英雄事蹟。

至於我，我認爲鐵修斯的下場是他應得的，正符合他自己的人生哲學。自從他對亞莉阿德妮失去興趣並拋棄她之後，他的人生就開始急轉直下。到最後，雅典人也對他失去興趣，同樣拋棄了他。你絕對惹不起因果報應啊。

他的故事有沒有帶來啓示？如果有，我有預感那也會應用在我身上。衝動浮躁和注意力過多可能眞的很有用，注意力不足過動症可以讓你活著，甚至可以讓你成爲英雄。

而另一方面，如果你忽略了眞正重要的事，如果你太魯莽、愚蠢、讓自己在即將學習重要的一課時分了心……

喔，有隻花栗鼠！

# 7 亞特蘭妲對戰三顆水果之終極死亡比賽

有好幾年的時間，我都以爲這位女士的名字是指美國喬治亞州的首府。然後我才搞清楚，亞特蘭妲（Atalanta）和亞特蘭大（Atlanta）不一樣，而我懷疑亞特蘭妲是否因爲實在太喜歡亞特蘭大勇士隊或可口可樂，才會取這樣的名字。並不是。

原來，「亞特蘭妲」這名字在古希臘的意思是「同等重要」。這樣說得通。亞特蘭妲與任何一位男性英雄都能平起平坐。事實上，她比大多數男性英雄更強壯也更敏捷，但是希臘男人不願承認某位女性「比我們厲害」，那樣會傷害他們的自尊。他們願意說出口的最佳讚美之詞是「與哥一樣厲害」。

亞特蘭妲的名字並不是她父母取的。從她出生的那一刻起，他們就討厭她。她的父親耶梭斯（Iasus）是阿卡狄亞國王。與很多希臘國王一樣，他一心想要生個兒子繼承家族姓氏。也許因爲名字唸起來像是「耶收屍」國王，聽起來不夠有英雄氣概，因此他在這方面很敏感吧。第一個孩子出生時，一發現是女孩，他實在太沮喪了，結果做法與亞馬遜人顚倒，他把剛出生的女嬰帶到荒野裡，放在一塊岩石上任其自生自滅。

他沒有贏得那一年度的「全球最佳老爸獎」。

小嬰兒又哭又叫。要是我也會啊，畢竟是老爸拋棄了我。她的肺活量很大，因此過沒多久，有一隻身形巨大的母熊從森林裡慢慢走出來，看看外面究竟有在騷動什麼。

那嬰兒的下場有可能很悲慘，因為母熊會覺得她很美味。

幸好，這隻熊是悲傷的母親，牠自己的小熊才剛遭到獵人射殺。牠發現亞特蘭妲在岩石上嚶嚶哭泣、不停扭動，於是「媽媽熊」決定把她當作自己的孩子撫養長大。牠用自己的大嘴小心叼起亞特蘭妲回到牠的洞穴，在那裡用美味的熊奶哺育孩子。

剛出生的那幾年，亞特蘭妲以為自己是一隻熊。她長得健康又強壯，學習對所有事物都無所畏懼，除了人類獵人以外。到了晚上，她依偎在母親的厚實毛皮裡；白天的時候，她吃吃蜂蜜、翻找一個個垃圾箱，或者做點古希臘熊會做的事。

生活非常美好……直到獵人返回這個地區。一天下午，趁著媽媽熊外出覓食的時候，有兩個傢伙偷偷爬進洞穴希望找到幾隻熊寶寶，不是殺了取毛皮，就是抓去賣給巡迴馬戲團。然而，他們竟發現一個人類小孩在動物毛皮堆上睡午覺。

「老兄，那樣不對勁吧。」第一個獵人說。

「我們應該把這小孩弄出去。」第二個獵人說。

他們的說話聲吵醒亞特蘭妲，她咆哮怒吼並露出牙齒。

「沒事喔，女孩，」第一個獵人說：「我們會救你。」

亞特蘭妲才不想讓他們救。她往獵人的眼睛抓去，並踢向他們的胯下，但是兩個男人比較高大強壯。他們綁架了她，將她帶回他們住的村子，而這一定讓媽媽熊傷透了心。這是人類第二次掠奪她的家園和家人，她真的需要裝設比較好的保全系統。

村民們盡心盡力撫養亞特蘭妲長大成人類，他們教她說話、穿衣服、用叉子吃飯。大家阻止她對人們又抓又咬，到了冬天也不讓她跑去冬眠。

亞特蘭妲逐漸適應，但始終沒有喪失自己的野性特質。她喜歡穿著動物的毛皮更甚於衣裙，她的凶狠眼神也足以讓經驗最豐富的戰士退縮。到了十四歲的時候，她可以拉弓射箭，揮舞起刀子也比村子裡的任何人都要厲害。她甚至跑得比速度最快的馬匹還快。

村子裡從來沒有其他女性長得像她這麼高壯，搭配一身古銅色肌膚和金色長髮（這在希臘很罕見），既美麗又令人畏懼。村民們開始叫她「亞特蘭妲」，意思是「同等重要」，因爲沒有一個男人能夠控制她。只要有人膽敢嘗試，下場就是死路一條。

因此，知道她最喜歡的女神是處女獵人阿蒂蜜絲，可能就沒什麼好令人驚訝了。亞特蘭妲一直沒有眞正追隨阿蒂蜜絲，不過她非常欽佩女神的一切，包括女神的自信、她的狩獵技巧，以及把對她眼神輕佻的男子全部殺掉的做法。

到了十六歲的時候，亞特蘭妲覺得在村民這裡待太久了。大家開始幫她尋找結婚對象，於是亞特蘭妲認爲，她最好趁自己還沒有出手傷人之前趕快離開。

她搬回荒野，在那裡她可以像阿蒂蜜絲一樣生活，沒有無聊男子在身邊騷擾。亞特蘭妲再也沒有找到媽媽熊，不過她眞的找到一個洞穴，令她回想起家的感覺。洞穴位於山腰處，那裡有一條寒氣逼人的小溪從岩石間流瀉出來，提供了無窮無盡的自來水。常春藤長成的簾子蓋住洞穴入口，讓她擁有隱私。從洞口望出去的景象相當壯觀，眼前的山谷滿是野花、橡樹林和松樹林，看不到半個人類的蹤跡。

她唯一的鄰居是半人馬族，他們很清楚最好別打擾她。

嗯……通常是這樣啦。有一次，兩位年輕的種馬兄弟羅伊克斯（Rhoikos）和海拉伊歐斯（Hylaios）喝醉酒，自以爲想到一個超棒的主意，要把亞特蘭妲抓走，強迫她嫁給兩兄弟。

兩個半人馬，一個亞特蘭妲。兩人之中要由誰和她結婚呢？他們才沒有想這麼多。他們喝醉了，他們是半人馬，不爛的計畫他們還很不屑呢。

他們把自己的臉塗成紅色，頭上戴了葡萄藤編成的花圈，並穿上最醜的費西合唱團演唱會紮染T恤。通常這樣就足以嚇死最難搞的人類了。那天下午，趁著亞特蘭妲外出打獵時，兩個半人馬躲在她洞穴附近的樹林裡，準備等她回家時發動伏擊。

亞特蘭妲帶著自己的弓箭，肩膀上垂掛著一頭鹿的屍體。兩個半人馬突然從樹林裡衝出來，一邊尖叫，一邊揮舞手中的長矛。

「嫁給我，否則沒命！」羅伊克斯大喊。

他預期亞特蘭妲會嚇得淚眼汪汪，但她反倒是扔下鹿屍，冷靜地搭箭上弓，然後一箭射穿羅伊克斯的額頭正中央。那個半人馬倒下去，死了。

海拉伊歐斯憤怒狂吼。「你竟敢殺了我朋友？」

「退後，」亞特蘭妲警告說：「否則你就是下一個。」

「我要你當我的妻子！」

「是喔……那是不可能的。」

海拉伊歐斯將長矛打橫，然後向前衝。亞特蘭妲射穿他的心臟。

她用一支箭沾取半人馬的血液，在他們死掉的身體上寫著：「不要的意思就是不要。」接著任憑他們腐爛。

經過那件事之後，其他半人馬都給她相當大的空間。

本來亞特蘭妲的餘生都會在那些森林裡快樂度過，在那裡吃吃堅果和莓果、編織籃子、與一些可愛的森林動物一起玩耍，然後追蹤牠們的下落並獵捕回家。

不幸的是，她的名聲開始傳播出去。半人馬族到處八卦，附近村民和偶爾經過她地盤的零星獵人也是。他們說有個狂野的金髮女子跑得比風還快，而且她射箭的準頭十分驚人。有些人甚至懷疑她根本是阿蒂蜜絲的人形化身。

最後，有個傢伙找到亞特蘭妲……不是要結婚，而是要請她幫忙獵一頭巨大野豬。

要是你讀過我寫的另一本關於希臘天神的書，可能會想起一隻可愛的小怪物，叫作「卡呂東野豬」（Kalydonian Boar），又名「死豬」。阿蒂蜜絲放出這頭重達五十噸的憤怒豬肉坦克，讓牠跑到卡呂東王國的田野上，因爲那裡的國王是個蠢蛋，忘了獻祭給她。

總之，以下是之前還沒說過的部分。

國王的兒子，梅利埃格（Meleager）王子，負責組織王國的防禦武力。他決定主辦一場獵豬比賽，廣邀全希臘所有最優秀的戰士前來參加。

梅利埃格是個有趣的傢伙。他出生時，命運三女神出現在他媽媽面前提出預言，說壁爐內有根特定木柴絕不能燒起來，唯有這樣他才能活著。聽起來很像是隨便亂掰，因爲確實就是亂掰的。命運三女神一定很有幽默感，她們喜歡對凡人開玩笑，但聽起來很實際，像是：「噢，我的天神啊！咱們來告訴她，她兒子的性命維繫在一根木柴上。那樣好好笑喔！」

總之，梅利埃格的媽媽把那根木柴從壁爐裡小心拿出來，好好收藏在一個盒子裡。也因此，梅利埃格長大後認爲自己根本是無敵的，只要那根木柴安全無虞，他就很安全。到了獵殺卡呂東野豬時，梅利埃格一點都不害怕，野豬能殺死他的唯一方法，就是衝進王宮內，找到他媽媽的房間，打破她那上鎖的盒子，把神奇的木柴拿出來，還要學會使用火柴。野豬根本不可能有那種舉動。

但是梅利埃格不可能光憑一己之力殺死那個怪物，而他也不相信目前加入「名人獵豬團」那些人的狩獵技巧。因此，他決定招募亞特蘭妲。

到了這時，她的傳奇故事已經傳遍整個希臘，梅利埃格非常渴望見到她。他喜歡打獵，喜歡美麗的女子，而有一位美麗的女子是全世界最優秀的獵人？這實在太有趣了，怎麼能不一探究竟呢？

他在荒野裡尋覓了好幾個星期，最後終於碰到一個半人馬，指引他前去亞特蘭妲的洞穴。

「只要不告訴她是我說的就好，」半人馬懇求著：「那女士是瘋子！」

梅利埃格抵達懸崖底部。他放下手中的武器，然後從洞口垂掛的常春藤門簾往上偷看。

「亞特蘭妲，哈囉？」

常春藤蔓沙沙作響，有個聲音朝下面喊：「這裡沒有人叫那個名字。」

「嘿，我只是想要聊聊。我的名字叫梅利埃格。」

常春藤門簾打開了，亞特蘭妲站在岩架上，手上的弓對準梅利埃格的頭。看著她那飛揚的金髮、狂烈的眼神、身上穿著的動物毛皮，她甚至比梅利埃格原本的想像更加美麗。沒有很多人能夠無視於她身上的動物屍體，但亞特蘭妲實在太正了。

「走開，」她警告：「否則我會射你的臉。我再也受不了男人跑來這裡要求我結婚。」

「我來這裡不是要和你結婚。」梅利埃格這樣說，不過他的一顆心怦怦跳，腦袋裡尖叫著說：「嫁給我！嫁給我！」

他詳細說明卡呂東野豬和他的獵豬團。

「我們眞的需要你的協助，」他說：「撂倒野豬的獵人可以獲得財富和名氣。」

「我對財富不屑一顧，」亞特蘭妲說：「這邊的荒野沒有東西可以買。我需要的每一樣東西都已經有了：遮風避雨的地方、乾淨的水源、食物、毛皮。」

「那麼名氣呢？」梅利埃格問。「野豬是阿蒂蜜絲的詛咒，唯有受到女神賜福的人才有可能殺死牠。假如能撂倒那隻怪物，你就能證明自己是全世界最優秀的獵人，受到阿蒂蜜絲的眷顧。你的名字會永遠流傳後世，你也會讓同一團的男性獵人看起來像是拙劣的笨蛋。」

亞特蘭妲放低手上的弓。對她來說，眼前這位王子、他的錢財或他所承諾的名氣根本毫無用處，但說到讓男性獵人看起來像笨蛋……這就很吸引人。

「假如我加入這場狩獵行動，」她說：「我絕對無法容忍你們對我調情。不准企圖與我結婚。假如你們那幫人有誰對我越雷池一步，我很可能會殺了他。」

「似乎很……公平。」梅利埃格說，雖然他心裡期盼她會對自己感興趣。「歡迎加入！」

他帶著亞特蘭妲回到他的王國，而且事先派遣傳令員宣達以下警告：「亞特蘭妲來了。請勿與這位高手調情，她會一箭射穿你的頭。」

他們抵達王宮時，數十位知名獵人聚集在那裡，包括安開俄斯（Ankaios）、墨普索斯（Mopsos）、克弗斯（Kepheus）等，全都是狩獵界最臭最長又最難唸的名字！

他們早已接獲關於亞特蘭妲的警告，因此一點都沒有很想見到她。一個得不到的漂亮女人，而且在他們表現天賜才能的專業領域宣稱比他們還厲害？別提了！

「你要我和這個女人一起出獵？」克弗斯說：「你對我太失禮了！我才不會貶低自己來參加這種比賽！」

「我也不要！」墨普索斯說。

亞特蘭妲咆哮著說：「那就回家啊，你們所有人。至少我不用忍受你們身上的臭味。」

男人們紛紛準備拔刀。

「各位！」梅利埃格懇求說：「我們必須團隊作戰，需要借重亞特蘭妲的狩獵技巧。」

「太荒謬了，」安開俄斯說：「我才不用哪個女人的幫忙，我自己就能宰掉那頭野豬！」

「咱們來談個條件，」梅利埃格說：「我們一起去獵殺野豬，不准彼此互相殘殺，不准抱怨女生，所有人平分獎金和榮譽。誰讓那野獸第一個濺血，就能得到特別獎，無論男女都可以保留那怪物的毛皮。那也決定了誰是最優秀的獵人。」

爲什麼有人會想要一張臭兮兮的巨型野豬皮啊？我實在搞不懂。不過獵人們的眼睛全都興奮得亮起來。他們一致同意梅利埃格的條件。

隔天，他們出發去找野豬。行進路上，其他獵人對待亞特蘭妲很冷淡，於是她多半與梅利埃格王子一起用餐。他非常努力不對她顯露出愛意。他向亞特蘭妲問起小時候的事，也針對追蹤獵物和設置陷阱的最佳方法尋求她的建議。儘管亞特蘭妲自己那樣說，但她開始對這男人產生好感。她從來沒有遇過哪個人如此……嗯，尊重她。

他們可能已經成爲朋友，或者，說不定超越了友誼，但一切還沒確定之前，亞特蘭妲就找到野豬的蹤跡。她發現的野豬蹄印足足有垃圾桶蓋那麼大，一路穿越沼澤。那是她找到的第一個線索。

獵人們分散開來。他們仔細搜尋整個沼澤，泥濘的沼澤水深及腰，每個人的綁帶涼鞋都陷進泥巴裡了。一群又一群的蚊子繞著他們的臉嗡嗡飛，而他們站在比人還高的沼澤長草堆裡，根本看不見四周動靜。

你可能會想，要是巨型野豬發動攻擊，一定很容易聽到聲音，但是那頭「死豬」完全沒有顯露出徵兆。牠像是一波豬肉海嘯壓垮蘆葦叢而來，先是踐踏克弗斯，再用獠牙刺穿安開俄斯，然後發現墨普索斯的長矛射中牠的毛皮輕輕彈開，於是把他甩到旁邊去。野豬從嘴巴射出閃電，由於參加者站在水深及腰的沼澤中，這閃電更是特別難以對付。過沒多久就有二十名獵人當場陣亡，要不是遭到炸死、踩扁，就是遭到剝皮而死。有一位獵人名叫珀琉斯（Peleus），他本來打算擲出手上的標槍，但是因爲太害怕而完全射偏，竟然不小心射死他的朋友歐律提翁（Eurytion）。

唯一始終保持冷靜的人是亞特蘭妲。野獸橫衝直撞時，她站穩腳步，拉滿手上的弓，等待射箭的時機。這時野豬轉向梅利埃格，準備用閃電炸爛王子，於是亞特蘭妲射出箭。她的箭射中野獸的背，而且強大的力道甚至射穿牠的脊椎。野豬的後腿一軟，立刻就癱瘓了。死豬痛苦吼叫，假如有一支箭射穿你的脊椎，你恐怕也會那樣叫吧。牠拖著身軀穿過沼澤，這時梅利埃格走向前，將他的劍猛力刺入怪物的肋骨，刺破牠的心臟。

其餘的獵人從震驚之中慢慢回神。他們埋葬了死者的屍體，包紮各自的傷口，並將野豬皮剝下來，感覺好像永遠都剝不完。最後終於完成時，每個人都又熱又累，而且脾氣暴躁。

「我應該得到野豬皮。」墨普索斯說，他竟然活下來，出乎大家的意料。「我是第一個擲出長矛。

「那沒有造成半點傷害。」亞特蘭妲提醒他。

「我們應該所有人一起分享豬皮！」珀琉斯大喊。

亞特蘭妲嘲笑了一聲。「你想得到獎賞，是因為你不小心殺死你朋友嗎？」

「各位！」梅利埃格大喊：「亞特蘭妲率先讓野豬濺血。如果沒有她，我絕對不可能撂倒野豬。豬皮理所當然要給她。」

梅利埃格的兩位親戚走向前，是他的兄弟陶修斯（Toxeus）以及他的叔叔佩里希珀斯（Plexippus）。（我們可以花點時間讚嘆一下這兩個名字有多難唸嗎？謝謝。）

「兄弟，你會後悔的，」陶修斯警告說：「不要偏袒這個野女人而不顧你自己的家人。」

「我絕對不會因為力求公平而後悔。」梅利埃格說。

他將野豬皮送給亞特蘭妲，她這時心裡一定想著：「哇，謝謝，我一直想要自己做一個豬皮熱氣球！」不過她也覺得非常感動，因為梅利埃格站在她這邊。

獵人們啟程回到王宮，本來應該舉辦一場慶祝晚宴，但梅利埃格的親戚們沒有心情開派對。他們喝酒喝得愈多，內心就愈氣憤。他們心想：「愚蠢的亞特蘭妲。愚蠢的梅利埃格，竟然把豬皮交給她，只因為他超哈那個漂亮女人。」

這是真的。梅利埃格確實很希望亞特蘭妲能成為他的妻子，但我們永遠無法得知這樣的關係是否能夠順利發展。

晚宴進行到一半，陶修斯和佩里希珀斯把亞特蘭妲從椅子上打倒在地，而且搶走她的豬皮拒絕歸還。其他獵人在旁邊又笑又罵，到最後整個晚宴變成一場大亂鬥。亞特蘭妲本來大可把他們全部殺光，但梅利埃格先發制人，他拔出劍，殺了他的兄弟和叔叔。

梅利埃格的母親，阿爾塔亞（Althaia）王后，簡直嚇壞了。

「你還是小嬰兒的時候，我救了你一命啊！」她大喊。「這就是你對我的回報嗎？你殺了自己的家人，只因爲愛上那個野女人？」

「母親，等一下……」

阿爾塔亞衝出晚宴廳。她跑進自己房間，打開她的上鎖盒子，將那根魔法木柴扔進熊熊燃燒的壁爐裡。

木柴燃燒成灰燼。而在樓下的晚宴廳裡，梅利埃格也一樣。

憤怒和悲痛壓垮了亞特蘭妲。她想要屠殺王宮的每一個人，但她實在寡不敵眾。她很清楚，留在這裡就一定會遭到處死，於是她跑回自己洞穴，淚水刺痛她的眼睛。她發誓再也不回到那個「文明」世界，人類除了惹麻煩以外什麼都不會，熊、鹿和松鼠還比較容易了解。

說來不幸，文明世界與她的糾葛還沒結束。

「卡呂東野豬狩獵事件」讓她的名氣比以前更響亮。她聲名遠播，最後連她爸爸，阿卡狄亞國王耶梭斯，都覺得這時候該把女兒帶回家了。

也許你會覺得疑惑，耶梭斯怎麼認得出亞特蘭妲是他女兒？我的意思是說，當時又沒有什麼方法可以做親子鑑定，也沒有出生證明。耶梭斯並不是古希臘唯一扔掉小女嬰的傢伙，她也可能是由野生動物養大的其他人的小孩啊，這種事時有所聞。

故事情節有點不太明確，不過亞特蘭妲和耶梭斯顯然大約在同一時候跑去拜訪神諭，因此得知眞正的實情吧。

亞特蘭妲啓程回家路上，偶然遇到地方上一位女先知，她提供一般的解讀塔羅牌服務、半價的愛情符咒，也提供眾神的神聖智慧。亞特蘭妲深受「野豬狩獵家族大屠殺」的驚嚇，心裡覺得如果能得到一點指引也好。

「喔，神諭，」她說：「我以後會怎麼樣呢？我可以再度住在荒野裡，不受別人打擾嗎？我可以逃離束縛，永遠不必結婚嗎？」

神諭用粗啞的聲音說：「女獵人，你不需要丈夫，而且你沒有丈夫會比較快樂，但婚姻是你無可逃避的命運。就連現在，你父親耶梭斯也正在爲你尋覓丈夫。他會持續努力，直到你與某位適合的男人結婚。你最好的對策就是正面迎向這個挑戰，而且自己設定你願意結婚的條件。」

「那可以保證我擁有美好的婚姻嗎？」

「噢，不，婚姻會是你毀滅與失敗的原因。你結婚之後會失去自己的身分，那是無可避免的事。」

「那眞爛。」亞特蘭妲說：「我恨預言。」

「謝謝你的祭品，」神諭說：「祝你今天順心如意。」

同一時候在阿卡狄亞，耶梭斯國王也跑去找神諭尋求諮詢，而神諭證實了他的懷疑：偉大的女獵人亞特蘭妲確實是他失去已久的女兒，而且她很快就會回家準備結婚。

「那太棒了！」國王大叫。「我愛預言！她現在這麼有名……我可以利用她的婚姻締結超棒的盟約。我需要做什麼才能找她回來呢？」

「只要坐好就行了，」神諭說：「亞特蘭妲會自己回家。」

國王回到他的王宮。幾天後，亞特蘭妲在王宮門口現身時，國王一點都不驚訝。衛兵們護送她進入，而耶梭斯對眼前所見的景象大爲震驚。亞特蘭妲實在太美了！也許以正統的公主標準來說，她有點太高大、肌肉太強壯，不過那一頭如瀑布般的金髮眞是大加分。她看起來很健康，隨時可以準備生小孩。沒錯，她完全是適婚女性的完美典型。

「我心愛的女兒啊！」他說。

亞特蘭妲滿臉怒容。「也是你丟在荒野裡等死的女兒。」

「嗯，那樣做顯然不明智。但何必沉溺於過去呢？咱們來聊聊如何讓你結婚吧！」

亞特蘭妲好想一箭射穿國王的腦袋。眞是個大混蛋！

可是……她在耶梭斯身上認出自己的某種特質。他擁有同樣殘酷的微笑，同樣冷漠無情的眼神。他對情感方面不屑一顧，只對於能夠幫助他生存的事情感興趣。亞特蘭妲非常了解這一切，雖然這很令人傷心。她開始懷疑，她的野性究竟是從熊媽媽遺傳而來，還是遺傳自她的王室父親？

「我不想結婚，」她說：「不過，既然神諭說我無法逃避婚姻，我只好自己設定條件。」

國王皺起眉頭。「設定條件的人永遠是新娘的父親。我才會知道哪一位求婚者能爲王國帶來最大的力量和最有利的盟約。」

「我們要以我的方式來進行。」亞特蘭妲很堅持。

「否則？」

「否則我會賭賭看，違背神諭的預言。我會殺了你和所有的衛兵，然後回到荒野裡。」

「那就按照你的條件吧。」國王立刻決定。「我們要怎麼進行？」

亞特蘭妲露出微笑。「你有沒有賽跑的跑道？」

「當然，每一個希臘城邦都會不計一切代價建造跑道。」

「明天早上在那裡碰面。把消息傳出去：想要向我求婚的人都要穿最好的跑鞋來參加。」

耶棱斯國王很想提出問題，但最後決定還是閉嘴好了。亞特蘭妲抓緊她的弓，一副隨時可以射箭的樣子。「非常好，明天早上見。」

國王的傳令員把消息傳播到整個阿卡狄亞。美麗且駭人的亞特蘭妲公主回到王國來了，她要在賽跑的跑道公開徵求丈夫。帶你的跑鞋來參加！

（事實上，當時大多數的希臘人都是赤腳跑步。而且是赤身跑步。不過，如果這對你來說沒什麼差別，我打算想像他們身穿 Under Armour ⓱的健身服，腳穿銳跑的跑鞋。）

隔天早上，群眾擠爆了比賽場地。每個人都很好奇，想看看亞特蘭妲如何用這種充滿健身意識的奇特方法挑選丈夫。大約五、六十位深具潛力的求婚者聚集在跑道上，全都是來自良好家庭的年輕人。嘿，誰不想與公主結婚啊？而且，假如只要贏得賽跑就能抱得美人歸，這豈不是有史以來最簡單的評分方法！

亞特蘭妲、耶棱斯國王和他的衛兵們大踏步走上場地。亞特蘭妲穿著一襲樣式簡單的白色長袍，腰際繫著一條皮帶，上面插著兩把帶著刀鞘的匕首。她的背後垂著一條金色髮辮，手上拿著一根長長的竿子，看起來很像是長矛的矛柄。

群眾陷入一片寂靜。

「阿卡狄亞的人民！」亞特蘭妲的聲音輕而易舉便響徹整個田徑場。「這是我締結婚姻的條件！」

群眾緊張地動來動去。公主的語氣聽起來比較像是號令戰爭投降的條件。她大步走向跑道中央，將那根矛桿豎立在黏土地的表面。

「這支三腕尺長的標竿是起跑線也是終點線！」

（也許你很想知道「腕尺」是什麼，以及爲何應該知道這個。這是從你的手肘到中指尖端的測量單位，這樣差不多就是一腕尺長。你爲何應該知道這個？那我就無法回答啦。我還在努力搞清楚公制單位。）

那些深具潛力的求婚者彼此低聲討論。

「我們得繞著跑道跑幾圈？」其中一人問。

亞特蘭妲眼睛一亮。「只要跑一圈。」

「那麼簡單！」另一人說：「所以我們全部一起跑，而贏的人可以和你結婚？」

「噢，不，」亞特蘭妲說：「恐怕你們誤會了。你們不是彼此競爭，想要與我結婚的人得要和我比賽，一對一單挑。」

群眾驚訝得倒抽一口氣，求婚者的下巴都掉下來了。

所有人開始竊竊私語。「和女孩賽跑？她是說眞的嗎？她看起來確實可以跑很快……」

「不只如此，」公主說：「爲了讓你們覺得簡單一點，我會從起跑線後面二十步的地方開始跑，所以每一位求婚者等於先跑二十步。」

⑰ Under Armour 是美國體育服飾品牌，其字面意思是「盔甲下的內衣」。

「太荒謬了！」一位求婚者大喊。「比女孩先跑二十步？這整個比賽根本是羞辱人！」

他氣得衝出去，後面跟著其他十幾位求婚者。

其他人留下來，要不是因為心態比較開放，就是比較急著想娶個有錢太太。

「所以，我們一次一個人和你賽跑，」另一位求婚者大膽發問：「在你前面二十步開始起跑。而第一位跑到終點線打敗你的傢伙可以和你結婚？」

「正確，」亞特蘭妲說：「不過還有最後一項規定。」她拔出匕首。「如果你還沒有跨越終點線，我就抓到你……那麼我會殺了你。」

「喔喔喔喔喔喔……」群眾喃喃說著。

大家在觀眾席上拚命往前擠，想看看求婚者有什麼反應。晨跑比賽變得愈來愈有趣。

耶梭斯國王玩著他的王冠。他實在沒想到這是一場死亡比賽，甚至來不及設個賭盤。

最後，有一位求婚者脫掉腳上的跑鞋，把它們扔開。「這太蠢了！沒有哪個女人值得賠上性命！」

他踱步走開，後面跟著剩餘的大部分人。

只剩少數幾位真正愚蠢或勇敢的求婚者留下來。

「我參加！」有個人大聲說：「和一個女人比賽跑步？這是有史以來最簡單的挑戰！寶貝，千萬別跌倒在你自己的刀子上啊，我可不希望我未來的新娘自殺而死。」

「你的隨便一位未來新娘都會很想自殺吧，」亞特蘭妲說：「咱們來看看你能跑多快。」

群眾爆出歡呼聲，看著亞特蘭妲和那位呆瓜（抱歉，是勇敢的求婚者）走向標竿。國王同意擔任裁判。

耶梭斯大喊：「各就各位……預備……起跑！」

求婚者開始全速衝刺。他跑了三公尺之後，亞特蘭妲就抓到他，只見她的青銅刀刃一閃，呆瓜倒下去，死在她腳邊。

「還有其他人嗎？」亞特蘭妲問道，連大氣都沒喘一下。

你可能以爲其餘的求婚者都不會留在跑道上，對吧？我的意思是說，他們親眼目睹亞特蘭妲跑得有多快，還有她撲向那傢伙活像是母獅撲倒一頭鹿。只消一眨眼工夫，他就死了。

但是有另外三個人鼓起勇氣向她提出挑戰。也許他們自以爲跑得超快吧，也許他們眞的很喜歡亞特蘭妲，也說不定他們根本是白痴。過沒幾分鐘，又多了三具屍體變成跑道上的裝飾品。最快的傢伙跑了十五公尺。

「還有其他人嗎？」亞特蘭妲叫道。

比賽場地一片安靜。

「好，那麼，」她說：「這項挑戰持續開放，直到有人能跑贏爲止。如果有誰膽敢挑戰，下個星期同一時間我會來這裡。」

她以長袍的裙襬擦拭匕首的刀刃，接著大踏步走出體育場。國王跟在她後面，對於比賽終於結束鬆了一口氣，而且他有時間好好規畫下星期比賽的賭盤了。

如果亞特蘭妲過去累積的名聲還不夠響亮，經過死亡比賽後，她也眞的爆紅了。求婚者從整個希臘蜂擁而來，大家都想測試自己的運氣。有些人一看到亞特蘭妲跑步的樣子就打退堂鼓，其他人則是勇敢接受挑戰，也都死了。遭到屠殺前，沒有人能夠繞著跑道超過半圈。

眼看著女兒無法結婚，耶梭斯國王相當生氣。但是往好處想，這些比賽對觀光業大有助益，他也從賭盤賺了大把現金。

幾個月後，有個名叫希波梅內斯（Hippomenes）的傢伙剛好有事來到鎮上。他來自南方一個海邊城邦的富裕家庭，他爸爸墨加涅士（Megareus）是波塞頓之子，所以希波梅內斯顯然擁有絕佳的血統。他曾接受混血英雄的訓練，導師是名叫奇戎（Chiron）的聰明半人馬，他只指導最優秀的混血英雄。（包括我在內，這不是我吹牛喔。好吧，也許我是吹牛。）

一天早上，希波梅內斯在鎮上閒晃，這時他發現當地所有的人都把商店關起來，急著要去賽跑道。

「發生什麼事？」他詢問一名店老闆。「現在要睡午覺也太早了吧。」

店老闆露齒而笑。「亞特蘭妲有一批新來的求婚者要殺……我是說，要比賽啦。」

他稍微說明亞特蘭妲最受歡迎的本地實境秀節目：單身漢（我準備追上並取出內臟的那些人）。希波梅內斯實在不曉得該大笑還是狂吐。

「那很可怕耶！」他說：「那些人一定都是白痴！無論那女人有多美，都不值得冒這樣的風險吧。」

「我猜你從來沒見過亞特蘭妲。」店老闆說。然後他匆匆離開。

好奇心戰勝了希波梅內斯。他跟著群眾前往體育場，有六名新來的求婚者已經在那裡集合，準備試試自己的運氣。希波梅內斯不敢相信有這麼多男人蠢成這樣。

接著他看到亞特蘭妲了，她站在一個角落，正在做點跑步前的伸展動作。她只不過身穿式樣簡單的白色長袍、綁著金色髮辮，卻是希波梅內斯此生所見最美麗的女子。茫然之餘，他在群眾間向前推擠，最後站在那些求婚者的旁邊。

「我必須道歉，」他對那些人說：「我本來想，爲了某個女子冒著生命危險實在很荒謬。現在我見到她，終於完全理解了。」

其中一位求婚者皺起眉頭。「是啊，兄弟，那很好。站到旁邊去，這個星期輪到我們。」

亞特蘭妲無意中聽到這番對話。她假裝沒有注意，其實偷偷用眼角餘光打量希波梅內斯：黑色鬈髮，海綠色的眼睛，強壯優雅的四肢。他說話的聲音完全吸引她的注意力，聽起來很低沉、愉悅，眞是清脆流滑（這個詞是我本週的大功課，多謝喔，國文課），很像亞特蘭妲以前居住洞穴外的瀑布聲。她覺得胸口有一種不熟悉的暖意，自從梅利埃格在「卡呂東野豬狩獵行動」期間站在她身邊之後，她就不曾體驗過這樣的感覺了。

她努力釐清思緒。她還有一場賽跑要跑贏，還有六名求婚者要殺死。

耶梭斯國王唱名，請第一位選手就定位。亞特蘭妲站在她的起跑位置上，也就是後方二十步的地方。

眼看亞特蘭妲一個接一個追到她的可能丈夫人選，希波梅內斯看得出神。她跑得飛快，甚至比塞西亞弓所射出的箭還要快（翻譯：超級快）。她的動作比花豹更優雅，而且猛然拔出刀子屠殺那些求婚者的模樣……哇，好不可思議的女子！

假如希波梅內斯有一丁點的理智，他早該嚇得溜走。然而，他無可救藥地墜入愛河。

最後一次跑完，群眾逐漸散去時，他走向那位獲勝的公主，她正在清理刀子的血跡。

「喔，美麗的公主！」希波梅內斯說：「我能鼓起勇氣和你說話嗎？」

亞特蘭妲不確定他是否對她說話。她剛跑完六次賽跑，滿身大汗，臉上因爲使盡力氣而冒出紅點，髮辮已經散開，雙腳有黏土結塊，白袍也沾染了她那些死去對手的鮮血和淚水。

而這個傢伙還認爲她很美麗？

「你可以鼓起勇氣說。」她說。

「和你賽跑的那些求婚者，」希波梅內斯說：「他們是不值一提的對手。打敗那樣的男人究竟有什麼光榮可言呢？不如和我比賽吧，我了解你有多麼珍貴。」

「喔，你眞的了解？」

希波梅內斯略微欠身。「我的祖父是海浪之王波塞頓，我只要看到自然界的力量就能辨識出來。其他人只看到你的美貌或你父親的財富，而我看著你，我看到的是暴風雨的狂風，看到的是一條泱泱大河的洶湧河水，看到的是眾神迄今創造出來最有力量的女子。你不需要丈夫來企圖掌控你，你需要的是與你平等的人來共享你的生活。讓我證明我是那樣的男人。」

亞特蘭妲的心猛力撞擊胸膛。她從來沒有聽過這樣的讚美，感覺好眞誠。

「你叫什麼名字？」她問。

「希波梅內斯。」

「你是以河馬（Hippo）命名嗎？」

「我不是。」

「那就好。聽著，希波梅內斯，我很感激你的意見，但我不值得你冒這樣的風險。我確定這個城邦會有一百位女孩很興奮地想要嫁給你。幫你自己一個忙吧，挑選那些女孩。轉過身，離開，忘了你曾經見過我。我不願意殺了這麼謙恭有禮的希臘男子。」

希波梅內斯跪在她腳邊。「公主，一切太遲了，我已經見過你，我不可能忘記你。」他執起她的手。「我只能祈求我的愛就像你一樣強而有力且無法控制。我們何時比賽？」

一道電流竄過亞特蘭妲全身。她感覺到的是什麼呢……悲傷？可惜？她以前從來沒有談過戀愛，不知道該怎麼辨認這種情感。

她想要拒絕與希波梅內斯賽跑，可是她父親站在附近，眼神彷彿鷹隼一般銳利。他的表情一看就了解：規則是你訂的，現在你必須遵守那些規矩。

亞特蘭妲嘆口氣。「可憐的希波梅內斯，我眞希望不要傷害你的性命，但是你如果一心求死，那麼下星期來這裡找我，同一天同一時間，我們就知道誰跑得比較快。」

希波梅內斯親吻她那隻血跡斑斑的手。「那麼，下星期見。」

他離開體育場時，群眾滿心敬畏，讓出一條路給他通行。沒有其他男人曾經那麼靠近亞特蘭妲卻還活著，當然也沒有半個人曾經膽敢親吻她的手，卻沒有讓自己的臉像是施行外科手術般整個被削掉。

希波梅內斯的腦袋轉個不停。他知道自己如果沒有天神的幫忙，絕不可能贏過亞特蘭妲。他的祖父波塞頓在很多方面都超厲害，但希波梅內斯懷疑波塞頓恐怕無法幫他贏得賽跑，也無法幫他贏得女子的芳心。也許波塞頓可以引發地震或海嘯干擾比賽，但那樣會有好幾千人跟著陪葬，希波梅內斯可不希望自己的大喜之日伴隨那樣的大災難。

他到處詢問，終於問到路前往最近的阿芙蘿黛蒂神殿。它坐落在城鎭邊緣，棄置在那裡乏人問津，我猜是因爲阿卡狄亞民眾對於打賭死亡遊戲的贏家比較感興趣，對羅曼史則懶得理會。

希波梅內斯將神殿整理乾淨。他清掃祭壇，接著對愛之女神祈禱。

「阿芙蘿黛蒂，幫幫我！」他叫道。「愛是全世界最強大的力量，請讓我證明這點！我很確定亞特蘭妲愛著我，我也愛她，但她崇拜的是處女女神阿蒂蜜絲。請讓這世界見證您才是力量最強大的女神！請幫我贏得這項比賽，以便贏得亞特蘭妲的心！」

一陣風旋轉掃過神殿，空氣中充滿蘋果花的香氣。一個女性聲音在風中低吟。「希波梅內斯，我親愛的年輕人……」

「阿芙蘿黛蒂？」他問。

「不對，我是阿瑞斯。」那聲音罵道：「廢話，我當然是阿芙蘿黛蒂，你正在我的神殿祈禱不是嗎？」

「是的，抱歉。」

「我會幫你贏得亞特蘭妲的愛，但那並不容易。我不能讓你的跑步速度變快，我也不能控制體育比賽，勝利女神妮琪（Nike）掌管那方面的事，而她眞是討厭鬼。」

「我跑得很快，」希波梅內斯向她保證，「可是亞特蘭妲跑得更快，除非有什麼方法可以讓她慢下來……」

「我就是有這種辦法。」三顆像棒球一樣大的金色水果飄進神殿，落在祭壇上面。

「蘋果嗎？」希波梅內斯問。

「不是普通的蘋果，這些蘋果是從我的神聖樹木採來的，位於塞浦路斯。我特別爲你把它們運送過來！」

「哇，謝謝。」

「你第一次訂購免運費。」

「所以，我應該要給亞特蘭妲吃這些蘋果？」

「不，不是。比賽時，她會讓你從前面起跑，對吧？」

「是啊，大概讓個二十步。」

「你開始跑之後，只要亞特蘭妲距離你太近，你就丟這其中一顆蘋果擋住她的去路。她會停下來撿蘋果，這樣可以幫你爭取一點時間。你有三次機會讓她慢下來，假如你把時間掌握得剛剛好，就有可能搶在她殺你之前跨越終點線。」

希波梅內斯盯著那些蘋果。它們也許眞的來自某棵神聖樹木，但看起來毫無神奇之處。它們看起來倒像是普通的金冠蘋果，在超市購買大約一斤五十元。

「亞特蘭妲爲什麼會停下來撿這些蘋果？」他問：「她的飲食需要多吃一點纖維嗎？」

「你不可能抗拒這些蘋果，」女神說：「就像愛情。就像我。希波梅內斯，要有信心。」

「女神，我會的。我會完全遵照您的指示。」

「還有一件事：你一旦贏得亞特蘭妲的心，要回來這裡，拿適當的祭品獻給我。別忘了，這功勞是我的。」

「當然！謝謝您！」

希波梅內斯抱起那些蘋果，跑回鎭上。賽跑之前他得好好鍛鍊一番。

過了一個星期，群眾又聚集在體育場內。這場賭得很大，耶梭斯國王提供買一賠五的賠率，賭希波梅內斯能繞過跑道的一半；另外提供買一賠一千的賠率，賭他眞的獲勝。鎭上居民等不及了，每個人都想看這位英俊又勇敢的年輕男子可以跑多遠才遭到屠殺。

亞特蘭妲整個星期都睡不好。她輾轉反側，不斷想著神諭的預言，也回憶起希波梅內斯怎樣握住她的手。現在，她緊張地走上跑道，手上的刀子感覺比平常沉重許多。

另一方面，希波梅內斯看起來既開心又有自信。他走向亞特蘭妲，腰帶上掛著一個布袋。

「我的公主，早安！」

亞特蘭妲皺起眉頭。「那個袋子裡面是什麼？」

「只是一些新鮮水果，以免我餓了。」

「你帶著那個不能跑步。」

「你跑步也帶了刀子啊，爲什麼我跑步不能帶一袋午餐？」

亞特蘭妲懷疑這是某種詭計，但她從來沒有規定求婚者能帶或不能帶什麼。「那好吧，帶著你的午餐一起跑。無論如何你都會死。」

「噢，不會，」希波梅內斯向她保證，「今天結束時，你和我會結婚。我等不及了。」

亞特蘭妲咕噥了一聲，轉身走開。她很怕自己會臉紅。她走向她的起跑點，位於後方二十步的地方。

耶梭斯國王舉起手臂，群眾靜默無聲。

「各就各位？」國王大叫：「預備？起跑！」

希波梅內斯從起跑點衝出去。他向來跑得很快，現在他的性命處於危急關頭，而且更重要的是，他的眞愛需要他。不只是他陷在這比賽困境裡，亞特蘭妲也一樣，他看得出來亞特蘭妲並不想殺他。他必須爲他們兩人贏得比賽。

他在跑道上跑了四分之一圈，已經比過去參加比賽的所有求婚者跑得更遠，這時他感覺到亞特蘭妲逼近他後方。

他聽到刀刃從刀鞘拔出來的咻咻聲。

他立刻把手伸進袋子裡，抓出第一顆蘋果，扔向肩頭後方。亞特蘭妲出於直覺而閃開。蘋果往後飛去時，她透過眼角餘光看見一抹金光。

「什麼黑帝斯啊？」她心想：「難道希波梅內斯只是要丟一顆水果給我？」她實在太驚訝了，忍不住往背後看去。果然沒錯，一顆金蘋果滾過跑道。她知道自己應該繼續往前跑，但是看到那顆蘋果躺在塵土裡，感覺好浪費，而且很可憐。在群眾不敢置信的吼叫聲中，亞特蘭妲回頭去撿蘋果。

希波梅內斯這時已經繞著跑道跑了三分之一了。

亞特蘭妲滿心挫折地怒吼一聲。她不懂自己爲何想去抓起蘋果，但她可不打算因爲這種粗糙的把戲而輸掉比賽。她一手拿著蘋果，另一手握著刀子，加快速度往前跑，雙腳輕點黏土奮力衝刺，宛如直升機的葉片高速旋轉。

希波梅內斯剛通過一半路程的標竿。群眾陷入瘋狂。他聽不見亞特蘭妲的聲音，但也不敢回頭看，不過根據群眾的歡呼聲和「殺！殺！殺！」的加油聲聽來，希波梅內斯猜想她的刀子即將刺入他的背。

他將第二顆蘋果拋向背後。

亞特蘭妲稍微轉向以便躲開水果。但那股甜美的香氣吸引她的鼻子，拉著她離開跑道，宛如有一條釣魚線鉤住她。她搶在蘋果落地之前抓住它，可是抱著兩顆蘋果和一把刀子在懷裡實在有礙跑步，即使是全世界最厲害的跑者也有困難。她浪費掉寶貴的時間。

「我爲什麼需要這些蘋果呢？」亞特蘭妲一邊追著希波梅內斯跑，一邊不免疑惑。「這眞是太蠢了，我應該把它們扔了！」

但是她辦不到。蘋果的香氣和溫暖的金色色澤令她回想起生命中最快樂的那些時光……她和媽媽熊一起在森林裡吃著蜂巢，她在洞穴附近的瀑布旁欣賞黃水仙開著美麗花朵，以及她與梅利埃格並肩追殺卡呂東野豬。這些蘋果也讓她很渴望某種自己從來不了解的事物。看著希波梅內斯在她前方奔跑，她陷入一種出神狀態，呆呆欣賞他的力量和速度。她的人生與這樣的男子共度，可能不會太糟糕。

「別想了！」她責罵自己。「快跑！」

她用前所未有的速度高速奔跑，雙腳幾乎沒有觸地，就這樣飛也似地跑到希波梅內斯的背後。他現在距離終點標竿只剩下十五公尺了，但她還可以拉近差距。

她跑到可以發動攻擊的範圍內時，希波梅內斯扔出最後一顆蘋果。

亞特蘭妲早就料到了，她告訴自己千萬不要分心。

然而那顆金蘋果從她耳邊飛掠而過時，似乎有個聲音低訴著：「最後一次機會了。這顆蘋果代表你正在失去的一切事物：伴侶、歡樂，以及眞愛。你怎麼能夠就這樣跑過去，任憑它躺在塵土堆裡？」

亞特蘭妲撲向旁邊。她抓住最後一顆蘋果時，希波梅內斯跨越了終點線。

觀眾全都激動得站起來，高聲歡呼慶祝……特別是那些「買一賠一千」賭希波梅內斯贏的觀眾。亞特蘭妲帶著三顆蘋果和一把收在裙子裡的乾淨刀子，拖著蹣跚步伐走向他。

「詐騙！」她咕噥著說：「魔法！」

「愛情。」希波梅內斯更正她的話。「而且我向你保證，我的愛非常眞誠。」

「我根本不喜歡蘋果啊。」亞特蘭妲把金蘋果丟到地上。她伸出手臂抱住希波梅內斯。他的吻甚至比蜂巢更加甜美。

那天晚上，他們在王宮裡結婚。耶梭斯國王的精神沒有太好，畢竟這天的賭局害他差點破產，然而亞特蘭妲和希波梅內斯眞是開心到狂喜。

他們一起度過心滿意足的一年。亞特蘭妲生了一個兒子，名字叫作帕耳忒諾派俄斯（Parthenopaeus），他後來成爲英勇的戰士。（有些民眾私底下說，那男孩眞正的父親是梅利埃格，或甚至可能是戰神阿瑞斯，但是我不喜歡亂八卦。）

亞特蘭妲和希波梅內斯應該可以永遠過著幸福快樂的生活，你不覺得嗎？

但他們沒有。

希波梅內斯對亞特蘭妲愛得神魂顚倒，以至於完全忘記一個超級細微的小細節：要去阿芙蘿黛蒂的神殿獻上祭品。

沒錯，那眞的很蠢。但是，拜託喔！那傢伙在談戀愛耶，他完全無法集中注意力。你會認爲阿芙蘿黛蒂應該是最了解這點的人。

然而，你不可能欺騙眾神而不必付出代價。

一個春日午後，希波梅內斯和亞特蘭妲出門好好打獵一天，準備騎馬回到鎭上。他們剛好經過宙斯的一個小祭壇，決定在那裡停下來吃午餐。他們才剛吃完三明治，兩人四目相對，突然發現他們彼此超相愛，結果天雷勾動地火。這時在奧林帕斯山上，阿芙蘿黛蒂正在施展魔法……讓他們情緒變得太過激動，同時奪走他們的理智。

「吻我啊，你這笨蛋！」亞特蘭妲大叫。

「不過這是宙斯的祭壇耶，」希波梅內斯的抗議有點軟弱無力，「也許我們不應該……」

「誰管他！」亞特蘭妲撲倒她丈夫。他們開始激烈翻滾、摟抱親吻，就在祭壇的正前方。

這不是什麼好主意啊。

宙斯從奧林帕斯山向下俯瞰，發現那兩個凡人竟然公然親熱，褻瀆他的祭壇。「超噁的！他們不能在我的祭壇做那種事！只有我可以在我的祭壇做那種事！」

他彈彈手指。那對愛侶立刻改變樣貌。金色毛皮覆蓋他們全身，粗厚蓬亂的鬃毛環繞希波梅內斯的脖子長了一圈，他們的指甲變成爪子，牙齒也變成尖牙。亞特蘭妲和希波梅內斯變成一對獅子，偷偷摸摸溜進森林裡。

根據一些故事所說，後來有一位名叫希珀莉（Cybele）的女神馴服了那兩頭獅子，讓他們拉動她的戰車；但是在大多數的故事裡，亞特蘭妲和希波梅內斯都在荒野中四處潛行覓食，他們既無法馴服也獵捕不到，因爲以前是獵人，他們對所有的狩獵技巧再清楚不過了。

他們有些孩子也還在野外，就是那些比人類更加聰明敏捷的獅子……但是我不會建議以牠們爲狩獵對象，除非你想成爲半神半人生肉料理。

因此神諭的預言果然成眞：亞特蘭妲確實會因爲結婚而失去自己的身分。然而，至少她又走回「荒野大進擊」⑱路線，而且永遠與自己的丈夫在一起。

本來有可能更糟糕。

她最後本來有可能像英雄柏勒羅豐（Bellerophon）那樣。

那傢伙摔下去時，他眞的摔得超慘的。

---

⑱《荒野大進擊》（*Great Outdoors*）是一九八八年的電影。

# 8 不管什麼事，都不是柏勒羅豐做的

希臘人叫這傢伙「無辜的柏勒羅豐」，這很好笑，畢竟他一天到晚惹麻煩。連他的本名都不是柏勒羅豐。有這樣的名號源自於他牽涉的第一件謀殺案……不過我也許應該從頭說起。

在以前那個年代，每一個希臘城邦都希望有自己的英雄，像是雅典有鐵修斯、阿戈斯有柏修斯。

科林斯這個城邦沒有代表人物。他們最有名的本地人是薛西弗斯（Sisyphus），他曾經把死神捆綁起來，結果害自己被判處永恆的刑罰。因此，他實在不能說是這個城邦非常好的看板人物。

薛西弗斯被拖去冥界後，他的兒子格勞克斯（Glaucus）繼任這個城邦的國王。他盡全力增進科林斯的聲譽，不但建造新王宮、贊助一支職業足球隊，還沿著主要大街懸掛色彩繽紛的旗幟，上面寫著：「科林斯，通往娛樂的大門！」

格勞克斯也與名叫歐律諾墨（Eurynome）的漂亮公主結婚。他希望能生下尊貴的兒子，希望兒子終有一天能成爲偉大的英雄，讓科林斯在地圖上占有一席之地。

只有一個問題是，眾神依舊對薛西弗斯感到非常火大。宙斯下令薛西弗斯的孩子永遠生不出自己的兒子，也就無法將家族姓氏承繼下去。宙斯一點都不希望有更多的小薛西弗斯

（小薛薛？）在整個希臘跑來跑去，拚命想欺騙死神。

正因如此，格勞克斯生不出兒子。歐律諾墨和他嘗試了好幾年都沒有結果。國王對此一直非常苦惱。

有一天晚上，他在王宮臥房內踱步，急得猛搓手。「我們該怎麼辦？」他詢問妻子：「我該怎麼得到繼承人接任王位？」

「嗯，我們可以生個女兒啊，」他的妻子提出建議。「讓她成爲女王。」

「喔，拜託，」格勞克斯說：「我才沒有心情開玩笑。」

歐律諾墨翻了個白眼。「那好吧，如果我們領養一個兒子呢？」

「人民絕對不會接受領養而來的國王！」

「唔。」她望著臥房窗外，月光照亮了大海。「既然那樣，也許我該尋求天神的協助。」

「你這是什麼意思？」

歐律諾墨笑了。「親愛的，這件事交給我。」

王后一直是海神波塞頓的粉絲。她的品味顯然非常好。隔天晚上，她到下面的海灘上祈禱。「喔，偉大的波塞頓！我有個難題！我的丈夫不能生兒子，但是他眞的很想要有繼承人。我需要您的協助，如果您了解我的意思的話……」

波塞頓聽見這位美麗的王后請求他的協助。他躍上浪頭，興高采烈地現身，全身上下只穿著游泳褲。

「歐律諾墨，大大歡迎！」大海之王說：「你想要生個兒子？沒問題，我可以幫忙。」這就是我爸，總是想做更多好事。

九個月後，歐律諾墨生下健康的小男嬰。她爲孩子取名叫希波諾俄斯（Hipponous），因爲我們這本書裡叫「希波」（Hippo）的人還不夠多。

格勞克斯國王好開心！他很確定這兒子是他的，王后祈求出現奇蹟，而天神回應了，格勞克斯並不打算質疑自己的好運。說實在的，他的新生兒長得與當地神廟的波塞頓馬賽克拼貼肖像一模一樣，不過那只是巧合而已。

希波諾俄斯漸漸長大，開始以不顧後果的魯莽性格闖出名號。他老是在錯誤的時機出現在錯誤的地方。有一次，他和朋友們在王宮的爐竈裡烤棉花糖，由於潑灑太多油到火堆裡，整個晚宴廳付之一炬。

「那是意外啦！」王子號啕大哭。

另一次，他又不小心拿匕首刺到一頭獻祭公牛的屁股，結果在神廟裡引發了一場驚慌大逃竄。

「那不是我的錯！」他大叫。

幾個星期後，他坐在王室的碼頭上，因爲太無聊了，心不在焉地亂鋸一條繩索，沒想到繩索啪的一聲突然斷掉，於是他父親最好的一艘船就在沒有船員操控的情況下漂流出海。

「不是我弄的！」他說。

王子最有名的唉唷喂呀事件是這樣的：有一年在他父母舉辦的除夕派對上，他和朋友們對著一大捆乾草扔擲匕首，想要扔中靶心，這時有個人大叫：「嘿，希波諾俄斯！」

王子聞言轉身，卻也同時扔出匕首，因爲他的動作不是很協調，結果他的匕首飛向柏勒羅斯（Belleros）那傢伙的胸口，讓他當場斃命。

「這完全是意外！」希波諾俄斯啜泣著說。

所有人一致認定他並非蓄意殺人。反正也沒有人很喜歡柏勒羅斯，所以希波諾俄斯沒有惹上麻煩。不過，人們開始把王子叫成「柏勒羅豐」，意思是「殺了伯勒羅斯的人」。這綽號從此揮之不去。

想像一下那種生活吧，你殺了某個叫喬伊的老兄，於是你的後半輩子都得回答「我殺了喬伊」。然後你又贏得像是「無辜」這種稱號，於是你的名字基本上就變成「我殺了喬伊，但那不是我的錯」。

最後一根稻草出現在柏勒羅豐的青少年時期，那時他有個弟弟叫德利埃斯（Deliades）。國王夫婦是怎麼生出另一個兒子啊？也許宙斯決定解除詛咒，或者說不定波塞頓為了履行公民義務而持續拜訪王后吧。無論原因是什麼，總之有一天下午，柏勒羅豐教導德利埃斯如何持劍打鬥。（我知道，這主意太可怕了。）

打鬥到一半，柏勒羅豐說：「好了，德利埃斯，我要攻擊你的右邊喔，擋住攻勢！」德利埃斯擋住右邊，柏勒羅豐一劍揮去卻錯揮成左邊，因為他那時候還有點左右不分。他殺了他弟弟。

「那是意外啊！」柏勒羅豐說。

到了這時，他的父母不得不介入處理。

「兒子，聽好了，」格勞克斯國王說：「你不可以一直發生意外。殺了你弟弟……那樣是不對的。」

「可是，爸……」

「我知道你不是故意的，」歐律諾墨王后說：「可是呢，親愛的，你父親和我已經決定把你送走一段時間，免得你『意外』提早把我們送進墳墓。」

「把我送走？可是，媽……」

「我朋友普羅托斯（Proitos）國王答應收留你，」國王說：「你會去阿戈斯，完成整個洗滌罪行的儀式，爲你弟弟的死贖罪。」

「洗滌罪行的儀式？」柏勒羅豐吸著鼻涕說：「那會痛嗎？」

「你會花幾個月的時間服喪，」他爸爸說：「對天神好好祈禱。你不會有事的。」

「幾個月？然後我就可以回家？」

「也許吧，我們再看看情況。」

柏勒羅豐的下唇不停顫抖。他不想哭，可是覺得自己好像沒人要。確實沒錯，他偶爾燒掉房子，也偶爾殺了弟弟，但父母眞的非得把他送走不可嗎？

隔天，他獨自離開鎭上。他取道陸路，即使這樣很危險也不在意。他實在太沮喪，走路速度太慢，結果天黑之前只走了幾公里路程。他發現路邊有個雅典娜的神殿，於是決定晚上在那裡過夜。

就寢之前，柏勒羅豐向女神祈禱。「雅典娜，我眞的需要你的一些智慧。我父母覺得我一無是處，我碰過的每一樣東西都毀了。我應該就這樣放棄自己嗎，還是怎樣？」

他一邊哭，一邊爬上祭壇，最後沉沉睡去。

一般來說，睡在天神的祭壇上並不是好主意。一覺醒來，你可能發現自己變成一隻雪貂或一株盆栽之類的。但雅典娜相當同情柏勒羅豐，雖然他是波塞頓之子，而波塞頓絕對稱不上是雅典娜的好兄弟，不過這年輕人頗具潛力，絕不只是活動的災難製造機而已。

趁著柏勒羅豐睡得很沉，雅典娜在他的夢境裡現身。祭壇周圍湧起灰色的霧氣，閃電大作。「柏勒羅豐！」

夢中的柏勒羅豐從祭壇滾下去，撞翻一座雕像，結果雕像掉到地上摔得粉碎。他嚇得跳起來。「不是我做的！」

雅典娜嘆口氣。「沒關係。這只是一場夢。柏勒羅豐，我聽到你的祈禱了，你並非一無是處。你眞正的父親是海神波塞頓。」

柏勒羅豐嚇得倒抽一口氣。「就是因爲這樣，我看起來才會那麼像馬賽克……」

「沒錯。」

「而且我媽才會那麼喜歡去海邊……？」

「是的。所以，別再那樣自怨自艾了。如果你能找到自信，你可以成爲偉大的英雄。」

「雅典娜，我會……我會盡力。」

「爲了讓你有個好的開始，我要給你禮物。」女神拿起一個用金色帶子編織而成的東西。

「那是網子嗎？」柏勒羅豐問。

「不是。」

「還是胸罩？」

雅典娜怒目而視。「用點腦筋好不好，我爲什麼要給你金色胸罩啊？」

「呃……」

「這是馬籠頭！就是套住馬頭的那個東西！」

「噢，是喔。」柏勒羅豐從來沒注意過馬籠頭，每次他嘗試騎馬，要不是從某人頭上踩過去，就是騎著馬衝進別人家的客廳。「那麼……我應該找一匹駿馬，把這個套上去？」

雅典娜開始懷疑，她出現在這個年輕人的夢裡到底是不是好主意。柏勒羅豐讓她回想起波塞頓個性最暴衝的那段日子：無所事事亂吹牛，沒有明確的原因亂破壞東西。不過她已經來了，也就得把這個男孩引導到比較好的人生道路去。

「在這個神殿附近，」她說：「有一個地方叫佩瑞涅，你會在那裡找到一個淡水噴泉。沛加索斯經常去那個地點喝水。」

「哇，那個沛加索斯？」柏勒羅豐聽過那匹飛馬的很多傳奇故事，據說柏修斯把梅杜莎的頭砍下之後，沛加索斯便從梅杜莎的血液冒出來。很多英雄都曾嘗試抓住沛加索斯，但是沒有人成功。

「沒錯，」雅典娜說：「你想不想駕馭一匹永生不死的飛馬？」

柏勒羅豐搓搓下巴。「等一下……如果我爸是波塞頓，而沛加索斯的爸爸是波塞頓，那匹馬就是我的兄弟囉？」

「最好別想那個，」雅典娜奉勸他，「只要遵循我的指示就好。等你醒過來之後，記得要對我和對你父親波塞頓獻上適當的祭品，才能保證得到我們的庇佑。接著去找佩瑞涅的泉水，等到沛加索斯降落爲止。牠把翅膀收攏起來準備喝水時，你得偷偷溜到牠背後，將這個馬籠頭套到牠頭上。」

「呃，鬼鬼祟祟還眞不是我的強項。」

「盡力囉。盡量別害死你自己。假如你能將這個玩意兒成功套到沛加索斯的嘴上，馬籠頭的魔法會讓牠立刻冷靜下來，牠也會接受你的友誼，你想去的地方牠都會帶你去。」

「超讚的！」

「記得別太莽撞。」雅典娜警告他。「英雄們每次得到很酷的禮物，像是飛馬，往往變得很莽撞。千、萬、別、那、樣。」

「當然不會。雅典娜，謝謝你！」

女神漸漸消失在霧裡。柏勒羅豐從夢中醒來，立刻從祭壇滾下來，撞翻一座雕像，結果雕像掉到地上摔得粉碎。

他抬頭望向天空。「抱歉，這是意外啦。」

一陣風發出像是火大嘆氣的聲音。

柏勒羅豐步行到最近的農場，花掉所有旅費買了一頭小牛。他將這動物拿來獻祭，一半給雅典娜，一半給波塞頓。

接著，他帶著魔法黃金馬籠頭，出發去抓沛加索斯。

佩瑞涅的泉水是從一道石灰岩裂隙湧出來，然後噴入一個水池，池子裡妝點著蓮花和水仙花。

柏勒羅豐蹲伏在附近樹叢後方，等了似乎有好幾個小時；可能因爲眞的就是有好幾個小時喔。他體會到大多數注意力不足過動的半神半人的經驗：我們也許很容易分心，但如果眞的對某件事非常有興趣，我們其實可以像雷射光束一樣專注。柏勒羅豐眞的對捕捉沛加索斯非常感興趣。

終於有個黑色形影從雲層飛出，盤旋而下。柏勒羅豐以爲那是一隻鷹，因爲同樣有金色和棕色的羽色。不過看著牠下降時，柏勒羅豐這才發現那生物的體型大得多；那是一匹棕色的駿馬，鏽色的口鼻會噴火，翼展更是寬達六公尺。

馬兒落地時，柏勒羅豐根本不敢呼吸。沛加索斯用馬蹄扒扒青草，然後將翅膀收攏起來，再走向泉水，低下頭開始喝水。

柏勒羅豐帶著黃金馬籠頭偷偷往前爬。在草坪上爬到半路時，他竟然踩到一根細樹枝。柏勒羅豐整個人僵住不動。沛加索斯轉頭看，注意到那副黃金馬籠頭；他身爲有智慧的動物，一看就知道是怎麼回事。

沛加索斯長嘶一聲，柏勒羅豐敢發誓馬兒是說：「老兄，你眞是超遜的。好啦，嗯，來這裡。」

柏勒羅豐往前走，沛加索斯讓他把黃金馬籠頭套到頭上。我不確定沛加索斯爲何決定要合作，但這對柏勒羅豐來說眞是太棒了。他以前從來沒有幫馬兒套過馬籠頭，結果弄了六次才搞定。剛開始，喉帶遮住了可憐馬兒的眼睛，銜鐵也凸出來刺到牠的左耳，不過最後柏勒羅豐終於裝對了。

黃金馬籠頭讓沛加索斯全身充滿溫暖、激動和快樂的魔法，他不禁爲之顫抖。他輕聲嘶嘶叫著，彷彿是說：「我們去哪裡？」

「阿戈斯城邦。」柏勒羅豐輕拍馬兒的鼻子。「噢，天神啊，你太驚人了！你是最不可思議的……唉唷！」

沛加索斯用力踩他的腳，意思像是說：「閉嘴，趁我還沒改變心意之前快上來。」

柏勒羅豐爬上馬背，他們一同騰空飛起。

他們進入阿戈斯的時候引發不小的騷動，不是每一天都有科林斯人騎著馬飛進王座廳的窗戶啊。幸好那是一扇大窗戶，而且還沒有人發明窗玻璃，否則可能會搞得很悽慘。即使如此，沛加索斯的後蹄還是纏到掛毯的吊繩，將它從牆壁扯下來，並把柏勒羅豐甩到國王坐的高台上；然後牠再度飛出窗外，依舊把掛毯拖在背後，活像一塊廣告旗幟。

普羅托斯國王歡迎柏勒羅豐這位貴客光臨。只要是能夠馴服沛加索斯的人（多多少少啦），他都很當一回事。

他的妻子安蒂亞（Anteia）看到這位帥氣的年輕英雄來訪更是高興。

王后非常寂寞。她的家鄉在呂基亞，遠在海的另一邊，位於現今土耳其的海岸邊。她的父親強迫她與普羅托斯結婚，普羅托斯的年紀比她大很多，挺個大肚子又禿頭。她討厭阿戈斯，討厭被迫與又老又噁心的丈夫在一起。因此，她見到柏勒羅豐的第一眼就愛上他了。

柏勒羅豐在王宮裡待了好幾個月。他每天都到各個神廟去祈禱、奉獻、祈求天神原諒他殺了自己的弟弟。（喔，還有另一位老兄，柏勒羅斯，還有他。）

每天晚上，柏勒羅豐都得想辦法躲開安蒂亞。王后不時與他調情，只要他一個人落單就會跑來堵他，但柏勒羅豐相當確定，與王后發生婚外情對於洗滌他的靈魂絕對沒有幫助。

幾個星期過去了，安蒂亞覺得愈來愈沮喪。一天晚上吃過飯後，她終於闖進柏勒羅豐的臥房。

「我有什麼不好？」她質問著：「我還不夠漂亮嗎？」

「呃……不。我是說，對。我是說……你結婚了。」

「那又怎樣？阿芙蘿黛蒂也結婚了，那從來沒有阻止她享受人生啊！」

「我不確定這樣的比較恰不恰當。」

「你到底要不要吻我？」

「我……我不行。那樣不對。」

「唉唷！」

安蒂亞氣得衝出房間。她討厭自以為是的年輕人，特別是拒絕與她調情的英俊年輕人。她大步走進覲見廳，她那位臃腫的老丈夫正在王座上打瞌睡。

「普羅托斯，起來！」

國王嚇得身子一縮。「我才剛瞇一下。」

「柏勒羅豐攻擊我！」

普羅托斯皺起眉頭。「他……真的嗎？但他一直很有禮貌啊。你確定那不是什麼意外？他發生很多意外。」

「他在他的房間裡追著我跑，想要抓住我！」

「你在他的房間裡做什麼？」

「那不是重點啦！他想要親我，他叫我寶貝蛋糕，還有各式各樣噁心低級的話。」

普羅托斯懷疑自己還在作夢。王后講的話並不是很合理。「柏勒羅豐攻擊你，他叫你寶貝蛋糕。」

「沒錯！」安蒂亞握緊拳頭。「我要求你主持公道。假如你愛我，那就逮捕他、處決他！」

普羅托斯搔搔鬍子。「聽著，親愛的，攻擊王后是非常嚴重的罪行。但是……我的意思是說，你確定嗎？柏勒羅豐給我的印象不是那樣的人。他是我的老朋友格勞克斯國王的兒子，殺了他可能會與科林斯開戰。而且柏勒羅豐是我們家的客人，殺了客人會讓天神很生氣。」

安蒂亞氣得大吼：「你好沒用！假如你不願意殺他，就把他送去呂基亞給我父親。我父親絕對會殺他！」

普羅托斯一點都不想殺柏勒羅豐，但也不喜歡王后對他吼叫。他得和她住在一起。如果沒有順她的意，她會非常不高興。「如果我把他送去給你父親處決，到底要怎麼進行呢？」

安蒂亞努力壓抑自己的不耐煩。眞是的，她還得向自己的愚蠢丈夫一步步解釋。「你是招待柏勒羅豐的主人，不是嗎？他的洗滌儀式該做什麼以及何時結束，都由你決定，對吧？」

「嗯，是的。事實上，我正準備宣布他的洗滌儀式已經完成了。」

「告訴他，他還有一件事要做，」安蒂亞說：「他徹底洗滌罪行之前必須前往呂基亞，爲我的父親伊俄巴特斯（Iobates）國王提供服務。」

「可是，那要怎麼讓柏勒羅豐遭到處決？」

「寫好介紹信，密封起來，請他交給我父親。他會認爲那只是寫了一堆讚美他的話，不過在信裡面，你就要求伊俄巴特斯處決他。我父親讀了信，殺掉柏勒羅豐，問題就解決了。」

普羅托斯瞪著他的妻子，他從來不知道她竟然這麼殘忍。他也很難相信有人會叫她「寶貝蛋糕」。「好吧，我想這個計畫不錯……」

隔天早上，普羅托斯召喚柏勒羅豐來到王座廳。「我的朋友，恭喜，你的洗滌儀式快要結束了！你幾乎要贏得『無辜的柏勒羅豐』稱號了！」

「幾乎？」

國王向他說明前往呂基亞的事，並把用熱蠟封好的信封給柏勒羅豐。「你到達呂基亞時，把這封信交給伊俄巴特斯國王，確定他會給你適當的款待。」

柏勒羅豐不喜歡安蒂亞王后的冷酷眼神、普羅托斯把信封交給他時抖個不停的手，以及令人毛骨悚然的管風琴背景音樂。但普羅托斯是主人，柏勒羅豐若質疑他的命令就太失禮了。

「呃，好吧。謝謝您安排每一件事。」柏勒羅豐吹口哨，喚來他的駿馬。

過去幾個月來，沛加索斯一直在雲端自由自在漫遊，不過一聽到柏勒羅豐的召喚，牠立刻從窗戶直直飛進來，降落在王座廳裡。

柏勒羅豐向他的主人鄭重道別，然後飛向呂基亞，遞送自己的死亡授權令。

在正常狀況下，從阿戈斯航行到呂基亞要花好幾個星期，沛加索斯則讓行程縮短成半小時……時間短到連在飛行中喝杯飲料都不夠。他們在呂基亞鄉間上空翱翔時，柏勒羅豐發現到處都有火勢，村莊遭到焚毀，田野燒得焦黑，一片片森林也都冒著煙。看來呂基亞要不是剛剛戰敗，就是「全國烤肉日」活動徹底失控。

柏勒羅豐抵達王宮時，伊俄巴特斯國王顯得相當驚訝，不是每一天都有科林斯人騎著馬從他的窗戶飛進來的。而令國王更驚訝的是，柏勒羅豐交給他一封介紹信，是由他那位又老又肥的女婿阿戈斯國王所寫。

伊俄巴特斯拆開信封，裡面寫著：

親愛的伊俄巴特斯：

你面前這位是「無辜的柏勒羅豐」，他冒犯我的妻子、你的女兒，叫她寶貝蛋糕和其他低俗的字眼。請立刻殺了他。大大感謝。

普羅托斯 敬上

伊俄巴特斯清清喉嚨。「這是……很特別的介紹信。」

柏勒羅豐露出微笑。「普羅托斯對我很親切。」

「是啊。我猜你沒讀過這封信囉？」

「沒。」

「我懂了……」

憤怒哽住伊俄巴特斯的喉嚨。他不是在氣柏勒羅豐。國王對自己的女兒安蒂亞再了解不過了，她很習慣與年輕男子調情，如果他們沒有回應她的熱情，她就會要求將他們處決。伊俄巴特斯本來希望她與普羅托斯結婚後會安定下來，顯然她還在玩那些老把戲。現在，她要求父親幫她遠距離執行這種骯髒事。

他仔細打量柏勒羅豐。這個年輕人看起來很不錯，長得很像本地神廟裡的波塞頓馬賽克拼貼圖像，伊俄巴特斯猜想這不是巧合。此外，柏勒羅豐也與永生不死飛馬沛加索斯很友好，這一定也代表某種意義。

伊俄巴特斯認定自己絕不能當場殺了柏勒羅豐，那樣很魯莽、亂搞，而且波塞頓可能會來找他麻煩。

國王想到另一個主意，也許可以一次解決兩個問題。他會請柏勒羅豐去出一趟不可能完成的任務，由命運三女神來決定他是否應該活下去。假如柏勒羅豐失敗了，安蒂亞聽到他的死訊會很滿意。如果他成功了，伊俄巴特斯的王國也會跟著受益。

「無辜的柏勒羅豐，」他說：「你是來這裡完成你的洗滌儀式，對吧？我想到一個任務要交給你。我不打算說謊，這任務並不簡單。不過你是強壯的年輕英雄，你也有一匹飛馬，你可能正是這項任務的不二人選。」

柏勒羅豐站得直挺挺的，他還不習慣有人這麼信任他，賦予他重要的任務。「國王陛下，我很樂意幫忙。其中沒有包含什麼精細的動作吧？我的精確運動技巧還沒有發展到最好。」

「不，沒有包含什麼精細的動作，包含的是一隻叫作凱迷拉（Chimera）的怪物。你飛過我的王國時，也許發現到處都有火勢吧。」

「有耶，所以那不是『全國烤肉日』囉？」

「不是。一隻邪惡的超自然生物毀了我的村莊，燒光我的農作物，還威嚇我的人民。沒有人能夠靠近牠，更別提殺了牠。根據少數倖存下來的目擊者說，那怪物有一部分像獅子，一部分像龍，還有一部分像山羊。」

「一部分像『山羊』？」

「是的。」

「獅子和龍我還可以理解，那些動物很嚇人。可是像山羊？」

「別問我。本地的祭司曾經努力研究這怪物是從哪裡來的，他們認爲最接近的答案是凱迷拉從塔耳塔洛斯爬出來，牠可能是艾奇娜（Echidna）的某種後代。總之，鄰國的國王阿彌索達瑞斯（Amisodarus）很機靈，他餵養凱迷拉，想要駕馭牠去打仗，結果沒有很順利，凱迷拉摧毀他的王國。現在牠跑來摧毀我的王國。牠會散發出恐懼，亂灑毒液，而且噴出的高熱火焰足以熔化盔甲。」

「喔。」柏勒羅豐說。

「所以，這就是你的任務。」伊俄巴特斯說：「去殺了牠。謝啦！」

以前從來沒有人把這麼重要的任務交付給柏勒羅豐。他這輩子活到現在，人們老是叫他「不要」做這個和那個：不要扔匕首，不要把那瓶油灑出來，不要鋸那條繩索。而現在，伊俄巴特斯國王幾乎還不認識他，卻這麼信任他，把他王國的命運託付給他。他眞是好人！

柏勒羅豐決心不要把事情搞砸。他跳上沛加索斯的馬背，飛出窗外。

他們在首都南方大約三十公里的地方找到凱迷拉，牠正在對一個村莊噴火。從牠頭頂上飛過去，柏勒羅豐可以了解爲什麼沒有人能夠好好描述這怪物，因爲你只要靠近到三十公尺內，就會被炸成灰燼。

（順便記錄一下，我遇過凱迷拉，那時牠與柏勒羅豐看到的樣子不太一樣。怪物經常會改變樣貌，所以這沒什麼好驚訝。況且我遇到凱迷拉的時候，牠僞裝成一隻吉娃娃，叫作「兒子」，讓我們的驚嚇程度達到全新的層次。不過繼續說故事吧……）柏勒羅豐看到的怪物大概有毛茸茸的猛獁象那麼大。牠身體的前半部有獅子的頭和前肢，身體的後半部則是有鱗片的爬行類，有龍的腳和蛇的尾巴，而且不知爲何，尾巴的末端竟是響尾蛇的頭，蛇頭前後甩動，朝空中憤怒亂咬。而當然啦，如果我很執著於某隻怪物的尾端，未免有點太變態了。

這怪物最詭異的部分，則是背部有個山羊頭直直冒出來，活像是潛望鏡。牠幾乎可以旋轉一整圈，而且噴出三十公尺長的火柱。

「哇，」柏勒羅豐喃喃說著：「沛加索斯，你怎麼看？我們有辦法俯衝轟炸那東西嗎？」

沛加索斯嘶嘶叫著，彷彿是說：「不知道，孩子。我有永生不死之身，可是你呢？不太行吧。」

柏勒羅豐就像其他優秀的英雄，隨身帶了一把劍和一支長矛。他準備好長矛，畢竟它稍微長一點，然後他踢踢沛加索斯，準備來個俯衝。他們到達凱迷拉上方大約六公尺的地方，這時山羊頭發現他們，開始噴火。

沛加索斯轉彎轉得那麼急，害柏勒羅豐差點摔出去。火焰的高熱把他手臂的細毛都燒焦了，而蛇頭也噴出一大團毒液，讓柏勒羅豐覺得肺部好痛。獅子的怒吼聲更是驚人，他差點嚇得昏過去。幸虧有他的飛馬救了他。沛加索斯向上攀升，遠離了危險，只有背後留下一些燃燒的飛馬羽毛不斷旋轉。

柏勒羅豐拚命咳嗽，把肺裡的毒液和煙霧咳出來。「那樣太靠近了。」

沛加索斯鼻子噴氣。「你現在才知道？」

他們不斷盤旋向上，凱迷拉也持續注視他們。響尾蛇頭在尾巴末端嘶嘶威嚇，獅子露出尖牙咆哮怒吼，不過最令柏勒羅豐驚嚇的是山羊頭，那種圈養的動物竟然擁有超級大的毀滅力量。

「我們得想辦法關掉那些火柱，」柏勒羅豐說：「我可以用長矛射向牠的喉嚨，但是矛尖馬上就會熔化……」

突然間，柏勒羅豐冒出一個點子。他回想起小時候曾闖禍，放火把餐廳燒掉。他把油灑出來之前，本來是在烤棉花糖，他很喜歡看到棉花糖插在棍子上烤著烤著熔化掉，變成一團黏糊糊的東西很好吃。

「不要噎到喔，」他母親老是這樣說：「那會哽在你的喉嚨裡，害你沒命。」

「呼，」柏勒羅豐自言自語地說：「多謝喔，老媽……」

他環顧那些村莊廢墟，看到主要大街的路邊有間廢棄的鐵匠鋪。他催促沛加索斯再俯衝一次，他們在店鋪前一落地，柏勒羅豐立刻跳下馬背，在瓦礫堆裡拚命翻找。

凱迷拉看到他們落地了。牠發出怒吼，並以那四隻不對稱的腳所能奔跑的最快速度，沿著主要大街衝過來。

「拜託，拜託。」柏勒羅豐喃喃說著。他把掉落在鑄鐵爐上的一些木材猛力甩開。「啊哈！」

風箱旁邊有一大團鉛塊，大小約莫像個枕頭。柏勒羅豐幾乎抬不動，不過他還是跌跌撞撞搬到沛加索斯旁邊，想盡辦法爬回馬背上。他們及時起飛進入天空，接著凱迷拉就噴火燒掉那間店鋪。

沛加索斯邊飛邊發出呼嚕聲，新增加的重量壓得牠氣喘吁吁。「要那鉛塊枕頭幹嘛？」

「你等一下就知道了，」柏勒羅豐把他的矛尖插進那塊金屬裡。幸運的是，鉛塊很軟，他可以把矛尖穩穩插進去，就像棍子上插了一塊超巨大的沉重棉花糖。「沛加索斯，讓我靠得夠近，把這個餵給山羊吃。」

「樂意之至。」沛加索斯的鼻子噴氣。牠再一次向下俯衝。

「嗨，凱迷拉！」柏勒羅豐大喊。「你想吃棉花糖嗎？」

怪物的三顆頭同時抬起。凱迷拉以前從沒吃過棉花糖，他們以前在塔耳塔洛斯生活得極為辛苦。看來不假，那個凡人英雄確實拿了一塊巨大的灰色棉花糖插在棍子上。

針對接受陌生人棉花糖的贊成和反對理由，凱迷拉的三顆小腦袋很快辯論一番。柏勒羅豐接近到只有三公尺的地方時，山羊頭終於判斷這是某種詭計。牠張開大嘴，準備熔掉柏勒羅豐的臉，但英雄趁機把棍子上的鉛塊直直塞進山羊的喉嚨裡。

沛加索斯朝旁邊急轉彎。只見山羊頭噎住了，熔融的鉛液流進牠的肺部整個塞住。凱迷拉跌跌撞撞向後退，獅子和蛇頭也痛苦得激烈扭動。

柏勒羅豐從沛加索斯的背部跳下來，拔出他的佩劍。這太令人震驚了，他拿著劍居然沒有刺到自己。

柏勒羅豐這輩子第一次覺得自己是眞正的英雄，所有的反射和動作協調能力等都很順。看著凱迷拉用後腿站起，準備反撲，柏勒羅豐連忙從下方撲去，把他的劍用力刺入怪物的腹部。凱迷拉轟然倒下，只剩尾部的響尾蛇頭依舊猛力甩動。

「喔耶！」柏勒羅豐大喊一聲。他舉起手，想要與沛加索斯擊掌，只見馬兒瞪著他，眼神像是說「拜託喔」。

柏勒羅豐砍下凱迷拉的山羊頭當作紀念品，牠那塡滿鉛塊的喉嚨依舊冒著煙。他與怪物的屍體合拍了好幾張自拍照，然後騎上沛加索斯的馬背前往呂基亞，把這個好消息告訴伊俄巴特斯國王。

國王聽說凱迷拉死了非常高興，但是看到柏勒羅豐活著回來，他實在太震驚了。

「現在我該怎麼辦呢？」伊俄巴特斯大聲講出內心的疑惑。

柏勒羅豐皺起眉頭。「國王陛下？」

「我是說……我怎麼可能充分表達內心的感激呢？做得太好了！」

那天晚上，國王舉辦盛大的派對，對柏勒羅豐表達敬意。他們準備了蛋糕、冰淇淋、小丑和魔術師，不過國王否決了吞火人的表演，畢竟歷經凱迷拉事件後，找來吞火人似乎有點不恰當。

伊俄巴特斯國王與柏勒羅豐徹夜暢談，他眞的很喜歡這位年輕英雄。伊俄巴特斯不想看著他死掉，但是要否決女兒安蒂亞要求處決柏勒羅豐的信，他實在還沒準備好。

爲什麼呢？也許伊俄巴特斯有點擔心柏勒羅豐可能對王國造成威脅；也說不定他只是傳統老爸，不想對自己小孩說「不」，即使小孩不善應對世事。無論事實是什麼，國王決定給柏勒羅豐另一項挑戰，只是要確定命運三女神眞的想讓這位英雄活著。

「柏勒羅豐，你也知道，」他在吃甜點時說：「我沒有權利要求你幫更多忙，不過……」

「陛下，樂意之至！」

柏勒羅豐也是眞心這麼說。他以前從不覺得自己是英雄，因此現在很樂在其中。人們愛戴他，而國王的漂亮小女兒菲洛諾（Philonoe）很不害臊地與他眉來眼去，他也很喜歡。最重要的是，伊俄巴特斯衷心信任他。國王又給他一次機會證明自己的能力，他眞是大好人！

「如果眞的幫得上忙，」柏勒羅豐說：「我在所不辭。只要說得出口，我就幫忙！」

群眾熱烈鼓掌，高舉他們的酒杯向柏勒羅豐敬酒。

伊俄巴特斯覺得自己根本是混蛋，但還是勉強擠出微笑。「嗯，有個鄰近的部族叫作蘇利米，我們東方邊界的各種麻煩都是他們惹起的。凱迷拉把我手下最優秀的人都殺了……你當然除外！所以我的兵力不夠強大。如果沒人阻止蘇利米人，我擔心他們會危害整個城邦。」

「完全了解！」柏勒羅豐說：「我明天會飛去那裡，把事情解決掉。」

群眾高聲歡呼，菲洛諾公主則是不停眨著眼睫毛。

伊俄巴特斯對這位年輕英雄吟誦讚美詞，內心卻感到萬分抱歉。從來沒有誰能夠征服蘇利米人，他們受到戰神阿瑞斯的庇佑。在戰役中，他們毫不畏懼。因此，派遣某個傢伙去解決他們……根本是自殺。

隔天，柏勒羅豐跳上沛加索斯的馬背，飛去對付那些鄰居。或許他從空中就已經把他們嚇個半死。也說不定他只是找到自信心，就像雅典娜曾經給他的忠告；伊俄巴特斯那麼相信他，因此他也同樣相信自己。總之，柏勒羅豐降落在蘇利米人營地的正中央，對他們展開大屠殺。他大概把整個部族殺掉一半，而且把其餘的人嚇得驚恐萬分，酋長乞求他賜予和平，也答應再也不會攻擊呂基亞。他與柏勒羅豐簽訂和平協定，然後一起拍了幾張自拍照以便公諸於世。接著，柏勒羅豐飛回王宮。

再一次，伊俄巴特斯國王大吃一驚，呂基亞的民眾則是欣喜若狂。那天晚上，他們舉辦另一場慶祝勝利的晚宴。菲洛諾公主與這位年輕的科林斯人眉來眼去，並懇求她父親為他們舉辦婚禮。

伊俄巴特斯陷入兩難。結果柏勒羅豐變成超級好幫手，他很勇敢、強壯，而且真的很無辜，自從抵達呂基亞之後，他從來沒有意外闖禍……沒有殺了親戚，沒有燒毀餐廳，也沒有讓空船意外漂走。

然而……安蒂亞曾要求處死這個年輕人，而伊俄巴特斯很難拒絕這位有著殺人傾向的大女兒。他決定將另一項更危險的挑戰交付給柏勒羅豐，只是要絕對確定、百分之百確定命運三女神眞的站在這位英雄這邊。

「我的超級好朋友柏勒羅豐，」國王說：「我很不想提出這個問題，但是這個王國還面臨一項威脅……不，即使是像你這樣的英雄，那也太危險了。」

「只要你說得出來，我就做得到！」柏勒羅豐說。

群眾瘋狂歡呼，拿他們的酒杯猛敲桌面。

「嗯，」伊俄巴特斯說：「這個特別的王國正在對安納托利亞地區的所有城邦發動戰爭，也許你聽過亞馬遜人？」

歡呼聲驟然消失。柏勒羅豐吞了一口口水。好吧，他曾聽過亞馬遜人的傳奇事蹟，光是那名稱就能讓希臘的小孩子晚上作惡夢。

「你……你要我去打她們？」

「我無法信任其他人去出這項任務。」伊俄巴特斯說，而這也是事實。「如果你能夠逼退她們，就像你對付蘇利米人那樣，就算超厲害了。」

隔天，柏勒羅豐飛去戰鬥。他不相信自己能對付亞馬遜人，不過伊俄巴特斯很相信他，而柏勒羅豐不能讓他失望。

柏勒羅豐直接飛進亞馬遜人的營地，摧毀她們的軍隊。亞馬遜人驚嚇到不知道該如何反應；她們實在不相信竟然有愚蠢的男人這麼勇敢。等到亞馬遜女王回過神來又能夠發號施令時，柏勒羅豐已經殺了她手下數百名最優秀的戰士。

女王要求停戰。柏勒羅豐答應放亞馬遜人一馬，只要她們不再襲擊呂基亞就行。亞馬遜人簽署和平協定，她們幾乎沒做過這種事，但是她們敬畏勇氣，而「無辜的柏勒羅豐」顯然勇氣十足。亞馬遜人不願與他合照，不過那沒關係啦。柏勒羅豐帶著高昂的士氣飛回王宮。

等到他跪在國王面前宣告自己的勝利時，伊俄巴特斯做了一件意想不到的事。

這位老人突然開始痛哭。他從王座滑下來，緊緊抓住柏勒羅豐的腳踝，大聲哭訴：「原諒我啊，我的孩子。原諒我。」

「呃……當然，」柏勒羅豐說：「你怎麼了？」

伊俄巴特斯坦白說出普羅特斯那封死亡授權令的整個細節。他讓柏勒羅豐看那封信，解釋先前的任務其實都是要滿足他女兒的願望，讓柏勒羅豐死掉。

這位英雄很可能會大發怒，然而他卻拉著國王站起來。

「我原諒你，」柏勒羅豐說：「你非但沒有當場殺了我，反而給我很多機會證明我自己的能力。你讓我成為眞正的英雄，我怎麼可能對這種事生氣？」

「我親愛的孩子！」伊俄巴特斯實在太感激了，於是安排柏勒羅豐與他女兒菲洛諾結婚。柏勒羅豐也獲任命為王座的繼承人。好幾年後，等到伊俄巴特斯過世，柏勒羅豐便成為呂基亞的國王。

至於安蒂亞，她永遠沒能復仇。等她聽說柏勒羅豐與她的小妹妹結婚，而且接掌她父親的王國，她實在太過沮喪，最後自殺結束生命。

於是他們從此過著幸福快樂的日子。

哈哈哈，不見得喔。

到現在，你已經聽過太多這種故事了，應該很了解才對。柏勒羅豐還有一件很大條的搞砸事件，讓他能好好發揮一下。

柏勒羅豐登基爲國王的很多年後，開始想念往日的美好時光。群眾不像當年他殺死凱迷拉時那樣爲他歡呼了，也沒有人記得他打敗蘇利米人和亞馬遜人的英勇事蹟。他在王室的宴會上講述那些故事時，賓客們拚命忍住打呵欠的衝動。就連他妻子菲洛諾聽了也會翻白眼。這種情況眞是有趣啊，新的英雄不斷崛起，老的英雄只能靠邊站。我們遺忘了過去的蠢事，懷念起往日的美好時光，像是燒毀宮殿，或是遭到瘋狂王后判處死刑。

柏勒羅豐下定決心，他認爲自己需要再來一趟冒險行動……一項中年危機任務，讓每個人再度愛戴他，也再爲他的人生增添一點樂趣。

他會比有史以來所有的英雄飛得更高。他會造訪奧林帕斯山的天神！他前往整個王宮最高的陽台，吹口哨呼喚沛加索斯。

飛馬回應了他的召喚。他們有好幾年沒見面了，沛加索斯看起來毫無變化，畢竟牠永生不死，但是牠看到柏勒羅豐變得那麼老，內心非常震驚。

沛加索斯歪著頭。「怎麼了？」

「噢，我的朋友！」柏勒羅豐說：「我們還有一項任務要完成！」

柏勒羅豐爬上馬背，拉起黃金韁繩。沛加索斯飛向天際，心想他們要出發去攻擊亞馬遜人還是什麼的。

柏勒羅豐卻踢著牠飛往錯誤的方向，飛往西方。過沒多久，他們加速越過愛琴海，登上雲端。

沛加索斯嘶嘶叫著，像是說：「呃，我們去哪裡？」

「我的朋友，去奧林帕斯山！」柏勒羅豐開心大叫。「我們要去見天神！」沛加索斯咕噥了一聲，準備轉向。牠以前曾經飛去奧林帕斯山，知道那裡是禁航區。凡人更是絕不可能獲得出入許可證。

柏勒羅豐堅定地握緊韁繩，違反沛加索斯的意願，強迫牠飛得愈來愈高。飛馬與柏勒羅豐，他們過往一直維持著兩相平衡的關係，但現在由柏勒羅豐發號施令。他忘了雅典娜多年前提出的警告：別太莽撞啊。千、萬、別、那、樣！

柏勒羅豐滿腦子想的只有他所能得到的光榮事蹟，以及回家之後能夠講述的天神故事，說不定還能帶一些紀念品送給孩子們。

與此同時，在奧林帕斯山上，荷米斯正站在一個陽台上享受著希臘冰神飲，這時他看到柏勒羅豐從地面一路飛上來。

「呃，宙斯？」傳訊天神叫道。「你在等快遞嗎？」

宙斯也走到他站的陽台。「那是誰？而且他飛上來的時候爲何笑得那麼誇張又那麼蠢？甘尼梅德，幫我拿一支閃電來！」

荷米斯清清喉嚨。「宙斯大人，甘尼梅德現在是午餐休息時間。你要我飛下去那邊打那傢伙一巴掌嗎？」

「不，」宙斯咕噥著說：「我另有點子。」

宙斯從附近的雲朵拉出一小撮蒸氣，塑造出一種全新的昆蟲，叫作牛虻。如果你從未看過牛虻，算你運氣好。基本上那是你所能想像最巨大、最醜陋的家蠅，再加上最煩人、最嗜血的蚊子特質。牠具有剃刀般鋒利的大顎，設計用來狠狠刺入馬肉，因此有時也叫作馬蠅。

宙斯送出這隻新種的吸血蟲，讓牠飛下去吃第一餐。牛虻從沛加索斯兩眼之間的正中央狠狠咬下去。

沛加索斯擁有永生不死之身，不過牠還是感覺到到疼痛。牛虻這一咬，等於是自從遭到「超級噴火山羊」燒到之後最糟糕的體驗。

飛馬猛然弓起背部，柏勒羅豐抓不住韁繩便摔了出去，從幾百公尺高處筆直落下而死。

沛加索斯感到萬分抱歉。但是拜託，柏勒羅豐早該知道不能飛去奧林帕斯山，結果他只落得尷尬摔死，而且現在我們其他人全得應付難纏的牛虻。

不過往好處想，柏勒羅豐和菲洛諾生了三個很棒的孩子。當然啦，他們的長子伊桑卓斯（Isandros）後來遭到阿瑞斯殺死。喔，他們的長女，拉俄達彌亞（Laodameia），遭到阿蒂蜜絲殺死。而他們的小兒子，希波洛丘斯（Hippolochos）……他活著！不過當然啦，希波洛丘斯的兒子格勞克斯（以科林斯老國王的名字命名）則是在特洛伊戰爭中遭到埃阿斯（Ajax）刺殺而死。所以，對啊……基本上，柏勒羅豐和每一個與他有關的人都遭到殺害。

故事結束。

如果你不喜歡這種結局，請記得，這些全都不是我捏造的喔。你大可叫我「無辜的波西」，這一切都不是我的錯。

# 9 昔蘭尼打扁一隻獅子*

(*產生這神話的過程中，沒有眞的獅子受傷)

身為半神半人，我常接到一大堆問題：泰坦巨神可以生出半神半人的小孩嗎？有沒有哪個凡人與兩位不同的天神墜入情網？要徒手殺死一隻獅子有什麼好方法？

昔蘭尼（Cyrene）超棒的，因為她的故事解答以上甚至更多的問題！

她出生在色薩利，位於希臘北部。你可能還記得她的部族，拉皮斯人，鐵修斯的故事裡提過。他們喜歡開派對、殺半人馬、看星期日的美式足球比賽，以及毀掉整個王國。拉皮斯人很狂妄、粗野，所以昔蘭尼長大後比較喜歡玩長矛而不是芭比娃娃，寧可揮劍也不看迪士尼電影。她的朋友們都知道最好別唱電影《冰雪奇緣》那首歌，否則她會掄起拳頭把她們打得不省人事。

我喜歡昔蘭尼。

她還小的時候，她爸爸許普修斯（Hypseus），可能又名希普斯特（Hipster），成為拉皮斯人的國王。他的祖父是掌管海洋的泰坦巨神歐開諾斯（Oceanus），這就證明泰坦巨神可以生出半神半人的孩子；而且許普修斯的爸爸是河精靈。由於昔蘭尼與天神有這兩方面的連結，難怪她的身體有超過百分之六十是由水組成，比例高於一般人類。我不是要批評啦，我的身體系統就含有大量的鹽水。

（安娜貝斯說，大部分的鹽水都在我的腦袋裡。好啦，非常好笑，聰明女孩。）

總之，昔蘭尼夢想著長大後要去打仗和南征北討。

她想要成為像爸爸一樣的偉大戰士。她想要每個星期六都去屠殺半人馬，而每個星期日都和男孩們一起看美式足球比賽！然而說來不幸，拉皮斯人根本不准女性從事這些娛樂。

「男人去打仗，」她父親說：「女人待在家。我不在家的時候，你只要看住綿羊就好。」

「我不想要看綿羊，」昔蘭尼咕噥著說：「綿羊好無聊。」

「女兒啊，」他斷然地說：「假如沒有人看守羊群，野生動物就會吃掉綿羊。」

昔蘭尼聽了精神一振。「野生動物？」

「是啊，熊、獅子、狼。偶爾還有龍。各式各樣的危險動物都很喜歡吃我們的牲畜。」

昔蘭尼抓起她的長矛和佩劍。「我想我會好好看守綿羊。」

於是，每次希普斯特國王外出征戰各個鄰國時，昔蘭尼便待在家裡，征戰各種野生動物。

她有很多種動物可以選。回顧當時，希臘的各個山丘和森林滿是凶惡的獵食動物，有山獅、熊、變種獾等，只要叫得出名稱的都有。昔蘭尼並沒有坐等那些獵食者跑來攻擊她的綿羊，她的羊群在狂風大作的崎嶇山谷裡靜靜吃草時，她會巡邏周圍的山丘，消滅所有可能的威脅。她殺過體型是她三倍大的熊；如果吃午餐前沒有至少和一隻龍打鬥一番，她會覺得這一天很無聊；她也害得變種獾的族群差點絕種。

昔蘭尼對危險上了癮。她的朋友們邀請她去參加派對，她會說：「不了，我想我要去殺個幾隻山獅。」

「你昨天晚上不就殺過了！」她的朋友們會這樣抱怨。

昔蘭尼才不在乎，她幾乎不吃也不睡，大部分時間都待在野外與她的羊群在一起，只有非回村莊不可的時候才回去。

她對自己的工作實在太盡責了，於是村民們請她幫忙順便照顧牛群。昔蘭尼很樂意，因爲這表示有更多誘人的目標會引來獵食者。她把牛羊群驅趕到危險的地方，希望能吸引更大型、更凶猛的怪物來與她打鬥。羊群和牛群對此根本不擔心，牠們完全信任昔蘭尼。

當一頭牛聞到一絲危險的氣息，牠會問另一頭牛：「那是什麼？」

「喔，」第二頭牛會說：「那只是一群狼啦。」

「牠們不會吃我們嗎？我們應該要驚慌逃竄嗎？」

「不，」第二頭牛說：「你看。」

昔蘭尼從黑暗中竄出，像女妖一樣發出尖嘯聲，然後把整群狼殺個精光。

「哇，酷喔。」第一頭牛說。

「是啊，她超讚的。還想多反芻一下嗎？」

昔蘭尼就是這麼厲害的獵人，連阿蒂蜜絲本尊都注意到了，女神送她兩隻超棒的獵犬當禮物。她企圖招募昔蘭尼加入她的追隨者行列，但昔蘭尼對於一輩子當處女沒有很熱衷。

「我真的很榮幸，」昔蘭尼說：「不過我喜歡獨自一人打獵，我不確定自己在一大群人裡面會怎樣。而且，嗯，我是有點希望以後有一天能結婚啦。」

阿蒂蜜絲皺起鼻子面露不屑。「聽你這樣說很遺憾。你很有才華。這個，拿著小冊子，只是怕你萬一改變心意的話。」

帶著兩隻新獵犬，昔蘭尼變得更加厲害。過沒多久，她就讓本地獵食者害怕到不行，以至於如果她的一隻綿羊走著走著脫隊了，兩隻熊還可能帶牠回到羊群，這樣牠們才不會惹禍上身。

有一天在奧林帕斯山上，阿蒂蜜絲正與她弟弟阿波羅聊到最強的凡人弓箭手。

「昔蘭尼絕對是前五名，」阿蒂蜜絲說：「她比較喜歡用長矛和劍，不過她拿弓箭也超厲害的。我希望她加入我的獵女隊，但她說還沒有對男人失去信心。」

阿波羅挑起他的天神眉毛。「眞的嗎？她辣不辣？」

「弟弟，連想都別想。」

「哦，我正在想喔。」阿波羅坦白說。

隔天早上，昔蘭尼像平常一樣繞著羊群巡邏附近山區，這時她突然想尿尿。（這是很多人問我的另一個問題：半神半人會用廁所嗎？首先，會啊，廢話。其次，你爲什麼要問這種問題啊？）

昔蘭尼的獵犬正在羊群的另一邊護衛牠們，因此她獨自一人。她放下手中的武器，畢竟聰明的英雄不會拿著銳利的刀刃去小解。她走向最靠近的樹叢。

說來不巧，剛好有一隻巨大公獅蹲在那團樹叢後面，覬覦著昔蘭尼的羊群。

昔蘭尼一看到那頭獵食者整個呆住。她和那隻大貓瞪著彼此，因爲互相打擾到對方；獅子是因爲想吃綿羊，昔蘭尼則是因爲得要噓噓。她兩手空空，也相信獅子不會給她機會回去拿長矛和佩劍，但她並沒有特別害怕。

獅子咆哮一聲，像是說：「後退，女士。」

「我可不這樣想喔，」昔蘭尼扳動指節劈啪作響，「你想要那些綿羊，就得先過我這一關。」這不太像你很常聽到的英雄式談話。

獅子一躍而起，昔蘭尼也向牠撲去。

各位同學，千萬別在家裡嘗試這個。獅子有尖銳的爪子和牙齒，人類可沒有。但是昔蘭尼一點都不擔心，她朝獅子的臉揮出一拳，然後蹲下身子，閃過獅子揮來的一掌。

隨著戰鬥愈來愈白熱化，附近山頂上的雲層也散開了。昔蘭尼沒注意到，不過有一輛金色戰車由四匹白馬拉著從天空飛下來，降落在山頂上。

天神阿波羅低頭看著兩個小小的身影在山谷裡打鬥。透過天神視力，他可以把昔蘭尼看得一清二楚。她有一頭黑色長髮，隨著她低身閃開獅子而甩成弧形。在陽光照耀下，她的優雅四肢顯露出閃閃發亮的青銅色澤。即使身處於打鬥之中，她的臉龐依舊美麗且平靜。她令阿波羅回想起一位戰爭女神，他自己應該知道……他與好幾位戰爭女神有關係。

他看著昔蘭尼以柔道的過肩摔招式，把獅子摔到草地另一邊。

「哇……」他自言自語地說：「一個小妞對獅子過肩摔，沒有什麼比這更辣的了。」

這樣講也許很低俗吧。但是換個角度想，很多天神看到這種戰鬥場面都會企圖出手干預。他們可能會這樣想：「嘿，小女孩，你需要一點助力去對付那頭壞壞的大獅子吧？」不過阿波羅看得出來，昔蘭尼完全不需要協助。阿波羅與姊姊阿蒂蜜絲一起長大，所以很習慣這種自負且傲慢的女性。他樂得當觀眾。

唉呀，我只希望我能和大家分享這種天神式思考。喂，我知道啦！

阿波羅站立的山頂剛好位於奇戎的洞穴附近，奇戎是那匹聰明的半人馬，負責訓練所有最優秀的英雄。

「奇戎絕對會很欣賞這個！」阿波羅彈彈手指，於是半人馬突然出現在他身邊，手裡還端著一碗湯。

「嗯，哈囉……」奇戎說。

「老兄，抱歉打擾你吃午餐，」阿波羅說：「不過你一定要看看這個。」

奇戎望向阿波羅手指的地方。

獅子對昔蘭尼揮出一掌，沿著她的上臂劃開一道滲血的深長傷口。昔蘭尼憤怒吼叫，隨即以迴旋踢的招式踢中獅子的口鼻，接著跑上一棵樹的樹幹，再翻身飛越獅子背部，在牠背後落地，然後輕輕招手，那動作像是表示「放馬過來」。

「啊，」奇戎說：「這種事不是每天都看得到。」

「那位女士的招式很多，對吧？」阿波羅說。

「是啊，我聽過很多關於昔蘭尼的事，」奇戎說：「眞希望我能訓練她。」

「那麼爲何不進行？」天神問。

奇戎難過地搖頭。「她父親希普修斯絕對不會允許。他對女性角色的想法很老派。只要昔蘭尼繼續待在拉皮斯人那邊，我擔心她永遠無法發揮十足的潛力。」

而在下面的山谷裡，昔蘭尼抓起獅子的兩隻後腳，繞著圈子甩動牠，然後把牠拋向一塊岩石。

「那麼，」阿波羅說：「這樣說吧，如果有個天神愛上那女孩，立刻把她帶去其他地方，你覺得會怎樣？」

奇戎若有所思地拉扯他的鬍子。「假如是把昔蘭尼帶去一片新天地，而那裡的人設定的規矩不會限制她，那麼她就可以隨心所欲生活，看是要成爲英雄、王后，還是建立一個偉大的城邦都行。」

「天神的女朋友呢？」阿波羅問。

「相當有可能喔，」奇戎表示同意，「還有許多英雄的母親。」

阿波羅看著昔蘭尼對獅子使出鎖喉功。她將那頭野獸掐死，接著在牠屍體周圍大搖大擺走著，高舉雙拳表示勝利。

「再見啦，」阿波羅對半人馬說：「我要去綁架一個女朋友。」

昔蘭尼剛尿尿完，並把手臂上的傷口包紮好，這時一輛金色戰車出現在她旁邊，整輛車包裹在一團火球裡。她的綿羊和牛群都沒有驚嚇退縮，牠們以爲這又是另一種獵食者，反正昔蘭尼會把它收拾掉。

阿波羅走出戰車。他穿著最好的紫色長袍，額頭戴著一頂月桂冠，雙眼閃耀著像是熔融黃金的光芒，一臉微笑令人眩目，而且渾身閃爍著一圈蜂蜜色的光暈。

昔蘭尼皺起眉頭。「我猜你不是本地人吧？」

「我是阿波羅。昔蘭尼，我一直在注意你。你是美麗的風景、力量的典範，也是眞正的英雄，不應該只是在看守綿羊！」

「看守綿羊沒有那麼糟，我要殺死各種野生動物。」

「你的確做得很棒！」阿波羅說：「可是，如果我帶你去一片新天地，讓你在那裡建立一整個王國呢？你可以擔任女王，統治那裡，打敗一群又一群的敵人，而且和天神約會！」

昔蘭尼考慮了一會兒。阿波羅還滿可愛的，與拉皮斯男人比起來，他是比較好的新郎人選。他說話很悅耳動聽，而且搭乘黃金戰車應該很愜意愉快。

「我願意去第一次約會，」她下定決心，「咱們再看看結果如何。你有想要去哪裡嗎？」

阿波羅咧嘴而笑。「聽過非洲嗎？」

「唔，我想的比較像是村裡的義大利餐廳，但我猜非洲也不錯。我可以帶獵犬去嗎？」

「當然可以！」

「那我的綿羊和牛群呢？」

「戰車裡面沒空間，抱歉。等我們到了那裡，你可以買一群新的動物。」

昔蘭尼聳聳肩，接著吹口哨將她的獵犬喚來，一起登上阿波羅的戰車。他們在天空中劃出一道火熱的弧形，然後直奔非洲，放任那些可憐的綿羊和牛群照顧自己。牠們也算幸運，昔蘭尼已經把方圓八十公里內的每一隻獵食者都殺光了，所以牠們可能很安全。

阿波羅帶他的新女友前往非洲的北部海岸。他們降落在一片高地上，現在那裡叫利比亞，連綿起伏的丘陵上點綴著杉木、桃金孃樹叢和血紅色的夾竹桃。到處都有泉水從石縫間泉湧而出，清澈的小溪蜿蜒穿越草地，草地上布滿了各種野花。而在遠處，海岸邊緣有一道白色沙灘，閃閃發亮的藍色大海一直延伸到遠方的地平線。

「這裡比以前的家園棒多了。」昔蘭尼讚歎著說。

「而且這全是你的！」阿波羅說。

能夠獲贈自己的領土，昔蘭尼實在無法拒絕。她和阿波羅成為發燒組合，他們在丘陵間一起打獵，在月光下的沙灘上奔跑；而且偶爾啦，只是為了好玩，趁著荷米斯經過頭頂上幫眾神傳遞訊息時，他們對他射箭。一箭射中荷米斯的屁股總是讓他們哈哈大笑。

而在希臘，阿波羅的神諭傳播這樣的消息：如果想在超棒女王的統治下展開新生活，應該前往非洲共襄盛舉。

過沒多久，那個山谷裡就有一整個希臘殖民地成長茁壯。他們建立一個城邦，叫作昔蘭尼，顯然是以女王為名。城邦內最大也最重要的神廟獻給阿波羅，這也毋庸置疑。

昔蘭尼城邦成為非洲第一個也是最重要的希臘殖民地，一直延續到羅馬帝國時代的大半時間。（我聽說那裡至今還留有廢墟，不過我沒有親眼看過。我每次去到像那樣的地方，不是要打怪物，就是差點死掉，所以請各位代替我去，幫我拍點照片回來喔。）

阿波羅和女獵人昔蘭尼生了兩個兒子。大兒子是阿里斯塔奧斯（Aristaios），名字的意思是「最有用」。這孩子恰如其名。他還小的時候，阿波羅帶他回到希臘，請半人馬奇戎訓練他。阿里斯塔奧斯不是很擅長用長矛和劍，但他發明出各式各樣的重要技能，像是製作起司和養蜂，讓他在當地農夫市集炙手可熱。眾神實在太欣賞阿里斯塔奧斯了，後來讓他變成小神。下一次你玩「棋盤問答」遊戲時，如果需要回答「掌管養蜂和製作起司的天神」，你就知道答案啦。不客氣。

昔蘭尼的小兒子叫伊德蒙（Idmon），長大後成為預言家，畢竟他爸爸是預言天神阿波羅。說來不幸，伊德蒙第一次查看未來時，竟然預見了自己的死亡。大多數人得知這種事，心情總是會一團亂，但是伊德蒙從容應對。過了幾年後，英雄傑生要招募一個半神半人夢幻隊伍，與他一起出任務去取得金羊毛，伊德蒙加入了，即使他早就知道自己登上阿爾戈號會遭到殺害。他不想錯過「身為英雄而死」的機會。這句話獻給各位。

昔蘭尼在非洲過得很愉快，她很喜歡擔任自己城邦的女王。但是隨著時間流逝，她開始覺得孤單。她的兩隻獵犬都過世了，兩個孩子長大成人，而阿波羅來訪的機會也愈來愈少。

天神都像那樣，他們很容易對自己的凡人愛侶感到厭倦。對他們來說，人類就像學校教室裡養的沙鼠那類寵物，第一次輪到你帶一隻回家照顧時，你簡直興奮到不行，很想好好照顧牠。到了學期結束時，你已經帶沙鼠回家六次之後，你會像這樣想：「又輪到我了嗎？我一定要帶牠回家嗎？」

昔蘭尼從來不覺得自己會懷念希臘家鄉，不過她開始想念往日的美好時光，像是與獅子摔角、看顧羊群，甚至是粗野的拉皮斯男人對她無禮。昔蘭尼決定再回去色薩利一次，拜訪童年時代的朋友，以及看看她爸爸是否健在。

那是一趟漫長的旅程，等她終於回到色薩利，得知父親已經過世了。拉皮斯族的新國王完全不想與她有所牽扯，而她大多數朋友都已經結婚，甚至不認得她，要不然就是過世了，畢竟拉皮斯人的生活環境相當嚴酷惡劣。

昔蘭尼大膽進入她自己的荒野裡，在以前看顧羊群的舊時小徑到處漫遊。她好想念那兩隻獵犬，想念自己年輕的時候。她感到既空虛又生氣，但不明白自己究竟對誰生氣，於是她將劍尖用力刺入堅硬的地面。

「那樣會讓你的劍尖變鈍喔。」旁邊有個聲音說。

就在她旁邊，一個身穿全副戰鬥盔甲的魁梧男子與她並肩而立。他手上拿著一支滴血的長矛，彷彿剛從一場大屠殺走出來，準備很快喝杯咖啡休息一下。他的俊朗容貌就像大山給人的感覺一樣，輪廓分明、冷峻無情、莊嚴崇高，而且可能致命。他的護胸甲上畫了一隻後腳站立的野熊。

「你是阿瑞斯。」昔蘭尼猜測說。

戰神露齒而笑。他的雙眼能熊燃燒，很像小型的火葬柴堆。「你不害怕嗎？我看得出阿波羅爲何喜歡你。可是，你和那種像『詩歌先生』的漂亮男孩在一起幹嘛？你是一名戰士，你需要眞正的男人。」

「哦，是這樣嗎？」昔蘭尼從地上猛力拔出自己的劍。她並不害怕，她在這片嚴酷的土地長大，周圍總是環繞著吵鬧凶惡的士兵。她知道阿瑞斯，阿瑞斯像是代表了她的整個童年，也就是阿波羅帶她離開時，她毅然拋棄的那一切事物。面對戰神，她不確定自己究竟是恨他還是愛他。

「我猜，你打算讓我一見傾心囉？」昔蘭尼怒吼著說：「你會帶我去某塊陌生土地，讓我當女王？」

阿瑞斯笑了。「不。但是，假如你渴望回想起自己來自什麼樣的地方……我就是你要的人。昔蘭尼，你沒辦法逃避自己的根源。殺戮是你與生俱來的本領。」

昔蘭尼發出粗啞的喊叫聲，對戰神發動攻擊。他們在整片山腰上來回打鬥，盡全力要砍掉對方的頭。昔蘭尼在戰鬥中毫不退卻，阿瑞斯則是又笑又叫以示激勵。到最後，昔蘭尼筋疲力竭，終於扔掉手上的劍。她擒抱阿瑞斯的胸膛，而他竟以意想不到的溫柔擁抱著她。接下來想也知道，他們以親吻取代打鬥。

我稱這個叫作「判斷上的錯誤」。就我的意見，砍掉阿瑞斯的頭永遠是最佳選擇，但是昔蘭尼既脆弱又孤單，她當時的心情是想要一些不一樣的東西，而阿瑞斯身上的特質剛好與阿波羅很不一樣。

昔蘭尼與戰神相處了很多個月，他們生了一個兒子叫狄奧墨迪斯（Diomedes），他後來成爲色雷斯的國王，那位於比色薩利更偏遠的北方，而且環境加倍嚴酷。阿瑞斯是色雷斯的守護天神，因此狄奧墨迪斯去當那裡的國王也就沒什麼好意外的了。

狄奧墨迪斯這傢伙眞的很討人喜歡。他沒有到處開戰或虐待農人的時候，平常就是飼養會吃人肉的馬兒。只要有囚犯或他不喜歡的賓客，就會把他們扔進馬廄……直到有個名叫海克力士的傢伙阻止這個習慣爲止。再過幾章就會講到他的故事。

後來，昔蘭尼漸漸對北方荒野感到厭倦。她回到非洲海岸自己的城邦，發現阿波羅在山丘上等她，那裡是許多年前他們搭乘戰車第一次降落的地方。

天神面露微笑，但是他的金色雙眼既悲傷又冷淡。「在色雷斯過得好嗎？」

「唔，阿波羅，聽我說……」

天神舉起手掌作勢阻止。「你不需要向我解釋。我應該體貼一點，但是我沒有。我帶你離開土生土長的地方，然後離開了你。那不是你的錯。但是，昔蘭尼，恐怕我們之間的關係要結束了。」

「我知道。」昔蘭尼覺得如釋重負。她與兩位天神生了三個半神半人小孩，她的一生已經比絕大多數人都要豐富得多，也絕對比她那個時代的大多數女性更加多彩多姿。她準備迎接比較平靜和安寧的生活了。

「你想要住在哪裡？」阿波羅問：「色薩利還是這裡？」

昔蘭尼凝視著四周散布桃金孃和夾竹桃的山丘，還有綠色草地、白色沙灘和閃閃發亮的藍色大海。城邦內的希臘移民忙著建造新神廟獻給眾神，而這個城邦以她命名。

「我屬於這裡。」她說。

阿波羅點點頭。「那麼，我還有一件禮物要送給你。阿瑞斯是錯的，你的根源究竟在哪裡，應該由你來選擇。我會讓你和這塊土地永遠聯結在一起，你的精神將會永遠長存。」

昔蘭尼不太確定「永遠聯結在一起」是什麼意思，不過只見阿波羅揮揮手就完成了。一道溫暖的漣漪傳遍昔蘭尼的全身，她的視線變得好清晰，彷彿有人終於給她一副度數完全正確的眼鏡。突然間，整個世界變得高度清晰，她可以看見風精靈飛掠天空，還有木精靈在樹木之間跳舞，讓整座森林變成一張充滿綠色光影的掛毯。野花聞起來更加香甜，地面在她腳下感覺更加堅實，小溪的潺潺流水聲也變成清亮美聲的大合唱。

「你做了什麼？」昔蘭尼問，她內心的驚訝多過於害怕。

阿波羅親吻她的額頭。「我讓你成為水精靈。你的曾祖父是歐開諾斯，你的祖父是河神，因此你始終擁有水精靈的特質。現在，你的本質與這座山谷的河流聯繫在一起了，你會比其他凡人活得更長久，也能享有平靜和健康。只要這個山谷繼續繁茂，你也會一樣。再見了，昔蘭尼，也謝謝你帶來的回憶。」

我不確定昔蘭尼對這一切有何看法，我甚至不知道原來可以把凡人變成自然界的精靈，不過天神就是充滿各種驚喜嘛。

如同阿波羅的承諾，昔蘭尼活得非常長壽。最後她離開她的希臘殖民地，全心全意與河流裡的其他水精靈住在一起，只是偶爾出來給她的朋友和家人一些忠告。有一次，她的兒子阿里斯塔奧斯養的蜜蜂全部不見了，於是她幫兒子重新找回蜜蜂……不過那完全是另一段故事了。也許我們會在《波西傑克森：真正小牌天神》書裡提到。

（開玩笑的喔，各位。千萬別再幫出版社亂出更多主意了。）

沒有人知道昔蘭尼什麼時候終於變得衰弱而死，也說不定她依舊在古老城邦廢墟附近的某條溪流裡遊蕩。無論如何，我必須大大稱讚這位女士。任何人能夠經歷兩段天神關係還能活下來，而且神智正常又清明，這絕對比大多數的英雄更加強大。昔蘭尼能夠好幾次重新創造自己的人生，擁抱她的嶄新王國和嶄新人生，而且在那次造訪過色雷斯之後，她再也沒有回頭。

那真的很有膽識。回頭很可能會得到很糟的結果。

關於這點，你只要問奧菲斯（Orpheus）就知道了。

喔，等一下。你不能問他，因爲他被砍頭了。

想知道發生什麼事嗎？你一定很想知道。讓我來說說這個全世界最厲害音樂家的故事，以及他究竟是如何把事情搞砸了。

# 10 奧菲斯傷心獨奏

美好的老色雷斯，我最愛這種彷彿歷經災難後的荒涼土地，在那裡生活很艱辛，祭司要獻血給阿瑞斯，國王甚至餵馬吃人肉！聽起來就像是年輕男孩會成爲豎琴家的地方，對吧？

奧菲斯就是出生在這裡。當然啦，披頭四（Beatles）是從英國的利物浦發跡，而Jay-Z是出身於美國布魯克林的公共住宅，所以我猜想，音樂就是可以誕生在出乎意料的地方吧。

至於奧菲斯的父母是怎麼邂逅的呢……那就更離奇了。

他爸爸是色雷斯國王，名叫俄阿格洛斯（Oeagrus，祝你唸得順利）。俄阿格洛斯年輕單身時，喜歡派對和唱歌的程度與喜歡打架差不多，於是酒神戴歐尼修斯和他那群酒鬼大軍路過鎮上、準備去侵略印度時，俄阿格洛斯張開雙臂歡迎他們，也迫不及待拿起杯子斟滿酒液。

「你們要去侵略外國，沒有特別的原因嗎？」俄阿格洛斯問。「我超想加入！」

於是俄阿格洛斯召集自己的人馬，一起加入酒神的遠征行列。

剛開始，一切都像彩虹和夏多內白酒一樣美好。俄阿格洛斯與酒神的追隨者相處融洽，他與梅娜德尤其親近；梅娜德就是那些瘋狂精靈，喜歡徒手把她們的敵人撕成碎片。色雷斯人很能欣賞這種事！

每天晚上，俄阿格洛斯都在營火旁與梅娜德一同喝酒，唱著色雷斯民謠。這傢伙是渾厚的男中音，他唱著悲傷的曲調時，聽眾往往爲之落淚；如果唱起歡樂的曲子，每個人又會隨之起舞。事實上，他唱得實在太好了，結果吸引到一位繆思女神（Muses）注意他。

（我弟弟泰森在我旁邊，他以為我說的是「moose」，也就是麋鹿。不對，泰森，故事裡這傢伙並不是吸引到一隻麋鹿注意他。泰森現在很傷心。）

九位繆思女神是永生不死的九姊妹，她們各自掌管不同領域，像是歌唱、戲劇……呃，猜字謎遊戲、迴響貝斯、踢踏舞，也許還有其他什麼我忘了。卡莉歐碧（Calliope）是繆思女神的大姊，她掌管史詩，引導作家們寫出英雄和戰爭的故事，以及……你知道嗎？我這下子才想到，我開始寫這本書之前，眞應該獻上祭品給她。這完全是她的領域啊。

唉呀，各位，眞抱歉。這本書並沒有獲得適當的繆思女神正式核可，如果它在你手中爆炸，都是我不好。

總之，就像所有的繆思女神一樣，卡莉歐碧非常愛好音樂。俄阿格洛斯跟著酒神揮軍向東方前進時，卡莉歐碧在奧林帕斯山上的公寓裡聽到他唱歌。她極度著迷，於是隱匿行跡飛下去，想查看究竟是哪個酒醉戰士唱出這麼美麗的聲音。

「哇，這位歌手唱得好棒啊！」卡莉歐碧讚歎地說。

雖然沒有接受適當的訓練，俄阿格洛斯卻擁有天賦才華。他唱歌時充滿了感情和自信，而且長得不難看。隨著軍隊向前行進，卡莉歐碧一路跟隨，以隱形的方式在他頭上不斷盤旋，活像一隻鬼鬼祟祟的大海鷗，這樣她每天晚上都能聽見俄阿格洛斯的歌聲。

最後，戴歐尼修斯抵達印度。如果你讀過我寫的另外一本書《波西傑克森：希臘天神報告》，你就知道他的入侵過程不是很順利。希臘人渡過恆河，結果有一群會發射火箭的印度聖者把他們轟得亂七八糟。大夥兒驚慌撤退，俄阿格洛斯也跑進恆河裡，但是他忘了一個小細節：他不會游泳。

大批醉醺醺的戰士和梅娜德驚慌奔逃，從俄阿格洛斯身上踐踏而過，要不是卡莉歐碧一直守護著他，他可能就淹死了。他一沉入水裡，卡莉歐碧立刻潛入河中。她不知用什麼方法將俄阿格洛斯甩到自己肩膀上，以肩負重物的方式扛著他前往對岸。那景象看起來一定很怪異：一位可愛的女士身穿白色長袍從恆河裡面冒出來，肩上扛著一名高大粗野的色雷斯戰士。

戴歐尼修斯的軍隊懷著沮喪的心情行軍回到希臘，但是卡莉歐碧和俄阿格洛斯度過一段美好時光。在那段旅途中，他們墜入愛河；色雷斯人回到家鄉時，卡莉歐碧已經生下一名半神半人兒子，取名叫奧菲斯。

小男孩在色雷斯長大。對一名多愁善感的年輕音樂家來說，在那裡生活並不輕鬆。他爸爸意識到他永遠不可能成爲戰士後，就對他失去興趣。假如你拿一把弓給這個小男孩，他會在弓弦上撥彈曲調；如果你給他一把劍，他會把劍丟掉，尖叫著說：「我討厭尖尖的東西！」其他小孩都取笑他、霸凌他、排擠他……直到他學會用音樂保護自己。奧菲斯漸漸發現，他唱歌可以讓大多數心懷敵意的惡霸聽了潸然落淚，他吹奏牧笛也可以讓別人不會把他打倒在地。要攻擊他的人就這樣定在原地不動，既陶醉又入迷，任憑奧菲斯走開。

每個週末，他媽媽卡莉歐碧會帶他去找其他幾位繆思女神上音樂課，奧菲斯幾乎是爲了那些課而努力活著。他那些永生不死的阿姨把她們對音樂的所知全部教給他，那基本上就是全部了。

過沒多久，這孩子就讓他的老師們黯然失色。奧菲斯擁有他媽媽的細膩巧手和天神的能力，也擁有他爸爸的粗獷才華和凡人的神經質。繆思女神從未聽過這麼美妙的聲音。

她們讓奧菲斯嘗試各式各樣的樂器，包括爵士鼓、法國號及一九六七年的「Telecaster」電吉他。奧菲斯對所有的樂器都駕輕就熟。然後有一天，他發現有一種樂器能讓他變得很有名，唯一的問題是：那種樂器屬於一位天神所有。

有個週末，阿波羅拜訪九位繆思女神，要請她們參與他剛寫好的音樂劇《關於我的二十五件偉大事蹟》（這是《關於我的二十件偉大事蹟》的續集）。

阿波羅用他的七弦琴彈了幾首曲子給她們聽，這時奧菲斯坐在房間角落裡，聽得瞠目結舌。他以前從來沒聽過「七弦琴」這種樂器，其實所有凡人都沒聽過。回顧當時，阿波羅擁有獨一無二的一把七弦琴。那是荷米斯利用龜殼、兩根棍子，加上一些綿羊肌腱做的琴弦所發明出的樂器，因爲荷米斯超天才。由於偷牛事件，荷米斯把七弦琴送給阿波羅而躲過牢獄之災（這事說來話長），而七弦琴就成爲阿波羅的珍貴寶物。

彈了幾首曲子後，阿波羅放下樂器，請九位繆思女神聚集在房間另一側的鋼琴旁邊。他們聚精會神討論，嘗試爲盛大的結尾搭配九部合聲時，奧菲斯走向七弦琴。

他實在是忍不住。他拿起那件樂器，撥彈了一個和弦。

阿波羅猛然站起。他的雙眼燃燒著熊熊怒火，九位繆思女神則連忙躲起來尋求掩蔽，因爲沒有人可以不經允許而拿起天神的玩意兒。

只有兩個原因讓阿波羅沒把那孩子炸成灰燼。第一，奧菲斯手上拿著七弦琴，阿波羅可不想傷害到它；第二，奧菲斯彈奏出阿波羅從未聽過的最驚人曲調。

那男孩彈奏的模樣，彷彿七弦琴是他自己身體的一部分。他的手指滑過琴弦，勸誘出難以置信的甜美旋律和對位曲調。九位繆思女神聽了喜極而泣，阿波羅的憤怒也消失於無形。

奧菲斯的音樂充滿凡人的痛苦與悲傷，沒有一位天神能夠做出這麼沒有修飾的音樂，阿波羅非常欣賞。以前宙斯曾經兩次懲罰阿波羅短暫變成人類，他的天神靈魂禁錮在脆弱的肉身裡，阿波羅還記得那有多難熬。奧菲斯的音樂能精準掌握那種感受。

奧菲斯彈完曲子，抬起頭，怯生生地看著阿波羅。「主人，我很抱歉。我……我實在忍不住。您現在可以殺了我。我彈過七弦琴，此生無憾了。」他跪下去，將樂器呈遞給天神。

阿波羅搖搖頭。「不，親愛的孩子，留著七弦琴，我會再做另一把。」

奧菲斯瞪大雙眼。「眞的嗎？」

「你應得的。拿著這把七弦琴到世界各地彈奏音樂，也教別人學習彈奏。只是請你幫我一個忙，別教他們彈〈天堂之梯〉[19]好嗎？我眞的聽膩那首歌了。」

奧菲斯彎腰伏地感謝天神。他完全按照阿波羅的要求，旅行世界各地教導其他人製作七弦琴，並彈奏出優美的音符。他從各地收集音樂，甚至遠行到埃及，把那個古老國度的音樂納入他的演奏曲目。他更讓自己的彈奏和歌唱技巧臻於完美，而且只要遇到有人想學〈天堂之梯〉這首歌，奧菲斯就拿走他們手上的樂器，對著牆壁用力砸爛。

奧菲斯變得才華洋溢，他的音樂能讓整個城邦安靜下來。他會穿越市場彈著七弦琴，讓所有人呆立不動。商人停止賣東西，扒手停止偷竊，雞隻停止發出咯咯聲，連小嬰兒都停止哭泣。大批人群會跟著他走到鎮外，只爲了聽他彈奏。他們會跟在奧菲斯身後走上好幾百公

---

[19] 〈天堂之梯〉（Stairway to Heaven）是樂團「齊柏林飛船」（Led Zeppelin）的歌曲。

里路，到最後一臉茫然看著四周，心想：「我住在埃及，現在跑到耶路撒冷幹嘛？」

奧菲斯依舊讓自己不斷精進。野生動物對他的音樂沒有抵抗力，他穿越森林時，獅子會聚集在他周圍並滾動身子，於是他唱歌時可以輕撫牠們的肚子。他唱起狼群喜歡聽的歌〈飢餓如狼〉[20]時，牠們會跑來摩蹭他的腿，而且猛搖尾巴。鳥兒也會成群停棲在樹上，靜靜聆聽奧菲斯彈琴，希望能學到某些訣竅好增進牠們的鳴唱技巧。

最後，奧菲斯的音樂力量變得非常強大，甚至可以影響環境。樹木會在大地上移動，用樹根像螃蟹一樣小跑步，以便靠近奧菲斯的七弦琴；他唱歌時，巨石凝結出水分宛如哭泣；滾動的石頭沿路跟在他後面（那可能是「滾石合唱團」吧，因爲那幾位老兄看起來夠老了，很可能認識奧菲斯）；河流停止流動，以便聆聽他的樂音；雲層讓自己固定在空中，於是能夠坐擁演唱會最高最遠的「流鼻血座位」。

全世界萬事萬物都無法抗拒奧菲斯，他的音樂簡直就像太陽產生的萬有引力，將所有事物拉向他。

而他沒有教音樂時，也做了很多英雄會做的事。舉例來說，他登上阿爾戈號參與航行，不過這部分我們會留到傑生那一章再說。請不要轉台喔。

（聽懂了嗎？音樂？不要轉台[21]？好吧，泰森覺得這樣很好笑。）

奧菲斯變得太出名了，不管到哪裡都吸引一大票迷妹迷弟。他一開口唱歌，眾人的心就融化了。他贏得眾多獎項，收到四面八方來的求婚函，而且他的 Youtube 頻道點閱率高到連網站都掛掉了。他比貓王更受歡迎，比小賈斯汀更受歡迎，甚至比「此處插入本週最受歡迎的隨便哪個少男偶像團體」更受歡迎。（抱歉，我沒在追這個。）

為了逃避自己的名氣，奧菲斯回到家鄉色雷斯，因為那裡的人們不太關注他的事。這種狀況還滿妙的，無論你在全世界變成多麼重要的人，與你一起長大的那些人還是覺得「是喔，隨便」。

「嗨，爸，」奧菲斯會說：「我得回家逃離我的幾百萬粉絲。」

「粉絲？」他爸爸咕噥說著：「你為什麼有粉絲？」

「這個嘛，我的音樂可以讓河川停止流動、讓樹木移動，而且每次都有滿滿一整個城邦的人跟著我走上好幾百公里的路，為了要聽我彈奏音樂。」

「拜託。」他爸爸沉下臉。「你連一把劍都還握不穩。」

待在色雷斯的時候，奧菲斯的大部分時間都與戴歐尼修斯的追隨者在一起，因為至少他們能欣賞精彩的派對音樂。奧菲斯幫忙籌辦「戴歐尼修斯神祕儀式」，那是大型的靈性狂歡晚會，搭配大量的葡萄酒、音樂和戲劇，以此榮耀天神。戴歐尼修斯並不需要多添加什麼戲劇性，但我猜音樂是很棒的附帶部分。

然而，就連色雷斯也有奧菲斯的瘋狂粉絲。狂歡晚會期間，梅娜德都會喝醉，然後開始向他求歡。但奧菲斯只關注他的音樂，不會回應那些舉動，於是梅娜德會生氣。幾次以後，她們差點引發暴動、把他撕成碎片。

奧菲斯的媽媽卡莉歐碧覺得為了安全起見，他應該結婚，也許那會讓他的粉絲不再打擾

---

⑳〈飢餓如狼〉（Hungry Like the wolf）是樂團「杜蘭杜蘭」（Duran Duran）的歌曲。

㉑「不要轉台」這裡用的英文是 stay tuned，字面上的意思也是「不要轉調」。

他。她與阿波羅談起這件事，他剛好想到一個合適人選，是他的女兒，很年輕的半神半人，名叫尤麗迪絲（Eurydice）。

奧菲斯下一次舉辦音樂會時，卡莉歐碧安排尤麗迪絲在後台通道與他碰面。他們兩人見了面，那是一見鍾情……或至少是在第一次見面的最後彼此鍾情。身爲阿波羅的女兒，尤麗迪絲天生就有音樂細胞，因此立刻就很了解奧菲斯。奧菲斯回到後台的更衣室後，整個中場休息時間，兩人有聊不完的話；等到最終一次安可之後，奧菲斯帶尤麗迪絲走上舞台，宣布他們要結婚了。

他的粉絲們痛哭哀嚎、撕扯自己的頭髮，但是尤麗迪絲看起來那麼美，而且奧菲斯看起來那麼高興，於是群眾們很體貼，拚命壓抑想要衝上去踩爛舞台的衝動。隨後的好幾個星期，社群媒體反覆報導他們是多麼可愛的一對，不過沒人能決定該怎麼幫他們取簡稱。奧迪配？斯絲配？

所有的名人和天神都出席他們的婚禮。九位繆思女神提供音樂，阿波羅擔任主持人，戴歐尼修斯則是花童。（好啦，這應該是我亂掰的。）

掌管婚禮的天神海門奈俄斯（Hymenaios）親自出席，帶領隊伍行進，不過怪就怪在這裡，他護送新娘子走上紅毯時竟然哭了。他穿著黑色喪服，而且他的神聖火炬本來應該熱烈燃燒，這時卻是劈啪作響而且冒煙，賓客看了都很疑惑。對婚禮來說，這實在是很不好的預兆，但所有人都很害怕而不敢詢問原因。

至於奧菲斯和尤麗迪絲，他們實在太相愛而根本沒注意到。新郎在婚宴上對新娘唱歌，歌聲那麼甜蜜，所有觀眾聽了都哭成一團。

他們應該度過有史以來最浪漫的蜜月。但不幸的是，有個跟蹤狂把一切都毀了。你可能以爲我說的跟蹤狂是針對奧菲斯，但不是。原來他的妻子也有自己的瘋狂粉絲。

好幾年來，一位名叫阿里斯塔奧斯的小神老是想要吸引尤麗迪絲的注意。也許你還記得上一章提過阿里斯塔奧斯，記得昔蘭尼的孩子嗎？如果不記得，別擔心啦，他是掌管養蜂和製作起司的天神，不是很重要的角色。

總之，他超級迷戀尤麗迪絲，但尤麗迪絲並不知道阿里斯塔奧斯這個人。等他得知尤麗迪絲結婚了，整個人變得既瘋狂又絕望。尤麗迪絲犯了可怕的大錯！她爲什麼要嫁給全世界最棒的音樂家呢？她明明可以嫁給起司天神啊！阿里斯塔奧斯必須讓她明白其中的道理。

尤麗迪絲和奧菲斯正在度蜜月時，一天下午，他們心情放鬆，坐在森林裡一片美麗的草地上。奧菲斯決定彈一會兒他的七弦琴，因爲就連音樂天才都需要勤奮練習，因此尤麗迪絲自己跑去附近散步。

大錯特錯。

阿里斯塔奧斯跟在後面，埋伏在樹叢裡。他一直等到尤麗迪絲離開草地大約八百公尺遠，然後跳到她面前大喊：「嫁給我！」

阿里斯塔奧斯到底在想什麼啊？我猜想，他心目中唯一的女性榜樣是他媽媽昔蘭尼，而昔蘭尼完全不是浪漫那一型的。她贏得第一任丈夫的愛情是透過殺死一隻獅子，而贏得第二任丈夫則是企圖把他的頭砍下來。也許阿里斯塔奧斯認爲只要他表現得很有侵略性，尤麗迪絲最終會注意到他。

好吧，她注意到他了。她嚇得尖叫並跑開。

如果有人跳到你面前大喊「嫁給我！」，最好的做法是大喊救命和跑開，十次有九次是這樣沒錯。然而在這個例子裡，尤麗迪絲更聰明的做法其實是一拳打倒阿里斯塔奧斯；畢竟他只是掌管起司的天神，很可能會尖叫逃走。

但尤麗迪絲驚慌失措。她沒有看清楚自己往哪裡跑，跌跌撞撞穿越一片長草叢，結果直闖一窩毒蛇的巢穴。一條毒蛇將尖牙刺入尤麗迪絲的腳踝，這年輕的新娘立刻倒下。

阿里斯塔奧斯追上她的時候，她已經臉色發青。他看到一條毒蛇窸窣溜走，那是全希臘毒性最強的一種毒蛇，牠的毒液恐怕已經進入尤麗迪絲的心臟。

「喔，蜜蜂的屁啦。」阿里斯塔奧斯喃喃說著。

他不是力量非常強大的天神，如果要救尤麗迪絲，也許只能把她變成一隻女王蜂，或者一塊上好的莫恩斯特乾酪吧。但他還來不及付諸實行，就聽到奧菲斯叫喚尤麗迪絲的名字。音樂家一定聽到她的尖叫聲了。

阿里斯塔奧斯不想承擔害死尤麗迪絲的責任，免得沒有人會在農夫市集買他的蜂蜜或起司！他很懦弱，拔腿就跑。

奧菲斯找到了摯愛的屍體。他的心都碎了。他趴在尤麗迪絲身上悲傷哭泣。他企圖唱歌來挽回她的性命，等到發現沒用，他又懇求那些毒蛇，牠們聽了他的歌聲都聚集過來，他求毒蛇咬他，這樣他就可以跟著妻子前往冥界。毒蛇只用這種眼神看他：不行，我們喜歡你。你唱得太美了。

奧菲斯的腦袋一片空白，將尤麗迪絲埋葬在他們剛才共度最後愉快時光的草地上。接著，奧菲斯拿起他的七弦琴漫無目的晃蕩，將內心的悲傷盡訴於音樂中。

他難忍心痛，連續彈奏了幾天幾夜。請想像你所體驗過最悲傷的時刻，然後想像那樣的悲傷再乘以一百倍，奧菲斯的音樂就能讓你感受到那樣的悲傷強度。

整個城邦爲之哭泣，樹木冒出樹汁眼淚，雲層也降下鹽水所構成的傾盆大雨。在奧林帕斯山上，阿瑞斯哭倒在赫菲斯托斯的肩上；阿芙蘿黛蒂和雅典娜穿著睡衣一起坐在沙發上，一邊狂吃巧克力冰淇淋、一邊放聲痛哭。荷絲提雅（Hestia）在王座廳不斷奔走，爲每個神提供一盒又一盒的面紙。

奧菲斯彈奏出音樂史上最漫長、最悲傷的獨奏曲。他彈奏曲子的時候，所有人都無心做事，整個世界爲之哀悼，但即使如此，對音樂家來說還是不夠。

「尤麗迪絲的死眞不公平，我要去冥界。」奧菲斯下定決心。

如果你愛的某個人過世了，心情眞的很難平復。這一點請相信我，我曾經失去一些很要好的朋友。然而……我們大多數人都會學習繼續往前走。我們大多數人都沒有選擇的餘地。

但奧菲斯無法放手讓尤麗迪絲離開，他非要把她從死亡狀態救回來。他完全不顧後果。

也許你會想：這樣不好吧，絕對不會有好結果。

你說對了。

換個角度看，我能了解奧菲斯的感覺。我有好幾次差點失去我的女朋友，次數多到我不敢回想。如果她死了，我願意付出一切，只求她能死而復生。我會抓緊我的劍，衝進黑帝斯的宮殿，而且……而且我可能眞的會像奧菲斯一樣不顧一切，只是我不會用唱歌的方式。我實在不擅長唱歌。

冥界有很多入口，像是地面上的裂縫、流入地底下的河流、紐約市賓州車站的廁所等。一位淚流滿面的木精靈向奧菲斯指出一大塊巨岩，那底下隱藏了一條地道，可以通往黑帝斯的領地。奧菲斯彈奏他的七弦琴，於是岩石裂成碎片，顯露出一條通往地底下的陡峭小徑。

他向下走入黑暗中。他彈奏的樂曲那麼美妙悅耳，沒有半個鬼魂或惡魔敢阻止他。他終於到達冥河岸邊，船夫卡戎在那裡載運剛抵達的死者登上他的渡船。

「喂！」卡戎對他說：「凡人，走開！你不能在這裡！」

奧菲斯彈奏出〈白日夢信徒〉㉒這首歌，曲風令人痛徹心扉。

卡戎雙膝一軟跪下。「那是……那是我和她的歌啊！我當時是天真的青少年惡魔，而她是甜美的年輕殭屍女孩。我們……我們……」他放聲痛哭。「好啦！」船夫猛擦眼淚。「上船！我沒辦法抗拒你的超悲傷音樂。」

他們橫渡冥河時，奧菲斯彈奏的曲調如泣如訴，結果有些死者靈魂選擇跳船，讓自己沉入冥河裡。也許他們不喜歡那些老歌金曲吧？

到了厄瑞玻斯鎮守的大門口，奧菲斯撥彈一個和弦，七弦琴的威力讓鐵門打開了，而且在鉸鏈上微微顫抖。巨大的三頭看門狗色柏洛斯蹲伏在地上高聲咆哮，準備把這位凡人闖入者撕咬成碎片。

奧菲斯悠悠唱起電影《老黃狗》的主題曲。色柏洛斯聽了，一邊嚎叫翻滾，然後嗚嗚低聲吠叫。奧菲斯通過那道門。

他穿越日光蘭之境，以他的音樂喚醒那裡的靈魂。在正常狀況下，他們是碎碎唸的灰色幽靈，不記得自己的名字。但是奧菲斯的歌曲帶回了凡人世界的記憶，他們有好一陣子恢復人形和色彩，不禁喜極而泣。

七弦琴的聲音也傳到刑獄。復仇三女神，也就是黑帝斯手下最冷酷無情的刑罰執行者，竟然忘了她們的職責。她們圍坐成一圈，臉上的惡魔眼睛哭得淚眼汪汪，接著展開團體治療時間，分享內心的感受並讚美彼此，而且一邊揮打火鞭、一邊拍動蝙蝠翅膀。在此同時，受詛咒的靈魂暫時停止刑罰：薛西弗斯坐在他的山丘上，他的巨岩忘了滾動；坦塔羅斯（Tantalus）終於能碰到食物和飲水，不過他太忙著聆聽音樂而沒發現；那些固定在酷刑架上的傢伙則像是這樣說：「抱歉？我好像應該在這裡遭到剝皮？哈囉，有人在嗎？」

奧菲斯彈著七弦琴，一路走進黑帝斯的宮殿。全副武裝的殭屍守衛沒有試圖攔阻他，而是跟著奧菲斯穿過走廊，一路發出乾乾的呼嚕聲，彷彿努力回想哭泣的方法。

在王座廳裡，掌管死者的冥王和王后正在吃午餐。黑帝斯穿著他那光滑的黑色長袍，外面圍著吃龍蝦專用的黃色圍兜；他的王座以骨骸打造，位於高台上，周圍有很多甲殼類的外殼扔得到處都是。泊瑟芬則是小口小口咬著發光的地下沙拉，是從宮殿的花園採收而來。她的衣服是灰黃色，很像太陽隱藏在冬天雲層背後的色彩；她的王座是以石榴樹的光禿樹枝編織而成。

闖入者走近王座時，黑帝斯站起來。「這樣是什麼意思？來人啊，把這個凡人殺了！」但由於奶油一路滴到他的下巴，圍兜兜又畫了一隻卡通龍蝦，因此很難覺得他語帶威脅。

奧菲斯開始演奏艾靈頓公爵的爵士樂曲〈偷偷靠近的怪物〉（Stalking Monsters）。

---

㉒〈白日夢信徒〉（Daydream Believer）是猴子合唱團（Monkees）的老歌，曲風歡樂輕快。

黑帝斯的下巴掉下來，整個人也無力地坐回王座裡。

「噢！」泊瑟芬拍著手。「達令，這是我們的歌！」

黑帝斯從沒聽過艾靈頓公爵將曲子彈得這麼美妙，這麼粗獷、痛苦和眞誠，彷彿這位凡人音樂家將黑帝斯的生命經過蒸餾，萃取出所有的悲傷與失落、所有的黑暗與孤獨，將之轉化爲音樂。天神發現自己哭了，他不想讓音樂停下來。

最後，奧菲斯的音樂演奏結束了。殭屍們的眼睛乾涸了，鬼魂們也在王座廳的窗邊頻頻嘆氣。

冥界之王讓自己鎭定下來。「凡人，你……你想要什麼？」他的聲音還帶有很多情緒。「你爲何帶這種心碎的音樂來我的大廳？」

奧菲斯深深鞠躬。「黑帝斯陛下，我是奧菲斯。我不是來這裡當觀光客，也不想打擾您的領土，但是我的妻子，尤麗迪絲，她最近死得不是時候。我沒有她就活不下去，我是來懇求讓她活命。」

黑帝斯嘆了一口氣。他取下圍兜，把它擱在盤子上。「那麼出乎預料的音樂，卻是這麼容易預料的請求。年輕人啊，如果每次只要有人祈求我讓靈魂復原就照辦，那麼我的大廳將會空蕩蕩，我也會失業。所有的凡人都會死，這件事沒有商量的餘地。」

「我了解，」奧菲斯說：「您最終會擁有我們所有人的靈魂，我對此沒有意見。可是不應該這麼快啊！我結婚不到一個月就失去我的靈魂伴侶，我努力忍受傷痛，但實在沒辦法。愛的力量比死亡更強大。我必須把我的妻子帶回凡人世界，如果不行，乾脆殺了我，那麼我的靈魂可以在這裡陪伴她。」

黑帝斯皺起眉頭。「這個嘛，我可以安排殺了你……」

「老公。」泊瑟芬伸手按住黑帝斯的手臂。「這好甜蜜、好浪漫呀。這沒有讓你回想起你追求我的那些事嗎？你也是完全沒有按照規矩行事啊。」

黑帝斯臉紅了。他的妻子說得有道理。黑帝斯曾經綁架泊瑟芬，與她的母親狄蜜特陷入僵局，結果造成全球大飢荒。如果黑帝斯想要好好表現，他確實可以表現得非常甜蜜、浪漫。

「是啊，親愛的，」他說：「可是……」

「拜託，」泊瑟芬說：「至少給奧菲斯一個機會，讓他證明他的愛。」

泊瑟芬以那雙美麗的大眼睛看著黑帝斯，他實在無法拒絕。

「好吧，我的小石榴。」他轉頭面對奧菲斯。「我會讓你和你妻子一起回到凡人世界。」

這是好幾天來的第一次，奧菲斯很想彈奏興高采烈的曲調。「親愛的陛下，謝謝您！」

「但是有一個重要的條件，」黑帝斯說：「你宣稱你的愛比死亡的力量更強大，那麼你必須證明這一點。我會讓你妻子的靈魂從冥界開始跟在你背後走，但是你必須有信心，相信她跟隨你的腳步。你的愛情力量必須夠強大，才能帶領她走出去。千萬別回頭看她，直到你們走到地面上爲止。如果她還沒有完全沐浴在凡人世界的光線下，你就忍不住回頭偷看她，那麼你會再次失去她……而且這一次就是永遠失去了。」

奧菲斯的喉嚨變得好乾。他環顧王座廳周圍，希望能見到他妻子靈魂的蛛絲馬跡，但他看到的只有枯乾殭屍衛兵的一張張臉孔。

「我……我懂了。」他說。

「那麼就走吧。」黑帝斯命令道。「而且，拜託，回去的路上不要演奏音樂。你會讓我們無法執行下面這裡的工作。」

奧菲斯離開宮殿，循著來時路穿越日光蘭之境。沒有音樂能讓他保持專注，他終於體會到冥界有多麼可怕。許多鬼魂在他周圍低聲竊竊私語，他們用冰冷的幽靈之手拂過他的手臂和臉龐，懇求他安可一曲。

他的手指不停顫抖，雙腳也覺得搖搖晃晃。

他感覺不到尤麗迪絲是否在他背後。萬一她在人群間迷路，那該怎麼辦？萬一黑帝斯只是開了某種殘酷的玩笑？進入冥界以來，奧菲斯一直執著於內心的悲痛，現在他充滿希望，卻也有東西可能會失去，這樣一想，感覺更加可怕。

到了冥界的大門口，色柏洛斯搖著尾巴，低聲吠叫表示想再聽一次《老黃狗》的演奏。奧菲斯繼續向前走。到了冥河岸邊，他覺得聽到背後的黑色砂子傳來輕柔的腳步聲。但實在不確定。

擺渡人卡戎在船上等待。「我通常不會載送乘客往反方向走，」他倚著船槳說：「但是老闆說可以。」

「我……我的妻子在我後面嗎？」奧菲斯問：「她在不在？」

卡戎露出狡猾的微笑。「說出來就是作弊。請上船。」

奧菲斯站在船頭。緊繃感像一群螞蟻爬上他的背，但他讓眼睛一直盯著黑暗的水面，只聽到卡戎一邊划槳、一邊哼著〈白日夢信徒〉的曲調，直到抵達對岸爲止。

奧菲斯沿著陡峭的小徑往上爬，走向凡人世界。他的腳步聲陣陣迴盪。他一度聽見背後好像傳來輕微的嘆氣聲，但那可能只是他自己的想像。而那陣忍冬花的氣味……那是尤麗迪絲的香水味嗎？他的內心極度想要確定。她很可能就在他背後，伸出手想碰觸他……這樣的念頭令人既狂喜又苦惱。他費盡所有的意志力才不至於回頭看。

最後，他終於看見上方地道口顯現出日光的溫暖光芒。

「只剩幾步而已，」他對自己說：「繼續走，讓她在陽光下與我會合。」

但他的意志力崩潰了。黑帝斯的聲音在他耳中反覆迴盪：「你一定要有信心。你的愛情力量必須夠強大。」

奧菲斯停下腳步。他從來不信任自己的力量。他的成長過程中，父親不斷嚴厲斥責他，老是說他太軟弱。假如不是因爲音樂，奧菲斯一定是個無名小卒，尤麗迪絲不可能與他墜入愛河，黑帝斯也根本不可能同意送她回來。

奧菲斯要怎麼確定他的愛情力量夠強大呢？除了音樂以外，他要怎麼樣對其他事物懷抱信心呢？

他等了一會兒，希望能聽到背後傳來另一陣嘆息聲，希望能捕捉到另一陣微弱的忍冬花香水味。

「尤麗迪絲？」他叫道。

沒有回答。

他感覺到徹底孤獨。

他想像著黑帝斯和珀瑟芬正在嘲笑他的愚蠢，竟然甘願踏入他們的惡作劇。

「喔，天神啊！」黑帝斯會這樣說：「他眞的買單？好白痴啊！再給我另一隻龍蝦好嗎？」

萬一尤麗迪絲的靈魂根本不在那裡呢？或者更糟的是，萬一她現在確實在他背後懇求他幫忙呢？她可能需要他的引導才能回到凡人世界。他踏入陽光下，然後回頭看，結果很可能只看到她離他而去，掉進地道回到冥界，徹底摔得粉碎。那似乎是黑帝斯很可能玩弄的把戲。

「尤麗迪絲，」他又叫一次：「求求你，出個聲好嗎？」

他只聽到自己的聲音漸漸迴盪消失。

要說音樂家無法容忍什麼事，那就是靜默。痛苦控制住他。他回頭了。

距離他背後幾公尺的地方，在地道的陰影裡，距離陽光還不到丟一塊石頭的距離，他的美麗妻子站在那裡，身穿她下葬時的那襲藍色薄紗。她的臉上已經開始恢復玫瑰般的色澤。

他們四目交接。他們伸手探向彼此。

奧菲斯抓住她的手，而她的手指變成了煙。

她漸漸消失時，臉上的表情充滿懊悔……但不是責怪。奧菲斯曾經嘗試救她。他已經失敗了，但是無論如何她都愛他。得知這一點，讓奧菲斯的心再一次全然破碎。

「再見了，我的愛。」她低聲說著，然後消失了。

奧菲斯發出尖叫，他從來沒有製造出這麼不像音樂的聲音。大地為之搖撼，地道崩垮，一陣狂風將他推送到凡人世界，活像一顆糖果從氣管裡面噴出來的樣子。他大吼大叫，掄起拳頭猛打岩石。他試圖彈奏七弦琴，但手指頭在琴弦上簡直像鉛塊一樣沉重。通往冥界的地道再也不會打開了。

奧菲斯一動也不動，就這樣過了七天七夜。他沒有吃東西，沒有喝水，也沒有洗澡。他希望飢渴和自己的體臭能夠殺了他，可是沒有用。

他懇求冥界的眾神能夠取走他的靈魂，但沒有得到回應。他爬上最高的峭壁縱身跳下，然而風勢托著他輕輕降落到地面。他尋找飢餓的獅子，可是連動物都拒絕殺他，毒蛇也拒絕咬他。他企圖用頭猛撞岩石，但岩石竟然化爲灰燼。這傢伙就是沒有獲得死亡許可，這世界太熱愛他的音樂了，每個人都希望他好好活著，繼續演奏音樂。

最後，絕望掏空了奧菲斯的心，他渾渾噩噩地回到家鄉色雷斯。

如果他的故事結束在這裡，實在是夠悲劇了，對吧？

喔，不夠。結果還更慘。

奧菲斯一直沒有從尤麗迪絲的死亡恢復過來。他拒絕與其他女性約會，只彈奏悲傷的歌曲，也不理會他曾協助開創的「戴歐尼修斯神祕儀式」。他在色雷斯各地無精打采地遊蕩，讓每個人的心情都變得很差。

唉，如果你經歷過眼睜睜看著自己妻子變成一縷輕煙的大悲劇，大多數人都不會對你太嚴苛。大家會同情你到一個程度。但是過了一陣子之後，大家就開始嫌煩了，像是這樣說：「奧菲斯，已經夠了吧。該重新做人了！」

我並不是說這是最體貼的表達方式，不過人們通常就是這樣，尤其如果那些人剛好就是梅娜德的話。

過去幾年來，奧菲斯與戴歐尼修斯的追隨者建立了很深厚的友誼。他籌辦出他們的狂歡晚會，他爸爸也是印度戰爭的退役軍人。但到最後，梅娜德生氣了，因爲奧菲斯不再參加她們的派對。他是色雷斯最炙手可熱的單身漢，可是他不願與她們調情，也不願與她們一起喝酒，甚至幾乎不再正眼瞧她們。

奧菲斯的媽媽，卡莉歐碧，試著警告他這樣很危險，但是她兒子聽不進去。他不願離開鎮上。他根本一點都不在乎。

最後，梅娜德的憤怒終於爆發了。一天晚上，她們喝酒比平常喝得還凶，這時聽到奧菲斯在樹林裡彈奏七弦琴，又是一首細述愛情悲劇和寂寞淒涼的歌曲。聽了他的悅耳樂音，梅娜德比原本更加抓狂。

「我恨那傢伙！」其中一人尖叫著說：「他再也不跟我們任何人出去了！他眞是超級掃興的人！」

「咱們去殺了他！」另一人大喊，這其實是梅娜德對大多數問題的標準答案。

她們蜂擁衝向奧菲斯的七弦琴發出聲音的地方。

奧菲斯坐在河岸邊，衷心希望自己能淹死在河裡。他看到梅娜德衝過來，但只是繼續彈奏。他不在乎死掉，甚至不確定自己眞的能死掉。剛開始，梅娜德對他丟石頭，可是石頭全部掉到地上。梅娜德接著丟長矛，但一陣風吹來，把長矛全都掃到旁邊去。

「嗯，」一位梅娜德說：「我想我們必須親自採取行動。」她揮舞自己又長又尖的指甲。

「姊妹們，咱們上！」

她們瘋狂的尖叫聲淹沒了奧菲斯的音樂聲。她們將他團團圍住。

奧菲斯沒有想要跑掉。他是眞心感激有人願意殺他，讓他能與尤麗迪絲再度相見。

梅娜德終於幫上忙了。她們把他撕成碎片。

在那之後，寂靜壓得人們喘不過氣，就連梅娜德都被自己的所作所爲嚇壞了。她們一轟而散，留下奧菲斯的身體碎片散落在樹林裡。

卡莉歐碧和其餘的繆思女神終於找到他。她們把能夠找到的部分收集起來，將殘骸埋葬在奧林帕斯山的山腳下。然而有兩樣東西沒找到，一個是奧菲斯的七弦琴，另一個是他的頭顱。那兩件東西沿著希伯魯斯河漂蕩，最後沖到大海裡。據說他的七弦琴繼續自己彈奏，而他遭斬首的頭顱也繼續歌唱，就這樣一路漂到遠方，就像那些聒噪不停的菲比小精靈玩具。

（抱歉，我一想到那些東西還是會作惡夢……）

最後，阿波羅從大海裡撿起那把七弦琴。他將那把琴扔向天空，結果變成一群星星組成天琴座。奧菲斯遭到斬首的頭顱則是讓海浪沖上了列思博斯島，當地人爲它設立一座神殿。阿波羅賜予它預言的能力，於是有好一段時間，人們從四面八方來到列思博斯島，向奧菲斯那顆損壞嚴重的頭顱尋求諮詢。後來，阿波羅自己也覺得這樣有點太毛骨悚然了，於是不再提供神諭。神殿漸漸廢棄，奧菲斯的頭顱也終於安葬。

至於奧菲斯的靈魂，我聽過一些傳言是說他與尤麗迪絲在埃利西翁團聚了。現在他只要想看妻子就看得到，不需要擔心她會消失。但無論他們去哪裡，爲了安全起見，奧菲斯都會讓尤麗迪絲走在前面。

我猜想，這樣的意思是他們永遠過著幸福快樂的日子……只不過事實上他們都死了。

可能某個地方有一首歌是這樣唱的吧：

「啦，啦，啦，不管死活我都愛你。啦，啦，啦。」

呃，別理我。我想，我還是繼續研究劍術好了。音樂實在太危險了。

# 11 海克力士做了十二件蠢事

我該從哪裡開始講這傢伙呢？

就連他的名字都很複雜。我打算用他的羅馬名字海克力士（Hercules）叫他，因為大多數人都是認識他這個名字。希臘人則叫他希拉克士（Heracles），但這個名字也不是他的眞名。他出生時取的名字是阿爾西德斯（Alcides）或阿爾凱奧斯（Alcaeus），主要看你讀的是哪一個故事而定，不過「偉大英雄阿爾」這種標題，恐怕不會吸引太多尖叫聲。

總之，在「管他叫什麼名字」出生前，希臘南部正上演一齣肥皀劇。還記得柏修斯嗎？就是砍掉梅杜莎腦袋的那傢伙。他成為阿戈斯國王後統一了六個城邦，包括提林斯、皮洛斯、雅典、踢屁村……等等，組成一個強大的王國，稱為邁席尼；幾乎和「男基尼」[23]押韻耶。每個城邦都有自己的國王，但是有一個最高國王統治整個王國，這位最高國王可以來自任何一個城邦，不過一般預期是柏修斯的子孫輩裡排行最大的那個人。

還是很混亂嗎？我也覺得。

到了柏修斯家族第三代行走江湖時，最高國王的主要競爭者來自提林斯城邦的兩位堂兄弟，一個傢伙是安菲特律翁（Amphitryon），另一位是斯特涅洛斯（Sthenelus）。看到這樣的名字，你可能會想，他們應該是把國王頭銜頒給名字最難唸的人吧。

安菲特律翁早幾天出生，因此每個人都推測他會得到這份工作。可是他把事情搞砸了，因爲他不小心殺了自己的岳父。

事情是這樣的：安菲特律翁已經與厄勒克特律翁（Electryon）這位老兄商量好，獲准與他女兒阿爾克墨涅（Alcmene）結婚。他們一達成協議，厄勒克特律翁就把阿爾克墨涅叫進來，告訴她這個好消息。

厄勒克特律翁：阿爾克墨涅，來見見你的新丈夫，安菲特律翁！

阿爾克墨涅：嗯，好吧。事先知道總是不錯啦。

厄勒克特律翁：不要那麼悶悶不樂嘛，他很快就要當上最高國王了！他付出很高的代價要娶你喔！而且他很愛你。你愛她，對吧？

安菲特律翁：嗯哼。

阿爾克墨涅：你才剛認識我耶。

安菲特律翁：嗯哼。

阿爾克墨涅：你可以說句「嗯哼」以外的話嗎？

安菲特律翁：嗯哼。

阿爾克墨涅：爸，這傢伙是笨蛋。

安菲特律翁：可是我愛你啊！我愛你這、麼、多！（用力伸展兩隻手臂，結果不小心揮中厄勒克特律翁的臉而殺了他。）

安菲特律翁：哎唷。

---

㉓「男基尼」（mankini），像比基尼的泳褲，把腰帶部分拉長掛在肩膀上，號稱給男生穿的比基尼。

阿爾克墨涅：你這個笨蛋。

這消息傳開後，另一位國王競爭者斯特涅洛斯看出這是奪取最高國王地位的好機會。他公開指控安菲特律翁涉及謀殺。他發動大規模的抹黑行動，不但製作海報、派出街頭宣傳車，甚至拍攝電視廣告：「這笨蛋謀殺了他岳父。各位能信任他來統治我們國家嗎？」到最後，各方壓力如排山倒海而來，逼得安菲特律翁不得不逃出邁席尼。他帶了新婚妻子阿爾克墨涅一起走，她對此倒是不太高興。

他們定居在底比斯，那是位於雅典西北方的城鎮，遠離邁席尼的權力核心地區。安菲特律翁成爲那個城邦最重要的將軍，但那沒有代表很大的意義，畢竟底比斯軍隊的兵力與一小組百貨公司警衛差不了多少。

阿爾克墨涅完全不喜歡她丈夫。嚴格來說他們結婚了，但這笨蛋殺了她父親，還害他們兩人流亡在外。

「我們絕對不能生小孩，」阿爾克墨涅對他說：「那樣會拉低整個希臘文明的平均智商。」

「我會向你證明我自己的能力！」安菲特律翁打包票說：「我該怎麼證明？」

阿爾克墨涅沉吟了一下。「去征服一堆城邦吧，向我證明你是優秀的領袖人物。你可以從摧毀塔弗斯島著手，幾年前我的兄弟們曾攻擊那裡，結果遭到屠殺。爲我兄弟們復仇吧。」

安菲特律翁只聽懂她說的前幾個字，講到後面他就跟不上了。「什麼？」

阿爾克墨涅強調重點：「塔弗斯，去殺人！」

「好的。」

安菲特律翁率軍出征。他歷經好幾場冒險，我不打算說得太詳細，總之有一隻狐狸始終抓不到，有位留著金色長髮的老兄始終殺不死，然後血流成河、重傷殘廢、掠奪搶劫等等，反正你也知道，古希臘的每個週末差不多都會出現這種場景。

安菲特律翁殺了很多人、摧毀了很多事物，最後他自認已經證明他配得上阿爾克墨涅，於是他讓軍隊掉頭，帶兵返回底比斯。他急著想回家好好度蜜月，如今他與妻子結婚已經一年多，他們還沒有親吻過彼此呢。

他實在太慘了，因爲有別人同樣想與他的妻子度蜜月。我們的老朋友，掌管天空和可愛年輕女孩之神——宙斯，一直關注著阿爾克墨涅。他很喜歡這個關注對象。

宙斯已經答應希拉（第三十次了吧），再也不會與凡人女性鬼混了。當然啦，他根本無意遵守自己的諾言，不過他去拜訪阿爾克墨涅的時候，覺得最好還是盡量僞裝一下，別讓雷達偵測到比較好。他認定最簡單的方法就是以她丈夫的樣貌現身。宙斯讓自己變身成安菲特律翁的複製人，然後下凡到底比斯。

「蜜糖，我到家了！」他大聲嚷嚷。

阿爾克墨涅走進客廳。「你在這裡幹嘛？傳令員說你還在軍隊裡，我以爲你要再過三天才會回來。」

三天？宙斯心想，超讚的！

「我提早回家啊！」他聲稱。「咱們來慶祝一下！」

宙斯訂了外送披薩。他打開一瓶香檳，播放一些賈斯汀㉔的歌。剛開始，阿爾克墨涅起了

㉔ 賈斯汀（Justin Timberlake）是美國歌手與演員。

疑心，她丈夫似乎不像以前那麼笨了。不過她必須承認，她比較喜歡現在這個樣子的他。也許他眞的從這段時間的冒險經歷學到一些教訓。

他們共度了很棒又羅曼蒂克的一晚。事實上簡直是太棒了，棒到宙斯忍不住藉故開溜，帶著電話跑進浴室，發簡訊給太陽神赫利歐斯說：「兄弟，放幾天假吧，我需要讓這個晚上一直持續下去！」

赫利歐斯回覆簡訊：你和阿爾克墨涅一起？

宙斯：賓果。

赫利歐斯：我的天她超辣。

宙斯：對吧？

接下來的七十二小時，赫利歐斯讓他的太陽戰車一直停在車庫裡。等到天空終於露出魚肚白，阿爾克墨涅深受睡眠嚴重不足之苦，而且好像有賈斯汀服用過量的感覺。

宙斯給她一個早安吻。「嗯，寶貝，超讚的！我該離開了，去查看……軍隊的事。」

他從大門走出去。

十分鐘之後，眞正的安菲特律翁走進來。「蜜糖，我到家了！」

阿爾克墨涅睡眼惺忪地看他一眼。「這麼快？你忘了拿什麼東西嗎？」

安菲特律翁本來希望她的歡迎詞會稍微熱情一點。「唔……沒有。我剛從戰場回到家，我們可以……慶祝一下嗎？」

「你是開玩笑吧？你昨天就回家了啊！我們整個晚上都在一起！」

就算安菲特律翁是大笨蛋，他也意識到情況不太對勁。他和阿爾克墨涅去找當地的一名祭司，他稍微會算命，於是確定第一位安菲特律翁其實是宙斯。

羅馬的說書人覺得這種認錯人的情況實在太可笑了，他們以此為題材寫了各式各樣的喜劇。你可以想像一下那會怎麼演。阿爾克墨涅看著觀眾，像是這樣說：「那不是我丈夫？唉唷喂呀！」然後一大群身穿羅馬式外袍的老兄笑得在地上打滾。

總之，安菲特律翁實在是笑不出來。他和阿爾克墨涅還是慶祝了自己的蜜月。阿爾克墨涅懷孕到第六個月時，她很清楚自己懷了雙胞胎，很多媽媽有時候也會這樣。她有預感，一個寶寶是宙斯的，另一個則是安菲特律翁的。而且，宙斯的寶寶對她來說代表天大的麻煩。

在此同時，回頭看邁席尼，堂兄弟斯特涅洛斯還在努力成為最高國王。由於安菲特律翁遭到流放，他以為自己十拿九穩，但沒人喜歡斯特涅洛斯。他殘酷又懦弱，更何況他的名字超難唸。貴族們拒絕支持他，平民也嘲笑他。斯特涅洛斯努力推動公投以便讓這件事塵埃落定，但他落居第三名，落後給選民自己塡寫的另外兩位候選人：米老鼠和鎮貓「蓬蓬」。

斯特涅洛斯只有一個好消息，他的妻子尼喀珀（Nicippe）即將生下他們的第一個孩子。如果寶寶是男孩，他會是柏修斯最年長子孫的長子（安菲特律翁當然不包括在內），這就表示即使斯特涅洛斯自己無法成為最高國王，這孩子也可以嘗試。

而在奧林帕斯山上，希拉王后正在思考同一件事。她已經發現宙斯與阿爾克墨涅的外遇事件了，然而她沒有陷入憤怒與焦急的情緒，反倒決定要冷靜且祕密執行計畫。

「宙斯很可能希望阿爾克墨涅的私生子能成為邁席尼的最高國王，」她對自己咕噥說著：「這個嘛，絕對不能成眞。」

隔天晚上，她費盡心思取悅宙斯。她播放宙斯最喜歡的賈斯汀專輯，也煮了他最喜歡吃的大餐：神食可麗餅佐神食醬汁搭配熱炒神食。她幫宙斯按摩肩膀，然後附耳對他低聲說：「蜜糖馬芬？」

「唔？」宙斯因爲太享受而眼神渙散。

「你可以爲我頒布一項超小的天神命令嗎？」

「天神命令……關於什麼事？」

她突然拿一顆裹上神食的草莓塞進宙斯的嘴巴。「噢，我只是想說，邁席尼王國應該得到一點和平與繁榮。那樣豈不是很好？」

「唔唔、嗯嗯。」宙斯吞下那顆草莓。

「乾脆你命令接下來出生的柏修斯後代將成爲最高國王？那樣不是變得比較單純？」

宙斯勉強擠出微笑。他知道阿爾克墨涅的雙胞胎隨時都要出生了，而斯特涅洛斯的孩子至少還要一星期才會出生，他只是不曉得希拉早就知道了。「是啊，當然，親親。沒問題！」

就在那天晚上，整個邁席尼的天神神諭都宣布宙斯傳來的最新消息：下一個出生的柏修斯男性子孫將成爲最高國王！而且，不行，不准以公投選出的小貓「蓬蓬」取而代之。

吃過晚餐後，希拉快馬加鞭下凡到大地，她的女兒艾莉西雅（Eileithyia），也就是掌管嬰兒出生的女神，剛剛抵達阿爾克墨涅的家。

「停！」希拉大叫：「不要讓阿爾克墨涅生產！」

艾莉西雅向後退，手上緊緊抓著她的出診袋。「可是她已經開始陣痛了，你一定記得那樣有多痛吧？」

「我不管！」希拉說：「她絕對不可以生產，至少等到斯特涅洛斯的兒子出生後才行。」

「但我的行程表寫說那是下星期的事。」

「反正跟我去提林斯就對了。快點！」

艾莉西雅很習慣處理嬰兒出生的戲劇化事件，但希拉的戲劇化事件？她的經驗並不多。於是兩位女神任憑阿爾克墨涅躺在床上，不斷呻吟、流汗、咒罵，她們則是兼程飛往提林斯城邦。

一到那裡，艾莉西雅連忙揮動她的魔法拉梅茲枕頭，斯特涅洛斯的妻子尼喀珀立刻開始陣痛。轟！五分鐘後，她的懷裡就抱著一個小男嬰。這是有史以來最輕鬆的生產過程。

他們將孩子命名爲尤里士修斯（Eurystheus），因爲在這麼短的時間內，這是他們所能想到最難唸的名字。事實上，他是最新出生的柏修斯男性子孫，所以這個小傢伙立刻加冕成爲最高國王，不過很難找到夠小的王冠戴在他的新生兒頭頂上就是了。

至於阿爾克墨涅，希拉決定讓她永遠承受陣痛之苦，希拉就是這麼有愛心的人。不過艾莉西雅很同情她，一旦確定希拉這樣做是爲了最高國王那件事，艾莉西雅就讓阿爾克墨涅以安全又輕鬆的方式生下寶寶。

雙胞胎先出生的是海克力士（不過當時他是叫阿爾喔），接著出生的是他弟弟伊菲克力士（Iphicles）。驕傲的爸爸安菲特律翁看著兩個新生兒，立刻同時愛上兩人，不過阿爾克墨涅早就事先警告他，其中一個孩子可能是宙斯的兒子。

哪一個是我的，哪一個又是宙斯的呢？他好奇想著。

伊菲克力士哭了。阿爾/海克力士則忙著收縮他的新生兒肌肉，而且打了弟弟一巴掌，意思像是說：「閉嘴！」

「我猜，很有肌肉的這個是宙斯的。」阿爾克墨涅說。

安菲特律翁嘆口氣。「是啊，你可能說得對。」

隔天，提林斯那邊傳來消息，新任的最高國王尤里士修斯已經出生了，比海克力士早了幾個小時而已。

「希拉一定在背後搞鬼，」阿爾克墨涅猜測說：「所以我的陣痛才會持續那麼久。」

小嬰兒海克力士在她的懷裡大喊：「啊嗚嗚嗚！」而且立刻在他的尿布裡大便。

阿爾克墨涅聞到那氣味不禁退避三舍。「這算是編輯的注解嗎？」她問那寶寶：「你不喜歡希拉？」

「啊嗚嗚嗚！」更多的大便。

這樣大便讓阿爾克墨涅很擔心……不只是因爲她不曉得自己的小孩到底吃了什麼東西。她曾聽說一大堆傳言，關於希拉如何折磨宙斯的凡人女朋友。她的難產就證明希拉企圖惡搞她，而她的新生兒阿爾/海克力士也可能遭到希拉殺害。

恐懼與虛弱之餘，阿爾克墨涅的對策就如同當時太多父母不想要自己小孩的做法。她偷偷走到屋外，將嬰兒帶到方便到達的野地裡，讓他躺在岩石上等死。

小嬰兒海克力士簡直氣炸了。他在岩石上扭動了好幾個小時，用嬰兒的咿呀兒語大吼大叫、高聲咒罵，如果有野生動物膽敢靠近，他就用拳頭把牠們打扁。

幸好宙斯設法找到這個小傢伙。希拉玩弄那個「指定最高國王嬰兒」的小騙局，其實宙斯早就識破了，他自言自語地說：「喔，你想要開戰嗎？ＯＫ，蜜糖馬芬，開戰吧。」他派遣智慧女神雅典娜下凡到大地，救回那個小嬰兒。

海克力士抬頭看著雅典娜，柔聲地咕咕叫，他的肚子卻宛如雷鳴般咕嚕大叫。雅典娜不是媽媽那一型的人，完全不曉得該怎麼辦。

「我得找個奶媽才行，」她喃喃說著：「某個喜歡小嬰兒的人。唔……」

她想到一個超變態的點子。她帶著小孩去找希拉。

「喔，親愛的王后！」雅典娜說：「我碰巧在野外發現這個可憐的棄嬰，是不是很可怕？我不曉得該怎麼餵他，他的肚子超餓的！」

希拉不知道這個嬰兒的身分。她朝小傢伙看了一眼，立刻觸動了她的母性本能。「噢，可憐的東西。把他留在這裡，我會餵他。」

回顧當時，他們沒有奶瓶和配方奶，小嬰兒如果餓了，你只能親餵。就這樣。通常是餵母乳，但是如果媽媽不在身邊，也可由另一位女性代勞。

希拉身爲掌管母親的女神，當然是義不容辭啦。她將海克力士抱到懷裡，讓他由天神的「乳汁機」吸個幾口。小嬰兒一副吸得津津有味的樣子，於是雅典娜說：「希拉，謝謝啦！」

小嬰兒在場時，這還是雅典娜第一次直呼希拉的名字。海克力士一聽，便朝希拉的細皮嫩肉用力咬下，尖聲大叫「啊嗚嗚！」然後大便，兩個動作一氣呵成，害得希拉跟著尖叫，同時扔開嬰兒。

幸好雅典娜接個正著。

這故事的一些版本是說，希拉的乳汁灑向天空，創造出銀河（Milk Way）。我不知道耶，那樣的意思似乎是只噴了一次，就產生那麼一大堆恆星系統？有件事倒是很確定：吸了那幾口好物，爲海克力士灌注了天神的力量和健康，而且是由最恨他的女神賜給他的。

雅典娜匆匆把嬰兒送回他母親的房子。她將海克力士放在門口台階上，按下門鈴，然後逃之夭夭。阿爾克墨涅打開家門，小嬰兒海克力士笑著看她，臉上滿是乳汁。

「唔，好吧……」阿爾克墨涅認爲這是來自天神的神蹟。她把孩子抱進屋內，再也沒有企圖拋棄他。

接下來的幾個月過得相當平靜。海克力士學會爬行，也學會一拳打穿磚牆。他長牙時咬壞了好幾副馬鞍，也因爲打斷保母的手臂而受到處罰，甚至開口說出第一個字：剁爛。

一天晚上，他和弟弟伊菲克力士正在睡覺時，希拉決定要一勞永逸除掉她最不喜歡的這個小子。

「如果我任憑這小孩長大，」她心想，「他什麼都不會，就只會惹麻煩。宙斯監視著他，所以我不能直接把這男孩炸成灰燼。唔。我想到了！我來安排一場合情合理的意外事件……丟幾條毒蛇到育嬰室裡好了，我敢說這種事不時會發生！」

兩條噁心的毒蛇從牆壁裂縫溜進來，直接滑向嬰兒床。

伊菲克力士先醒來，他覺得有東西在毯子上滑動，於是放聲尖叫。

阿爾克墨涅在走廊的另一頭聽見他的叫聲。她立刻衝下床，並把丈夫搖醒。「安菲特律翁，育嬰室出事了！」

這對父母衝進房間，但是太遲了。

海克力士已經搞定一切。他運用超快的嬰兒反射動作，兩隻手各抓著一條蛇，抓住脖子的地方，然後把牠們捏死。

他父母到達時，海克力士正站在床上，笑得燦爛，兩手揮舞著死掉的毒蛇。「掰掰！」

至於伊菲克力士呢，他在角落裡縮成一團，躲在毯子底下，不斷尖叫哭泣。

安菲特律翁嘆一口氣。「拜託，伊菲克力士，你是我的份。抱歉，小子，你甩不掉我的DNA。」

那天晚上之後，我們的「捏蛇英雄」就有了新名字。他再也不叫阿爾修斯或其他阿爾什麼的了，現在正式成爲「海克力士」，希臘文的意思是「榮耀來自希拉」。這要多謝希拉，海克力士還沒從幼兒園畢業就很有名。希拉得知這點一定愛死了。

長大過程中，海克力士遇到幾位眞正優秀的老師。他爸爸安菲特律翁教他駕駛戰車，幾位底比斯的將軍則教他劍術、射箭和摔角。

他唯一很弱的科目是音樂。他父母聘請鎮上最厲害的七弦琴演奏家林諾斯（Linus），他與奧菲斯是同母異父的兄弟。但海克力士的音樂才華是零，他的手指實在太粗大、太笨拙，沒辦法彈撥琴弦。最後，林諾斯失去耐性，尖叫著說：「不，不，不，不！那是C大調音階！」

林諾斯從男孩手中搶走七弦琴，用七弦琴甩打海克力士的臉。（提供你資訊：用七弦琴打臉會很痛。）

海克力士從他老師手中猛力抽走七弦琴。「那你看這個音階！」

他用七弦琴一次又一次甩打林諾斯的頭，直到七弦琴爛成碎片，音樂老師也死了。

海克力士這年十二歲。他以最高可判處死刑的謀殺罪名接受審判。如果那不是眞正會構成社會問題的行爲，我就不曉得什麼才是了。說來幸運，海克力士很聰明，他幫自己辯護說那是自衛，畢竟林諾斯先出手打他，於是獲得輕判，判處六年的社會服務，地點在鎮外的養牛場。

去養牛場不算太糟。海克力士喜歡在戶外工作，他覺得可以吸到大量新鮮空氣，而且再也不必上音樂課。他父母也很慶幸能把他安全送去某個地方，至少他就不會吸引毒蛇跑來家裡、謀殺老師，或者一不小心毀掉整個城邦。

到了十八歲，海克力士獲釋而離開養牛場。到了那時，他已經是底比斯有史以來長得最高大、最強壯也最凶狠的人。他離開了很長一段時間，還沒有完全融入周遭環境，於是等他回到家，驚訝地發現鎮上居民都在公共廣場上哭泣，大家聚集在一起，圍著他們養的牛隻，活像是準備要舉行拍賣會。海克力士認出很多牛都是這幾年的社會服務期間由他養大的。

海克力士發現他的家人也在人群中。「爸！」他叫喚安菲特律翁。「這些牛怎麼了？」

他的繼父皺著眉頭。「兒子，你不在的時候，我們與米尼安人打仗。你知道那些人吧，就是住在遠處那邊的城邦，厄耳癸諾斯（Erginus）國王的人民？」

「是喔？所以呢？」

「我們打輸了。很慘。爲了不讓米尼安人繼續摧毀我們整個城邦，克瑞翁（Creon）國王同意付給他們一百頭牛，作爲我們一年的貢品。」

「什麼？那眞是瘋了！那些牛是我養大的，那邊那頭是『點點』，還有那頭是『毛茛』。你不能把毛茛送走！」

現在聽起來，一百頭牛可能沒什麼大不了，但是回顧當時，那等於是一百棟房屋或一百輛法拉利跑車啊。牛隻代表的是一大筆金錢，那是當時你所能做的最重要投資。況且……毛莨耶！老兄，那是海克力士費心取的名字，你可不能把這樣一頭牛送走。

「我們必須戰鬥！」海克力士說：「這一次我們要打敗邪惡的米尼安人！」他那位體弱多病的弟弟伊菲克力士說話了。「可是他們沒收了所有的武器，那也是和平協議的一部分。」

「我們所有的武器？」海克力士轉身看著克瑞翁國王，國王與他的衛兵們站在附近。「我才離開幾年，你們竟然把所有的武器和牛隻都交出去而投降了？國王陛下，拜託喔！」

老國王臉紅了，低頭盯著地上看。

「我們必須有所作爲。」海克力士很堅持。

「太遲了，」伊菲克力士說：「他們的人來了。」

群眾紛紛讓開，只見十二名高大的米尼安人穿著全副盔甲，大步穿越廣場而來，不但把擋路的老先生踢開、把老太太推倒，還搶了街頭小販賣的點心吉拿棒來吃。

克瑞翁國王完全無意阻止他們，他的衛兵們也沒有。就連海克力士的爸爸、大將軍安菲特律翁，這時也只是呆立一旁，眼睜睜看著那群米尼安人恣意橫行、走向牛棚。

最後，海克力士再也忍不住了。「住手！」

米尼安人停下腳步。他們驚愕萬分，看著海克力士拖著龐大身軀走來。那是一名高大、粗野的青少年，身穿簡單的皮革短外衣和養牛人的斗篷。

「你竟敢對我們說話？」米尼安人的隊長說：「養牛的，我們是你的主子！趴在地上親我的腳。」

「想得美咧。」海克力士扳動手指關節。「現在就離開，那我們就不必濺血。我們的這些牛，你們連一頭都不准帶走。」

米尼安人哄堂大笑。

「小子，看這邊，」隊長說：「我們有劍喔，你們沒有。我們要帶走這一百頭牛，完全按照和平協議的記載。明年我們會再回來帶走另外一百頭牛。你要怎麼阻止我們？」

海克力士一拳打中那傢伙的臉，讓他立刻倒下。其他的米尼安人連忙伸手拔劍，但海克力士的動作更快；他們的劍還沒完全離開劍鞘，十二名米尼安人就已經全部躺在地上，他們鼻梁斷掉、兩眼烏青，而且少了百分之五十的牙齒。海克力士沒收了他們的武器。

接著……（強烈警告以下超噁心！）……海克力士用他們隊長自己的劍，割掉每一個米尼安人的鼻子、耳朵和雙手。他把割下來的部分串成一串串超噁的項鍊，掛在他那些囚犯的脖子上。令人吃驚的是，這樣做竟然沒有讓那些人死掉，等他們恢復意識、有力氣走路，海克力士就拖著他們站起來。

「回去找厄耳癸諾斯國王，」他命令著：「告訴他，他會從底比斯得到的唯一貢品，就是掛在你們脖子上的那些恐怖玩意兒！」

海克力士用隊長的劍背猛抽他的屁股，將那些嚴重傷殘的米尼安人送上路。

底比斯的群眾驚愕萬分，這時才從驚嚇中回過神來。年輕人開始熱烈歡呼，繞著重獲自由的牛群手舞足蹈；年長的民眾則因爲看過太多戰爭，情緒比較沒那麼激動。

「我的兒子啊，」安菲特律翁說：「厄耳癸諾斯國王絕對不會放過這件事，他會率領整支軍隊回來。」

「那好，」海克力士咆哮著說：「我會殺了他們所有人。」

克瑞翁國王的兩隻腳根本走不穩，嚇得臉色慘綠。「小子，你做了什麼啊？我接納你們這個流亡家庭，我給了你們一個家，而你……你竟然毀滅我們！」

「陛下，別擔心，」海克力士說：「我會處理那些米尼安人的。」

「怎麼處理？」國王質問他。「你現在有……怎樣，十二把劍嗎？只有那樣，你根本不能打敗米尼安軍隊！」

海克力士不記得克瑞翁國王是這麼軟弱無能的人，然而他覺得還是別批評比較好。

「雅典娜的神廟，」海克力士說：「那裡不是有一大堆盔甲和武器掛在牆上嗎？」

安菲特律翁緊張兮兮地看了天空一眼，等待著天打雷劈。「我的兒子啊，那些武器是要進行儀式用的，要獻給神聖的女神。米尼安人沒有拿走那些東西，就是因爲你得夠笨才敢用它們。你會遭到雅典娜的詛咒！」

「哎呀，雅典娜和我是老朋友了。更何況她是掌管守護城邦的女神，對吧？她應該很希望我們好好守護自己的城鎮！」

海克力士轉過身，對群眾發表演說。「我們不需要生活在米尼安人帶來的恐懼之中！願意追隨我的人，就到雅典娜神廟來穿上裝備！我們會蹂躪那些壓迫我們的人！」

年輕的底比斯人高聲歡呼，聚集在海克力士周圍。就連平常總是體弱多病而且被自己影子嚇到的伊菲克力士，此刻也走向前，握住一把劍。這副景象讓很多老一輩的底比斯人感到慚愧，於是紛紛加入。

安菲特律翁伸手按著海克力士的肩膀。「我的兒子，你說得對。直到現在，我才發現自己遺忘了勇氣。咱們爲自己的家園而戰！」

他們把雅典娜神廟的武器和盔甲一掃而空。女神沒有把誰劈死，因此他們視爲好兆頭。海克力士帶領這群臨時組成的軍隊出了城，直到發現一處天然的扼制點，道路在兩座陡峭懸崖之間蜿蜒前進。底比斯人在路上設置路障，並挖掘坑洞設置陷阱。接著，海克力士將大多數人派到兩側懸崖的頂上，安排他們沿路埋伏。在這麼狹窄的通道中，人數龐大的米尼安軍隊占不了太多優勢。

隔天，厄耳癸諾斯國王親自帶領軍隊攻向底比斯。他們一進入這段隘口，海克力士就啓動陷阱。戰鬥過程非常血腥，海克力士的繼父安菲特律翁在行動中遭到殺害，其他很多底比斯人也陣亡了，不過米尼安軍隊則是全數遭到殲滅。

海克力士並沒有停下來休息。他率軍攻向米尼安城邦，將它徹底焚毀。

海克力士凱旋而歸。克瑞翁國王實在太感激了，便將他的大女兒墨伽拉（Megara）賜給海克力士。就連天神也對此印象深刻，他們從奧林帕斯山下凡，賜給海克力士大量戰利品，讓他覺得很不好意思。荷米斯給他一把劍，赫菲斯托斯幫他打造一套盔甲，阿波羅送他弓箭和箭筒，雅典娜給他一套具有王者風範的長袍，而且慷慨允諾不會殺了褻瀆她神廟的所有人。那是一場盛大的奧林帕斯熱烈集會。

海克力士和墨伽拉結婚了，而且生了兩個孩子。有好一段時間，生活過得很平順，海克力士接下他爸爸原本的工作擔任首席將軍，帶領底比斯軍隊打了很多場勝仗。其中一場戰役中，他弟弟伊菲克力士不幸戰死，留下太太成爲寡婦，以及一名剛出生的小男嬰叫作伊奧勞斯（Iolaus）……不過呢，各位，至少伊菲克力士是英勇戰死。海克力士爲他的家鄉帶來名譽和榮耀，每個人都認爲只要克瑞翁國王過世，海克力士就會成爲底比斯的新國王。

如果故事在這裡就結束，海克力士應該會以最偉大的希臘英雄之一在歷史上留名。但是，不不不不，他這才剛開始暖身而已呢。

希拉也一樣。在奧林帕斯山上，眾神之后聽聞海克力士的成功事蹟恨得牙癢癢的。她不容許海克力士得到快樂的故事結局。她決定要讓他的人生變得超級糟糕、悲慘，而且盡可能複雜，於是將來有一天，波西．傑克森寫這個故事的時候才會感到超級痛苦。

我恨希拉。

海克力士在底比斯擔任養牛人逐漸長大時，他的堂哥尤里士修斯則是以邁席尼最高國王的身分成長。那聽起來好像很厲害，自從還是小嬰兒開始，人們就向他鞠躬作揖，聽從他的每一個命令，但是這也讓尤里士修斯的個性非常急躁，而且有大頭症。

即使如此，希拉依舊覺得尤里士修斯是自從有新鮮冷壓橄欖油以來最酷的事物。她保佑尤里士修斯的王國維持和平與繁榮，每年他的生日都送給他二十德拉克馬金幣。不只如此，她還確保尤里士修斯能夠隨時得知海克力士各種事蹟的討厭消息，因為她希望最高國王地位穩固且心懷嫉妒。

尤里士修斯滿十八歲時，希拉在他的夢中低聲細訴，鼓勵他對那位有名堂弟來個下馬威，挫挫他的銳氣。

「召喚海克力士來你的王宮，」女神說：「要求他服侍你，幫你執行十件重要任務！否則他永遠不會尊敬你的王權。」

尤里士修斯從夢中醒來。「我有個好主意，」他自言自語說：「我要叫海克力士來我的王宮，要求他服侍我，爲我執行十件重要任務！否則他永遠不會尊敬我的王權！」

尤里士修斯派遣一名傳令員前往底比斯，命令海克力士前往提林斯的首都，爲他執行任務。海克力士顯得很克制，他沒有割掉傳令員的耳朵、鼻子或雙手，只是送了「LOL. NAH.」（大笑，不要）的訊息回去。

尤里士修斯很不高興。可惜底比斯位於他的管轄範圍之外，能想到的辦法不多，除非他想宣戰，而就連尤里士修斯也沒有笨到向海克力士挑起戰爭。

那天晚上，希拉又在最高國王的夢中說話。「那就等待時機吧，海克力士一定會對你俯首稱臣。我很確定這一點。」

接下來幾週，海克力士每次去某間神廟，祭司和女祭司就會給他嚴重警告。「眾神希望你去服侍堂哥尤里士修斯。不，這是認眞的，你最好去提林斯一趟，否則會發生不好的事。」

希拉當然在背後操控這一切。她可是嘮叨天后啊，她要確定海克力士一整天會從幾十個不同來源聽到幾十次訊息。

剛開始，海克力士不理會那些警告。他實在是太重要也太強大，根本不屑去服侍像尤里士修斯那種小人物。但是同樣的警告不斷傳來，而且開始有不認識的傢伙當街把他攔下，他們說話的聲音非常粗啞，很像遭到附身。「去提林斯！服侍國王！」

海克力士的妻子變得很緊張。

「蜜糖，」墨伽拉說：「忽視神的指示絕對不明智。也許你該去找德爾菲神諭，而且，你也知道，要尋求其他人的意見。」

海克力士不想去，可是爲了讓妻子高興，他去了德爾菲。

這是一趟痛苦的旅程。祭品要花一大筆錢，而且德爾菲滿街都是叫賣著廉價紀念品的商人。最後，海克力士終於擠到前排見到神諭，她對海克力士說了這幾個星期以來反覆聽到的同樣一番話。「前往提林斯城邦，服侍最高國王尤里士修斯，爲他執行他所選擇的十項重要任務。謝謝你，祝你一整天順心如意。」

海克力士簡直氣炸了，他猛力揮打神諭坐的三腳凳，而且環繞房間追著她跑。

「給我好一點的神諭！」他大喊：「我要比較好的預言！」

阿波羅不得不親自介入處理，他的天神聲音撼動整個洞穴。「老兄，不得無禮。讓神諭回到她的三腳凳上！」

海克力士深吸一口氣。他可不想讓金色飛箭一箭射死，於是他放下三腳凳，氣呼呼地走出去。

他回到底比斯時，神經非常緊繃。他快要失去耐性了。他走過街道，每個人都問他：「是真的嗎？爲最高國王執行十項任務。哇，那眞是爛透了。」

回到家裡，墨伽拉問：「蜜糖，怎麼樣？你得去提林斯嗎？」

海克力士大發怒了。他殺氣騰騰，把屋子裡的每一個人都殺了，而且就從他的妻子開始。

我知道啦。這本書充滿了瘋狂可怕的事，可是那樣對嗎？那眞是一團大混亂。

有些版本的故事是說，希拉逼得他發狂，因此他並不曉得自己做了什麼。也許是吧，不過我認爲像那樣放海克力士一馬也太隨便了。我們已經知道他有無法控制怒氣的問題，他曾經用七弦琴殺了音樂老師，還把那些米尼安使節切成一塊塊。

希拉根本不需要把他逼瘋，只需要把他推到爆炸邊緣就行了。

無論實情如何，海克力士把墨伽拉擊倒在地。他殺了企圖阻止他的僕人。他的兩個兒子尖叫逃竄，但海克力士拿出弓箭射殺他們，他那扭曲的腦袋說服自己相信他們是某種敵人。

唯一逃過一劫的是他的侄兒伊奧勞斯，自從伊菲克力士過世後，他一直與海克力士住在一起。伊奧勞斯躲在沙發後面，等到海克力士發現他、拿出另一支箭搭上弓時，那男孩尖叫著說：「伯父，住手啊！」

海克力士整個人呆掉。也許伊奧勞斯讓他想起弟弟伊菲克力士，回想起他們小時候的舊日時光。海克力士總是保護伊菲克力士不受惡霸的欺負，而伊菲克力士過世時，海克力士也發誓要保護伊奧勞斯，把他當自己兒子照顧。

他的憤怒突然煙消雲散。海克力士驚駭地瞪著他孩子們的屍體，再看看自己手上的弓，那是阿波羅送他的弓，是預言之神送給他的武器。其中隱含的訊息再清楚不過了：我們告訴過你，如果你不肯聽勸，就會發生很不好的事。

在徹底的絕望中，海克力士逃出底比斯城邦。他的心都碎了。他回到德爾菲，整個人趴在神諭面前的地板上。

「求求您！」他懇求著，哭得全身不停顫抖。「我該怎麼做才能彌補我的罪孽？有什麼方法可以讓我得到饒恕？」

神諭說話了：「就如同眾人的忠告，去見最高國王，好好服侍他，執行他所命令的十項任務。只有尤里士修斯能決定每一項任務何時才算結束，達到他滿意的程度。等十項任務全部完成，到那個時候你才能獲得饒恕。」

海克力士讓自己穿上乞丐的破布裝，全身塗滿煤灰，然後前往提林斯，跪倒在最高國王的王座前。

「陛下，我罪孽深重，」海克力士說：「我沒有聽您的話，也沒有聽從神的指示。我在盛怒下殺了我自己的妻子和孩子們。爲了贖罪，我來到這裡執行您所要求的十項任務，無論那些任務有多困難、多危險或多愚蠢，我都會全力以赴。」

尤里士修斯笑得冷酷。「堂弟，你們家發生的事眞是一大憾事，不過我很高興你終於清醒了，不再做傻事。十項愚蠢的任務，你是這麼說的嗎？咱們開始吧！」

尤里士修斯超得意的。他可以指派海克力士去執行任何任務，無論多危險都沒關係，而且運氣好的話，海克力士會痛苦而死！那就能把王座所面臨的最大威脅徹底根除，畢竟尤里士修斯很確定，他的有名堂弟到最後一定會企圖奪取邁席尼。

就算海克力士沒死，尤里士修斯也可以把自己待辦事項清單的一些艱難項目趁機劃掉。那就像是有個精靈從神燈裡冒出來，同意你許下十個願望……只不過這精靈是個底比斯人，全身都是健壯的肌肉，留了一把鬍子，但是沒有魔法。

「第一項任務！」尤里士修斯大聲宣布。「在奈米亞地區，也就是這裡再往北邊一點的地方，有一隻巨大的獅子造成嚴重的大破壞。我要你去殺了牠。」

「這隻獅子有名字嗎？」海克力士問。

「自從牠住在奈米亞之後，我們就叫牠奈米亞獅子。」

「哇，好有創意。」

「殺了牠就好！」尤里士修斯命令著。「那是……假如你辦得到的話。」

背景開始響起令人毛骨悚然的管風琴音樂，於是海克力士判斷這項任務隱含了某種陷阱，不過他還是揹上弓箭、繫上佩劍，大步邁向奈米亞。

這眞是殺獅子的好天氣。

奈米亞的山丘上陽光燦爛，涼爽的微風吹得樹林沙沙作響，也讓森林地面呈現金色和綠色交織的圖案。在一片遍布野花的草地正中央，有隻巨大的雄獅正在大嚼一頭牛的屍體，血跡斑斑的肉屑撒得到處都是。

這獅子的體型比最大的馬匹還要大，肌肉在富有光澤的金色毛皮下起伏抖動。牠的爪子和利齒閃耀著銀光，更像鋼鐵而非骨質。海克力士忍不住讚歎這隻壯觀的掠食動物，但他有工作要做。

「那隻東西殺了一頭牛，」他提醒自己：「我喜歡牛。」

他把弓拉滿，射出一箭。

飛箭射中獅子的頸部。它本來應該會重創野獸的咽喉而讓牠一命嗚呼，但那支箭射中獅子的毛皮反倒撞個粉碎，活像是拿一根冰柱扔向磚牆。

獅子轉過身，咆哮怒吼。

海克力士一直射到箭筒都空了。他瞄準眼睛、嘴巴、鼻子和胸口，每一支箭都撞得粉碎。獅子只是站在原地，稍微有點惱怒而吼叫幾聲。

「好吧，」海克力士拔出佩劍，「B計畫。」

他衝向獅子，以能將紅杉巨木劈成兩半的力氣，把劍刃插入野獸的額頭。劍刃啪的一聲斷掉，而獅子只是甩甩頭，一副沒什麼感覺似的。

「蠢獅子！」海克力士大叫：「那把劍是荷米斯送的禮物耶！」

「吼！」奈米亞獅子急速揮來爪子，海克力士連忙往後跳，幸好跳得夠快，才沒有被獅子挖去內臟。他的護胸甲像衛生紙一樣碎成一條條。

「不！」海克力士大喊：「這是赫菲斯托斯送的禮物！」

獅子再度怒吼，海克力士也吼回去，同時一拳打向獅子的兩眼之間。

獅子搖晃了一下，甩甩頭。牠不習慣感到疼痛，也不習慣撤退，但牠判斷海克力士並不值得隨便亂惹。要捕捉獵物的話，捕牛會比較簡單。牠轉過身，跳進樹林裡。

「喔不，你不能走。」海克力士跟著跑過去。

他一路跟隨，直到獅子消失在半山腰的一個洞穴裡。海克力士沒有直接衝進去，反倒仔細查看周遭環境。

假如我是獅子，他心想，我選擇的洞穴要有兩個出口，這樣才不會被困住。

他搜索了一番，果不其然，山丘的另一側有一道鋸齒狀的暗色裂口通往洞穴裡。海克力士盡可能不發出聲音，搬了一些大石頭堆疊起來，擋住那個出口。

「小貓咪，現在你無處可逃了。」海克力士繞回前方洞口，放聲大叫：「有人在家嗎？」

一陣怒吼聲從黑暗裡迴盪而來，聽起來像是說：「沒有人在家，這是錄音，請留下訊息。」

海克力士大步走進去，迫使奈米亞獅子向後退，直到牠的背部頂住那堆大石頭。

哎呀，各位同學，把野生動物逼到角落通常是很不好的主意，那會讓牠們有極小的一點點可能變得暴躁不安和想要殺人；海克力士就是暴躁不安和想要殺人的專家。他蹲下身子，擺出摔角手的姿勢。

「真的很抱歉啦，小貓，」他說：「你是很漂亮的殺戮機器，可是那個最高國王『白痴臉』要你死。」

獅子高聲咆哮。他顯然對最高國王白痴臉沒有太大興趣。牠猛撲過來，但海克力士曾受教於全希臘最厲害的摔角高手。他躲過獅爪攻擊，然後竄到獅子背上，兩隻腳夾緊野獸的肋骨，用力勒緊牠毛茸茸的頸部。

「似乎所有東西都無法穿透你的毛皮，」海克力士對獅子的耳朵咕噥說著：「但是如果沒有空氣通過你的喉嚨，咱們來看看你會變怎樣。」

他使盡吃奶的力氣掐到最緊，獅子頹然倒下。海克力士確定獅子死掉之後，他站起來，深呼吸幾口氣，不禁開始讚歎獅子的美麗毛皮。

「這可以做一件很搶眼的超讚斗篷，」他說：「可是我該怎麼剝皮呢？」

他的眼睛瞥見獅子的閃亮利爪。「嗯，不知道可不可以……」

他用獅子自己的利爪切割毛皮。這樣依舊得經過好幾個小時的慘烈工作，簡直累死人，不過到最後，海克力士得到一件嶄新的毛皮外套，而且得到的「獅排肉」足以塞滿冷凍櫃。

你可能會想，每天都穿獅子毛皮不會太熱嗎？特別在希臘，夏天常常熱到流汗。不過海克力士的新斗篷居然意外輕盈涼爽，絕對比青銅盔甲舒服太多了。海克力士更把獅子頭做成兜帽，而且讓牠的兩隻前腳綁在脖子上。

海克力士在附近的池塘邊讚歎著自己的池中倒影。「啊，棒耶。寶貝，既時尚又刀槍不入！」

他啓程回到提林斯，向最高國王報告進度。如果他所有的任務都這麼順利，最後得到的新裝可能會塞滿一整個衣櫃喔。

海克力士漫步走進城鎮，引發一陣騷動。在他的奈米亞獅子斗篷底下，看不出來他究竟是野獸、是男人，還是從那齣瘋狂影集《噬血眞愛》跑出來的某種「獅人」。民眾尖叫奔逃，衛兵們朝他射箭，但是一碰到斗篷就碎掉了。

尤里士修斯在王座廳裡聽到外面的騷動，他的衛兵們嚇得驚慌逃跑。那個「獅人」的魁梧身形出現在門口，而國王樹立了勇敢的好榜樣：他躲進王座旁邊的巨大青銅花瓶裡。

海克力士將獅子兜帽戴在頭上，因此聽不太到聲音也看不太清楚。他走到王座高台前，將毛茸茸的兜帽往後掀開，驚訝地發現整個王座廳空蕩蕩。

「尤里士修斯？」海克力士叫喊著：「哈囉？有人在嗎？」

衛兵和僕人們躲在掛毯後面簌簌發抖。最後，一名國王的勇敢傳令官科普柔斯（Copreus）揮動一塊白色手帕走出來。

「呃，哈囉，毛……毛茸茸殿下，我們沒發現是你。」

海克力士環顧房間。「所有人都去哪裡了？爲什麼掛毯會發抖？最高國王在哪裡？」

科普柔斯輕拍額頭。「呃，國王嘛……身體不舒服。」

海克力士看了高台一眼。「他躲在那個裝飾用的花瓶裡，對吧？」

「沒有，」科普柔斯說：「也許是。對啦。」

「這樣啊，告訴國王陛下，我已經殺了奈米亞獅子。我想知道我的第二項任務是什麼。」

科普柔斯爬上高台的階梯，低聲對著青銅花瓶裡面說話。花瓶也低聲回應。

「花瓶說……」科普柔斯停頓了一下。「我是說，最高國王說，你必須去勒拿湖的沼澤，殺掉住在那裡的怪物。那是許德拉（Hydra）！」

「啊？什麼？」海克力士覺得好像在《美國隊長》電影裡聽過這名字[25]，但是不曉得那要怎麼套用在他身上。

「許德拉是一隻有很多頭的怪物，每個頭都有毒，」科普柔斯向他解釋：「牠一直亂殺我們的人民和牛隻。」

海克力士皺起眉頭。「會殺牛的怪物我都討厭。我很快就回來。」

走出城鎮的路上，海克力士才想起他根本不知道勒拿湖在哪裡。他站在那裡想破腦袋，這時有一群黑馬拉著一輛戰車在他旁邊停下來。

「需要搭便車嗎？」

拉著韁繩的年輕人看起來很眼熟，不過海克力士離開底比斯太久了，差點認不出他的年輕侄兒。

「伊奧勞斯？」海克力士不可置信地大笑。「你在這裡做什麼？」

「哈囉，伯父！我聽說了你的『十項任務』，想來幫忙。」

海克力士的心像扭結餅般揪得好痛。「但……我本來想殺了你。你爲什麼會想幫我？」

男孩的表情變得很嚴肅。「那不是你的錯，是希拉把你逼到發狂。你是除了我父親以外和我最親的人，我想和你一起並肩作戰。」

海克力士的眼睛因淚水而刺痛，不過他將情緒隱藏在獅頭兜帽底下。「伊奧勞斯，謝謝你……我可以搭便車。你知道要去哪裡找勒拿湖的沼澤嗎？」

「我有GPS。上車吧！」

海克力士和他信任的親戚兼夥伴，就這樣兩人一起，駕著新命名為「海克力士車」的戰車出了城。

「我聽過許德拉的一些傳聞，」伊奧勞斯說：「據說牠有九個頭，其中八個可以殺得死，但是第九個頭是永生不死的。」

海克力士皺起眉頭。「那到底是怎麼運作的啊？」

「沒概念，」伊奧勞斯說：「不過假如你砍掉其中一個凡間的頭，則會有兩個新的頭冒出來取代它。」

「太荒謬了！」

「是啊，這個嘛……看來我們很快就會搞清楚了。」

戰車停在沼澤邊緣。地面上瀰漫著霧氣，發育不良的矮小樹木緊抓著地上的苔蘚和泥土努力向上生長。在遠方，有個巨大形體穿越柳枝稷草叢慢慢移動。

高大的草叢向兩旁分開，海克力士從未見過的最奇特怪物緩緩踩踏泥濘而來。九個蛇頭在長脖子上波浪狀扭動，令人頭昏眼花，它們偶爾還會伸向水面，突然咬住魚、青蛙和小鱷魚。怪物的身體又粗又長，布滿了褐斑，很像巨蟒的身體，但又是用四隻粗壯的腳爪往前走。怪物有九對發亮的綠眼珠，宛如探照燈一般射透霧氣，而且嘴裡的尖牙都滴著黃色毒液。

海克力士渾身發抖，不禁想起小時候在育嬰室裡捏死毒蛇之後作的惡夢。「哪一個頭是永

---

㉕ 許德拉是希臘神話的九頭蛇怪物，和電影《美國隊長》的反派組織「九頭蛇」（Hydra）同名。

生不死的？它們看起來全都一樣啊。」

伊奧勞斯沒有回答。海克力看了他一眼，發現他姪兒的臉色簡直像骨頭一樣慘白。

「保持冷靜，」海克力士說：「沒事啦。你有沒有帶火把？」

「火……火把……有。」

伊奧勞斯的雙手顫抖著拿出一束塗著焦油的蘆葦桿。他用打火石點燃末端。

海克力士從箭筒裡拿出六支箭，用油布包住箭尖。「我準備激怒那怪物，讓牠攻擊我們。」

「你要牠發動攻擊？」

「在這裡的堅硬地面上對付牠比較有利。不能在那邊，我可能會在泥巴裡滑倒，或者陷進流沙裡。」

海克力士點燃他的第一支箭。他把箭射進柳枝稷的草叢裡，立刻燒成一大片。許德拉嘶嘶叫著，連忙躲開火海，但海克力士又朝右邊射出一支箭，落在牠的正前方。過沒多久，整片沼澤就燒起熊熊大火，怪物無處可躲，只能直直朝他們而來。牠衝過來，濃煙從牠身上的斑斕褐色外皮滾滾湧起。

「待在這裡，」海克力士對他的侄兒說，這時伊奧勞斯正忙著拉住馬兒，不讓牠們逃走。

「對了，我可以借用你的劍嗎？我的劍斷了。」

海克力士抓緊男孩的利劍，從戰車跳出去。

「喂，義大利麵頭！」他對著許德拉大喊：「在這邊！」

許德拉的九個頭一致地嘶嘶合叫，那怪物不喜歡有人拿牠與義大利麵相提並論。

牠向前衝，而海克力士稍微遲疑了一下。毒液的臭氣灼燒他的眼睛，而且怪物的九個頭在各個方向動來動去，他不曉得該從哪裡下手。海克力士拉起斗篷裹緊身子，隨即衝進戰場。許德拉的嘴巴猛咬他的斗篷，但是毒牙無法咬穿獅子的毛皮。海克力士蹲低身子迂迴前進，等待好機會。下一次再有某個蛇頭甩出來，海克力士揮劍砍斷牠。

「啊哈！接招……噢，臭蛇。」

運氣真差，伊奧勞斯的資訊是正確的。砍下的蛇頭都還沒掉到地上，流血的殘根就開始冒泡泡，然後整條脖子從中央分裂開來，就像把一條細長的起司從中間撕開，而兩條新脖子各自冒出一個蛇頭。整個過程大概只花了三秒鐘。

「喔，拜託！」海克力士大叫：「這樣不公平啦！」

他蹲低身子猛揮猛砍，直到地上掉滿了一堆死掉的蛇頭，但是他砍掉愈多，長回來的就愈多。海克力士一直希望自己能砍中永生不死的那個，說不定把那個頭與牠的身體分開，整隻怪物就會死掉；可是他也發現，他不能光憑嘗試錯誤的方法砍個不停。毒液的氣味讓他頭暈腦脹，數十對綠眼睛也閃得他的視力時而清楚時而模糊。看來許德拉遲早會咬中一次，用尖牙深深咬進他的肉裡。海克力士必須阻止那些頭繼續倍增。

「伊奧勞斯！」他大喊：「帶那火把來這邊，而且……哇哇哇！」

怪物的其中一條脖子從側邊掃來，將海克力士打倒在地。他連忙滾到旁邊，可是另一條脖子捲住他的腿，把他從地面上抬起來。海克力士拚命掙脫，這時他發現自己攀附的地方很像是公園裡的攀爬格架，只不過是由滑溜脖子和猛咬蛇頭所組成。他又捶又踢，但不敢用劍砍……至少現在還不行。

「伊奧勞斯！」他大喊著：「下一次我再砍掉一個頭的時候，我需要你帶著火把跳進來，用火去燒斷掉的脖子，這樣它就不能再長頭了。懂嗎？」

「螃……螃……螃蟹！」伊奧勞斯說。

海克力士專注到滿頭大汗，他又捶開另一個蛇頭，並且翻跟斗越過另一條脖子。「螃蟹？」

「螃蟹！」

「這小子在講什麼啊？我問他的問題應該回答『懂』或『不懂』，他卻回答『螃蟹』？」海克力士不顧危險地瞥了侄兒一眼。

就在伊奧勞斯的正前方，有一隻螃蟹從泥巴裡歪歪扭扭爬出來。牠足足有戰車的車輪那麼大，嘴巴冒出泡泡，兩隻大螯猛夾個不停。

海克力士從沒聽過巨型螃蟹會住在沼澤裡。話說回來，毒蛇通常也不會爬進小孩子的臥房啊。

「希拉一定又在暗地裡惡搞我了，」海克力士咕噥著說：「伊奧勞斯，撐住！」

他從許德拉的脖子迷宮中劈砍出一條生路。他知道這樣會導致更多蛇頭長出來，但他不能坐視自己僅存的侄兒遭甲殼類吃掉。他以飛踢的動作撲向那隻螃蟹，而且用腳後跟往下猛踹牠的兩眼之間。螃蟹殼破了，海克力士的腳也踹爛螃蟹的腦部，當場殺了牠。

「噁！」海克力士把腳從黏糊糊的東西中使勁拔出。「好啦，孩子，拿好火把，然後……」

「小心！」伊奧勞斯大喊。

海克力士連忙轉身，只見許德拉向下攻來。幸虧有奈米亞獅子斗篷救了他，他才不至於遭到幾十個新生的蛇身咬成碎片。

海克力士砍掉最靠近的一個蛇頭。「孩子，快點！」

伊奧勞斯拿火把用力伸向那條脖子，將傷口燒灼封住。沒有東西從那變黑的殘根生出來。

「做得好！」海克力士說：「只剩下五十或六十個蛇頭要處理！」

兩人齊心協力，一一斬除許德拉的蛇頭，直到空氣中滿是刺激性的煙霧，以及爬行類烤肉的氣味。最後，那怪物終於只剩下一個頭，周圍則是一大叢滋滋作響的「花冠」，布滿了焦黑的圓形斑點。

海克力士咕噥一聲。「當然啦，永生不死的蛇頭一定是最後一個。」

他用力斬斷蛇頭，整個怪物倒下去變成一大坨。永生不死的蛇頭還活著，在泥巴裡甩來甩去，不斷嘶嘶叫著而且亂噴毒液。

「超噁的，」伊奧勞斯說：「我們要拿它怎麼辦？」

海克力士拍了他肩膀一下。「侄兒，你表現得太棒了。幫我看著那亂跳的蛇頭一下子，別讓它跑掉，我有個點子……」

海克力士從地上收集一些死掉的蛇頭，然後拿一塊皮革油布攤開來，再從許德拉的一顆顆毒牙擠出毒液。接著他用油布包住箭尖，爲箭尖塗上致命毒液。他把那些箭收攏在一起，然後放回箭筒裡。

「毒箭有一天可能會派上用場，」他對伊奧勞斯說：「好了，關於這個永生不死的蛇頭呢……我猜，沒有方法可以毀掉它囉？」

伊奧勞斯聳聳肩。「可能就是因爲這樣，大家才說它是永生不死吧。」

「那麼我們必須確保它不會再製造麻煩了。」

海克力士挖了一個深坑，把蛇頭埋進去，然後搬來一塊很重的石頭壓住墳墓，於是沒有人會不小心挖出這噁心可怕的東西。接著，他和伊奧勞斯駕著戰車回到提林斯。

根據傳說，許德拉的頭到現在還活著，在勒拿湖附近一塊大石頭底下甩來甩去。如果問我的意見，我會建議你千萬別去找它。

回到王宮，最高國王尤里士修斯總算從他的裝飾花瓶裡爬出來。

海克力士詳細說明他如何打敗許德拉。他讓國王看一些死掉的蛇頭，以及一盒上等的螃蟹肉，那是從希拉的吹泡泡朋友身上收集來的。

尤里士修斯聽了眼睛一亮。「你說你的侄兒幫你的忙？」

「這個嘛……對啦。他負責燒了那些砍斷的脖子，而我……」

「犯規！」國王猛捶王座的扶手。「沒有人可以幫你執行任務！這項任務不算！」

海克力士脖子的青筋像吊索一樣猛然繃緊。「你是在耍我嗎？」

「喔，不！神諭對你說過，只有我一個人能判定某項任務是否正確完成，而這項任務不算！你還有九項蠢任務要執行！」

尤里士修斯露出勝利的微笑，顯然完全不把海克力士握緊的雙拳放在眼裡。尤里士修斯想要報復「躲進花瓶」事件，他不喜歡有人讓他看起來像笨蛋（更是不需要海克力士幫他這種忙）。他就是要看到海克力士痛苦的樣子。

「在我的王國邊界，」他繼續說：「有一頭巨大的公豬造成各式各樣的麻煩，把農村破壞殆盡，甚至吃掉我的農人……」

「你想要把牠殺掉。」海克力士猜測說。

「喔，不！像你這麼能幹的英雄，需要執行更艱難的挑戰。我要你把野豬活生生的抓回來給我！」

海克力士在心裡默數到五，那是他想要猛踢最高國王的次數。「好。我可以在哪裡找到這頭怪物豬？」

「牠通常在半人馬的地盤上閒晃，靠近厄瑞曼色斯山。就是因爲這樣，我們叫牠……」

「讓我猜猜看。厄瑞曼色斯野豬。」

「完全正確！而且這一次不准帶你侄兒去，你要獨自完成任務！」

海克力士拖著沉重步伐走出宮殿。即使百般不情願，他還是叫伊奧勞斯待在城裡，他去獵捕野豬時，伊奧勞斯就在鎮上販售他們的上等螃蟹肉。

歷經好幾星期的艱苦跋涉，海克力士終於抵達半人馬的地盤。他想到要與那地方的原住民交涉就擔心，畢竟半人馬素以狂野和粗魯而聞名。不過，他遇到的第一個半人馬是名叫福洛士（Pholus）的老馬，結果他人超好的。

「喔，天哪！」福洛士大呼小叫。「海克力士本人耶！我等這一天已經等很久了！」

海克力士挑挑他的濃密眉毛。「眞的？」

「絕對是！我很樂意幫你指出厄瑞曼色斯野豬的方向，但是呢，首先，我有榮幸邀請你到我簡陋的家裡吃晚餐嗎？」

海克力士又累又餓，於是跟著福洛士回到他的洞穴。海克力士讓自己舒服休息時，半人馬則忙著在烤肉窯裡生火，然後放幾塊肋排進去烤。接著，他讓自己的馬前腳跪下來，在泥土地面上用力擦刷一番，直到露出一塊木製的活板門。

「底下是我的祕密食品儲藏室，」福洛士解釋說：「聽起來可能很詭異，但早在好幾代之前，我的曾祖父聽說一個預言，有一天他的後代會招待一位重要客人，名叫海克力士。」

「有個預言提到我？」

「喔，是啊！我的曾祖父爲了這個場合留下這缸葡萄酒……」福洛士搬出一個大陶甕，表面滿是灰塵和蜘蛛網。「這在儲藏室裡已經放超過一百年了，一直等著你！」

「我……我好榮幸，」海克力士說：「可是，萬一它已經變成醋了呢？」

福洛士拔掉陶甕的塞子。一股甜美的香氣充塞整個洞穴，那像是葡萄藤在夏日陽光下逐漸成熟的氣味，像是春天的微雨落在新生草地的氣味，也像稀有香料放在火上烤乾的氣味。

「哇，」海克力士說：「幫我倒一杯！」

他們互乾一杯。兩人都同意這是他們迄今品嘗過最棒的葡萄酒。福洛士正準備把厄瑞曼色斯野豬的位置告訴海克力士，這時候有五個手執長矛的半人馬湧進洞穴裡。

「我們聞到那罈葡萄酒的香味！」其中一個說：「給我！」

福洛士舉起馬蹄。「達夫尼（Daphnis），你和你的小混混朋友沒有獲得邀請，這罈葡萄酒是給我客人的上等佳釀。」

「分出來！」達夫尼大吼：「不然就納命來！」

他把長矛打橫，衝向福洛士，但是海克力士的動作更快。他拉起弓，射出五支毒箭，殺了那些半人馬。

福洛士瞪著成堆的半人馬屍體。「喔，乖乖，在我的想像中，我們的特別晚餐可不是這樣的啊。海克力士，謝謝你救了我，不過我得埋葬他們。」

「爲什麼？」海克力士問。「他們想要殺你耶。」

「他們再怎麼樣也是我親戚，」老半人馬說：「即使他們威脅要殺人，家人還是家人。」

海克力士無法辯駁。關於殺死家人，他自己有一點經驗。他幫忙福洛士挖掘墓穴。就在他們把最後一個半人馬放進墓穴時，福洛士從屍體的腿上拔出海克力士的一支箭。

海克力士說：「小心……」

「啊！」毒箭的箭尖割傷福洛士的手指頭，老半人馬立刻倒下。

海克力士衝到福洛士身旁，但他沒有許德拉毒液的解藥。「我的朋友，我……我很抱歉。」

老半人馬虛弱地笑了。「這眞是特別的一天，我喝了上等的好酒，還與一位英雄共進晚餐。你會在這裡的東方找到那頭野豬。用……用雪。」

福洛士兩眼一翻，死了。

海克力士感覺糟透了。他幫福洛士堆了一個火葬柴堆，把剩下的葡萄酒都倒上去，作爲對眾神的祭品。他聽不懂福洛士最後的忠告「用雪」，但還是向東方出發，前去尋找野豬。

家人就是家人，海克力士心想。然而，假如尤里士修斯沒有派他來執行這個愚蠢的任務，善良的老半人馬還會活得好好的。海克力士好想掐死他的國王堂哥。

他發現了野豬在東方山丘附近胡亂踐踏，正如同福洛士所說。我在這本書裡寫過夠多隻野豬了，你可能猜得到牠長成什麼樣子，畢竟古希臘有大批巨型邪惡死豬到處出沒。厄瑞曼色斯野豬也像其他所有的野豬一樣巨大、長滿硬毛，而且凶暴難以駕馭。對海克力士來說，殺掉牠不是什麼大挑戰，但是要活捉牠……那就比較棘手了。

海克力士花了好幾個星期在野地裡追逐野豬。他試過挖掘坑洞讓野豬掉進去，也試過網子和陷阱，以及「頂點牌」㉖抓豬工具組，裡面附有鐵砧和蹺蹺板。野豬太聰明了，所有方法都不管用。牠也樂得戲弄海克力士，讓他幾乎就要得手，然後總在最後一刻再次逃走，從他設置的陷阱線上跳過去，並發出野豬那長而尖銳的笑聲。

海克力士心想，這傢伙從一公里多以外就能聞到人造陷阱的氣味，我還有什麼方法可以阻止牠呢？

到了這時，他跟著野豬進入厄瑞曼色斯山的較高海拔地區。一天下午，他爬上一條稜脊，希望能大致了解附近的地形地貌，這時他注意到下方有個陡峭的深谷，裡面滿是積雪。

「嗯哼，」海克力士說：「『用雪』……」

他喃喃誦唸祈禱文，感謝半人馬福洛士。

海克力士試了兩次，他用燃燒的飛箭和無數的喊叫聲，終於把巨型野豬趕進深谷。野豬直直衝進積雪裡，結果陷在裡面動彈不得，很像一個工具放在箱子裡，周圍塞滿了保麗龍。

如果海克力士有一個夠大的紙板箱，再加上一些封箱膠帶，就可以透過「聯邦快遞」把野豬送去給尤里士修斯。既然沒有那些東西，他只好花費很長的時間小心挖走野豬周圍的積雪，把牠的四隻腳和口鼻捆綁起來。接著，他用盡全身的力氣將怪物拖出雪堆，最後拉著牠回到邁席尼。

提林斯的商人們看到海克力士回到鎮上，還拖著一頭巨大野豬，真是興奮極了。一開始，他為大家帶回一大堆獅排肉；接下來，他讓商店裡塞滿了上等蟹肉；而現在，豬肉會在菜單上停留好幾個星期！

尤里士修斯就沒有像他們一樣高興了。他的早餐吃到一半，看到海克力士闖進王座廳，而且把厄瑞曼色斯野豬像保齡球一樣扔過來，直接扔向王座高台。

野豬滑到尤里士修斯的腳邊停下來，牠的紅色眼珠剛好與國王的臉位於同樣高度，而宛如剃刀般銳利的獠牙距離國王的鼠蹊部只有短短幾公分。尤里士修斯嚇得尖聲高叫，衝去尋求掩蔽……就是鑽進他的巨大青銅花瓶。

「這……這樣是什麼意思？」他質問著，聲音在花瓶裡反覆共鳴。

「這是厄瑞曼色斯野豬啊，」海克力士說：「活的，正如您的要求。」

「沒錯！很好！把牠拿走！」

「那我的下一個任務呢？」海克力士問。

尤里士修斯閉上雙眼，低聲碎唸。他好恨英雄們，他們的英勇程度真是……超煩的。他好想知道可不可以乾脆命令海克力士自殺算了。不行，天神恐怕不會喜歡那種事。除非……尤里士修斯冒出一個絕妙的點子。如果他要求海克力士去做某件事，而那會讓他遭天神殺死呢？

「刻律涅牝鹿（Ceryneian Hind）！」國王大叫：「把牠帶來給我。」

「那是什麼？」海克力士問。

「快去就是了！自己去搞清楚！古狗一下！我不管！把那頭牝鹿帶來給我，死活不拘！」

---

㉖ 典故出自卡通《嗶嗶鳥》。反派角色野狼總會翻閱「頂點牌」（Acme）產品目錄，尋找各種工具想要抓嗶嗶鳥，但每次都失敗。事實上，Acme 是卡通製作公司的名字。

海克力士向來不太擅長在網路上搜尋東西，於是他在鎮上到處問人，想知道「刻律涅牝鹿」到底是什麼。

他的侄兒伊奧勞斯告訴他答案。「喔，對，我聽過那故事。牝鹿就是母鹿。」

「母鹿啊，」海克力士說：「一頭鹿。一頭雌鹿。」

「沒錯，」伊奧勞斯說：「她住在刻律涅，也因此她叫作……」

「刻律涅牝鹿。」海克力士嘆口氣。「這些人啊，老是用地名幫動物取名字，名字都超難唸的。就這一次，我好想去抓一隻叫喬伊或提摩西的怪物。」

「總之，」伊奧勞斯繼續說：「據說這頭牝鹿速度超快，跑得比飛箭還快。牠有黃金鹿角……」

「雌鹿不會長角吧，會嗎？」

「這一隻會。而且有青銅鹿蹄。還有，牝鹿是女神阿蒂蜜絲的神聖動物。」

「所以，如果我殺了這頭鹿……」

「阿蒂蜜絲會殺了你。」伊奧勞斯很肯定地說。

「尤里士修斯打算陷害我，我恨那傢伙。」

「你確定不要我跟你去嗎？」

「不了，我不希望再一次不合格。總之謝謝你啦，孩子。」

於是，海克力士獨自上路，去找那頭名字不叫提摩西的魔法母鹿。

這任務其實沒有很危險，但要命的是非常漫長、辛苦，而且氣死人。海克力士花了一整年，跑遍全希臘追那頭鹿，甚至往北進入海坡柏里恩巨人族的冰凍大地，也再一次往南回到伯羅奔尼薩。他試了無數次，但無法接近那頭牝鹿。他的網子、陷阱和「頂點牌」抓鹿工具組都無效，也試過「野豬陷進雪堆」的老把戲，可是母鹿敏捷地跳過冰面，沒有掉進陷阱。

母鹿唯一會慢下來的情況是牠渡河的時候。也許牠不想把自己閃亮的青銅鹿蹄弄溼吧，因為牠總是會遲疑個幾秒鐘才跳進河裡。那也許讓海克力士有機會射中母鹿，但由於不能殺她，所以其實沒用。

除非……海克力士心想，我可以只讓牠受傷而不殺牠。

這並非最簡單或最萬無一失的計畫，不過海克力士下定決心要試射一次。他仔細翻找自己的裝備，最後找到一些品質很好的釣魚線，是他所擁有最強韌、最輕的線。他將釣魚線的一端綁在一支箭的尾端羽毛上，接著跑去追那頭鹿。

光要掌握適當時機就花了好幾天。海克力士必須事先勘查地勢，以便確切掌握狀況。他得預先考慮那頭鹿會怎麼跑，然後必須及時把牠趕向最近的河流準備試射。

最後他終於就定位了。他站在河流下游一百公尺處彎弓拉箭。一切就緒，就等母鹿到達水邊。

約莫心跳幾下的時間，母鹿遲疑了。即使是最優秀的弓箭手，射出這樣一箭也困難到不可思議的地步，但海克力士別無選擇。他放手讓箭飛出去。

箭尖乾淨俐落地同時射穿兩隻小腿，釣魚線纏住牝鹿的後腿。牠踉蹌了幾步，海克力士搶在牠重新取得平衡之前，一個箭步衝到河岸邊，抓住那動物的青銅鹿蹄。他檢視傷勢，不禁鬆了一口氣。他讓牝鹿流了一點血，但是沒有讓牠受到永久的傷害。

海克力士將母鹿甩到肩上，準備回去提林斯。

他才不過走了幾百公尺，背後就傳來一個聲音說：「你要帶著我的牝鹿去哪裡？」

海克力士轉過身，發現他背後站了一位年輕少女，身穿銀色束腰外衣，側邊帶了一把弓。她身邊還站了一名身穿金色長袍的瀟灑年輕人，同樣也帶著一把弓。

「阿蒂蜜絲，」海克力士說，同時努力抗拒想要尖叫逃走的衝動，「還有阿波羅。聽著，兩位，很抱歉我得抓到這頭鹿，但是……」

「但是，」阿蒂蜜絲瞥了她弟弟一眼。「凡人說『我很抱歉，但是……』的時候，你不愛嗎？就好像他們可以替自己冒犯天神的過錯找藉口！」她那雙冷酷的銀色眼睛盯著海克力士。「非常好，英雄，向我好好解釋一下，爲什麼我不該當場殺了你？」

「尤里士修斯交給我十項愚蠢的任務，」海克力士說：「我是要說十項重要的任務，隨便啦。他叫我把刻律涅牝鹿帶回去給他，死活不拘。我當然知道牠是您的神聖動物，我絕對不會殺死牠。但我被困在兩件事之間，一件是完成十項任務，如同阿波羅發布的預言……」

「那是眞的。」阿波羅坦承說。

「……另一件是冒犯偉大女神阿蒂蜜絲。尤里士修斯設計我，他要我殺了牝鹿，這樣您就會殺了我。不過，假如您讓我帶這頭牝鹿給他完成任務，我答應絕對不會對牠造成進一步傷害。我把牠呈給國王之後，立刻會放牠離開。」

阿蒂蜜絲握緊獵弓的指節都泛白了。「我痛恨這些凡人老是利用我們做盡骯髒事。」

「叫天神殺人。」阿波羅咕噥著說：「我們又不是職業殺手。誰說可以叫我們殺人或是不殺人！」

阿蒂蜜絲揮揮手，作勢要他快走。「海克力士，帶走牝鹿吧。你遵守承諾，我們就沒有進一步的問題。但這個尤里士修斯……我希望永遠不會抓到他在森林裡打獵，我絕對不會這麼仁慈。」

天神們在一道閃光中消失了。海克力士繼續上路，但是他的膝蓋過了好一陣子才不再發抖。只有笨蛋才不怕阿蒂蜜絲和阿波羅，而就海克力士犯的所有錯誤來說，他不是笨蛋。嗯，大多數時候不是，隨便啦。

海克力士帶著刻律涅牝鹿走進王座廳時，很希望尤里士修斯會躲進他的花瓶裡，因爲那樣很有娛樂性。

然而，最高國王只是聳聳肩。「所以你很恰當地完成這項任務，我會把這頭牝鹿養在我的獸欄裡。」

「你的什麼？」海克力士問。

「我的私人王室動物園啦，你這笨蛋！每一位國王都需要有個獸欄啊。」

「不行不行，我答應阿蒂蜜絲會放走這頭牝鹿。假如你要把這頭鹿養在動物園裡，你得自己向她說明。」

「那是你任務的一部分！」

「不，那不是。你剛才說我已經完成任務了。」

「噢，好啦！我要帶走那頭鹿。」

國王從他的王座站起來。他走下台階才走了一半，海克力士就放下母鹿讓牠站著，然後割斷綁住牠後腿的繩子。

「尤里士修斯，交給你啦。小心，牠很……」

只見一抹金色和白色的模糊身影，牝鹿飛也似地逃出那個房間。

「……快。」

國王尖聲狂叫、重重跺腳，看起來幾乎像跳進花瓶裡一樣有趣。牝鹿高速衝回荒野裡，讓阿蒂蜜絲很高興。

尤里士修斯氣得咆哮。「你這英雄根本是騙子！我會讓你的下一個任務不可能完成！」

「我以為之前四個任務都不可能完成耶。」

「這一個絕對更不可能完成！斯廷法利斯城邦附近有一個湖泊，有一群惡魔鳥在那裡橫行肆虐……」

「如果牠們叫斯廷法利斯湖鳥……」

「牠們就是叫斯廷法利斯湖鳥！」

「我要吐了。」

「你不會吐！你會除掉那個湖的每一隻鳥。哈哈！科普柔斯，我的傳令官……」

國王的傳令官急忙跑來。「陛下，什麼事？」

「如果人們希望祝某人好運，但是內心真正的意思是幸災樂禍，他們都怎麼說？」

「呃，好自為之？」

「對！海克力士，你好自為之啦！哈哈！」

海克力士離開了，低聲咒罵個不停。

他接近斯廷法利斯湖時，注意到所有農地裡的農作物都被啄得一乾二淨，也沒有半棵樹結出果實。

接著，他開始發現屍體……有松鼠、鹿、牛，甚至人，都被抓爛且啄得支離破碎，有些屍體的脖子上黏了羽毛。海克力士拔起其中一根羽毛，那簡直像飛鏢一樣堅硬和銳利。

他到達湖邊時，眼前景象讓他的心一沉。整個山谷像是一公里半寬的麥片碗，邊緣是樹木蓊鬱的山丘，裡面裝滿淺淺一層綠水。一叢叢小島狀的沼澤草類不斷扭動，看似用黑筆點描而成，那其實是好幾百萬隻體型和渡鴉差不多的鳥。分布在湖岸邊的樹木也不斷搖晃抖動，同樣是承受了鳥群的重量。牠們的尖銳叫聲像聲納一樣在整個水域上方前後迴盪。

海克力士緩緩走向最近的樹木。鳥喙和鳥爪都像擦得晶亮的青銅般閃閃發光。其中一隻小惡魔用牠的黃眼睛瞪著海克力士。牠呱呱猛叫，身體羽毛蓬了起來，接著一整排羽毛射向海克力士。要不是披著獅皮斗篷，他可能全身插滿粗針。

「這真的是不可能完成的任務，」海克力士說：「世界上不可能有夠多的箭可以殺死這麼多鳥吧。」

「那就運用你的智慧啊。」一個女人的聲音說。

海克力士轉過身。他身邊站了一個女人，她有一頭黑色長髮和暴風雨般的灰色眼睛，手上拿著盾牌和長矛，一副隨時準備戰鬥的樣子，不過她的微笑感覺很溫暖和熟悉。

海克力士向她鞠躬。「雅典娜，好久不見。」

「哈囉，真的是，」女神說：「我看到你把我送你的王者長袍換成一塊獅皮了。」

「喔，嗯，不是有意冒犯。」

「親愛的英雄，我不介意。你很聰明，懂得用這個斗篷當作盔甲。況且你也得非常努力才能讓我生氣。想到那時候希拉想要餵你喝奶的樣子，我還想笑呢……」女神停頓了一下。

「噢，親愛的……你聽到她的名字，該不會還……呃，大便在褲子裡吧？」

海克力士臉紅了。「不會啦，我還是小嬰兒的時候就克服那件事了。」

「很好，很好。不管怎樣，那件事實在超好笑的。我今天來這裡，是因爲宙斯認爲你可能需要一點指引。」

「太好了！那麼，對付這些鳥有什麼祕訣？」

雅典娜搖搖手指。「我說的是『指引』，可沒說要直接給答案。你得運用你的智慧。」

「喔。」

「海克力士，想想看，什麼東西可以讓這些鳥飛走？」

海克力士摸一摸他的獅爪領結。「更大的鳥？」

「不對。」

「幾千隻貓？」

「不對。」

「缺乏食物？」

雅典娜停頓一下。「這樣講很有趣。說不定到最後，等到這些鳥的食物來源消耗殆盡，牠們會自己遷移喔。不過你不能依靠這種事，因爲你希望牠們現在就離開。所以，你可以怎麼進行呢？」

海克力士回想起他在養牛場的那段時光，他常常花很多時間觀察牧草地上的一群群鳥。

「有一次碰到暴風雨，」他回憶著說：「雷聲大作，好幾千隻烏鴉嚇得從一塊麥田飛走。

鳥類很討厭巨大的噪音。」

「太棒了。」

「可是……我要怎樣製造出那麼可怕的噪音呢？」海克力士又讓思緒回到童年時代，當時有人罵他怎麼會弄出那麼可怕的聲音。「我以前的音樂老師說我彈得太爛，可能會嚇跑所有聽眾。眞希望那把七弦琴還在我手上，可是我把它敲到林諾斯頭上弄斷了。」

「嗯，我沒有七弦琴，」雅典娜說：「不過我確實有個東西或許可以派上用場。」

女神從長袍的皺摺處取出一根棍子，上面附帶了好幾排小牛鈴，很像是用青銅打造而成的超大響尾蛇尾巴。「這是赫菲斯托斯做的，相當可能是歷史上發明過的最糟糕樂器，連阿波羅都不想要，但我有預感，它總有一天可能會證明自己也是有用的。」

她將響鈴交給海克力士。搖晃響鈴時，他的耳膜幾乎整個縮到腦袋裡，恨不得死掉。每個牛鈴都發出不同音調，而所有的牛鈴形成完美的共振。如果把汽車廢棄場的五部粉碎機集合起來組成一個樂團，它們發行的首張專輯聽起來可能就像這把響鈴。

半徑一百公尺內的所有鳥類都嚇瘋了，連忙四散飛走，不過海克力士一停止發出噪音，牠們又飛回樹上。

海克力士皺起眉頭。「這只能暫時有用，可是如果要把這些鳥全部趕走，我可能需要更多牛鈴。」

雅典娜聳聳肩。「凡人絕對不應該有『更多牛鈴』這種想法。不過，響鈴也許只是答案的一部分而已，如果你趁那些鳥飛起來的時候射下牠們呢？」

「我不可能把牠們全部射下來！數量實在太多了。」

「你不需要把牠們全部射下來。假如可以讓那些鳥相信這裡不是停棲的好地方……」

「哈！我懂了！雅典娜，謝謝你！」他跑向湖邊，猛力搖鈴並尖叫著說：「更多牛鈴！」

「這暗示我可以退場了。」雅典娜消失在一團灰色煙霧裡。

海克力士花了幾天在湖邊衝過來又衝過去，一邊搖著響鈴，一邊拉弓射箭。只要斯廷法利斯湖鳥被他的天神恐怖音樂嚇得飛上空中，他就用毒箭射下牠們，盡可能射得愈多愈好。

歷經一星期的牛鈴和毒藥雙管齊下，整群鳥終於全部飛起，聚集成一大團黑雲，飛向地平線的彼端。

海克力士又在當地逗留了幾天，只是要確定那些羽毛惡魔再也沒有回來。接著，他收集了一些鳥屍串成可愛的項鍊，然後出發回到提林斯。

「最高國王！」海克力士一邊衝進王座廳、一邊大聲嚷嚷。「眞高興你好鳥。我的意思是……給你這些好鳥啦。斯廷法利斯湖的游泳季很安全了！」

國王還來不及回答，覲見廳裡便爆出掌聲和歡呼聲。法官們都擠到英雄身邊，手上拿著簽名筆和海克力士的亮面照片；很多王室衛兵秀出身上穿的「海克力士隊」T恤，雖然尤里士修斯特別禁止他們像這樣違反服裝規定。

國王氣得咬牙切齒。海克力士每完成一項愚蠢任務，他的人氣就愈高，威脅也愈大。邁席尼的人民非常崇拜他。

也許尤里士修斯的做法錯了。與其想辦法殺了海克力士，也許他更應該派海克力士去執行一項既噁心又丟臉的任務，讓這位英雄成爲眾人的笑柄。

最高國王露出微笑。「海克力士，做得好。現在要把下一項任務分派給你！」

群眾安靜下來。他們等不及想聽到海克力士接下來要對付哪一種怪物，而哪一種新奇肉類又會很快出現在他們的晚餐桌上。

「我的朋友奧吉亞斯（Augeas）是伊利斯國王，他養的牛很有名，」尤里士修斯說：「不過我擔心這麼多年來，他的牛棚可能累積了一點……牛糞。既然你曾經有養牛的經驗，我要你去幫他清理牛棚。靠你自己一個人喔，不能有別人幫忙。」

已經有些群眾從海克力士身邊退開，活像是他身上已經沾滿了牛大便。

海克力士射出凌厲目光，簡直像是要在最高國王的臉上燒出一個洞。「這就是我的下一項任務？你要我去清理牛棚？」

「噢，我很抱歉，實實在在工作是不是太貶低你了？」尤里士修斯根本不知道什麼是實實在在的工作，如果那對他來說就像搖搖牛鈴的話。但群眾還是喃喃地說：「喔喔喔喔喔喔，好酸喔。」

「很好，」海克力士咕噥說著：「我會去清理牛棚。」

他又多簽了幾張簽名照，送出他的斯廷法利斯湖死鳥當作紀念品，然後就離開宮殿，跑去買長筒雨鞋和一把鏟子。

告訴你一件超級諷刺的事：奧吉亞斯國王，他名字的意思是「光明」，本人卻是全希臘最卑鄙、最骯髒、最不光明的國王。他養牛已經三十年，從來不曾把他的牛棚清理乾淨，連打掃一次都懶。

一部分原因是那些牛不需要清理。奧吉亞斯的父親是掌管太陽的泰坦巨神赫利歐斯，而那些牛是赫利歐斯的神聖牛隻後代，因此無論什麼樣的條件牠們都可以生活，乾淨或骯髒都行，牠們從來不會生病。

但奧吉亞斯不打掃牛棚的最主要原因，是因爲他很小氣又懶惰，不願付錢給任何人來做這項工作。等到工作條件愈來愈糟糕，也就更少有人願意接下這份工作。由於牛隻的健康狀況屬於天神等級，因此牠們的大便超多，經過三十年後，牛棚看起來簡直像一大片高聳的牛糞山脈，還有群聚的蒼蠅多到根本看不到牛到底在哪裡。

海克力士還沒走到奧吉亞斯的王國，遠在二十五公里外就聞到那股氣味。等他到達伊利斯城邦，發現當地人都行色匆匆，用圍巾或領巾掩住口鼻以擋住惡臭。市場的營業狀況非常淒慘，因爲沒有人想來市場，更別提旅行路過「大便鎮」了。

海克力士前去與國王談話之前，決定先查看一下牛棚的狀況。他很快就發現，新買的高筒雨鞋和鏟子根本不夠看。牛棚占據的面積遠比城邦的其餘部分更加遼闊，坐落在城鎮的西側邊緣，那裡的地形像是一座半島，旁邊的阿爾斐斯河轉了一個巨大的C字形河灣。

海克力士爲那些牛感到很難過，無論動物神聖與否，都不應該住在那樣的環境裡。他花了六年的時間養牛，即使眼前的牛棚掩埋在宛如月球表面的大便底下，看得不是很清楚，他也對牛棚的配置方式有一定概念。他沿著河岸略做測量，做了一點工程方面的計算，並運用智慧型手機的木匠水平儀應用程式，最後答案逐漸在他腦袋裡成形。

接著，他出發前往國王的宮殿。

他差點進不了王座廳的房門，因爲王宮裡塞滿了垃圾。少數幾位表情困惑的衛兵在附近遊蕩，身上穿著陳舊的制服，行走在宛如峽谷般的舊報紙堆、破爛家具堆、發霉衣物堆和好幾個貨板的過期寵物食品堆之間。

海克力士捏住自己的鼻子，走向王座的高台，國王奧吉亞斯坐在一張歪歪扭扭的金屬摺疊椅上，那是他的王座。他的長袍可能曾經是藍色，但現在沾染了太多汙點，根本看不出是什麼顏色。他的鬍子裡滿是麵包屑和小動物。他旁邊站了一位年輕人，也許是他的兒子，臉上似乎永遠凍結在嘔吐的表情中。海克力士不怪這孩子，因爲宮殿發出的惡臭幾乎像是住在一盒酸臭的牛奶裡。

「哈囉，奧吉亞斯國王。」海克力士向他鞠躬。「我聽說你可能需要有人幫忙打掃牛棚。」

國王旁邊的年輕人忘情大叫：「多謝天神！」

奧吉亞斯滿臉怒容。「菲利奧斯（Phyleus），安靜！」國王轉向海克力士。「陌生人，我的兒子不曉得自己在說什麼。我們不需要別人幫忙打掃。」

「爸！」菲利奧斯抗議著。

「小子，閉嘴！我不打算付錢給任何人去做那件事，那要花太多錢了。況且，我的牛都非常健康。」

「你的人民不健康啊，」王子喃喃說著：「臭氣快把他們熏死了。」

「陛下，」海克力士打斷他們對話，「我可以做這份工作，我收取的費用也會非常合理。」

海克力士本來沒有打算詢問報酬的問題，但現在他認爲應該要問一下。這件工作非常噁心，而且牛隻住在這麼惡劣的環境裡，國王理應爲此付出一點代價。「只要支付你的牛群的四分之一就行了。」

國王突然從他的座位摔下來，鬍子裡的麵包屑和沙鼠宛如雨點般落下。「無法無天啊！我連牛群的百分之一都不會給你！」

「十分之一，」海克力士向他講價：「而且我在一天之內會做完全部的工作。」

奧吉亞斯國王正打算大叫辱罵，或者可能要心臟病發，這時菲利奧斯抓住他的手臂。

「爸，這是天載難逢的好機會！付出少少的代價可以達到麼大的效果，而且他怎麼可能在一天之內就完成？只要告訴他，如果無法在時限內完成，他就拿不到半點酬勞。那樣一來，如果他失敗了，你沒有任何損失，而我們還是可以讓牛棚稍微乾淨一點。」

海克力士露出微笑。「你兒子很精明。我們達成交易了沒？」

奧吉亞斯咕噥了一聲。「那好吧。衛兵，幫我拿點羊皮紙來，讓我寫張合約。而且不要拿好的羊皮紙，那邊有好幾令回收使用的羊皮紙，在那幾袋貓砂底下。」

「貓砂？」海克力士問。

「你永遠不知道什麼時候會用到！」

海克力士和奧吉亞斯簽了合約，菲利奧斯王子當見證人。

隔天早上，海克力士帶著他的鏟子前往牛棚，菲利奧斯尾隨在後。

王子環顧周圍的牛糞山。「我的朋友，你簽了條件很差的合約。根本不可能在太陽下山前把這全部清掃掉。」

海克力士只是笑了笑。他走向牛棚的北端，開始挖一個洞。

「你在做什麼？」菲利奧斯問。「所有的牛大便都在那邊耶。」

「王子，看仔細了，學著點。」

海克力士身強體壯都不會累。到了中午左右，他已經挖出一道很深的溝渠，從牛棚的北端延伸到河流的上游岸邊，只留一道薄薄的防洪堤，不讓河水流進來。這一天接下來的時間，他又忙著挖掘溝渠，從牛棚的南側延伸到阿爾斐斯河C字形河灣底部，河流從那裡流出城鎮外。海克力士同樣在那裡留下足夠的土牆，以免河水從那裡滲進溝渠內。

到了傍晚，菲利奧斯愈來愈沒耐心。眼看海克力士就要失敗了，他連一鏟牛糞都沒挖走。

「所以，你挖了兩道溝渠，」王子說：「那有什麼用處？」

海克力士問他：「等我把北側的防洪堤打通，讓河水流進來，你認爲會發生什麼事？」

「河水……喔！我懂了！」

菲利奧斯興奮地跳上跳下，尾隨海克力士走向北側河岸。海克力士用鏟子鏟了一下，把防洪堤打破。河水湧進溝渠，以千軍萬馬之勢沖向牛棚。海克力士之前測量得非常仔細，因此角度和斜度都計算得剛剛好。河水猛沖過牛棚，沖垮了牛糞山，把廢物沿著南側溝渠推送到河流下游的彎曲處，然後繼續往更下游沖去。

海克力士發明了全世界最巨大的沖水馬桶。才這麼沖一次，他就把牛棚裡累積三十年的大便沖刷乾淨，只留下閃閃發亮的泥土地和一千隻滿頭霧水的牛，全都讓強力水柱沖洗得清潔溜溜。

菲利奧斯開心地高聲歡呼。他護送海克力士回到王座廳，迫不及待地分享這個好消息。

「父親，他辦到了！牛棚一乾二淨！這個城邦再也不像廢水處理廠那麼臭了！」

奧吉亞斯國王原本看著他囤積的凹陷青豆罐頭，聞言抬起頭。「啊？我不相信。」

「我在現場！」菲利奧斯堅持地說：「我是你的見證人，你必須支付給這個人……你牛隻的十分之一，那是你在合約中的承諾。」

「我不知道你們在說什麼，」國王說：「我沒有簽什麼合約，也從來沒有答應這個男人什麼事。」

菲利奧斯的臉色變得像許德拉的眼睛一樣綠。「可是……」

「你不是我的兒子！」國王尖聲叫道。「你站在這個陌生人那邊而反抗我？我要以叛國罪驅逐你們兩個人！來人啊！」

衛兵沒有出現，可能因爲在王座廳的垃圾堆裡迷路了吧。

海克力士轉向菲利奧斯。「你似乎是通情達理的年輕人。如果你是國王，你會打掃這座王宮嗎？」

「立刻動手。」

「你會成爲好的統治者嗎？」

「是的。」

「而且實踐你簽署的合約？」

「當然。」

「嗯，我需要聽到的就是這樣。」

「這太無法無天了！」奧吉亞斯國王大喊：「衛兵！來人啊！」

海克力士爬上高台，對準奧吉亞斯國王的臉來上一拳。他很快就一命嗚呼，而且從臉上的毛髮抖出很多未曾發現的新種嚙齒類。

海克力士看著菲利奧斯。「抱歉，他會讓我一直緊張起來。」

菲利奧斯成爲國王。他立刻下令把所有過期的寵物食品、貓砂、舊報紙和生鏽盔甲搬出王座廳，也宣布囤積物品是死罪一條。伊利斯城邦經過好好徹底的打掃，海克力士也領到國王牛群的十分之一。

海克力士回到提林斯時，不但帶著價值一百萬德拉克馬金幣的牛群，而且身上連一點牛糞都沒沾到，尤里士修斯簡直氣炸了。

「到底怎麼了？」他質問著。

海克力士把整段經過告訴他。「我把牛棚打掃乾淨，變得很富有，每個人都很高興。」

「我不高興！這項任務不算。你接受了酬勞！」

海克力士硬是吞下滿腔怒火。「你從來沒說我不能接受酬勞。」

「就算是這樣，你也不是靠自己的力量完成工作。是河流幫你做的！」

「用一條河流和用一把鏟子有什麼不一樣？都是工具啊。」

最高國王用力跺腳。「我說這項任務不算，而我是最高國王！既然你那麼喜歡牛，我就給你另一項與牛有關的任務。去克里特島找米諾斯國王，說服他放棄他的寶貝公牛。那應該會讓你忙碌好一陣子！」

海克力士的怒火衝撞他的胸口。沒錯，他同意要爲殺死家人而贖罪。沒錯，他一直是亂搗蛋的半神半人。但現在，他的十項愚蠢任務居然激增到「十二項」，而且到現在才完成一半。他好想殺了他的堂哥。他花費好大的力氣才讓自己的手從劍柄上移開。

「克里特公牛嗎？」他咕噥著說：「立刻就來。」

米諾斯國王擁有殘暴的名聲和強大的軍隊，因此尤里士修斯希望他一聽到海克力士膽敢問他的寶貝公牛，就會當場殺了海克力士。從結果看來，公牛任務根本是輕而易舉。

海克力士抵達克諾索斯，大步走進王座廳，向米諾斯國王說明他的任務。「國王陛下，長話短說，我應該把你的寶貝公牛帶回去給『躲在花瓶裡的最高國王』。」

「拿去。」米諾斯說。

海克力士瞇起眼睛。「眞的嗎？」

「沒錯！把公牛拿去！終於解脫了！」

這完全是時機的問題。這頭白色公牛是波塞頓送的禮物，然而海克力士到達的這時，是在帕西法埃王后與這頭野獸墜入情網、生下彌諾陶之後，所以現在這頭寶貝公牛時時刻刻提醒米諾斯國王想起他的丟臉與恥辱。他急著想拋棄牠。他可能也有種預感，知道這頭牛如果野放到希臘本土大概會怎樣。尤里士修斯得到的不會只是這頭牛而已。

海克力士帶著白色公牛，將牠綁在貨物架上，揚帆回到邁席尼。抵達碼頭時，他抬起公牛，像是搬麵粉袋一樣頂在頭上，就這樣帶著公牛走進王宮。「你想把這個放在哪裡？」

這一次，最高國王決心不要顯得驚慌。他端坐在王座上，假裝翻閱雜誌。「唔？」

「克里特公牛，」海克力士說：「你想把牠放在哪裡？」

「喔。」尤里士修斯掩住嘴巴打呵欠。「就放在那裡，窗戶旁邊。」

海克力士踩著沉重步伐走向窗邊。

「我改變主意了，」國王說：「放在沙發旁邊看起來會比較好。」

「這裡？」

「稍微左邊一點。」

「這裡。」

「不，我比較喜歡牠在窗邊。」

海克力士有股衝動想把公牛扔向王座，但他拚命忍住。「這裡，然後呢？」

「你也看得出來，這頭公牛和我的裝潢風格不搭。帶到城邦外，把牠放了。」

「你想要牠隨便亂跑？這是一頭野生動物，牠的角很尖銳，會毀掉很多東西，還會殺人。」

「照我說的去做，」國王命令著：「然後回來接你的下一項任務。」

海克力士不喜歡這樣，不過他還是將克里特公牛野放到希臘鄉間。果然沒錯，牠到處肆虐，造成各式各樣的破壞。最後牠漫遊到馬拉松，變成知名的馬拉松公牛，肆無忌憚地殺人毀村，直到鐵修斯終於追蹤到牠的下落，但那是很久以後的事了。

海克力士回到王座廳。「國王陛下，下一項愚蠢任務呢？」

尤里士修斯露出微笑。最近他聽到一些謠言，色雷斯國王狄奧墨迪斯養了吃人肉的馬，他都用客人的肉餵那些馬。聽說這件事以後，尤里士修斯常常作著美夢，夢想著海克力士遭到碎屍萬段的情景。

「我聽說狄奧墨迪斯，就是色雷斯國王，有一些很出色的馬。」他說：「去那裡幫我帶四匹最好的母馬回來。」

海克力士捏捏自己的鼻梁，他覺得開始偏頭痛。「你不能早點想到這件事嗎？趁我去色雷斯追捕刻律涅牝鹿的時候？」

「不能！」

「好吧。色雷斯母馬。隨便啦。」

海克力士再度出發，超希望有人能發明飛機或子彈列車，因爲他的鞋子走遍整個希臘都快磨破了。

他這次決定賭賭看走海路。他雇用一艘三排槳的戰船及一群自願追隨他的船員，他向他們保證一路到色雷斯都會很冒險、很好玩。他也帶著侄兒同行，因爲伊奧勞斯已經成爲很有經驗的軍隊指揮官。海克力士擔心如果船員們幫他抓那些馬，尤里士修斯會宣布這項任務不合格，因此他決定一抵達色雷斯，所有人都留在船上，只有他單獨去見狄奧墨迪斯。

一路上，海克力士有幾次小小的額外冒險。他創立了奧林匹克運動會、入侵幾個國家，也協助眾神擊敗一支永生不死巨人族的軍隊。我想，如果還能多寫個幾百頁，我可以把那些故事全都告訴你，不過最近連我自己都得去打一些巨人，我也還沒準備好要處理那些主題。

海克力士終於到達色雷斯，他按照計畫讓船員們留在船上，自己大步走進狄奧墨迪斯的王宮。既然在克里特島與米諾斯國王直來直往很成功，海克力士決定如法炮製。

「嘿，狄奧墨迪斯，」海克力士說：「我可以擁有你的馬嗎？」

狄奧墨迪斯咧嘴一笑，那種神經兮兮的眼神，讓他看起來的友善程度大概與萬聖節的鬼臉南瓜燈差不多。「你聽說過我的馬，是嗎？」

「喔，聽說他們算是最好的馬。邁席尼的最高國王『打呵欠蠢蛋』派我來北邊這裡帶走你的四匹母馬。」

「喔，沒問題！跟我來！」

海克力士不敢相信自己這麼幸運。連續兩件簡單任務？太美好了吧！

他跟著狄奧墨迪斯走，隨即發現愈來愈多衛兵加入他們背後的行列。等到他們抵達馬廄時，足足有五十名色雷斯戰士護衛左右。

「咱們到了！」狄奧墨迪斯很驕傲地伸開雙臂。「我的馬兒！」

「哇。」海克力士說。

狄奧墨迪斯的馬廄頓時讓奧吉亞斯的牛棚看起來很像迪士尼樂園。地板鋪滿了可怕的肉塊和骨頭，馬蹄和馬腿都濺滿鮮血，而牠們的眼睛很狂野、精明且充滿惡意。一看到海克力士，牠們便嘶嘶狂叫，以沾滿血色的銳利牙齒對著他作勢猛咬。最靠近的一批母馬繃緊了繩索，拚命想要衝破柵欄，只有繞在脖子上的極粗青銅鎖鍊把牠們拉住，拴在一排鐵桿上。

「我的寶貝們很強壯喔，」狄奧墨迪斯說：「也因爲這樣，我得把牠們鍊住。牠們超愛吃人肉。」

「好迷人喔，」海克力士喃喃說著：「我想，我是今天晚上的主菜？」

「這無關個人，」國王說：「就這件事來說，我對所有的囚犯、客人和大多數的親戚都一視同仁。來人啊！把他丟進去！」

局面是五十人對付一人。衛兵們連一點機會也沒有，海克力士把他們一個接著一個扔進馬廄，讓那些馬兒有五十道色雷斯戰士大菜可吃。

最後只剩下海克力士和狄奧墨迪斯。國王退到角落裡。「等一下！咱們來談談這件事。」

「去對你的馬兒談吧，」海克力士說：「因爲我沒在聽。」

他抓起國王，把他扔進馬廄裡。馬兒實在吃得很撐了，但總是可以在胃裡找到空間留給甜點。

吃了那麼多的美食，馬兒全都昏昏欲睡也很溫馴。海克力士挑了其中四匹最好的母馬，幫牠們套上馬具，然後帶牠們前往碼頭，他的船在那裡等待。

他們沿著海岸航行打道回府時，海克力士和水手們與色雷斯人起了一些小規模衝突。海克力士當然全部打贏，但有幾位追隨者遭到殺害。其中一位叫亞比德洛斯（Abderus），他奮戰得很英勇，於是海克力士爲他建了一座巨大墳墓，並創建一座城邦以他爲名。亞比德洛斯這個地方成爲色雷斯沿岸的重要港口，這個希臘城鎮至今依然存在。你也知道，提這件事只是以防萬一，萬一你哪天發現自己在狄奧墨迪斯的地盤上，就可以找個下午到這裡殺時間。

海克力士帶那些吃人母馬回去找尤里士修斯，但是最高國王實在太害怕了，根本不敢使用牠們。他把那些母馬野放到奧林帕斯山附近。有些版本的故事是說，那些馬被體型更大的獵食動物吃掉了；其他版本則說，那些馬的後代繼續在那裡生活了好幾個世紀之久，直到亞歷山大大帝到了那裡並馴服牠們。我從個人經驗得知，如果不巧走到某個地區，你還是可以找到那種吃人馬。而我的良心建議是：不要找。

到了這時，尤里士修斯愈來愈驚慌，而且能叫海克力士去解決的問題也快要用完了。鄉間的怪物都掃蕩一空，所有的邪惡國王也被一拳打死或餵給他們自己的馬吃。海克力士的人氣變得愈來愈高，甚至到現在還活著，眞是超煩的。

對最高國王來說，另一個煩惱來源是，他那超級驕縱的青少年女兒阿德墨忒（Admete）已經吵了好幾個星期，說她多想要一條眞正的黃金腰帶搭配新衣服。「爹地，我要全世界最棒的腰帶！拜託啦！」

所以，當海克力士站在他面前等著接受下一項任務時，這些亂七八糟的想法在尤里士修斯的腦袋裡轉來轉去：殺了海克力士。一條黃金腰帶。一項危險的任務。

突然間，他冒出一個很棒的邪惡點子。誰擁有全世界最棒的黃金腰帶呢？而誰又最愛殺死男性英雄呢？

「海克力士，」尤里士修斯說：「我要你去亞馬遜人的土地，拿到她們女王的黃金腰帶，帶回來給我女兒。」

在王座背後，阿德墨忒拍著手雀躍不已。

海克力士的凶惡表情和他的獅子兜帽非常搭配。「你的女兒想要當亞馬遜女王？」

「不，她只是想要一條閃亮的腰帶來搭配她的衣服。」

海克力士嘆口氣。「你明知道，我從色雷斯回來的路上可以停在亞馬遜王國，對吧？我可以節省時間和里程數，而且……算了。黃金腰帶。很好。國王陛下，你想要搭配著條嗎？」

「什麼是著條？」

「當我沒說。」

海克力士再度出發。唯一的好消息是，他上次雇了一整船的自願船員幫他去色雷斯出任務，而尤里士修斯沒有抱怨，所以他認爲可以再如法炮製一次。他找回原班人馬，再加上他的親友兼夥伴，侄兒伊奧勞斯，一行人沿著黑海的南岸航向亞馬遜王國。

海克力士希望避免起衝突。他對於人們急著想完成尤里士修斯的願望已經很厭倦，更不想爲了取得驕縱公主的時尚配件而掀起戰爭。

而另一方面，他知道亞馬遜人很敬畏力量，所以他的大船一停泊到她們的外海，他的夥伴們就以人力划著小船到岸邊。他們帶著盾牌和長矛，在海灘上排列成軍事隊形。

亞馬遜偵察兵已經觀察他們好一會兒。希波勒塔女王和她的軍隊已經準備就緒。女王的妹妹潘查西拉認爲應該直接進攻展開殺戮，但希波勒塔謹慎以對。她聽過海克力士的故事，因此想先知道這位希臘英雄有什麼話想要說。她帶了幾名貼身護衛，高舉休戰的旗幟，策馬前往希臘人的戰線。海克力士和手下幾名傢伙也騎馬出去與她會面。

「嗨，」海克力士說：「聽著，我知道這很蠢，但希臘有位青少年公主想要你的腰帶。」

他解釋整個情況。剛開始，希波勒塔氣炸了，接著她慢慢了解海克力士非常痛恨最高國王和他的任務，她覺得很好笑。海克力士把尤里士修斯叫成最高國王「牛糞餅」時，希波勒塔甚至笑得很大聲。

「那麼，」女王說：「我聽說你曾經抓到刻律涅牝鹿。」

「沒錯。」

「你答應阿蒂蜜絲一定會放走那頭鹿，讓牠毫髮無傷，而你也遵守諾言？」

「是啊。」

「那讓你的評價相當高。阿蒂蜜絲是我們的守護女神。如果我把腰帶借給你，你能以自己的信用發誓一定會歸還嗎？那樣就可以避免很多無謂的流血衝突，對吧？」

海克力士開始鬆口氣。「對的，我很樂意。那樣就太棒了。」

他們相處得非常好。希波勒塔對於身披獅子斗篷、全身配備天神武器、既高大又帥氣的海克力士留下很好的印象，而海克力士也認爲希波勒塔長得相當正。如果今天不是因爲要處理這種事，他們說不定可以一起安頓下來，生下一大群危險的小孩。

但是不行。在奧林帕斯山上的戰情室裡，希拉正在嚴密監視。自從上次以巨型螃蟹干擾許德拉任務之後，她已經和宙斯吵得不可開交，吵到宙斯撂下「再那樣做一次，我就會把你頭下腳上倒吊在混沌深淵的正上方」之類的狠話。她已經盡可能克制自己了。她一直希望尤里士修斯能想辦法殺了海克力士，不需要她出手。但現在，這位英雄眼看著又要輕輕鬆鬆拿下另一次成功任務了。

「拜託，亞馬遜人，」女神自言自語說著：「你們的奮戰精神到哪裡去了？」

最後，她再也忍不住了。她變身成一名亞馬遜戰士，下凡去加入她們的陣容。海克力士和希波勒塔正在交涉協商和眉來眼去時，希拉走到亞馬遜人之間，附耳對她們低聲說：「這是個陷阱，海克力士要抓女王去當人質。」

亞馬遜人變得焦慮不安。她們本來就無法信任男人，因此相信了這個謠言。女王和那個披著獅皮斗篷的大塊頭也聊太久了，一定有什麼不對勁。

潘查西拉拔出她的佩劍。「我們一定要保護女王！進攻！」

海克力士的夥伴們聽到騷動時，他正在讚美希波勒塔的青銅護脛套。亞馬遜人已經攻過來了。

「這是什麼意思？」海克力士質問。

女王看起來很震驚。「我不知道！」

在戰場的另一端，潘查西拉高舉她的標槍。「姊姊，我會救你！」

希波勒塔急著想阻止這場戰爭，高聲大喊：「不，這是誤會！不要……」

她走到海克力士的正前方，這時潘查西拉擲出手中的長矛。矛尖直直刺穿希波勒塔的護胸甲，於是亞馬遜女王倒下去，死在海克力士的腳邊。

潘查西拉悲慟哭嚎，亞馬遜人則衝進希臘人的戰線。海克力士沒時間搞清楚到底發生了什麼事。他從希波勒塔的屍身取下黃金腰帶，命令夥伴們立刻撤退。

亞馬遜人像惡魔一樣瘋狂攻來，但是海克力士在她們的行列中奮力殺出一條血路。數十名希臘人戰死，更有數百名亞馬遜人陣亡。海克力士盡量拖住敵人，讓他的夥伴們有時間登上小船，奮力划回大船。接著他縱身跳入海中，游向大船，只見無數的飛箭和長矛射中他的獅皮斗篷而碎裂。

希臘人逃脫成功，可是一點都沒有想要高興慶賀的感覺。

回到家鄉的路上，海克力士又經歷幾場額外的冒險。他大戰一隻海怪、拯救特洛伊城邦，而且在一場摔角比賽中殺了一些傢伙……吧啦吧啦吧啦。等他終於回到提林斯，他把亞馬遜人的腰帶扔到尤里士修斯的腳邊。

「好幾百位英勇的戰士爲了這條腰帶而死。我希望你女兒覺得很高興。」

阿德墨忒公主撿起腰帶，開心得手舞足蹈。「喔我的天神啊，這太完美了！我等不及要試戴看看！」

她衝出去向朋友們炫耀。

「嗯，很好。」尤里士修斯說：「海克力士，咱們來瞧瞧……現在執行多少個任務啦？八個？」

「不，國王陛下，」海克力士慢條斯理地說：「那是第九項任務。我本來應該只剩下一項任務，不過既然你以有限的智慧否定其中兩項……」

「那就還有三項任務，」國王說：「噢，不要那麼悶悶不樂的樣子嘛，這對我來說也很辛苦，你知道吧。每一次都要想出更困難、更愚蠢的任務，也是很不簡單啊。」

「你絕對可以早一點放我走。」

「不，不，我想到一個了。」

「我敢發誓，如果你又派我回到色雷斯或亞馬遜王國……」

「別擔心！這次是反方向！我聽到一些傳言，說有個像怪物的人名叫格律翁（Geryon），住在遙遠的西方……在伊比利亞（Iberia）。」

海克力士瞪著他。「你是開玩笑的吧？」

伊比利亞就是今天我們稱爲西班牙和葡萄牙的地方。對希臘人來說，那是已知世界的盡頭；就像美國的內布拉斯加或加拿大的薩克其萬，你偶爾會聽說那些地方，但是你沒辦法相信眞的有人住在那裡。就當時的希臘人所知，比伊比利亞更遠的地方就什麼都沒有了，只剩下大批怪物出沒的無盡海洋。

「格律翁這個人呢……」國王繼續說：「據說他有一群『亮紅色』的牛。你能想像嗎？我好想知道牠們能不能擠出草莓色的牛奶。無論如何，我要你把他的牛群帶回來給我。」

「你拿那些牛到底要幹嘛？」海克力士問。

「去做就對了！」

海克力士又雇了另一艘船和另一批自願者。說來有趣……除了伊奧勞斯以外，上一次去過的人都不想再跟他一起出征了。於是，他揚帆航向世界的盡頭，去尋找草莓口味的乳牛。

回顧當時，航行穿越地中海的長端是危險的舉動。海克力士的船隻沿著非洲海岸前進，那似乎是不會迷途的最佳路徑。一路上他殺了一大票邪惡的國王和怪物，吧啦吧啦吧啦。

等他到達突尼西亞附近，偶然間遇到安提爾斯（Antaeus），他是波塞頓的大塊頭醜兒子，絕對不會列在我寄送耶誕卡的家族名單上。

安提爾斯的媽媽是大地女神蓋婭（Gaea）。不要問我波塞頓和蓋婭為什麼或怎麼樣生出小孩，深入思考這種事實在太恐怖了。我只知道這樣：安提爾斯長得像媽媽。他非常殘忍、邪惡，而且眞的很高大，無論是誰經過安提爾斯的地盤，都會被迫與他比賽摔角到死為止，我猜那是因為突尼西亞電視台沒有什麼娛樂節目可看。

海克力士大可悄悄航行過去、躲開這樣的對抗，但他不喜歡留著這種殘忍的殺人犯給別人處理。於是他靠岸，向安提爾斯挑戰摔角比賽。

「啊！」安提爾斯揮拳敲打自己的胸膛。「你不可能打敗我！只要我與大地接觸在一起，身上所有的傷口都會立刻痊癒！」

「專業建議，」海克力士說：「千萬別在開打之前大聲嚷嚷自己的致命弱點。」

「那怎麼會是弱點？」

海克力士發動攻擊。他用手臂環抱安提爾斯的腰，把這位摔角手舉起來，於是他全身上下都沒有接觸到地面。安提爾斯拚命掙扎、又踢又捶，但海克力士只是繼續擠壓，直到安提爾斯的胸膛裡面有某種東西突然斷裂。安提爾斯全身癱軟。海克力士等到確定他眞的死了，才把他的身體放到地面上。

「愚蠢的摔角手。」海克力士朝地上吐口水，然後回到他的船上。

最後他終於抵達地中海的彼端，在那裡，非洲的北端幾乎與伊比利亞的南端碰觸在一起。為了紀念他這趟不可思議的荒謬任務，海克力士建造了兩根巨柱，宛如一座大門。他將之稱為（你也猜得到）海克力士之柱。

有些故事宣稱海克力士把歐洲和非洲兩塊大陸推開，於是產生兩者之間的海峽。其他故事則說他讓海峽變窄，於是最巨大的海怪無法從大西洋進入地中海。

你想要相信哪種說法都可以。至於我呢，我是沒有很渴望再度造訪海克力士之柱啦。上一次我到那裡的時候，有一顆會飛的鳳梨差點削掉我的頭，不過那是另一個故事了。

抵達伊比利亞後，海克力士讓他的夥伴們留在船上，然後獨自晃蕩了好幾個月尋找紅色母牛。一個炎熱的下午，他從一座山丘向下俯瞰，發現下方山谷中有一群紅寶石色澤的動物。

「那一定是牠們，」海克力士喃喃說著：「拜託那就是牠們。」

他小跑步進入山谷，既疲累又煩躁。快要跑到牛群那邊時，長草叢裡突然跳出一隻凶惡的雙頭狗，一邊咆哮、一邊齜牙咧嘴，露出一對對尖利的獠牙。

海克力士通常很喜歡狗，但這隻雙頭狗似乎不是很友善，牠也沒有佩帶標籤顯示施打過狂犬病疫苗。「哇，小子。呃……還是要叫小子們？這裡不需要用上暴力喔。」

「這要由我來判斷！」一個大塊頭老兄手握斧頭，從狗的背後慢慢走過來。

「你是格律翁嗎？」海克力士問。

「不，我替格律翁工作，」斧頭男說：「我名叫歐律提翁（Eurytion），這是我的狗，俄耳托斯（Orthus）。」

「好吧。」海克力士舉起雙手手掌，試著表示友善。他要表現出那種感覺並不容易，畢竟他身上有大量武器和獅頭兜帽。「我是來商量交易這些紅色母牛，邁席尼的最高國王『鮪魚肚』想要牠們。」

「恐怕那是不可能的，」歐律提翁說：「我的主人給我的命令很嚴格：只要看到有人入侵，格殺勿論。你跑了那麼遠來送死啊。」

「眞倒霉。」海克力士說。

牧牛人和他的狗同時發動攻擊。他們也同時喪命。海克力士一棒揮去就把他們打死了。

他正把棍棒上的血跡擦掉時，突然傳來另一個聲音大喊：「不，不，不！」

英雄抬起頭看。一個傢伙朝他狂奔而來，看起來好像曾經有一台卡通蒸汽壓路機輾壓過他。他的雙腳很正常，頭也很正常，但身體中段的每一部分全都壓扁扁，完全不正常。他的脖子固定在寬闊的肩膀上，然後肩膀下面分裂成三個各自獨立的胸膛，並肩排成一排。每一個胸膛都穿著不同顏色的襯衫，分別是紅色、綠色和黃色。他的手臂從左邊和右邊的胸膛伸出來，看來一定不可能幫中間胸膛的襯衫扣上鈕釦。而三個分離的腹部下方又融合成一個超大的腰部，看起來尺寸大概是八十二腰。他的側邊掛著兩把劍。

「你怎麼了？」海克力士問，他是眞的很關心。

「怎麼了……」那傢伙看起來很困惑，接著突然暴怒。「你是說我的身體嗎？我天生就是這樣啦，你這個感覺遲鈍的笨蛋！你爲什麼殺了我的牧牛人和他的狗？」

「他們先動手的。」

「呸！你知道在伊比利亞要找到好幫手有多困難嗎？」

「你是格律翁。」

「我當然是格律翁啊！伊比利亞之王，『黃金』克呂薩奧爾（Chrysaor）之子，紅色母牛的主人！」

「眞是令人又敬畏又讚歎的頭銜，」海克力士說：『紅色母牛的主人』。說到這個，我想要買牠們。價錢如何？」

格律翁怒聲咆哮。「你會付出代價，那很好。你會付出鮮血爲代價！」

紅母牛主人拔劍發動攻擊。海克力士很不情願攻擊一位擁有三個身體併發症的人，但還是用他的棍棒猛力擊向格律翁的中間胸膛。他的肋骨發出可怕的「喀啦」一聲，斷了。那應該會要了他的命，但是格律翁的胸膛竟然噗的一聲回復原狀。

「你殺不了我！」他說：「我有三組內臟！而且復原得超級快！」

「附帶一提，」海克力士說：「你不應該把你的致命弱點告訴別人。」

「那怎麼會是致命弱點？」

「我只要同時殺了你的全部三個身體就行，對吧？」

格律翁遲疑了一下。「眞是禍害！我恨英雄！」

他尖叫著衝過來，兩把劍在兩側瘋狂揮舞，因此看起來很像阿拉斯加帝王蟹武士。

海克力士放下他的棍棒，彎弓射箭。

格律翁肯定沒有轉身能力。他高速向前衝來時，海克力士繞到他的側邊，朝向牧牛人左手臂下方射出一箭。飛箭射穿了全部三個胸膛，刺穿他的三個心臟，格律翁倒地一命嗚呼。

「抱歉啊，老兄，」海克力士說：「我剛才提醒過了。」

他將紅色母牛群趕回船上，揚帆回家。這一次他沿著地中海的北岸航行，也就是現在的西班牙、法國和義大利。他遇到更多的冒險。在阿爾卑斯山，他殺了一些想要偷他的紅母牛的人。而在後來有一天會創建羅馬的那地點附近，他殺死一個名叫卡庫斯（Cacus）的噴火巨人。他建設了幾個城邦，也摧毀幾個國家，吧啦吧啦吧啦。

經歷重重險阻，他終於回到提林斯。尤里士修斯發現紅母牛並不會生產草莓牛奶，真是失望極了，不過他還是認定海克力士完成這項任務。

「完成十項啦，」最高國王說：「這表示你只剩下兩項額外的紅利任務！」

「『紅利』任務？」

「第一項，」國王說：「我很嚮往蘋果。你已經幫我帶回那麼多優質肉品，包括螃蟹、野豬、母牛、鳥類……」

「你不應該吃斯廷法利斯湖鳥吧！」

「醫師說，我的飲食需要多吃一點水果和蔬菜。我要你去找赫斯珀里德斯（Hesperides）花園，幫我從希拉的神聖蘋果樹上摘幾顆金蘋果。」

「希拉。」海克力士跟著唸一次。「那位女神對我的恨意遠超過全世界所有的人。你要我去偷她的蘋果。」

「沒錯。」

海克力士的獅皮斗篷感覺比平常溫暖，汗水沿著他的脖子滴下。「這花園到底在哪裡？」

「我不知道，聽說在很遠的西邊。」

「我才剛從西邊回來耶！我去的西邊遠到不能再遠了！」

「赫斯珀里德斯是泰坦巨神阿特拉斯（Atlas）的女兒們，」尤里士修斯一副很想幫忙的樣子。「也許你可以向阿特拉斯詢問花園在哪裡。」

「那我要去哪裡找阿特拉斯？」

「我猜你得去問問認識泰坦巨神的人。採果愉快啦！」

海克力士完全不知道該如何找到阿特拉斯。泰坦巨神又沒有臉書專頁，維基百科也沒有提到半句，就連海克力士很依賴的侄兒伊奧勞斯也被難倒了。

最後，海克力士跑去找一名宙斯的祭司尋求諮詢，希望能得到一些線索。

「如果你需要找到某位泰坦巨神，」祭司說：「也許你應該去問另一位泰坦巨神。」

海克力士搔搔鬍子。「你能想到哪一位嗎？因爲我以爲大多數的泰坦巨神都被扔進塔耳塔洛斯了。」

「有一位泰坦巨神或許會幫忙，」祭司說：「他總是對人類很友善。要找他也很方便，因爲有鎖鍊把他拴在一座山上，那讓他還滿好找的。」

「你說的是普羅米修斯（Prometheus），把火種交給人類的泰坦巨神。」

「賞這個人一片餅乾吧。」祭司說。

「你有餅乾嗎？」海克力士滿懷希望地問。

「沒有，那只是一種說法啦。不過呢，普羅米修斯眞的是你最好的選擇。你會在高加索山脈找到他，我畫一張地圖給你。」

不用說，高加索山脈大概有幾百億公里那麼遠。經過好幾個月的跋涉、歷經無數險阻後，海克力士終於找到普羅米修斯。這位三百公尺高的泰坦巨神穿得破破爛爛，鎖鍊把他拴在一道峭壁上，纏縛著他的兩個腳踝和兩隻手腕。他的臉上滿是以前留下的抓痕傷疤，但眞正駭人的地方是他的肚子。

警告以下有超噁心內容！

有一隻巨大的黃金老鷹坐在普羅米修斯的肋骨上，把泰坦巨神的永生不死肚子咬得開腸剖肚，吃得一副津津有味的樣子。你也知道那種廉價的鬼屋遊樂場，用冷的義大利麵條、剝皮的葡萄和番茄醬弄成假腸子的模樣？看起來就像那樣……只不過眼前這幕不是假的。

海克力士走向普羅米修斯。「唉，那看起來好痛。」

「很……痛。」普羅米修斯放聲尖叫，整座山為之搖撼。「抱歉。很難……專心。」

海克力士滿心同情。他也有很長一段日子真心希望自己被啄死。「我很不想問，不過我在找阿特拉斯，我需要從赫斯珀里德斯花園拿到一些金蘋果。」

「我……可以……幫忙，」普羅米修斯說著，汗水從他臉上奔流而下。「但是……這隻……鷹……」

海克力士點點頭。「你在這裡拴了多久？一千年？」

「大約……唉唷！……是那樣。」

「如果我殺了這隻鷹，你會把我需要知道的事情告訴我嗎？」

「很樂意。啊啊啊!!是的。」

海克力士抬頭看看天上。「父親宙斯，我從來沒有向您要求過什麼事。幫尤里士修斯做這麼多蠢事的期間，我付出應該付的代價，也一直默默忍受。嗯……大多數時候是啦。總之，普羅米修斯有我需要的訊息，而我判斷他受到的懲罰也夠多了。我現在準備殺了這隻鷹，正常狀況下我是不會這樣做啦，因為老鷹真的很酷。不過這一隻真是讓我起雞皮疙瘩。」

一陣莊嚴的聲音從天上發出隆隆回響：「那，好吧。」

海克力士自信得到老爸的允許，他拉弓射箭，殺了那隻老鷹。說時遲那時快，普羅米修斯的肚子就癒合起來了。他臉上閃過如釋重負的表情。「我的朋友，謝謝你。你是高貴的蟑螂！」

「啊，什麼？」

「抱歉，我是說『人類』啦。總之，你需要知道的訊息是這樣的：往西北邊走，穿越海坡柏里恩人的土地，前往已知世界的最邊緣。」

「到了那裡，殺掉某種東西，得到紀念T恤。」

「啊，不過人類找不到阿特拉斯居住的那座山……除非完全知道要往哪裡看去。我會給你指引。等你到了那裡，你會看到赫斯珀里德斯花園非常近，但你絕對不能嘗試自己摘蘋果。有隻名叫拉頓（Ladon）的巨龍守護那棵樹，而牠是殺不死的，即使像你一樣強壯的人也辦不到。此外，如果你不顧一切強摘蘋果，希拉有權當場把你打死。」

「所以……」

「所以你得說服阿特拉斯幫你摘蘋果。赫斯珀里德斯姊妹是他的女兒們，他很容易進入那個花園，巨龍不會煩他。」

「可是阿特拉斯不是得扛著天空嗎？」

普羅米修斯笑了。「這個嘛，我不能解決你所有的問題，那部分得由你自己解決。」

得到方向的指引後，海克力士謝過這位渾身髒汙的泰坦巨神，繼續上路。他在路上有大把的時間可以思考，因此等他終於找到阿特拉斯，腦袋裡差不多想好要怎麼說了。

這位老泰坦巨神通常蹲在一座山頂上，位於北方荒原的黑暗地帶。阿特拉斯依舊穿著一千年前與天神激戰時的盔甲，盔甲傷痕累累，而且曾遭閃電擊熔。他的皮膚就像老舊硬幣一樣黑，因爲日曬雨淋太久了。他蹲著，高舉兩隻手臂，而背部支撐著一道漏斗雲的基部，那個龍捲風非常巨大且不斷旋轉，支撐著整個天空。可能因爲它本身就是天空吧。

「偉大的阿特拉斯！」海克力士叫道。他沒忘了先恭維一番。阿特拉斯的體型有普羅米修斯的兩倍大，俊美程度也是兩倍。即使歷經一千年的嚴酷懲罰，他還是令人留下深刻印象。

「弱小的凡人，你想要什麼？」泰坦巨神說話的聲音隆隆作響。

「蘋果。」海克力士說。

阿特拉斯哼了一聲。「我想，你的意思是我女兒花園裡的蘋果。」

泰坦巨神用他的下巴指了指。海克力士剛才沒有注意到，這時才發現在山的另一邊，大約一點五公里外的下方有個山谷，那裡有個漂亮的花園閃耀著紅紫色的光芒，很像永遠不滅的晚霞。一些小小的人形（身穿白衣的女性）在花朵間漫舞，而在花園正中央有一棵巨大的蘋果樹向天空伸展枝葉。即使從這麼遠看去，海克力士也看得見金色的蘋果在樹枝上閃耀金光，而巨龍拉頓的蟒蛇狀身形環繞著樹幹。

海克力士有種衝動想要大步走下去那裡，殺了巨龍，自己摘下蘋果。感覺好簡單。但他認爲普羅米修斯沒有騙他，就算他能殺了巨龍，等他一摘下蘋果，希拉也會把他轟成灰燼。

「是啊，」海克力士同意說：「那些蘋果。」

「你絕不可能靠自己的力量得到它們。」

「普羅米修斯對我說過了。」

阿特拉斯皺了一下汗水淋漓的眉頭。「你知道普羅米修斯？」

「我射死那隻正在吃他肝臟的老鷹。他指引方向讓我來找你。」

「這樣啊，你是不折不扣的泰坦巨神男粉絲，對吧？我告訴你，既然你幫過普羅米修斯，我就會幫你。但是不會很容易喔，你必須幫我扛起天空，然後我去幫你摘蘋果。」

海克力士已經料到了。「好，不過你必須對冥河發誓一定會回來。」

阿特拉斯咯咯笑起來。「不相信我，啊？我不怪你啦。好吧，我對冥河發誓，我會帶蘋果回來這裡。不過你確定能夠承受天空的重量？你的個子相當矮啊。」

「啐！」海克力士把他的獅皮斗篷解下來，扔到一旁。「遞過來吧。」

你可能會想：老兄，那是天空耶，你怎麼可能扛住它？更別說遞來遞去了。而且它如果眞的那麼重、扛起來那麼費力，阿特拉斯爲什麼不乾脆一丟就閃人？

那樣行不通的。你絕對可以相信我的話。

假如阿特拉斯把天空一丟企圖逃跑，則天空會掉下來，將肉眼可見的所有一切全部壓扁，包括泰坦巨神自己和他的女兒們。至於你要怎麼扛起天空呢……這個嘛，除非你試過，否則很難描述。不妨想像有個四千萬噸重的陀螺在你背上旋轉，它的尖端不斷在你的左右肩胛骨之間往下鑽。那眞的爛死了，不過你還是得盡全力撐住那樣的重量，否則就會被壓扁。

海克力士蹲在阿特拉斯旁邊。慢慢的，小心翼翼的，阿特拉斯將他肩負的重量移到海克力士肩上。這個英雄的個子固然矮小，但他承受著重量沒有倒下。

「你讓我刮目相看喔。」阿特拉斯說。

「趕快去拿蘋果，」海克力士咕噥著說：「這很重耶。」

阿特拉斯又咯咯笑。「我會不知道嗎。瞬間就回來。」

阿特拉斯所說的「瞬間」與海克力士的認知不太一樣。泰坦巨神緩緩走下去赫斯珀里德斯花園，與他的女兒們好好聊天聊了很久，享受一頓悠閒的野餐，花了一些時間對巨龍拉頓又抱又親，最後才採了一大堆蘋果捧在懷裡。

在此同時，海克力士的肌肉愈來愈沒力了。他四肢發抖，汗水也滴進眼睛。天空激烈旋轉，猛力鑽進他的背，應該會在背部留下可怕的瘀青。海克力士從來沒有覺得這麼虛弱無力，他不太確定自己是否撐得住。

最後阿特拉斯終於回來了，還一邊吹著口哨。「我的朋友，謝謝你！我都忘了自由的感覺竟然這麼好！」

「太棒了，快把天空拿回去吧。」

「嗯，事情是這樣的。我發誓要帶著蘋果回來，我也做到了。可是我從來沒答應拿回天空、讓你離開喔。」

海克力士喃喃咒罵著一些不堪印刷的話。

「好啦，好啦，」阿特拉斯說：「咱們別那麼粗魯。你做得太好了！我只是打算帶著我的女兒們組織一支軍隊，出發去摧毀奧林帕斯山。」

「好吧，」海克力士說：「你贏了。」

「沒錯，我贏了！」

「不過你離開之前，拜託幫我最後一個忙。我幫普羅米修斯承擔他的刑罰、而我幫你承擔刑罰時，你至少可以讓我舒服一點吧。」

阿特拉斯遲疑了一下。「你有什麼點子？」

「天空的尖端害我的背超痛。」

「老弟，說得沒錯！」

「我眞的需要一顆枕頭。」

「我了解。我也懇求過天神，拜託他們給我一顆特大號的枕頭，而且額外加一些塡充物。他們不肯聽。」

「嗯，那麼，這是你的好機會，證明你比天神更有慈悲心。你再扛起天空一下子，讓我把我的獅皮斗篷摺疊起來，放在我的背上。然後，我會幫你永遠扛著天空。我向你保證。」

阿特拉斯眞應該大笑三聲然後逕自走開。

不過一般來說，泰坦巨神不會徹底冷酷無情。他並不討厭像海克力士這樣的凡人，他只討厭天神。而且像這樣把自己的刑罰強加在弱小的半神半人身上，也許他還是感覺到一點點罪惡感吧。或者，說不定他只是認爲「表現得比宙斯更慷慨」這個點子還不賴。

「好吧，」他說：「我好像有點太好心了，不是只想到我自己。」

「你是最棒的！」海克力士附和說。

阿特拉斯放下那些金蘋果。他蹲在半神半人旁邊，海克力士把天空的重量轉移回到泰坦巨神的肩膀上。海克力士跌跌撞撞走向那些金蘋果，用獅皮斗篷把它們全部包起來。「阿特拉斯，謝謝你，再見啦。」

「什麼？」阿特拉斯大吼。「你答應……」

「我可沒對冥河發誓。拜託，老兄，那是一百零一招把戲。祝你永遠撐住天空愉快囉。」

海克力士都走了八百公里遠，還聽得見阿特拉斯狂吼咒罵的聲音。

終於來到最後一項愚蠢任務了！

你興奮嗎？海克力士超興奮。他準備要做這件莫名其妙的事了，正在把這一切全部寫下來的蠢蛋也準備好了。喔，等等……那就是我耶。

海克力士帶著金蘋果回到提林斯時，最高國王尤里士修斯一臉蒼白、全身冒汗，而且睡眠不足。好幾個星期以來，他一直很擔心海克力士完成最後一項任務之後不知會怎樣。等到海克力士自由了，再也沒有什麼理由能阻止他把尤里士修斯扔到最近的垃圾坡道裡，取而代之成爲最高國王。整個王國會一蹶不振啊！

尤里士修斯剩下最後一次機會，他需要一個絕對不可能完成的任務，以確保海克力士會羞恥而死，而且再也不會回來。

他突然冒出一個瘋狂點子。死亡。再也不會回來。一蹶不振……

「最後一項任務！」國王大聲宣布。「前往冥界，幫我帶回黑帝斯的看門狗色柏洛斯。」

「非常幽默，」海克力士說：「我的任務到底是什麼啦？」

「那就是你的任務啊！而且不能帶什麼普普通通的三頭狗回來喔，我要的是眞正的那一隻，色柏洛斯本尊。快去！」

最後那部分要求太低級了，不過都已經這麼接近終點線，海克力士不打算喪失自己的酷勁。他急忙轉過身，大步走出去。

首先，他造訪艾留西斯的黑帝斯神廟，尋求一些關於冥界的忠告。接著，他拜訪「狗狗折扣商店」，囤積一些培根口味的狗骨頭。

根據一些故事的記載，他還花了一點時間放大假，與傑生和阿爾戈號一同出航。我不怪他啦，與「入侵冥界」比起來，一趟危險的海洋航行聽起來可能比較像是輕鬆愜意的假期。

最後，海克力士下定決心繃緊神經，找到地面上最近的裂隙，往下爬去厄瑞玻斯。結果要跨越冥河根本不是問題，擺渡人卡戎是他的大粉絲，他同意載送這位英雄渡河，條件是海克力士要用他的 iPhone 錄製一段語音信箱問候語。

海克力士抵達黑色大門，找到色柏洛斯。要看不到牠也很難啦，畢竟牠是那麼巨大且全身黑漆漆的三頭地獄怪獸，還配上蛇尾巴和灼熱的紅眼睛。

海克力士對付狗狗很有一套。他叫色柏洛斯坐下，色柏洛斯就坐下。海克力士拿出一些培根口味的狗骨頭，對著色柏洛斯的三個頭各丟一塊。色柏洛斯因爲那東西陷入瘋狂。

海克力士大可就這樣把牠抱起來、帶著牠一起走，但如果可以的話，他希望做事要有禮貌一點。他決定去請求黑帝斯的同意。他知道那樣很冒險，不過他也知道這時候是冬天，表示泊瑟芬會在冥界。泊瑟芬是宙斯的女兒，嚴格來說是海克力士的同父異母姊姊，所以她說不定會對他放個水。他認爲這很值得一試。

「小子，我會回來喔，」他對色柏洛斯說：「別亂跑。」

色柏洛斯的蛇尾巴拍打著地面，讓那條蛇覺得頭好痛。

海克力士行經日光蘭之境時，碰巧遇到雅典的英雄鐵修斯，他坐在一塊岩石上，脖子以下完全麻痺而動彈不得。他已經好幾年都不能移動了。

「救命。」鐵修斯說。

海克力士不禁皺眉。「你是鐵修斯，對吧？你在這裡做什麼？」

「說來話長。我有個朋友想到一個餿主意，要來綁架泊瑟芬，我跟他一起來。我朋友……嗯，他變成石頭碎掉了，而我還困在這裡。你能把我救出去嗎？」

海克力士試著把他拉起來，但鐵修斯的屁股似乎與岩石結合在一起了。「唔。讓我去跟黑帝斯和泊瑟芬談談，看看可以幫上什麼忙。」

「太感謝了，我不會亂跑。」

海克力士漫步走入黑帝斯的宮殿，發現掌管死者的國王和王后坐在他們兩人的王座之間，正在一張小桌子上玩著「餵食小河馬」桌上遊戲。

「我有沒有打擾到你們？」海克力士問。

黑帝斯伸手在空中揮了揮。「沒有。她在遊戲中一直殺我！」

「親愛的，我手腕高明嘛。」

黑帝斯抬頭看著海克力士。「你不是死人，也沒有幫我推來下午茶的推車。你是誰？」

「陛下，我是海克力士。我來這裡，是因為邁席尼的最高國王『牛奶土司膽小鬼』叫我把您的狗，色柏洛斯，拿去給他。」

黑帝斯的嘴角漾起一絲微笑。「哇，眞幽默。我差點笑出來。」

「我也希望這只是笑話，」海克力士說：「可惜我要執行這十二項愚蠢任務……」

「噢，那些我們全都知道，」黑帝斯說：「我妻子非常欣賞你的成績。」

泊瑟芬眉開眼笑。「我從剛開始的時候就一直追進度喔！你割掉米尼安人的雙手、耳朵和鼻子，我超愛那一段……」

海克力士還得稍微想一下，因為那是，差不多，五十頁以前的事了吧。「是啊，那是我做的，對吧？」

「還有許德拉！那超刺激的。我們在『瀕死頻道』看你的實況轉播喔。」

「瀕死頻道？」

「我們很擔心你的靈魂會來拜訪我們，但你活下來了！我可以驕傲地說，你是我弟弟。」

黑帝斯一臉不懷好意地向前傾。「這些日子以來，她開口閉口都在講你的事。『你知道海克力士嗎？嗯，我是他姊姊。』」

泊瑟芬猛拍她丈夫的手臂。「不管怎樣，我們都很樂意借你色柏洛斯，親愛的，對吧？」

黑帝斯聳聳肩。「當然啦，只是你一完成就要放牠回來。牠認得回家的路。」

「你們眞是太酷了，」海克力士說：「噢，順便問一下，有另一個英雄，鐵修斯，他黏在日光蘭之境。現在讓他離開可以嗎？他很無聊。」

黑帝斯搔搔額頭。「鐵修斯還在那裡？好啊，沒問題，把他帶走。」

就這樣，簽了幾張簽名照，而且放水讓黑帝斯贏了一局「餵食小河馬」之後，海克力士回頭穿越日光蘭之境，救出鐵修斯，然後回到冥界的大門口接走色柏洛斯。

「跟緊喔，小子。」

狗狗聞得到海克力士口袋裡的狗骨頭氣味，於是搖著蛇尾巴跟在後面。

他們到達上面世界時，海克力士和鐵修斯握握手，分道揚鑣。海克力士警告他萬事小心，但是鐵修斯的注意力不全過動症實在太嚴重，根本沒注意聽。繽紛的凡人世界已經讓他徹底分心，他也急著想回到雅典。

海克力士面對色柏洛斯，牠在陽光下瞇著眼睛，對著樹林汪汪咆哮。

「好啦，兄弟，」海克力士說：「現在我要把你抱起來、揹在身上，只是為了要演一下。你要亂叫亂掙扎，表現得像是我死命把你從這裡拖走一樣。總有一天，藝術家會把我們的樣子做成很多陶板畫，所以如果你搖搖尾巴吵著要吃狗骨頭，看起來會很蠢喔。」

色柏洛斯似乎聽懂了。海克力士把牠抬起來，一路拖回提林斯。色柏洛斯凶狠嚎叫、瘋狂掙扎，演得超像的。他們到達城邦時，每個人都避之唯恐不及，人們紛紛鎖緊大門，躲在床底下，衛兵們也把武器都扔了，嚇得四散逃竄。

海克力士衝進王座室。「尤里士修斯，你裝死喔！」

海克力士笑得合不攏嘴，他一直希望能再看到一次躲花瓶。最高國王嚇得尖叫，躲進他的青銅花瓶裡。

「把牠拿走！」國王大喊：「把那地獄怪獸拿走！」

「你確定？你不想檢查牠的牙齒，或者看一下牠的狗牌什麼的？」

「不要！我相信你！你的任務完成了，你不必再來服侍我，安安靜靜走吧，拜託！」

海克力士有點不知道該怎麼反應。到現在為止，他已經服侍國王超過八年了，這段期間環遊世界好幾圈。有好長一段時間，他一直幻想著，等到任務全部結束，他要殺了尤里士修斯。可是現在，看著王座旁邊那個不斷抖動的青銅花瓶，他只覺得滿心同情、如釋重負，而且萌生一種許久以來不曾出現的另一種感受……是開心。

他轉身看著色柏洛斯。「回家吧，兄弟。這個，最後一根狗骨頭拿去。」

色柏洛斯用三個溼答答的舌頭舔舔海克力士的臉，然後蹦蹦跳跳跑出王座廳。

海克力士轉頭對著花瓶。「尤里士修斯，謝謝你，你幫助我，讓我爲家人之死贖罪。你從我完全想像不到的那麼多方面測試我，不只如此，你還讓我知道我絕對不想做你那份工作。我不適合當最高國王，你大可保住你的王位。我還比較喜歡當英雄。」

他大步走出王宮，連回頭看一眼都沒有。

是快樂的結局嗎？天神啊，經歷過那麼多事之後，你會希望是這種結局，對吧？

但不是。

海克力士決定他要再婚並安頓下來。他聽說有個偏僻的小城邦叫作俄卡利亞，統治的國王名叫歐律托斯（Eurytius）。這傢伙當然叫歐律托斯，最好是不會與養牛人歐律提翁、最高國王尤里士修斯、俄羅斯熊尤利（Yuri）或出現在這故事的其他人搞混啦。

總之，歐律托斯國王舉辦一場射箭比賽，大獎是他的女兒伊娥勒（Iole），她生得非常美麗。好棒的爸爸，對吧？「喔，親愛的，如果我舉辦的射箭比賽把你送出去，你不會介意，對吧？那對王國有很棒的廣告效果喔。太好了，謝謝。」

海克力士來到城鎮，輕而易舉就贏得比賽，但是歐律托斯拒絕把女兒交給他。

「聽好了，海克力士，」國王說：「這不是針對個人，不過你殺了你上一任妻子和孩子們。這是我的女兒啊，我不能把她交給像你這樣的人。」

歐律托斯決定把女兒當成比賽大獎送出去後，竟然發展出這樣的良心，眞是令人感動，不過隨便啦。

海克力士很想殺了國王，不過他實在太震驚了。他見過伊娥勒，她長得眞的很正，他已經開始想像兩人一起過著美好的新生活。「你眞的要背棄你的諾言嗎？」他問歐律托斯。「你會後悔的！」

他氣呼呼地衝出這城鎭。

幾個星期後，歐律托斯飼養的所有牛隻都不見了。當然啦，國王第一個懷疑的就是海克力士。「那個流氓！我會率軍到他的家鄉，摧毀那個城邦！」

他的兒子伊斐特斯（Iphitus）是這個家族唯一有點理性的人，他舉手發言。「呃，爸……我不認爲這是海克力士做的。我之前提醒你要遵守諾言，把伊娥勒給他。我認爲牛隻失蹤只是神的懲罰。」

「騙人！」國王尖叫著說：「開戰！」

「嗯，關於另一件事……」伊斐特斯說：「海克力士與他的堂哥，邁席尼的最高國王，一起住在提林斯。他們的王國大概比我們強了二十倍吧，所以開戰等於是自殺。」

「喔。」國王討厭做這麼實際的檢驗。「嗯，你有什麼建議？」

「讓我去和海克力士談談，」伊斐特斯說：「我會把這件事弄清楚。不過，假如結果證實他沒有帶走那些牛，你眞的應該把伊娥勒交給他。」

國王同意了。

伊斐特斯前去會見海克力士。

王子試圖盡可能地圓滑。「聽著，老兄，我站在你這邊。我很清楚你沒有拿我爸的牛。我只是想要證明這件事，好洗刷你的名聲。」

洗刷你的名聲。

海克力士氣得七竅生煙。他參加射箭比賽被取消資格已經覺得很難爲情，也覺得遭到詐騙。他花了八年的時間付出代價，執行那麼多愚蠢的任務以洗刷他的名聲，等到他努力想爲自己創造全新的人生時，卻又有人把他以前的罪名再次扔到他臉上。

「跟我來。」海克力士咆哮說。他帶伊斐特斯登上城牆的最高處，讓他看看眼前的景象。「你從這裡可以看到整個鄉間，有沒有在哪個地方發現你們牛隻的蹤影？」

伊斐特斯搖搖頭。「沒有，牠們不在這裡。」

「嗯，你可以走了。再見。」海克力士把伊斐特斯推下城牆。年輕的王子跌落而死，墜落的過程中尖叫著一些非常不圓滑的話。

這是海克力士另一個非常不智的舉動，可是我又能說什麼呢？這又是他有名的怒氣控制問題。隔天，眾神讓他生了一場大病給予懲罰。他發高燒，體重直直落，皮膚潰爛、發癢、流膿，而且全宇宙的白頭粉刺都跑到他的鼻子上。

「喔，這下可好……」海克力士全身發抖、很想嘔吐，他緊緊裹著獅皮斗篷，踉蹌走出城鎮，前往德爾菲的神諭。

德爾菲的女祭司又看到他並沒有顯得很驚訝。她默默打開自己的包包，這樣可以隨時拿出胡椒噴霧防身器，以防現場情況惡化。

「我很抱歉！」海克力士說：「我把一個無辜的傢伙推下城牆，現在我滿臉都是粉刺。我該怎麼做才能擺脫這種病……再執行另外十二項任務嗎？」

「嗯……先說好消息。」神諭的語氣很緊張。「不用再出任務！爲了彌補你犯的罪，你只需要把自己賣去當奴隸，爲期三年，並將這項買賣的收益交給伊斐特斯的家人作爲補償。」

現場情況惡化了。

海克力士大發瘋，開始把神殿拆了。他繞著房間追逐神諭，企圖用她自己的三腳凳打她。女祭司放聲尖叫，按下她的防狼胡椒噴霧器。

阿波羅從奧林帕斯山下凡插手處理。他和海克力士彼此互毆，將對方拋摔到地上，還用箭射彼此的屁股，整個場景就像白天脫口秀節目的打架橋段。

最後，宙斯出手制止。一道閃電劈進洞穴裡，打中海克力士和阿波羅之間的地板，把他們兩人炸得分開。

「夠了！」宙斯的聲音隆隆地說：「阿波羅，冷靜！海克力士，尊重神諭！」

海克力士冷靜下來。他心不甘情不願地與阿波羅握手言和。海克力士將德爾菲打掃乾淨，然後同意把自己賣去當奴隸。

掌管商業的天神荷米斯主持這場拍賣會。得標的買家是一位名叫歐斐爾（Omphale）的女王，她統治小亞細亞地區的呂底亞王國。由於當時很少有女性統治者，因此歐斐爾很高興擁有海克力士這樣的執法者，能夠確保人民遵守她的命令。

海克力士一天到晚為她跑腿、處理各式各樣的事，包括平常的戰爭、清除怪物、快遞披薩，還有一堆暗殺任務。最有名的事件包括這一件：有一對瘋狂的侏儒雙胞胎叫刻爾克珀斯兄弟（Kerkopes），兩人的名字分別是阿克蒙（Akmon）和帕薩羅斯（Passalos），他們在王國內引發各式各樣的大破壞。他們搶劫商人、從便利商店偷東西，而且到處惡作劇，像是偷改高速公路標示牌，或者把軍隊的武器調包，替換成塑膠玩具長矛。基本上，他們是「五級」大麻煩，所以歐斐爾派遣海克力士去尾隨他們。

海克力士不費吹灰之力就找到他們，但他們很難抓到。兩個小傢伙像水獺一樣滑溜，甚至連牙齒都一樣尖利。

最後，海克力士成功將他們兩人捆綁起來。「放我們走！」阿克蒙大叫。「我們會給你閃亮亮的禮物。」

「閉嘴。」海克力士咕噥著說。

「我們會講笑話給你聽！」帕薩羅斯提議。

「你們要去見女王，」海克力士說：「她可沒什麼幽默感。」

他把刻爾克珀斯兄弟的腳踝固定在一根竿子末端，讓他們頭下腳上掛在竿子上，然後甩到肩膀上，活像是流動工人的行囊。他沿著道路出發，而刻爾克珀斯兄弟很快就爆笑出聲。

「黑屁股！」阿克蒙說：「噢天神啊，哈哈哈哈哈哈！」

「這完全說得通！」帕薩羅斯大叫：「母親說得對！哈哈哈哈哈！」

海克力士停下腳步。「你們兩個白痴在笑什麼？」

侏儒雙胞胎指著海克力士的背後。他的佩劍腰帶把束腰外衣往上拉扯，而因爲希臘人沒穿內褲，海克力士走路的時候整個屁股都露在外面。

「你曬得那麼黑，所以有黑屁股！」阿克蒙樂得大叫。

海克力士沉下臉。「你們在笑我的屁股？」

「是啊！」帕薩羅斯笑到流眼淚。「好幾年前，我們的母親講了一個預言警告我們：『要小心黑屁股！』我們不曉得那是什麼意思，不過現在知道了。」

「很好，」海克力士喃喃說著：「好了，閉嘴。」

「黑屁股！黑屁股！」雙胞胎取笑了好幾公里遠。剛開始聽了很煩，但過了一陣子之後，因為太好笑了，連海克力士也覺得很有趣。

夜幕降臨，他停下來吃晚餐。在營火旁邊，刻爾克珀斯兄弟講了很多有趣的故事和愚蠢笑話給海克力士聽，害他笑得肚子痛，像是凱迷拉為什麼要過馬路？換一顆燈泡要用到多少個斯巴達人？兩個侏儒知道一大堆這種經典笑話。

「好啦，你們兩個，」海克力士說：「我和你們商量一下。如果你們答應以後絕對不在歐斐爾的王國裡惹麻煩，我就放你們走。你們太好笑了，殺了可惜。」

「萬歲！」阿克蒙說：「我們很好笑耶！」

「黑屁股萬歲！」帕薩羅斯大叫。

海克力士割斷繩子放他們走，然後繼續上路。他覺得心情很好，接著才發現刻爾克珀斯兄弟偷了他的劍和所有的錢。但他忍不住咯咯傻笑，這世界實在需要多一些愛開玩笑的人。

最後，海克力士服侍歐斐爾的時間結束了。她提議兩人結婚，但是他很有禮貌地婉拒，因為實在很難拋開他們以前從奴隸和主人展開的關係。

他決定去別的地方尋找妻子。

你可能也猜到故事的結局會怎樣了……

海克力士遊蕩了好一陣子，殺了不少盜匪和亂七八糟的怪物，最後剛好到了卡呂東城邦。

你可能還記得這個地方，這裡曾舉辦「死豬名人狩獵活動」。國王家族度過了風風雨雨的好幾年，梅利埃格和大多數其他王子都死了，但是國王俄紐斯（Oeneus）還有一位美麗的女兒叫黛安妮拉（Deianeira）。她和海克力士立刻墜入情網。

等到上甜點時，海克力士就求婚了。

整個家族歡欣鼓舞。是沒錯，海克力士的名聲不太好，不過卡呂東也沒好到哪裡去。

「只有一個問題，」國王說：「黛安妮拉已經許配給本地河神，阿刻羅俄斯（Achelous）。我必須答應把女兒嫁給他，否則河水會氾濫淹沒鄉間。」

海克力士扳動指關節。不知多少年來，這是他第一次覺得要去執行自己眞正在乎的任務，只因爲他眞心想要去。「把那個河神留給我處理。」

他大步走向河邊，大叫：「阿刻羅俄斯！」

河神從水裡浮出來。他的腰部以下是公牛的身體，腰部以上則是男人的身體，額頭上有牛角突出來。

「你想要什麼？」阿刻羅俄斯說。

「與黛安妮拉結婚。」

「她是我的。」

「我們要爲她打一架，輸的人必須答應不會報復在她身上、她的家人或整個城邦。」

「好吧，」阿刻羅俄斯說：「我才不怕凡人。對了，你叫什麼名字？」

「海克力士。」

河神變得臉色蒼白。「噢，人渣。」

海克力士撲向公牛男。他們彼此摔打了好幾個小時，拚命想殺死對方，但是海克力士當然比較強壯。他打斷天神的其中一支角，然後施展鎖喉功，直到阿刻羅俄斯態度軟化。

「不能報復，」海克力士說：「這是條件。」

河神滿臉怒容，揉揉頭上斷角的殘根。「喔，我不會報復。我根本不需要。你的婚姻最後會悲慘結束，黛安妮拉和我在一起會有比較好的結局。」

「是啦，隨便你怎麼說。」

海克力士凱旋回到卡呂東。阿刻羅俄斯的斷角變成一支富饒角，能夠湧出各式各樣的食物、飲料和無麩質點心。海克力士將它敬獻給天神，以慶賀他的婚姻，而剛開始的幾個星期，他和黛安妮拉既狂喜又快樂……直到海克力士又把事情搞砸了。

一天晚上，他們像平常一樣，在卡呂東的王座廳裡吃晚餐，這時有個上菜的小男孩不小心把冷水灑到海克力士的兩隻手上。

「呸！」海克力士還沒看清楚是誰灑出水，反手一揮就把那孩子打得飛到房間的另一頭，讓他當場斃命。

那天晚上的氣氛變得非常差。海克力士覺得很窘，特別是那孩子是國王的親戚。貴族們認為孩子的死不是有意造成的，男孩的父親也原諒海克力士，但海克力士還是覺得心情很不好。他決定離開這個城邦，畢竟對殺人犯來說，流放是很常見的懲罰。俄紐斯國王沒有積極攔阻，他大概也知道海克力士像是一顆活動定時炸彈。

因此，海克力士和黛安妮拉出發前往特拉奇斯城邦，海克力士聽說那裡的國王正在徵求新任將軍，而那裡似乎是重新開始的好地方（這大概是，第二十次了嗎？我忘了算）。

走在路上，他們遇到一條寬闊的大河，沒有簡單的方法可以渡河。海克力士和黛安妮拉沿著河岸走，尋找橋梁或較淺的地方可以涉水而過，可是完全找不到。

「我可以游過去，」海克力士提議說：「你只要緊緊抓住我的脖子就好。」

「蜜糖，這是我最好的衣服，」黛安妮拉說：「而我所有的東西都在這個袋子裡，如果我們得游過去，好多東西都會毀了。」

有個聲音從樹林裡傳來：「我可以幫忙！」

一個半人馬走向前，他臉上掛著友善的微笑和修剪整齊的鬍子，這樣的半人馬是好兆頭。

「我叫奈瑟斯（Nessus），」他說：「我經常讓旅客坐在我背上，載送他們渡河。只要支付你們覺得合理的報酬就行了。」

「噢，海克力士，」黛安妮拉說：「這太棒了！」

海克力士不是很確定。他以前和一大堆半人馬交手過，有些真的很好，像老福洛士就會分享葡萄酒。有些則不好。

「你們可以相信我，」奈瑟斯向他們保證，「天神把這項工作交給我，就是因爲我的名聲很好，只要看店家評價網站『Yelp』的五顆星評價就知道了。務必找我喔！」

海克力士還是有點擔心，不過黛安妮拉懇求他，這個半人馬的網路評價聽起來又相當不錯。「好吧，先帶我的妻子過河。小心啊！表現得好一點，那麼我會支付很好的酬勞。」

「老闆，沒問題！」

黛安妮拉爬上半人馬的馬背，他穩步走入河中。

可惜奈瑟斯對自己的評價扯了謊。他的評價比較像這樣：「非常令人失望。顧客服務態度很差。我再也不會使用這個半人馬。」

到達對岸時，奈瑟斯突然開始拔腿狂奔，黛安妮拉得抓緊才不至於跌落或受傷。

「寶貝，你現在是我的了！」奈瑟斯大喊。「今天的收穫眞是太讚了！」

黛安妮拉放聲尖叫。在河的對岸，海克力士抓起他的弓。半人馬在對岸快速穿越樹林，只能看見模糊的身影，大多數英雄碰到這種情形根本不可能射中。假如沒射中，海克力士可能會不小心傷到妻子。但無論如何，他還是努力瞄準，讓箭射出去。那支箭正中奈瑟斯的胸口，射穿他的心臟。半人馬踉蹌幾步倒在地上，黛安妮拉也狠摔在地，幸好沒有摔斷脖子。

半人馬在黛安妮拉的面前喘著氣，鮮血從他的胸口汩汩流出。

「女孩，」他氣喘吁吁地說：「靠近一點。」

「不……不，謝謝。」黛安妮拉說。

「很抱歉我綁架你，你長得那麼美。聽著……趁你丈夫到這裡之前，我……我有個禮物要送給你，算是道歉吧。半人馬的血液是力量強大的愛情靈藥，帶著我的一些血，然後……如果你開始擔心丈夫會離開你，抹一點血在他的衣服上，只要我的血接觸到他的皮膚，他就會記得他很愛你，忘了其他所有的女人。」

「你騙人。」她說。

奈瑟斯張開嘴巴，但是說不出話。他死了，一雙失神的眼睛還盯著她。

海克力士從森林的另一端叫喊：「黛安妮拉？」

黛安妮拉嚇了一大跳。她趕緊仔細翻找自己的袋子，找到一個舊香水瓶。她小心不碰到半人馬的血，讓一些鮮血滴進瓶子裡，然後蓋上蓋子。她將瓶子塞回袋子裡，這時海克力士剛好出現。

「你還好嗎？」他問。

「還……還好。」

「愚蠢的半人馬。他有沒有傷到你？」

「沒有。我們忘了這件事吧，我們……我們該走了。」

他們從此再也沒有談起半人馬事件。海克力士和黛安妮拉抵達特拉奇斯城邦，而海克力士受僱爲國王的新任將軍。他打贏了很多戰爭。再一次，有好一段時間，生活過得很平順。但是謠言開始傳到黛安妮拉的耳裡……傳言說她丈夫出外南征北討時，並不是對她一直很忠誠。有時候他會搶女人當作戰利品，而且不是把她們當作私人廚師或女僕。

黛安妮拉開始擔心丈夫會離開她。她並不相信奈瑟斯說的事，可是內心覺得愈來愈絕望。最後一根稻草是，海克力士跑去和俄卡利亞城邦打仗，那裡就是歐律托斯國王舉辦射箭比賽並對海克力士無禮的地方。

海克力士對那個國王還是憤恨難消，所以他很高興能去摧毀那個城邦，並俘虜當地的人們。他抓了公主伊娥勒當他的私人奴僕，將她全身綑上鎖鍊，用船隻送回特拉奇斯，同船運送的還有一大堆戰利品。

貨物運送到達時，同時附上一張紙條給黛安妮拉：

嗨，寶貝：

我和軍隊正在回家路上。這段時間好好照顧我剛抓來的這個女孩。等我回去，我要舉辦一項盛大儀式。你能幫我把最好的衣服整理乾淨嗎？

親親抱抱親親，海克力士

黛安妮拉讀到這個整個人大失控。海克力士最好的衣服剛好就是他的結婚禮服。她完全知道伊娥勒是誰，就是海克力士與黛安妮拉結婚之前想要結婚的那個女孩。看著伊娥勒，她還這麼年輕貌美，黛安妮拉一點都不懷疑所謂的「儀式」是什麼。海克力士打算和她離婚，與伊娥勒結婚。

驚慌失措之餘，黛安妮拉匆忙翻找，找出裝了奈瑟斯血液的舊瓶子。她把那東西塗在海克力士結婚禮服的內側。鮮血乾掉了，立刻就隱形看不出來。

「好了，」她對自己說：「海克力士會穿上這衣服，於是記得他愛的人是我。」

幾天後，海克力士率領軍隊回到家。他穿上結婚禮服，抓了伊娥勒說：「來吧，我們要去神廟！黛安妮拉，我等一下就回家。」

但海克力士並不是計畫舉行婚禮，他只是想要將戰利品敬獻給宙斯，包括他最新的奴隸伊娥勒。儀式舉行到一半，海克力士正向宙斯誦唸祈禱文時，突然聞到煙味。

「伯父！」伊奧勞斯大叫，他這時仍舊擔任海克力士的副手。「你在悶燒！」

半人馬的血液根本不是愛情靈藥，而是全世界最可怕的一種毒藥，大概像氰化物和硫酸的綜合體。海克力士的皮膚起了水泡，幾乎燙熟了。極度的疼痛傳遍他全身，他大聲尖叫，拚命想要脫掉衣服，但是衣服已經黏在他身上，結果血肉跟著衣服一起脫離身體。（哎呀，抱歉。警告以下內容超噁心。）

「我快死了。」海克力士說著，同時爬上通往祭壇的台階。「伊奧勞斯，拜託，我需要你再幫我一個忙。」

「你不能死啊！」伊奧勞斯哭叫著說。

但是海克力士很清楚自己快不行了，他承受著極其可怕的疼痛。他正在失血，而且聞起來很像路上被汽車撞死的動物屍體拿去用微波爐加熱過。「拜託，幫我堆個火葬柴堆，讓我死得有點尊嚴。」

人們哀痛哭嚎，因爲海克力士帶領他們贏得眾多戰役。依照伊奧勞斯的指示，他們堆起一個巨大的柴堆，海克力士用自己僅剩的力氣爬上去。

「再會了，」他說：「告訴我妻子，我愛她。」

火勢燃燒起來，有史以來最偉大的英雄消失在火焰裡。

等到黛安妮拉聽聞消息，這才明白自己殺了丈夫，驚駭之餘，她上吊結束自己的性命。

而在奧林帕斯山上，宙斯低頭看著他垂死的兒子。他向眾神宣布：「下面那是我兒子，他比任何一位英雄都有更多的作爲，也承受了更多痛苦！我要讓他成爲天神，有任何反對意見嗎？」

他瞪著希拉，但是天后不發一語。她必須承認海克力士受的苦夠多了，她想讓海克力士過著悲慘人生所做的每一項努力，都只是讓他變得更強壯，人氣也更高。她很清楚自己該收手了。

海克力士的魂魄上升到奧林帕斯山。他變成永生不死，並得到一份工作，擔任奧林帕斯山的門神。有海克力士擔任保鏢，不請自來的客人就再也不是問題了。他與青春女神希碧（Hebe）結婚，而他終於得到了一點平靜和安寧。很多人崇拜他這位天神，包括希臘人、羅馬人，還有低成本通俗娛樂電影的製片人。

以我看來，誰如果想要讀完這一整章，應該也需要變成永生不死，以作爲受苦受難這麼久的獎賞，但是奧林帕斯眾神不會來問我的意見啦。

我可以提供的唯一獎賞是推進到最後一位英雄。我個人非常喜歡這傢伙，他與我的一位好兄弟同名。而且不管是誰，只要他願意踏上危險的航程去取回綿羊皮地毯，收錄在我的書裡都很不錯。

我們和傑生一起出航吧。

# 12 傑生找到一塊地毯，眞正讓王國團結起來

這故事的開始很有代表性：男孩遇到雲。男孩和雲生了孩子。男孩和雲離婚。男孩再婚。邪惡的繼母企圖把雲的孩子們當成祭品。孩子們騎著魔法飛羊逃走。

我知道啦，這種故事你聽過一百萬次了，但是跟我一起忍耐一下吧。

我們講到的這個男孩是阿泰瑪斯（Athamas），他統治的城邦叫作奥維蒂亞，位於希臘中部一個叫色薩利的地區。阿泰瑪斯年輕時瘋狂愛上雲精靈涅斐勒（Nephele），於是他們結婚了。這樣也好，因爲人們開始覺得奇怪，阿泰瑪斯爲什麼整天老在一朵雲的底下走來走去。等到他們的關係對外公開，人們可以這樣說：「噢，他不是有憂鬱症，那只是他的妻子。」

國王和那朵雲生了兩個小孩，女孩名叫赫勒（Helle），男孩叫弗里克索斯（Phrixus）。又是這種名字，你幫女孩取個唸起來像「好啦」的名字？那麼假如她家的姓是史密斯，人們就可以說：「那是史密斯嗎？」而你可以說：「喔，對啊，那是好啦史密斯！」

男孩的名字也沒好到哪裡，他名字的意思是「捲毛」。但至少他們沒有叫他摩伊或拉利。

最後，阿泰瑪斯和涅斐勒離婚了，也許奥維蒂亞上方的滯留鋒面終於移動了，而涅斐勒必須跟著她的工作調派到其他地方去。阿泰瑪斯沒有浪費時間，火速娶了第二任妻子，是名叫伊諾（Ino）的凡人公主。

伊諾眞的是很有「魔力」的美女。她和阿泰瑪斯一生下自己的孩子，伊諾就決心讓赫勒

和弗里克索斯死掉，這樣一來她自己的孩子們才能繼承王國。就算在古希臘，你也需要有很好的理由才能殺死自己的繼子和繼女，因此伊諾就自己創造理由。

回顧那段日子，大部分的農務是由希臘女性負責，因爲男人都把時間花在戰場上彼此殺戮。既然伊諾王后負責管理農作物，她就把那年要播種的所有種子偷拿去大烤箱烘烤，讓它們變得無法發芽。她將種子發送給奧維蒂亞的女性，叫她們拿回去種。好驚人、好驚人啊，什麼都沒長出來。收穫季節來到，結果完全沒有農作物可以收成。實在很糟糕，因爲這表示一整年都沒有麵包、餅乾、派餅，甚至沒有奧利奧巧克力餅乾可以吃。

「天啊，」伊諾對她的丈夫說：「我很疑惑到底怎麼了？我們最好派幾位傳令員去德爾菲的神諭，弄清楚我們是否得罪了天神。」

阿泰瑪斯同意了。傳令員到達德爾菲，而神諭把事實告訴他們：伊諾王后是愛說謊的狡猾之人，她故意讓整個王國餓肚子，只爲了達到她自己的目的。

傳令員回到奧維蒂亞，但是伊諾王后想盡辦法搶先與他們會面。她以重金賄賂他們、威脅他們的家人，還提醒說國王的地牢是多麼可怕的地方。等到傳令員出現在阿泰瑪斯國王面前，他們提出的報告是王后交代的說法。

「天神確實氣瘋了！」帶頭的傢伙向國王報告。「神諭說，能夠恢復收穫的唯一方法，就是把你的前兩個孩子赫勒和弗里克索斯拿去獻祭。」

伊諾王后一副很急切的樣子。「多丟臉啊！我去拿刀子！」

阿泰瑪斯太震驚了，不過他知道你不能與德爾菲的神諭爭辯這種事。他同意讓那兩個孩子去海邊的獻祭祭壇，伊諾王后正在那裡把她的名牌十四件廚刀組磨得鋒利。

在此同時，人在空中的涅斐勒聽到她的孩子們哭求幫忙。身爲一朵雲，她屬於溫和而不暴力的雲種，因此對於人質之類的情況一無所知，但她有朋友能幫忙，於是連忙去找救兵。

過去數百年來，有一隻長了翅膀、全身都是金羊毛的山羊一直在希臘各地飛來飛去，原因不明。他名叫克律索馬羅斯（Chrysomallos），是一場奇怪一夜情的產物，當事人是名叫菲奧芬妮（Theophane）的凡人公主和我爸波塞頓。我在《希臘天神報告》那本書裡報導過這個故事，所以拜託不要再叫我重新解釋一次。坦白說，那挺難爲情的。

總之，克律索馬羅斯一直在希臘各地高速亂飛，但目擊他的機會微乎其微，有點像是要看到流星，或是同時看到霓和虹，或者在人氣平價漢堡店看到名人排隊。希臘人很喜歡克律索馬羅斯，因爲啊，老兄，一隻有翅膀的金色山羊耶！大家認爲他是好兆頭。只要他出現在某地，那個城邦的國王就會說：「看見沒？我治理得很不錯吧！超級羊都來幫我背書！」根據傳說，如果克律索馬羅斯在你的城邦待一段時間，你們的農作物就會長得比較快，人們所有的疾病都會痊癒，而且你們的 Wi-Fi 訊號也會改善，像是連線速度提升百分之五百等等。

克律索馬羅斯和涅斐勒是老朋友，因此涅斐勒大喊說她的孩子們要被切開變成獻祭里肌肉排時，黃金山羊說：「別擔心，我來搞定！」

他從空中俯衝而下，把伊諾王后撞倒在地。「孩子們，跳上來！」他用充滿男子氣概的山羊聲音大叫。

弗里克索斯和赫勒爬到山羊背上，然後起飛離去。

山羊認爲他們不管到希臘的哪個地方都不安全。如果希臘人會像那樣決意篡改預言、獻祭他們的孩子，他們就不值得擁有像孩子和黃金飛羊這樣的寶貴事物。克律索馬羅斯決定帶著弗里克索斯和赫勒盡可能前往最遙遠的地方，讓他們能在那裡展開新生活。

「你們兩個，抓緊了！」山羊說：「這個區域的海洋上空有很多亂流，以及……」

「啊啊啊啊啊啊啊啊！」赫勒沒有把話聽得非常清楚，結果從山羊背部滑出去，筆直墜落而死。

「該死！」克律索馬羅斯說：「我告訴你要抓緊啊！」

在那之後，弗里克索斯的兩隻手死命抓住金羊毛，無論發生什麼狀況都不鬆手。赫勒摔死的地方位於愛琴海和黑海之間的一道狹窄海峽，當地從此之後稱爲「赫勒海峽」，我猜是因爲如果叫「好啦好瞎」會有點不禮貌。

山羊一路飛到科爾奇斯，那裡位於黑海東岸。就希臘人所知，那裡是已知世界最遠的地方，你不可能到達比那裡更遠的地方。過了科爾奇斯之後，大概只有像是巨龍啦、怪物啦以及中國之類的東西。

科爾奇斯國王是個名叫埃厄忒斯（Aeetes）的傢伙，他張開雙臂歡迎弗里克索斯，主要是因爲他帶來一隻很酷的飛羊。

克律索馬羅斯確定這男孩會很安全後，轉身對弗里克索斯說：「你現在必須拿我當作獻祭的祭品。」

「什麼？」弗里克索斯大叫：「可是你救了我的命啊！」

「沒關係，」山羊說：「因爲你順利逃走，我們必須感謝宙斯。我的靈魂將會成爲一個星座，我一直都想變成一大堆星星！此外，我的金羊毛會繼續維持魔法，保護你王國的安全，而且未來幾年都會很繁榮。捲毛，很高興認識你！」

含著滿眶淚水，弗里克索斯殺了山羊。克律索馬羅斯的靈魂成爲黃道十二宮之中的白羊座。埃厄忒斯國王拿了金羊毛，將它釘在阿瑞斯神聖樹林的一棵樹上，有一隻凶惡的巨龍在那裡一天二十四小時、一週七天不間斷地守護著。

弗里克索斯安頓下來，與國王的大女兒結婚，生了一堆孩子。科爾奇斯變得富裕而強大，希臘人則因爲失去「超級羊」的背書而很不高興。

一年一年過去，金羊毛成爲一則傳奇。每隔一段時間，有些希臘國王就會說：「嘿，我應該去科爾奇斯把羊毛拿回來！那會證明我受到天神的保佑！」但是沒有人眞正知道科爾奇斯在哪裡，也不曉得該怎麼去。少數幾位勇敢的英雄嘗試過，他們的船隻再也沒有回來。

直到……噹，噹，噹！

往前快轉一個世代，轉到傑生弄丟他的一隻鞋子，而且變成好啦很重要的人。

在色薩利地區，幾乎每一位國王都與阿泰瑪斯有點親戚關係。他們對於失去金羊毛全都感到很難過，只要能取回金羊毛，每位國王都願意付出任何代價，但沒有人擁有足夠的資源能組織一次大規模的探險任務。該死，他們大多數人連維持一個功能健全的家庭都辦不到。

就拿克瑞修斯（Cretheus）國王來說吧。他統治的小城邦稱爲伊奧爾庫斯，但他發生太多大城邦才有的戲碼。他撫養自己的孤兒姪女提洛（Tyro）長大，她簡直十全十美，只不過克瑞修斯的妻子希德羅（Sidro）超級妒忌她，因爲提洛年輕貌美。

提洛十七歲時吸引了波塞頓的注意。事情變得很複雜，最後提洛變成青少年單親媽媽，生了兩個半神半人小男孩。她將大兒子取名爲珀利阿斯（Pelias），意思是「胎記」，因爲他出生之後，提洛注意到的第一件事便是他右眼下方的紅色斑點。我猜實際情況可能更糟，她說不定會幫他取名爲「黑棗臉」或「黏黏頭」。

總之，希德羅王后聽說提洛生了兩個孩子，簡直氣炸了。「喔，他們一定是波塞頓的孩子。很可能是這樣！我敢打賭，我丈夫也與那個小蕩婦有一腿！」

當然啦，提洛是國王的姪女，所以那樣眞是超噁的。不過，嘿，我們說的可是古希臘，如果這就是你所讀過最噁心的事，奉勸你應該去翻閱前幾章。

希德羅不能直接殺了這女孩，國王不會允許，但王后盡一切的努力要讓提洛的生活很悲慘。由於希德羅自己生不出小孩，她就抱走提洛的兩個小男孩，自己撫養他們長大，也禁止提洛對兩個小孩說出他們眞正的母親是誰。接著，希德羅把提洛送去馬廄工作。王后會找各種藉口說女孩行爲不檢，藉機毒打或鞭笞她。

所以，沒錯，這眞是好健康的關係啊。

後來，等到珀利阿斯長成青少年，他發現事實了。他終於知道這麼多年來，繼母希德羅究竟用什麼樣的方法對待他眞正的媽媽。他非常憤怒，拔出佩劍，在王宮裡追著希德羅跑。沒有人嘗試制止他，可能因爲珀利阿斯是波塞頓的兒子，而我們這些波塞頓的兒子想要變得多恐怖都行。更何況根本沒人喜歡王后。

希德羅逃到希拉的神殿。她撲到女神雕像的腳邊，大喊：「希拉，保護我啊！」

希拉是掌管妻子和母親的女神，但她不確定該怎麼做比較好，畢竟希德羅並不是能夠代表慈母美德的王后。結果不必希拉動手。女神還猶豫不決時，珀利阿斯衝進神殿，殺了希德羅，讓希拉的莊嚴祭壇濺滿鮮血。

其實希拉並沒有眞的很關心希德羅會怎樣，但誰都不准玷汙她的神殿！從那次事件後，她就很討厭珀利阿斯，開始思考該用什麼方法報復他。

王后死後，老國王克瑞修斯心想：「搞什麼鬼？希德羅怕我會和提洛結婚？說不定我應該要這樣！」

他讓提洛成爲他的新王后。他們生了一大堆小孩，老大是個男孩，名叫埃生（Aeson，唸起來像傑生，不過前百分之五十是唸作「唉」）。

現在棘手的地方來了，等到克瑞修斯過世，該由誰來當國王呢？長子珀利阿斯其實不是親生兒子，他是提洛和波塞頓的兒子。沒錯，克瑞修斯領養他，不過大多數人認爲埃生才是合法的繼承人。

克瑞修斯也沒有幫上什麼忙。他沒有預立遺囑什麼的，於是等到他意外駕崩，珀利阿斯便獨攬大權。他宣布自己繼任國王，而且立刻著手殺掉所有的弟弟妹妹，以確定他們絕對沒機會搶奪他的王位。

不知爲何，埃生竟然逃過一劫。

也許他假裝死掉，或者跑去申請目擊證人保護令。說不定珀利阿斯只是算錯了暗殺名單上的人數，以爲他已經解決掉所有人了。弟弟妹妹那麼多，要把所有人一一殺掉並記錄下來實在很困難啊。

總之，埃生躲在鄉間，與名叫珀勒彌德（Polymede）的小姐結婚，他們生了一個兒子，取名叫傑生。我知道，你可能會這樣想：「寫了足足八頁，我們終於講到這故事的主角了。」是啊，那些古希臘人絕對不會讓事情簡單發展。

爲了讓兒子安全長大而且身分保密，埃生和珀勒彌德把傑生送到野外，情商半人馬奇戎訓練他。奇戎花了好幾年的時間教他英雄應該學會的一切，並向他解釋，假如這是個比較好的世界，傑生長大後應該要成爲伊奧爾庫斯的合法國王。

在此同時，回到原來的城邦，珀利阿斯安頓下來，並建立自己的家庭。他第一個出生的兒子命名爲阿卡斯圖斯（Acastus）。這孩子長到十六歲時，珀利阿斯國王決定慶祝一番。他宣布要舉辦一場盛大的慶祝活動，搭配各種體育競賽、頒發很棒的獎項，而且獻上祭品給波塞頓，他是珀利阿斯最喜歡的天神（這是廢話）。

來自各地的年輕人都奉命攜帶祭品和生日禮物前來伊奧爾庫斯參加派對。傑生回家探望父母時，剛好接到派對邀請。

「體育競賽？」傑生挺起胸膛。「這是我贏得名聲和榮耀的好機會！我得去參加！」

「兒子，」埃生說：「如果珀利阿斯發現你的身分……」

「爸，別擔心。他從來沒見過我，怎麼可能認出我呢？」

結果，珀利阿斯會從他腳上穿的鞋子認出他。

珀利阿斯就像所有邪惡的國王一樣，最大的恐懼是失去王位。當年他把所有能殺的家族成員全殺光之後，他前去請教德爾菲神諭，以確定自己安全無虞。

「所以，沒問題了，對吧？」他問神諭：「我可以安心當國王？」

「有一個威脅還在，」神諭警告他：「要小心只穿一隻鞋的男人！」

珀利阿斯的手開始顫抖。「你是什麼意思？爲什麼他只穿一隻鞋？那樣會讓他看起來比較嚇人嗎？或者那只是個隱喻？我不懂！」

「謝謝你的祭品，祝你……」

「不要說那句話！」神諭還來不及祝他一整天順心如意，珀利阿斯就離開了。假如她說出那句話，珀利阿斯恐怕會殺了她。

過了幾年後，到了舉行盛大慶祝活動時，珀利阿斯幾乎忘了那個預言。他顯得很愉快，一切似乎都很酷。他也差不多忘記以前常常忍不住要檢查人們的腳，甚至對著身穿長袍的使節尖叫喊著：「你穿什麼鞋子？」

慶祝活動當天一大早，傑生緩步穿越樹林，準備前往城邦。他來到一條寬闊的河流旁，看見一名衣衫襤褸的老太太站在河岸旁，焦急得猛搓手。

「喔，親愛的，」她說：「我該怎麼過河呢？」

傑生不是笨蛋，這位老太太獨自站在河岸邊，心想該怎麼過河，他知道這其實不太正常。通常她們會找其他人幫忙跑腿辦事，或者找一群老太太集體行動以策安全。傑生猜想這位老太太可能是女神僞裝而成，奇戎曾對他說過很多這類故事。他決定泰然處之。

「夫人，我會幫你！」他說著，同時很有禮貌地鞠躬。

老太太對他露出沒牙齒的微笑。「眞有禮貌！眞好的年輕人！不過我很重喔，你確定抱得動我？」

「沒問題，我一直在鍛鍊身體。」

他把老太太扛在背上，開始涉水。河水流速很快而且冰冷。他跌跌撞撞往前走，老太太嘴裡哼唱著童謠《划船歌》，那實在有點煩，不過傑生認爲這可能是測試的一部分。走過河面的一半時，傑生的腳陷進一團泥巴，等他拔出腳時，涼鞋已經不見了，深陷在泥濘中。他踉蹌幾步並低頭看，但實在沒有辦法取出涼鞋，特別是背上有位老太太更不可能。

「親愛的，一切還好嗎？」老太太問。

「喔，是啊，沒什麼大不了。」傑生揹著她走向對岸，然後把她安全放下。「還有什麼事可以幫忙嗎？」

老太太注意到他的腳。「噢，你因爲我而丟了一隻鞋子！」

「沒關係啦，接下來我可以一路單腳跳到伊奧爾庫斯。」

「傑生，你很遵守承諾。」老太太的形狀閃爍不停，突然間變成女神希拉，她頭戴金色王冠，一身飄逸的白色連身裙，腰帶以孔雀羽毛編成。「我是天后希拉。」

「我就知道！」傑生連忙克制自己。「我是說……我完全不曉得！」

「你對我伸出援手，所以我也會助你一臂之力。你就去伊奧爾庫斯，主張你有合法的地位可以擔任國王！」

「這是因爲你討厭珀利阿斯嗎？奇戎對我說過那個『神殿殺人事件』。」

「嗯，是啦，我討厭珀利阿斯。不過我也認爲你會是好國王。眞的！」

「珀利阿斯不會想要殺了我嗎？」

「在他的盛大慶祝活動上，有數百個人的眼睛緊盯著，他不會。那樣會破壞他的公共關係。你必須誘騙他公開講出條件。你揭露自己的眞實身分後，就要求珀利阿斯指派你去執行一項不可能完成的任務，證明你配得上國王的高位。他會同意，因爲他假設你一定失敗而死。但是有我的協助，你一定會成功。於是你會成爲國王！」

「不可能的任務……能夠證明我配得上王位……」

「沒錯。」希拉露出心領神會的微笑。「你會去尋找……」

「金羊毛！」傑生興奮地跳來跳去。「我會去取得金羊毛！」

希拉嘆口氣。「我正要說耶。」

「喔，抱歉。」

「你有點搶了我的戲，不過隨便啦。傑生，去吧！證明你自己是偉大的英雄！」

眼前突然爆出一道孔雀色彩的光線，希拉消失在光線中，於是傑生匆匆單腳跳上路。

他到達城鎮時，所有人都注意到他只穿了一隻鞋。傑生為什麼不脫掉另一隻鞋、乾脆打赤腳呢？我猜想，他認為只有一隻鞋總比完全沒有好，況且鞋子在當時很昂貴啊。看著他單腳跳過熱騰騰的地面，向路人問路準備前往慶祝活動會場，當地人都對著他竊笑，但傑生不以為意。他太興奮了，這是他第一次來到大城鎮（伊奧爾庫斯的人口喔，大概像是，高達一千人吧!!），而終於找到體育比賽的報名攤位後，他把一切都寫上去。

沒有人聽過他的名號，所以第一場比賽開始時，司儀自作主張決定開點玩笑。「下一位是，傑生！只有一隻鞋的男人！」

珀利阿斯差點從王座跌下去。

群眾吃吃笑著喝倒彩，看著傑生走向前。他搭箭上弓，連續三次射中靶心，贏得一點五公里的射箭比賽。

這只是巧合吧，珀利阿斯心想。人們經常會弄丟鞋子，這其實不算什麼。

接著，傑生又贏了摔角比賽。然後是標槍比賽。以及鐵餅。加上縫製拼被競賽。還有吃派餅比賽。他連五十公尺短跑都贏了，腳上甚至沒穿適當的跑鞋呢。

當地人開始反覆歡呼：「一隻鞋！一隻鞋！」但這不再是恥笑，而是讚美。

在頒獎典禮上，所有人都擠過來，想看傑生坐擁所有獎牌。依照慣例，國王會詢問主要優勝者想要什麼大禮。

珀利阿斯討厭這個慣例。他是爲自己的兒子阿卡斯圖斯安排這場慶祝活動，也是爲了榮耀波塞頓。而現在光彩全都在某個鄉下小子身上，他只穿一隻鞋而且樣樣精通。

「那麼，年輕人！」珀利阿斯說：「你想要什麼樣的大獎？也許是，另一隻鞋？」

沒有人笑出聲。

傑生彎腰鞠躬。「珀利阿斯國王，我是傑生，埃生的兒子，伊奧爾庫斯的合法國王。我想要取回我的王位，拜託，而且謝謝你。」

群眾鴉雀無聲，因爲這眞是相當重大的請求。眾人愈是仔細看著傑生，愈能看出他與珀利阿斯的相似處，只不過傑生的眼睛下方沒有紅色胎記，臉上也沒有因爲憤怒而產生的永久扭曲表情。

國王努力擠出微笑，不過看起來比較像是有人要從他背後拔出一根釘子。「傑生，咱們這樣想吧。假裝你身在我的地位，一個不認識的年輕人不知從哪裡冒出來，宣稱是你的侄兒，但是提不出證據，就只是要求國王的王位。如果是你，你會怎麼做？」

傑生正準備回答，珀利阿斯卻舉起一隻手。

「不只如此，」國王說：「好幾年前，我去找德爾菲的神諭，有個預言警告我，總有一天，有個只穿一隻鞋的男人會奪取我的王位並殺了我。哎呀……那是叛國罪，對吧？那會顛覆整個王國的安定！所以我再問你一次，如果你處在我的地位，面對這個只有一隻鞋的男人，你會怎麼做？」

傑生知道國王期待的答案是什麼：哇，我可能會殺了他。

接著，珀利阿斯會認爲處決他是理所當然的事。

然而，傑生反倒想起他與希拉的對話。「珀利阿斯伯父，您提到一個重點：我必須確定這個人眞的是合法的國王。我會給他機會提出證明，方法是派他去執行一項不可能的任務，只有偉大英雄才可能達成的任務。之後，如果他成功了，而且只有在他成功的前提下，我才會把王位交給他。」

群眾起了騷動且竊竊私語。這遠比吃派比賽更加刺激。

珀利阿斯坐回王座，伸手摸摸鬍子。「那麼，這個不可能的任務會是什麼？」

傑生伸展雙臂。「我們是色薩利人，對吧？這任務顯而易見，我會命令這位未來的國王去把金羊毛帶回來！」

群眾爆出叫聲，既興奮又不可置信。一千個人的聲音開始同聲說著：「金羊毛？金羊毛？」「他瘋了嗎？」「太美妙了！」「超級羊？」

珀利阿斯舉起雙手示意大家安靜。國王努力讓自己面無表情，但他內心雀躍不已。從來沒有人活著從科爾奇斯回來，這個年輕的笨蛋傑生已經替他自己簽署了死亡授權令。

「說得好啊，我的可能侄兒！」國王說：「金羊毛絕對會讓這個王國變得很特別，它會讓我們所有人團結起來，帶來和平與繁榮。它與我剛買的那些新布幔一起掛在王座廳裡，看起來一定氣勢驚人。我們會讓天神決定你的命運！我不會干預。去尋找金羊毛，把它帶回伊奧爾庫斯吧！如果你成功了，我會任命你爲下一任國王。」

在珀利阿斯背後，阿卡斯圖斯說：「什麼？」

珀利阿斯看了他一眼，示意他閉嘴。國王一家人沒什麼好擔心的，就算傑生成功了（但願眾神不會讓這種事發生），那項任務也要花費好幾年的時間，於是珀利阿斯有大把的時間可以思考一些新方法來殺死他。

「傑生，帶著我的祝福出征吧。」珀利阿斯微笑著說：「咱們來看看你配不配當國王！」

金羊毛任務的消息漸漸傳開後，全希臘的每一位英雄都想去。沒錯，任務會很危險，不過這可是一個世代的全明星事件啊！有點像世界杯足球賽、奧林匹克運動會、美式足球超級杯，以及紐約黛蘭糖果屋的定期吃到飽活動全部集中在同一天舉行。

爲了前往科爾奇斯，傑生需要有史以來速度最快、技術最頂尖的三列槳座希臘戰船。這艘船要能抵擋海盜、敵人的海軍、颶風和海怪，而且船上的霜淇淋機絕對不能中斷供應。

在希臘，最厲害的造船師傅是名叫阿古士（Argus）的傢伙，他自願打造這艘船，而且由雅典娜親自繪製藍圖。這艘船有五十名槳手，比當時所有的希臘船隻都要多。它的龍骨設計成能在淺水水域航行而不會擱淺，同時可在開放海域航行也不會翻覆。船隻內部有各式各樣的特殊裝備，包括皮革座椅、加長的放腳空間，而且有只能投擲最細小石頭的手工打造投石機。這艘船甚至有語音辨識介面，這都要感謝它的魔法船首，是由雅典娜親自雕刻而成，所使用的神聖橡樹來自多多納的樹林，那是希臘第二重要的神諭所在地。

多多納的祭司們顯然是在森林裡花了很多時間跳舞，在樹蔭下和枝葉間尋找預兆，等待那些魔法樹木對他們說話。我覺得這聽起來有點靠不住，然而阿爾戈號的船首雕像一啓動，這艘船就有自己的聲音了。魔法船首似乎不喜歡一直講話，但它有時候會給水手一些建議，或者發布眾神傳來的預言，或者告訴傑生哪裡有最近的中國菜餐廳。傑生很想叫它「Siri」，不過那有註冊商標方面的問題。

船隻一竣工，阿古士就決定將它命名爲「阿爾戈號」，基本上是以他爲名，因爲他就是這麼謙虛。接下來，傑生只需要招募到「阿爾戈英雄」（Argonauts）就行了，又稱爲「勇士們」以及／或者「蠢到搭乘阿爾戈號去航行」。他毫無困難就招募到一群自願者，連海克力士都現身了，而每個人就像這樣說：「哇！他完全應該當船長！」

但是海克力士大概像這樣說：「各位，拜託，這是傑生的場子耶，我只是有一百頁講到我而已。」

其他人一致同意那實在太誇張了。

海克力士帶著一位新夥伴同行，他的名字叫作許拉斯（Hylas），是他正在培訓的「神奇小子」[27]。造船師阿古士報名登記，畢竟他對阿爾戈號的了解遠勝過任何人。音樂家奧菲斯加入行列，因爲旅程很漫長，大家會需要一份精彩的演出曲目。偉大的女獵人亞特蘭妲也加入了，大概只有這麼一位女性能夠與四十九名臭兮兮的水手相處在一起，既不會遭受搭訕也不會嘔吐。

[27] 神奇小子（Boy Wonder）出自蝙蝠俠給他身邊助手羅賓的稱號。

最奇怪的新成員可能是波瑞阿茲兄弟（Boreads），卡萊斯（Calais）和齊特士（Zetes），他們是北風之神波瑞阿斯（Boreas）的兩個兒子。這對兄弟看起來像人類，但他們有一對巨大的紫色羽毛翅膀，因此要坐上槳座時，你絕對不會想坐在他們後面。不過他們可以飛行，這一點非常有用，他們可以高速飛向最近的便利商店，假如有哪位阿爾戈英雄忘了帶牙刷或體香劑的話。

還有誰？我不打算對整組船員一一唱名，但大多數是半神半人。有兩位宙斯的兒子、三位阿瑞斯的兒子、兩位荷米斯的兒子，而有一位兒子入列的包括戴歐尼修斯、赫利歐斯、波塞頓、赫菲斯托斯，以及梨樹上的一隻山鶉[28]。

他們啓航前的那一天晚上，阿爾戈英雄們獻祭了兩頭牛以榮耀眾神。每個人既緊張又興奮。船員們在海灘上紮營，大家互相辯論、打架，或者撂些「我比你強」那堆凸顯男子氣概的狠話來自我滿足一番。最後，奧菲斯爲大家彈奏一些音樂，直到所有人沉沉睡去。

到了早上，阿爾戈號自己的聲音叫大家起床。

「各位男孩女孩，時間到了，該出發啦！」魔法船頭說：「快沒時間了！咱們要去陌生的國度剪羊毛！搶羊毛？還是剪羊毛？」

阿爾戈英雄魚貫登船，接著在奧菲斯與船首雕像唱著「牆上的九十九罈葡萄酒」[29]的二部合聲中，由港口正式啓航。

國王珀利阿斯站在王宮的陽台上微笑揮手，同時自言自語說著：「終於擺脫了，眞是可喜可賀。我再也不必煩惱這次走掉的五十位英雄了，我絕對會成爲這一年度『邪惡希臘國王聯盟』的MVP（最有價值人物）！」

城鎮的其他人則群聚在碼頭和自家的屋頂，目送這艘美麗的戰船劃破平靜的藍色大海。所有的希臘人都有預感，這會是他們一生中的重大時刻。歷史上從來沒有一批這麼優秀的船員，駕駛一艘這麼好的戰船，去執行一趟這麼崇高的任務。傑生若不是光榮地完成任務……就是在火焰中隕落，並帶著所有希臘人的殷殷期盼和夢想隨他而去。但不要有壓力喔。

阿爾戈號的第一個停靠點是蘭姆諾斯島，它同時也以「臭女人之島」的名號為世人所知。它怎麼會得到這麼可愛的稱號？這個嘛，早個幾年前，當地的女人疏於敬拜阿芙蘿黛蒂。愛之女神的個性非常寬容，她詛咒蘭姆諾斯島的每一位女人都會發出非常可怕的惡臭，於是所有男性都無法忍受每位女人方圓十五公尺範圍內的氣味。有一位希臘老作家描述那是「有礙健康的吵鬧惡臭」，意思是惡臭強烈到你可以「聽得見」。那實在是相當臭。

島上的女人備受丈夫忽視，每個人都很不開心。男人不親吻她們，也不願意與她們在同一個房間睡覺。他們絕大多數時間都流連在當地酒吧，一邊看運動比賽、一邊喝啤酒，而且鼻子上夾著曬衣夾。

到最後，女人實在太生氣了，她們幾乎殺光蘭姆諾斯島上的所有男人，因為那樣做似乎

---

㉘「梨樹上的一隻山鶉」（A partridge in a pear tree）造句出自耶誕歌曲〈耶誕節的十二天〉（Twelve Days of Christmas），其中「一隻山鶉」指的是上帝之子耶穌。此處作者開玩笑說阿爾戈號上聚集了許多神之子。

㉙出自網路音樂頻道「Your Favorite Martian」的歌曲〈啤酒瓶〉（Bottles Of Beer），原本的歌詞是「牆上的九十九瓶啤酒」，此處為符合古希臘背景而改為「九十九鐔葡萄酒」。

顯得很合理；只有少數男人逃過一劫，跑去警告其他的希臘王國。蘭姆諾斯島的女人選出一位女士當她們的女王，她的名字叫希普西琵莉（Hypsipile）。

說來詭異，她們才剛殺光所有男人，就不再發出惡臭了，但這時後悔已經太遲。等到大屠殺的消息傳出去，再也沒有船隻願意到蘭姆諾斯島上靠岸。當地的女人全都不知道如何駕船航行，於是她們基本上等於在自己島上孤立無援，注定要在那裡度過餘生，再也沒有機會生兒育女。

那個阿芙蘿黛蒂喔……眞是個小甜心。

阿爾戈英雄聽過蘭姆諾斯島的名聲，但他們眞的需要補給，於是決定冒險一下。他們一到碼頭靠岸，立刻有數百名身無異味的貌美女子聚集在碼頭上大喊：「感謝眾神！男人耶！拜託，跟我結婚！跟我結婚！」

阿爾戈英雄看看彼此，心裡像是說：「太美妙了！」

就連傑生也很陶醉。希普西琵莉女王以擁抱、親吻外加求婚來歡迎他。過沒幾天，阿爾戈英雄們簡直過著國王般的生活，他們全都挑了新妻子。每一天，女人都對他們百般撒嬌，而阿爾戈英雄們全部變得又肥又懶，完全忘了自己身負任務。

唯一沒有樂昏頭的傢伙是海克力士，他獲得明星般的待遇已經很多年了，因此沒有因爲碰到一批漂亮的追星族就昏頭轉向。他與亞特蘭妲聊天，她同樣對眼前的情況很不滿。她其實還沒有登記參與這項任務，就是因爲看到她的船員隊友們表現得像是……嗯，男人。

阿爾戈號的魔法船首雕像也同意他們的看法。「天神啊，我好無聊！快把船員們叫回來這裡，我們該離開了！」

海克力士和亞特蘭妲召開阿爾戈英雄的緊急會議。

「各位，把心思放在正事上！」海克力士說：「你們的表現一點都不像英雄。」

「我認為海克力士是要說，」亞特蘭妲補充說：「你們全是白痴。我們從伊奧爾庫斯航行出來，目的可不是讓你們賴在蘭姆諾斯島，讓這些漂亮女人端出剝了皮的葡萄餵你們吃。」

「這是我的目的！」後排有個聲音說。

「再多說一個字，」海克力士咆哮著說：「我就會介紹你的臉認識我的棍棒。」

傑生終於想起他的任務。「海克力士說得對，」他說：「我讓自己分心了，這種事絕對不會再來一次。各位，對你的蘭姆諾斯妻子說再見吧，我們必須立刻離開！」

女人們傷心地目送他們離開，但她們沒有攔阻。大多數的女士現在都很期待寶寶誕生，那樣一來，她們至少有機會增加蘭姆諾斯島的人口，生出小阿爾戈英雄和小小阿爾戈英雄。

這趟小冒險的教訓是什麼呢？要轉移注意力還真容易啊，舒服的沙發、友善的人們和好吃的食物，聽起來永遠比去執行一趟困難的任務更加吸引人。但如果你的人生希望達到某種目標，就得讓目光緊盯著那個目標不放……我指的是金羊毛，不是剝了皮的葡萄喔。雖然她們也提供好吃的起司漢堡……不行，想都別想。我們繼續上路吧。

幾個星期後，阿爾戈號航行進入赫勒海峽，這裡是位於愛琴海和黑海之間的狹長水域，親愛的老赫勒就是在這裡摔落而死。

歷經日復一日的划槳人生，船員們消耗了大量食物和飲水，於是需要更多補給品。他們靠岸的碼頭位於一座島上，稱為熊山島，島中央有一座大山，形狀像一隻熊（廢話）。

當地人稱為杜利奧納人（Doliones），他們全都是波塞頓的子孫，所以天生就很酷又很讚。國王庫梓科斯（Cyzicus，唸起來像褲子科斯……其實沒什麼啦）是個年輕人，年紀與傑生相仿。他才剛結婚，而他和他的王后與高采烈主辦一場盛大宴會來迎接阿爾戈英雄們。每個人都很愉快。傑生和庫梓科斯交換電話號碼，也同意將彼此加為好友。

「真高興你們不是海盜！」庫梓科斯說：「我們這裡實在太多海盜了，不過你們各位超讚的。希望你們的任務順利成功，只是要記得避開這個島的另一側，好嗎？那裡可不好玩！」

「為什麼？」傑生問。

就在這時，海克力士講了一個很好笑的笑話，大家都笑起來。庫梓科斯和傑生也就忘了剛才的話題。

隔天早上，阿爾戈英雄們個個頭痛又嘔吐，因為前一晚的派對玩得太瘋，走路跌跌撞撞像殭屍一樣。他們勉強揚帆出海，但是從港口啓程三小時後，都快要看不見熊山了，這才想起完全忘了要囤積補給品。

「就派波瑞阿茲兄弟回去！」亞特蘭妲建議說：「他們有翅膀。」

「我們只有兩個人耶。」齊特士說：「我們可以拿少數幾樣東西，可是要給全體船員的補給品？你們還是需要停靠碼頭才行。」

奧菲斯咕噥了一聲。「碼頭在島嶼的最西端，原路回去很遠，從另一側繞過去可以節省好幾個小時。而如果我們又被拉回去再開一晚派對，我不確定自己的內臟受不受得了。」

其他阿爾戈英雄也喃喃表示同意。

造船師阿古士指著船尾外面。「看哪，各位，我們還看得到島嶼的最東端，我敢說在那裡可以找到飲水、水果等東西。咱們就在那裡的海岸外下錨，很快跑到島上一趟，簡單啦。」

傑生皺起眉頭。「庫梓科斯對我說，島嶼的這一側不太好玩。」

「那樣說是什麼意思？」阿古士問。

「我也不確定，他警告我不要去那裡。」傑生轉頭看著阿爾戈號的船首雕像。「親愛的魔法船頭，你怎麼看？」

「別問我，」船首說：「我在多多納長大時是棵橡樹，從來沒到過離家這麼遠的地方。」

海克力士咕噥一聲。「沒關係，我們是阿爾戈英雄！不管什麼狀況都能應付！」

於是他們放下船錨，派一個狩獵小隊登岸。

後來才知道，島嶼的東半部住的是「吉吉尼」（Gegenees），意思是「地生族」。想像一下全身毛茸茸、身高兩百七十公分的巨人，全身什麼都沒穿，只圍了一塊裹腰布。想像一下他們有六條肌肉健壯的手臂，身體兩側各有三條，能夠撕爛樹木，也能拋擲巨岩。然後再想像他們發出極其「吵鬧」的惡臭。你大概有譜了。

傑生帶領他的狩獵隊進入森林，尋找食物和飲水。他們沒有遭遇什麼麻煩，但是離開海邊沒多久，一群二十個巨人衝向他們的划槳小艇，決定把它們砸爛，然後對著阿爾戈號拋擲岩石，直到戰船沉沒為止。

幸好傑生把海克力士留下來負責守護小艇。地生族大吼大叫揮舞著棍棒，海克力士見狀也揮舞他的棍棒，大吼回應。地生族開始丟石頭，那根本傷不了奈米亞獅皮斗篷，一撞到就碎掉。海克力士涉水戰鬥，三兩下就殺了大多數的巨人，其他巨人則撤退到森林裡。

一個小時之後，傑生和狩獵隊回來，發現海克力士站在一堆有六隻手臂的屍體旁邊。

「這是什麼黑帝斯啊？」傑生問。

「我們最好趕快回到船上，」海克力士說：「我有預感，下次這些傢伙發動攻擊時，人數絕對會很多。」

剛好就在這時，一陣合唱般的野蠻吼聲響徹樹林，甚至與熊山的山壁反覆迴盪。

「回到船上。」傑生表示同意。

他們才剛揚帆啓航，天氣就變得很糟糕，大霧滾滾湧至，能見度降低到只剩下大約十公分。夜幕低垂，這天又是新月，讓情況顯得更糟。阿古士看不見星星，也就無法判斷方向。阿爾戈英雄們點燃火把，但火光一下子就遭到濃霧和黑暗所吞噬。

對我們現代人來說，如果完全沒有城市燈火，你很難想像那到底有多暗。我住在紐約曼哈頓，除非停電，否則最暗的情況就是像柔和的氣氛燈光而已。回顧古希臘，「黑暗」指的是「看進墨汁的那種黑暗」。因此阿爾戈號迷失了方向，而且束手無策。

就連船首雕像也很討厭這樣。那塊魔法木頭一直大喊：「我看不見！我瞎了！噢，天神啊，我瞎了！」

終於有一位船員看到左舷外面有一抹模糊的紅光。「那邊！往那邊去！」

一般來說，火光代表有文明，然而隨著船隻逐漸靠近那道紅光，阿爾戈英雄們就沒有這麼確定了。他們聽見深沉的聲音從岸邊不斷叫喊，但濃霧讓聲音變得悶悶的聽不清楚，不可能確認聲音的來源是否為人類。船隻擱淺在河口沙洲上，船首雕像大喊：「唉唷！」

投射式的物體如雨點般落在船隻四周，也許是飛箭，或者長矛，甚至岩石。

有人大叫：「又是地生族！」

船員們驚慌失措。他們紛紛抓起自己的武器從船上跳下去，在海浪中涉水行進，企圖找到敵人。他們可不能讓那些巨人摧毀這艘船。

隨後展開的戰鬥是徹底的大混亂，大家什麼都看不清楚，只能拿劍亂揮。阿爾戈英雄們在黑暗中大叫，火把只會讓濃霧顯得更加朦朧，也更難辨別敵人。

最後，阿爾戈英雄往後退，每個人手持盾牌，沿著海岸線組成臨時的防禦陣線。他們等待敵人發動攻擊，但是敵人似乎也已經撤退。

到最後，太陽終於升起，濃霧漸漸散去，讓阿爾戈英雄們看清可怕的事實。不知為何，阿爾戈號已經繞回熊山島的西側。海灘上散落著數十具杜利奧納人的屍體，也就是前一晚與他們一同參加派對的那些傢伙，死者還包括傑生的好朋友，庫梓科斯國王。

雙方都意識到自己犯了可怕的大錯。阿爾戈英雄們以為自己對抗的是地生族，而杜利奧納人以為他們正在抵抗海盜的攻擊。傑生得知意外殺了國王，整個人一蹶不振；王后更是徹底崩潰，她一聽說噩耗就上吊自殺了。

兩群人試圖原諒對方。他們花了好幾天時間虔敬哀悼、埋葬死者。天氣放晴了，但是完全無風，不可能揚帆啓航。最後傑生徵求船首的意見。

「爲天神建造一座神廟吧，」船首提出建議，「燃燒一些祭品，爲這次喋血事件贖罪。你們這些人眞是大白痴。」

傑生遵照船首的建議。他們花了好幾個月的時間，但神廟一建設完成，風勢立刻再起，船員們終於可以揚帆離開熊山島。

這趟快樂冒險的寓意是什麼呢？也許是這樣：參加派對別玩得那麼瘋，否則今天晚上和你一起喝酒的傢伙，到了濃霧四起的明天晚上可能企圖殺了你。一旦如此，接下來就會有一塊魔法木頭說你是白痴。

到目前爲止，阿爾戈英雄們一點都沒有覺得自己很英勇。他們與一些女人結婚，殺了一些朋友，而且曾經迷路。他們的下一站也沒有打破連敗紀錄。

由於需要飲用水，他們在安納托利亞的海岸下錨，派遣一個小組登岸，包括海克力士、他的副手許拉斯，還有另一個傢伙名叫波呂斐摩斯（Polyphemus），這也是一個獨眼巨人的名字，但我認爲這個傢伙與那無關。至少我希望不是。

這三位阿爾戈英雄兵分三路，搜尋整個鄉間。許拉斯第一個找到水，那是一條潔淨清澈的小溪，蜿蜒穿越樹林。他的精神爲之一振，於是蹲下來把他攜帶的空水罈裝滿。

不幸的是，許拉斯長得超帥，而河裡滿是水精靈。這些大自然的精靈從水裡看到他，但她們身上不斷漂動的藍衣裙是很好的僞裝，因此幾乎難以察覺。

「喔，我的天神啊，他好可愛！」一位水精靈說。

「我先看到他！」另一位說。

「我要和他結婚！」第三位說。

嗯，你也知道一大群水精靈聚在一起會怎樣，她們會變得非常瘋狂、三八和聒噪。於是她們著手綁架這位凡人美少年。三位精靈從小溪裡冒出來，抓住可憐的許拉斯，拉他潛入水裡，完全忘了他需要呼吸氧氣。

許拉斯努力擠出一聲尖叫。波呂斐摩斯聽見了連忙趕來，但他抵達的時候，溪水已經把許拉斯沖到下游了，波呂斐摩斯找到的只有水鐔的幾塊碎片，以及岩石上的溼答答腳印，看來似乎歷經一場扭打。

「強盜嗎？」他滿心疑惑。「土匪？還是海盜？」

波呂斐摩斯跑去找海克力士，他們兩人找遍整個地區。海克力士對於失去副手顯得心煩意亂，把他的任務、阿爾戈號和正在等他的船員隊友忘得一乾二淨。

鏡頭轉回海邊，傑生開始擔心了。太陽漸漸西下，登陸小隊卻還沒有回來。他派出一支搜救隊伍，但他們只在一條小溪旁發現一些陶甕碎片。沒有海克力士、波呂斐摩斯或許拉斯的蹤影。

隔天，阿爾戈英雄再次搜尋他們夥伴的下落，可是毫無所獲，船首也沒有提供建議。最後，眼看太陽又將下山，傑生宣布阿爾戈號必須在隔天早上離開。「我們不得不假設海克力士和另外兩人失蹤了。我們必須繼續航行。」

船員們聽了都很不情願，你就是不會想在沒有海克力士的情況下航行。然而到了隔天早上，那幾位夥伴依舊音訊全無。阿爾戈英雄們心不甘情不願地起錨。

那之後的幾天，船員們抱怨連連。最後甚至有幾個人指控傑生故意拋下海克力士，這樣就不會有人來搶他的光彩。氣氛變得愈來愈糟的時候，左舷突然冒出一道水龍捲，充滿飛沫的水柱頂端坐著一個老人，他的前肢是魚鰭而非手臂，另外有一條魚尾取代了雙腿。

「那是波塞頓！」齊特士大喊。

「那是歐開諾斯！」亞特蘭妲說。

「那傢伙是從《小美人魚》電影跑出來的嗎？」奧菲斯說。

那個人魚嘆口氣，拍拍他的鰭狀前肢。「事實上，我是格勞克斯，但是別擔心，從來沒人叫對我的名字。」

阿爾戈英雄們彼此竊竊私語，想要搞清楚格勞克斯是誰。

「噢我的天神啊！」船首說：「你們這些人讓我覺得好丟臉！格勞克斯本來是漁夫，他吃了一些魔法藥草，結果變成永生不死。現在他有點像是海中的德爾菲神諭！」

「喔喔喔！」船員們全都忙不迭地點頭，好像眞的知道船首在說什麼。

我必須說，我也從來沒聽過他，而我是波塞頓的兒子。我不確定格勞克斯吃了什麼藥草可以變成永生不死，我只知道這樣：把自己的手臂換成魚鰭、把雙腿換成一條魚尾，這樣的交易似乎不値得。我的建議是：不要亂吃藥草，除非你想變成《小美人魚》裡面那個傢伙。

傑生走向船邊欄杆。「格勞克斯，好大的榮幸！什麼原因讓你來這裡？」

「喔，阿爾戈英雄！」他說著，同時在他那道水龍捲頂端上下躍動。「別爲你們失蹤的船員隊友太過擔心，那是神的旨意，要讓你們拋下他們。」

傑生轉身看著阿爾戈英雄們，表情像是要說：「看吧？」

「海克力士必須回去執行他自己的任務，」格勞克斯繼續說：「他的天命在其他地方！至於波呂斐摩斯，他會留在那塊大地，創建一個偉大的城邦，叫作賽厄斯，所以別擔心。」

「那麼許拉斯呢？」傑生問。

「喔，他死了，一些水精靈害他淹死了。除此之外一切都很酷！繼續你們的航行吧！」

水龍捲消失了。格勞克斯的鰭狀前肢用力一拍，轉了兩圈很厲害地後滾翻跳水，消失在海浪底下。

於是，阿爾戈英雄們失去他們的強打者海克力士，繼續航行，但至少他們不再針對這個議題自亂陣腳。這個故事是要告訴我們……呃，別問我，我連格勞克斯是誰都不知道啊。

阿爾戈英雄繼續向東穿越赫勒海峽。他們知道最後會抵達黑海，不過以前很少有希臘人航行到這麼遠的地方，沒有人確定要花多久時間，也不曉得眼前有什麼樣的危險迎接他們。就他們所知，進入黑海的入口處需要一套特殊的通關密語。

他們決定到了下一個港口就停下來詢問前方的狀況。想像一下吧，五十個傢伙居然全部同意停下來問路，你就知道他們有多迷惘了。

下一個港口是由阿米考斯（Amycus）國王統治，這名字聽起來好友善，很像「阿米哥」（amicus），就是拉丁文的「朋友」。但阿米考斯一點都不友善。他的身高兩百一十公分，體重一百八十公斤，外號叫「男人山」。每一次有船隻停靠在他的城邦，他就提出同樣的要求。「跟我打一架！」他大吼：「派出你們最厲害的拳擊手，我會在擂台上殺了他！」

傑生仔細觀察國王，他的拳頭像砲彈一樣巨大。「呃，我們只是來問路。我們正在進行一趟神聖任務……」

「我才不管！打架！」

「如果我們拒絕呢？」

「那麼我會殺了你們所有人！」

傑生嘆口氣。「我有預感你會這麼說。」他開始脫掉自己的上衣，畢竟他算是相當不錯的拳擊手，但是另一位阿爾戈英雄走向前，他是宙斯的兒子，名叫波呂杜克斯（Polydeuces）。

「隊長，這個交給我。」

當地人爆出笑聲。站在他們國王身旁，波呂杜克斯看起來很不起眼，充其量只能算是輕量級的吧。但是你絕對不應該瞧不起宙斯的兒子。（投我兄弟傑生·葛瑞斯一票。）

群眾在兩位拳擊手四周圍成一圈，阿爾戈英雄聚在一側，當地人則在另一側。阿米考斯發動攻擊，他的兩隻巨拳不斷揮舞，大概只要一拳就能讓波呂杜克斯一命嗚呼，但這位阿爾戈英雄在周圍跳來跳去，不斷迂迴閃躲，很有耐心地應付阿米考斯的攻擊。國王很強壯，卻也比較魯莽而不顧後果。每次他揮出一記右鉤拳，總是出太多力，整個人會向前踉蹌幾步。

下一次又這樣，波呂杜克斯突然竄向右邊，等到國王像短跑選手一樣低著頭向他撲來，波呂杜克斯就跳起來，以手肘對準國王的耳朵後面往下一擊。

喀啦。

阿米考斯臉朝下趴在土裡，再也沒有爬起來。

阿爾戈英雄們瘋狂歡呼，當地人則是一湧而上，準備把波呂杜克斯碎屍萬段，但是聰明的阿爾戈英雄們早就把武器帶在手邊，連忙衝上前保護自己的隊員。整件事演變成一場血腥大屠殺。傑生和他的夥伴們在人數方面處於劣勢，然而他們很有紀律且訓練有素。他們搞定當地人，爲了解決問題帶走一大群綿羊，運上阿爾戈號，然後啓航。

好啦，這也許不太像什麼重大的冒險，不過這是第一次有一位阿爾戈英雄單挑某個人獲勝，而且全體隊員同心協力打敗更強大的外來力量。傑生覺得他們可能開始轉運了。

唯一的問題是：他們還是沒有問到路。

傑生決定問船首。「噢，偉大的……一塊橡木。你怎麼樣？」

「我很好，」船首說：「你呢？」

「我還好。那麼，聽好了……大概知道黑海在哪裡嗎？或者我們要怎麼到那裡？」

「不知，但是我可以告訴你，某個人一定知道。再往東航行兩天，尋找岸上的廢墟，你會找到一個老人，他叫菲紐斯（Phineas）。」

傑生拉拉自己的領子。「謝啦。不過你怎麼知道？我以爲你從來沒有離開過多多納。」

「是沒有，聰明束腰外衣先生。但菲紐斯是先知，擁有預言能力。我會知道這樣的事，是因爲我也有預言能力。而且根據我的預言，如果沒有菲紐斯提供的消息，你們絕不可能穿越黑海，或者活著到達科爾奇斯。」

「哇。那麼，眞高興我問了。」

「是啊，不然可能會很慘。對了，你去岸上的時候，帶著波瑞阿茲兄弟一起去。」

「爲什麼？」

「你到時候就知道了。」

遵循船首的建議，他們又多航行了兩天，終於看到一個城鎭的廢墟。就算遠在水面上，他們也聞得到那地方的氣味……很像一百具大型垃圾箱在陽光下曝曬一整個夏天的味道。

「最好是很好玩啦。」齊特士咕噥著說。

他和卡萊斯載著傑生飛到岸上。他們搜尋整個廢墟，同時得用衣袖摀住鼻子抵擋惡臭。他們到達城鎭的廣場時，發現一個古代人在冰冷的爐竈旁哭泣。他的頭髮和鬍鬚都像一綹綹的棉花糖，衣服破破爛爛，骨瘦如柴的手臂布滿老人斑。他周圍滿地都是發霉的麵包屑、腐臭的肉屑，以及脫水乾掉的水果。那些食物雖然不是很多，但絕對是臭味的來源。

「哈囉？」傑生說。

老人抬起頭，他的眼睛呈現乳白色。「觀光客？不！別讓你自己捲入麻煩！讓我自己繼續悲慘下去！」

「你是菲紐斯嗎？」傑生問。「如果是，我們需要你的幫忙。我是傑生，這兩位是波瑞阿茲兄弟，齊特士和卡萊斯……」

「波瑞阿茲兄弟？」老人掙扎著站起來。他跌跌撞撞走向前，露出沒牙齒的微笑，而且朝空中不斷猛揮手，活像在玩捉迷藏遊戲。「波瑞阿茲兄弟？在哪裡？在哪裡？」

齊特士清清喉嚨。「呃，這裡。為什麼問？」

「喔，今天超開心！」老人大叫：「我的詛咒終於可以解除了！」

菲紐斯差點迎面撞上一根柱子，幸虧傑生攔住他。他呼出的口氣就像他腳邊的食物一樣芳香。

「來談個條件如何？」傑生提議，同時得拚命忍耐不要嘔吐。「我們幫你，你也幫我們。到底怎麼了？告訴我們吧。」

菲紐斯重重嘆了口氣。「我有預言能力，你們也知道。很多年來，人們會來找我，我也把他們想聽的事情告訴他們，像是樂透彩中獎號碼、他們的死期、他們會與誰結婚、會不會離婚等等。我全部講出來，沒有打謎語，沒有耍花招，也沒有漏掉訊息不講。我甚至沒有向那些客戶要求報酬，也沒有祝他們一整天順心如意。」

「那聽起來不像有什麼問題啊。」傑生說。

「喔，但就是出問題了！宙斯不允許完全揭露，他只希望人類對天神的盤算稍微瞥見一眼就好，否則，他相信凡人就再也不需要神了。他們會變得什麼都知道！那樣對於神廟和神諭這方面的業務會有不好的影響。」

卡萊斯咕噥一聲。「宙斯說得有道理。」

「所以他詛咒我，」菲紐斯說：「他奪走我的視力，也懲罰我一直都這麼老。過去二十年來，我一直都是八十五歲，你能想像嗎？」

「聽起來似乎不好玩，」傑生老實說：「不過，呃，那一大堆臭掉的食物碎屑……是怎樣啦？」

「那是最糟的部分！鳥身女妖折磨我！」

傑生從沒看過鳥身女妖，但是聽過她們的故事。據說她們是鳥類和女人的混合體，有點像雞、禿鷲以及感恩節之後「黑色星期五」的購物狂全部混合在一起。

波瑞阿茲兄弟緊張地拍拍他們的翅膀。

卡萊斯看了天空一眼。「我討厭鳥身女妖。」

「想像一下我有什麼樣的感覺！」菲紐斯懇求著。「只要有人拿食物給我，鳥身女妖就會聞到，她們不知從那裡撲過來，偷走我的美味大餐。而且留下的食物碎屑立刻就臭掉。她們只留下夠我吃的部分，所以我不會死，但是永遠處於飢餓和作嘔的狀態。只有一個方法可以阻止她們。鳥身女妖只有一個天敵。」

「波瑞阿茲兄弟，」齊特士說：「沒錯，北風之神的孩子厭惡鳥身女妖，而且這種感覺是互相的。」他一臉嫌惡地豎起他的紫色羽毛。「我們很樂意殺掉那些鳥身女妖，但如果她們來自宙斯的詛咒，我們可不想得罪那個大傢伙。」

「你們不會！」菲紐斯保證說：「那是我的例外條款！如果波瑞阿茲兄弟打敗鳥身女妖，我就自由了。幫幫我，那麼我會告訴你們該如何前往科爾奇斯。」

傑生瞇起眼睛。「你怎麼知道我們要去科爾奇斯？噢，對喔，你是先知。」

波瑞阿茲兄弟飛回船上拿一點食物，接著三位阿爾戈英雄就在城鎮廣場的中央爲老人布置一頓野餐盛宴。

菲紐斯坐下來。「噢，聞起來太香了！她們隨時……」

「吱吱吱吱吱吱吱！」兩隻鳥身女妖從雲中旋轉飛出，活像神風特攻隊的飛行員。她們一頭金髮亂蓬蓬，白色衣裙劈啪拍動。一陣強風從她們的暴風雨灰色翅膀猛灌下來，把傑生擊倒在地。菲紐斯連忙尋求掩蔽，這時鳥身女妖用她們骯髒的爪子踐踏菲紐斯的食物。

只有波瑞阿茲兄弟站得直挺挺的。他們伸展紫色翅膀，拔出佩劍。鳥身女妖看到他們嚇到呆住，接著那些鳥女嘶嘶叫著，高速飛進天空。

根據紀錄，鳥身女妖飛得超快，必要時幾乎可以飛得比所有東西快，只有軍用噴射機和波瑞阿茲兄弟除外；但就連齊特士和卡萊斯要跟住她們都有點困難。他們衝向西方，在雲層附近射進射出，甚至貼著水面飛行，直到最後波瑞阿茲兄弟終於奮力抓住鳥身女妖的腳踝，把她們拖向地面。

波瑞阿茲兄弟將她們壓制住，鳥身女妖嘶嘶亂叫還亂抓，但是波瑞阿茲兄弟更強壯。兩兄弟高舉佩劍，正準備結束雞女士的性命時，突然有個女性的聲音大叫：「暫停！」

他們面前有位女士微微發亮，她的翅膀是萬花筒般的顏色，戴著心型眼鏡，長長的頭髮別著雛菊。

齊特士差點噎住。「伊麗絲（Iris）？彩虹女神？」

「正是我，」伊麗絲說：「我帶來宙斯的訊息：你們不能殺這些鳥身女妖。」

卡萊斯皺起眉頭。「可是殺鳥身女妖……」

「我知道，那是你們的使命，」伊麗絲說：「一般來說，我也鼓勵所有人追求自己的使命，但這一次不行。我保證這些鳥身女妖再也不會打擾老先生。你們已經解除菲紐斯的詛咒了，現在回到你們船員隊友身邊，度過快活的一天吧！」

波瑞阿茲兄弟很不願意放走那些雞女士，但他們也不想與女神爭辯，特別是還在用「快活」這種字眼的女神。他們放了鳥身女妖，飛回船上。

在此同時，傑生通知阿爾戈號的隊員，請他們多拿一些東西給菲紐斯吃。他們也把這老傢伙清洗乾淨，讓他穿上乾淨的衣物。接著，菲紐斯一邊吃到鼓起腮幫子，一邊對傑生說明他需要知道的資訊。

「首先，你得小心『撞岩』。噢，我的天啊，這些餅乾超好吃。」

「撞岩？」傑生問：「難道是……一塊是橘色，而另一塊是萊姆綠色，顏色很衝突的意思？」

「不是，你這個笨蛋阿爾戈英雄！它們實際上撞在一起，碰，碰，碰！」菲紐斯拍著手，結果餅乾屑撒得到處都是。「要從赫勒海峽進入黑海，唯一的途徑就是那兩道高聳峭壁之間的狹窄海峽，但兩塊峭壁並沒有固定在大地上，而是彼此前後擠壓，一下子撞開，一下子又密合，像是……像是上下排臼齒！」

菲紐斯張開嘴巴，指著自己僅剩的兩顆臼齒，上面長滿了青苔，傑生眞希望自己沒看到那個景象。

「你的做法是，」菲紐斯繼續說：「抓到一些鴿子，等你靠近撞岩時，把鴿子放出去，看看會發生什麼狀況。如果鴿子安全飛過去，那麼你就知道今天是好日子，岩石移動得很慢，你們很可能有機會划著船順利通過。假如鴿子飛不過去……嗯，你們也一樣過不去。」

傑生想了一會兒。「萬一鴿子沒有飛過海峽呢？萬一牠們飛去反方向，或者停在半路棲息在懸崖上呢？」

「牠們不會那樣。」

「爲什麼不會？」

「我不知道！爲什麼家鴿會自動導航飛回家裡？爲什麼你把雞的頭塞到翅膀下面牠們就會睡著？那就是鳥類的天性啊！鴿子就是忍不住想要飛越狹窄的海峽。」

「可是那樣沒道理啊。」

「照著做就是了啦！」菲紐斯灌了一大口酒。「總之，假設你們通過撞岩，接著繼續航行三十天。你會經過一個綿羊農的王國，不要理它。你會經過一個養牛人的王國，停下來，與他們交易物品。他們是好人。你會經過亞馬遜王國，不要在那裡停留，那是很不好的主意。最後，等到海岸線開始往北轉，你會看到一個河口，那裡的山丘上有一些高塔。那就是科爾奇斯，埃厄忒斯國王的領土。你會在阿瑞斯的神聖樹林裡找到金羊毛。」

「謝謝你，」傑生說：「那麼……你可以告訴我，我的任務會不會成功，對吧？你知道我的全部命運？」

「我什麼都知道。」菲紐斯打個嗝。「不過呢，你們是怎麼把牛肉乾做到這麼好吃？天神啊，這眞是太讚了！傑生，我可以看到你的全部未來，好的、壞的，還有非常糟的。但是相信我，你不會想知道。」

汗水沿著傑生的脖子往下滴。「現在我眞的很想知道。」

菲紐斯搖搖頭。「宙斯詛咒我是對的。我可以很坦白地說，現在我的肚子吃飽了。沒有人應該知道他的全部命運，那樣太危險也太鬱悶了。只要持續邁進，盡你一切的努力，希望自己做得夠好，這樣就可以了。這是我們每個人都做得到的。」

傑生聽得頭暈腦脹，他不確定這是否因爲附近有腐爛剩菜的味道。「對我來說，『不知道』好像比『知道』更可怕。」

菲紐斯眼睛周圍的皺紋繃緊了些。「不，其實不是那樣。」他的聲音充滿悔恨。「好啦，英雄，離開這裡吧。我打算吃到最撐，好好洗個熱水澡，然後死掉。這會是很棒的一天。」

隔天下午，阿爾戈英雄已經用柳條編出一個籠子，並抓來幾隻鴿子（抓鴿子對波瑞阿茲兄弟來說易如反掌）。他們又航行了兩天，終於到達海面開始變窄的地方，他們很像駕著船進入一個漏斗。兩側的陡直峭壁從水面往上拔高，完全沒有地方可以靠岸。

最後，大約在他們前方八百公尺處，傑生看到的東西一定就是所謂的「撞岩」。它們的顏色徹底協調，一點都不衝突，他覺得這還是一樣說不通啊。這道海峽的寬度只有三十公尺左右，兩側的淡金色峭壁聳然拔高，花紋看起來很像四十億噸重的香草焦糖口味冰淇淋。峭壁頂部伸入雲端，岩石超巨大，而且波浪狀起伏的花紋扭得好厲害，傑生光是看著它們都覺得頭暈。他瞥了自己背後一眼，所有船員不是靠向右邊就是靠著左邊，努力與峭壁的奇怪傾斜角度達成平衡。

這不只是視覺上的錯覺而已，隨著阿爾戈號航行得愈來愈近，傑生發現峭壁會搖晃和傾斜，讓海面前前後後翻騰搖晃。

接著，在毫無預警的狀況下，兩個陸塊突然相撞，發出宛如雷鳴的「轟」聲響，讓船槳為之震動，也在海峽裡激起一道高牆般的巨浪。

造船師阿古士從船頭大吼：「抓好啊！」

阿爾戈英雄們差點來不及抓住欄杆，只見大浪從頭頂猛然灌下。如果是比較小的船隻，肯定會翻覆或四分五裂。阿爾戈號挺過去了。在此同時，撞岩又分開來，一堆撞碎的焦糖色岩石噴濺出來掉進海峽，宛如瀑布一般；每一塊岩石幾乎都像阿爾戈號一樣大。

「好吧，」亞特蘭妲說：「那滿嚇人的。」

有一半的船員沒有聽到她說的話，因為他們太忙著往船外大吐特吐。其他人則是嚇得臉色蒼白，依舊緊抓著欄杆不放。

「我們一定要航行穿越那個嗎？」奧菲斯問：「怎麼過去呢？」

傑生自己也抖個不停，不過他在船員面前必須表現得很有自信。「我們要派一隻鴿子飛過海峽，觀察牠要花多久時間。如果鴿子安全飛過去，我們也可以。」

「那麼，萬一鴿子飛不過去呢？」波呂杜克斯問。

「那我們要等到明天再試試看。不然就是要改採陸路。或者……我也不知道。但是天神會與我們同在！我們都來到這麼遠的地方了，一定過得去！」

船員們看起來不是很相信的樣子，不過他們還是把阿爾戈號划到比較靠近撞岩的地方。等到傑生判斷兩邊峭壁的分開程度應該可以讓他們通過時，他放出第一隻鴿子。

正如菲紐斯的預言，鴿子直直飛向海峽，急切的模樣像是尾羽著了火。阿古士持續數著：「一個密西西比，兩個密西西比……」

他數到三十個密西西比時，峭壁又相撞了。船員們連忙抓穩，以迎接另一道大浪沖刷整艘船。等到岩石又分開，波瑞阿茲兄弟飛到海峽的入口處，尋找那隻鴿子的蹤跡。

他們飛回來時，臉上的表情非常嚴峻。

「兩側的峭壁各沾了一點點羽毛和血跡，」齊特士報告說：「那隻鳥剛好飛到一半……然後，啪滋。」

船員們一致瞇起眼睛。

「我們明天早上再試一次，」傑生說：「接著後天早上，必要的話。」

「萬一我們把鴿子用完了呢？」亞特蘭妲問。

「那我們可以派波瑞阿茲兄弟試飛過去啊。」奧菲斯提議。

「閉嘴啦，奧菲斯。」卡萊斯說。

隔天早上，傑生命令所有人準備好。船員都握好槳，萬一得到「前進」的信號就可以衝了。波瑞阿茲兄弟在峭壁附近盤旋，這樣可以觀察到鴿子的狀況。阿古士也準備好計算時間。

傑生一直等到兩邊峭壁分開，抓好時機放出第二隻鴿子，牠快速飛向海峽。阿古士才數到六，峭壁就再次轟然碰撞。

等到撞岩又分開時，波瑞阿茲兄弟的手臂在頭頂上瘋狂揮舞。那是預先講好的手勢，表示鴿子安全飛過。

「快！」傑生大喊：「划呀，划呀，划呀！時間只有六十秒！」

阿爾戈號向前航行的速度那麼快，連船身都開始吱嘎作響。船員們像惡魔般瘋狂划槳，同時奧菲斯以兩倍的速度彈奏〈統統甩掉〉㉚，鼓舞大家持續動起來。水流也助他們一臂之力，趁著兩邊峭壁漂開之際，將戰船推進海峽裡。可是……要在一分鐘內穿越那個出入口，似乎不可能辦到。

三十二秒過去了，他們剩不到一半路。撞岩高聳向上，彷彿是具有毀滅力量的巨大黃板牙在四周不斷旋轉，它們的深暗影子令阿爾戈英雄的背後不斷冒冷汗。小碎石如雨點般落在左舷和右舷，峭壁面到處是網狀的巨大岩隙，似乎威脅著要像簾幕般落下大批岩石。在海面上，石頭嵌入掉落已久的木頭裡，更有許多死去船員的骨骸，他們似乎也曾企圖穿越海峽。

「剩下十五秒！」阿古士大喊：「再快一點！」

他不需要叮嚀這一句，所有船員都划得超賣力，以至於不曉得哪個會先斷掉。是他們的槳？還是他們的四肢？

「我看到對面了！」卡萊斯飛到桅桿上方大叫。

轟隆。撞岩開始彼此靠近。

「十秒！」阿古士大喊。

峭壁隆隆作響。它們撞在一起時，不但夾斷船槳，也掀起一陣巨浪，把阿爾戈號高高抬起，並推送到海峽外面，進入黑海。

「耶！」傑生歡呼大叫。但是所有船員驚嚇過度，沒有人跟著他一起喊。

「剛才那樣，」阿古士說：「好像太驚險了一點吧。」

他們相當幸運，船身很完整沒有散掉。只要能找到新的船槳，並換掉每個人身上「弄髒」的纏腰布，阿爾戈英雄們就可以繼續他們的旅程了。

接下來好幾個星期，阿爾戈號沿著海岸前進，惹上各式各樣的麻煩。他們停靠在奧翠拉建立阿瑞斯神廟的那個島上，發現有一大群會射出羽毛的殺人鳥守護那裡，英雄們差點來不及逃命。他們也不小心停靠到亞馬遜人的領土，幸好在女王的軍隊抓到他們之前就逃走。他們失去兩名船員隊友，一位是生病，另一位則是遭到野豬攻擊。他們與許多怪物搏鬥、迷路、在安納托利亞的卡車休息站吃到不新鮮的高熱量垃圾食物，也曾在錫諾普的外圍被位置隱密的測速照相機抓到超速，不得不停靠路邊接受盤查。

歷經一個月的艱苦航行後，阿爾戈號終於抵達發西斯河口，科爾奇斯的高塔建築矗立在附近一座山丘上，很像劍柄插在大地上。

凝視著港口裡的戰船、城邦的高牆，以及王宮的防禦工事，傑生意識到他絕對不可能以武力拿下這個地方。即使擁有最好的船員和最好的戰船，他還是連一點戰勝的機會都沒有。

「我打算帶著停戰旗幟去見這裡的國王，」他對船員們說：「我會嘗試以談判方式交換金羊毛。」

「萬一埃厄忒斯抓了你，把你殺了呢？」齊特士問：「他爲什麼會想要放棄那件寶貴的資

---

30 〈統統甩掉〉（Shake It Off）是美國歌手泰勒絲（Taylor Swift）的歌曲。

產？」

傑生努力擠出微笑。「嘿，如果我可以和珀利阿斯談好條件，當然也可以和埃厄忒斯談出個名堂。我可是與殺人犯國王談判協商的職業老手。」

阿爾戈英雄們不得不給他的英勇行為打滿分，然而大家還是很擔心。傑生換上他最好的長袍，就是他讓蘭姆諾斯島女王印象深刻那一套衣服；接著，他進入城邦，只帶著一支儀隊。

在此同時，遠在奧林帕斯山上，希拉一直追著傑生的進度。到目前為止她都很欣慰。（特別是海克力士離開任務陣容以後，嗯哼，她恨海克力士。）不過她也擔心傑生與埃厄忒斯國王談判成功的機會不大。

她與雅典娜坐下來舉行策略會議，這是雅典娜頭一次站在希拉這邊。兩位女神都希望金羊毛能回到希臘。

「傑生絕不可能以武力戰勝科爾奇斯，」雅典娜說：「那裡有巨龍、骷髏武士，還有科爾奇斯艦隊……」

「是啊……」希拉冷冷笑著。「不過那裡也有梅蒂亞。」

「國王的女兒？」雅典娜把玩著她的埃癸斯上面的梅杜莎頭別針。「那有什麼用？她是女巫耶。」

「她也是女人，」希拉說：「而傑生是英俊的男人。」

雅典娜皺起眉頭。「你要讓阿芙蘿黛蒂插手？我不知道喔，希拉，愛情這種刺激因素還滿不可靠的。」

「你有更好的辦法嗎？」

和平常不太一樣，雅典娜說沒有。

她們在愛之女神的公寓找到阿芙蘿黛蒂，那裡有十幾把魔法梳子正在幫她梳頭髮，而且需要梳五千次，才能讓她的頭髮變得超級閃亮和充滿彈性。

「小姐們！」阿芙蘿黛蒂說：「你們是來接我去做美甲服務嗎？真是太棒了！」

「呃，不是，」希拉說：「事實上，我們需要你幫個忙。我們想要讓某人愛上傑生。」

阿芙蘿黛蒂眼睛一亮。「嗯，傑生超帥的，那應該不是問題。你們想到人選了嗎？」

「梅蒂亞，」雅典娜說：「埃厄忒斯國王的女兒。」

「喔……」阿芙蘿黛蒂噘起嘴。「那就有問題了。那個女孩沒希望啦，她所有的時間都待在黑卡蒂（Hecate）的神廟裡學習魔法，她很冷酷、無情，而且有強烈的權力慾望，就像她父親一樣！你們知道吧，有一次她用魔法召喚西倫（Selene）從月亮下凡，讓西倫愛上一個凡人，目的只是想看看會發生什麼事！」

「我聽過那個故事，」雅典娜說：「故事裡的角色很有趣啦，但是劇本有點太牽強了。總之，如果梅蒂亞會亂搞愛情魔法，她就是擅自介入你的管轄範圍，對吧？因此，讓梅蒂亞愛上她父親的敵人，豈不是最好的懲罰？」

阿芙蘿黛蒂噓了幾聲，叫她的魔法梳子大隊退開。「唔……說得也是。我會派厄洛斯下凡去處理，讓梅蒂亞愛上傑生。不過我得警告你們，愛情咒語施加在梅蒂亞這樣的人身上，效果很難預測喔，她在浪漫愛情方面，可能也會像魔法方面一樣狂熱。如果她和傑生之間狀況變得很糟……」

「值得冒險。」希拉說，這次足以證明希拉無法預見未來。「你就施展你的魔法吧！」

這是有史以來最糟的一次幫人作媒。

在下面的凡人世界，傑生在眾人簇擁之下走過埃厄忒斯的王宮。這地方不用說，眞是超讚的，金銀材質打造的大門會自動開關，而且中庭有四個噴泉，每一個都噴出不一樣的液體，分別是水、葡萄酒、橄欖油和牛奶。爲什麼有人會想這樣弄啊？我也不確定，不過阿爾戈英雄們倒是對此留下了深刻印象。

「老兄，」齊特士喃喃說著：「牛奶噴泉？這個國王和赫菲斯托斯的交情一定很不錯，只有天神可以弄出『牛奶噴泉』這麼厲害的東西！」

「而且你看那個！」卡萊斯指著說。

大廳的另一端有個欄舍，柵欄緊緊關住，有兩隻巨大的青銅公牛在裡面晃來晃去。牠們的眼睛像岩漿一樣火熱，每一次呼吸時鼻孔都會噴火，即使站在房間的這一端，傑生的長袍都受到高熱的影響而皺縮冒煙。

他開始懷疑自己到底在想什麼，居然跑到科爾奇斯來。如果要比較新奇的酷玩意兒，埃厄忒斯國王顯然大獲全勝。

他們發現國王坐在一張黃金王座上，王座的形狀打造成光芒四射的樣子。他穿著黃金盔甲，那原本是戰神阿瑞斯的盔甲，傑生之所以知道，是因爲盔甲領口處有幾個永久刻上的字樣，寫著「阿瑞斯所有」。國王的左邊站著他兒子阿普西爾土斯（Apsyrtus，聽起來很像『啊不是要吃吐司』），還有大女兒卡爾基奧佩（Chalciope，這名字聽起來什麼都不像，因爲我唸不出來），以及她與弗里克索斯生的四個孩子，弗里克索斯又名「希臘人捲毛」，這時很不幸已經過世了。國王的右邊站著他那位比較危險的小女兒梅蒂亞，她是黑卡蒂的女祭司，冷酷無情的女殺人犯，全年無休的派對女孩。

傑生彎腰鞠躬。「國王陛下，我是傑生，伊奧爾庫斯王位的合法繼承人。我來這裡是要把金羊毛帶回我們家鄉，我們希臘人！」

他故意說「我們希臘人」是爲了押韻，滿蠢的，不過也沒有人跟著笑。埃厄忒斯國王傾身向前，他的眼睛像黑曜石一樣射出光芒，細細端詳著傑生，彷彿在仔細考慮可以讓他死掉的所有好玩方法。

「從來沒有希臘人航行到我的海岸，」埃厄忒斯說：「除了弗里克索斯，也就是把金羊毛帶來給我們的那個人以外，我也從沒見過半個希臘人能夠航行到這麼遠的地方，又提出這樣的要求，你要不是非常勇敢，就是非常愚蠢。」

傑生聳聳肩。「不妨說是勇敢吧。天神希望我成功。希拉庇佑著這趟遠征行動，雅典娜親自設計我的船，而且有各式各樣的半神半人登上阿爾戈號，包括波瑞阿斯之子、阿瑞斯之子、宙斯之子……」

「這對我來說沒什麼了不起，」國王咆哮著說：「我是赫利歐斯之子！」

「我們也有赫利歐斯之子。陛下，重點是，我環顧您的王國，看得出來眾神都很眷顧您。赫菲斯托斯幫您打造兩頭青銅公牛，還有溫泉可以噴出油和牛奶。阿瑞斯把他的一整套盔甲傳給您，聽說他也給了您一片神聖森林。您的父親是赫利歐斯，您的美麗女兒……從她的祭袍看來，她是黑卡蒂的女祭司？」

傑生說話時，愛神厄洛斯已經隱身在人群中，等待適當的時機。傑生一說出「您的美麗女兒」，厄洛斯就朝梅蒂亞的心窩射出一支愛之箭，然後一邊竊笑一邊飛走。

梅蒂亞心跳加快，手心不停冒汗。在此之前，她一直以輕蔑態度看待傑生，而現在……爲何她之前沒有發現傑生這麼英俊、這麼尊貴？在科爾奇斯，沒有人膽敢以那種態度站在她父親面前，傑生的勇氣太特別了。梅蒂亞的「愛上希臘人」儀表板指數從零增加到六十，只花了三點五秒。

「陛下，」傑生繼續說：「您顯然是因爲尊敬眾神而得到今天的地位，那麼再一次尊敬他們的意願吧！給我機會，讓我證明自己的能力。隨便指派我什麼任務都行，讓我有機會贏得金羊毛。」

埃厄忒斯以他的鑽石戒指輕敲王座的扶手。「我現在大可殺了你，而且燒掉你的船。」

「但是你不會這樣做。」傑生說著，努力讓聲音聽起來很有自信。「因爲睿智的國王會把這種事交給天神定奪。」

埃厄忒斯的四個孫子，也就是弗里克索斯的兒子們，這時紛紛跑到他身邊，抓住他的雙手。「爺爺，求求您！」其中一個孫子說：「我們也是半個希臘人！爸爸總是講希臘的故事給我們聽。」

埃厄忒斯滿臉怒容。「你們的父親之所以來到這裡，是因爲希臘人要用他當作人類祭品啊！」

「可是這個人不一樣，」他的孫子說：「至少給他一個機會嘛！」

國王把他們噓到旁邊去。埃厄忒斯認爲去執行「不可能任務」的處決方式太複雜，沒有必要，但如果能讓他的孫子們得到教訓，了解希臘人有多愚蠢，也許這眞是最好的方式。

「那好吧，傑生，」埃厄忒斯說：「連我自己都不願意做的事，我也不會要求你去做。你剛才提到我那片阿瑞斯的神聖樹林。我把巨龍掉落的門牙裝在桶子裡，每次需要多增添一些戰士，我就從桶子裡拿一些牙齒……」

他的孫子們高興地跳上跳下，興奮得直拍手。「喔，太棒了！他要去執行『龍牙大挑戰』！」

傑生覺得嘴巴好乾。「你有一整桶巨龍掉落的門牙？」

埃厄忒斯露出微笑。「嗯，我有一隻巨龍。所以呢，沒錯，那隻龍守護著金羊毛，不讓……沒有獲得授權的訪客靠近那裡。總之，我帶著這些舊牙齒，去神聖樹林底下找一塊地方，把我的兩頭青銅公牛套上挽具，犁出一條條土溝，再像播種一樣把牙齒種下去。我用一點鮮血澆灌牙齒，然後超級快！一批戰士就從地面冒出來。」

傑生瞇起眼睛。「呃，好吧。」

「明天，你要證明自己像我這個國王一樣厲害。如果你能自己種出一群戰士，就能帶走金羊毛，啓航回去希臘。如果不行，那麼……」

他並沒有說出「你會痛苦死去」，但意思大概就是這樣。

傑生很想要求換另一種挑戰，也許像包含吃派餅比賽之類的，不過他還是鞠了躬。「陛下，就明天吧。有了您的允許，我和夥伴們會在您的碼頭岸邊紮營。」

傑生的視線與梅蒂亞短暫交接，也許是注意到她看著自己的眼神很奇怪。然後，他和護衛們轉身離去。

梅蒂亞以最快的速度逃出王座廳。她快要不能呼吸了。

「我到底有什麼毛病?」她輕聲說著，在走廊上跌跌撞撞往前走。「我又不是那些年輕女學生!我是梅蒂亞啊，怎麼可能對剛認識的男人有什麼感覺?」

傑生的身影燒灼著她的心……他的尊貴臉龐，他的明亮眼神，還有他的下唇顫抖著說出「呃，好吧」的模樣。多棒的男人啊!

梅蒂亞很清楚，她父親提出的挑戰對傑生來說無異是自殺。一想到明天早上那位勇敢英俊的希臘人會被公牛燒成烤肉，她就無法忍受。

茫然之餘，她跑向森林深處的黑卡蒂神殿，以前她總是能在那裡尋求到慰藉與清晰的思緒。她抬頭仰望女神的雕像，上面雕刻著三張安詳尊貴的臉孔，一張面向左方，一張向右，另一張正對中央。黑卡蒂高舉雙手，兩手各握緊一把巨大的火炬，燃燒著永恆的藍色火焰。

「掌管重大抉擇的女神啊，」梅蒂亞說：「我需要您的指引!我愛上傑生，可是如果我幫助他，父親一定會發現，他會把我驅逐出去或殺了我。我會犧牲掉所有的一切!」

黑卡蒂的雕像保持沉默。

「我想要與這個希臘人結婚，」梅蒂亞說：「可是……可是為什麼會這樣呢?我到底怎麼了?他真的會回應我的愛嗎?他會帶我一起走嗎?為了一個我幾乎不了解的男人，我真的可以背叛家人、離開我的家嗎?」

她的內心回答「是的」。

雕像繼續望向三個不同方向，彷彿說著：「嘿，你站在十字路口，好好做抉擇吧。」

梅蒂亞覺得既煩惱又興奮。「哎呀!我真是大笨蛋。我為了傑生拿自己的人生去冒險之前，要先讓他答應會愛我啊。」她跑回自己的魔法實驗室，花了好幾個小時調配一種特別的藥膏。接著她讓自己裹著一件黑色長袍，偷偷溜出去，跑到阿爾戈英雄的營區。

大約凌晨兩點的時候，傑生和他的顧問們還沒睡，正在舉行戰略會議。阿爾戈英雄們見識過那些噴火公牛，此刻正努力想辦法克服埃厄忒斯提出的挑戰，不讓傑生活活燒死。到目前為止，他們最好的計畫包括用三千袋冰塊，以及一雙超大的烹飪用隔熱手套。聽起來並不是很好的計畫。

一位衛兵敲敲帳篷的撐桿。「呃，長官？這裡有人要見你。」

梅蒂亞推開衛兵逕自入內，眾人嚇得倒抽一口氣。

阿爾戈英雄們對於令人生畏的女性並不陌生，畢竟他們與亞特蘭妲一同航行。不過梅蒂亞的駭人程度完全是不同的層次。

這位公主的頭髮像影子一樣黑暗，如波浪起伏般垂在她黑色絲質連身裙的肩膀處。她的金色項鍊閃耀著黑卡蒂的象徵圖案，是兩把交叉的火炬。她的表情既殘酷又冷漠，很像公開行刑的劊子手甩動手中斧頭的神情。她的眼睛閃爍著對於黑暗事物的洞悉眼光，那些事物絕對會把大多數人都逼瘋。然而她看著傑生時，臉頰竟然像小女孩一樣泛起紅暈。

「我可以救你，」她說：「但是你必須救我。」

傑生的脈搏在耳朵裡嗡嗡轟鳴。「各位，讓我們兩人單獨談談。」

阿爾戈英雄們二話不說便魚貫走出。他們一離開，梅蒂亞抓住傑生的雙手。她的皮膚好冰冷。「我一看到你，立刻就愛上了你。求求你告訴我，我不是發了瘋，」她懇求著說：「告訴我，你也有同樣的感覺。」

傑生並不確定自己有什麼樣的感覺。梅蒂亞很美，這點毋庸置疑。但就某方面來說，撞岩也很美啊。

「呃，我……等一下，你說『救我』是什麼意思？」

「我父親提出的任務根本不可能達成，這點你一定很清楚。沒有哪個凡人能夠應付那兩頭金屬公牛。我父親之所以能夠那樣做，是因爲他穿上阿瑞斯的盔甲。其他人則會活活燒死，但是我可以讓那種情況不要發生。」

她從腰帶拿出一小條藥膏。「明天早上迎向挑戰之前，如果把這些藥膏擦在皮膚上，高熱和火焰就傷不了你。藥膏也會讓你的力量大大增加，藥效可以持續好幾個小時；希望時間夠長，讓你可以操控那兩頭公牛犁田。」

「太棒了，謝謝你！」傑生伸手要拿藥膏，但是梅蒂亞突然縮手。

「不只是這樣，」她說：「如果你眞的能在田裡播種，巨龍的牙齒會冒出很多骷髏武士。那些武士只聽我父親的命令，他們會想辦法殺掉你。不過，我可以把打敗他們的方法教給你。而且，在那之後，還有關於偷取金羊毛的問題要想。」

「可是，假如我贏了挑戰，埃厄忒斯會把金羊毛給我啊。」

梅蒂亞的笑聲很刺耳。「我父親絕對不會屈服。假如你克服那項挑戰，他只會找另一種方法殺了你，除非你接受我的協助。」

「那麼……你會要求什麼作爲回報？」

「只要你永恆的愛。對我發誓，你會帶我回希臘。對眾神發誓，你會與我結婚，而且永遠不會離開我。對我這樣發誓，那麼我會盡所有力量幫助你。附帶一提，我的力量非常強大。」

傑生覺得自己好像回到了熊山，在濃霧中揮舞四肢，既瘋狂又盲目。與梅蒂亞結婚，會像是與一種非常吸引人的大規模毀滅性武器結婚。沒錯，力量極爲強大，但是長時間暴露其中，安全嗎？也許不是很安全。

可是他又有什麼選項呢？他不可能光靠自己的力量克服這項挑戰，他毫無疑問地承認這個事實。他已經召集了一群阿爾戈英雄們幫助他執行任務，那麼，此刻招募梅蒂亞幫助他達成目的，又有什麼差別？

「我會與你結婚，」他說：「我對眾神發誓。幫助我，那麼我會帶你回希臘，而且絕對不會離開你。」

梅蒂亞縱身環抱傑生並親吻他。傑生必須承認，感覺挺不錯的。

「這就是藥膏，」梅蒂亞說：「你犁完田之後，骷髏開始從地上冒出來時，要朝它們中間丟一塊石頭。」

傑生停頓了一下。「這樣就好了？」

「這樣就好。你到時候就知道了。等到把它們全部毀掉，而你贏了這項挑戰，我父親會非常生氣。他會想要當場殺了你，但又不情願公開做這種事。你就假裝好像出了什麼問題，對國王說，你隔天早上的第一件事就是向他報到，要拿到金羊毛。」

「可是……他根本不打算給我金羊毛。」

「沒錯。等你在王宮現身，他會下令殺了你。不過呢，我們不會讓他有這種機會。前一天晚上，叫你的夥伴們偷偷準備啓航。等到天色暗下來，你和我一起溜進樹林裡，搞定那隻巨龍，偷走金羊毛，然後離開這裡。」

「聽起來是不錯的計畫……甜心。」

這讓梅蒂亞心花怒放，她的眼神差點喪失了殺氣。「我最親愛的，祝你好運！要記得你的誓言喔！」

她並沒有說「否則會怎樣」。就像她爸爸一樣，她很擅長用這種方式表達威脅之意。

破曉時分，傑生到阿瑞斯樹林報到。

你也猜得到，這樹林絕不是以美麗的花朵或下午茶露台而為人所知。它延伸在城外一片層疊狀的山丘上，整個鄉間都看得到那片樹林。樹林的四邊周圍環繞著鐵牆，上面攀爬著長有毒刺的灌叢。青銅大門通往一片廣闊的泥土地，大小約莫一個足球場，遍布著骨頭和損壞的武器。有個東西倚著其中一面牆壁，同時固定在一根桿子上，那是超級巨大的鐵製牛軛，連接著犁刃，看起來比阿爾戈號的船身龍骨還要巨大。兩頭青銅公牛在田野上自由奔跑嬉鬧，一邊踩碎地上的骨頭、一邊噴火。

再往山丘上方看去就能看到樹林本身，那是好幾公頃的林地，長滿茂密且彎曲的橡樹。最高的山頂上有一棵最巨大的橡樹，金羊毛就掛在它的樹枝上閃閃發亮。從傑生這麼遠的距離看去，它比一張郵票大不了多少。在晨光中，它散發出耀眼的血紅色光芒，簡直像一道雷射筆光束燒灼著他的眼睛（盯著雷射光筆真的很不好，千萬別那樣看）。

科爾奇斯的每個人似乎都很關注這項任務，大家從附近山上、城裡的屋頂上甚至從港口的船隻桅桿上緊盯狀況。傑生俯瞰著阿爾戈號，它停泊在河口附近。他很好奇，如果現在跑回船上，一邊大叫著「我改變心意了！」，會不會為時已晚？

就在這時，埃厄忒斯國王駕著他的金色馬車沿著道路隆隆駛來。國王身穿阿瑞斯傳給他的盔甲，看起來很有天神的架勢。他頭盔上的青銅面罩相當駭人，傑生看了忍不住發抖。一道汗水沿著傑生的臉頰往下流，讓他聞到剛塗上的魔法藥膏氣味，有鼠尾草和肉桂的香氣，只有一抹微微的火蜥鮮血味令人作嘔。天神啊，他眞希望梅蒂亞沒有對他玩弄什麼惡作劇。

國王的戰車慢慢停下來，埃厄忒斯低頭看著傑生。

「笨蛋！」國王大喊，他平常就是這樣道早安。「你現在了解自己的任務有多麼沒希望了嗎？快點滾回你的船上！沒有人會阻止你！」

傑生眞想知道國王是否有讀心術，或者說不定只是因爲他的害怕實在太明顯了。不知怎的，他突然鼓起勇氣。

「我不會退縮！」他大聲表示。「你想要種的龍牙在哪裡？」

國王彈彈手指，一個僕人趕忙走過來，把一個皮革袋子扔到傑生的腳邊。裡面的東西喀啦作響，很像陶瓷碎片發出的聲音。

「拿去吧，」國王說：「幫公牛套上牛軛時祝你好運啦，我會酷酷地駕著戰車離開這裡！」

傑生一踏進大門，大門就轟然關上。兩頭青銅公牛轉身瞪著他。

「乖牛牛。」他說。

它們一起向前衝，同時噴著火。四周的高熱把傑生肺裡的空氣都吸出去，兩顆眼球感覺好像是墨西哥辣椒口味的乳酪小泡芙，但他竟然沒死，實在太令人吃驚了。他體內流竄著天神般的巨大力量，於是迎面擊倒第一頭公牛，只見它倒向一旁。接著，他以手臂扣緊第二頭公牛的脖子，拖著它走向牛犁。

群眾陷入瘋狂。大家不敢置信，紛紛歡呼、尖叫。傑生強迫公牛套上牛軛，接著他又回去抓起另一頭公牛，拖著它走向牛軛，粗暴地讓它套上挽具，然後握住牛犁的把手。

「嘿呀！」他大喊。

兩頭公牛朝向天空噴火。它們拉著巨大的犁刃走過泥土地，犁出一道土溝。傑生的周圍冒出陣陣煙霧，雙眼也噴出火花。他覺得自己好像駕駛一輛蒸汽火車，而且站在鍋爐裡面，但他還是努力在土溝內種下龍牙。到了中午時分，整片田野都犁好了，而傑生還沒死。他把公牛趕回去停好，並綁在桿子上，然後決定喝口水休息一下。阿爾戈英雄們瘋狂歡呼。

「就一個男人來說，這樣還不賴啦！」亞特蘭妲大喊。

「眞是我的好孩子！」波呂杜克斯大叫。

奧菲斯發表他剛寫好的一首歌，叫作〈駕馭公牛的男人〉，後來這首歌登上古希臘暢銷歌曲排行榜前五名。

在此同時，埃厄忒斯就站在戰車上關注著傑生的一舉一動。國王的表情隱藏在他的盔甲面罩底下，但是傑生有種感覺，與那塊駭人的金屬面罩相比，埃厄忒斯的表情絕對有過之而無不及。

「這是很好的開始，」國王最後坦白說：「不過呢，你現在必須把剛種下的東西收割起來。拿給他……鮮血桶！」

一名僕人跑向前，拿著一個可愛的綠色灑水壺，上面還裝飾著小雛菊圖案。衛兵們短暫打開大門，時間只夠讓僕人把水壺拿給傑生。傑生看看水壺，發現裡面裝滿鮮血，於是他決定不要問這些鮮血來自哪裡。

傑生沿著一排排土溝走，澆灌他的牙齒作物。才剛澆完最後一部分，整片田野突然隆隆作響，土壤中開始冒出許多骷髏手掌。數十名骷髏武士奮力爬出來，它們已經全副武裝，配備了生鏽的劍和坑坑洞洞的盾牌；黑黑的眼窩看似空無一物，但是它們一轉身面對傑生，傑生便覺得那些武士完全可以看到他。

傑生驚慌失措，接著他想起梅蒂亞的建議。

一塊石頭，他心想。我需要一塊石頭。

他找到一塊棒球大小的石頭，於是將它扔出去，在空中劃出彎彎的弧線。骷髏武士正要組成戰線，這時石頭擊中一名武士的頭，把它的頭盔打掉了。武士蹣跚撞倒它的一名夥伴，夥伴把它推回來，它又不小心撞倒第三名武士，第三名武士的兩隻手臂胡亂揮舞，結果揮中第四名武士的臉。

過沒多久，所有的骷髏戰士彼此打成一團，根本不曉得也不管是誰引起的。它們彼此痛毆，到最後地上散布著斷掉的肋骨和砍掉的頭顱，上下顎還繼續喀啦亂咬。骨骸手臂和腳骨也在泥土地上到處亂竄，想要找到它們原本的身體。

傑生走到最後兩名武士面前，兩名武士都已失去頭顱，還繼續像學校裡的流氓學生一樣彼此推撞胸膛。傑生撿起附近的一把劍，砍斷它們的雙腿。

有好一陣子，圍觀群眾鴉雀無聲。接著，阿爾戈英雄們開始高聲反覆歌頌：「傑生！傑生！」

他們推開青銅大門一湧而入，把傑生抬到他們的肩膀上一路遊行，而埃厄忒斯則是臉很臭地看著這一切。

「國王陛下，謝謝這項挑戰！」傑生對國王大喊：「我明天早上會到王宮領取金羊毛！今天晚上，我們要徹夜慶祝！」

阿爾戈英雄們遊行回到他們的營區，大夥兒心情高昂。科爾奇斯人則是回家鎖上自己的大門，他們很清楚自己的國王生起氣來會是什麼德性。

埃厄忒斯眼睜睜看著阿爾戈英雄們揚長而去，他對自己喃喃說道：「去開派對啊，傑生。好好享受你在大地上的最後一夜吧！」

那天晚上，儘管滿心失望，埃厄忒斯還是睡得非常深沉。沒有什麼事比一場精彩屠殺更讓他期待的了。

夜半時分，大多數阿爾戈英雄們都已祕密潛回船上，只留下營火繼續燃燒，藉以愚弄城邦的監視。傑生站在他的指揮帳裡，打包自己的東西，這時梅蒂亞與埃厄忒斯的四名孫子一起到達。

「他們必須跟我們一起走，」梅蒂亞推推孩子們向前站，「他們很想見識希臘，那裡是他們父親出生的地方。此外，只要埃厄忒斯發現我們拿走金羊毛，他們就不安全了，他會把怒氣發洩在曾經幫你說話的每個人身上。」

傑生皺起眉頭。「他一定不會殺了自己的孫子吧。」

「你不了解我父親。」梅蒂亞說。

傑生並未打算帶四個孩子登上阿爾戈號，不過他無法斷然拒絕。他們全都睜著小狗般的大眼睛看著他，嘴裡喃喃說著：「拜託啦，拜託啦，拜託啦。」

「好吧，」他說：「我和梅蒂亞去拿金羊毛時，我的夥伴們會護送你們這些孩子上船。」

到了晚上，阿瑞斯的樹林令人發毛的程度有增無減。

梅蒂亞帶著傑生前往南側牆壁的祕密入口。她揮揮手，講了幾句咒語，有刺灌叢就往兩旁分開，顯露出鐵板之間的一道縫隙。

好幾副骷髏四肢依舊在田野上爬來爬去，被砍掉的頭顱在月光下閃閃發光。傑生的涼鞋踩著沾血的泥巴吱嘎作響，甚至濺到腳趾頭上。

他們到達樹林時，梅蒂亞帶他沿著曲折的小徑爬上山丘。傑生體會到如果沒有梅蒂亞，他自己一定會迷失方向。他每每踏出腳步，樹根就在他的雙腳旁邊扭曲纏繞；樹木會移動位置，樹枝也會戳向他身上，實在很不舒服。每次只要樹木太得寸進尺，梅蒂亞就會喃喃唸著一些咒語，於是樹木變成一動也不動。

他們終於到達山頂。

看到巨龍時，傑生本來應該會想拔出佩劍，但他的手臂反倒變得軟弱無力，只能呆呆瞪著那扭曲滑動的巨大爬蟲類。牠睜著燈籠般的黃色眼睛，鼻孔冒出帶有硫磺味的裊裊煙霧。那動物纏在樹幹上繞了太多圈，根本不可能判斷牠的身體有多長。巨龍銳利的背鰭很像鋸齒刀刃的邊緣，而且每一塊鱗片都像盾牌一樣巨大，末端還尖尖的往上翹，因此那怪物的表皮竟讓傑生聯想成一顆致命的朝鮮薊，你就知道那有多不可思議了。

怪物張開血盆大口時，傑生很容易想像那鮮紅的喉嚨一口就把整艘阿爾戈號吞下去，用一排排鋸齒狀的乳白色牙齒把船身咀嚼成一堆廢柴。巨龍發出的嘶嘶聲迴盪到山丘下方，在整個山谷裡反覆共鳴，不可能沒有吵醒科爾奇斯的所有人。

傑生因爲太過絕望而幾乎笑出來。他以前到底在想什麼啊？如果拿他的劍對付這隻野獸，效果大概與一根牙籤差不多吧。

梅蒂亞抓住他的手腕。她指著金羊毛，金羊毛在巨龍頭頂上方的枝椏間閃閃發亮。

「你得爬到巨龍的身上去拿金羊毛，」她說：「不要睡著喔。」

「你說什麼？」

梅蒂亞開始唱歌。她吟唱的字句是傑生完全聽不懂的語言，但他聽到其中包含睡眠之神希普諾斯（Hypnos）的名字。歌聲像溫暖的蜂蜜流過他身上，他覺得眼皮好沉重。梅蒂亞用指甲掐進他的前臂，讓他保持清醒。

巨龍的眼皮閉上一次、兩次，然後就一直閉著了。牠的巨大腦袋垂到地上開始打呼，鼻孔冒出陣陣硫磺氣體。

「好啦，」梅蒂亞低聲說：「快去。」

傑生向上爬去時，梅蒂亞繼續唱著歌。他爬到巨龍背上，盡可能不讓尖銳的鱗片刺傷自己。就在他碰到金羊毛時，巨龍在睡夢中突然扭動身子，害傑生差點掉下去。梅蒂亞趕緊唱得更大聲，同時慢慢往前走，拿一些泥巴抹在巨龍眼睛上。怪物的打呼聲聽起來更深沉了。

傑生要取下金羊毛時碰到一點困難。金羊毛又大又重，而且弗里克索斯真的把它釘得非常緊。最後傑生終於把它拉下來，金羊毛的頭部還甩下來打到他，山羊角差點刺穿他的身體。

他帶著金羊毛回到地面上，就在這時，一陣鼓聲開始響徹整個城邦。

「衛兵發現了！」梅蒂亞警告他。「快點！」

他們衝過樹林，回到骷髏田野使勁狂奔。傑生很確定他們一定會遭到包圍和逮捕，但不知為何，他們終究一路衝到碼頭而沒有人發現，儘管事實上城邦裡的每一名衛兵現在都全神戒備，而傑生一邊奔跑，一邊還帶著整個王國最閃亮的物品。

傑生和梅蒂亞登上阿爾戈號時，科爾奇斯的水手們也爬上他們的船艦，開始裝填投射物。

「走，走，走！」傑生對他的組員們說。

阿爾戈號從港口啓航時，號角聲既嘹亮又刺耳，燃燒的飛箭越過他們頭頂，數十艘科爾奇斯船艦在後面積極追擊。

梅蒂亞的神情在火光下顯得非常嚴峻。「如果我們運氣好，那些船會是由我兄弟阿普西爾土斯負責指揮，至少他會很快就殺了我們。萬一我父親也在船上……嗯，那麼，我們很可能會被抓去讓巨龍碎屍萬段。」

梅蒂亞眞的很擅長發表激勵人心的演說，只見阿爾戈英雄們划槳的速度更快了。

天將破曉之際，梅蒂亞召喚出一道濃厚的霧堤，於是阿爾戈英雄們暫時甩開後面的追兵。科爾奇斯人不確定阿爾戈號往哪個方向航行，於是分開成兩支艦隊。

歷經好幾星期的瘋狂划槳，阿爾戈號抵達黑海的西岸，這時終於有一支科爾奇斯艦隊追上他們。傑生的守望員站在桅桿高處的瞭望台上，報告敵人旗幟的顏色。

「那是我兄弟的軍旗，」梅蒂亞說：「那些船由阿普西爾土斯負責指揮。」

「呃，還有一件事！」守望員叫道。「另一支科爾奇斯艦隊剛出現在南方的地平線上，他們大約距離半天的航程。」

「太好了。」梅蒂亞吹開垂在臉上的一撮髮絡。「如果他們分成兩支艦隊，就表示我父親負責指揮另一支艦隊。」

阿爾戈英雄們實在太過疲累，連罵幾句的力氣都沒有。

「我們沒辦法跑得比他快，」傑生說：「船員們都筋疲力竭了。」

「我有個計畫，」梅蒂亞說：「我兄弟的艦隊比較近。趁我父親到達這裡之前，我們先和他商量看看。」

「商量比較快的死法？」

梅蒂亞指著岸邊。「你看到那條河的河口嗎？那條河往內陸延伸好幾百公里遠，那也可以帶我們前往希臘。先準備好。」

梅蒂亞在桅桿上升起一面白旗。根據她的指示，傑生朝向科爾奇斯的旗艦大喊，說他想要討論投降事宜。

帶著安全通行的承諾，阿普西爾土斯和幾名衛兵划著小船來到阿爾戈號。這樣做看起來很蠢，但回顧當時，人們把承諾看得很認眞。升起停戰旗幟後，歡迎某個人來到你的船上，就像是歡迎某個客人來到你家裡。你不能傷害他們，除非你想要讓眾神對你大發飆。

阿普西爾土斯看到他的姊妹站在希臘人那邊，嫌惡地搖搖頭。「梅蒂亞，你到底在想什麼？你爲了這個男人背叛你的家園？」

「兄弟，我很抱歉。」

阿普西爾土斯笑起來。「道歉沒有什麼用。我會趕在父親抵達之前很快處決你，那是我能給你的唯一一點憐憫。」

「你搞錯了，」梅蒂亞說：「我不是爲了要幫助傑生而道歉，我是爲了這件事道歉。」

她從長袍底下拔出一把匕首，以驚人的準確度扔擲出去。刀刃插入她兄弟的喉嚨。他頹然倒下，死了。王子的衛兵們紛紛伸手準備拿武器，但是阿爾戈英雄們把他們砍倒。

梅蒂亞跪在她兄弟的屍體旁邊。船員們以驚駭的眼神看著她。

「你怎麼做得出這種事？」奧菲斯說：「在停戰旗幟下殺死特使……而且是你自己的兄弟？你會替我們所有人帶來詛咒！」

梅蒂亞抬起頭，眼神如禿鷲般冷靜。「咱們待會兒再擔心眾神的事吧，眼前此刻，我們必須逃出我父親的手掌心。傑生，幫我把王子的屍體肢解開來。」

「你在說什麼啊？」

「沒時間吵架了！」梅蒂亞咆哮著說：「你們其他人，各就槳位！划到河流那邊去！」

到了這時，阿爾戈英雄們眞希望自己從沒聽說過梅蒂亞這個人，但她說得沒錯，沒時間可以浪費了。他們航行進入河流，這條河後來稱爲多瑙河。

阿普西爾土斯的艦隊過了好一陣子才反應過來。他們不了解到底發生什麼狀況，王子通常不會跟著敵人一起航行，但是科爾奇斯人壓根沒想到希臘人竟然在談判過程中殺了他。到了決定啓航追擊時，他們已經喪失許多寶貴的時間。

等到埃厄忒斯國王的艦隊追上來，與其餘船艦會合之後，他們一起跟著阿爾戈號沿河航行，這時梅蒂亞也開始把阿普西爾土斯王子的屍塊扔到船外。

埃厄忒斯國王看到他兒子的右手臂漂過去，於是大吼要整支艦隊停下來。他們把手臂打撈起來，然後仔細檢查河流，以確定沒有漏掉任何部分；也唯有仔細檢查之後，科爾奇斯艦隊才能繼續追擊他們的獵物。

又來了，這聽起來也很奇怪，不過是這樣的，科爾奇斯人非常重視他們的葬禮，如果你希望靈魂順利抵達冥界，就得好好下葬。剛開始，你的屍體要裹上牛皮，然後吊在樹上，直到肉體完全分解掉。接著，你的骨骸要與一大堆昂貴的行頭一起埋葬，同時由祭司對眾神誦唸祈禱文。除非把屍體的所有部分全部收集在一起，否則無法進行科爾奇斯人的葬禮；萬一收集不完全，他們就得用一堆小型的塑膠購物袋把你掛在樹上，那樣看起來真是蠢斃了。

總之，梅蒂亞陸續把她兄弟的屍塊丟進河裡，也就讓阿爾戈號有充足的時間能夠逃走。多瑙河是一條寬闊的大河，包含很多支流、分岔和小河彎可以躲藏，等到梅蒂亞把她兄弟的最後一個屍塊扔出船外，阿爾戈號已經完全逃過科爾奇斯人的追擊。

「看吧！」梅蒂亞說著，整張臉散發出勝利的光采。「我就說這樣會成功！」

船員們根本不想迎向她的視線。傑生努力想表現得很感激，但他心裡其實怕死了。他已經答應要結婚的這個女人，究竟是什麼樣的人啊？

各位同學，如果你今天想要沿著多瑙河航行到希臘，最後到達的會是德國。但是，阿爾戈英雄們終究找到了出路；他們可能在某個地方把船隻抬出水域，用枕木將它搬運到另一條河流裡，然後航行穿越義大利北部，再向下直入亞得里亞海。

這一路上，他們經過法厄同墜落而死的那個湖泊。阿爾戈英雄們歷經太多的千辛萬苦，因此路過那裡時，他們呆呆看著法厄同的屍體依舊在湖水底部燃燒、冒煙，心裡竟然想著：是的，那傢伙逃過了嚴厲懲罰。

等他們到達海邊時，可以出狀況的每一方面都出了狀況。怪物發動連番攻擊，猛烈暴風雨把他們前前後後甩來甩去，風勢也不肯配合，到最後連船上的霜淇淋機器都壞掉了。

「天神一定是在懲罰我們，」阿古士瞪著梅蒂亞，「這全都是她的錯。」

「閉嘴，」傑生警告他，「沒有梅蒂亞，我們早就死光了。」

船員們在傑生背後竊竊私語，不過他們實在太害怕也太沮喪，因此沒有發動叛變。阿爾戈號的魔法船首雕像已經好幾個星期都對他們沉默不語，就連目前釘在桅桿上的金羊毛也不再能讓大家振作起來。假如金羊毛真的有什麼有用的魔法，它現在肯定不想發揮作用。

阿爾戈英雄們又有好幾次倖免於難。他們經過賽蓮女妖（Sirens）的島嶼，賽蓮女妖的魔法歌聲會吸引水手們跳下船，害自己淹死。幸好奧菲斯奮力彈奏吉米罕醉克斯[31]的吉他曲子，蓋過了賽蓮女妖的歌聲，大概演奏了三小時那麼久，直到船艦安全駛到聽力範圍以外。

他們在希臘西部的科孚島靠岸，差點被科爾奇斯雇用的賞金獵人逮住，不過當地的女王介入調停。她裁定梅蒂亞如果與傑生合法結婚，獵人們就不能把她帶回科爾奇斯。於是，這對新人匆匆舉行婚禮，女王就讓他們離開了。

在那之後，阿爾戈號像鬼打牆一樣，在地中海胡亂航行了好幾個星期，到最後，船員們根本不曉得自己身在何處。由於食物和飲水都消耗殆盡，他們只好在一個不知名島嶼的外海下錨停泊。

「這裡是哪裡並不重要，」傑生說：「重要的是我們必須取得補給品。」

傑生帶領一支小隊登上陸地，包括梅蒂亞。

[31] 吉米・罕醉克斯（Jimi Hendrix, 1942-1970）是美國著名吉他手和音樂人，主要音樂生涯只持續四年就因用藥不慎而過世，但一般公認他是音樂史上最偉大的電吉他手。

他們進入樹林裡，找到一條河流，將水罐裝滿水，這時從他們進來的方向傳來一陣奇怪的隆隆聲，很像大型機具輾壓的聲音。

「那是什麼？」波呂杜克斯問。「奧菲斯又在彈奏吉米．罕醉克斯的曲子嗎？」

老造船師阿古士變得臉色蒼白。「那種金屬的聲音……很像關節發出的吱嘎聲……噢，天神，不要啊。這個島嶼該不會是克里特島？」

海岸邊傳來巨大的「喀——劈啪！」聲，接下來是擊鼓聲，那是號令阿爾戈英雄們回到崗位拾起船槳的信號。

登陸小隊扔下手中的水罐，趕忙跑向海邊。他們到達樹林邊緣時，一行人驚駭得無法動彈。一百公尺外佇立著一座活動青銅雕像，幾乎像城堡的高塔一樣巨大。它身穿戰士裝束，面無表情的金屬臉龐沒有透露半點情緒，但它肯定是針對阿爾戈號，此刻阿爾戈號正在距離岸邊五百公尺外的洶湧海浪中載浮載沉。

青銅巨人跪下去，從附近海邊拔起一塊巨岩，那塊岩石幾乎像船艦本身一樣大。他將岩石拋向阿爾戈號，雖然差了幾公尺沒有擊中，但是掀起的巨浪害船隻差點翻覆。

「那是塔羅斯（Talos），」傑生說：「他打算把阿爾戈號毀掉！」

「塔羅斯是什麼？」梅蒂亞問：「神智正常的人怎麼可能做這種事？」

傑生的耳朵嗡嗡鳴叫，他幾乎聽不到梅蒂亞說了什麼。「赫菲斯托斯爲米諾斯國王打造了它，這個雕像每天都會繞行克里特島走三圈，負責驅逐海盜。如果塔羅斯看到它不認識的船隻……」

「我的船啊！」阿古士大叫：「我們得阻止它！」

波呂杜克斯連忙把老人拉回來。「那東西很巨大耶！我們的武器沒辦法對付它！」

「我有個點子。」梅蒂亞說。

波呂杜克斯罵了一聲。「我超討厭她說這句話！」

「你只管聽清楚。我以前見過一些赫菲斯托斯的作品，他通常是以熔融的鉛作爲血液而賦予它們生命。雕像應該會有個安全閥，那裡是最初幫它灌注熔融鉛的地方。」

「在那裡！」傑生指著說。果然沒錯，雕像的左腳踝有個圓形塞子，和盾牌差不多大。

「我去分散雕像的注意力，」梅蒂亞說：「然後你跑出去打開那個安全閥！」

他們還來不及思考和討論，梅蒂亞就一個箭步衝向海灘。雕像塔羅斯又搬起另一塊巨岩，正準備舉高並扔擲出去，這時梅蒂亞開始唱歌。

塔羅斯轉過身，低頭看著她。

梅蒂亞的聲音一點都沒有發抖。她祈求睡眠之神希普諾斯，並唱著冷卻的鑄鐵爐、運轉順暢的關節、舒服的金屬毯子等，總之是讓青銅巨像可能會想睡覺的林林總總。

塔羅斯大可扔出巨岩把梅蒂亞壓扁，這樣一來會讓傑生以後省了一大堆麻煩。然而，雕像仔細聆聽，顯得滿心困惑且呆滯。傑生趁機繞到海邊，跑向怪物後方，然後把劍伸進塞子邊緣，將它撬開，過程中還把劍刃弄斷了。

熔融的鉛差點把傑生燒成灰。他連忙跳到旁邊，這時衣服已經燒出好多個冒煙的洞，只見雕像的血液湧出來，讓整片海灘變成全世界最巨大的鉛鏡。塔羅斯不斷旋轉，跌跌撞撞。

巨人終於放下手中的巨岩，臉朝下倒在地上。他撞擊地面的力量非常驚人，傑生的牙齒因此咯咯作響，連眼珠子也跟著跳動。

等到傑生終於回過神來，梅蒂亞站在他身旁滿臉笑容。「老公，做得好。想不想要幾百萬公斤的廢金屬啊？」

阿爾戈英雄們補充了食物和飲水，趁著米諾斯老國王搞清楚究竟是誰破壞了他最愛的玩具兵之前，趕緊揚帆回到家鄉。

最後，幾乎像是歷經了好幾年的時光（因爲眞的就是過了好幾年），阿爾戈號終於抵達家鄉，在伊奧爾庫斯靠岸。

當地人舉辦盛大派對歡迎阿爾戈英雄們歸來。他們帶著金羊毛，沿著大街遊行，並把它懸掛在城邦的廣場上。傑生和梅蒂亞以勝利之姿前往王宮，老國王珀利阿斯看到他們一點都沒有興奮的樣子。

「做得好！」他說話的模樣沒有顯得很熱切。「所以，呃……那好吧！謝謝你們把金羊毛帶回來。」

「我的王位，」傑生說：「那是交換條件。」

「啊，是的。王位。」珀利阿斯的臉抽動一下。「好吧……沒問題。等我死了，你就是下一任國王。」

「什麼？」他兒子阿卡斯圖斯大叫。

「什麼？」傑生也大叫。

「咱們開始盛大慶祝吧！」珀利阿斯說。

傑生氣得七竅生煙。他完成了珀利阿斯所有的要求，但珀利阿斯從未特別指出何時才要把王位交給傑生，所以現在他必須等待，而天知道要等多久。

「你可以強迫取得王位啊。」梅蒂亞慫恿他。

傑生沉下臉。「這裡不是科爾奇斯，我們不會彼此冷血互殺……嗯，總之，沒有太常那樣啦。」

「好吧，」梅蒂亞說：「反正我敢說，這個老人很快就會死掉。」

梅蒂亞的語氣應該會讓傑生警覺到她內心有所盤算，但我猜他根本不想知道。

幾個星期後，派對終於告一段落，梅蒂亞和傑生也搬進王宮的客房，這時傑生的父親，埃生，拖著蹣跚步伐來城邦拜訪他們。他現在是年邁體衰的老人了。梅蒂亞用特殊的禮物歡迎他的到來，她調配一帖藥劑，讓埃生的關節恢復靈活、肌力增強，也讓他的壽命增加十年左右。拜訪結束後，這位老人拋開拐杖，決定慢跑回家。

珀利阿斯國王的女兒們大感驚訝，於是跑去找梅蒂亞。「哇，你的魔法好厲害！」其中一位公主阿爾刻提絲（Alcestis）說。

梅蒂亞露出微笑。「親愛的，謝謝你。」

「你可以同樣幫助我們的爸爸嗎？」阿爾刻提絲問。「那個可憐人的關節炎真的很嚴重，另外還有爛瘡、痛風，大概幾十種毛病吧。我們想讓他變年輕，當作驚喜的生日禮物！」

「好貼心啊。」梅蒂亞的心思轉個不停，思考著各種可能性。「哎呀，你們可能不會喜歡藥劑的施用方式，那需要很大的勇氣和很強壯的胃才辦得到！」

阿爾刻提絲和其他公主們看起來不太高興。「我們很有勇氣啊！」

梅蒂亞假裝想了一會兒。「我會讓你們看看到底得怎麼做，但是先警告你們喔，過程不會很好看。」

梅蒂亞帶公主們到她剛設立的實驗室，並要求衛兵幫她從國王的畜欄牽來一頭老山羊。在此同時，她在火堆上放了一只大鍋子，裡面注滿水，然後煮到沸騰。她喃喃唸了幾句咒語，再撒進一些魔法藥草。

衛兵們牽來的這頭山羊老到幾乎無法站立，雙眼因爲白內障而呈現乳白色，身上的毛也一撮撮掉落。

「假裝這山羊是你們的父親。」梅蒂亞對公主們說。她拿出自己的刀子，然後割斷山羊的喉嚨。接著，她把山羊大卸八塊。

「你在做什麼啊？」阿爾刻提絲失聲尖叫。

梅蒂亞抬起頭，臉上沾著血跡。「我對你們說過了，沒那麼簡單。仔細看好了。」她把山羊的屍塊收集起來扔進熱水裡。鍋子激烈抖動，接著有一隻年輕的山羊跳出來，全身冒著煙，一邊咩咩叫、一邊跳來跳去，像是要說：「唉唷，唉唷，好燙！」

「太驚人了！」阿爾刻提絲說。

「是啊。」梅蒂亞嘆口氣。「太可惜了，你們絕對不可能有勇氣把這種方法套用在你們父親身上。如果眞的這樣做，他會再活個四、五十年！」

「我們很有勇氣！」阿爾刻提絲說：「把那種魔法給我們！」

梅蒂亞準備了一大袋無害的香草植物，像是迷迭香、百里香等，外加一點嫩肉精。「交給你們了，祝好運！」

那天晚上，四位公主在王宮的廚房裡準備一大鍋滾水。她們對父親說要給他特別的生日驚喜，於是用布蒙住珀利阿斯的眼睛，帶他到樓下的廚房裡。

珀利阿斯笑得開心，以爲會吃到一些餅乾，或是裝飾得很醜的蛋糕。「喔，小姐們，你們不必這樣啦。」

「大驚喜！」阿爾刻提絲解開他的蒙眼布。

國王看到自己的四位女兒站在一鍋滾水前面，每個人都笑得開懷，而且手上各拿一把巨大的刀子。

「呃……小姐們？」

「生日快樂！」公主們撲到她們父親身上，把他剁成一塊塊。她們把屍塊與香草和香料一起丟進鍋子裡，等待父親變成強壯的年輕人跳出來。然而，她們只是煮出一鍋珀利阿斯燉肉。

等到她們終於發現自己中計了，不禁嗚咽哭嚎。她們對每個人說，這點子是梅蒂亞告訴她們的，而既然在伊奧爾庫斯沒有人喜歡梅蒂亞，大家也就準備對付她。

傑生嚇壞了，拚命與妻子保持距離。他發誓自己與殺人計畫一點關係也沒有，但是爲時已晚；他的妻子做了這種事，沒有人能夠接受傑生當上國王。他和梅蒂亞被迫逃出城邦，以免憤怒的暴徒用私刑將他們處死。

傑生終於實現了夢想，他把金羊毛帶回家園，讓整個城邦團結起來。他讓整個城邦團結起來對抗他。

阿卡斯圖斯，珀利阿斯的兒子，登基成爲國王。

傑生和梅蒂亞在科林斯這個城邦找到棲身之處，那裡的克瑞翁國王是「阿爾戈英雄歷險記」的超級粉絲。在那個聲名狼藉的「火鍋」醜聞中，他眞心相信傑生是無辜的。

傑生和梅蒂亞生了兩個孩子，都是可愛的小男孩。梅蒂亞重新建立她的祕密實驗室，爲當地人提供量身打造的符咒和藥劑。科林斯人民對她比較友善，不過大家依舊覺得她很令人毛骨悚然；即使她祖父赫利歐斯給她一輛嶄新的戰車當作生日禮物，情況也沒有變得比較好。赫利歐斯爲什麼會覺得這是好主意呢？我也不知道，更何況這輛魔法戰車還配備了兩隻巨龍。梅蒂亞需要去雜貨店買東西或送小孩去練習踢足球時，總是駕著這輛戰車在整個城邦趴趴走，而這實在讓科林斯人民超緊張的。沒有人叫她「巨龍之母」，但其實只是不敢叫出口而已。

至於傑生呢，他成爲克瑞翁國王最得力的將軍。王室一家人都覺得他很優秀，不過國王看得出來，傑生的內心十分悲傷。

「我的孩子啊，」克瑞翁說：「你的女巫妻子顯然是你悲傷的來源。你不可能愛她，她讓你失去了你擁有合法地位的王國啊！她甚至根本不是希臘人！你得甩開她才行。跟我的女兒克瑞烏莎（Creusa）結婚吧，我會讓你成爲我的繼承人，你就會成爲國王，如同你原本應該擁有的地位！」

國王剛開始提議的那幾次，傑生都拒絕了，畢竟他曾對梅蒂亞許下承諾。但是過了幾個月後，他的意志動搖了。他開始爲自己心裡的想法找理由。眞有趣啊，人們老是這樣。

噢，這樣對梅蒂亞也比較好，他心想。我可以給她一筆優渥的贍養費和孩子的養育費。她可以找到更適合的人結婚，例如巫師或殺人犯之類的。

最後，他與克瑞翁國王簽訂協議，婚禮日期也決定了。傑生說服自己相信梅蒂亞會很高興，也會覺得如釋重負。他回到家，臉上掛著大大的笑容，把事情原委一股腦兒告訴她。他對梅蒂亞發表長篇大論，說明這樣做爲什麼對兩人都好。

「我懂了。」梅蒂亞的聲音聽起來像是永凍土層。「而你不會改變心意？」

「不會，恐怕是不會。不過呢，嘿，你和男孩們會受到很好的照顧，我希望你們能來參加婚禮！」

「喔，一定會。」梅蒂亞說：「我甚至會送禮物給你的新娘子。」

「哇，謝謝你的反應這麼酷！」

這也顯示出傑生完全不了解他的妻子。

梅蒂亞送給克瑞烏莎公主的禮物是一件有毒的結婚禮服。那是克瑞烏莎此生見過最美麗的東西，她立刻試穿，結果開始冒煙和尖叫。她衝過走廊，全身皮膚起水泡，手臂也著火。克瑞翁國王想要救她，結果黏在她的裙襬上，於是父女兩人一起悲慘地死去。

傑生聽說這件事，立刻一邊衝回家、一邊尖叫：「梅蒂亞！你到底在幹嘛？」他的背後跟了一大群憤怒的科林斯人，每個人手上都拿著火炬和乾草叉，但他們並不是站在傑生這邊。

傑生轟然打開門，結果一顆心差點爆炸了。他的兩個兒子都躺在地上失去了生命，而梅蒂亞站著他們旁邊，手上拿著一把刀。

「我們的……我們的兒子？」傑生嗚咽哭泣。「爲什麼？他們是無辜的啊！」

「都是你造成的，」梅蒂亞咆哮說：「如果沒有我，你根本一事無成！我爲了你拋棄自己的家，我爲你付出了一切。你對眾神發誓會永遠愛我，而你違背了自己的誓言！傑生，我要你受苦，我要把你的重要事物全部奪走。再見了，前夫，我希望你死掉時既悲慘又孤獨！」

傑生還沒回過神來，梅蒂亞就跳上她的巨龍戰車，飛也似地離開。

傑生來不及好好埋葬他的孩子們，暴徒就衝進他家。他被迫趕緊逃出科林斯。

梅蒂亞飛到雅典，她在那裡有了全新的傳奇故事，還成爲鐵修斯的邪惡繼母。後來她回到科爾奇斯，發現父親埃厄忒斯已經過世，於是接掌王位。科爾奇斯人爲何會接納她回去呢？我實在不了解，也許她已經證明自己正是人民所需要的女王人選吧。

至於傑生呢，他獨自一人在希臘各地遊蕩，咀嚼著自己的痛苦與不幸。最後，他變得太老，而且又跛又蒼白，再也沒有人認識他。他回到伊奧爾庫斯，阿爾戈號停泊在那裡的碼頭邊逐漸腐朽。

那艘船曾經是城邦的驕傲，讓人回想起他們最偉大的英雄。但是自從梅蒂亞搞出那堆烏煙瘴氣的事，再也沒有人願意提及阿爾戈英雄、傑生或甚至金羊毛，金羊毛早已收進王宮地下室的儲藏室裡。

阿爾戈號徒留邪惡的名聲，任憑塗鴉客和蓄意破壞的人亂搞。傑生爬到船上，蜷縮在魔法船首神像下方。

「你是我唯一的朋友，」他對阿爾戈號說：「你很了解我。」

但是，來自多多納森林的魔法木頭已經很多年沒有說話了。那天晚上傑生睡覺的時候，船首徹底腐朽，掉落到傑生的頭上，把他砸死。

於是，阿爾戈英雄夢幻隊伍就此爲人所遺忘。他們的任務根本是白忙一場，他們的偉大領袖傑生也死得既悲慘又孤獨。

而對這本書來說，如果這不算最棒的結局，我不知道還要怎樣才算！

這讓你超想飛奔出去變成希臘英雄，對吧？

這一路下來，至少我們學到一些很重要的事情，像是：

- 不要把你的小孩棄置在荒郊野外。
- 不要在天神的神廟裡做出親熱舉動。
- 不要把橘色和萊姆綠色搞混了。
- 不計一切代價避開希拉！

不過呢，就像幾年前我對你們說過的：這種半神半人的差事實在超危險的，別說我沒有警告你喔。

# 結語

老兄，現在幾點了？

我得去參加每個月的「阿爾戈二號」團圓聚會，現在已經遲到了。我快累死了。

寫這本書比我原本的預期花了更久的時間，不過我希望你覺得這本書很值得一讀。也許這可以救你一命，或者至少列出一些選項，讓你知道哪些死法眞的很痛苦而且有趣。

我也希望終生無限量吃到飽的披薩和藍色雷根糖可以早點開始供應，我快餓死了。

讀完整本書之後，如果你還是決定要成爲英雄，你一定沒希望的。但我也沒什麼希望，我的大多數朋友也沒有，所以我想，好吧，歡迎加入我們的行列。

各位朋友，隨時把你的佩劍磨得銳利一點，罩子放亮些，而且假如你很堅持一定要去德爾菲神諭拜碼頭，那麼……祝你一整天順心如意啦。

來自曼哈頓的平安祝福

波西・傑克森

Percy Jackson

作者簡介

**雷克·萊爾頓（Rick Riordan）**

美國知名作家，最著名作品為風靡全球的【波西傑克森】系列。因為此系列的成功，使他成為新一代奇幻小說大師。在完成波西與希臘天神的故事後，萊爾頓緊接著的【埃及守護神】系列改以古埃及的神靈與文化為背景。而【混血營英雄】系列接續【波西傑克森】的故事，加入羅馬神話的元素。目前則以北歐神話為背景創作全新奇幻系列。

萊爾頓在創作【波西傑克森】之前，就曾以【特雷斯·納瓦荷】系列勇奪推理小說界的愛倫坡、夏姆斯、安東尼三大獎項；他也是【39 條線索】系列的策劃者與作者之一。

個人網站：www.rickriordan.com

繪者簡介

**約翰·洛可（John Rocco）**

美國知名插畫家與童書作家，曾在羅德島設計學校與視覺藝術學院學習插畫。他自畫自寫了四本圖畫書，其中《停電了！》一書曾榮獲凱迪克銀牌獎，並登上《紐約時報》暢銷書榜。知名暢銷作家雷克·萊爾頓的【波西傑克森】、【混血營英雄】與【埃及守護神】系列原版封面也都出自他筆下。

在成為全職童書創作者之前，他曾擔任過夢工廠動畫電影《史瑞克》的美術指導。目前與妻子和女兒住在洛杉磯。

個人網站：www.roccoart.com

譯者簡介

**王心瑩**

夜行性鴟鴞科動物，出沒於黑暗的電影院與山林田野間。日間棲息於出版社，偏食富含科學知識與文化厚度的書本。譯作有《我們叫它粉靈豆—Frindle》、《小狗巴克萊的金融危機》等，合譯有《你保重，我愛你》、《上場！林書豪的躍起》，並曾參與【魔法校車】、【魔數小子】、【波西傑克森】、【熊行者】等系列書籍之翻譯。

國家圖書館出版品預行編目（CIP）資料

波西傑克森：希臘英雄報告＝Percy Jackson / 雷克・萊爾頓（Rick Riordan）著；約翰・洛可（John Rocco）圖；王心瑩譯 . -- 二版 . -- 臺北市：遠流，2023.05
面； 公分
譯自： Percy Jackson's Greek heroes
ISBN 978-626-361-043-9（精裝）

874.59　　112003180

**波西傑克森**
**希臘英雄報告**

文／雷克・萊爾頓　圖／約翰・洛可　譯／王心瑩

主編／林孜懃　副主編／陳懿文　美術設計／唐壽南
行銷企劃／鍾曼靈　出版一部總編輯暨總監／王明雪

發行人／王榮文
出版發行／遠流出版事業股份有限公司 104005 台北市中山北路一段 11 號 13 樓
電話：(02)2571-0297 傳真：(02)2571-0197 郵撥：0189456-1
著作權顧問／蕭雄淋律師
輸出印刷／中原造像股份有限公司
□ 2016 年 2 月 1 日 初版一刷
□ 2023 年 5 月 1 日 二版一刷

定價／新台幣 599 元（缺頁或破損的書，請寄回更換）

ISBN 978-626-361-043-9
遠流博識網 http://www.ylib.com　E-mail:ylib@ylib.com
遠流雷克萊爾頓奇幻櫃 http://www.facebook.com/thekanefans

黑　海
8.
色雷斯
亞馬遜王國
9.
赫斯珀里德斯
的
花園
11.
海克力士的
12項愚蠢
任務
12項關鍵任務
1. 奈米亞獅子
2. 九頭蛇許德拉
3. 厄瑞曼色斯大野豬
4. 刻律涅牝鹿
5. 斯廷法利斯湖怪鳥
6. 伊利斯牛棚
7. 克里特公牛
8. 色雷斯母馬
9. 亞馬遜女王的腰帶
10. 伊比利亞母牛
11. 金蘋果
12. 三頭犬色柏洛斯
克諾索斯
7.